DIVINDADE

Também de Jennifer L. Armentrout

SÉRIE COVENANT

Vol. 1: *Meio-sangue*
Vol. 2: *Puros*
Vol. 3: *Divindade*

JENNIFER L. ARMENTROUT

DIVINDADE

Tradução
GUILHERME MIRANDA

Bloom Brasil

Copyright © 2012, 2022, 2024 by Jennifer L. Armentrout

Publicado por Companhia das Letras em associação com Sourcebooks USA.

Grafia atualizada segundo o Acordo Ortográfico da Língua Portuguesa de 1990, que entrou em vigor no Brasil em 2009.

TÍTULO ORIGINAL Deity
CAPA Nicole Hower e Nicole Lecht/Sourcebooks
ARTE DE CAPA Ole Schwander/Arcangel
ADAPTAÇÃO DE CAPA Danielle Fróes/BR75
PRODUÇÃO EDITORIAL BR75 TEXTO | DESIGN | PRODUÇÃO

Dados Internacionais de Catalogação na Publicação (CIP)
(Câmara Brasileira do Livro, SP, Brasil)

Armentrout, Jennifer L.
    Divindade / Jennifer L. Armentrout; tradução Guilherme Miranda. — 1. ed. — São Paulo: Bloom Brasil, 2025. — (Covenant; 3)

    Título original: Deity.
    ISBN 978-65-83127-17-4

    1. Ficção de fantasia I. Título. II. Série.

25-257300   CDD-813

Índices para catálogo sistemático:
1. Ficção : Literatura norte-americana 813

Aline Graziele Benitez – Bibliotecária – CRB 1/3129

Todos os direitos desta edição reservados à
EDITORA SCHWARCZ S.A.
Rua Bandeira Paulista, 702, cj. 32
04532-002 – São Paulo – SP
Telefone: (11) 3707-3500
facebook.com/editorabloombrasil
instagram.com/editorabloombrasil
tiktok.com/@editorabloombrasil
threads.net/editorabloombrasil

A Kayleigh-Marie Gore, Momo Xiong, Valerie Fink, Vi Nguyen e Angela Messer, por serem fãs fervorosas da série Covenant... e as primeiras a responder no Twitter. E a Brittany Howard e Amy Green, da YA Sisterhood, por serem simplesmente incríveis. E à família Greer, por ser oficialmente a primeira família da série Covenant.

1

Uma seda vermelha envolvia meu quadril, se moldando num corpete justo que realçava minhas curvas. Meu cabelo estava solto, brilhava sobre os ombros, como pétalas de uma flor exótica. As luzes do salão refletiam cada ondular no tecido de modo que, a cada passo, eu parecia florescer em meio ao fogo.

Ele parou, os lábios se abrindo como se bastasse me ver para ficar incapaz de fazer qualquer outra coisa. Um rubor ardente dominou minha pele. Aquilo não acabaria bem, não com tantas pessoas ao redor e ele me olhando assim, mas eu não podia sair. Aquele era meu lugar, com ele. Essa tinha sido a escolha certa.

A escolha que eu... não tinha feito.

Os dançarinos ao meu redor diminuíram o ritmo, seus rostos escondidos por máscaras deslumbrantes cravejadas de joias. A melodia inquietante que a orquestra tocava penetrou minha pele e deslizou sob meus olhos enquanto os dançarinos abriam caminho.

Nada nos separava.

Tentei respirar, mas ele havia roubado não apenas meu coração, mas meu fôlego.

Lá estava ele, usando um smoking preto feito sob medida para os contornos firmes de seu corpo. Um sorriso maroto, cheio de malícia e provocação, curvava seus lábios enquanto ele se inclinava, estendendo a mão para mim.

Senti as pernas bambas ao dar o primeiro passo. As luzes cintilantes do teto iluminavam o caminho, mas eu o teria encontrado no escuro se fosse necessário. Seu coração batia no mesmo ritmo que o meu.

Seu sorriso se abriu.

Era toda a motivação que eu precisava. Corri em sua direção, o vestido ondulando atrás de mim como um rio de seda carmesim. Ele se endireitou, me segurando pela cintura enquanto eu enlaçava seu pescoço. Afundei o rosto em seu peito, absorvendo aquele perfume que remetia a mar e folhas secas.

Todos estavam olhando, mas não importava. Estávamos em nosso próprio mundo, onde apenas o que queríamos, o que desejávamos havia tanto tempo, importava.

Ele deu uma risadinha grave enquanto me rodopiava. Meus pés nem tocavam o piso do salão.

— Tão impulsiva... — ele murmurou.

Sorri em resposta, sabendo que, no fundo, ele amava essa parte de mim.

Me colocando em pé, apertou minha mão e colocou a outra em minhas costas. Quando voltou a falar, sua voz era um sussurro baixo e sedutor.

— Você está tão linda, Alex!

Meu coração se encheu de emoção.

— Eu te amo, Aiden.

Ele beijou minha cabeça, e giramos de maneira vertiginosa. Casais foram se juntando a nós lentamente, e consegui perceber sorrisos largos e olhos estranhos por trás das máscaras... olhos completamente brancos, sem íris. Uma inquietação se espalhou. Aqueles olhos... Eu sabia o que significavam. Fomos nos aproximando de um canto, onde escutei gemidos suaves vindo da escuridão.

Tentei olhar o canto escuro do salão.

— Aiden...?

— Shhh... — Sua mão subiu pelas minhas costas e segurou minha nuca. — Você me ama?

Nossos olhares se encontraram, e o encarei.

— Sim. *Sim*. Meu amor por você é maior do que tudo.

O sorriso de Aiden se fechou.

— É maior do que seu amor por ele?

Paralisei em seu abraço subitamente fraco.

— Por ele quem?

— Ele — Aiden repetiu. — Seu amor por mim é maior do que seu amor por ele?

Meu olhar se voltou para trás de Aiden de novo, para a escuridão. Um homem estava de costas para nós. Abraçado a uma mulher que tinha os lábios no pescoço dele.

— Seu amor por mim é maior do que por ele?

— Por quem? — Tentei chegar mais perto, mas ele me impediu. Uma incerteza brotou dentro de mim quando vi a decepção em seus olhos prateados. — Aiden, o que há de errado?

— Você não me ama. — Ele baixou as mãos, dando um passo para trás. — Não se é com ele que você está, se foi ele que você escolheu.

O homem se virou, ficando de frente para nós. Seth sorriu, seu olhar cheio de promessas sombrias. Promessas que eu tinha aceitado, que tinha escolhido.

— Você não me ama — Aiden disse de novo, mergulhando nas sombras. — Não pode me amar. Jamais poderia.

Tentei alcançá-lo.

— Mas...

Era tarde demais. Os dançarinos foram se agrupando e eu estava perdida num mar de vestidos e palavras sussurradas. Eu os empurrei, mas não conseguia atravessar, não conseguia encontrar Aiden nem Seth. Alguém me empurrou e caí de joelhos, a seda vermelha se rasgando. Gritei por Aiden e depois por Seth, mas nenhum atendeu aos meus chamados. Eu estava perdida, vendo rostos escondidos por máscaras, encarando olhos estranhos. *Eu conhecia aqueles olhos.*

Eram olhos de deuses.

Me sentei de repente na cama, uma camada fina de suor cobrindo meu corpo enquanto meu coração quase pulava do peito. Um tempo se passou até meus olhos se ajustarem à escuridão e eu reconhecer as paredes vazias do meu quarto.

— O que foi isso? — Passei a mão na testa úmida e quente. Fechei os olhos lacrimejantes.

— Hummm...? — Seth murmurou, semiacordado.

Espirrei em resposta, uma, duas vezes.

— Que loucura! — Ele tateou em busca da caixa de lenços. — Não acredito que ainda está doente. Toma.

Suspirando, peguei a caixa de lenços de Seth e tirei um.

— É culpa sua... *atchim*! Foi sua a ideia idiota de nadar numa temperatura de... *atchim*... cinco graus, palhaço.

— Eu não estou doente.

Passei o lenço no nariz, aguardei uns segundos para ter certeza que não espirraria mais e larguei a caixa no chão. Resfriados eram horríveis. Nos meus dezessete anos de vida, nunca tinha pegado nenhum, até agora. Nem sabia que *podia* pegar.

— Você é tão especial, não é?

— Você sabe que sou — foi sua resposta abafada.

Virando o corpo, lancei um olhar fulminante para a nuca de Seth. Ele quase parecia normal com a cara plantada num travesseiro... *meu* travesseiro. Não alguém que se tornaria um Assassino de Deuses em menos de quatro meses. Para nosso mundo, Seth era mais ou menos como qualquer criatura mítica: belo, mas absolutamente letal.

— Tive um sonho estranho.

Seth virou para o lado.

— Poxa! Volta a dormir.

Desde que voltamos das Catskills, na semana anterior, ele vinha pegando no meu pé como nunca. Não que eu não entendesse o motivo, com toda a história das Fúrias e de eu ter matado um puro. Era provável que ele nunca mais saísse de perto de mim.

— Você precisa voltar a dormir na sua cama, de verdade.

— Prefiro a sua.

— Prefiro passar o Natal aqui. Assim, ganharia presentes e cantaria canções natalinas, mas nem sempre dá para conseguir o que a gente quer.

Seth me puxou para baixo, o braço pesado me mantendo deitada.

— Alex, sempre consigo o que quero.

Um leve calafrio percorreu a minha pele.

— Seth?

— Oi?

— Você estava no meu sonho.

Um olho cor de âmbar se abriu.

— Por favor, diz que estávamos pelados.

Revirei os olhos.

— Você é muito tarado.

Ele suspirou com tristeza enquanto me aconchegava mais.

— Vou entender isso como um não.

— Melhor assim. — Sem conseguir voltar a dormir, comecei a morder os lábios. Muitas preocupações vieram à tona ao mesmo tempo que meu cérebro girava. — Seth?

— Hum?

Observei enquanto ele se afundava ainda mais no travesseiro antes de continuar. Havia algo de encantador em Seth quando ele ficava assim, uma vulnerabilidade e um ar de garoto que desapareciam quando estava totalmente acordado.

— O que aconteceu quando eu estava lutando contra as Fúrias?

Seus olhos se entreabriram. Era uma pergunta que eu tinha feito muitas vezes desde que havíamos voltado para a Carolina do Norte. O tipo de força e poder que eu havia demonstrado enquanto enfrentava as deusas eram algo que apenas Seth, como um Apôlion plenamente desenvolvido, deveria ter sido capaz de conseguir.

Uma meio-sangue que não despertou? Bem, nem tanto. Era para eu ter levado uma bela de uma surra quando lutei contra as Fúrias.

A boca de Seth ficou tensa.

— Volta a dormir, Alex.

Ele se recusou a responder. De novo. Raiva e frustração tomaram conta de mim. Empurrei o braço dele.

— O que está escondendo de mim?

— Você está sendo paranoica. — O braço dele voltou para minha barriga.

Tentei me soltar, mas ele apertou com mais força. Rangendo os dentes, virei para o lado e me ajeitei.

— Não estou sendo paranoica, imbecil. Alguma coisa aconteceu. Falei para você. Tudo... tudo ficou âmbar. Da cor dos seus olhos.

Ele soltou um longo suspiro.

— Ouvi dizer que pessoas em situações de muito estresse têm mais força e sentidos aguçados.

— Não era isso.

— E que podem ter alucinações quando estão sob pressão.

Joguei o braço para trás, não acertando a cabeça dele por pouco.

— Não tive alucinações.

— Não sei o que te dizer. — Seth ergueu o braço e virou de barriga para cima. — Enfim... Vai voltar para as aulas amanhã?

No mesmo instante, surgiu uma nova preocupação. Aulas significavam enfrentar todos, incluindo Olivia, sem o meu melhor amigo. Uma angústia cresceu em meu peito. Fechei bem os olhos, mas o que surgiu foi o rosto de Caleb, os olhos arregalados e sem vida, com uma adaga do Covenant cravada no peito. Apenas nos meus sonhos eu conseguia me lembrar como ele realmente era.

Seth se sentou, e senti seus olhos fixados em minhas costas.

— Alex...?

Eu odiava nosso vínculo superespecial. Absolutamente detestava que, o que quer que eu estivesse sentindo, passava para ele. Não havia mais privacidade nenhuma. Suspirei.

— Estou bem.

Ele não respondeu.

— Sim, vou para a aula amanhã. Marcus vai surtar quando voltar e descobrir que andei faltando. — Virei de barriga para cima. — Seth?

Ele inclinou a cabeça na minha direção. Sombras cobriam seus traços, mas seus olhos cortavam a escuridão.

— Oi?

— Quando você acha que eles vão voltar?

Por *eles*, eu me referia a Marcus e Lucian... e Aiden. Perdi o fôlego. Acontecia sempre que eu pensava em Aiden e no que ele havia feito por mim, o que havia arriscado.

Virando de lado, Seth pegou minha mão direita. Seus dedos se entrelaçaram com os meus. Minha pele formigou em resposta. O sinal do Apôlion, que não deveria estar na minha mão, se aqueceu. Olhei para nossas mãos dadas, sem me surpreender ao ver as linhas tênues, também sinais do Apôlion, subindo pelo braço dele. Virei a cabeça, observando enquanto as marcas se espalhavam pelo rosto de Seth. Seus olhos pareceram se iluminar. Vinha acontecendo com mais frequência nos últimos tempos, tanto as runas quanto os olhos dele.

— Lucian disse que estavam para voltar, talvez ainda hoje. — Muito devagar, ele passou o polegar na linha da runa. Os dedos dos meus pés se curvaram enquanto eu apertava os lençóis. Seth sorriu. — Ninguém mencionou o guarda puro-sangue. E Dawn Samos já voltou. Parece que a coação de Aiden funcionou.

Queria soltar a mão. Era difícil me concentrar quando Seth mexia com a runa na minha palma. Claro, ele sabia. E, sendo o idiota que era, gostava daquilo.

— Ninguém sabe o que realmente aconteceu. — Seu polegar traçava agora a linha horizontal. — E vai continuar assim.

Meus olhos se fecharam. A verdade de como o guarda puro-sangue havia morrido teria que ser mantida em segredo, ou eu e Aiden teríamos sérios problemas. Não apenas quase tínhamos ficado durante o verão e, ainda por cima, eu tinha dito que o amava, o que era *totalmente* proibido, como eu havia matado um puro-sangue em legítima defesa. E Aiden precisou usar coação em dois puros para acobertar. Matar um puro era uma sentença de morte para um meio-sangue, qualquer que fosse a situação, e um puro era proibido de usar coação em outro. Se alguma coisa dessas viesse à tona, estaríamos completamente ferrados.

— Você acha? — sussurrei.

— Sim. — Senti a respiração quente de Seth em meu rosto. — Dorme, Alex.

Deixando que a sensação relaxante de seu polegar na runa me embalasse, voltei a dormir, esquecendo por um momento todos os erros e decisões que havia feito nos últimos sete meses. Meu último pensamento consciente foi o maior dos meus erros: não o cara ao meu lado, mas aquele que eu nunca poderia ter.

Num dia normal, eu já odiava trigonometria. A matéria me parecia completamente inútil. Quem liga para teorema de Pitágoras quando se está frequentando o Covenant para aprender a matar criaturas? Mas hoje meu ódio pela aula estava maior que nunca.

Quase todos os olhares estavam em mim, até o da sra. Kateris. Eu me afundei na cadeira, enfiando a cara num livro que não leria nem se o próprio Apolo descesse e me mandasse ler. Apenas um par de olhos realmente me afetava. O resto poderia se danar.

O olhar de Olivia era pesado, me julgando.

Por que não poderíamos mudar de lugar? Depois de tudo que havia acontecido, ficar sentada ao lado dela era o pior tipo de tortura. Minha cara ardia. Ela me odiava, me culpava pela morte de Caleb. Mas não fui eu quem tinha matado Caleb, e sim uma daímôn meio-sangue. Eu apenas tinha sido a que saiu com ele às escondidas num campus em toque de recolher, que, no final, fazia muito sentido de existir.

De certa forma, portanto, era mesmo minha culpa. Eu sabia disso e, pelo amor dos deuses, faria qualquer coisa para mudar a situação daquela noite.

O surto de Olivia no velório de Caleb devia ser o motivo pelo qual todos ficavam me lançando olhares. Se eu bem me lembro, ela tinha gritado algo como "Você é um Apôlion", enquanto eu ficava olhando para a cara dela.

No Covenant de Nova York, nas Catskills, os estudantes meios-sangues me achavam incrível, mas ali... nem tanto. Quando eu respondia seus olhares, eles logo desviavam para esconder o incômodo.

No fim da aula, guardei o livro na mochila e me apressei em sair, me perguntando se Deacon falaria comigo no próximo período. Deacon e Aiden eram opostos em quase tudo, mas tanto Aiden quanto seu irmão mais novo viam meios como iguais, algo raro entre a raça de puro-sangue.

Cochichos me seguiram pelo corredor. Ignorá-los era mais difícil do que eu imaginava. Todas as células do meu corpo exigiam que eu confrontasse as pessoas. E fazer o quê? Pular em cima como um macaco-aranha raivoso e acabar com elas? Pois é, isso não me faria exatamente popular.

— Alex! Espera!

Meu coração apertou ao ouvir a voz de Olivia. Acelerei o passo, quase atropelando alguns meios-sangues mais novos que me olhavam com os olhos grandes e amedrontados. Por que estavam com medo de mim? Eu não estava prestes a virar o Assassino de Deuses. Mas, claro que eles viam Seth como um deus. Só mais algumas portas e eu poderia me esconder em verdade técnica e lendas.

— Alex!

Reconheci o tom de Olivia. Era o mesmo que usava quando ela e Caleb estavam prestes a começar uma briga: determinada e extremamente teimosa.

Merda...

Ela estava logo atrás de mim, e eu estava a apenas um passo da sala. Não daria para escapar.

— Alex, precisamos conversar — ela disse.

— Agora não. — Porque, sério, ouvir que eu era a culpada por Caleb estar morto não era exatamente o que eu queria naquele dia.

Olivia pegou meu braço.

— Alex, preciso conversar com você. Sei que está chateada, mas você não é a única pessoa que tem o direito de sentir falta de Caleb. Eu era a namorada dele...

Parei de pensar. Virei de uma vez, joguei a bolsa no meio do corredor e a peguei pelo pescoço. Num segundo, a joguei contra a parede, deixando-a na ponta dos pés. Com os olhos arregalados, ela agarrou meu braço e tentou me empurrar.

Apertei apenas um pouco.

Pelo canto do olho, vi Lea, cujo braço já não estava mais numa tala. A daímôn meio-sangue que havia quebrado seu braço também havia matado Caleb. Lea deu um passo à frente como se quisesse intervir.

— Olha, entendo... — sussurrei, rouca. — Você amava Caleb. E... adivinha? Eu também amava. E sinto falta dele. Se pudesse voltar no tempo e mudar aquela noite, eu voltaria. Mas não posso. Então, por favor, só me deixa em...

Um braço da largura da minha cintura surgiu do nada e me jogou um ou dois metros para trás. Olivia se afundou na parede, massageando o pescoço.

Dei meia-volta e soltei um resmungo.

Leon, o rei do pior timing da história, me encarou.

— Você está precisando de uma babá.

Abri a boca, mas fechei na sequência. Levando em conta algumas das coisas que Leon havia interrompido no passado, ele não fazia ideia de como aquela frase fazia sentido. Mas me dei conta de algo mais importante. Se Leon estava de volta, meu tio e Aiden também estavam.

— Você vai para a aula — Leon disse, apontando para Olivia. Ele voltou a atenção para mim. — Você vem comigo.

Mordendo a língua, peguei minha bolsa do chão e comecei minha caminhada da vergonha pelo corredor já aglomerado. Vi Luke de relance, mas desviei o olhar antes que pudesse avaliar sua expressão.

Leon pegou a escada, graças aos deuses, e não falamos nada até chegarmos ao saguão. As estátuas das Fúrias não estavam mais lá, mas o espaço vazio me dava um frio na barriga. Eu tinha certeza de que voltariam. Era apenas questão de tempo.

Leon era gigante em relação a mim: mais de dois metros de puro músculo.

— Por que, toda vez que a vejo, você está prestes a fazer algo que não deveria?

Dei de ombros.

— É um talento.

Um sorriso relutante apareceu em seu rosto enquanto ele tirava algo do bolso de trás. Parecia um pergaminho.

— Aiden pediu para te entregar.

Senti um frio na barriga enquanto estendia a mão e pegava a carta, tremendo.

— Ele... está bem?

Sua testa se franziu.

— Aiden está ótimo.

Nem tentei esconder meu suspiro de alívio enquanto virava a carta. Estava com um selo vermelho parecendo oficial. Quando ergui os olhos, Leon não estava mais lá. Balançando a cabeça, confusa, fui até um dos bancos de mármore e sentei. Eu não fazia ideia como Leon movia aquele corpo enorme de maneira tão furtiva. Era para o chão tremer atrás dele.

Curiosa, passei o dedo sob o vinco e rompi o selo. Desdobrando a carta, vi a assinatura elegante de Laadan. Li o pergaminho rapidamente uma vez. Depois, voltei e li de novo.

E li uma terceira vez.

Senti um frio e um calor insuportáveis ao mesmo tempo. Minha boca secou, minha garganta fechou. Tremores sutis sacudiam meus dedos, fazendo o papel tremer. Eu me levantei e me sentei de novo. As quatro palavras se repetiam diante dos meus olhos. Era tudo o que eu conseguia enxergar. Tudo o que queria saber.

Seu pai está vivo.

2

Com o coração acelerado, eu dava dois passos de cada vez. Ao ver Leon perto da sala do meu tio, comecei a correr. Ele pareceu um pouco assustado ao me ver.

— O que foi, Alexandria?

Parei de repente.

— Aiden te entregou isso?

Leon franziu a testa.

— Sim.

— Você leu?

— Não. Não estava endereçada a mim.

Apertei a carta junto ao peito.

— Sabe onde Aiden está?

— Sim. — A expressão de Leon ficou ainda mais severa. — Ele voltou ontem à noite.

— Onde ele está *agora*, Leon? Preciso saber.

— Não entendo a razão de precisar tanto de Aiden a ponto de interromper o treinamento dele. — Ele cruzou os braços grossos diante do peito. — E não era para você estar na aula?

Fiquei encarando por um momento antes de dar meia-volta e sair correndo. Leon não era burro, não tinha revelado onde Aiden estava sem querer, mas eu não me importava o suficiente para tentar entender seus motivos.

Se Aiden estava treinando, eu sabia onde encontrá-lo. Uma brisa fria e úmida atingiu meu rosto quando atravessei as portas do saguão e me dirigi à arena. O céu acinzentado e opaco era típico do fim de novembro, fazendo o verão parecer muito distante.

As aulas para os alunos iniciantes estavam sendo dadas nas salas maiores. Os comandos impacientes do instrutor Romvi, ecoando de trás de uma das portas fechadas, seguiram meus passos rápidos pelo corredor vazio. Do outro lado do prédio, próximo da enfermaria onde Aiden me levou depois de Kain ter acabado comigo no treino, havia uma sala menor, equipada apenas com o básico e uma câmara de privação sensorial.

Eu ainda não tinha treinado lá.

Espiando pela fresta na porta, vi Aiden. Ele estava no meio do tatame, batendo num saco de boxe. Uma leve camada de suor brilhava em seus músculos definidos enquanto golpeava, empurrando o equipamento para trás.

Em qualquer outro momento, teria admirado de maneira quase obsessiva, mas meus dedos se contraíram, amassando a carta. Passei pela fresta e cruzei a sala.

Ele se virou, os olhos passando de um cinza frio para um tom tempestuoso. Deu um passo para trás, passando o braço pela testa.

— Alex, o quê... o que está fazendo aqui? Não era para estar na aula?

Levantei a carta.

— Você leu o que está nesta carta?

Ele estava com a mesma cara de Leon.

— Não. Laadan pediu para entregar a você.

Por que ela confiou essa notícia a Aiden? Eu não conseguia nem começar a entender isso a menos que...

— Você *sabe* o que está na carta?

— Não. Ela só me pediu para dar para você. — Ele se curvou, pegando uma toalha no tatame. — O que tem na carta para você vir atrás de mim?

Uma pergunta idiota e totalmente desimportante veio à superfície.

— Por que você entregou para Leon?

Ele desviou o olhar, ficando imóvel.

— Achei que seria melhor.

Meu olhar passou de seu rosto para o pescoço. Aquela corrente fina de prata ainda estava lá. Eu estava louca para saber o que seria, ele não era de usar joias. Voltei os olhos para seu rosto.

— Meu pai está vivo.

Aiden inclinou a cabeça na minha direção.

— Como assim?

Uma sensação amarga se instalou em meu estômago.

— Ele está *vivo*, Aiden. E está há anos no Covenant de Nova York. Estava lá quando eu estava lá. — O turbilhão de emoções que senti quando li a carta voltou. — Eu vi, Aiden! Sei que vi. O servo de olhos castanhos. E ele sabia... sabia que eu era filha dele. Deve ser por isso que sempre me olhava estranho. Deve ser por isso que eu sempre me sentia sendo atraída por ele quando o via. Eu só não sabia.

Aiden estava pálido mesmo sendo bronzeado.

— Posso?

Entreguei a carta e passei as mãos trêmulas no cabelo.

— Sabe, havia algo diferente nele. Ele nunca parecia dopado como os outros servos. E, quando eu e Seth estávamos indo embora, eu o vi lutando contra os daímônes. — Parei, inspirando fundo. — Eu só não sabia, Aiden.

Suas sobrancelhas franziram enquanto ele lia a carta.

— Deuses... — ele murmurou.

Virando as costas para ele, abracei o corpo. A sensação de náusea que eu vinha contendo atravessou meu estômago. A raiva ferveu o sangue em minhas veias.

— Ele é um servo... um *servo*, porra!

— Sabe o que isso significa, Alex?

Eu o encarei, surpresa ao ver que ele estava tão perto. Senti imediatamente o cheiro de barba feita e água salgada.

— Sim. Preciso fazer algo! Preciso tirá-lo de lá. Sei que não o conheço, mas ele é meu pai. Preciso fazer algo!

Aiden arregalou os olhos.

— Não.

— Não o quê?

Ele dobrou a carta numa mão e pegou meu braço com a outra. Finquei os pés.

— O que você...?

— Não aqui — ele ordenou, baixo.

Confusa e um pouco espantada por Aiden estar tocando em mim, deixei que me levasse à enfermaria do outro lado do corredor. Ele fechou a porta, virando a fechadura. Um calor estranho tomou conta do meu corpo ao perceber que estávamos sozinhos numa sala sem janelas, e Aiden havia acabado de trancar a porta. Sério, eu precisava me controlar, aquele não era o momento para os meus hormônios ridículos. Certo, na verdade, *nunca* era o momento para eles.

Aiden me encarou. Seu maxilar se contraiu.

— O que está pensando?

— Hum... — Dei um passo para trás. De jeito nenhum eu admitiria aquilo. Então me dei conta de que ele estava bravo... furioso comigo. — O que fiz agora?

Ele colocou a carta na maca em que eu me sentei.

— Você não vai fazer nenhuma loucura.

Meus olhos se estreitaram enquanto apanhava o papel, entendendo finalmente por que ele estava tão bravo.

— Prefere que eu não faça nada? E simplesmente deixe meu pai apodrecer na servidão?

— Você precisa se acalmar.

— Me acalmar? Aquele servo em Nova York é meu pai. O pai que me disseram que estava morto! — Eu me lembrei de repente de Laadan na biblioteca, falando sobre meu pai como se ainda estivesse vivo. A raiva me atingiu como um soco no estômago. Por que ela não me contou? Eu poderia ter falado com ele. — Como posso me acalmar?

— Não... não consigo nem imaginar pelo que você está passando ou o que está pensando. — Ele franziu a testa. — Bom, sim, consigo imaginar o que está pensando. Você quer invadir as Catskills e libertá-lo. Sei que é isso o que está pensando.

Claro que era.

Ele começou a se aproximar, os olhos assumindo um brilho prateado.

— Não faça isso.

Recuei, apertando a carta de Laadan junto ao peito.

— Eu preciso fazer alguma coisa.

— Sei que você acha que precisa, mas, Alex, você não pode voltar.

— Eu não invadiria. — Contornei a mesa quando ele foi chegando mais perto. — Vou pensar em algo. Posso me meter em alguma encrenca. Telly disse que bastava eu cometer mais um erro e seria mandada para as Catskills.

Aiden me encarou.

A mesa estava entre nós agora.

— Se eu puder voltar lá, posso conversar com ele. Preciso conversar com ele.

— De jeito nenhum — Aiden rosnou.

Meus músculos se tensionaram.

— Você não pode me deter.

— Quer apostar? — Ele começou a dar a volta pela mesa.

Não mesmo. A ferocidade em sua expressão deixava claro que ele faria qualquer coisa para me impedir, o que significava que eu precisava convencê-lo.

— É meu pai, Aiden. O que você faria se fosse Deacon?

Eu sabia que era golpe baixo.

— Não se atreva a enfiar Deacon nessa história, Alex. Não vou permitir que acabe morta. Não importa por quem seja. Não vou.

Lágrimas arderam no fundo da minha garganta.

— Não posso deixar que ele tenha aquele tipo de vida. Não posso.

Uma dor perpassou seu olhar duro.

— Eu sei, mas não vale perder a vida por ele.

Meus braços caíram ao lado do corpo e parei de tentar argumentar.

— Como você pode tomar essa decisão? — As lágrimas que eu vinha tentando segurar escaparam. — Como posso não fazer nada?

Aiden não disse nada enquanto colocava as mãos em meus braços e me guiava para ele. Em vez de me puxar direto para um abraço, ele recuou até a parede e deslizou para baixo, me levando junto. Eu estava aninhada em seus braços. Minhas pernas se dobraram sobre ele, uma das minhas mãos apertando sua camisa.

A inspiração que fiz foi superficial, cheia de um tipo de dor que eu não conseguia superar.

— Estou cansada das pessoas mentindo para mim. Todos mentiram sobre minha mãe. E agora isso? Pensei que ele estivesse *morto*. E, pelo amor dos deuses, seria melhor se estivesse, a morte é melhor do que ele precisa aguentar. — Minha voz embargou, e mais lágrimas deslizaram por minhas bochechas.

Aiden me apertou e traçou círculos reconfortantes em minhas costas. Eu queria parar de chorar porque era algo fraco e humilhante, mas não conseguia. Descobrir o verdadeiro destino do meu pai era horroroso. Quando me acalmei, recuei um pouco e ergui os olhos marejados.

Fios úmidos e sedosos de cabelo escuro estavam colados em sua testa e em sua face. A luz fraca do ambiente ainda destacava aquelas maçãs do rosto salientes e aqueles lábios que eu tinha desenhados na mente há tanto tempo. Aiden quase nunca sorria completamente, mas, quando sorria, era deslumbrante. Foram poucas as vezes em que tive a oportunidade de contemplar aquele sorriso raro. A última havia sido no zoológico.

Vendo-o agora, vendo-o de verdade, pela primeira vez desde que ele havia arriscado tudo para me proteger, quis começar a chorar de novo. Na semana anterior, eu havia relembrado o que acontecera várias e várias vezes. Será que eu poderia ter feito algo diferente? Desarmado o guarda em vez de enfiar a lâmina em seu peito? E por que Aiden usou coação para acobertar o que eu havia feito? Por que havia arriscado tanto?

E nada disso parecia importante agora, não depois de descobrir sobre meu pai. Sequei os olhos.

— Desculpa por... chorar em cima de você.

— Nunca peça desculpas por isso — ele disse.

Pensei que ele me soltaria àquela altura, mas seus braços ainda estavam ao meu redor. Mesmo sabendo que não deveria, porque só causaria um mundo de dor depois, me permiti relaxar em seu corpo.

— Você tem essa reação automática a tudo.

— Como assim?

Ele baixou o braço e deu um peteleco no meu joelho.

— É sua primeira reação. O pensamento imediato quando você descobre algo. Você age em vez de pensar direito.

Afundei o rosto em seu peito.

— Isso não é um elogio.

Sua mão passou para minha nuca, os dedos se enroscando nos cabelos desgrenhados ali. Me perguntando se ele sabia o que estava fazendo, prendi a respiração. Sua mão estava firme, me segurando para que eu não conseguisse me afastar demais. Não que eu me afastaria, por mais errado que aquilo fosse, por mais perigoso ou insensato.

— Não é uma crítica — ele disse, em voz baixa. — É só quem você é. Você não para e pensa no perigo, apenas no que é certo. Mas, às vezes, isso não é... certo.

Ponderei sobre isso.

— Coagir Dawn... E, quanto ao outro puro, foi uma reação automática?

Ele levou o que pareceu uma eternidade para responder.

— Foi, e não foi a coisa mais inteligente a fazer, mas eu não poderia ter agido de outra forma.

— Por quê?

Aiden não respondeu.

Não insisti. Havia um bem-estar em seus braços, na maneira como sua mão massageava de modo reconfortante minhas costas, algo que eu não conseguia encontrar em nenhum outro lugar. Não queria estragar aquele momento. Em seus braços, eu ficava estranhamente mais calma. Conseguia respirar. Me sentia segura, centrada. Ninguém mais oferecia aquilo. Ele era como uma caixinha de Ritalina.

— Virar sentinela foi uma reação automática — sussurrei.

Aiden arfava sob meu rosto.

— Sim, foi.

— Você... se arrepende?

— Nunca.

Queria ter esse tipo de firmeza.

— Não sei o que fazer, Aiden.

Ele baixou o queixo, roçando minha bochecha. Sua pele era suave, quente, excitante e calmante ao mesmo tempo.

— Vamos encontrar uma forma de entrar em contato com ele. Você disse que ele não parecia estar sob o efeito do elixir? Podemos mandar uma carta para Laadan; ela pode passar para ele. Seria a medida mais segura para nós.

Meu coração fez uma dancinha ridícula de felicidade. Uma esperança descontrolada se espalhou dentro de mim.

— Nós?

— Sim. Posso facilmente mandar uma carta para Laadan... uma mensagem. É o caminho mais seguro agora.

Eu queria apertá-lo, mas me contive.

— Não. Se você for pego... não posso deixar que isso aconteça.

Aiden riu baixinho.

— Alex, acho que já quebramos todas as regras possíveis. Não estou com medo de ser pego por passar uma mensagem.

Não, não tínhamos quebrado *todas* as regras.

Ele se afastou um pouco, e consegui sentir seu olhar intenso no meu rosto.

— Achou que eu não ajudaria em algo tão importante?

Mantive os olhos fechados, porque olhar para ele era uma fraqueza. *Ele* era minha fraqueza.

— As coisas... mudaram.

— Sei que as coisas mudaram, Alex, mas sempre vou estar aqui para apoiar você. Sempre vou ajudar você. — Ele fez uma pausa. — Como pode duvidar disso?

Cometi a besteira de abrir os olhos. Fiquei completamente envolvida. Era como se tudo o que havia sido dito, tudo o que eu sabia, não importasse mais.

— Não duvido disso — sussurrei.

Seus lábios se curvaram para o lado.

— Às vezes, não te entendo.

— Também quase não me entendo. — Baixei os olhos. — Você já fez... demais. O que você fez nas Catskills? — Engoli o nó na garganta. — Deuses, nunca te agradeci por aquilo.

— Não...

— Não me diga que não preciso agradecer. — Meu olhar se ergueu, encontrando o dele. — Você salvou minha vida, Aiden, colocando a sua em risco. Então, obrigada.

Ele desviou os olhos, focando num ponto acima da minha cabeça.

— Falei que nunca deixaria nada acontecer a você. — Seu olhar se voltou para mim e uma ironia cintilou naqueles círculos prateados. — Mas parece um trabalho em tempo integral.

Meus lábios se curvaram.

— Estou me esforçando, sabe. Hoje, foi o primeiro dia em que fiz algo ligeiramente idiota. — Deixei de fora a parte em que fiquei isolada no quarto com um forte resfriado.

— O que você fez?

— Você não quer saber.

Ele riu de novo.

— Pensei que Seth estaria mantendo você longe de encrenca.

Ao me dar conta de que não tinha nem pensado nele desde que li a carta, fiquei tensa. O vínculo nem passou pela minha cabeça. Merda...

Aiden inspirou fundo e soltou os braços.

— Sabe o que isso quer dizer, Alex?

Eu me esforcei para me recompor. Havia questões importantes para enfrentar. Meu pai, o conselho, Telly, as Fúrias, uma dezena de deuses irritados e Seth. Mas meu cérebro estava um caos.

— O quê?

Aiden olhou para o chão, como se tivesse medo de dizer em voz alta.

— Seu pai não era um mortal. Ele é um meio-sangue.

3

Não voltei para a aula. Em vez disso, fui pro quarto e me sentei na cama, com a carta na minha frente como uma cobra pronta para dar o bote. Eu estava atordoada por descobrir que meu pai estava vivo e... me sentia muito idiota por não ter me dado conta antes. A carta de Laadan não tinha ido direto ao ponto. Claro, eu entendia por que ela tentou enfeitar a bomba que estava mandando na breve carta. De que outra forma o conselho havia conseguido controlar meu pai? Eu o tinha visto lutar. Parecia um ninja com o candelabro.

Meu pai era um meio-sangue... um meio-sangue *treinado*. Era provável que até tivesse sido sentinela, o que explicava como minha mãe tinha conhecido ele antes de Lucian.

Um meio-sangue.

Então, o que em nome de Hades isso fazia de mim?

A resposta parecia simples demais. Eu me deitei, com o olhar perdido no teto. Deuses, queria que Caleb estivesse aqui para conversar sobre isso, porque não podia ser o que parecia.

Dois puros-sangues geravam bebezinhos puros felizes. Um puro-sangue que se envolvesse com um mortal gerava os incansáveis meios-sangues. Mas um puro-sangue e um meio-sangue — o que era tão proibido, tão tabu, que eu não conseguia pensar numa criança saindo dali — geravam... o quê?

Eu me sentei abruptamente, o coração disparado. Na primeira vez em que Aiden esteve no meu quarto e olhei para ele — bem, eu estava quase devorando-o com os olhos, mas enfim —, fiquei me perguntando por que relações entre meios-sangues e puros eram proibidas havia milênios. Não era o medo de um ciclope caolho, mas, de certa forma, era.

Um puro-sangue e um meio-sangue geravam um Apôlion.

— Puta que pariu! — eu disse, olhando para a carta.

Mas não devia ser só isso. Normalmente, havia apenas um Apôlion nascido a cada geração, com exceção de Solaris e o Primeiro, e de mim e Seth. O que significava que foram pouquíssimas as vezes em que um meio e um puro procriaram desde o tempo em que os deuses caminharam pela Terra. Isso deveria ter acontecido mais vezes. Ou esses bebês foram mortos? Não duvidaria que os puros ou os deuses fizessem algo assim se soubessem o que poderia sair da união entre um puro e um meio. Mas por que eu e Seth havíamos sido poupados? Era óbvio que sabiam o que meu pai era se o mantiveram por perto. Meu coração se apertou, e cerrei os punhos. Guardei a raiva para voltar a ela depois. Eu tinha prometido a Aiden que não faria nada impulsivo, e minha raiva sempre levava a alguma idiotice.

Um calafrio desceu por minha espinha. Um som veio da porta, parecendo uma fechadura girando. Olhei para a carta, mordendo os lábios. Depois para o relógio ao lado da cama. Estava atrasada para o treino com Seth.

A porta abriu e fechou. Peguei a carta, dobrando-a rapidamente. Sem precisar erguer os olhos, soube o momento em que ele parou na entrada do meu quarto. Uma percepção aguçada percorreu minha pele e o ar se encheu de eletricidade.

— O que aconteceu hoje? — ele perguntou simplesmente.

Eram poucas as coisas que eu poderia esconder de Seth. Ele teria sentido minhas emoções desde o momento em que li a carta e tudo que tinha sentido quando estava com Aiden. Ele não saberia exatamente o que estava deixando meus sentimentos tão descontrolados, graças aos deuses, mas não era burro. Fiquei até surpresa por ele ter esperado tanto tempo para me encontrar.

Ergui os olhos. Ele parecia uma daquelas estátuas de mármore que adornavam a entrada de todos os prédios aqui, exceto que sua pele tinha uma tonalidade dourada única de uma perfeição sobrenatural. Às vezes, parecia frio, impassível. Especialmente quando prendia seu cabelo loiro na altura dos ombros, mas naquele momento estava solto, suavizando as linhas de seu rosto. Seus lábios cheios, geralmente curvados num sorriso presunçoso, estavam pressionados, formando uma linha dura e tensa.

Aiden tinha sugerido que eu mantivesse a carta e seu conteúdo em segredo. Laadan havia quebrado deuses sabem quantas regras me contando sobre meu pai, mas eu confiava em Seth. Afinal, estávamos destinados a ficar juntos. Duas pessoas que, meses antes, eu teria rido se alguém dissesse que estariam fazendo o que quer que estivéssemos fazendo. Tínhamos sentido uma antipatia recíproca quando nos conhecemos e tivemos momentos épicos ainda por cima. Não fazia muito tempo, eu havia ameaçado furar seu olho. E estava falando sério.

Em silêncio, estendi a carta.

Seth a pegou, desdobrando-a rapidamente com dedos longos e ágeis. Dobrei as pernas embaixo de mim, observando-o. Não havia nada em sua expressão que revelasse o que ele estava pensando. Depois do que pareceu uma eternidade, ergueu os olhos.

— Ai, deuses!

Não era exatamente a reação que eu estava esperando.

— Você vai fazer algo incrivelmente idiota por isso.

Ergui as mãos.

— Nossa, todo mundo acha que vou invadir as Catskills como uma espartana?

As sobrancelhas de Seth se ergueram.

— Não importa — resmunguei. — Não vou atacar o Covenant. Preciso fazer algo, mas não vai ser... irresponsável. Tá feliz? Enfim, lembra o meio-sangue pelo qual passamos quando estávamos assistindo ao conselho em nosso primeiro dia lá?

— Sim. Você ficou olhando para ele.

— É ele. Tenho certeza. É por isso que me parecia familiar. Os olhos dele. — Mordi o lábio, desviando o olhar. — Minha mãe sempre falou sobre os olhos dele.

Ele se sentou ao meu lado.

— O que você vai fazer?

— Vou mandar uma carta de volta a Laadan, para o meu pai. Depois, não sei. — Olhei para ele. Fios grossos de cabelo cobriam seu rosto. — Sabe o que isso significa, certo? Que ele é um meio-sangue. E isto... — Apontei para nós dois. — Somos a razão de relações de prazer serem proibidas entre meios e puros. Deuses sabem o que acontece se um puro e um meio se envolverem.

— Deve ser mais do que isso. Os deuses gostam da ideia de subjugar os meios. O que você acha que faziam com os mortais durante os bons tempos? Os deuses subjugavam os mortais até irem longe demais. Ainda tratam os meios-sangues como vermes que só servem para serem pisoteados.

Caramba, quanto ódio Seth estava sentindo pelos deuses agora! Fiquei olhando para minha palma direita, para a runa tênue que apenas eu e Seth conseguíamos ver.

— Era ele, meu pai, na escada. Não consigo explicar, mas tenho certeza.

Seth ergueu os olhos nesse momento, olhos num tom estranho de amarelo.

— Quem sabe sobre isso?

Abanei a cabeça.

— O conselho deve saber. Laadan sabia porque era amiga da minha... minha mãe e do meu pai. Não me surpreenderia se Lucian e Marcus também souberem. — Franzi a testa. — Lembra quando ouvimos Marcus e Telly conversando?

— Me lembro de deixar você cair de bunda.

— Sim, você fez isso porque estava encarando a peituda.

Ele arregalou os olhos e soltou uma risada em choque.

— Peituda? Quê?

— Sabe... aquela menina que ficou dando em cima de você nas Catskills. — Quando ele ergueu as sobrancelhas, revirei os olhos. Típico de Seth não conseguir lembrar *qual*. — Estou falando da que era toda, sabe, peituda.

Ele ficou olhando para o nada por um momento e riu de novo.

— Ah... Sim, aquela... espera um segundo. Você batizou a menina de Peituda?

— Sim, e aposto que você não lembra o nome dela.

— Ah...

— Que bom que estamos na mesma página! Enfim, lembra que Telly disse que já tinham alguém lá? Que poderiam mantê-los juntos? Acha que ele estava falando sobre mim e meu pai? — Se Marcus e Lucian sabiam, eu gostaria de bater as cabeças deles uma na outra, mas confrontá-los colocaria Laadan em perigo.

Seth olhou para a carta.

— Faria sentido. Ainda mais considerando o quanto Telly queria que você fosse condenada à servidão.

O ministro Telly era o ministro-chefe de todos os conselhos e me perseguia desde o início. Meu depoimento sobre os acontecimentos em Gatlinburg foi uma grande farsa para me colocar diante de todos os ministros e permitir que votassem se eu deveria ir para servidão. E eu tinha certeza de que Telly estava por trás da coação usada contra mim na noite em que quase virei picolé. Se Leon não tivesse me encontrado, eu teria morrido congelada. E teve também a noite em que me deram o equivalente a um sedativo olimpiano numa tentativa tosca de me colocar numa posição comprometedora com um puro. Teria funcionado se Seth e Aiden não tivessem me visto com a bebida.

Minha cara ardeu enquanto eu relembrava aquela noite. Eu tinha praticamente molestado Seth — não que ele tivesse reclamado. Seth sabia que eu estava sob os efeitos da poção e havia tentado se controlar, mas o vínculo entre nós havia transferido parte do meu tesão descontrolado para ele. Eu teria perdido a virgindade se não tivesse terminado a noite vomitando as tripas. Sei que a situação incomodava Seth. Ele se sentia culpado por ceder. E o punho de Aiden havia causado um estrago no olho dele depois que me viu no chão do banheiro... com as roupas de Seth. Aiden não conseguia entender como eu havia perdoado Seth e, às vezes, eu também não. Talvez fosse o vínculo, porque o que nos unia era forte. Talvez fosse outra coisa.

Depois houve o guarda puro-sangue que tinha tentado me matar, dizendo que precisava "proteger os seus". Eu desconfiava que o ministro Telly também estivesse por trás disso.

— Quem mais sabe sobre isso? — Seth me tirou de minhas reflexões.

— Laadan pediu para Aiden me dar essa carta, mas quem acabou me dando foi Leon. Leon disse que não olhou a carta, e acredito nele. Estava selada. Está vendo? — Apontei para o selo rompido. — Aiden também não sabia o que havia nela.

O maxilar de Seth se flexionou.

— Você foi até Aiden?

Eu sabia que precisava ser cuidadosa. Eu e Seth não estávamos juntos nem nada, mas sabia que ele não estava ficando com mais ninguém agora. Os calores que eu tinha notado desde que voltamos das Catskills aconteciam apenas quando ele estava perto de mim, principalmente durante nossos treinos práticos. Seth era, acima de tudo, um menino. Acontecia... muito.

— Pensei que talvez ele soubesse, já que Laadan confiou a carta a ele, mas não sabia — eu disse por fim.

— Mas você contou para ele?

Não havia por que mentir.

— Sim. Ele sabia que eu estava transtornada. É óbvio que ele é confiável. Não vai abrir a boca.

Seth ficou em silêncio por um instante.

— Por que não me procurou?

Ah, não! Fiquei olhando para o chão, depois para minhas mãos e, por fim, para a parede.

— Não sabia onde você estava. E Leon me disse onde Aiden estava.

— Você nem tentou me encontrar? É uma ilha. Não teria sido difícil. — Ele colocou a carta em cima da cama e, pelo canto do olho, vi seus pés apontados para mim.

Mordi os lábios. Eu não devia nada a ele, devia? Seja como for, não queria ferir seus sentimentos. Seth podia agir como se não tivesse nenhum, mas eu sabia que não era bem assim.

— Eu não estava pensando. Não é nada demais.

— Certo. — Ele se aproximou, e sua respiração aqueceu meu rosto. — Senti suas emoções à tarde.

Engoli em seco.

— Por que não me procurou?

— Eu estava ocupado.

— Então qual é o problema de eu não ter te procurado? Você estava ocupado.

Seth tirou o cabelo farto do meu pescoço, jogando-o sobre o ombro. Meus músculos se contraíram.

— Por que estava tão abalada?

Virei a cabeça. Nossos olhares se encontraram.

— Acabei de descobrir que meu pai está vivo e é um servo. É meio impactante.

Os olhos dele assumiram um tom mais caloroso de âmbar.

— Faz sentido.

Não havia muito espaço entre nossas bocas. Um nervosismo repentino me dominou. Eu e Seth não nos beijávamos desde o dia no labirinto. Acho que meu resfriado o deixou com nojo, e eu também não insisti, mas não espirrava nem fungava desde hoje de manhã.

— Quer saber?

Ele abriu um leve sorriso.

— O quê?

— Você não parece muito surpreso sobre meu pai. Você não sabia, sabia? — Prendi a respiração porque, se ele soubesse, eu não saberia o que ia fazer. Mas não seria agradável.

— Por que você pensaria isso? — Seus olhos se estreitaram. — Não confia em mim?

— Não. Confio sim. — E confiava mesmo... na maior parte do tempo. — Mas você não parece nem um pouco surpreso.

Seth suspirou.

— Nada mais me surpreende.

Pensei em outra coisa.

— Você sabe qual dos seus pais era meio-sangue?

— Só podia ser meu pai. Minha mãe era completamente pura.

Eu não sabia disso. Até porque sabia muito pouco sobre Seth. Claro, ele gostava de falar sobre si mesmo, mas era tudo num nível superficial. E também havia o maior mistério de todos.

— Qual é seu sobrenome?

— Alex, Alex, Alex — ele repreendeu suavemente, ajoelhando.

Apertei as mãos, reconhecendo a intensidade calculada em seu olhar. Ele estava tramando algo.

— Que foi?

— Quero testar uma coisa.

Como estávamos na minha cama e Seth era quase sempre um pervertido, meu nível de desconfiança era bem alto. Transpareceu em minha voz.

— O quê?

Seth me empurrou até eu estar deitada. Colocou o corpo em cima do meu, um leve sorriso nos lábios.

— Me dá a mão esquerda.

— Por quê?

— Por que você questiona tanto?

Arqueei uma das sobrancelhas.

— Por que você sempre invade meu espaço pessoal?

— Porque eu gosto. — Ele deu uma batidinha na minha barriga. — E, no fundo, você também gosta.

Meus lábios se apertaram. Eu tinha quase certeza que o vínculo entre nós gostava quando ele fazia isso. Dava para sentir agora. Praticamente ronronava. Agora, se eu gostava, era algo que ainda estava tentando descobrir.

— Me dá a mão esquerda — ele ordenou de novo. — Vamos praticar sua técnica de bloqueio.

— E precisa ficar de mãos dadas para fazer isso? — *Na minha cama*, quis acrescentar.

— Alex.

Com um suspiro alto, dei a mão para ele.

— Vamos cantar alguma coisa agora?

— Você adoraria. — Ele se acomodou ao redor das minhas coxas, colocando um joelho em cada lado. — Canto muito bem.

— A gente precisa fazer isso agora? Não estou muito a fim depois de tudo. — Praticar técnicas de bloqueio mental exigia concentração e determinação, duas coisas que eu não tinha no momento. Bom, para ser sincera, concentração era algo que eu costumava não ter sempre.

— Agora é o melhor momento. Suas emoções estão à flor da pele. Você precisa aprender a superá-las. — Seth pegou minha outra mão, entrelaçando os dedos nos meus. Ele se inclinou tanto que as pontas do seu cabelo roçaram minhas bochechas. — Feche os olhos. Imagine as paredes.

Fechar os olhos era algo que eu não queria fazer com Seth em cima de mim. O vínculo entre nós vinha ficando mais forte a cada dia. Dava para sentir se mover em meu ventre, vibrando até a superfície. Meus dedos dos pés se curvaram dentro das meias felpudas. A mesma sensação que me inundou no dia em que explodi a pedra. Eu queria tocar nele. Ou o vínculo queria que eu o tocasse.

Seth inclinou a cabeça para o lado.

— Sei o que você está sentindo agora. Aprovo muito.

Minha cara ardeu.

— Deuses, te odeio!

Ele riu.

— Imagine as paredes. São sólidas, intransponíveis.

Imaginei as paredes. Na minha mente, eram em rosa-neon. Com brilhos. Pus brilhos nas paredes porque me davam algo em que focar. Seth havia falado que a técnica poderia funcionar contra coações se feita corretamente, mas, quando se tratava de emoções, as paredes não eram construídas ao redor da mente, mas do estômago e do coração. As paredes se formaram primeiro em minha mente e, depois, eu as desci, criando uma armadura para o meu corpo.

— Ainda consigo sentir — Seth disse, se ajeitando com inquietação em cima de mim.

Devia ser mesmo um saco para ele, pensei. Ele conseguia sentir que eu ainda estava obcecada por Aiden, transtornada pelo meu pai e dividida em relação a ele. E a única coisa que eu conseguia sentir dele era quando ele estava com tesão.

A maldita corda dentro de mim, minha conexão com Seth, começou a vibrar, exigindo atenção. Era como um animal de estimação irritante... ou o próprio Seth. Pensei se daria para usar a corda para bloquear minhas emoções. Abrindo os olhos, estava quase perguntando, mas fechei a boca.

Seth estava com os olhos fechados e parecia estar muito concentrado em algo. Suas pálpebras vibravam de vez em quando, os lábios contraídos com tensão. As marcas, então, fluíram sobre sua pele, se movendo tão rápido que os glifos não passavam de um borrão enquanto deslizavam por seu pescoço e desapareciam sob a gola da camisa.

Meu coração disparou. Assim como a corda. Tentei soltar a mão antes que aquelas marcas chegassem à minha pele.

— Seth...

Seus olhos se abriram, vidrados. As marcas deslizavam sobre sua pele. Uma explosão de luz âmbar crepitante irradiava de seu antebraço. Quanto mais eu me debatia para sair debaixo dele e escapar daquela corda maldita, mais minhas mãos eram imobilizadas.

O pânico se espalhou, dilacerante.

— Seth!

— Está tudo bem — ele disse.

Mas não estava nada bem. Eu não queria que aquela corda fizesse o que eu sabia que faria. E estava fazendo. Ela envolveu nossas mãos, estalando e faiscando, se espalhando por meu braço. Me retraí, tentando me afastar, mas Seth segurou firme, seus olhos fixos nos meus.

— A corda... é o poder mais puro. Akasha — ele disse. Akasha era o quinto e último elemento, e só podia ser explorado pelos deuses e pelo Apôlion. O tom dos olhos de Seth ficou luminoso. Pareciam quase desvairados. — Segura firme.

Ele não estava me dando muita escolha. Meu olhar pousou em nossas mãos. Pulsando, a corda se contraiu e cintilou num âmbar brilhante. Uma corda azul se enroscou sob a âmbar, derramando gotas de luz incandescente sobre a colcha. Vagamente, torci para não atearmos fogo na cama. Seria algo difícil de explicar.

A corda azul piscou, tremulando. Eu me dei conta vagamente que era minha e mais fraca do que a âmbar. Então, o azul saltou e pulsou. Minha mão esquerda começou a queimar enquanto a pele formigava. Reconhecendo a sensação, surtei.

Me contorci, tentando recuar. Não queria outra runa, e não tínhamos segurado por tanto tempo da última vez. Algo estava muito diferente.

— Seth, isso não parece...— Meu corpo se sacudiu, interrompendo minhas próprias palavras.

O corpo de Seth ficou tenso.

— Bons deuses.

E foi então que senti: akasha, se movendo pelas cordas, saindo de mim e entrando em Seth. Era como uma marca de daímôn, mas não doloroso. Não... Era gostoso, inebriante. Parei de resistir, deixando o vaivém glorioso me levar. Não pensei em nada. Não havia preocupações nem medos. A dor na minha mão desapareceu, restando apenas um leve incômodo que começava a se espalhar por outros lugares. Existia apenas isso... E Seth. Meus olhos se fecharam lentamente, e um suspiro escapou. Por que eu estava com tanto medo disso?

Houve um clarão de luz que consegui ver mesmo de olhos fechados. Seth soltou minha mão, que caiu sem forças ao lado do corpo. O colchão se afundou ao lado da minha cabeça, onde ele colocou as mãos. Senti sua respiração em meu rosto, e era como a maresia quente e salgada vinda do oceano.

— Alex?
— Hum...?
— Você está bem? — Ele colocou os lábios em meu rosto.
Sorri.
Seth riu, e sua boca encontrou a minha, e abri para ele. As pontas de seu cabelo roçavam minhas bochechas enquanto o beijo se intensificava. Seus dedos deslizaram pela frente da minha blusa e logo estavam percorrendo a pele nua da minha barriga. Enrosquei a perna na dele, e nos movemos juntos na cama. Seus lábios percorriam minha pele quente e ruborizada enquanto suas mãos desciam, os dedos alcançando o botão da minha calça jeans.

Um segundo depois, houve uma batida na porta e uma voz retumbante.
— Alexandria?
Seth parou em cima de mim, ofegante.
— Você só pode estar de zoeira.
Leon bateu de novo.
— Alexandria, sei que está aí dentro.
Atordoada, pisquei várias vezes. O quarto voltou ao foco devagar, assim como a expressão frustrada de Seth. Quase ri, mas me sentia... estranha.
— Melhor responder, anjo, antes que ele arrombe a porta.
Tentei sem sucesso. Respirei fundo.
— Sim. — Limpei a garganta. — Sim, estou aqui.
Houve uma pausa.
— Lucian está solicitando sua presença imediatamente. — Outro silêncio se seguiu. — Também está te chamando, Seth.
Seth franziu a testa enquanto o brilho em seus olhos se apagava.
— Como ele sabe que estou aqui?
— Leon... simplesmente sabe. — Eu o empurrei devagar. — Sai!
— Estava tentando. — Seth virou para o lado, passando as mãos no rosto.

Franzi a testa para ele e me sentei. Uma onda de tontura passou por mim. Meu olhar foi de Seth para minha mão fechada. Abri devagar. Brilhando em azul iridescente, havia um glifo que tinha o formato de um grampo. Minhas duas mãos estavam marcadas.

Ele se debruçou sobre meu ombro.

— Ei, você está com outro!

Tentei bater nele e errei de longe.

— Você fez de propósito.

Seth deu de ombros enquanto endireitava a camisa.

— Você não estava reclamando, estava?

— Não é essa a questão, imbecil. Não era para eu ter isso.

Ele ergueu os olhos, as sobrancelhas arqueadas.

— Olha, não fiz de propósito. Não faço ideia de como ou por que acontece. Talvez esteja acontecendo porque é para ser.

— Estão esperando vocês! — Leon chamou do corredor. — Cada segundo conta.

Seth revirou os olhos.

— Eles não poderiam ter esperado mais trinta minutos ou uma hora?

— Não sei o que você pensa que conseguiria nesse tempo.

Ainda me sentindo um pouco zonza, cambaleei ao me levantar, olhei para minha camisa desabotoada e meu sutiã. *Como isso aconteceu?*

Seth sorriu para mim.

Fechei os botões, ficando em mil tons de vermelho. A raiva de Seth ardia dentro de mim, mas estava cansada demais para um confronto verbal. E havia Lucian. O que será que ele queria?

— Faltou um. — Seth se levantou de um salto e fechou o botão acima do meu umbigo. — E para de ficar vermelha. Vai todo mundo pensar que não estávamos treinando.

— Estávamos?

Seu sorriso se abriu, e quis dar um cascudo nele. Mas parei para ajeitar o cabelo e alisar os amassados na camisa. Quando encontramos Leon no corredor, eu sentia que estava até que razoável.

Ele me observou como se soubesse exatamente o que estava acontecendo no dormitório.

— Muito gentil da parte de vocês finalmente me acompanharem.

Seth enfiou as mãos nos bolsos.

— Levamos o treinamento muito a sério. Às vezes, ficamos tão concentrados que demora alguns minutos para voltarmos.

Meu queixo caiu. Agora eu queria mesmo bater nele.

Leon estreitou os olhos para Seth antes de fazer sinal para o seguirmos. Fui atrás dos dois, sem entender por que Leon se importaria com o que eu estava fazendo no quarto. Todos queriam que assumíssemos nossa bondade de Apólion. Então pensei em Aiden e meu coração se apertou.

Bom, nem *todos*.

Uma sensação estranha se retorceu em meu estômago. O que tinha acabado de acontecer? Passamos de uma conversa a beijos intensos depois que nada parecido acontecia desde as Catskills. Olhei para minhas mãos.

A corda superespecial havia acontecido.

Senti um mal-estar quando ergui os olhos e vi Seth seguindo com um ar satisfeito pelo corredor. Com um rubor nas bochechas, ele parecia quase incapaz de segurar a energia que o dominava. Uma confusão me envolveu. A transferência de energia foi mesmo boa, e o que aconteceu depois também, mas o rosto de Aiden ainda me assombrava.

Seth me olhou sobre o ombro enquanto Leon abria a porta. A noite já havia começado a cair, mas as sombras que dominaram o rosto de Seth não eram fruto do anoitecer.

Tentei construir a parede ao meu redor. E não consegui.

4

Eu estava exausta quando me sentei na poltrona mais distante da mesa de Marcus. Tinha sido um inferno subir as escadas, mas pelo menos não tive que andar até a ilha vizinha, onde Lucian morava. Não teria dado conta. Tudo o que queria era ficar encolhidinha e dormir, ir para qualquer lugar menos aquela sala tão iluminada.

— Cadê todo mundo? — Seth perguntou, atrás de mim. Suas mãos estavam apoiadas no encosto da poltrona, mas seus dedos, escondidos pelo meu cabelo, estavam nas minhas costas. — Pensei que cada segundo contasse.

Leon respondeu com ares de superioridade:

— Devo ter me enganado com o horário.

Um sorriso cansado se abriu nos meus lábios enquanto eu erguia as pernas, dobrando-as no assento. Leon era mesmo o rei do pior timing da história. Talvez eu pudesse tirar um cochilo antes de todos chegarem. Fechei os olhos, mal prestando atenção às farpas que Leon e Seth trocavam.

— A maioria dos treinamentos não acontece em dormitórios — Leon disse. — Ou mudaram drasticamente os métodos?

Dois pontos para Leon.

— O tipo de treino que precisamos é pouco convencional. — Seth fez uma pausa e eu sabia que ele estava com aquele sorriso horrível no rosto. Aquele que sempre me fazia querer dar uma voadora nele. — Não que um sentinela fosse entender o esforço necessário para preparar um Apôlion.

Três pontos para Seth.

Bocejei enquanto me afundava na poltrona apoiando a bochecha no encosto.

— Alguma coisa errada, Alexandria? — Leon perguntou. — Você está muito pálida.

— Ela está bem — Seth respondeu. — Nosso treinamento foi muito... exaustivo. Sabe, envolve muito movimento. Suor, impulso...

— Seth... — resmunguei, concedendo a contragosto quatro, cinco, seis pontos para ele.

Felizmente, as portas da sala de Marcus se abriram e um grupo entrou. O primeiro era meu tio puro-sangue, o diretor do Covenant da Carolina do Norte. Atrás dele, estava meu padrasto puro-sangue, Lucian, ministro do Covenant da Carolina do Norte. Ele estava vestindo um de seus mantos brancos ridículos, com o cabelo preto caindo pelas costas, preso por uma tira de couro. Era um homem bonito, mas havia frieza e falsidade nele por mais calorosas que pudessem ser suas palavras. Lucian estava cercado por quatro de seus guardas, como se esperasse que uma frota de daímônes o atacasse e sugasse todo o seu éter. Creio que, em face dos últimos acontecimentos, todo cuidado era pouco. E, atrás deles, estavam Linard, um outro guarda, e Aiden.

Desviei os olhos e torci para Seth manter a boca fechada.

Marcus olhou para mim detrás da escrivaninha, as sobrancelhas se erguendo com curiosidade.

— Atrapalhamos sua soneca, Alexandria?

Nada de *como você está?* ou *que bom ver você viva!* Pois é, ele me amava muito.

Leon se recolheu para o canto, cruzando os braços.

— Eles estavam *treinando*. — Fez uma pausa. — No quarto dela.

Eu queria morrer.

Marcus franziu a testa, mas Lucian — ah, Lucian querido — teve uma reação típica. Sentando numa das poltronas à frente de Marcus, ajeitou as vestes e riu.

— É natural. São jovens e atraídos um pelo outro. Não podemos julgá-los por buscarem privacidade.

Não consegui evitar. Meus olhos encontraram Aiden. Ele estava ao lado de Leon e Linard, seu olhar percorreu a sala, parando e se demorando sobre mim antes de seguir em frente. Soltei o ar que estava prendendo e me concentrei no meu tio.

Os olhos de Marcus eram como joias de esmeralda, como os da minha mãe, porém mais duros.

— Predestinados ou não, as regras do Covenant ainda se aplicam a eles, ministro. E, pelo que ouvi dizer, Seth tem dificuldade de passar a noite no quarto que ele tem em sua casa.

Não tinha mesmo como ficar mais constrangedor.

Seth se inclinou sobre o encosto da minha poltrona e, baixando a cabeça, sussurrou no meu ouvido.

— Acho que fomos descobertos.

Era impossível que Aiden não tivesse ouvido Seth, a raiva emanava dele em ondas, tanto que Seth virou a cabeça, encarou o olhar de Aiden e sorriu.

Eu estava farta. Me endireitando, tirei o braço de Seth do encosto da minha poltrona.

— É por isso que estamos tendo essa reunião? Porque, sério, eu estou mesmo precisando de uma soneca.

Marcus me encarou com frieza.

— Na verdade, estamos aqui para tratar dos acontecimentos no conselho.

Senti um frio na barriga. Tentei manter o rosto inexpressivo, mas meus olhos se voltaram para Aiden. Ele não parecia muito preocupado. Na verdade, ainda estava encarando Seth.

— Descobrimos várias coisas em relação a nossa viagem — Lucian disse.

Marcus concordou, unindo as pontas dos dedos sob o queixo.

— O ataque dos daímônes é uma delas. Sei que alguns têm habilidade para planejar ataques.

Minha mãe tinha sido uma deles. Ela planejara o ataque em Lake Lure durante o verão, a primeira prova de que os daímônes conseguiam formar planos coesos.

— Mas esse tipo de ataque em grande escala é algo inédito — Marcus continuou, voltando o olhar para mim. — Sei que... sei que sua mãe mencionou que algo estava por vir, mas algo dessa magnitude parece improvável.

Aiden inclinou a cabeça para o lado.

— O que quer dizer?

— Acho que tiveram ajuda.

Meu coração vacilou.

— De dentro? De um meio ou um puro?

Lucian bufou.

— Isso é absurdo.

— Não acho que esteja totalmente fora de cogitação — Leon disse, estreitando os olhos para o ministro.

— Nenhum meio ou puro ajudaria um daímôn de livre e espontânea vontade. — Lucian entrelaçou as mãos.

— Pode não ter sido de livre e espontânea vontade, ministro. O puro ou o meio pode ter sido forçado a ajudar — Marcus continuou e, embora eu devesse sentir alívio, algo terrível se instalou dentro de mim. E se alguém realmente tivesse deixado que passassem pelos portões?

Não. Nem pensar que isso poderia ter acontecido. Se as suspeitas de Marcus estivessem certas, devia ter sido sob ameaça.

Marcus olhou para mim.

— É algo que precisamos ter em mente pela segurança de Alexandria. Os daímônes estavam lá por causa dela. Podem tentar de novo. Capturar um guarda ou sentinela meio ou puro, fazer com que os levem até ela. É algo para ter em consideração.

Fiquei completamente imóvel, e imaginei que Seth e Aiden também. Os daímônes não estavam atrás de mim. Aquilo foi uma mentira que contamos para eu poder sair imediatamente das Catskills após... após ter matado o guarda puro-sangue.

— Concordo. — A voz de Aiden era incrivelmente calma. — Eles podem tentar de novo.

— Por falar em sua segurança... — Lucian se virou na cadeira para olhar para mim — ...as intenções do ministro Telly ficaram claríssimas e, se eu soubesse o que ele havia planejado, nunca teria concordado com aquela sessão do conselho. Minha prioridade máxima é garantir que você esteja em segurança, Alexandria.

Eu me ajeitei, constrangida. Quando eu era pequena, Lucian nem sequer fingia se importar comigo. Mas, desde que eu havia voltado para o Covenant, no fim de maio, ele agia como se eu fosse sua filha desaparecida. Não me enganava. Se eu não fosse a segunda leva de Apôlion, ele não estaria sentado ali naquele momento. Quem eu queria enganar? Eu, provavelmente, teria sido devorada por daímônes em Atlanta.

Seus olhos encontraram os meus. Eu nunca tinha gostado dos olhos dele. Eram frios, de um preto anormal, da cor de obsidiana. De perto, pareciam não ter pupilas.

— Creio que o ministro Telly possa estar por trás da coação e do ato desprezível de darem aquela bebida para você.

Eu já desconfiava, mas ouvi-lo dizer aquilo me deixou nauseada. Como ministro-chefe, Telly exercia muito controle. Se não fosse pelo voto da ministra Diana Elder, eu teria sido condenada à escravidão.

— Acha que ele vai tentar algo? — Era difícil não reagir à voz grave e melodiosa de Aiden.

— Gostaria de dizer que não, mas receio que vai, sim, tentar de novo — Lucian respondeu. — O melhor que podemos fazer a esta altura é garantir que Alexandria se mantenha longe de problemas e não dar a ele nenhum motivo para condená-la à servidão.

Vários pares de olhos pousaram em mim, contive outro bocejo e ergui o queixo.

— Vou *tentar* não fazer nenhuma besteira.

Marcus arqueou a sobrancelha.

— Seria bom, pra variar.

Voltei o olhar irritado para ele, esfregando a mão esquerda no joelho dobrado. A pele ainda estava estranha e formigando.

— Não teria um método mais proativo? — Seth perguntou, se inclinando sobre o encosto da minha poltrona. — Acho que todos podemos concordar que Telly vai tentar algo de novo. Ele não quer que Alex desperte. Tem medo de nós.

— Medo de você... — murmurei antes de bocejar de novo.

Seth inclinou minha poltrona em resposta, me fazendo apertar os braços do móvel. Sorriu para mim, o que contrastou com suas próximas palavras:

— Ele quase conseguiu. Faltou um voto para a servidão. Quem garante que não vai forjar alguma acusação contra ela e conquistar os votos a seu favor?

— Diana nunca vai abrir mão de sua posição para atender aos desejos de Telly — Marcus disse.

— Nossa! Já estão se chamando pelo primeiro nome?

Marcus ignorou meu comentário.

— O que você sugere, Seth?

Seth soltou o encosto da poltrona e parou ao meu lado.

— E se o tirarmos do cargo? Assim ele não vai ter poder nenhum.

Lucian o observava com um olhar de aprovação e juro que Seth ficou radiante. Era como se estivesse mostrando um boletim só com notas dez e esperasse parabéns. *Estranho*. Estranho e extremamente assustador.

— Está sugerindo um golpe político? Que nos revoltássemos contra o ministro-chefe? — Marcus se virou, incrédulo, para Lucian. — E você não tem nada a dizer sobre isso?

— Eu jamais me rebaixaria a algo tão desagradável, mas o ministro-chefe Telly está enraizado nos velhos costumes. Você sabe que ele não quer nada além de nos ver regredir como sociedade — Lucian respondeu com calma. — Ele vai a extremos para proteger as próprias convicções.

— Quais exatamente são as convicções dele? — perguntei. O couro fez barulhos desagradáveis quando me recostei no assento.

— Telly adoraria que não nos misturássemos mais aos mortais. Por ele, não faríamos nada além de nos dedicar a cultuar os deuses. — Lucian passou a mão pálida sobre o manto. — Ele acredita que é dever do conselho proteger o Olimpo em vez de conduzir nossa raça para o futuro e assumir nosso lugar de direito.

— E nos vê como uma ameaça aos deuses — Seth disse, cruzando os braços. — Ele sabe que não pode vir atrás de mim, mas Alex é vulnerável até despertar. Algo precisa ser feito a respeito dele.

Fechei a cara.

— Não sou vulnerável.

— É sim. — Os olhos de Aiden eram cinza-chumbo ao pousarem em mim. — Se o ministro-chefe Telly realmente tem medo que Seth se torne uma ameaça no futuro, vai tentar tirar você da equação. Ele tem o poder para isso.

— Entendo, mas Seth não vai surtar no conselho. Não vai tentar dominar o mundo assim que eu despertar. — Olhei para ele. — Certo?

Seth sorriu.

— Você estaria ao meu lado.

Ignorando-o, envolvi as pernas com os braços.

— Telly não pode querer me tirar de cena só com base numa possível ameaça. — Pensei no meu pai. Eu não tinha a menor dúvida que o ministro também estava por trás daquilo. — Algum outro motivo deve ter.

— Telly vive para servir aos deuses — Lucian disse. — Se acha que eles podem estar ameaçados, esse é todo o motivo que precisa.

— Você não vive para servir aos deuses? — Leon perguntou.

Lucian mal olhou na direção do sentinela puro-sangue.

— Vivo, mas também vivo para servir aos melhores interesses do meu povo.

Marcus massageou a testa em exaustão.

— Telly não é nossa única preocupação. Temos também os próprios deuses.

— Sim. — Lucian concordou. — E há a questão das Fúrias.

Passei a mão na testa, forçando a me concentrar na conversa. Já significava muito estarem me incluindo nisso. Era melhor prestar atenção e controlar o sarcasmo.

— As Fúrias só atacam quando veem uma ameaça aos puros-sangues e aos deuses — Marcus explicou. — A aparição delas nos Covenants antes do ataque foi apenas uma medida preventiva dos deuses. Foi um aviso de que, se não conseguíssemos manter a população de daímônes sob controle, ou se nossa existência fosse exposta aos mortais pelos atos dessas criaturas, elas reagiriam. E, quando os daímônes lançaram seu ataque contra o Covenant, as Fúrias foram soltas. Mas foram atrás de *você*, Alex. Mesmo havendo daímônes com os quais elas poderiam ter lutado, elas viram você como a maior ameaça.

As Fúrias haviam passado por cima tanto dos daímônes quanto de inocentes naqueles momentos sangrentos após o cerco e vieram atrás de mim. Não vou mentir: nunca tinha sentido tanto pavor na minha vida.

— Elas vão voltar — Leon acrescentou. — É a natureza delas. Talvez não imediatamente, mas vão voltar.

Minha cabeça estava girando.

— Imaginei, mas não fiz nada de errado.

— Você existe, minha querida. É tudo que elas precisam — disse Lucian. — E é a mais fraca entre vocês dois.

Era também a mais sonolenta.

Seth recuou.

— Se voltarem, vou acabar com elas.

— Boa sorte. — Fechei os olhos, dando a eles um alívio da luminosidade intensa. — Elas só vão se queimar e voltar.

— Não se eu as matar.

— Com o quê? — perguntou Aiden. — São deusas. Nenhuma arma feita por um homem ou semideus vai matá-las.

Quando abri os olhos, Seth estava sorrindo.

— Akasha — ele disse. — Isso as derrubaria permanentemente.

— Você não tem esse tipo de poder agora — Leon declarou, o maxilar tenso.

Seth apenas continuou sorrindo até Lucian limpar a garganta e falar:

— Nunca cheguei a ver as Fúrias. Teria sido... memorável.

— Elas eram lindas — eu disse. Todos se voltaram para mim. — No começo, eram. Depois mudaram. Nunca vi nada parecido. Enfim, uma disse que Tânatos não ficaria feliz com seu retorno depois que... me livrei delas. Falou algo sobre o caminho que os poderes haviam escolhido e que eu seria uma ferramenta. O oráculo também tinha dito algo parecido, antes de sumir.

— Quem são "os poderes"? — Leon perguntou.

Aiden acenou.

— Boa pergunta.

— Não importa. O que importa são as Fúrias — Lucian respondeu, ignorando o conceito com um balançar do punho esguio. — Como Telly, elas agem com base em medos antigos. As Fúrias são leais a Tânatos. Se voltarem, meu medo é Tânatos vir logo em seguida.

Marcus colocou a mão sobre o tampo da escrivaninha de mogno lustrosa.

— Não posso permitir que os deuses ataquem a escola. Tenho centenas de alunos para proteger. As Fúrias não fazem distinção em sua matança.

Em nenhum momento, ele havia mencionado a minha proteção. Magoava um pouco. Podíamos ser parentes, mas isso não significava que éramos família. Marcus nunca havia sorrido para mim, nem uma vez. Eu realmente não tinha mais ninguém. Com isso, salvar meu pai era ainda mais importante.

— Sugiro levarmos Alex para um lugar seguro — Lucian propôs.

— Como assim? — Minha voz saiu fina.

Lucian olhou para mim.

— As Fúrias sabem onde procurar por você. Podemos te levar para um lugar seguro.

Seth se sentou no braço da poltrona, cruzando os tornozelos. Ele não parecia surpreso com nada disso.

Cutuquei suas costas, chamando sua atenção.

— Você sabia sobre isso — sussurrei.

Ele não respondeu.

O olhar que lancei a ele prometia um enrosco mais tarde, e não no bom sentido. Seth poderia, pelo menos, ter me avisado.

Aiden franziu a testa.

— Aonde você a levaria?

Meus olhos se voltaram para ele. Meu peito se apertou quando nossos olhares se cruzaram por um instante. Se me concentrasse, eu ainda conseguia sentir seus braços ao redor de mim. Não era a melhor tática quando todos estavam discutindo meu futuro como se eu nem estivesse ali.

— Quanto menos pessoas souberem, melhor — Lucian respondeu. — Ela estaria protegida por meus melhores guardas e por Seth.

Marcus pareceu considerar.

— Não teríamos que nos preocupar com um ataque das Fúrias aqui. — Ele olhou na minha direção, a expressão neutra. — Mas, se ela deixar o Covenant agora, não vai se formar nem se tornar uma sentinela.

Meu estômago se revirou.

— Não posso ir. Preciso me formar.

Lucian sorriu, e quis dar um soco na cara dele.

— Querida, não precisa se preocupar em virar uma sentinela agora. Você vai se tornar um Apôlion.

— Não importa! Ser um Apôlion não é tudo para mim! Preciso me tornar uma sentinela. É o que sempre quis. — Estas últimas palavras soam estranhas em meu peito. O que sempre quis foi ter escolhas. Me tornar uma sentinela era a opção que me desagradava menos, na realidade.

— Sua segurança é mais importante do que seus desejos. — A voz de Lucian era dura, me levando de volta à infância quando eu entrava onde não devia ou me atrevia a falar fora de hora.

Esse era o verdadeiro Lucian, que dava as caras de fininho.

Ninguém mais notou.

Apertei as coxas até doer.

— Não. Preciso me tornar uma sentinela. — Olhei para Seth em busca de apoio, mas ele estava subitamente interessado no bico das botas. — Nenhum de vocês entende. Os daímônes tiraram minha mãe de mim e a transformaram num monstro. Olhem o que eles fizeram comigo! Não. — Tentei respirar, sabendo que estava a dois segundos de perder a cabeça. — Além disso, não importa para onde me levem: as Fúrias vão me encontrar. São deusas! Não posso me esconder para sempre.

Lucian me encarou.

— Isso nos daria tempo.

A raiva me invadiu. Quase me levantei da cadeira.

— Tempo para eu despertar? E depois? Não se importam com o que vai acontecer comigo?

— Bobagem — Lucian disse. — Não apenas você vai ter poder como Seth irá protegê-la.

— Não preciso de Seth para me proteger!

Seth olhou para mim sobre o ombro.

— Você sabe fazer um homem se sentir útil.

— Cala a boca — resmunguei. — Você sabe o que quero dizer. Sei lutar. Matei daímônes e lutei contra as Fúrias e sobrevivi. Não preciso de Seth como babá.

Leon bufou.

— Você precisa, sim, de uma babá, mas duvido que ele seja qualificado para a função.

Aiden tossiu, mas aquilo pareceu mais um riso sufocado.

— Acha que consegue fazer um serviço melhor? — A voz de Seth era casual, mas senti sua tensão. Também soube que ele não estava falando com Leon. — Porque pode ficar à vontade para tentar — ele acrescentou.

Os olhos de Aiden passaram de cinza a prateados. Seus lábios fartos se curvaram num sorriso presunçoso enquanto encarava Seth.

— Acho que nós dois sabemos a resposta.

Meu queixo caiu.

Se endireitando, Seth jogou os ombros para trás. Antes que ele pudesse dizer algo, o que eu tinha certeza que seria muito ruim, me levantei de um salto.

— Não posso sair do... — Pontos brilhantes dançaram em minha visão, fazendo tudo ficar embaçado enquanto meu estômago se revirava perigosamente. — Eita...

Seth surgiu ao meu lado num instante, o braço ao redor da minha cintura.

— Está bem? — Ele me colocou de volta na poltrona. — Alex?

— Estou... — murmurei, levantando a cabeça devagar.

Todos estavam me encarando. Aiden tinha dado um passo à frente, os olhos arregalados. Minhas bochechas ardiam.

— Estou bem. Sério. Só um pouco cansada.

Seth se ajoelhou ao meu lado, pegando minha mão. Ele a apertou com delicadeza enquanto olhava por cima do ombro.

— Ela passou a semana toda resfriada.

— Ela está *resfriada*? — Lucian curvou o lábio. — Como uma... mortal?

Lancei um olhar de ódio para ele.

— Mas nós... os meios, não ficam doentes — Marcus disse, estreitando os olhos para mim.

— Bom, diga isso para a caixa de Kleenex que está dormindo comigo. — Passei os dedos pelo cabelo. — Sério, estou bem agora.

Marcus se levantou de repente.

— Acho que por hoje é só. Todos podemos concordar que nada precisa ser decidido neste momento.

Lucian, que havia ficado quieto e dócil, concordou.

A discussão acabou, e senti um alívio por um momento. Não sairia do Covenant naquele instante, mas não conseguia ignorar o pavor, que me corroía por dentro, que, no fim das contas, a decisão não caberia a mim.

5

Dormi além da hora na manhã seguinte e perdi as duas primeiras aulas. Melhor assim, porque não precisei olhar para a cara de Olivia depois de quase estrangulá-la no dia anterior, mas a exaustão da véspera continuava a pesar. Passei o intervalo antes das aulas da tarde discutindo com Seth.

— Qual é o seu problema? — Ele empurrou sua cadeira para trás.

— Já falei. — Olhei ao redor da sala de descanso pouco movimentada. Era melhor do que comer no refeitório, onde todos ficavam nos encarando. — Sei que você sabia sobre o plano do Lucian de me colocar no Programa de Realocação do Apôlion.

Seth resmungou.

— Certo. Está bem. Ele pode ter comentado. E daí? É uma boa ideia.

— Não é uma boa ideia, Seth. Preciso me formar, não me esconder. — Olhei para o sanduíche de frios que mal tinha tocado. Meu estômago se revirou. — Não vou fugir.

Ele se recostou na cadeira, entrelaçando as mãos atrás da cabeça.

— Lucian está pensando no seu bem.

— Ai, deuses! Não começa com essas bobagens sobre Lucian. Você não o conhece como eu.

— As pessoas mudam, Alex. Ele pode ter sido um grande idiota, mas mudou.

Olhei em seus olhos e, de repente, nem sabia mais por que estava discutindo. Meus ombros se afundaram.

— De que adianta, afinal?

Seth franziu a testa.

— O que você quer dizer?

— Nada. — Fiquei mexendo no canudinho.

Ele se inclinou para a frente, cutucando meu prato.

— Você deveria comer mais.

— Valeu, pai — retruquei.

Ele ergueu as mãos, se recostando.

— Calma, fofinha.

— É tudo culpa sua, aliás.

Ele bufou.

— Como isso é culpa minha?

Fechei a cara.

— Ninguém quer matar você, e é você que tem o potencial de eliminar todo o tribunal olimpiano. Mas todos pensam: "Vamos só matar aquela que não está fazendo nada!". E você pode viver tranquilamente enquanto morro.

Os lábios dele se contraíram de novo.

— Eu não viveria tranquilamente se você morresse. Ficaria triste.

— Você ficaria triste porque não seria o Assassino de Deuses. — Peguei meu sanduíche, virando-o devagar. — Olivia me odeia.

— Alex...

— Quê? — Ergui o rosto. — Ela odeia, porque deixei Caleb morrer.

Ele estreitou os olhos.

— Você não deixou Caleb morrer, Alex.

Suspirei, querendo chorar de repente. Era oficial, eu estava completamente pirada hoje.

— Eu sei. Sinto falta dela.

— Vocês tentaram conversar? — Ele arregalou os olhos com a minha expressão. Apontou para o sanduíche. — Come.

Relutante, dei uma mordida enorme, fazendo a maior sujeira.

Seth ergueu a sobrancelha enquanto me observava.

— Com fome?

Engoli. A comida pesou em meu estômago.

— Não.

Não conversamos por alguns minutos. Sem pensar, virei a mão esquerda e olhei para onde a runa em formato de grampo brilhava suavemente.

— Você... fez isso de propósito?

— O quê? A runa? — Ele pegou minha mão, voltando a palma para cima. — Não, não fiz de propósito. Já falei.

— Sei lá. Você parecia estar se concentrando muito quando aconteceu.

— Estava me concentrando nas suas emoções. — Seth passou o polegar ao redor do glifo, chegando perto de tocá-lo. — Você não gosta disso, gosta?

— Não — sussurrei. Outra marca significava mais um passo na direção de me tornar alguém... algo diferente.

— É natural, Alex.

— Não parece natural. — Meus olhos se voltaram para os dele. — O que essa significa?

— Força dos deuses — ele respondeu, me surpreendendo. — A outra significa coragem da alma.

— Coragem da alma? — Ri. — Não faz sentido.

Sua mão deslizou para meu punho, apoiando o polegar sobre meu pulso.

— São as primeiras marcas que os Apôlions recebem.

Meu punho parecia muito pequeno em sua mão, frágil até.

— As suas vieram cedo?
— Não.
Suspirei.
— O que aconteceu... entre nós ontem?
Um sorriso malicioso se abriu nos seus lábios.
— Bom, os jovens chamam de se pegar.
— Não é disso que estou falando. — Soltei minha mão e a passei na borda da mesa. — Senti... a energia, ou sei lá o que você chamou, saindo de mim e passando para você.
— Machucou?
— Não — respondi. — Até que foi bom.
Suas narinas se dilataram como se tivesse sentido algo que gostou. De repente, ele se debruçou sobre a mesa entre nós, segurou minhas bochechas e levou os lábios aos meus. Era um beijo delicado, provocante e muito estranho. O beijo da noite anterior não contava... Pelo menos era o que eu tinha me convencido. Então, esse era o primeiro beijo de verdade desde as Catskills, e era uma demonstração totalmente pública. E eu ainda estava segurando o sanduíche. Então, sim, foi meio bizarro.
Seth recuou, sorrindo.
— Acho que deveríamos fazer isso com mais frequência, então.
Meu rosto estava ardendo porque eu sabia que as pessoas estavam encarando.
— Beijar?
Ele riu.
— Sou totalmente a favor de beijar mais, mas estava falando do que aconteceu ontem.
Uma raiva me invadiu de repente.
— Por quê? Sentiu alguma coisa?
Ele ergueu a sobrancelha.
— Ah, senti, sim.
Puxei o ar e soltei devagar.
— Quis dizer quando você estava segurando minha mão e a marca apareceu. Sentiu alguma coisa?
— Nada do que você parece querer que eu fale.
— Deuses... — Apertei o sanduíche. Gotas de maionese espirraram no prato de plástico. — Nem sei por que estou conversando com você.
Seth expirou devagar.
— Você está de TPM ou coisa assim? Porque suas alterações de humor estão acabando comigo.
Fiquei olhando para a cara dele por um momento, pensando: *Nossa, é sério que ele meteu essa?* Depois, ergui o braço e joguei o sanduíche do outro lado da mesa. Atingiu seu peito com um *ploft* gratificante, mas foi a cara

que ele fez enquanto se levantava num salto que quase me fez sorrir. Um misto de incredulidade e horror marcava seus traços enquanto tirava pedaços de alface e presunto da camisa e da calça.

Tinha poucas pessoas na sala de descanso, a maioria jovens puros-sangues. Todos nos encaravam com os olhos arregalados.

Atirar um sanduíche no Apôlion não era algo que se devia fazer em público. Mas não consegui evitar, dei risada.

Seth ergueu a cabeça. Seus olhos estavam num tom marrom-claro inflamado e furioso.

— Fez você se sentir melhor?

Meus olhos lacrimejavam de tanto que ri.

— Sim, meio que fez.

— Sabe, vamos cancelar o treinamento depois da aula hoje. — Seu maxilar se contraiu, as bochechas ficaram vermelhas. — Vai descansar.

Revirei os olhos.

— Até prefiro.

Seth abriu a boca para dizer alguma coisa, mas se segurou. Tirando os últimos pedaços de presunto e queijo, ele se virou e saiu. Eu não acreditava que tinha acabado de jogar meu almoço em Seth. Pareceu um pouco extremo até para mim.

Mas que foi engraçado foi.

Ri comigo mesma.

— Vai limpar isso?

Com um sobressalto, ergui os olhos. Linard saiu detrás de uma das colunas, olhando para a sujeira no chão.

— Você estava, tipo, me observando?

Ele abriu um sorriso tenso.

— Estou aqui para garantir sua segurança.

— E é *isso* que me dá medo. — Me levantei, pegando um guardanapo do prato. Peguei o que podia, mas a maionese estava grudada no carpete. — Foi ideia de Lucian?

— Não. — Ele entrelaçou as mãos atrás das costas. — Foi um pedido do diretor Andros.

Congelei.

— Sério?

— Sério — ele respondeu. — É melhor ir. Sua próxima aula está para começar.

Acenei distraidamente, joguei o lixo fora e peguei minha bolsa. A ordem de Marcus me surpreendeu. Pensei que Lucian mandaria os guardas dele para mim. Ele não gostaria que nada acontecesse a seu precioso Apôlion. Talvez Marcus não me achasse tão desagradável quanto eu pensava.

Linard me seguiu para fora da sala de descanso, mantendo uma distância discreta. Me fez lembrar do dia em que eu comprei os barcos espirituais que eu e Caleb tínhamos lançado no mar. A memória apertou meu coração e piorou meu humor já péssimo. Passei as aulas seguintes como um zumbi. Depois de me trocar rapidamente para minhas roupas de treino, entrei na aula de defendu. O instrutor Romvi pareceu absurdamente satisfeito com a minha chegada.

Larguei a bolsa e me recostei na parede, fingindo não me importar que eu não tinha ninguém para conversar. Na última vez em que estive naquela aula, Caleb ainda estava vivo.

Apertando os lábios, deixei meu olhar vagar pela parede onde as armas eram guardadas. Eu havia me acostumado tanto àquele espaço durante meus treinos com Aiden que me sentia em casa. Perto da parede de coisas feitas para matar daímônes, Jackson achou graça de algo que outro meio-sangue disse. Depois, ele olhou na minha direção e abriu um sorriso maldoso.

Houvera um tempo em que eu o achava gato, mas, em algum momento entre minha mãe daímôn matar os pais da namorada dele, se é que ele ainda estava com Lea, e a última vez em que o confrontei, parei de pensar nele dessa forma.

Encarei seu olhar até ele desviar os olhos. Então continuei minha observação. Olivia estava ao lado de Luke, prendendo o cabelo cacheado num rabo de cavalo. Hematomas marcavam a pele marrom-clara do seu pescoço. Olhei para as minhas mãos. Eu tinha feito aquilo.

Deuses, o que eu tinha na cabeça? Culpa e vergonha me devoraram. Quando ergui os olhos, Luke estava me observando. Seu olhar não era hostil nem nada, apenas... triste.

Desviei os olhos, mordendo o lábio. Eu sentia falta dos meus amigos. E sentia muita falta de Caleb.

A aula logo começou e, mesmo cansada, me joguei de cabeça. Fui colocada em dupla com Elena para uma série de exercícios de contenção e imobilização. Repassando as diversas técnicas, minha mente finalmente conseguiu se desligar. Ali, no treino, eu não pensava em nada. Não havia tristeza ou perda, nenhum destino a enfrentar ou pai para salvar. Imaginei que seria assim ser sentinela. Quando finalmente saísse para caçar, não precisaria pensar em nada além de localizar e matar daímônes. Talvez esse fosse o verdadeiro motivo por trás de querer ser uma, porque assim eu poderia passar a vida... fazendo o quê? Matando. Matando. E matando mais um pouco.

Não era isso o que eu realmente queria, no fundo. E só naquele instante eu estava me dando conta?

Por mais lenta que eu estivesse, era um pouco mais rápida que Elena. Quando começamos as derrubadas e inversões, que consistiam em tentar escapar quando se era derrubado, consegui mantê-la imobilizada, mas eu estava ficando mais lenta, mais cansada.

Ela se soltou e inclinou o quadril, me jogando de costas no chão. Olhando para mim, franziu a testa.

— Está... está se sentindo bem? Está muito pálida.

Eu precisava mesmo pesquisar no Google quanto tempo duravam os sintomas prolongados de um resfriado, porque estava mesmo ficando irritante. Tudo que eu queria era uma cama. Antes que conseguisse responder à pergunta de Elena, o instrutor Romvi apareceu atrás de nós. Contive um resmungo.

— Se conseguem conversar, não devem estar treinando pesado o bastante. — Os olhos claros de Romvi pareciam geleiras. Ele adorava me aterrorizar na aula. Tenho certeza que sentiu minha falta. — Elena, sai do tatame.

Ela se levantou e saiu de mansinho, me deixando com o instrutor. Ao nosso redor, os alunos estavam se enfrentando. Eu me levantei e, com nervosismo, mudei de posição, me preparando mentalmente para o que ele fosse me mandar fazer. Virei de costas, colocando as mãos no quadril.

Sua mão apertou meu ombro.

— Não se deve dar as costas para a guerra.

Me desvencilhando, virei para ele.

— Não sabia que estávamos em guerra.

Algo cintilou em seus olhos.

— Sempre estamos em guerra, ainda mais na minha aula. — Ele me olhou com desdém do alto de seu nariz afilado, o que era comum, já que ele era um puro-sangue que havia sido sentinela. — A propósito, que bom que finalmente decidiu aparecer, Alexandria. Estava começando a pensar que você não achava mais necessário treinar.

Várias respostas chegaram à ponta da minha língua, mas eu sabia que era melhor não soltar nenhuma.

Ele pareceu desapontado.

— Soube que você lutou durante o cerco de daímônes.

Sabendo que menos palavras normalmente acabavam em menos pancadas, acenei enquanto imaginava pégaso pousando em sua cabeça e mordendo seu pescoço.

— Também combateu as Fúrias e sobreviveu. Apenas guerreiros podem reivindicar uma façanha dessas.

Meu olhar avançou para trás dele, onde Olivia e Luke me observavam da beira do tatame. Quantas vezes estivemos nessa posição? Mas agora era diferente porque Caleb não estava mais entre eles.

— Alexandria?

Eu me foquei nele, me retraindo mentalmente. Eu nunca deveria ter tirado os olhos de Romvi enquanto ele estava falando.

— Combati, sim, as Fúrias.
Um interesse despertou em seus olhos.
— Mostre o que fez.
Pega de surpresa, dei um passo para trás.
— Como assim?
Um pequeno sorriso curvou um lado de seus lábios.
— Mostre como combateu as Fúrias.
Umedeci os lábios com nervosismo. Eu não fazia ideia de como havia combatido as Fúrias e sobrevivido. Sabia apenas que tudo havia ficado âmbar, como se alguém tivesse espirrado a cor marrom-amarelada sobre meus olhos.
— Não sei. Aconteceu tudo tão depressa...
— Você não sabe. — Ele levantou a mão e a manga de sua camisa em estilo de túnica subiu por seu braço, revelando a tatuagem de tocha de ponta-cabeça. — Acho isso difícil de acreditar.
Senti um lapso momentâneo de sanidade.
— Qual é a da tatuagem?
Seu maxilar se cerrou, e pensei que ele atacaria. Mas não.
— Jackson!
Correndo pelo tatame, Jackson parou e apoiou as mãos no quadril estreito.
— Senhor?
Os olhos de Romvi encararam os meus.
— Quero que vocês lutem.
Olhei de relance para o rosto sorridente de Jackson. O que Romvi queria era que eu mostrasse a ele como havia combatido as Fúrias e sobrevivido, usando Jackson para isso. Não importava com quem eu lutasse, não teria como mostrar o que não sabia.
Enquanto saía do tatame, Romvi parou e sussurrou para Jackson. O que quer que estivesse dizendo fez Jackson abrir um sorriso largo antes de acenar.
Secando a mão na testa suada, acalmei a respiração e tentei ignorar os leves tremores que atravessam minhas pernas. Mesmo cansada, conseguia vencer Jackson. Ele era um bom lutador, mas eu era melhor. Tinha que ser.
— Você vai estar dolorida quando a aula acabar — Jackson provocou, estalando as juntas dos dedos.
Ergui a sobrancelha e fiz sinal para ele vir para cima. Eu podia estar morrendo de sono, mas conseguia acabar com a raça dele.
Esperei até ele estar a menos de meio metro para lançar uma ofensiva brutal. Eu era rápida e ágil. Ele tentou desviar para evitar um golpe forte e levou um chute lateral nas costas. Não demorou para cair de costas no chão, ofegante e xingando devido a um forte chute giratório.
— Eu vou ficar com dor? — eu disse, parando diante dele. — Acho que não, hein!?

Respirando com dificuldade, ele saltou nas pontas dos pés.

— Espere só para ver, gatinha.

— Gatinha? — repeti. — Não sou sua gatinha.

Jackson não respondeu. Saltou num chute borboleta que desviei. Aqueles chutes eram brutais. Partimos para cima um do outro, golpe atrás de golpe, um mais violento que o outro. Eu estava levando aquilo um pouco a sério demais. Não pegaria leve com o babaca. Um tipo estranho de escuridão subiu dentro de mim enquanto eu bloqueava uma série de chutes e socos que teriam derrubado até Aiden. Sorri apesar do suor que escorria e dos meus antebraços doloridos. Direcionei toda minha raiva anterior para enfrentar Jackson.

Nossa luta, enfim, chamou a atenção dos outros alunos. Fiquei apenas um pouco surpresa quando o punho de Jackson resvalou em meu queixo e o instrutor Romvi não interrompeu a luta. Na verdade, parecia estar se divertindo com o combate brutal.

Então, Jackson não queria jogar de acordo com as regras e Romvi não se importava? Que seja. Ele preparou outro soco, mas, dessa vez, peguei sua mão e a torci para trás.

Jackson escapou com facilidade até demais, o que mostrou que eu estava chegando aos meus limites. Girei no calcanhar, vi as luzes do teto piscarem — ou seria minha visão? — e, com um forte chute circular, fiz Jackson cair de pernas para o ar. Não houve tempo para comemorar sua derrota óbvia. Ele se moveu em direção às minhas pernas. Tentei saltar como fomos ensinados, mas, esgotada, demorei demais. Sua perna me pegou, e caí de lado, rolando imediatamente para fora de seu alcance.

— Tenho certeza de que não foi assim que você derrotou as Fúrias — o instrutor Romvi disse, presunçoso.

Não tive um segundo para pensar no quanto queria dar uma voadora em Romvi. Jackson se virou. Desviei para o lado, mas o chute dele me pegou nas costelas. A dor explodiu, tão inesperada e intensa que congelei.

Pressentindo que Jackson ainda não havia acabado, ergui as mãos, mas essa fração de segundo me custou caro. O calcanhar de Jackson passou por minhas mãos, batendo no meu queixo e abrindo meu lábio. Algo quente se derramou na minha boca, e vi clarões de luz. Sangue... senti o gosto do sangue. E, além das luzes ofuscantes, vi a bota de Jackson subir mais uma vez.

6

Jackson estava prestes a pisar na minha cara.

Aquilo não era parte do treinamento.

No último segundo possível, alguém pegou Jackson pela cintura e o jogou para fora do tatame. Levei as mãos à boca. Algo viscoso e quente as cobriu imediatamente.

Tudo que eu sentia era o gosto de sangue. Hesitante, passei a língua dentro da boca, conferindo se ainda tinha todos os dentes. Quando vi que todos estavam ali, eu me levantei, cuspindo sangue. Depois, fui para cima de Jackson.

Parei de repente. O choque quase me fez cair de joelhos.

Jackson já estava ocupado se defendendo de outra pessoa, e essa outra pessoa era Aiden. Esqueci a dor por um momento enquanto me perguntava vagamente de onde *ele* havia surgido. Aiden não assistia mais às minhas aulas. Nem treinava comigo, então não havia nenhum motivo para ele estar ali naquele espaço.

Mas estava lá agora.

Encantada pelo misto estranho de elegância e brutalidade, observei Aiden tirar Jackson do tatame pela gola da camisa. Seus rostos estavam a centímetros de distância. A última vez em que vi Aiden *tão* furioso foi quando ele tinha ido atrás de Seth na noite em que me deram a poção.

— Não é assim que se treina com sua parceira — Aiden disse com a voz fria e baixa. — Tenho certeza de que o instrutor Romvi ensinou isso para você.

Jackson arregalou os olhos como nunca. Estava nas pontas dos pés, os braços balançando ao lado do corpo. Foi quando notei que o nariz dele sangrava, mais ainda do que minha boca. Alguém o tinha golpeado, e esse alguém, muito provavelmente, tinha sido Aiden. Porque só um puro poderia fazer isso sem que ninguém se metesse.

Ele soltou Jackson. O meio caiu de joelhos, protegendo o rosto. Aiden deu meia-volta, avaliando o estrago rapidamente. Depois se virou para o instrutor Romvi, falando baixo e rápido demais para eu ou o resto da classe entender.

Antes que eu me desse conta do que estava acontecendo, Aiden atravessou o tatame e pegou meu braço. Não falamos enquanto ele me tirava da sala de treinamento.

— Minha bolsa! — reclamei.

— Vou mandar alguém buscar.

No corredor, ele me pegou pelos ombros e me virou. Seus olhos passaram de cinza-escuros para prateados quando pousaram em meus lábios.

— O instrutor Romvi nunca deveria ter permitido que chegasse a esse ponto.

— É, acho que ele não se importava.

Ele soltou um palavrão.

Eu queria dizer algo como "acontece" ou, pelo menos, que era de se esperar que eu não tivesse muitos amigos ali. Ou talvez devesse agradecer Aiden, mas, pelas emoções conflitantes transparecendo em seus traços fortes, dava para ver que ele não gostaria muito. Aiden estava furioso, e pelos motivos errados. Ele havia reagido como se um *cara* qualquer tivesse me batido, e não um meio-sangue. Como um puro-sangue, não havia motivo para ele intervir. Esse era o trabalho do instrutor. Aiden havia se esquecido disso num momento de pura fúria desenfreada.

— Eu não deveria ter feito aquilo, perdido a cabeça — ele disse, em voz baixa, parecendo tão jovem e vulnerável para alguém que eu considerava tão poderoso. — Não deveria ter batido nele.

Meus olhos percorreram seu rosto. Embora minha face latejasse, eu queria tocar nele. Queria que ele tocasse em *mim*. E ele tocou, mas não como eu queria. Colocando a mão nas minhas costas, me guiou em direção à enfermaria. Eu queria tocar minha boca para ver se estava muito ruim. Na verdade, queria um espelho.

A médica puro-sangue olhou meu rosto e balançou a cabeça.

— Na maca.

Subi.

— Vai ficar cicatriz?

A médica pegou um frasco branco de aparência turva e vários chumaços de algodão.

— Não sei ainda, mas tenta não falar agora. Pelo menos até eu confirmar se não tem nenhum machucado dentro do lábio, tudo bem?

— Se ficar cicatriz, vou ficar puta.

— Para de falar — Aiden disse, se recostando na parede.

A médica abriu um sorriso para ele, não parecendo curiosa sobre por que eu havia sido escoltada por um puro. Ela se voltou para mim.

— Pode arder um pouco.

Ela encostou o algodão sobre meu lábio. *Arder?* Queimava tanto que quase caí da mesa.

— Antisséptico — ela disse, lançando um olhar compreensivo. — Queremos garantir que você não pegue nenhuma infecção. Senão, ficará cicatriz.

Com a queimação, eu conseguia lidar. A médica levou alguns minutos para limpar meu lábio. Esperei o veredito com certa impaciência.

— Não acho que precise de pontos no lábio em si. Vai inchar e ficar um pouco sensível por um tempo. — Ela inclinou a cabeça para trás e cutucou minha boca com delicadeza. — Mas acho que vamos precisar de um ponto bem... embaixo do seu lábio aqui.

Fiz uma careta quando ela começou a cutucar ali e me concentrei em seu ombro. *Não demonstre dor. Não demonstre dor. Não demonstre dor.* A médica passou os dedos num pote marrom e apertou a pele rasgada. Soltei um gritinho quando uma dor ardente irradiou da pele sob o lábio e se espalhava pelo rosto.

Aiden deu um passo à frente, parando ao perceber que não havia nada que ele pudesse ou devesse fazer. Suas mãos caíram ao lado do corpo e seus olhos cinza como nuvens de tempestade encontraram os meus.

— Só mais um pouco — ela me tranquilizou. — E já acaba. Você tem sorte de não ter perdido nenhum dente.

Ela apertou a pele de novo. Dessa vez, não fiz nenhum som, mas fechei bem os olhos até luzes dançarem por trás das minhas pálpebras. Eu queria pular da mesa e ir atrás de Jackson. Bater nele me faria sentir melhor. Eu tinha certeza.

A médica foi até o armário. Voltando com um lenço umedecido, começou a limpar o sangue, tomando cuidado com o ponto.

— Na próxima vez em que treinar com ela, seja um pouco mais cuidadoso. Ela nunca mais vai ser tão jovem e bonita. Não estrague isso para ela.

Meus olhos se voltaram para Aiden.

— Mas...

— Sim, senhora — Aiden interrompeu, me lançando um olhar severo.

Eu o encarei em resposta.

A médica suspirou, balançando a cabeça.

— Por que meios escolhem isso? A alternativa é tão melhor. Enfim, tem algum outro ferimento?

— Hum, não — murmurei.

As palavras da médica me surpreenderam.

— Sim — Aiden disse. — Olhe as costelas do lado esquerdo.

— Ah, vá! — eu disse. — Não é tão ruim assim... — Minhas palavras foram interrompidas quando a médica puxou a barra da minha camisa.

Ela apertou minhas costelas, passando as mãos ao longo da lateral. Seus dedos eram frios e rápidos.

— Não tem nenhuma quebrada, mas isso... — Ela franziu a testa, chegando mais perto. Com uma inspiração brusca, soltou minha camisa e se virou para Aiden. Ela pareceu levar um momento para se recompor. — As costelas dela não estão quebradas, mas estão contundidas. Ela precisa pegar leve por alguns dias. Também precisa evitar falar para não repuxar os pontos.

Aiden pareceu querer rir com a última sugestão. Quando concordou com a médica, ela saiu bem rápido da sala.

— Por que deixou que ela acreditasse que você fez isso? — perguntei.

— Nem treinando comigo está mais.

— Não era para evitar falar?

Revirei os olhos.

— Agora ela acha que você é um grande espancador de meios-sangues.

Ele apontou para a porta.

— Não seria tão inconcebível. Seu instrutor permitiu que isso acontecesse. A médica vê mais casos assim do que gostaria.

E devia ver muitos puros-sangues que nem se importavam o suficiente para confirmar se o meio estava bem. Suspirei.

— O que você estava fazendo lá, aliás?

Houve um leve sorriso.

— Não falei que garantir a sua segurança é um trabalho em tempo integral?

Comecei a sorrir, mas logo lembrei que não deveria.

— Ai! — Ignorei seu olhar de quem estava achando graça. — Sério, por que você está aqui?

— Só estava passando e olhei dentro da sala. — Ele encolheu os ombros, olhando além de mim. — Vi você treinando e resolvi assistir. O resto você já sabe.

Não acreditei, mas deixei por isso mesmo.

— Eu teria vencido Jackson, sabe? Mas esse resfriado maldito me derrubou.

O olhar de Aiden voltou a pousar em mim.

— Não era para você estar doente. — Ele deu um passo, estendendo a mão e colocando-a com cuidado embaixo do meu queixo. Ele franziu a testa. — Como ficou doente?

— Não devo ser a primeira meio a ficar doente.

Seu polegar se moveu sob meu queixo, com cuidado para evitar o ponto sensível. Esse era Aiden, sempre tão cuidadoso comigo, embora soubesse que eu era forte. Meu coração disparou.

— Não sei — ele disse, baixando a mão.

Sem saber como reagir, dei de ombros.

— Enfim, obrigada por, hum... fazer Jackson parar.

Uma expressão dura e letal passou pelo rosto dele.

— Vou garantir que Jackson seja punido pelo que fez. O Covenant já tem problemas demais sem meios tentando matar uns aos outros.

Toquei o queixo de leve e fiz uma careta.

— Não sei se isso foi ideia dele.

Aiden pegou minha mão e a afastou do meu rosto.

— Como assim?

Antes que eu pudesse responder, um leve calafrio desceu pela minha espinha. Segundos depois, a porta se abriu. Seth entrou, os olhos arregalados e os lábios apertados. Seu olhar passou do meu lábio até onde Aiden segurava minha mão.

— O que aconteceu?

O rosto de Aiden passou da confusão à compreensão.

Ele soltou minha mão e deu um passo para trás.

— Ela estava treinando.

Seth lançou um olhar mordaz a Aiden enquanto se aproximava da maca em que eu estava sentada. Apertou meu queixo com dois dedos esguios, como Aiden havia feito. Meu coração não palpitou, mas a corda, sim.

— Com quem você estava treinando?

— Não é nada demais. — Senti minhas bochechas começarem a arder.

— Até parece. — Os olhos de Seth se estreitaram. — E você está com dor em outro lugar. Consigo sentir.

Deuses, eu precisava mesmo treinar aquele escudo.

— Obrigado por ficar de olho nela, Aiden. — Seth não tirou os olhos de mim. — Deixa comigo.

Aiden abriu a boca para dizer algo, mas a fechou. Ele se virou e saiu em silêncio da sala. O impulso de saltar da mesa e correr atrás dele era difícil de ignorar.

— O que aconteceu com seu rosto? — ele perguntou de novo.

— Machuquei... — murmurei, tentando me desvencilhar.

Seth inclinou meu queixo para o lado, franzindo a testa.

— Estou vendo. Aconteceu mesmo enquanto treinava?

— Sim, fizeram isso com o meu rosto durante a aula.

Sua testa se franziu ainda mais.

— O que isso quer dizer?

Dei um tapa em sua mão e saí da mesa.

— Não é nada. Só um lábio machucado.

— Lábio machucado? — Ele me pegou pela cintura, me puxando de volta. — Juro que estou vendo uma sola de bota no seu queixo.

— Sério... Está tão feio assim? — Toquei o queixo com cuidado, me perguntando o que ele diria se visse a marca da bota nas minhas costelas.

— Tão vaidosa... — Seth apertou minha mão. — Com quem você estava treinando?

Suspirei e tentei me desvencilhar, mas não adiantou. Seth, assim como a corda, queria que eu ficasse ali com ele. Coloquei o rosto em seu peito.

— Não importa. E, aliás, não está bravo comigo por ter jogado comida em você?

— Ah, feliz não estou... Acho que maionese mancha. — Seu abraço ficou um pouco mais frouxo. — Machuca?

Mentir era inútil, mas foi o que fiz.

— Não. Nem um pouco.

— Sei... — ele murmurou no topo da minha cabeça. — Então, com quem você treina?

Fechei o olho. Tão perto dele, com o vínculo e tudo, era fácil parar de pensar. Assim como tinha sido enquanto eu lutava.

— Sempre me colocam com Jackson.

Depois da aula no dia seguinte, fiquei enrolando no centro de treinamento. Acabei entrando na sala menor, onde Aiden estava quando eu havia descoberto sobre meu pai. Claro, ele não estava lá. Ninguém estava. Deixando a bolsa na entrada, eu me aproximei do saco de boxe no centro do tatame. Era um equipamento velho e esfarrapado que já tinha visto dias melhores. Algumas partes do couro preto tinham se rasgado. Alguém havia usado fita isolante para remendar. Passei os dedos nas bordas da fita.

Um nervosismo se espalhava sob a minha pele. A ideia de voltar para meu dormitório e passar um tempo sozinha não era agradável. Eu não via Seth desde que ele tinha me deixado no dia anterior. Imaginei que ainda estivesse bravo por causa do sanduíche.

Empurrei o saco de boxe com as mãos e, depois, as virei. Os dois glifos reluziam suavemente.

Meu olhar se voltou para o saco de boxe. Será que meu pai havia treinado nesse Covenant? Estado nessa mesma sala? Isso explicaria por que ele havia conhecido minha mãe tão bem. Uma melancolia voltou a me invadir.

A porta da sala se abriu. Virei, pensando que encontraria Linard. Mas não. Meu coração fez uma breve dança besta da felicidade.

Aiden entrou na sala de treinamento, batendo a porta. Ele usava o traje de sentinela: uma camisa preta de manga comprida e uma calça cargo preta. Fiquei olhando para ele como uma idiota.

A maneira como meu corpo reagia a ele, um puro-sangue, era completamente imperdoável. Eu sabia, mas isso não impedia o ar de me escapar nem o calor de invadir minha pele. Não era apenas sua aparência. Não me entenda mal: Aiden tinha toda aquela beleza masculina rara a seu favor. Mas era mais do que isso. Ele me entendia como poucas pessoas conseguiam. Não precisava de um vínculo para isso, como Seth. Aiden me entendia pela sua paciência inabalável... e por não aturar minhas chatices. Durante o verão, passamos horas juntos treinando e nos conhecendo. Eu gostava de pensar que algo bonito havia surgido dali. Depois do que Aiden fez para me proteger em Nova York... e depois com Jackson, eu não podia mais ficar brava com ele sobre o dia em que me disse que não podia me amar.

Aiden me observava com curiosidade.

— Vi Seth entrar na parte principal da ilha Divindade e você não estava com ele. Imaginei que estaria aqui.

— Por quê?

Ele deu de ombros.

— Sabia que você estaria numa das salas de treinamento embora tivessem falado para pegar leve.

Sempre que ele tinha algo para processar, subia ao tatame. Eu também era assim, o que me lembrou da noite em que o confrontei ao descobrir a verdade sobre minha mãe. Desviei o olhar, deixando os dedos percorrerem o centro do saco de boxe.

— Como está se sentindo hoje? As costelas e o lábio?

Os dois estavam doloridos, mas eu já tinha sentido coisa pior.

— Bem.

— Escreveu a carta para eu mandar para Laadan? — ele perguntou depois de alguns momentos.

Meus ombros se curvaram.

— Não. Não sei o que dizer. — Não que eu não tivesse pensado, mas o que dizer a um homem que você pensava estar morto, um pai que nunca conheceu?

— É só dizer o que sente, Alex.

Ri.

— Não sei se ele quer saber tudo isso.

— Quer sim. — Aiden hesitou, e o silêncio se estendeu entre nós. — Você parece... desligada nos últimos tempos.

Eu ainda me sentia desligada.

— É o resfriado.

— Você parecia prestes a desmaiar na sala de Marcus e, convenhamos, não tinha por que não conseguir derrotar Jackson ontem... ou, pelo menos, desviar. Você anda exausta, Alex.

Suspirando, virei para ele. Ele estava recostado na parede, as mãos nos bolsos.

— O que está fazendo aqui? — perguntei, tentando desviar o foco de mim.

A expressão de Aiden era perspicaz.

— Seguindo você.

Um calor palpitou em meu peito.

— Sério? Isso não é nem um pouco assustador.

Um sorrisinho minúsculo apareceu.

— Bom, estou a trabalho.

Olhei ao redor da sala.

— Acha que tem daímônes por aqui?
— Não estou caçando agora. — Uma mecha de cabelo castanho-escuro ondulado caiu sobre seus olhos cinza enquanto ele inclinava a cabeça para o lado. — Estou com uma missão nova.
— Fala mais.
— Além de caçar, vou proteger você.
Pisquei e ri tanto que minhas costelas doeram.
— Deuses, isso deve ser um saco para você.
Suas sobrancelhas se franziram.
— Por que você pensaria isso?
— Você não consegue se livrar de mim, né? — Eu me virei para o saco de boxe, buscando um ponto fraco. — Quer dizer, não que queira, mas vivo sendo um fardo para você.
— Não considero que seja um *fardo* para mim. Por que pensaria isso?
Fechei os olhos, sem saber por que tinha dito aquilo.
— Então, Linard também está com uma missão nova?
— Sim. Você não respondeu à minha pergunta.
E não responderia.
— Marcus pediu para fazerem isso?
— Sim. Quando não estiver com Seth, quem vai vigiar você somos eu, Linard ou Leon. Há uma boa chance que seja lá quem quisesse te prejudicar...
— Ministro Telly — acrescentei, cerrando o punho.
— *Seja lá quem* quisesse te prejudicar nas Catskills possa tentar algo aqui. Também tem as Fúrias.
Soquei o saco de boxe, fazendo uma careta logo que músculos doloridos sobre as minhas costelas se contraíram. Eu deveria tê-los enfaixado antes. Idiota!
— Vocês não podem combater as Fúrias.
— Se aparecerem, vamos tentar.
Balançando negativamente a cabeça, dei um passo para trás.
— Vão morrer tentando. Aquelas criaturas... bom, você viu do que são capazes. Se vierem, é melhor saírem da frente.
— Como assim? — Seu tom transbordava de incredulidade.
— Não quero ver pessoas morrendo sem motivo.
— Morrendo sem motivo? Você sabe que elas vão continuar vindo, e não quero que alguém morra quando tudo parecer... inevitável.
A inspiração que ele fez foi brusca, ecoando na salinha.
— Está dizendo que acha que sua morte é inevitável, Alex?
Empurrei o saco de boxe de novo.
— Não sei o que estou dizendo. Esquece.
— Tem... algo diferente em você.

Fui tomada por um desejo de fugir da sala, mas o encarei. Olhei para as palmas das mãos. As marcas ainda estavam lá. Por que eu ficava olhando como se fossem desaparecer ou coisa assim?

— Tanta coisa aconteceu, Aiden... Não sou mais a mesma.

— Você é a mesma pessoa do dia em que descobriu sobre seu pai — ele disse, os olhos ficando da cor de uma nuvem de tempestade.

A raiva surgiu dentro de mim, pulsando em minhas veias.

— Aquilo não tem nada a ver com isso.

Aiden se afastou da parede, tirando as mãos dos bolsos.

— Isso o *quê*?

— Tudo! — Meus dedos se cravaram nas palmas das mãos. — Qual é o sentido disso tudo? Vamos pensar hipoteticamente por um segundo, ok? Mesmo se Telly ou seja lá quem for não consiga me mandar para a servidão nem me matar e as Fúrias não acabem fazendo picadinho de mim, ainda vou fazer dezoito anos. Ainda vou despertar. Então, do que adianta? Talvez eu devesse ir embora. — Fui até onde havia deixado a bolsa. — Talvez Lucian me deixe ir para a Irlanda ou algo assim. Queria conhecer antes de ser...

Aiden pegou meu braço, me virando para ele.

— Você disse que queria ficar no Covenant para se formar, porque precisava ser uma sentinela mais do que qualquer coisa. — Sua voz ficou baixa enquanto seus olhos vasculhavam os meus com intensidade. — Queria isso mais que tudo. Não quer mais?

Puxei o braço, mas ele segurou.

— Talvez.

As maçãs do rosto de Aiden coraram.

— Está desistindo?

— Não acho que eu esteja desistindo. Estou... aceitando a realidade. — Sorri, mas foi estranho.

— Conta outra, Alex.

Abri a boca, porém não saiu nada. Eu tinha argumentado para ficar no Covenant e me tornar uma sentinela. E, no fundo, sabia que ainda queria aquilo pela minha mãe, por mim, mas não tinha tanta certeza se ainda precisava. Ou se concordava com aquilo, para ser sincera. Depois de ver aqueles servos massacrados no chão sem que ninguém se importasse... sem que ninguém os ajudasse.

Eu não sabia se conseguiria ser parte disso.

— Você nunca foi de se afundar em autopiedade quando a vida te puxava para baixo.

Trinquei os dentes.

— Não estou me afundando em autopiedade, Aiden.

— Não? — ele disse com a voz suave. — Assim como não está se conformando com Seth?

Ai, bons deuses, não era o que eu queria ouvir!

— Não estou me conformando. — *Mentirosa*, sussurrou uma voz maligna na minha cabeça. — Não quero falar sobre Seth.

Ele desviou o olhar por um segundo antes de se voltar para mim.

— Não acredito que você perdoou o que... o que ele te fez.

— Não foi culpa dele, Aiden. Seth não me deu a poção. Não me forçou a...

— Ele ainda sabia o que era certo!

— Não vou falar sobre isso com você. — Comecei a me afastar.

Ele cerrou os punhos.

— Então, ainda está... *com* ele?

Parte de mim queria saber o que tinha acontecido com o Aiden que me envolveu em seus braços quando contei sobre meu pai. Aquela versão era mais fácil de lidar. Por outro lado, eu obviamente também não estava me comportando como a pessoa de antes. E parte de mim gostava de como Aiden dizia "ele", como se falar nome o fizesse querer socar algo.

— Defina "com", Aiden.

Ele ficou me encarando.

Ergui a cabeça.

— Quer saber se estou ficando com ele ou se somos apenas amigos? Ou só quer saber se estamos dormindo juntos?

Seus olhos se estreitaram em frestas finas que resplandeciam num tom ardente de prata.

— E por que está perguntando, Aiden? — Recuei. — Qualquer que seja a resposta, não importa.

— Importa, sim.

Pensei nos sinais e no que eles significavam.

— Você não faz ideia. Não importa. É destino, lembra? — Tentei pegar a bolsa de novo, mas ele voltou a segurar meu braço. Ergui os olhos, soltando o ar devagar. — O que quer de mim?

Seu rosto foi tomado de compreensão, suavizando o tom de seus olhos.

— Você está com medo.

— Quê? — Dei risada, mas saiu mais como um grunhido nervoso. — Não estou com medo.

Os olhos de Aiden passaram para algo atrás da minha cabeça e uma determinação se instalou em seus olhos.

— Sim. Está sim. — Sem dizer mais nada, ele se virou e me puxou na direção da câmara de privação sensorial.

Arregalei os olhos.

— O que está fazendo?

Ele continuou puxando até pararmos na frente da porta.

— Sabe para que usam isto?

— Hum, para treinar?

Aiden olhou para mim com um sorriso tenso.

— Sabe como os guerreiros antigos treinavam? Combatiam Deimos e Fobos, que usavam os piores medos dos guerreiros contra eles durante a batalha.

— Obrigada pela aula de história de deuses estranhos do dia, mas...

— Mas, como o deus do medo e o do terror estão fora de cena há um tempo, eles criaram essa câmara. Acreditam que lutar se deixando guiar apenas pelos outros sentidos é a melhor maneira de aprimorar suas habilidades e enfrentar seus medos.

— Medos do quê?

Ele abriu a porta, e um buraco negro nos recebeu.

— Quaisquer medos que estejam travando você.

Finquei os pés.

— Não estou com medo.

— Você está apavorada.

— Aiden, estou a dois segundos de... — Meu próprio grito de surpresa me interrompeu quando ele me puxou para dentro da câmara, fechando a porta, deixando o espaço em completa escuridão. Minha respiração se prendeu na garganta. — Aiden... não consigo ver nada.

— A ideia é essa.

— Bom, obrigada, Capitão Óbvio. — Estendi as mãos às cegas, mas senti apenas ar. — O que espera que eu faça aqui dentro? — Assim que a pergunta saiu da minha boca, fui bombardeada por imagens totalmente inapropriadas de todas as coisas que poderíamos fazer lá dentro.

— Lutamos.

Bom, que sem graça! Inspirei, sentindo o cheiro de especiarias e mar. Ergui a mão devagar. Meus dedos roçaram em algo firme e quente... seu peito? Depois, não havia nada além de espaço vazio. Ai, deuses, isso não seria nada bom!

Ele pegou meu braço de repente e me virou.

— Entre em posição.

— Aiden, não quero fazer isso agora. Estou cansada e levei um chute nas...

— Desculpinhas — ele disse, com sua respiração perigosamente perto dos meus lábios. — Travei.

Sua mão desapareceu.

— Entre em posição.

— Estou em posição.

Aiden suspirou.

— Não, não está.

— Como você sabe?

— Sabendo. Você não se mexeu — ele disse. — Agora, entre em posição.

— Nossa, você vê como um gato no escuro ou coisa assim? — Como ele não respondeu, resmunguei e entrei em posição: braços meio erguidos, pernas abertas e pés firmes no chão. — Certo.

— Você precisa enfrentar seus medos, Alex.

Estreitei os olhos, mas não vi nada.

— Pensei que você tivesse dito que eu era destemida.

— Costuma ser. — Ele surgiu à minha frente de repente e seu cheiro estava me distraindo. — E, por isso, sei como é tão difícil para você. Ter medo não é uma fraqueza, Alex. É apenas um sinal de algo que você precisa superar.

— O medo é, sim, uma fraqueza. — Achando que ele ainda estaria na minha frente, decidi entrar na sua. Dei uma cotovelada, mas ele não estava lá. E ele surgiu às minhas costas, a respiração flutuando ao longo da minha nuca. Dei a volta, restabelecendo o fôlego. — Do que você tem medo?

Uma lufada de ar e ele surgiu atrás de mim de novo.

— Não é de mim de que estamos falando, Alex. Você tem medo de se perder.

— Claro que não. O que eu estava pensando? — Eu me virei, xingando quando percebi que ele não estava mais lá. Isso estava me deixando tonta. — Por que não me diz do que tenho medo, senhor destemido?

— Você tem medo de se tornar algo que não possa controlar. — Ele apanhou meu braço quando me virei para o som da sua voz. — Isso te mata de medo. — Ele soltou, recuando.

Ele estava certo e, por isso, raiva e vergonha me invadiram. No meio da escuridão ao meu redor, havia uma área mais densa que o resto. Parti para cima dele. Prevendo o golpe, ele me pegou pelos ombros. Me soltei, acertando sua barriga e seu peito.

Aiden me empurrou para trás.

— Você está brava porque tenho razão.

Um som rouco subiu pela minha garganta. Fechei a boca e ataquei de novo. Meu cotovelo acertou algo.

— Um sentinela nunca tem medo. Nunca colocaria o rabo entre as pernas e fugiria.

— Você está colocando o rabo entre as pernas e fugindo, Alex?

O ar se agitou ao meu redor, e saltei, errando por pouco o que, provavelmente, seria uma rasteira perfeita.

— Não!

— Não era o que parecia agora há pouco — ele disse. — Você quis aceitar a oferta de Lucian. Conhecer a Irlanda?

— Eu... eu estava... — Droga, eu odiava quando ele tinha razão! Aiden riu em algum lugar da escuridão. Segui o som. Chegando longe demais, me deixando levar pela raiva, perdi a noção do equilíbrio quando ataquei.

Aiden pegou meu braço, mas nenhum de nós conseguiu recuperar o equilíbrio na escuridão. Quando caí, ele caiu junto comigo. Caí de costas no chão, com Aiden em cima de mim.

Aiden apanhou meus punhos antes que eu pudesse bater nele de novo, imobilizando minhas mãos no tatame sobre minha cabeça.

— Você sempre se deixa dominar pelas emoções, Alex.

Tentei empurrá-lo, sem confiar que conseguiria falar. Um soluço estava subindo na minha garganta enquanto me contorcia embaixo dele, conseguindo soltar uma perna.

— Alex... — ele avisou baixo.

Ele me empurrou e, quando inspirou, seu peito pressionou contra mim. Na escuridão absoluta da câmara de privação sensorial, sua respiração era quente em meus lábios. Não me atrevi a me mover. Nem mesmo um milímetro.

Seu aperto ao redor dos meus punhos se afrouxou, e a outra mão subiu sobre meu ombro, acariciando meu rosto. Meu coração estava tentando sair do peito, e todos os músculos se contraíram, tensos de expectativa. Ele me beijaria? Não. Meu lábio estava machucado, mas, se me beijasse, eu não o impediria mesmo sabendo que era muito errado. Um arrepio percorreu minha espinha, e relaxei debaixo dele.

— Não tem problema ter medo, Alex.

Ergui a cabeça nesse momento, querendo ficar o mais longe possível dele por mais que quisesse ficar bem onde estava.

— Mas você não tem nada a temer. — Ele guiou meu queixo para baixo com os dedos delicados. — Quando você vai aprender? — Sua voz era forte, áspera. — Você é a única pessoa que tem controle sobre quem você se torna. É forte demais para se perder. Acredito nisso. Por que você não?

Minha respiração saiu trêmula. Sua confiança em mim quase me fez desabar. A pressão em meu peito teria me levantado do tatame. Alguns momentos se passaram até eu conseguir falar.

— Do que você tem medo? — perguntei.

— Pensei que você tivesse dito que eu não tinha medo de nada — ele retrucou.

— Disse.

Aiden se ajeitou um pouco e seu polegar acariciou a curva da minha bochecha.

— Tenho medo de uma coisa.

— Do quê? — sussurrei.

Ele fez uma inspiração profunda e trêmula.

— Tenho medo de nunca ter permissão para sentir o que sinto.

7

O ar ficou preso quando tentei respirar. Queria poder ver seu rosto, seus olhos. Queria saber o que ele estava pensando naquele momento, tocá-lo. Mas fiquei deitada, o coração sendo a única parte de mim que se movia.

Seu polegar roçou meu rosto mais uma vez.

— É isso que me dá medo. — Ele saiu de cima de mim. Recuou, com o tatame se ondulando sob seu passo vacilante. — Vou estar na outra sala de treinamento quando estiver pronta para... voltar ao dormitório.

Houve um breve lampejo de luz da sala de treinamento quando ele passou pela porta antes da escuridão voltar a me cobrir.

Não saí do lugar, mas minha mente estava a mil por hora. Ele tinha medo de nunca ter permissão de sentir o que sentia. Deuses, eu não era burra, mas queria ser. Sabia o que ele queria dizer e também sabia que não significava nada. Parte de mim estava brava, porque ele ousou dizer aquilo quando tudo o que fez foi pesar no meu peito com um desejo dolorido, tão intenso que parecia capaz de me esmagar sob seu peso. E por que admitir agora, quando eu já havia implorado a ele para que me dissesse que sentia o mesmo e havia se negado? O que havia de tão diferente agora?

E ele estava certo sobre o outro assunto. Eu tinha pavor de estar me tornando algo que não podia controlar, de me perder para o vínculo, para Seth. Parecia que, mesmo se conseguisse passar por todos os outros obstáculos no caminho, ainda havia *aquele*, que eu não conseguia superar com a boa e velha impulsividade.

A porta se abriu de novo e o murmúrio baixo de duas vozes masculinas atravessou a sala. Ouvi uma risada grave e rouca quando o tatame se afundou com o caminhar. Eu poderia ter dito algo, mas estava perdida demais em meus pensamentos para dizer uma palavra sequer.

Um segundo depois, pés se enroscaram em minhas pernas e um gritinho surpreso soou. O tatame cedeu quando um corpo caiu, meio estatelado, em cima de mim. Soltei um *"ai"* e empurrei as mãos do meu peito.

— Deuses, Alex! — exclamou Luke, saindo de cima de mim e se sentando. — Santo Hades, o que está fazendo aqui?

— Como você soube que era eu só de apalpar meus peitos? — resmunguei, erguendo o braço sobre o rosto.

— É um superpoder.

— Uau!

Luke bufou. Senti o tatame ondulando enquanto ele se virava para seu parceiro incógnito silencioso.

— Ei! — Luke disse. — Pode nos dar uns minutos?

— Claro. Tanto faz — o cara respondeu, voltando a sair pela porta. A voz me era superfamiliar, porém, por mais que eu tentasse, não conseguia identificar.

— Pervertido! — eu disse. — Pra que você está usando essas salas, Luke? Safadinho!

Ele riu.

— Algo muito mais divertido e normal do que o que você estava fazendo. Estava deitada numa câmara de privação sensorial como uma maluquinha. Estava fazendo o que aqui? Planejando dominar o Covenant? Meditando? Se masturbando?

Fiz uma careta.

— Não tem nada melhor para fazer?

— Tenho sim.

— Então vai. Esta câmara já está ocupada.

Luke suspirou.

— Você está sendo ridícula.

Achei isso engraçado, considerando que ele não fazia ideia por que eu estava sendo uma "maluquinha" na câmara sensorial. Luke não fazia ideia do que havia acabado de acontecer ali dentro. Devia pensar que eu estava me escondendo de todos ou tendo algum tipo de surto. Essa última possibilidade ainda estava em aberto e tinha muito potencial. Se fosse Caleb quem tivesse me encontrado, ele saberia. Inspirei fundo.

Sentir falta dele não estava ficando mais fácil, pensei de repente.

— É chato não ter amigos, não é? —Luke perguntou depois de alguns momentos.

Franzi a testa.

— Sabe, é bom você não poder se tornar um terapeuta, porque você seria péssimo tentando fazer as pessoas se sentirem melhor.

— Mas você tem amigos — ele continuou como se eu não tivesse dito nada. — Só parece ter se esquecido de nós.

— Nós quem?

— Eu. — Luke se esticou ao meu lado. — E Deacon. E Olivia.

Bufei.

— Olivia me odeia.

— Odeia nada.

— Mentira. — Baixei o braço, virando para ele na escuridão. — Ela me culpa pela morte de Caleb. Você a ouviu no funeral e no corredor ontem.

— Ela está sofrendo, Alex.

— Também estou! — Eu me sentei, cruzando as pernas.

O tatame tremeu enquanto Luke se deitava de lado.

— Ela amava Caleb. Mesmo que não seja prático para a gente amar alguém, ela o amava.

— E eu o amava. Ele era *meu* melhor amigo, Luke. Ela me culpa pela morte do meu melhor amigo.

— Não te culpa mais.

Passei a mão nos fiozinhos que escaparam do meu rabo de cavalo.

— Quando isso aconteceu? Nas últimas vinte e quatro horas?

Sem se deixar abalar, Luke se sentou e conseguiu encontrar minha mão no escuro.

— No dia em que ela foi atrás de você no corredor, ela queria pedir desculpa.

— Que engraçado, porque me lembro dela dizer que eu precisava controlar meu luto. — Não tirei minha mão da sua, porque até que era bom ser tocada por alguém sem que nada estranho acontecesse. — É uma forma nova de desculpa que não conheço.

— Não sei o que ela estava pensando. Ela queria pedir desculpa, mas você não parou para conversar com ela — Luke explicou baixo. — Ela perdeu a cabeça. Foi escrota. Olivia sabe disso. Você acabando com a raça dela na frente de todo mundo também não ajudou.

A velha Alex teria rido com desprezo, mas aquilo não melhorava mais as coisas como antes.

— Você precisa conversar com ela, Alex. Vocês precisam uma da outra agora.

Soltei a mão e me levantei rapidamente. A sala pareceu sufocante e insuportável de repente.

— Não preciso dela nem de ninguém.

Luke se levantou num instante.

— E essa deve ser a coisa mais infantil que você já disse.

Estreitei os olhos em sua direção.

— E tenho algo ainda mais infantil para te dizer. Estou a dois segundos de bater em você.

— Não seria muito legal — Luke provocou, me contornando. — Você precisa de amigos, Alex. Por mais gato que Seth seja, ele não pode ser seu único amigo. Você precisa de amigas. Precisa de alguém com quem chorar, alguém que não esteja tentando te comer. Precisa de alguém que queira estar perto de você não pelo que você é, mas quem você é.

Meu queixo caiu.

— Uau!

Luke deve ter sentido minha reação atônita porque riu.

— Todos sabem o que você é, Alex. E a maioria das pessoas acha isso muito legal. O que não acham legal, a razão de está todo mundo evitando você, é sua atitude negativa. Todo mundo entende que está sofrendo por Caleb e pelo que aconteceu com a sua mãe. Entendemos isso, mas não quer dizer que precisamos tolerar sua babaquice constante.

Abri a boca para dizer a Luke que não era eu que estava sendo babaca, que eles que estavam me tratando como um cão de três cabeças desde que eu tinha voltado e antes até, mas não saiu nada. Além de passar tempo com Seth, eu tinha *mesmo* me isolado.

E, às vezes, era uma pessoa horrível. Eu tinha meus motivos, bons motivos, mas eram desculpas. Um peso se instalou em meu peito.

No silêncio e no escuro ao nosso redor, Luke me encontrou e envolveu os braços ao redor dos meus ombros tensos.

— Bom, talvez tenhamos que tolerar mais um pouco. Você é um Apôlion, afinal. — Eu conseguia ouvir o sorriso em sua voz. — E, embora seja uma grande babaca, amamos você e estamos preocupados.

Um nó se formou na minha garganta. Resisti, mesmo, de verdade, mas senti lágrimas ardendo em meus olhos quando meus músculos começaram a relaxar. Acabei apoiando a cabeça em seu ombro e ele fez um carinho reconfortante nas minhas costas. Por um momento, consegui acreditar que Luke era Caleb e, na minha cabeça, fingi ter contado para ele tudo que aconteceu. Meu Caleb de mentira sorriu para mim, me abraçou ainda mais forte e disse que era para eu parar de fazer merda. Que, apesar de tudo que havia acontecido e tudo que aprendi, o mundo não havia acabado nem acabaria.

E, por enquanto, aquilo parecia o suficiente.

Aiden estava esperando por mim quando finalmente consegui sair da câmara sensorial. Ele não disse nada enquanto saíamos. Já havíamos falado e, provavelmente, pensado demais. Não havia nenhum clima estranho entre nós, mas havia uma vasta sensação de... incerteza. Embora talvez eu estivesse projetando meus sentimentos nele.

Subimos para a passarela, chegando aos dormitórios. O vento levantava poeira e o ar estava frio e úmido quando nos aproximamos do jardim.

Dois meninos puros estavam encarando a estátua de mármore de Apolo tentando alcançar Dafne enquanto ela se transformava numa árvore. Um cutucou o outro.

— Ei, olha! Apolo está pegando no pau.

O amigo riu. Eu revirei os olhos.

— Alex... — Havia algo na voz de Aiden, uma aspereza que deixava claro que seja lá o que fosse dizer seria intenso. Seu olhar passou pelo meu rosto antes de se concentrar em algo atrás de mim. — Mas o que é isso?

Não era aquilo que eu estava esperando.

Aiden passou por mim, focado unicamente em algo lá atrás. Droga! Eu me virei.

— Você não... *ah*.

Então vi o que tinha interrompido Aiden.

Dois meios carregavam Jackson, que estava quase inconsciente, quase irreconhecível. Ele parecia ter levado uma surra. Todas as partes visíveis de sua pele estavam cobertas de hematomas ou ensanguentadas, olhos inchados, lábios rachados, e a marca profunda e furiosa do lado esquerdo do seu rosto lembrava muito uma sola de bota.

— O que aconteceu com ele? — Aiden questionou, assumindo o lugar de um dos meios e praticamente apoiando todo o peso do menino.

O meio balançou a cabeça.

— Não sei. Nós o encontramos assim no pátio.

— Eu... caí — Jackson disse, com sangue e saliva escorrendo da boca. Acho que ele estava sem alguns dentes.

Uma expressão dúbia perpassou o rosto de Aiden.

— Alex, por favor, vai direto para o seu dormitório.

Assentindo em silêncio, saí da frente. Ainda estava puta com Jackson. Ele havia tentado pisotear minha cabeça, mas o que tinham feito com ele era horrível e calculado. Comparado com o soco que Aiden tinha dado em seu rosto quando Jackson havia...

Meus olhos encontraram os de Aiden por um segundo antes dele levar Jackson na direção da enfermaria. Minha conversa com Seth me voltou à mente.

"Então, com quem você treina?", ele tinha perguntado.

"Sempre me colocam com Jackson."

Meus deuses, Seth fez isso!

Seth parecia estar me evitando o tempo todo, provavelmente ainda por causa de toda a história do sanduíche de presunto. Nossos treinos ou estavam cancelados ou consistiam em trabalhar meus escudos mentais. Por uma semana, sempre que eu o via, perguntava sobre Jackson. Com toda a inocência do mundo, ele me dizia que não tinha sido ele. Não acreditei e disse isso.

Ele olhava para mim, a expressão lindamente vazia, e dizia: "Por que eu faria uma coisa dessas?".

Eu não queria acreditar que tinha sido ele, porque quem fez aquilo com Jackson o havia deixado incapacitado por um bom tempo. Jackson não estava falando, literalmente. Seu maxilar estava imobilizado, e ouvi dizer que ele precisaria de vários tratamentos dentários. Embora fosse se curar muito mais rápido do que um mortal, eu sabia que não falaria nada. O susto tinha sido tão grande que calou até sua boca.

E embora eu não quisesse acreditar que fosse Seth, não conseguia ignorar minhas suspeitas. Quem mais faria algo assim a Jackson? Seth tinha motivo, um motivo que me deixava mal. Se fez aquilo, teria sido por causa do que o meio havia feito comigo na aula. Mas como ele poderia fazer algo tão... violento, tão desequilibrado? A pergunta me assombrava.

A única coisa boa era que a sensação estranha que pesava sobre mim como uma coberta velha passou. Parte de mim sentia falta da companhia de Seth nas noites e da maneira como ele sempre conseguia me transformar num travesseiro humano enquanto dormia, mas outra parte estava um tanto aliviada. Como se nada mais fosse esperado de mim.

Embora ninguém tivesse tentado me drogar ou me matar, Linard e Aiden ainda me seguiam. E, quando estavam ocupados, era a sombra enorme de Leon que me rondava. Eu passei a ficar nas salas de treinamento mesmo nos dias em que eu e Seth não praticávamos. Sabia que Aiden acabaria me encontrando ali. Não voltamos a conversar sobre nossos medos, mas meio que... fazíamos companhia um para o outro... no treinamento.

Parecia bobo, mas era como nos velhos tempos, antes de tudo dar incrivelmente errado. Às vezes, Leon dava uma passada. Nunca parecia surpreso nem desconfiado. Nem na última vez, em que estávamos sentados contra a parede, discutindo se fantasmas existiam ou não.

Eu não acreditava neles.

Aiden, sim.

Leon pensava que éramos dois idiotas.

Mas, nossa, eu adorava. Apenas sentar e conversar. Sem treinar. Sem tentar acessar e usar akasha. Aqueles momentos com Aiden, mesmo quando Leon decidia nos acompanhar, eram minha parte favorita do dia.

Eu não havia estrangulado Olivia de novo, mas era superestranho quando a via — até aí, nenhuma novidade. Passei a almoçar com Seth no refeitório. Após o segundo dia, Luke se sentou conosco, depois Elena e, por fim, Olivia. Não conversamos, mas também não jogamos nada na cara uma da outra.

Certas coisas não mudaram, porém. Os feriados mortais do Natal e Ano-novo vieram e passaram, assim como a maior parte de janeiro. A maioria dos puros ainda parecia achar que todos os meios se transformariam em criaturas malignas sugadoras de éter e os atacariam. Deacon, irmão de Aiden, era um dos poucos que se arriscavam a sentar ao nosso lado na aula ou conversar conosco pelo campus. Outra coisa que não havia mudado era minha incapacidade de escrever uma carta para o meu pai. O que eu diria? Não fazia ideia. Toda noite em que ficava sozinha, começava uma carta. Bolas de papel amassado cobriam o chão.

— É só escrever o que está sentindo, Alex. Você está complicando demais — Aiden disse depois que me queixei. — Você já sabe que ele está vivo há dois meses. Só precisa escrever sem pensar.

Dois meses? Não parecia tanto tempo assim. E isso queria dizer que eu tinha pouco mais de um mês até despertar. Talvez estivesse tentando fazer o tempo passar mais devagar. Seja como for, meus sentimentos estavam completamente confusos e, se meu pai fosse tão competente quanto eu acreditava que fosse, eu não queria que ele pensasse que eu tinha problemas.

Portanto, depois do treino com Seth, peguei meu caderno e fui até um dos salões de jogos mais vazios. Sentando no canto de um sofá vermelho vivo, fiquei olhando para uma página em branco enquanto mordia a ponta da caneta.

Linard se posicionou à porta, com uma expressão entediada. Quando me viu olhando para ele, fiz uma careta e voltei a olhar para as linhas azuis no papel. Luke interrompeu algumas vezes, tentando me convencer a jogar hóquei de mesa.

Quando sua sombra cobriu de novo meu caderno, resmunguei.

— Não quero...

Olivia estava na minha frente, usando um suéter grosso de caxemira que cobicei imediatamente. Arregalou os olhos castanhos.

— Ah... desculpa — eu disse. — Pensei que fosse Luke.

Ela passou a mão sobre o cabelo encaracolado.

— Ele está tentando fazer você jogar Skee-Ball?

— Não. Ele passou para hóquei de mesa.

Sua risada era nervosa enquanto olhava de relance para o grupo perto dos jogos de *arcade*. Ela endireitou os ombros enquanto gesticulava para o lugar ao meu lado.

— Posso sentar?

Meu estômago se revirou.

— Sim, se quiser.

Olivia se sentou, passando as mãos sobre as pernas da calça jeans. Vários momentos se passaram sem que nenhuma de nós falasse. Ela foi a primeira a quebrar o silêncio.

— Então, como... como está?

Era uma pergunta capciosa, e minha risada saiu áspera e forçada. Apertei o caderno junto ao peito enquanto olhava para Luke. Ele estava fazendo de conta que não tinha nos visto juntas.

Ela deu uma pequena suspirada e começou a se levantar.

— Certo. Acho que...

— Desculpa. — Minha voz era baixa, as palavras roucas. Senti minha cara arder, mas me obriguei a continuar. — Desculpa por tudo, especialmente pela situação no corredor.

Olivia apertou as coxas.

— Alex...

— Sei que você amava Caleb, e não fiz nada além de pensar na minha própria dor. — Fechei os olhos e engoli em seco o nó na garganta. — Queria muito poder voltar e mudar tudo naquela noite. Pensei um milhão de vezes em todas as coisas que poderíamos ter feito de outra forma.

— Você não deveria... fazer isso consigo mesma — ela disse baixinho. — No começo, eu não queria saber o que realmente tinha acontecido, sabe? Os detalhes. Não conseguia... aguentar saber, mas finalmente, na semana passada, pedi para Lea me contar tudo.

Mordi o lábio, sem saber o que dizer. Ela não havia aceitado meu pedido de desculpas, mas estávamos conversando.

Ela puxou um pouco de ar, com um brilho nos olhos.

— Ela me contou que Caleb a salvou. Que vocês estavam enfrentando outro daímôn e que, se ele não a tivesse apanhado, ela teria morrido.

Acenei, apertando o caderno. As memórias daquela noite vieram à tona, de Caleb passando por mim como um raio.

— Ele foi muito corajoso, não? — Sua voz embargou.

— Sim — concordei, com fervor. — Ele nem hesitou, Olivia. Foi muito rápido e muito habilidoso, mas a daímôn... foi mais.

Ela piscou algumas vezes, e seus cílios pareciam úmidos.

— Sabe, ele me contou o que aconteceu em Gatlinburg. Tudo que vocês passaram e como você o tirou da casa.

— Foi sorte. Eles, minha mãe e os outros, começaram a brigar. Não fiz nada de extraordinário.

Olivia olhou para mim nesse momento.

— Ele tinha uma admiração enorme por você, Alex. — Ela parou, soltando uma risada suave. — Quando começamos a namorar, eu sentia ciúme. Era como se não conseguisse ser tudo o que vocês eram um para o outro. Caleb realmente te amava.

— Eu o amava. — Respirei fundo. — E ele te amava, Olivia.

O sorriso dela era emocionado.

— Acho que precisei culpar alguém. E poderia ter sido Lea ou os guardas que não conseguiram manter os daímônes fora. Não sei. É só que você tem essa força tão imbatível... Você é um Apôlion. — Os cachos sacudiam enquanto ela balançava a cabeça. — E...

— Ainda não sou um Apôlion. Mas entendo o que quer dizer. Desculpa. — Apertei a espiral do caderno. — Só queria...

— E *eu* peço desculpa.

Erguia a cabeça na sua direção.

— Não foi culpa sua. E fui uma escrota por culpar você. Aquele dia no corredor, queria pedir desculpa, mas me expressei mal. E sei que Caleb me odiaria por te culpar. Não deveria ter te culpado. É só que eu estava sofrendo tanto. Sinto muita falta dele. — Sua voz embargou e ela virou o rosto, respirando fundo. — Sei que são só justificativas, mas não culpo você.

Lágrimas apertaram minha garganta.

— Não?

Olivia negou.

Eu queria abraçá-la, mas não sabia se podia. Talvez fosse cedo demais.

— Obrigada. — Eu queria dizer mais, mas não conseguia encontrar as palavras certas.

Seus olhos se fecharam.

— Quer saber algo engraçado?

— Sim.

Virando para mim, ela sorriu, embora seus olhos estivessem marejados.

— Depois do dia em que você e Jackson tiveram aquela briga, todos estavam conversando sobre isso no refeitório. Cody estava passando e disse algo ignorante. Não lembro o que, provavelmente algo sobre como era bom ser puro-sangue. — Ela revirou os olhos. — Enfim, Lea se levantou com toda a calma do mundo e despejou o prato inteiro de comida na cabeça dele. — Uma risadinha escapou. — Sei que não deveria rir, mas queria que você tivesse visto. Foi muito engraçado.

Minha boca se abriu.

— Sério? O que Cody fez? Lea ficou encrencada?

— Cody fez um escândalo, chamando a gente de um bando de hereges ou alguma babaquice assim. Acho que Lea levou uma advertência e a irmã dela não ficou muito feliz.

— Uau! Não esperava isso dela.

— Ela está mudada. — Olivia ficou mais séria. — Sabe, depois de tudo? Não é mais a mesma. Enfim, preciso fazer algumas coisas, mas estou... feliz que a gente tenha conversado.

Mirei seus olhos e senti parte da tensão se esvair. Não seria como antes, não por um tempo.

— Também estou.

Ela pareceu aliviada enquanto sorria.

— Vejo você no refeitório para o almoço amanhã?

— Claro. Vou estar lá.

— Viajo na semana que vem para passar as férias com a minha mãe. Algum assunto do conselho que ela precisa resolver, e ela quer que eu vá, mas, quando voltar, podemos fazer algo? Como assistir a um filme ou curtir?

Enquanto os mortais tinham as férias para as festas de Natal, nós tínhamos o mês inteiro de fevereiro para comemorar a Antestéria. Antigamente, o festival tinha apenas três dias, e todos ficavam muito bêbados em homenagem a Dionísio. Era como se o Dia dos Mortos e o Carnaval se misturassem numa única grande orgia embriagada. Em algum momento, os puros haviam estendido o festival para um mês inteiro, dando uma acalmada nele, e o preencheram com sessões do conselho. Escravizados e servos costumavam poder participar, mas isso também mudou.

— Sim, seria ótimo. Eu adoraria.

— Que bom. Vou cobrar. — Olivia se levantou para sair, mas parou à porta.

Olhando para trás, deu um pequeno aceno e um sorriso tímido antes de sair.

Olhei para o caderno. Parte da dor e da culpa que haviam ficado depois da morte de Caleb passaram. Respirei fundo e escrevi uma mensagem rápida para Laadan, pedindo para ela não se preocupar com a história da bebida e agradecendo por ter me contado sobre meu pai. Depois do breve parágrafo, escrevi duas frases.

Por favor, diga a meu pai que o AMO. *Vou resolver isso.*

À noite, selei a carta e a entreguei para Leon, que rondava fora do meu dormitório, com instruções explícitas para entregá-la a Aiden.

— Posso perguntar por que está passando bilhetinhos para Aiden? — Ele olhou para a carta como se fosse uma bomba.

— É uma carta de amor. Estou pedindo para circular "sim" ou "não" se gosta de mim.

Leon me lançou um olhar seco, mas enfiou a carta no bolso de trás. Respondi com um sorriso malandro antes de fechar a porta. Parecia que um caminhão havia sido tirado das minhas costas depois que escrevi a carta. Virando as costas para a porta, corri na direção da escrivaninha. Meus pés descalços bateram em algo grosso e pesado.

— Ai! — Pulando num pé só, olhei para baixo. — Ai, meus deuses, como sou idiota!

O livro *Mitos e lendas* me encarava. Eu me abaixei e o peguei. De algum modo, em meio a toda a loucura, eu havia me esquecido dele. Sentando, abri o livro empoeirado e comecei a procurar a seção que Aiden havia mencionado em Nova York.

Não encontrei nada na parte escrita em inglês. Suspirando, passei para a frente do livro e comecei a folhear as páginas cobertas no que não fazia o menor sentido para mim. Meus dedos pararam depois de umas cem páginas, não porque reconhecesse o que estivesse escrito, mas porque reconhecia o símbolo no alto da página.

Era uma tocha virada para baixo.

Havia algumas páginas escritas em grego antigo, que não me ajudaram em nada. Deviam ensinar isso em vez de trigonometria no Covenant, mas quem era eu para opinar? Mas, enfim, os puros aprendiam a língua antiga.

Aiden sabia a língua antiga, o que era um pouco nerd, no sentido mais atraente possível.

Se eu conseguisse descobrir mais sobre a ordem, talvez conseguisse encontrar as evidências necessárias para provar que havia algo estranho com Telly e Romvi. Eu não tinha cem por cento de certeza de que tinha algo a ver com o que havia acontecido, mas era melhor do que a sugestão de Seth.

A última coisa de que precisávamos era uma insurgência... ou que um de nós matasse *outro* puro.

8

À noite, quando eu estava quase dormindo, ouvi o trinco da minha porta se abrindo. Me apoiei no cotovelo, tirando o cabelo da frente do rosto. O leve calafrio que desceu pela minha espinha me disse que era Seth. Fechaduras não eram problema para ele. Ou as derretia ou usava o elemento do ar para destrancá-las.

Ele parou logo na entrada. Seus olhos tinham um brilho dourado suave na escuridão.

Surpresa por vê-lo, levei alguns momentos para dizer alguma coisa.

— Não era para estar no meu dormitório a esta hora, Seth.

— Isso já me impediu antes? — Ele estava sentado na beira da cama, e consegui sentir seu olhar em mim. — Seu humor está muito melhor hoje.

— E eu aqui pensando que estava aprendendo a bloquear você melhor.

— Você está. Mandou muito bem no treino hoje.

— É por isso que está aqui? — Eu o ouvi tirar os sapatos. — Porque a chance de eu jogar comida em você é menor?

— Talvez. — Eu conseguia ouvir o sorriso em sua voz.

— Cheguei a pensar que você estava achando sua cama mais interessante.

— Você sentiu minha falta.

Dei de ombros.

— Seth, sobre Jackson...

— Já falei. Não tive nada a ver com aquilo. E por que eu faria algo tão, tão horrível?

— Não sei por quê. Talvez porque você seja um pouco psicopata?

Seth riu.

— "Psicopata" é um termo muito extremo. Prefiro algo como não me sinto culpado pelas minhas ações.

Arqueei a sobrancelha.

— Exatamente o que quis dizer.

Quando ele puxou as cobertas, cheguei mais perto e o observei cobrir as pernas. Ele ficou de lado, me observando.

— Você sabe que tenho guarda-costas. Eles vão saber que você está aqui.

— Passei por Linard ao entrar. — Ele prendeu um fio de cabelo que havia caído sobre minha bochecha atrás da orelha. Sua mão ficou. — Ele disse que eu estava quebrando as regras. Falei para ele se danar.

— E o que ele respondeu?

A mão de Seth desceu para o meu ombro, cobrindo a alça fina da minha regata. A corda dentro de mim começou a arrebentar suavemente.

— Não pareceu muito feliz. Disse que me denunciaria para Marcus. — Meu coração se apertou um pouco. Não havia dúvida que isso significava que Aiden ficaria sabendo. Aiden devia saber dos hábitos de sono de Seth. Nós se formaram em meu estômago enquanto eu encarava Seth. *Não estou com Aiden. Não estou com Aiden. Não estou fazendo nada de errado.* Uma tensão se apertou em meus músculos.

— Não que Marcus possa fazer muito a respeito. — Ele se aproximou, me puxando para baixo para que eu ficasse deitada de costas. Seus dedos deslizaram sob a alça, e me arrepiei quando seus dedos ásperos roçaram em minha clavícula. — Ele é só o diretor.

— E meu tio — pontuei. — Duvido que goste da ideia de meninos dormindo na minha cama.

— Hum, mas não sou qualquer menino. — Ele baixou a cabeça. Seu cabelo caiu para a frente, cobrindo o rosto. — Sou o Apôlion.

Meu peito se ergueu abruptamente.

— As regras... ainda se aplicam para nós.

— Ah, me lembro de uma garota que não conseguia seguir qualquer regra simples nem se a vida dela dependesse disso. — Ele inclinou a cabeça, o que fez seu nariz roçar no meu. — E acho que o que estamos fazendo, agora, é a regra menos escandalosa que você já quebrou.

Fiquei vermelha enquanto colocava as mãos no seu peito, impedindo-o de transpor os poucos centímetros que nos separavam.

— As pessoas mudam — eu disse sem convicção.

— Algumas, sim. — Ele colocou o braço ao lado da minha cabeça, se apoiando.

A corda estava começando mesmo a me enlouquecer, exigindo que eu prestasse atenção nela. Meus dedos se curvaram.

— Veio até aqui para falar sobre as regras que quebrei ou coisa assim?

— Não. Na verdade, tinha outro motivo para vir.

— E esse motivo é? — Eu me ajeitei, incomodada, tentando ignorar como minha pele, especialmente a das minhas mãos, começava a formigar. Graças aos deuses, ele estava de camisa.

— Me dá um segundo.

Franzi a testa.

— Por quê...

Seth abaixou a cabeça, encostando os lábios nos meus. Ficar dividida entre querer manter a boca fechada e abri-la para ele era uma sensação frustrante. Eu sentia uma vontade imensa de estar perto dele na mesma medida em que queria ficar longe.

— É por... isso que você veio? — perguntei quando ele ergueu a cabeça.

— Não foi o principal motivo.

— Então por quê... — Sua boca interrompeu minhas palavras, e o beijo ficou mais intenso, silenciando meus protestos. A corda se apertou quando sua mão deslizou sob meu braço, passando pela minha barriga e embaixo da gola da minha camisa.

Ele sorriu em meus lábios.

— Preciso viajar com Lucian nas férias. Volto só depois do fim de fevereiro.

— Como assim? — A vibração da corda estava ficando excessiva, tornando difícil me concentrar. Eu estava um pouco surpresa por ele ir tão perto do meu aniversário de dezoito anos, já que imaginei que acamparia no meu quarto nas semanas antes do meu despertar. — Aonde você vai?

— Ao Covenant de Nova York — ele respondeu, colocando a outra mão em meu cabelo. — Aconteceram alguns problemas que exigem a atenção do conselho.

Parte da confusão diminuiu.

— Quero ir com vocês. Meu pai está...

— Não, você não pode ir. Não é seguro para você lá.

— Não me importo. Quero ir. Preciso ver meu pai. — Pela cara de Seth, dava para ver que eu não ganharia aquela discussão. — Você vai estar lá. Nada vai acontecer comigo. E eu ficaria menos segura aqui sem você. — As últimas palavras me doeram fisicamente dizer, mas joguei o orgulho fora. Ver meu pai era mais importante.

Os lábios de Seth se curvaram para cima, gostando desse afago no ego.

— Marcus garantiu a Lucian que você vai estar protegida. Seu puro-sangue querido cortaria os próprios pulsos para não deixar que nada acontecesse a você.

Fiquei boquiaberta.

— Quê? — Ele subiu a mão até pousar pouco abaixo do meu colo. — É a verdade. E Leon e Linard vão estar aqui, vigiando você. Você vai ficar bem.

Eu não estava com medo de ser deixada para trás. Só queria ver meu pai.

— Seth, preciso ir.

Ele beijou meu lábio inferior, que estava apenas um pouco cicatrizado.

— Não, não precisa. E não vai. Nem eu conseguiria convencer Lucian a concordar em levar você de volta àquele inferno.

Minha mente estava frenética, tentando encontrar uma maneira de convencê-lo.

— E nem pense em sair às escondidas, estão todos esperando que faça isso. Acho que não vou conseguir sentir muito de você quando estivermos longe, mas, assim que eu for, vai ter alguém vigiando você. Então nem pense. Sério.

— Não preciso de babá.

— Sim, precisa. — Seus lábios encontraram meu queixo na sequência. — A garota que não consegue seguir regras por nada nessa vida ainda está dentro de você.

— Você é um babaca.

— Você já me chamou de coisa pior, então vou considerar isso um elogio. — Ele sorriu, embora eu soubesse que sentia a fúria crescendo dentro de mim.

— Quando você vai embora? — perguntei, tentando manter a voz calma.

— Vou no domingo à noite, então você vai ter que me aturar até lá. — Ele beijou a curva do meu pescoço.

— Ótimo... — murmurei. As aulas seriam suspensas na quarta. Quase todos os puros sairiam em férias superchiques, o que significava que a maioria dos guardas estaria fora, protegendo-os. Alguns dos meios sairiam dali, aqueles que ainda tinham contato com um pai mortal ou mantivessem boas relações com um puro-sangue. Ainda havia a chance de que eu conseguiria sair às escondidas, mas como chegaria em Nova York? Nem carteira de motorista eu tinha, se bem que aquele era o menor dos meus problemas.

Eu teria que chegar a Nova York sem ser morta no processo.

Seth me beijou de novo, e considerei arrancar seus cabelos com a mão enquanto o vínculo entre nós se esforçava ao máximo para me sufocar.

— Por que você precisa ir, afinal? — perguntei quando ele parou para respirar. Eu precisava de algo, qualquer coisa, para me focar que aliviasse a tensão da corda que se contraía mais e mais.

Ele enroscou mechas do meu cabelo nos dedos.

— Há um problema com os... servos nas Catskills.

— Como assim? — Um pavor brotou dentro de mim, crescendo rapidamente como erva daninha. — O que você quer dizer?

— Alguns desapareceram depois do ataque. Seus corpos não foram encontrados, mas nenhum daímôn escapou. — Outro beijo rápido e intenso antes de voltar a falar. — E algo parece errado com o elixir.

— Você sabe alguma coisa sobre os que desapareceram? — Segurei seu punho antes que a mão subisse mais sob minha camisa.

— Acho que seu pai não está entre os desaparecidos, mas, assim que eu confirmar, aviso você. — Ele se abaixou e, como eu estava segurando seu punho, não havia mais nada que o impedisse. — Não quero mais conversar. Vou ficar semanas fora.

Seu peso deixou a corda extremamente feliz, e sofri para prestar atenção.
— Seth, isso... é importante. O que aconteceu com o elixir?
Ele suspirou.
— Não sei. Não parece estar funcionando tão bem.
— Tão bem?
— É, os meios... estão ganhando consciência. Como os computadores em O *exterminador do futuro*.

Comparação estranha, mas entendi o que ele quis dizer. E, nossa, aquilo era sério. O elixir era um misto de ervas e substâncias químicas que agia para deixar um meio-sangue submisso e atordoado. Sem ele, eu duvidava que os meios em servidão ficariam muito felizes com seu destino.

— Parece estar funcionando aqui.
— Aí é que está. Está funcionando em todos os lugares menos lá. O conselho nos quer lá para garantir que não aconteça nada em Nova York, especialmente depois do ataque.
— Mas por que você precisa ir?
— Não sei, Alex. A gente pode conversar sobre isso depois? — Ele olhou para mim com um brilho nos olhos. — Tem outras coisas que quero fazer.

A corda vibrou com aprovação.
— Mas...

Seth me beijou de novo, e a mão em minha barriga apertou. Soltei seu punho com a intenção de empurrá-lo, mas acabei agarrando sua camisa. O ar ao nosso redor parecia crepitar. Algo crescia dentro de mim, um alerta de que o vínculo maldito estava prestes a apontar.

Senti a corda subir à superfície antes mesmo de abrir os olhos. Luzes cor de âmbar e azuis projetavam sombras estranhas pela parede do meu quarto. Por um momento, fiquei fascinada. Era tão bizarro que fôssemos responsáveis por elas! Que viessem de dentro de nós...

Me amedrontava um pouco.

Mas a mão de Seth estava por toda parte, descendo pelo meu braço, sobre minha perna, e nossas cordas estavam se espiralando, nos conectando. Meus dedos apertaram sua camisa, e eu o estava puxando num segundo e o empurrando no outro.

De repente, minha pele na palma da mão ardeu. Pontadinhas de dor tiraram meu fôlego. Senti a corrente crescendo no meu ventre, akasha passando pelas cordas. Um breve lampejo de sanidade me lembrou do que havia acontecido da última vez em que nos entregamos. Nós, nos movendo juntos na cama, e havia menos roupas para tirar dessa vez.

Um pânico cravou suas garras em mim. Eu não estava pronta para isso, com Seth. Soltando sua camisa, eu o empurrei com tanta força que consegui me desvencilhar dele, rompendo a conexão. Fiquei de joelhos, apertando a barriga.

— Essa... doeu.
Seth parecia atordoado.
— Desculpa, aconteceu.
Com as mãos trêmulas, ergui a camisa o suficiente para ver o que eu desconfiava que estivesse acontecendo lá. Em cima do meu umbigo, logo abaixo do tórax, estava um sinal incandescente que parecia duas marcas de confere unidas no alto.

— O símbolo do poder dos deuses — Seth sussurrou, sentando. — Caramba, Alex, esse é dos grandes! A gente deveria tentar explodir alguma coisa amanhã. Sei que você foi péssima na primeira vez, mas aposto que agora daria certo.

Eu não conseguia acreditar que ele passou tão rapidamente de querer dar uns pegas a querer explodir alguma coisa. Seth parecia mais animado com aquilo do que com qualquer outra coisa. Ele estava até com aquele olhar ensandecido de novo.

Ele colocou as mãos ao redor do sinal com reverência.

— Quatro sinais aparecem primeiro: coragem, força, poder e invencibilidade. Mas o do poder é akasha. Está vendo como ele se posiciona aqui? — Ele se aproximou para tocar a marca, mas me afastei. Ele fez uma careta. — Enfim, é daí que você tira o poder.

Também era onde repousava a corda quando não estava tentando me transformar num hormônio gigante em polvorosa.

— O que acontece quando eu receber o quarto sinal?

Seth passou a mão no cabelo, tirando-o do rosto. O luar entrava pelas persianas, cortando seus traços.

— Não sei. Os meus vieram todos ao mesmo tempo, mas apareceram nessa ordem: nas palmas das mãos, na barriga e, depois, na nuca. Depois em todos os outros lugares.

Minha boca ficou seca de repente. Soltei minha camisa e me movi para trás até a beira da cama.

— Você acha que vou despertar antes do quarto aparecer?

Ele levantou os olhos.

— Não sei, mas seria tão ruim assim?

Uma vertigem me dominou.

— Talvez a gente deva parar... de se tocar ou sei lá até eu fazer dezoito anos.

— Como assim?

— Seth, não posso despertar antes do tempo.

— Não entendo, Alex — ele respondeu. — As coisas vão ser muito melhores depois que despertar. Você não vai ter que se preocupar com Telly nem com as Fúrias. Nem os deuses vão poder tocar em nós. Como isso pode não ser uma coisa boa?

Não era uma coisa boa porque, depois que eu despertasse, havia uma forte chance de me perder no processo. Seth havia me avisado muito tempo antes que seria como duas metades se unindo, que o que ele quisesse influenciaria minhas escolhas e decisões. Eu não teria controle sobre mim nem sobre meu futuro.

E Aiden estava certo naquele dia na câmara de privação sensorial. Isso me apavorava.

— Alex. — Seth pegou minha mão com cuidado, com delicadeza. — Você despertar agora seria a melhor coisa para... nós. Poderíamos até tentar. Ver se conseguimos fazer o quarto sinal aparecer. Talvez nada aconteça. Talvez você desperte.

Soltei minha mão. O entusiasmo em sua voz me assustou.

— Está... está fazendo isso de propósito, Seth?

— Fazendo o quê?

— Tentando me fazer despertar antes, tocando em mim ou sei lá?

— Toco em você porque gosto. — Ele tentou encostar em mim de novo, mas empurrei sua mão. — Qual é o seu problema? — ele perguntou.

— Juro pelos deuses, Seth... se estiver fazendo isso de propósito, vou destruir você.

As sobrancelhas de Seth se franziram.

— Não acha que está sendo um pouquinho melodramática aqui?

— Não sei. — E não sabia mesmo. Minhas palmas formigavam, minha barriga queimava e a corda enfim estava se acalmando. — Você passa semanas sem fazer nada comigo além de treinar e aparece aqui hoje, todo manhoso e carente. E isso acontece?

— Eu estava todo manhoso e carente porque vou passar semanas fora. — Seth saiu da cama, levantando num único movimento fluido. — E não estava te evitando. Estava te dando espaço.

— Então por que veio aqui hoje?

— Seja lá qual foi o motivo, mas está na cara que foi um erro. — Ele se agachou, pegando os sapatos. — Aparentemente, eu só estava aqui para usar você para os meus planos nefastos.

Saí da cama, abraçando os cotovelos. Será que eu estava sendo paranoica?

— O que você está fazendo?

— O que parece que estou fazendo? Não quero estar onde não sou desejado.

Uma sensação desagradável começou a contorcer minhas entranhas.

— Por que veio aqui se... não foi por isso?

Sua cabeça se ergueu, os olhos num tom furioso de ocre. Como um leão encurralado, em dúvida se foge ou ataca.

— Senti sua falta, Alex. Por isso. E vou sentir sua falta. Nunca passou pela sua cabeça?

81

Ai, ai, deuses! A culpa fez minha cara arder. Isso nem havia passado pela minha cabeça. Eu me senti mais escrota do que nunca.

Um momento se passou e algo cintilou em seus olhos.

— É Aiden, não?

Meu coração quase parou.

— Quê?

— É sempre por causa dele. — Ele riu, mas não tinha graça.

Não era por causa de Aiden, não tinha nada a ver com ele. Era por causa de mim e Seth, mas, antes que eu pudesse dizer uma palavra, Seth desviou o olhar.

— Acho que vejo você quando eu voltar. — Ele começou a sair pela porta. — Só... toma cuidado.

— Merda... — murmurei. Dei a volta pela cama, bloqueando a porta. — Seth...

— Sai da frente, Alex.

Suas palavras me irritaram, mas respirei fundo.

— Olha, essa história toda de sinais e despertar me assusta. Você sabe disso, mas... mas eu não deveria ter te acusado.

Houve uma mudança na sua expressão.

— Não, não deveria.

— E isso não tem nada a ver com Aiden. — Não tinha ou, pelo menos, foi o que disse a mim mesma quando peguei sua mão e ele hesitou. — Desculpa, Seth.

Ele olhou para trás de mim, os lábios finos.

— Desculpa de verdade. — Soltei sua mão e encostei a cabeça em seu peito. Com cuidado, coloquei os braços ao redor dele. — É só que não quero me tornar outra pessoa.

Seth inspirou fundo.

— Alex...

Fechei os olhos. Com ou sem laço, eu gostava dele. Ele era importante para mim e talvez eu sentisse mais por ele do que o vínculo estava me fazendo sentir. Talvez eu gostasse dele como gostava de Caleb. Seja como for, não queria ferir seus sentimentos.

Ele soltou os sapatos e me envolveu em seus braços.

— Você me deixa louco.

— Eu sei. — Sorri. — É recíproco.

Ele riu e encostou os lábios na minha testa.

— Vem. — Ele começou a me puxar de volta para a cama.

Hesitei um pouco. Não era porque eu não queria ferir seus sentimentos que queria acabar com um sinal na nuca.

Seth se afundou, me puxando para a frente.

— Dormir, Alex. Nada mais... a menos que... — Seu olhar pousou na minha regata. — Sabe, você deveria usar essa com mais frequência. Deixa muito pouco à imaginação, o que eu gosto.

Corando até as raízes do cabelo, subi por cima dele e puxei a coberta até o queixo. Seth riu enquanto se deitava. Colocou o braço ao redor da minha cintura, se aconchegando. Sua respiração era serena, ao contrário da minha. E ele sorria suavemente, como se não tivéssemos acabado de discutir.

— Você é tão pervertido! — eu disse pela centésima vez.

— Você já me chamou de coisa pior.

E eu tinha a impressão de que também chamaria no futuro.

9

— Uau! Olha só quem está sorrindo. Vai cair o mundo. — Dois olhos prateados espiavam por trás de uma cabeleira loira encaracolada, e Deacon St. Delphi sorriu de canto enquanto se afundava na cadeira ao meu lado. — E aí, como vai, minha meio-sangue favorita?

— Bem. — Olhei para meu caderno, mordendo os lábios. — Desculpa não andar muito falante.

Ele se recostou, cutucando minha costela.

— Entendo.

Deacon entendia. Devia ser por isso que não me pressionara a conversar desde que eu havia voltado. Ele apenas se sentava ao meu lado na aula, sem dizer uma palavra. Eu não tinha me dado conta de que ele estava esperando que eu voltasse ao normal.

Olhei para ele de novo. Assim era Deacon. Todos, incluindo Aiden, o viam como um festeiro folgado que não prestava atenção em nada, mas ele era muito mais observador do que as pessoas imaginavam. Ele tivera uma infância difícil sem os pais, e acho que finalmente estava saindo da fase do "festeiro que não se importa com nada".

— Vai fazer alguma coisa nas férias?

Ele revirou os olhos.

— Isso exigiria que Aiden tirasse férias, já que ele se recusa a me deixar sair da ilha sem ele. Ele anda superparanoico desde a história toda nas Catskills. Acho que fica achando que daímônes ou Fúrias vão aparecer aqui a qualquer minuto.

Eu me retraí.

— Foi mal.

— Não importa — ele respondeu. — Não é culpa sua. Então, não vou fazer nada demais. Soube que meu querido irmão mais velho virou seu guarda-costas.

Revirei os olhos.

— Sabe, ouvi uma conversa entre ele e o diretor quando visitei a casa.

— Que casa? A cabana de Aiden?

Deacon arqueou a sobrancelha.

— Não, *a* casa. — Ele viu minha cara confusa e ficou com pena de mim. — A casa dos nossos pais? Enfim, virou a casa de Aiden agora. Fica do outro lado da ilha, perto da de Zarak.

Não fazia ideia de que havia outra casa. Sempre achei que Aiden morasse na cabana e Deacon, no dormitório. Pensando agora, por que ele estava morando naquela cabaninha se possuía uma daquelas casas enormes na ilha principal?

Como se soubesse o que eu estava pensando, Deacon suspirou.

— Aiden não gosta de ficar na casa. Faz com que lembre demais nossos pais, e ele odeia todo o estilo de vida luxuoso.

— Ah... — sussurrei, olhando de relance para a frente da sala.

Nosso professor estava sempre atrasado.

— Enfim, voltando à história. Ouvi os dois conversando. — A cadeira de Deacon raspou no chão quando ele se aproximou. — Quer saber?

Luke, que estava sentado à mesa de Elena, se virou para nós. Suas sobrancelhas se ergueram ao nos ver.

— Claro. Desembucha — eu disse.

— Está rolando alguma coisa com o conselho que tem a ver com os meios-sangues.

— Como o quê? — perguntei.

— Não sei exatamente. Mas sei que tem algo a ver com o conselho de Nova York. — Deacon desviou os olhos, focando na frente da sala. — Pensei que você saberia, já que estava lá até dia desses.

Fiz que não. Sempre havia uma coisa ou outra rolando com o conselho, e era provável que tivesse a ver com o elixir. Eu me dei conta de que Deacon estava olhando fixamente para a frente da sala. Segui seu olhar. Ele estava olhando para Luke.

E Luke estava retribuindo seu olhar.

Da forma bem intensa como eu às vezes encarava... Aiden.

Meu olhar se voltou para Deacon. Eu não conseguia ver seus olhos, mas as pontas de suas orelhas estavam rosadas. Depois de um momento, tempo demais para um cara estar olhando para o outro sem querer nada, Deacon se recostou. Pensei na voz que eu tinha ouvido na sala sensorial com Luke. Parecia familiar... mas não podia ser.

— Enfim. — Deacon limpou a garganta. — Acho que vou dar uma festa para os que ficarem durante as férias. Acha que Aiden vai topar?

— Hum, improvável.

Deacon suspirou.

— Vale a pena tentar.

Voltei a olhar para Luke.

— É, acho que sim.

— Não está funcionando.

Seth soltou um som impaciente no fundo da garganta.

— Tenta se concentrar.

— Estou tentando — retruquei, empurrando o cabelo bagunçado pelo vento para longe do rosto.

— Tenta mais, Alex. Você consegue.

Eu me encolhi, tremendo de frio. Estava um gelo perto dos pântanos. O vento frio e úmido soprava sobre mim, e o suéter pesado não adiantava nada. Passamos o sábado todo assim. Quando Seth havia sugerido tentar explodir algo, eu pensei que ele estivesse brincando.

Eu estava errada.

Fechando os olhos, visualizei a rocha pesada em minha mente. Já conhecia a textura, a cor arenosa e o formato irregular. Fiquei olhando para ela por horas.

Seth veio por trás, pegando minha mão e colocando-a no ponto onde o último sinal havia aparecido.

— Experimente aqui. Está sentindo?

Sentindo a corda? Sim. Eu também gostava do fato de que ele agora estava bloqueando a maior parte do vento.

— Certo. Visualize a corda se desenrolando, ganhando vida.

Eu tinha a impressão que Seth estava gostando demais disso, considerando o quanto estava encostado em mim.

— Alex?

— Sim, estou sentindo a corda. — Eu realmente a sentia se abrindo, deslizando por minhas veias.

— Que bom! A corda não é apenas nós — ele disse baixo. — É akasha, o quinto e último elemento. Você deve sentir akasha agora. Tenta acessar esse elemento. Visualize o que quer em sua mente.

Eu queria um taco, mas duvidava que akasha poderia me servir um Taco Bell. Deuses, eu faria coisas terríveis por um Taco Bell agora.

— Alex, está prestando atenção?

— Claro. — Sorri com ironia.

— Então vai. Explode aquela rocha.

Seth falava como se fosse a coisa mais fácil do mundo. Como se uma criança pudesse fazer aquilo. Eu queria dar uma cotovelada na barriga dele, mas visualizei a rocha e visualizei a corda saindo pela minha mão. Fiz isso de novo e de novo.

Nada aconteceu.

Abri os olhos.

— Desculpa, não está rolando.

Seth se afastou, jogando para trás os fios mais curtos de cabelo que saíram do seu rabo de cavalo. Ele apoiou as mãos no quadril e olhou para mim.

— Quê? — Outra rajada de vento cortante fez com que eu me movesse para me esquentar. — Não sei o que você quer que eu faça. Estou com frio. Com fome. E vi que *Férias frustradas de Natal* está passando na TV por algum motivo, e preciso assistir, já que você ocupou todo o tempo no Natal.

Suas sobrancelhas se ergueram.

— Assistir a quê?

— Ai, meus deuses! Você não conhece as desventuras da família Griswold?

— Hein?

— Nossa... Que triste, Seth!

Ele balançou a mão.

— Não importa. Alguma coisa deve provocar sua capacidade de acessar akasha. Se ao menos... — Uma expressão pensativa surgiu em seu rosto, e ele apertou as mãos. — Na primeira vez que você fez isso, estava irritada. Depois, quando deu uma de ninja enlouquecida com as Fúrias, estava com raiva e medo. Você precisa de um *empurrãozinho*.

— Ah, não, não, não! — Comecei a andar para trás. — Sei aonde você quer chegar, e não vou cair nessa. Sério, Seth. Não...

Seth ergueu a mão e o elemento ar me atingiu no peito, me fazendo cair dura. Lutar contra o uso dos elementos era algo em que eu havia melhorado um pouco. Acessei o poder e senti a corda se tensionar e, depois, se romper. Me curvei, atravessando ventos que mais pareciam um furacão. Quando me levantei, meu cabelo foi jogado para trás.

Eu mutilaria Seth.

Ele partiu para cima de mim, usando seu peso para me forçar a voltar para a grama seca e áspera. Pedrinhas se cravaram nas minhas costas enquanto eu me contorcia embaixo dele.

— Sai de cima, Seth!

— Me faz sair — ele disse, ficando cara a cara comigo.

Inclinei o quadril, coloquei as pernas ao redor da sua cintura e rolei. Por um segundo, fiquei com a vantagem e quis envolver os dedos frios ao redor de seu pescoço e sufocar aquele filho da mãe. Eu não gostava de ser imobilizada nem da sensação de ficar indefesa. E Seth sabia disso.

— Não assim — Seth resmungou. Ele apertou meus ombros, me virando de barriga para cima. — Use akasha.

Ficamos nos debatendo, rolando pelos arbustos baixos. Ele ficava mais frustrado a cada vez que me empurrava, e minha vontade era de matar. A raiva, doce e inebriante, corria por minhas veias, se enrolando na corda. Dava para sentir crescendo. Minha pele formigava. Os sinais do Apôlion queimavam e pulsavam.

Os lábios de Seth se curvaram.

— É isso. Vai.

Gritei. E Leon surgiu diante de nós, puxando Seth pela nuca e jogando-o alguns metros para trás. Ele voou no ar feito um gato, pousando agachado. Os sinais do Apôlion surgiram todos de uma vez, se espalhando pela sua pele a uma velocidade vertiginosa. Ele focou em Leon. Havia algo mortal em seus olhos — o mesmo olhar que ele tinha dado ao mestre após ter me batido. Pensei em Jackson.

Eu me levantei num salto, correndo na direção de Seth.

— Não! Seth, não!

— Você não deveria ter feito isso. — Seth avançou, com suas intenções claras.

Leon ergueu a sobrancelha.

— Quer testar, rapaz?

— Quer morrer?

— Parem! — rosnei, entrando entre os dois. Olhei para Leon por sobre o ombro. O sentinela puro-sangue nem parecia preocupado. Ele era doido. — Leon, a gente estava treinando.

— Não foi o que me pareceu.

Por sobre o ombro largo de Seth, vi vários guardas e Aiden vindo em nossa direção. Torci para apertarem o passo e chegarem antes que um daqueles idiotas fizesse alguma besteira.

— Leon, ele não estava me machucando — tentei de novo.

— O que acha que vai fazer? — Seth questionou. — Comigo?

Ele encarou Seth.

— Acha mesmo que consegue me encarar?

— Não acho. — Akasha, brilhante e belo, cercou sua mão direita. O ar crepitou ao redor da bola. — Tenho certeza.

Foi uma loucura. Peguei o braço de Seth e uma raiva avassaladora me dominou. *Eu* queria atacar Leon, precisava mostrar que ele estava mexendo com a pessoa errada, que era melhor do que ele. Ele não ousaria mais tocar em *mim*. Mostraria isso para ele.

— Manda ver — Leon disse, com a voz baixa.

— Ei! — gritou Aiden. — Já chega.

Seth e Leon se movimentaram ao mesmo tempo, ambos me tirando da frente. A combinação de seus braços me fez voar para trás. Caí de costas no pedregulho que eu estava tentando explodir, rolando por cima dele. Virando para não bater de cara no pântano, caí de quatro. O barro gelado encharcou minha calça e respingou no meu rosto.

Pasma, mais pela raiva pura do que qualquer outra coisa, levantei a cabeça e espiei detrás do cabelo. O que é que tinha acabado de acontecer? O empurrão havia sido um acidente, mas a violência que eu sentira não era minha.

Era de Seth. Não como naquelas vezes em que eu havia sentido calores. Foi diferente. *Senti* o que ele sentia, *quis* o que ele queria. Isso já havia acontecido antes? Acho que não. Minhas mãos tremiam.

Os guardas alcançaram Leon. Eu não sabia se estavam tentando proteger Leon ou Seth. Aiden, porém, foi atrás do Apôlion, como eu deveria ter imaginado que ele faria assim que o espiei atravessando a areia revirada pelo vento.

Eu tinha certeza que Aiden sabia que o que havia acontecido tinha sido um acidente, mas ele parecia querer socar os dois. Pelo som da discussão e dos empurrões, Leon culpou Seth. Seth colocou a culpa em todos, menos em si mesmo. Os guardas pareciam cada vez mais preocupados.

Saindo cambaleante do pântano, segui na direção deles bem quando Seth tentou contornar Aiden.

Com os olhos faiscando, Aiden o pegou pela gola da camisa e o empurrou alguns passos para trás. Era como se nem tivesse visto o elemento mais forte e letal conhecido pelos deuses a centímetros de seu corpo ou não se importasse.

— Chega! — Aiden disse, empurrando Seth ao soltá-lo. — Para trás.

— Quer mesmo se envolver nisso? — Seth perguntou. — Agora?

— Mais do que você imagina.

Akasha se dissipou e Seth empurrou Aiden.

— Ah, imagino sim! E quer saber, é algo que penso... *toda vez*. Entende o que estou dizendo?

— Esse é o seu melhor, Seth? — Aiden se colocou frente a frente com o Apôlion. E, de repente, eu soube que aquilo não era apenas sobre o que havia acontecido. Tinha algo mais. — Porque acho que nós dois sabemos a verdade sobre *isso*.

Ai, meus deuses, aquilo estava virando uma briga de moleques!

Seth se moveu tão rápido que foi difícil ver. Um braço se ergueu para trás, na direção do queixo de Aiden. Reagindo na mesma velocidade, Aiden apanhou o braço de Seth e o jogou para trás.

— Se tentar de novo, não vou parar — Aiden avisou.

Um segundo depois, eles estavam se batendo. Os dois caíram no chão, rolando e trocando socos, uma confusão de roupas pretas enquanto cada um ganhava e perdia vantagem. Comecei a correr para a frente, mas parei. Eles não estavam lutando como sentinelas. Não havia nada de elegante em seus socos ou bloqueios. Brigavam feito dois idiotas movidos por testosterona, e tive o forte impulso de chegar perto deles e dar um chute na cabeça de cada.

Ergui as mãos.

— Vocês estão de sacanagem.

Os guardas e Leon correram à frente, apanhando os dois. Foi preciso várias tentativas para tirar Aiden de cima de Seth. Um corte rasgava o lado direito do seu rosto. Escorria sangue. Havia um corte no lábio de Seth.

— Já acabaram? — questionou Leon, empurrando Aiden alguns passos para trás. — Aiden, você precisa *parar*.

Aiden passou o dorso da mão no rosto enquanto empurrava a de Leon.

— Sim, já acabei.

Os guardas estavam dizendo o mesmo para Seth, mas, quando o soltaram, Seth passou por eles.

— Acham que tenho medo de vocês me dedurarem por estar brigando? Algum de vocês? Eles não podem encostar em mim! Sou o...

— Parem! — gritei. — Só parem! — Seth congelou, e vários pares de olhos se centraram em mim. — Deuses! A gente estava, *sim*, treinando. Não tem por que se matarem por causa disso. — Olhei de relance para Aiden. — Nenhum motivo para fazerem *nada* disso. Apenas parem.

A tensão ainda pairava no ar, mas Seth deu um passo para trás e cuspiu sangue. Enquanto ele ajustava a camisa, as marcas começaram a sumir.

— Como eu estava dizendo, mas pelo visto todos vocês são idiotas demais para entender, a gente estava...

— Cala a boca, Seth. — Cerrei os punhos. Suas sobrancelhas se ergueram.

Aiden ainda parecia furioso. Seus olhos eram como poças de prata, consumindo seu rosto todo.

— Já acabou, beleza? — eu disse, sobretudo para ele. — Estou bem. Ninguém morreu. E, se vocês três conseguirem não se matar, estou indo tomar um banho porque estou fedendo a bunda de dez dias sem lavar.

Os lábios de Leon se contraíram como se quisesse sorrir, mas, depois da encarada que lancei contra ele, sua expressão voltou à neutralidade com que eu estava acostumada.

Passei por eles, tremendo. Gotas de gelo estavam se formando na minha calça jeans.

Seth deu a volta.

— Alex...

— Não. — Parei. Nem pensar que ele voltaria comigo.

Eu precisava ficar longe dele, criar certa distância de sua raiva antes que eu começasse a distribuir socos. Precisava entender o que havia acontecido, por que havia sentindo o que Seth queria com tanta intensidade.

— Alex! — Seth gritou. — Por favor.

— Me deixa em paz. — Comecei a me afastar de novo. — Já deu por hoje. Sério. Já *deu*.

10

Seth entendeu que era melhor não buscar minha companhia no sábado à noite. Fiquei grata porque não queria ver a cara dele. Atendi à porta, mas, na noite de domingo quando até na porta ele bateu. Era assim que eu sabia que ele estava arrependido. Seth nunca fazia isso.

Suas mãos estavam nos bolsos da calça cargo escura. O lado direito de seus lábios estava inchado.

— Oi — ele disse, fixando o olhar em algo acima da minha cabeça.
— Oi.

Ele passou o peso de um pé para o outro.

— Alex... Desculpe por ontem. Eu não...
— Para — eu o interrompi. — Sei que só estava tentando me fazer usar akasha e não queria me derrubar, mas vocês surtaram. Não num bom sentido, Seth.

Uma expressão envergonhada estampou o rosto dele.

— Eu sei, mas Aiden me encheu o saco...
— Seth...
— Certo. Tem razão. Já passou. E não quero brigar com você. Estou me arrumando para ir. — Ele olhou para mim. — Achei que seria legal se fosse comigo até a ponte.

— Vou vestir alguma coisa. — Eu precisava falar com ele de todo modo. Depois que peguei um moletom, saímos do dormitório em silêncio. O campus estava escuro; apenas as sombras dos guardas em patrulha se moviam. Quando soltei o ar, nuvenzinhas se formaram. — Senti sua raiva ontem.

— Tenho certeza de que qualquer pessoa num raio de dez quilômetros sentiu minha raiva ontem.

— Não foi isso que quis dizer. — Seguimos a trilha de mármore ao redor do edifício principal do Covenant. — Senti *mesmo*. Queria encher Leon de porrada. Era como se... como se fosse minha raiva.

Seth não respondeu enquanto olhava para a frente, com os olhos estreitos.

— Passou assim que parei de tocar em você, mas foi muito estranho.
— Parei de andar quando a ponte ficou visível. Bagagens estavam sendo colocadas num hummer preto. O ar estava cheio de fumaça, e vários guardas do conselho estavam de prontidão. — Não tem nada a dizer a respeito?

Ele me olhou de relance.

— Você estava muito perto de acessar akasha, Alex. Se Leon não tivesse interferido, teria rolado.

Como se essa fosse a coisa mais importante que havia acontecido.

— Seth, você ouviu uma palavra do que eu disse?

— Ouvi, e não sei por que você sentiu minha raiva com tanta força. — Ele tirou as mãos dos bolsos e cruzou os braços. — Talvez seja porque estivesse se conectando a akasha. Te deixou mais sintonizada ao que eu estava sentindo.

O que eu havia sentido não parecia incomodar nem surpreender Seth. Mas, para mim, era grande coisa.

— Quando eu despertar, vou sentir e querer o que você quer. Não entende o que quero dizer? Eu já *queria* o que *você* queria.

— Alex... — Ele colocou as mãos nos meus ombros e me puxou para seu peito. — Você não está despertando. Para de se preocupar.

Franzi a testa e o empurrei. Ele me soltou.

— Mas está começando a acontecer, não está? Com os sinais e agora isso? E falta só um mês.

— Não é um...

— Alexandria, que bom que veio se despedir de Seth — disse Lucian. Eu me virei e fui imediatamente envolvida por um abraço fraco. O cheiro de incenso e cravos me sufocou. — Queria que fosse seguro te levar. Aliviaria minhas preocupações ter você ao lado de Seth.

Meus braços ficaram estendidos de maneira desajeitada. Argh. Eu odiava quando Lucian fazia isso.

Ele deu um tapinha nas minhas costas e saiu andando, se dirigindo a Seth.

— Quantos guardas acha que devemos levar?

Lucian estava pedindo a opinião de Seth? Como... assim? Eu me virei, incrédula, para Seth.

Seth se empertigou.

— Pelo menos cinco, o que deixaria quatro para trás para ajudar caso surja algo aqui.

— Ótimo. Você tem jeito para liderança, Seth. — Lucian deu um tapinha no ombro dele. — Se tivéssemos mais sentinelas como você, não teríamos um problema tão grave de daímônes. — Ele fez uma pausa, sorrindo. — Se tivéssemos mais homens como você no conselho, nosso mundo seria muito melhor.

Quis vomitar. Não havia como Seth estar caindo naquele puxa-saquismo exagerado. Era bastante óbvio pela maneira como Lucian se derretia em elogios. Era óbvio, mas, pelos deuses, Seth parecia ter acabado de ganhar um milhão de dólares e ouvido que poderia gastar tudo com mulheres e bebidas.

— Devo concordar. — O sorriso orgulhoso de Seth se abriu.

Eu queria chacoalhar Seth. Estava considerando seriamente.

Lucian se virou para mim.

— Você, minha querida, tem mais sorte do que a maioria dos meios-sangues. Sendo abençoada como um Apôlion e tendo este jovem tão distinto como sua cara-metade.

Fiz uma careta. Ao meu lado, Seth ficou parado.

— Vou deixar vocês dois se despedirem. Vamos partir daqui a pouco, Seth.

Fiquei olhando para as costas de Lucian. O manto branco esvoaçava, sem nunca chegar a tocar o chão. Pensei em como ele havia olhado para o trono do ministro Telly enquanto eu dava meu depoimento nas Catskills. Ninguém amava o poder mais do que Lucian.

— Sabe, não precisa parecer tão chocada pelo que Lucian disse — Seth falou com a voz arrastada. — Poderia ser pior.

Ri.

— Está falando sério?

Seth fechou a cara.

— Acho que sou um ótimo partido.

— Você se acha a melhor criatura que já existiu, mas não é disso que estou falando. Ele estava puxando seu saco, Seth. Ele está tramando alguma coisa.

— Ele não estava puxando meu saco. — Ele cruzou os braços de novo. — Lucian acredita que sei do que estou falando. Também valoriza a minha opinião.

— Você só pode estar de brincadeira. — Tentei não revirar os olhos.

— Por que é tão difícil para você acreditar? — A irritação transparecia em sua voz e em sua postura. — Uma pergunta, Alex. Se fosse Lucian ou seu tio falando bem de Aiden, você acharia tão difícil de engolir?

— O que é que isso quer dizer? — E de onde isso surgiu? — Aiden é um sentinela. A capacidade dele de tomar decisões ou liderar é...

— O que você acha que eu sou? — Seth inclinou a cabeça para a frente, as sobrancelhas franzidas. — Uma piada em vez de um sentinela?

Eita! Notei meu erro.

— Não é isso que eu quis dizer. Você é um sentinela. Muito bom, aliás, mas, por favor, me diga que não confia nele. — Peguei seu braço e apertei. — É isso que eu queria dizer.

— Confio em Lucian, e você também deveria confiar. De todas as pessoas ao seu redor, ele é o único que está tentando tornar nosso mundo diferente.

— Como assim?

— Seth? — Lucian chamou. — Está na hora.

— Espera. — Apertei seu braço. — O que você quer dizer?

Uma agitação emanou dele enquanto me encarava fixamente.

— Preciso ir. Por favor, toma cuidado e lembra o que eu disse na outra noite. Nem pense em tentar ir para Nova York.

Olhei para ele com raiva.

Um leve sorriso apareceu. Ele começou a se virar, mas parou.

— Alex?

— Quê?

Sua boca se abriu enquanto ele passava a mão no cabelo.

— Só toma cuidado, tá? — Quando fiz que sim, ele colocou a mão no bolso e tirou algo pequeno e fino. — Quase esqueci. Peguei isso para podermos conversar enquanto eu estiver fora.

Peguei o celular. Não era uma das versões baratas, e torci para que tivesse muitos jogos pré-instalados.

— Obrigada.

Seth acenou.

— Meu número está salvo. Tenho o seu.

Não havia mais nada a dizer. Quando Seth chegou ao hummer, Lucian deu um tapinha nas costas dele *de novo*.

Leon apareceu de repente ao meu lado: minha escolta de volta ao dormitório, pensei.

Seth entrou no hummer, saindo para embarcar no aeroporto em direção ao continente. Ele olhou para mim quando o veículo começou a se mover.

Fingi um sorriso antes de Leon me guiar de volta, mas, sob as luzes das lâmpadas do alto, vi a breve expressão de decepção de Seth. E o sorriso satisfeito de Lucian.

Era estranho estar sem Seth. A corda em mim se acalmou, e eu tinha quase certeza de que, se um deus aparecesse na minha frente, Seth não sentiria um pingo de surpresa. Fazia apenas um dia desde que ele tinha partido, mas eu já me sentia... *normal*. Como se um peso tivesse saído das minhas costas.

E isso era estranho, porque minha mochila estava ridiculamente pesada com o livro *Mitos e lendas*. Eu o estava carregando na esperança de abordar Aiden quando ele assumisse a função de babá. Agora, Leon estava me seguindo a uma distância nem tão discreta.

Parei no meio do caminho pelo jardim e me virei.

— Não está com frio?

Leon baixou os olhos para a camisa de manga curta que estava vestindo.

— Não. Por quê?

— Porque está um gelo. — E estava mesmo. Eu estava de regata, uma segunda pele térmica e um suéter, e ainda estava com frio.

Leon parou ao meu lado.

— Por que saiu se está com tanto frio assim?

— Infelizmente, sair é o único método para chegar a outras partes do campus, a menos que saiba algo que não sei.

— Você poderia fazer um favor a todos nós e ficar no seu dormitório — ele sugeriu.

Tremendo de frio, abracei a mim mesma.

— Faz ideia de como é bom poder fazer algo diferente de treinar ou ficar no quarto?

— Ou passar tempo com Seth?

Olhei para ele com atenção, tentando não sorrir.

— Isso foi uma piada? Ai, meus deuses! Foi.

Seus traços continuavam inexpressivos.

— Não tem nada naquele menino que seja motivo para piada.

— Certo. — Eu me virei e comecei a andar. Dessa vez, Leon andou ao meu lado. — Você não gosta mesmo de Seth, né?

— É tão óbvio assim?

Olhei para ele.

— Não. Nem um pouco.

— Você gosta? — ele perguntou quando viramos no centro de treinamento. O vento que vinha do mar estava excepcionalmente brutal. — Ouvi dizer... que dois Apôlions têm um vínculo forte. Deve ser difícil saber o que você realmente sente se isso for verdade.

Aquilo era constrangedor. Nem pensar que eu falaria sobre meus problemas de relacionamento com Leon.

Ele deu um suspiro profundo enquanto erguia os olhos para a estátua de Apolo e Dafne, uma expressão distante.

— Emoções forçadas sempre acabam em tragédia.

Que profundo! Outra rajada de vento frio me atravessou. O semblante de Dafne era trágico.

— Acha que Dafne sabia que a única maneira de escapar de Apolo era morrendo?

Ele não respondeu de imediato e, quando respondeu, sua voz estava embargada.

— Dafne não morreu, Alex. Está tão viva quanto estava no dia em que... se perdeu. Um loureiro.

— Caramba, que merda! Apolo era um maníaco.

— Apolo foi atingido por uma flecha do amor e Dafne, por uma de chumbo. — Ele baixou os olhos enquanto apontava para a estátua. — Como eu disse, o amor que não tem uma natureza orgânica é perigoso e trágico.

Ajeitando o cabelo para trás, voltei a olhar para a estátua.

— Bom, espero não ter que me transformar numa árvore.

Leon estalou a língua.

— Então preste atenção na diferença entre necessidade e amor.

— Como assim? — Voltei o olhar para ele bruscamente, estreitando os olhos. O sol havia começado a se pôr, projetando uma aura dourada sobre ele. — O que você acabou de dizer?

Ele deu de ombros.

— Sua outra babá chegou.

Distraída, me virei. Aiden estava se aproximando pela passarela. Eu faria de tudo para vê-lo de calça jeans de novo. Fiz uma careta. Certo, não *tudo*, mas quase. Eu me virei. Leon não estava mais lá.

— Droga... — murmurei, vasculhando as sombras que se estendiam cada vez mais pela praia e pelo jardim.

— O quê? — Aiden perguntou.

Meu coração disparou como sempre quando eu olhava para ele. Havia um leve hematoma ao longo do seu queixo pela briga com Seth.

— Estava conversando com Leon, e ele simplesmente desapareceu.

Aiden sorriu.

— Ele tem o hábito de fazer isso.

— É só que ele disse uma coisa... — Abanei a cabeça. — Não importa. — Você é minha babá agora?

— Até você decidir parar quieta no seu quarto — ele respondeu. — Está indo para onde?

— Estava indo para o salão de jogos, mas tenho uma coisa para te mostrar. — Cutuquei o fundo da bolsa. — Você topa?

Suas sobrancelhas se ergueram.

— Devo me preocupar com o que está na sua bolsa?

Sorri.

— Talvez.

— Bom, o que é a vida sem correr riscos? Precisamos de privacidade?

— Provavelmente.

— Conheço o lugar ideal. — Ele colocou as mãos nos bolsos da calça cargo. — Venha.

Pegando a alça da bolsa, disse a mim mesma para me controlar. Não estava falando com ele só para ficar olhando ou flertar. Nem fazer nada que não devesse fazer. Eu tinha um objetivo com isso, então não havia motivo para meu coração estar batendo tão rápido.

Motivo nenhum.

Aiden me cutucou com o cotovelo depois de alguns momentos andando em silêncio.

— Você está diferente.

— Estou?

— Sim, parece mais... — Ele ficou em silêncio. Quando voltou a falar, o mar estava num tom dourado de vermelho enquanto o sol desaparecia devagar sobre o horizonte. — Parece mais relaxada.

— Bom, estou com tempo para mim. Isso é relaxante. — Eu me perguntei se parecia diferente. Não percebi enquanto me arrumava de manhã. A única coisa diferente que notei foi que as marcas não ardiam nem formigaram depois que Seth fora embora.

— Ah, quase esqueci! Sua carta foi enviada para Nova York antes do pessoal que acabou de ir para lá. Laadan deve ter recebido ontem ou hoje.

— Sério? Tomara que meu pai não esteja entre os desaparecidos.

— Como você sabe sobre isso? — Ele balançou a cabeça. — Esquece. Seth?

— Sim — respondi. — Ele me contou que alguns dos servos meios estavam desaparecidos e que o elixir não estava funcionando.

Seus olhos se encheram de apreensão.

— O que mais ele contou?

— Quase nada.

Aiden fez um gesto seco.

— Claro que não. Alguns dos meios não estão respondendo ao elixir. Eclodiram confrontos entre os servos; estão recusando as ordens dos mestres e desaparecendo. O conselho teme que haja uma revolta, e o Covenant de Nova York está enfraquecido desde o ataque. Ninguém sabe exatamente como ou por que o elixir parou de funcionar.

Pensei no meu pai. Será que ele era um dos que desapareceram ou estaria resistindo? Eu sabia que ele tinha sido um daqueles em que o elixir havia parado de funcionar.

— Eu deveria estar lá.

— Você deveria estar em qualquer lugar menos lá.

— Agora, você está falando como Seth.

Seus olhos se estreitaram.

— Pela primeira vez, devo concordar com ele.

— Isso, sim, é uma surpresa. — Meu olhar se voltou para o edifício principal da escola, e soube logo aonde estávamos indo. — Você está me levando à biblioteca.

O sorriso voltou.

— É reservado. Nunca tem ninguém lá a esta hora e, se alguém nos vir, você está estudando.

Dei risada.

— E alguém acreditaria nisso?

— Coisas mais estranhas já aconteceram — ele respondeu enquanto subíamos os degraus largos.

Passamos por dois guardas posicionados à entrada. Desde o ataque ao Covenant, que havia tirado a vida de Caleb, e o posterior, nas Catskills, a segurança disparou. Nos velhos tempos, eu teria reclamado porque tornava mais difícil zanzar por aí. Naquele momento, porém, depois de tudo, ficava aliviada em ver os números maiores.

Um ar quentinho nos recebeu quando entramos. Em silêncio, segui Aiden pelo corredor na direção da biblioteca. Vários instrutores ainda estavam em seus escritórios, e passamos por alguns alunos de saída.

Aiden deu um passo à frente e abriu a porta da biblioteca, sempre um cavalheiro. Sorrindo em agradecimento, entrei e fiquei completamente paralisada.

Luke e Deacon estavam saindo detrás de uma das estantes altas, lado a lado. Quando nos viram, eu poderia jurar que saltaram um metro de distância um do outro.

— Deacon? — Aiden perguntou, chocado. — Você está na biblioteca?

— Sim. — Deacon tirou os cachos da testa. — A gente estava estudando trigonometria.

Nenhum dos dois tinha um livro sequer nas mãos. Olhei para Luke com expectativa. Ele desviou o olhar, mas seus lábios se contraíram.

Aiden arregalou os olhos.

— Uau! Estou um pouco orgulhoso de você. Estudando?

Apertei a boca.

— Começando uma nova página e tal. — Deacon esbarrou no irmão mais velho. — Levando o ensino a sério.

Minha língua estava queimando para dizer algo. Aiden acenou para Luke.

— Não deixa esse aí arranjar confusão, Luke.

Ai, céus! Pela maneira como Deacon estava saltitante e pelo tamanho do sorriso de Luke, imaginei que Aiden não fazia ideia do tipo de "confusão" em que aqueles dois estavam se metendo. Não que relações entre pessoas do mesmo sexo fossem um tabu, porque não eram. Era o fato de que Deacon era um puro e Luke, um meio.

E, de todos os meios-sangues do mundo, eu sabia melhor do que ninguém como aquela relação era idiota e perigosa. Olhei para Aiden. Ele percebeu meu olhar e sorriu. Senti um friozinho na barriga. Por mais idiota e perigosa que fosse, isso não mudava como me sentia.

11

Ainda estava me esforçando para manter a boca fechada quando Aiden encontrou uma sala de estudos no fundo da biblioteca, em algum lugar perto das seções Livros que Nunca Li e Livros que Nunca Ouvi Falar. Ele deixou a porta entreaberta, o que me deixou aliviada e desapontada ao mesmo tempo.

Eu me sentei e coloquei a bolsa em cima da mesa.

— É muito legal que Deacon esteja estudando e tal.

Aiden ocupou o lugar ao meu lado, virando de modo que seu joelho encostasse no meu e ele ficasse voltado para mim.

— Posso fazer uma pergunta?

— Claro. — Peguei o livro enorme e o coloquei entre nós.

— Tenho cara de idiota?

Minha mão congelou sobre o canto do livro.

— Hum, é uma pegadinha?

Ele arqueou a sobrancelha.

— Não. Você não tem cara de idiota.

— Foi o que pensei. — Ele se inclinou, pegando o livro. Sua mão roçou na minha ao fazer isso, causando pequenos calafrios em meus dedos. — Eles estavam estudando tanto quanto nós.

Eu não sabia como reagir. Então, não disse nada.

Aiden olhou para o livro, com as sobrancelhas baixas.

— Sei o que meu irmão está fazendo, Alex. E quer saber? Fico puto.

— Fica?

— Sim. — Ele ergueu os olhos, encontrando os meus. — Não acredito que ele pense que eu me incomodaria com o fato dele gostar de meninos ou sei lá. Eu sempre soube que ele era assim.

— Eu não.

— Deacon é bom em esconder. O que estou olhando? — Ele perguntou. Virei o livro, abrindo na parte sobre a ordem de Tânatos. A ficha caiu. Ele folheou mais algumas páginas antes de voltar ao início da seção. — Ele sempre fingiu gostar de meninas e talvez até goste também. Mas nunca me enganou.

— A mim, ele enganou. — Observei uma mecha ondulada cair sobre a testa de Aiden. Fui tomada por uma vontade louca de ajeitá-la para trás. — Então, ele nunca disse nada?

Aiden bufou.

— Não. Acho que ele pensa que eu ficaria bravo ou sei lá. Mas acredite em mim: quero falar para ele que não ligo, mas acho que ele ficaria sem graça. Sabe? Em conversar sobre isso. Então, só finjo que não vejo. Acho que ele vai me contar em algum momento.

— Vai sim. — Mordo o lábio. — Mas... é Luke.

Um músculo saltou em seu maxilar.

— Não gosto que ele possa estar... envolvido com um meio, mas acho que ele não faria nada... — Ele se interrompeu, rindo. — É, bom, quem sou eu para falar sobre relações entre puros e meios?

Um rubor me invadiu. Aiden ergueu os olhos, e nossos olhares se encontraram. Ele abriu a boca, mas a fechou rapidamente. Ele se voltou para o livro, limpando a garganta.

— Então, a ordem de Tânatos? Não é um material de leitura lá muito divertido.

Encontrando um assunto seguro, fiz que sim.

— Telly tinha esse símbolo tatuado no braço. — Apontei para a tocha, com cuidado para não tocar nele. — Assim como Romvi, que, aliás, ainda me odeia, caso queira saber. E lembrei que, na seção que falava sobre o Apôlion, mencionava que Tânatos matou Solaris e o Primeiro. Talvez essa história de ordem ainda esteja rolando e eles tenham algo a ver com o que... o que aconteceu nas Catskills.

O punho ao lado do livro se cerrou, mas Aiden não ergueu os olhos.

— Até onde sei, a ordem não existe mais, mas nunca se sabe.

— Talvez isso possa nos dizer algo? Mas não consigo ler.

Ele sorriu brevemente.

— Me dá alguns minutos. Ler isso não é exatamente fácil.

— Certo. — Do outro lado da fresta na porta, a biblioteca estava escura e silenciosa. Nem pensar que eu sairia. Peguei caderno e caneta. — Vou... fingir estudar ou coisa assim.

Aiden riu.

— Faça isso.

Sorri enquanto começava a rabiscar uma página em branco do caderno. Era difícil, porque seu joelho ainda estava tocando o meu, e podia ser minha imaginação, mas parecíamos estar chegando mais perto um do outro. Toda a perna dele estava encostada na minha.

Enquanto Aiden lia, rabisquei uma versão muito ruim da estátua de Apolo e Dafne lá fora. Aiden olhou algumas vezes e comentou o desenho.

Até se ofereceu para pagar aulas de arte em certo momento. Dei um soquinho no braço dele em resposta.

Desistindo da minha obra-prima, olhei para ver em que página ele estava. Enquanto encarava o símbolo em cada página, senti minha garganta se apertar. Em vez de pensar em Telly ou Romvi, pensei no puro que eu havia matado nas Catskills. Me recostando na cadeira, passei as mãos nas coxas. A sensação de cravar uma lâmina num puro era muito diferente da de cravar num daímôn, mesmo um meio daímôn.

Sempre havia escolhas e, mais uma vez, eu tinha feito a errada. Na verdade, havia tomado uma série de más decisões num período curto, mas aquela deve ter sido a maior de todas. Eu poderia ter desarmado o guarda puro-sangue. Poderia ter feito algo diferente do que havia feito. Eu o havia matado e ainda nem sabia seu nome.

— Ei... — Aiden disse com a voz suave. — Está bem?

— Sim. — Levantei a cabeça, forçando um sorriso. — Encontrou alguma coisa?

Ele estava me observando com atenção. Dava para sentir, mesmo depois de voltar a encarar minhas mãos.

— Só a razão da ordem ter sido fundada — ele disse. — Parece que foi criada por nós, puros-sangues, como uma organização para manter as tradições vivas e proteger os deuses. E parece que até alguns meios-sangues foram iniciados na ordem.

— Ótimo. — Alisei as mãos em cima da mesa. — Os deuses precisam de proteção?

— Não parece ser no sentido em que você imagina, mas mais como proteger a existência deles dos mortais e daqueles que poderiam representar uma ameaça aos deuses. — Aiden se voltou para o livro, avançando vários capítulos. — Diz que os membros são marcados, o que explicaria a tatuagem, caso façam mesmo parte da ordem. Mas tem outra coisa.

— O quê? — Olhei para ele. — O que é?

Ele respirou fundo e empurrou o livro na minha direção.

— Todos lemos errado. O que é compreensível pela maneira como está formulado. Olha isso.

Aiden estava apontando para a seção sobre o Apôlion.

— "A reação dos deuses, em particular da ordem de Tânatos, foi rápida e justa. Os dois Apôlions foram executados sem julgamento."

Eu me recostei. A ficha estava caindo.

— Não foi Tânatos quem os matou, mas a ordem de Tânatos.

Aiden fez que sim, enquanto voltava à seção sobre a ordem.

— É o que parece.

— Mas como? Tanto Solaris quanto o Primeiro estariam totalmente despertos. Pelo que Seth fala, depois que isso acontece, ficamos indestrutíveis.

Ele balançou a cabeça.

— A ordem é muito mística ou, pelo menos, é o que diz nesta seção. — Ele apontou para algo que, para mim, não passava de um rabisco. — Diz que a ordem é "os olhos e a mão de Tânatos". Há algo aqui sobre a ordem ter recebido "adagas banhadas em sangue de titãs".

— Adagas banhadas em sangue de titãs? Tipo, literalmente? O Apôlion é alérgico a sangue de titã ou coisa assim? — Abanei a cabeça. — O que não entendo é: se os deuses e o Apôlion podem usar akasha, por que os deuses, Tânatos especificamente, precisariam de outra pessoa para matar o Apôlion? Eles poderiam simplesmente usar akasha.

— Não sei — ele disse, olhando para mim. Seus olhos eram cinza-chumbo. — E acho improvável que Seth saiba também. Ele não disse que, depois que você despertasse, o conhecimento dos Apôlions anteriores passaria para você?

— Sim, disse. Seth teria que saber. — Uma sensação incômoda pedia minha atenção enquanto eu apoiava o queixo na mão. Se Seth sabia tudo o que os Apôlions anteriores sabiam, será que nenhum deles, em todos esses anos, havia descoberto que eram fruto da união entre um puro e um meio? E nenhum dos Apôlions sabia sobre a ordem, mesmo com as vidas de Solaris e do Primeiro tendo passado para Seth durante seu despertar?

— Que foi? — Aiden perguntou baixo.

Uma raiva despertou, puxando a corda.

— Acho que Seth não está sendo completamente sincero comigo.

Aiden não respondeu.

Respirei fundo.

— Não entendo por que ele mentiria sobre isso. Talvez... talvez nunca tenha juntado as peças. — Até eu achava aquilo pouco convincente, mas meu cérebro não conseguia aceitar que Seth pudesse estar escondendo algo tão importante. Por que faria isso?

Alguns momentos se passaram antes de Aiden falar.

— Alex, se a ordem existe hoje, eles podem estar por trás dos ataques nas Catskills. E, se forem os olhos e a mão de Tânatos, identificaram você como uma ameaça.

Pensei no que a Fúria havia falado antes de tentar arrancar minha cabeça: que eu era uma ameaça e que não era nada pessoal. Mas tentar me matar era muito pessoal.

— Acha que as Fúrias estavam lá por causa do ataque dos daímônes ou por... minha causa?

— Elas não reagiram antes do ataque.

Massageando as têmporas, fechei os olhos. Aquilo tudo estava me dando dor de cabeça.

— Tem muitas coisas que não encaixam: a ordem, as Fúrias, Seth. Por que elas iriam atrás de mim em vez dele?

Aiden fechou o livro.

— Preciso contar a Marcus sobre isso. Se a ordem estiver ativa, isso é grave. E, se Telly for um membro, precisamos ser cuidadosos.

Concordei, abrindo os olhos. Conseguia sentir seu olhar sobre mim de novo.

— Está bem.

— E não quero que vá mais às aulas de Romvi — ele continuou. — Vou conversar com Marcus e tenho certeza que ele vai concordar.

— Não deve ser tão difícil. Amanhã, é o último dia de aula antes das férias, então vou faltar. — Senti um arrepio. — Acha que a parte de "olhos de Tânatos" é algo literal? E as adagas são realmente banhadas em sangue de titãs de verdade?

— Conhecendo os deuses, eu diria que sim. — Após uma pausa, Aiden estendeu a mão, pegando meu queixo com as pontas dos dedos. Ele virou minha cabeça devagar em sua direção. — O que não está me contando, Alex?

Uma faísca de calor percorreu meu corpo.

— Nada... — sussurrei, tentando virar a cabeça, mas ele me manteve imóvel.

— Você sabe que pode me contar qualquer coisa, certo? E sei que tem algo que está escondendo de mim.

O aviso de Seth para manter os sinais do Apôlion em segredo foi abafado pelo desejo de contar a alguém o que estava acontecendo. E quem melhor do que Aiden? Ele era a única pessoa nesse mundo em quem eu confiava, ainda mais considerando o quanto havia arriscado para me manter segura. Seth não ficaria feliz se soubesse, mas, pensando bem, eu também não estava lá muito feliz com Seth.

— Está acontecendo — eu disse finalmente.

Os olhos de Aiden encontraram os meus.

— O que está acontecendo?

— Essas... coisas bizarras. — Ergui as mãos, com as palmas voltadas para cima. Ele baixou os olhos sem soltar meu queixo e, quando se voltou, era com uma pergunta no olhar. — Comecei a ganhar os sinais do Apôlion. Você não consegue ver, mas estão aqui, nas duas mãos. E tem um na minha barriga.

Ele pareceu surpreso, soltando meu queixo, mas sem se afastar.

— Quando começou a acontecer?

Desviei o olhar.

— O primeiro aconteceu quando estávamos nas Catskills. Eu e Seth estávamos treinando um dia, e fiquei com raiva. Não sei como, mas explodi uma rocha e, quando dei por mim, uma corda veio de Seth e fiquei com uma runa.

— Por que não me contou?

— Bom, a gente não estava exatamente se falando na época, e você estava ocupado. E Seth me pediu para não falar nada até sabermos o que estava acontecendo. — Com um suspiro, contei sobre as outras vezes e como eu tinha visto minha própria corda. O descontentamento era evidente em Aiden quando terminei de contar. — Acontece quando estamos... nos tocando às vezes. Seth acha que, se eu receber o quarto sinal na nuca, vou despertar. Talvez antes do previsto, e ele está todo empolgado com a possibilidade.

— Alex... — ele murmurou, hesitante.

— Sim, eu sei. Sou uma aberração até para os padrões de Apôlion. — Dei risada. — Não quero o quarto sinal. Sabe, queria aproveitar o resto dos meus dezessete anos e não ser o Apôlion. Mas Seth fica todo: "Seria a melhor coisa do mundo".

— Para quem? — ele perguntou baixinho. — Você ou Seth?

Ri de novo, mas meu humor estranho se esgotou quando lembrei que desconfiava que Seth estava fazendo o lance das runas de propósito.

— Alex?

— Seth diz que seria o melhor para mim porque eu ficaria mais forte, mas acho que ele está... ansioso por um aumento de poder. Parece um potenciador de Super Mario Bros ou coisa assim, porque consigo sentir akasha saindo de mim para... — Minha boca se abriu. — Filho da puta!

— O quê? — Aiden franziu a testa.

Meu estômago se revirou.

— Quando ganhei o segundo sinal, passei dias exausta. — Eu estava tensa, olhando para a cara de Aiden enquanto as peças se encaixavam. — Lembra a noite em que todos nos encontramos na sala de Marcus? Outra runa tinha aparecido logo antes e aquela vez tinha sido diferente de todas as outras. — Senti um calor subindo pelas minhas bochechas ao lembrar o quanto estava curtindo enquanto acontecia. — Enfim, fiquei muito cansada e meio desligada por dias depois daquilo.

— Sim — ele concordou. — Lembro. Você estava bem mal-humorada.

Meu mau humor havia levado à câmara de privação sensorial... e ao medo sussurrado de Aiden.

— Bom, você não sofreu tanto quanto Seth. Joguei um sanduíche na cara dele.

Ele estava tentando conter um sorriso, mas seus olhos brilharam.

— Ele deve ter merecido.

— Mereceu sim, mas, deuses, é isso que vai acontecer quando eu despertar? — Um arrepio de pavor percorreu minha pele. — Ele vai me drenar. Acho que ele nem sabe disso.

Uma raiva surgiu em seus olhos, dissipando a suavidade que havia se formado neles. Seus punhos se cerraram.

— Seja lá o que estejam fazendo para as runas aparecerem, precisam parar.

Olhei para ele sem expressão.

— Já decidi isso, mas isso não vai impedir que aconteça de novo. E sabe o que é mais perturbador? Minha mãe me avisou que o Primeiro me drenaria. Pensei que fosse loucura de daímôn.

Aiden voltou a diminuir a pouca distância que eu tinha conseguido colocar entre nós.

— Não vou deixar que nada aconteça com você, Alex. Isso também vale para Seth.

Eita! Meu coração fez uma coisa doida aqui. E ele parecia achar mesmo que conseguiria.

— Aiden, você não pode impedir isso. Ninguém pode.

— Não podemos impedir seu despertar. Mas a transferência de poder só ocorrera se vocês se tocarem depois que fizer dezoito anos, então não se toquem.

Eu não conseguia acreditar que Seth toparia a parte de "não se tocar", mas entenderia depois que soubesse o que poderia acontecer.

— Ele vai entender — eu disse. — Vou conversar com ele quando voltar. Deve ser algo melhor de discutir pessoalmente.

Aiden não parecia convencido.

— Não gosto disso.

— É *dele* que você não gosta — ressaltei suavemente.

— Tem razão. Não gosto de Seth, mas não é só isso.

— Nunca é. — Virei de leve e senti sua respiração sobre meus lábios. Se eu me movesse um centímetro, nossos lábios se tocariam. E Aiden, de repente, estava olhando para minha boca.

— Vou conversar com Marcus — Aiden disse, com a voz rouca.

— Você já disse isso.

— Disse? — Sua cabeça se inclinou um pouco. — Melhor a gente voltar.

Engoli em seco. Aiden não estava se movendo, e todos os músculos do meu corpo pediam que eu cruzasse aquele espaço minúsculo entre nós. Mas empurrei a cadeira para trás, raspando no chão. Me levantei. Parecia não haver ar suficiente na salinha de paredes verde-claras. Comecei a caminhar em direção à porta, mas parei quando me dei conta de que tinha deixado a bolsa em cima da mesa. Virei.

Aiden estava na minha frente. Eu não o tinha ouvido se levantar nem se mover na minha direção. Ele estava com a bolsa, o livro já guardado nela. E estava tão perto que as pontas dos seus sapatos estavam encostadas nos meus. Meu coração estava acelerado, e senti uma dezena de borboletas levantarem voo no meu estômago. Estava quase com medo de respirar, de sentir o que sabia que não podia sentir.

Ele pendurou a alça da bolsa em meu ombro e ajeitou meu cabelo atrás da orelha. Pensei que talvez fosse me abraçar... ou me chacoalhar, porque essa sempre era uma possibilidade. Mas sua mão deslizou sobre minha bochecha e seu polegar passou com delicadeza sobre meu lábio, tomando cuidado com a cicatriz fina no centro, embora a dor já tivesse cessado fazia tempo.

Inspirei fundo. Seus olhos eram prata líquida. Meu sangue pulsava dentro de mim. Eu sabia que ele queria me beijar, talvez até algo mais. Minha pele estava vibrando de emoção, expectativa e muito desejo. E acho que ele estava sentindo o mesmo. Não precisava de uma corda maldita para me dizer aquilo.

Mas Aiden não faria nada. Tinha um autocontrole de dar inveja nas sacerdotisas virgens que serviam nos templos de Ártemis. E havia todos os motivos por que ele não deveria, por que eu não deveria.

Aiden fechou os olhos e soltou o ar bruscamente. Quando seus olhos se abriram, abaixou a mão e me abriu um sorriso rápido.

— Pronta? —perguntou.

Já sentindo falta do seu toque, não consegui fazer nada além de assentir. Voltamos para meu dormitório em silêncio. Lancei olhares furtivos para ele, e ele não parecia bravo, apenas perdido em pensamentos e talvez um pouco triste.

Aiden me levou até a minha porta como se algum membro maluco da ordem ou uma Fúria fosse sair de um almoxarifado. O corredor estava praticamente vazio, já que eu dividia o andar com muitos puros. Tinham ido para a casa dos pais na segunda-feira, começando as férias mais cedo. Ele deu apenas um aceno e esperou até eu fechar e trancar a porta.

Deixando a bolsa perto do sofá, eu me sentei e peguei o celular que Seth havia me dado. Havia apenas um contato salvo na lista: *Coelhinho*.

Não consegui conter o riso. Seth sempre parecia ter dois lados: o engraçado e charmoso, que sabia ser paciente e gentil. E um lado completamente diferente, o Seth que eu não conhecia direito, que parecia falar apenas meias-verdades e era a personificação de tudo que eu temia.

Respirando fundo, selecionei o nome e ouvi o celular tocar uma, duas vezes, antes de cair numa mensagem padrão de correio de voz.

Seth não atendeu. Nem ligou de volta naquela noite.

12

Eu não fazia ideia do que Seth poderia estar fazendo que o impedisse de retornar uma ligação. Não que estivesse preocupada com sua segurança. Seth sabia se virar. Mas fiquei pensando se ele ainda estava bravo comigo. O engraçado era que, se não estivesse, ficaria depois que eu acabasse de conversar com ele. Tirar Seth da cabeça foi surpreendentemente fácil enquanto entrava na aula de verdade técnica e lendas.

Deacon ergueu os olhos, sorrindo quando me sentei ao seu lado. Fiquei surpresa ao vê-lo no último dia de aulas. Pensei que, mais do que ninguém, ele teria dado um jeito de escapar.

— Como foi sua visita à biblioteca? Conseguiu estudar?

Dei uma espiada na frente da sala. Luke estava conversando com Elena, mas estava olhando para nós ou, melhor, para Deacon pelo canto do olho.

— *Minha* visita à biblioteca? — Eu me voltei para Deacon. — Como foi a sua?

— Boa. Deu para estudar bastante. — Deacon nem pestanejou.

— Uau! — Baixei a voz. — Impressionante, considerando que nenhum de vocês estava com um livro sequer para estudar.

Deacon abriu e fechou a boca.

Dei uma piscadinha.

As pontas das suas orelhas ficaram vermelhas. Ele tamborilou os dedos no tampo da carteira.

— É, então.

Parte de mim queria dizer a Deacon que Aiden sabia e que ele não tinha nada com que se preocupar, mas não cabia a mim dizer. Talvez eu pudesse dar um empurrãozinho na direção certa.

— Não é nada demais... — sussurrei. — Sinceramente, ninguém aqui, puro ou meio, se importa com isso.

— Não é essa a questão — ele sussurrou em resposta.

Ergui a sobrancelha.

— Não?

— Não. — Deacon suspirou. — Gosto de meninas também, mas... — Seu olhar encontrou Luke. — Ele é especial.

Bom, pelo menos eu não tinha me enganado completamente em relação às preferências de Deacon.

— É, Luke é mesmo especial.

Deacon abriu um sorriso.

— Não é o que você está pensando. Não... fizemos nada.

— Não importa. — Sorri.

Ele se inclinou sobre o espaço entre nossas carteiras.

— Ele é um meio, Alex. Mais do que ninguém, você sabe como isso é perigoso.

Recuei e olhei para a cara dele.

Deacon deu uma piscadinha enquanto um sorriso maroto se abria em seu rosto.

— Mas a questão é: vale ou não a pena quebrar a regra número um?

Antes que pudesse abrir a boca para responder, embora não fizesse ideia do que dizer, dois guardas do conselho entraram na sala, silenciando toda a turma. Me retraí na cadeira enquanto minha apreensão crescia, quase querendo poder me esconder embaixo da carteira.

O de cabelo castanho curto passou os olhos pela sala, com os lábios apertados. Seu olhar pousou em mim. O sangue gelou nas minhas veias. Lucian não estava lá, e não reconheci os guardas.

— Srta. Andros? — Sua voz era suave, mas cheia de autoridade. — Precisa vir conosco.

Todos os alunos da turma se viraram para olhar. Pegando a bolsa, encontrei os olhos arregalados de Deacon. Segui para a frente da sala, estampando um sorriso de indiferença no rosto. Mas meus joelhos estavam tremendo.

Guardas do conselho tirando alguém da aula nunca eram um bom sinal.

Havia um murmúrio baixo vindo de onde Cody e Jackson estavam sentados. Eu os ignorei e saí atrás dos guardas. Nenhum deles falou enquanto atravessávamos os corredores e subíamos um número ridículo de degraus. Um pavor continuou a se infiltrar em mim. Marcus não teria enviado guardas do conselho para me buscar. Teria enviado Linard, Leon ou, até mesmo, Aiden.

Guardas do Covenant abriram a porta da sala de Marcus, e fui conduzida para dentro. Meu olhar percorreu o ambiente, buscando o ocupante.

Meus passos vacilaram.

O ministro-chefe Telly estava na frente da escrivaninha de Marcus, as mãos unidas atrás das costas. Aqueles olhos claros se aguçaram assim que me viu. O grisalho parecia ter se espalhado das têmporas desde a última vez em que o tinha visto, cobrindo seu cabelo agora. Em vez dos mantos luxuosos que usava durante o conselho, ele vestia uma simples túnica branca e uma calça de linho.

A porta se fechou com um estalido baixo atrás de mim. Eu me virei. Não havia guardas nem Marcus. Eu estava completamente sozinha com o ministro-chefe babaca. Maravilha.

— Pode se sentar, srta. Andros?

Eu me virei devagar, me obrigando a respirar fundo.

— Prefiro ficar em pé.

— Mas prefiro que você se sente — ele respondeu, firme. — Senta.

Uma ordem direta do ministro-chefe era algo que eu não poderia recusar. Mas isso não queria dizer que eu simplesmente me curvaria à vontade dele. Fui até a cadeira o mais devagar possível, sorrindo por dentro quando vi o músculo em seu maxilar se contrair.

— O que posso fazer por você, ministro-chefe? — perguntei depois de levar todo o tempo do mundo para colocar a mochila aos meus pés, alisar o suéter e me acomodar.

Seu olhar se encheu de desgosto.

— Tenho algumas perguntas para você sobre a noite em que saiu do conselho.

Meu estômago parecia corroído por ácido.

— Marcus não deveria estar aqui? E você não deveria esperar até meu responsável estar presente? Lucian está em Nova York, onde você deveria estar.

— Não vejo por que incluir os dois nesse assunto... desagradável. — Ele voltou a atenção para o aquário, observando os peixes por alguns momentos enquanto eu ficava cada vez mais apreensiva. — Afinal, nós dois sabemos a verdade.

Que ele era um grande imbecil? Disso todos sabiam, mas eu duvidava que era sobre aquilo.

— Que verdade?

Telly riu enquanto se virava.

— Quero conversar com você sobre a noite em que os daímônes e as Fúrias atacaram o conselho, sobre o verdadeiro motivo pelo qual você fugiu.

Meu coração vacilou, mas mantive o rosto inexpressivo.

— Pensei que você soubesse. Os daímônes estavam atrás de mim. As Fúrias também. Sabe, quando a noite acabou, minha popularidade estava nas alturas.

— É o que você diz. — Ele se recostou na escrivaninha e pegou uma estatueta de Zeus. — No entanto, um guarda puro-sangue foi encontrado morto. Tem algo a acrescentar sobre isso?

Um gosto amargo se formou no fundo da minha boca.

— Bom... muitos puros e meios foram mortos. E muitos servos para quem ninguém dava a mínima. Eles teriam sido salvos se alguém os tivesse ajudado.

Ele arqueou a sobrancelha.

— A perda de um meio-sangue está longe de ser problema meu.

A raiva tinha um gosto diferente na minha boca. Tinha gosto de sangue.

— Dezenas e dezenas morreram.

— Como eu disse, por que isso seria problema meu?

Ele estava me provocando. Eu sabia. E mesmo assim queria dar um soco nele.

— Mas estou aqui por causa da morte de um dos meus guardas — ele continuou. — Quero saber como ele morreu.

Fingi tédio.

— Acho que, provavelmente, tem a ver com os daímônes que estavam lotando o edifício. Eles tendem a matar pessoas. E as Fúrias estavam despedaçando todo mundo.

O sorriso dele se fechou.

— Ele foi morto por uma adaga do Covenant.

— Certo. — Eu me recostei na cadeira, inclinando a cabeça para o lado. — Sabia que os meios podem ser convertidos a daímônes agora?

Os olhos do ministro-chefe se estreitaram.

Falei mais devagar.

— Bem, alguns desses meios foram treinados como sentinelas e guardas. Eles carregam adagas. E acho que sabem usar essas adagas. — Com os olhos arregalados, acenei. — Deve ter sido um deles.

Surpreendentemente, Telly riu. Não foi uma risada agradável, mais uma risada do Dr. Evil.

— Que língua afiada essa sua! Diz para mim: é porque você acha que está muito segura? Que ser o Apôlion te torna intocável? Ou é só burrice mesmo?

Fingi pensar a respeito.

— Às vezes, falo algumas besteiras. Essa pode ter sido uma delas.

Ele abriu um sorriso tenso.

— Acha que sou idiota?

Estranho. Essa era a segunda vez que me faziam uma versão dessa pergunta nas últimas vinte e quatro horas. Dei a mesma resposta.

— É uma pegadinha?

— Por que você acha que esperei até agora para te interrogar, Alexandria? Sei sobre seu vinculozinho com o Primeiro. E sei que uma distância muito grande neutraliza esse vínculo. — Seu sorriso se tornou sincero enquanto minhas mãos se fechavam nos braços da cadeira. — Agora, portanto, você não passa de uma meio-sangue. Entende?

— Acha que preciso de Seth para me defender?

Suas bochechas começaram a ficar vermelhas.

— Me diga o que aconteceu naquela noite, Alexandria.

— Houve um ataque gigante de daímônes sobre o qual tentei te avisar, mas você me ignorou. Você disse que era ridículo pensar que os daímônes conseguissem fazer algo daquela magnitude. — Fiz uma pausa, deixando que absorvesse minha resposta. — Lutei. Matei alguns daímônes e derrotei uma Fúria ou outra.

— Ah, sim... Você lutou de maneira magnífica pelo que ouvi. — Ele fez uma pausa, tocou o queixo. — E um plano foi descoberto. Os daímônes estavam atrás do Apôlion.

— Exato.

— Acho isso estranho — ele respondeu. — Considerando que estavam tentando te matar bem na frente dos guardas e sentinelas. Que, por sinal, são leais ao conselho.

Bocejei alto, fazendo de tudo para demonstrar que não estava com medo, embora estivesse tremendo por dentro. Se visse isso, ele saberia que estava no caminho certo.

— Não faço ideia do que se passa na cabeça de um daímôn. Não posso explicar isso.

Telly se afastou da mesa, se aproximando.

— Sei que você matou o guarda puro-sangue, Alexandria. E também sei que outro puro encobriu isso para você.

Bateu um branco no meu cérebro enquanto eu olhava para ele. Um terror, muito forte e potente, tirou o ar dos meus pulmões. Como ele sabia? A coação de Aiden havia perdido o efeito? Não. Porque eu estaria na frente do conselho, algemada, e Aiden... ai, deuses, Aiden estaria morto.

— Você não tem nada a dizer sobre isso? — Telly perguntou, claramente curtindo o momento.

Se recomponha. Se recomponha.

— Desculpa. É só que estou um pouco chocada.

— E por que você estaria chocada?

— Porque essa deve ser uma das coisas mais idiotas que ouvi nos últimos tempos. E já viu as minhas companhias? Não é dizer pouca coisa.

Seus lábios se comprimiram.

— Você está mentindo. E não é uma boa mentirosa.

Meu coração bateu acelerado.

— Na verdade, sou uma ótima mentirosa.

Ele estava perdendo a paciência rapidamente.

— Diga a verdade, Alexandria.

— Estou dizendo. — Forcei os dedos a relaxarem ao redor dos braços da cadeira. — Não sou besta de atacar um puro, muito menos de matar um.

— Você atacou um mestre no conselho.

Merda...

— Não o ataquei exatamente; impedi que ele atacasse outra pessoa. E, bom, aprendi minha lição depois disso.

— Duvido. Quem te ajudou a encobrir?

Eu me inclinei para a frente na cadeira.

— Não faço ideia do que você está falando.

— Você está testando minha paciência — ele disse. — Não vai querer ver o que acontece quando eu a perder.

— Parece que você *já* perdeu a paciência. — Olhei ao redor, forçando meu coração a voltar ao normal. — Não sei por que está me fazendo essas perguntas. E estou perdendo o último dia de aula antes das férias. Vai me dar uma desculpa ou coisa assim?

— Você se acha esperta?

Sorri de canto.

A mão de Telly se moveu tão rápido que nem tive chance de desviar. O dorso da sua mão acertou minha bochecha com força suficiente para virar minha cabeça para o lado. Incredulidade e raiva se misturaram, me invadindo. Meu cérebro simplesmente se recusava a aceitar que ele havia acabado de me bater, que teve mesmo a audácia de bater em *mim*. E meu corpo já exigia que eu revidasse, que o jogasse no chão. Meu punho praticamente coçava para acertar o queixo dele.

Apertei as bordas da cadeira, olhando para ele. Era o que Telly queria. Ele queria que eu revidasse. Assim, teria minha cabeça de bandeja.

Telly sorriu.

Retribuí o gesto, ignorando a dor na bochecha.

— Obrigada.

Uma raiva cintilou no fundo dos seus olhos.

— Você se acha durona, não?

— Sei lá — respondi. — Acho que dá para dizer que sim.

— Existem maneiras de dobrar você, queridinha. — Seu sorriso se abriu, mas nunca chegou aos olhos. — Sei que matou um puro-sangue. E sei que alguém, outro puro ou o Primeiro, encobriu.

Um calafrio desceu pela minha espinha, como garras geladas de pânico e terror. Engoli essa sensação, certa de que voltaria a ela depois... se houvesse um depois. Ergui a sobrancelha.

— Não faço ideia do que você está falando. Já falei o que aconteceu.

— E o que falou é uma mentira! — Ele avançou, apertando os braços da cadeira. Seus dedos estavam a centímetros dos meus, os lábios retraídos, o rosto vermelho de raiva. — Agora, me conte a verdade ou juro que...

Eu me recusei a me encolher como queria.

— *Já* contei.

Uma veia saltou na sua têmpora.

— Você está brincando com fogo, querida.

— Você não deve ter nenhuma prova — eu disse baixo, encontrando seu olhar enfurecido. — Se tivesse, eu já estaria morta. Claro, se eu fosse apenas uma meio-sangue, você não precisaria tanto assim de prova. Mas, para me eliminar, precisa da permissão do conselho. Sabe, sendo o *precioso Apôlion* e tal.

Telly se afastou da cadeira, virando as costas para mim.

Eu sabia que precisava calar a boca. Provocá-lo devia ser a maior burrice que eu poderia fazer, mas eu não conseguia parar. Raiva e medo nunca eram uma boa combinação para mim.

— O que não entendo é como você tem tanta certeza que matei um puro-sangue. Óbvio que não teve nenhuma testemunha da morte dele. Ninguém está apontando o dedo para mim. — Fiz uma pausa, gostando de como os músculos nas suas costas ficaram tensos sob a túnica fina. — Por que você...?

Ele se virou, o rosto incrivelmente inexpressivo.

— Por que eu o quê, Alexandria?

Meu estômago se revirou quando as peças se encaixaram. Minhas suspeitas estavam corretas. Olhei para suas mãos elegantes.

— Como você pode ter tanta certeza a menos que tenha mandado alguém, um guarda, me atacar? Assim teria certeza caso esse guarda aparecesse morto... Mas você não faria isso. Porque tenho certeza de que o conselho ficaria enfurecido. Você poderia até perder sua posição.

De tão ocupada que estava me gabando, não o vi se mover.

Sua mão acertou a mesma parte do rosto. A dor fulminante me atordoou. Não foi um golpezinho qualquer. A cadeira empinou sobre duas pernas antes de voltar para o chão. As lágrimas arderam nos meus olhos.

— Você... não pode fazer isso — eu disse, com a voz rouca.

Telly apertou meu punho.

— Posso fazer o que bem entender. — Telly me levantou, os dedos machucando meus braços enquanto me puxava pela sala do meu tio. Ele me empurrou para a janela que dava para o pátio. — O que vê lá fora?

Segurei as lágrimas, contendo a fúria que ameaçava transbordar. Estátuas e areia e, depois delas, o mar se agitavam com ondas fortes. Pessoas estavam espalhadas pelo campus.

— O que você vê, Alexandria? — Sua mão me apertou.

Estremeci, odiando meu momento de fraqueza.

— Não sei. Vejo pessoas e areia. E o mar. Vejo muita água.

— Está vendo os servos? — Ele apontou para o átrio, onde um agrupamento de servos esperava as ordens do mestre. — São meus. São todos meus.

Os músculos no meu corpo se tensionaram. Não conseguia tirar os olhos deles.

Telly se aproximou, a respiração quente no meu ouvido.

— Me deixa te contar um segredinho sobre a verdadeira razão da viagem da sua cara-metade às Catskills. Ele foi chamado para despachar qualquer servo que não esteja tomando o elixir e se recusando a se render. Sabia disso?

— Despachar?

— Se você for tão espertinha quanto acha que é, vai entender.

Eu entendia, mas não conseguia acreditar. Havia uma diferença entre uma coisa e outra. Eu entendia que Telly estava afirmando que Seth eliminaria todos os meios-sangues que estivessem causando problemas, mas Seth não aceitaria algo assim. E eu sabia que Telly estava me dizendo aquilo para me abalar.

Estava funcionando.

— Tenho mais uma coisa para dizer para você — Telly disse. — Tenho um favorito entre todos os servos, sabe. Um que solicitei pessoalmente muitos anos atrás. Você sabe que eu conhecia sua mãe e seu pai?

Fechei os olhos.

— Que foi, Alexandria? Alguém já deu com a língua nos dentes? — Ele soltou meu punho, rindo. — Pensar que sua linda mãe se corrompeu dessa forma, se misturando com um meio-sangue. Eles acharam mesmo que ficariam impunes? E você acha mesmo que Lucian esqueceu a vergonha que ela impôs a ele?

Pai. Papai. Títulos que não significavam nada até eu ler a carta de Laadan. Mas agora significavam tudo.

— Sei que ele não deve significar nada para você — Telly continuou. — Você nunca o conheceu, mas sei que quem encobertou o que você fez deve significar muito. E como dizem? Tal pai, tal filha?

O desespero eliminou qualquer alívio que eu sentia. Telly não usaria meu pai contra mim. Usaria Aiden.

Ele me deixou perto da janela, voltando ao centro da sala.

— Esta é sua última chance. Vou embora depois de amanhã, antes do nascer do sol, e, se não tiver se entregado até lá, não haverá outra chance. Isso pode acabar facilmente.

Eu nem sentia mais a dor latejante no meu rosto.

Telly sorriu, se deliciando com meu silêncio.

— Admita que matou o guarda, e não vou pressionar... — seu lábio se curvou — ... quem encobriu. E, confie em mim: vou descobrir. Notei alguns que se interessaram por você, além do Primeiro. O quê? — Ele riu. — Acha que não presto atenção?

O ar escapou tão rápido dos meus pulmões que me senti zonza.

— Deixa eu ver. — Telly tocou o queixo. — Tem seu tio, que acho que se importa muito mais com você do que demonstra. Ele estava em Nova York. Tem também aquele sentinela, o que encontrou você naquela noite no labirinto. Leon? Tem também aquele que se ofereceu para treinar você. Acho que é St. Delphi. E Laadan. Todos são suspeitos, e vou garantir que todos sofram. Como ministro-chefe, posso revogar a posição de Marcus. Posso até remover Lucian. Posso apresentar queixa contra o resto. Com todo o tumulto e os acontecimentos dos últimos tempos, seria fácil até demais.

Um nó de horror e frustração se formou na minha garganta. Lágrimas se acumularam atrás dos meus olhos ao mesmo tempo que eu queria arrebentar a cabeça de Telly.

— Você vai para a servidão e vai tomar o elixir. Caso se recuse, as coisas vão acabar mal.

Cerrei os punhos.

— Você é... revoltante.

Telly começou a se aproximar de mim, sua mão se erguendo para me bater de novo.

Agarrei seu punho, encontrando seu olhar e o encarando.

— Já apanhei demais, obrigada.

Uma comoção no corredor chamou a atenção de Telly, e ele baixou a mão. A voz de Marcus ressoou alta, exigindo entrar na sala. Telly ergueu a sobrancelha para mim.

— Você tem até o amanhecer de sexta.

Telly sorriu enquanto os gritos de Marcus ficavam mais altos. Nenhum de nós falou durante aquele momento.

— Por que me odeia tanto? — perguntei finalmente.

— Não te odeio, Alexandria. Odeio o que você *é*.

13

Era esta a questão: porque eu era um Apôlion, porque transformaria Seth num Assassino de Deuses. E naquele momento, sem sombra de dúvida, soube que Telly era um membro da ordem. Na cabeça dele, ele estava apenas protegendo os deuses de uma ameaça, e não via nada de errado no que fazia.

As portas se abriram enquanto eu me virava para a janela, tentando me controlar.

— O que está acontecendo aqui? — Marcus perguntou.

— Eu tinha algumas... perguntas não respondidas sobre a noite em que Alexandria partiu do conselho — Telly respondeu. — No começo, ela não cooperou muito com os questionamentos, mas acho que chegamos a um consenso. Depois disso, foi surpreendentemente solícita.

Pois é, ele deu um belo de um consenso na minha cara.

Eu me perguntei se conseguiria pegar uma daquelas adagas da parede e cravá-la no olho de Telly antes que seus guardas pudessem reagir. A tensão na sala aumentou, ondas reverberando em todas as direções.

— E por que eu não fui envolvido nesse interrogatório? Ou, melhor ainda, por que isso não poderia esperar pelo retorno de Lucian? — Marcus disse com calma, mas notei a irritação na sua voz. Os deuses sabem quantas vezes fui alvo dela. — Ele é o responsável por Alexandria e deveria estar presente.

Telly estalou a língua.

— Não foi um interrogatório formal nem sancionado pelo conselho. Eu tinha apenas algumas questões que precisava esclarecer. Por isso não tinha necessidade da presença de Lucian. Sem falar que sou o ministro-chefe e não preciso da sua permissão.

Ele colocou Marcus no seu lugar.

— Alexandria, por favor, não esqueça sobre o que discutimos — disse Telly.

Não respondi, porque ainda estava ponderando se conseguiria ou não apunhalá-lo antes que os guardas me derrubassem.

O ministro-chefe Telly pediu licença, distribuindo cumprimentos com tanta calma que quase achei difícil acreditar que ele havia acabado de virar meu mundo de cabeça para baixo.

— Alexandria? — A voz de Marcus quebrou o silêncio. — O que ele queria falar com você?

— Ele tinha perguntas sobre o que aconteceu no conselho. — Minha voz estava estranhamente embargada. — Só isso.

— Alex? — Aiden disse, e meu coração se apertou. Claro que ele estava lá. — O que aconteceu?

Virando para ele, usei o cabelo para esconder a parte do rosto dolorida e mantive o olhar fixo no carpete.

— Pelo visto, sou difícil. A gente precisou dar um jeito nisso.

Aiden surgiu à minha frente de repente, erguendo meu queixo. Meu cabelo saiu da frente do rosto. Ele emanava tanta raiva, que engolia o ar como um buraco negro de fúria.

— Ele fez isso? — Sua voz era tão baixa que mal ouvi. Sem conseguir responder, desviei os olhos. — Isso é inaceitável. — Aiden se virou para Marcus. — Ele não pode fazer isso. Ela é uma menina.

Às vezes, Aiden esquecia que eu também era uma meio-sangue, o que basicamente anulava toda a ideia de "não bater em mulher". Como com Jackson. Como com a maioria dos puros-sangues. Nossa sociedade, nossas regras e como éramos tratados, era uma merda. Não havia palavras para isso.

E, de repente, mil questionamentos surgiram, mas um se destacou. Como eu poderia continuar a ser parte deste mundo? Ser uma sentinela, de certo modo, seria apoiar a estrutura social, praticamente dizendo que eu estava de acordo, e eu não estava. Odiava aquilo.

Balançando a cabeça, expulsei esses pensamentos da mente por enquanto.

— Ele é o escroto-chefe. Pode fazer o que quiser, não?

Marcus parecia atordoado enquanto continuava a me encarar. Ele estava mesmo tão surpreso com a violência de Telly? Se fosse o caso, havia acabado de perder alguns pontos de inteligência. Ele se virou para Leon.

— Alexandria não podia ir a lugar nenhum sozinha. Como Telly conseguiu chegar a ela?

— Ela estava na aula — Leon respondeu. — Linard estava esperando para ela sair. E ninguém pensou que Telly estaria aqui. Não com tudo que está acontecendo em Nova York.

Marcus lançou um olhar perigoso para Linard.

— Se precisar se sentar na sala com ela, senta.

— Não é culpa dele — eu disse. — Ninguém pode me vigiar a cada segundo do dia.

Aiden soltou um palavrão.

— Isso é tudo que você vai fazer? Ela é sua sobrinha, Marcus. Ele bateu na *sua sobrinha* e essa é a sua reação?

Os olhos verdes de Marcus ficaram mais intensos.

— Sei muito bem que ela é minha sobrinha, Aiden. E não pense por um segundo que acho isso aceitável. — Ele apontou para mim. — Vou entrar em contato com o conselho imediatamente. Não me importa que ela seja meio-sangue. Telly não tem esse direito.

Passei o peso de um pé para o outro.

— O conselho vai se importar? Sério? Vocês vivem espancando os servos. Por que seria diferente comigo?

— Você não é uma serva — Marcus disse, caminhando furiosamente para a mesa.

— Isso lá é desculpa? — gritei, com os punhos cerrados. — É aceitável bater em servos por causa do sangue deles? E não é aceitável porque tenho um... — Eu me interrompi antes que revelasse demais. Todos os olhos estavam em mim.

Atrás da mesa, Marcus inspirou fundo e fechou os olhos por um momento.

— Você está bem, Alexandria?

— Estou ótima.

Aiden pegou meu braço.

— Vou levá-la para a enfermaria.

Soltei meu braço.

— Vou ficar bem.

— Ele *bateu* em você — Aiden rosnou, com os olhos faiscando.

— E só vai ficar roxo, tá? Esse não é o problema. — Eu precisava sair daquela sala, para longe de todos eles. Precisava pensar. — Só quero voltar para o meu quarto.

Marcus parou com o telefone a caminho da orelha.

— Aiden, se certifique que ela volte ao quarto. E quero que ela fique lá até descobrirmos o que Telly está tramando ou até ele ir embora. Vou entrar em contato com Lucian e o resto do conselho — Marcus disse, e seu olhar encontrou o de Aiden de novo. — Estou falando sério. Ela não pode sair do quarto.

Eu estava ocupada demais relembrando tudo que havia acabado de acontecer para me importar com Marcus me sentenciando ao meu dormitório. E, se Lucian descobrisse o que havia acontecido, significava que Seth também descobriria. Estava aí, pelo menos, um lado positivo dessa merda toda. Se Seth estivesse aqui, era provável que matasse Telly.

Marcus me deteve à porta.

— Alexandria?

Eu me virei, torcendo para que ele fosse breve. Me esculachasse por provocar Telly, me dissesse para não fazer isso de novo e me alertasse sobre o meu mau comportamento.

Ele me olhou nos olhos.

— Desculpa por não estar aqui para impedi-lo. Não vai acontecer de novo.

Meu tio estava com um alienígena dentro dele. Estreitei os olhos. Antes que eu pudesse dizer algo, ele voltou à sua ligação. Um tanto atordoada, deixei que Aiden me levasse para fora da sala e pelo corredor.

Quando a porta da escadaria se fechou, Aiden bloqueou a escada.

— Quero saber o que aconteceu.

— Só quero voltar para o meu quarto.

— Não estou pedindo, Alex.

Não respondi e, por fim, Aiden deu meia-volta, tenso, e desceu a escada. Eu o segui devagar. As aulas ainda estavam acontecendo, então a escadaria e o saguão do primeiro andar estavam praticamente vazios, exceto por alguns guardas e instrutores. Voltamos ao meu dormitório em silêncio, mas eu sabia que ele não ia deixar aquilo para lá. Aiden estava apenas esperando o momento certo, então não fiquei totalmente surpresa quando ele surgiu atrás de mim no quarto e fechou a porta.

Deixei a bolsa e passei a mão no cabelo.

— Aiden...

Ele pegou meu queixo como havia feito na sala de Marcus, inclinando minha cabeça para o lado. Seu maxilar se contraiu.

— Como isso aconteceu?

Estava tão ruim assim?

— Acho que não respondi certo depois da primeira vez.

— Ele bateu em você duas vezes?

Envergonhada, eu me afastei e me sentei no sofá. Eu era treinada para lutar e me defender. Eu havia saído de batalhas contra daímônes com poucos arranhões. Essa situação toda fazia com que me sentisse fraca e indefesa.

— Você não deveria estar aqui — eu disse finalmente. — Sei que Marcus disse para se certificar de que eu ficasse no meu quarto, mas não deveria ser você.

Aiden parou na frente da mesinha de centro, com as mãos no quadril. Sua postura me lembrou muito de nossas sessões de treinamento, a que ele fazia sempre e sabia que eu contestaria algo. Ele estava se preparando para uma longa batalha.

— Por quê?

Dei risada e fiz uma careta de dor.

— Você não deveria ficar perto de mim. Acho que Telly tem alguém me... nos vigiando.

Não havia nem um pingo de pânico naqueles olhos prateados.

— Você precisa me dizer o que aconteceu, Alex. Nem pense em mentir para mim. Vou saber.

Fechando os olhos, abanei a cabeça.

— Não sei se consigo.

Ouvi Aiden contornar a mesa e se sentar na ponta, de frente para mim. Sua mão apertou o outro lado do meu rosto.

— Você pode me contar qualquer coisa. Sabe disso. Sempre vou ajudar você. Como pode duvidar?

— Não duvido. — Abri os olhos, envergonhada ao perceber que estavam lacrimejantes.

Uma confusão perpassou seu rosto.

— Por que não pode me contar?

— Porque... porque não quero que se preocupe.

Aiden franziu a testa.

— Você está sempre pensando nos outros quando deveria estar mais preocupada consigo mesma.

Bufei.

— Não é verdade. Andei muito autocentrada nos últimos tempos.

Ele riu baixinho, mas, quando o som vibrante se dissipou, o breve sorriso dele se fechou.

— Alex, me conta.

O terror e o pânico voltaram. Talvez nunca tivessem passado. As palavras simplesmente saíram.

— Telly sabe.

Uma leve contração dos olhos foi sua única reação.

— O quê?

— Sabe que matei um puro-sangue... — sussurrei. — E sabe que Seth ou um puro encobriu.

Aiden não disse nada.

Comecei a entrar em pânico para valer.

— Ele, com certeza, faz parte da ordem, e acho que foi ele que mandou o guarda para me matar. É o único jeito dele saber, a menos que a coação...

— A coação não perdeu o efeito. — Aiden passou a mão pelo cabelo. Ondas escuras passaram por seus dedos. — A gente saberia. Eu já estaria preso a essa altura.

— O único jeito dele saber é se mandou o guarda me matar.

Aiden apertou minha nuca.

— Tem certeza de que ele sabe?

Ri com sarcasmo enquanto apontava para o rosto.

— Ele fez isso quando eu não quis admitir.

O prateado em seus olhos ardia.

— Quero matar aquele cara.

— Eu também, mas isso não vai ajudar em nada.

Ele abriu um sorriso desvairado.

— Mas faria a gente se sentir muito melhor.

— Nossa, você ficou sinistro! Engraçado, mas sinistro.

Aiden balançou a cabeça.

— O que ele disse, exatamente?

Contei as perguntas que Telly havia feito.

— Sabe, a única coisa boa nisso é que ele não achou que usar meu pai teria algum peso sobre mim. Mas disse que, se eu me entregasse, não tentaria encontrar o puro que me acobertou. Se eu não contasse, iria atrás de todos os puros que parecem me tolerar: você, Laadan, Leon e até Marcus. Acho que não acredita que consegue pegar Seth ou tem medo dele.

— Alex...

— Não sei o que fazer. — Saí do sofá, dando a volta por ele. Rondei a salinha, me sentindo encurralada. Parei, de costas para Aiden. — Estou ferrada, você sabe disso, né?

— Alex, vamos pensar em alguma coisa. — Eu o senti se aproximar de mim. — Esse não é o fim. Sempre tem opções.

— Opções? — Cruzei os braços. — Tinha opções quando o guarda tentou me matar, e escolhi a errada. Cometi um erro imenso, Aiden. Não tenho como resolver isso. E quer saber? Não acho que ele se importe com o guarda.

— Eu sei — ele respondeu com a voz suave. — Acho que ele mandou aquele guarda sabendo que você seria capaz de se defender, que talvez até mataria o guarda. Faz sentido.

Eu me virei.

— Faz?

— Sim — ele concordou, estreitando os olhos. — É a armadilha perfeita, Alex. Telly manda o guarda para te matar, sabendo que teria uma boa chance de você reagir e matá-lo em legítima defesa.

— E legítima defesa não significa nada neste mundo.

— Exato. Você ficaria nas mãos de Telly. Ninguém poderia impedir que você fosse morta ou, pelo menos, colocada em servidão. Ele te coloca no elixir e você não desperta. Problema resolvido, exceto que Telly não achava que um puro usaria a coação para acobertar você.

— Sim — concordei. — Mas agora sabe que alguém usou.

— Não importa — Aiden disse. — Pode saber, mas não tem prova nenhuma sem se incriminar. Telly pode ser o ministro-chefe, mas não exerce o tipo de poder para conseguir perseguir puros-sangues indiscriminadamente. Pode acusar o quanto quiser, mas não pode fazer nada sem evidência.

Uma sementinha de esperança criou raízes no meu peito.

— Ele tem muito poder, Aiden. Tem a ordem também, e quem sabe quantas pessoas fazem parte dela.

— Não importa, Alex. — Aiden pousou as mãos fortes e cuidadosas nos meus ombros. — Tudo que ele tem agora é o medo. Acha que pode aterrorizar você para admitir a verdade. Está usando esse medo agora.

— Mas e se ele perseguir todos? E você?

Aiden sorriu.

— Ele pode, mas não tem nada para chegar a lugar nenhum. E, quando você não admitir nada, ele vai voltar para Nova York. E vamos estar preparados caso ele tente algo de novo. Não vai parar por aqui.

Concordei.

Aiden olhou no fundo dos meus olhos.

— Quero que me prometa que não vai fazer nenhuma besteira, Alex. Promete que não vai se entregar.

— Por que todo mundo acha que sempre vou fazer alguma besteira?

Seu olhar mostrou que ele me conhecia.

— Reação automática, Alex. Acho que já conversamos sobre isso.

Suspirei.

— Não vou fazer nada impulsivo, Aiden.

Aiden me encarou por um momento e, depois, assentiu. Em vez de relaxar como pensei que faria, ele ficou mais tenso. Soltou o ar com dificuldade e assentiu mais uma vez. Seja lá o que estivesse pensando, eu sabia que coisa boa não era.

E, quando seu olhar firme encontrou o meu, eu soube que havia uma boa chance de ele não acreditar em nenhuma das promessas que eu havia feito.

14

À noite, eu segurava o celular a meio metro do ouvido e ainda tinha a impressão de que Seth estava gritando do meu lado.

— Vou matar esse cara!

— Sim, você não é o primeiro a dizer isso. — Saí do sofá, olhando feio para a porta. Não precisava conferir para saber que Leon estava do outro lado. Graças aos deuses, a maioria dos alunos estava viajando, porque ter um sentinela como guarda-costas particular me tornaria uma aberração ainda maior. — É bem triste quando a voz da razão sou eu.

— O que mais você sugere? — ele perguntou. — Ele é o ministro-chefe, Alex. É óbvio que ordenou que o guarda atacasse você.

— Sim. — Fui até o banheiro, virando a cabeça para o lado. O lado esquerdo do meu rosto estava vermelho e um pouco inchado. Meu queixo estava um pouco azul. Jackson tinha deixado pior. Telly bateu como um fracote. Comecei a sorrir. — Mas Aiden disse que ele não...

— Aiden é um idiota.

Revirei os olhos.

— Enfim, por que não atendeu o celular ontem à noite?

— Está com ciúme?

— Quê? Não. Foi só estranho.

Seth riu.

— Estava ocupado, e estava tarde quando tive tempo de ligar para você. Sentiu minha falta ou coisa assim?

Na verdade, não. Saí de perto do espelho e entrei no quarto.

— Seth, o que realmente está fazendo aí?

— Já falei. — Estática encheu a linha por alguns segundos. — Enfim, isso é tão importante agora? Você deveria estar preocupada com Telly.

Eu me sentei na beira da cama.

— Telly disse que você estava aí para despachar os meios que estivessem causando problemas e não estivessem respondendo ao elixir. É verdade?

Silêncio.

Nós começaram a se formar dentro de mim.

— Seth...

Ele suspirou ao telefone.

— Alex, não é esse o problema agora. É Telly.

— Eu sei, mas preciso saber o que você está fazendo aí. — Fiquei puxando um fio solto da colcha. — Meu pai... Sei que ele não está respondendo ao...

— Nem vi seu pai, Alex. Claro... Não sei a cara dele e Laadan não está abrindo a boca. Ele pode estar aqui. Pode ter saído.

Raiva e frustração tomaram conta do ambiente.

— O que você está fazendo com os meios que não estão reagindo ao elixir?

Um som de exasperação passou pelo celular.

— O que o conselho nos ordenou fazer, Alex. Dar um jeito neles.

O sangue gelou nas minhas veias.

— O que você quer dizer com "dar um jeito neles"?

— Alex, não importa. Olha, são só meios-sangues...

— O que você acha que somos? — Eu me levantei e comecei a andar de um lado para o outro. De novo. — Também somos meios-sangues, Seth.

— Não — ele respondeu, firme. — Somos os Apôlions.

— Deuses, queria que você estivesse na minha frente.

— Sabia que você sentia a minha falta — Seth disse. Dava para sentir seu sorriso.

— Não. Se você estivesse na minha frente, eu daria um chute nas suas bolas, Seth. Você não pode achar aceitável... *dar um jeito* naqueles meios! Errado não chega nem perto de descrever isso. É nojento... Revoltante.

— Não estou *matando* ninguém. Deuses, que ideia você tem de mim?

— Ah! — Parei, sentindo minha cara arder.

Alguns momentos se passaram em silêncio. Parecia que Seth estava andando para algum lugar rápido.

— Queria passar uma hora dentro da sua cabeça. — Ele riu. — Não. Esquece. Queria não. Você destruiria minha autoconfiança.

— Seth...

— Vamos nos focar no que importa, que é Telly. Não acredito que ele não tenha nada. Ele não ameaçaria perseguir o puro responsável pela coação se não tivesse alguma coisa.

Meu medo cresceu.

— Acha mesmo que ele tem alguma coisa?

— Telly é muitas coisas, mas não é burro. Ele esperou até saber que nem eu nem Lucian estaríamos perto de você para agir. Eu não ficaria surpreso se o próprio Telly não tivesse adulterado o elixir semanas atrás como um plano B. Ele precisava de uma distração e conseguiu. E Aiden também não é burro — ele disse. — Está dizendo o que você precisa ouvir para não fazer besteira.

Me sentindo tonta, me recostei.

— Merda...

— Escuta, Alex. Nenhum deles, nem seu tio nem Aiden, importa. Fique longe de Telly. Deixe que ele cumpra a ameaça dele, quer tenha prova ou não.

— Como assim? — Fiquei olhando para o celular como se ele conseguisse me ver, o que era meio besta. — Eles são importantes para mim, Seth.

— Não. Aiden é importante para você. Na realidade, você não dá a mínima para o resto — ele corrigiu.

— Não é verdade!

Seth riu, mas não havia nada de engraçado.

— Alex, você mente muito mal.

Como assim? Todos achavam que eu era propensa a fazer besteiras *e* mentia mal? Mas eu não estava mentindo. Laadan e Marcus eram importantes para mim. Até Leon, embora ele fosse um pouco estranho.

Respirei fundo.

— Então, acha que Telly tem alguma coisa?

— Não acho que Telly faria ameaças vazias torcendo para você cair. Olha tudo que ele fez até agora.

Apoiei a cabeça na mão.

— Seth, não posso deixar que ele os persiga.

— Pode e vai. Eles. Não. São. Importantes. Você é. Nós somos.

— Odeio quando você diz essas coisas — eu disse, possessa.

— Porque é verdade, Alex. Porque, quando despertar, podemos mudar as coisas. — Seth hesitou e baixou a voz. — Você não faz ideia do que a maioria do conselho quer fazer com os meios-sangues aqui. Por sorte, minha presença parece estar mantendo a maioria deles na linha, mas querem a morte deles, Alex. Veem os meios-sangues como um problema para o qual não têm tempo nem pessoal para resolver. Ainda mais agora que os daímônes não têm receio de atacar os Covenants.

— Pensei que não se importasse com os meios-sangues. — Levantei a cabeça e olhei para a parede vazia na frente da cama.

— Não perder meu sono pelas vidinhas miseráveis deles não é o mesmo que deixar que sejam exterminados, Alex.

— Deuses, Seth. — Balancei a cabeça. — Às vezes, nem conheço você.

— Você nunca tentou — ele disse, sem nenhum sinal de raiva. — E não importa agora. Tudo que importa é que você está segura. Olha, preciso ir. — Fica no quarto, pelo menos até Telly ir embora. Sei que ele precisa voltar aqui até sexta porque vai ter uma sessão.

— Certo — eu disse. — Seth?

— Quê?

Mordi o lábio, sem fazer ideia do que queria dizer. Eram coisas demais, e eu não estava disposta a falar de nenhuma delas agora.

— Nada... Converso com você depois.

Seth desligou, sem me fazer prometer que ficaria longe de encrenca. Acho que sabia que minha palavra valia tanto quanto a dele.

As vinte e quatro horas seguintes passaram terrivelmente devagar. Não podia sair do quarto. A comida era trazida por uma das minhas babás. Fora eles, não recebia visitas. Morrendo de tédio, lavei o banheiro e comecei a reorganizar o guarda-roupa, o que acabou com roupas espalhadas pelo chão.

Houve um momento em que o pânico abriu um buraco no meu peito. Será que eu estava tomando a decisão certa em não me entregar?

Tentei ligar algumas vezes para Seth, mas não adiantou. Ele acabou retornando a ligação pouco depois que eu já tinha me trocado para dormir. Não conversamos por muito tempo nem sobre nada importante. Acho que ele estava surpreso por eu ainda estar no dormitório e não ter feito nenhuma besteira.

Passei horas me revirando na cama até pegar no sono. Mas não dormi muito. Acordei enquanto ainda estava escuro, o edredom enroscado nas pernas.

Observei uma fresta de luz atravessando o teto, desaparecendo quando uma nuvem entrou na frente da lua do outro lado da janela. Meus pensamentos começaram a correr a toda velocidade, relembrando tudo o que aconteceu com Telly, depois com Aiden e Seth. E se Seth tivesse razão e Telly tivesse uma forma de descobrir que foi Aiden? Ou mesmo se não tivesse e se fosse atrás dele? E não era só com Aiden que eu me importava. O pensaria de mim mesma se deixasse outros se machucarem só para eu passar ilesa até a próxima vez?

Porque eu sabia que haveria uma próxima. E quem arriscaria seu futuro e sua vida então?

Não era certo nem justo.

Sentando, coloquei os pés no chão e me levantei. O ar frio arrepiou minhas pernas nuas. Peguei um suéter grosso e longo e o vesti sobre a regata. Fui até a janela, abri as persianas e espiei lá fora. Não conseguia ver nada na escuridão e nem sequer sabia o que estava procurando.

— O que faço? — me perguntei.

— Absolutamente nada se depender de mim.

Gritando, soltei a cortina e dei meia-volta. Com o coração acelerado, estreitei os olhos para a silhueta alta que ocupava toda a entrada do quarto. Quando reconheci quem era, isso não acalmou em nada meu coração acelerado.

— Santos bebês daímônes! Quase infartei.

Aiden deu um passo à frente, cruzando os braços.

— Desculpa.

Apertei o suéter, olhando para ele.

— O que está fazendo no meu dormitório?

— Você é contra meninos no seu dormitório agora?

— Haha! — Fui até a mesa de cabeceira e liguei o abajur. Uma luz suave encheu o quarto. — Na verdade, nunca convidei Seth aqui. Ele agia como se estivesse em casa.

Um leve sorriso surgiu em seu rosto. Como sempre, ele estava com seu uniforme de sentinela. Foi então que me dei conta. Meu queixo caiu.

— Você está trabalhando, não? — questionei.

— A chance de você tentar fugir e se entregar antes de Telly ir embora pela manhã era grande. A gente estava tomando precauções por via das dúvidas.

— A gente? — balbuciei. — Tem mais alguém aqui?

— Não, mas Leon entrou logo depois que você pegou no sono. Linard está patrulhando lá fora. Desculpa se te acordei.

Eu o encarei, perplexa.

— Vocês ficaram se revezando aqui enquanto eu dormia? Ontem à noite também?

— Sim — ele respondeu. — Felizmente, Marcus sugeriu a ideia. Senão, tenho a impressão que Linard teria que sair correndo atrás de você pelo pátio para impedir que fugisse.

— Não sou idiota. — Meus dedos apertaram as barras do suéter. — Acha mesmo que eu simplesmente me entregaria a Telly no meio da madrugada?

Ele inclinou a cabeça para o lado.

— Disse a garota que saiu às escondidas do Covenant para encontrar um daímôn.

Ponto para ele.

— Tanto faz. Não estava planejando fazer nada disso de novo.

— Não?

— Não — respondi. Embora algo de mim estivesse considerando. — Não estava conseguindo dormir. Estou com a cabeça cheia.

— Compreensível. — Seus olhos correram meu rosto, pousando na minha bochecha. — Como está?

Inclinei a cabeça, escondendo o rosto.

— Bem.

Seu olhar se desviou por um momento antes de voltar para mim.

— Sei que você já passou por coisa pior, mas mesmo assim. Nunca deveria ter que passar por tudo que passou... nem com Jackson. Nada disso.

— O que você quer dizer?

— Nada, só estou divagando. — Os ombros de Aiden relaxaram quando olhou ao redor. — Faz tempo que não entro aqui.

Segui seu olhar, que pousou na cama. Um rubor se espalhou por mim da cabeça aos pés. Dezenas de imagens vívidas dançaram na frente dos meus olhos, todas completamente erradas considerando tudo que estava acontecendo.

— Foi seu primeiro dia aqui — ele disse, e um sorriso apareceu. — Também tinha roupas no chão.

Surpresa, foquei nele, o verdadeiro Aiden, completamente vestido. Claro, ele havia estado na minha área de estar, mas estava certo. Não tinha ido além do sofá.

— Lembra disso?

— Sim, eu estava dando um sermão em você — respondeu.

— Depois que arranquei Lea da cadeira pelo cabelo.

Aiden riu e o som me aqueceu.

— Você finalmente admitiu.

— Ela meio que mereceu. — Mordi o lábio enquanto ele erguia os olhos, encontrando os meus. O que ele estava pensando agora? Eu me sentei na beira da cama. — Não vou fazer nada, embora devesse. Você não precisa ficar aqui.

Aiden ficou em silêncio por alguns momentos. Depois, foi até onde eu estava e se sentou ao meu lado. O ar no quarto ficou mais pesado de repente; a cama, menor. A última vez em que estivemos numa cama, quando cheguei muito perto de ficar sem roupa, havia sido naquela noite na sua cabana. Um calor ainda maior tomou conta de mim, e fiquei nervosa, muito mais nervosa. Eu deveria ter ficado dormindo.

— Por que acha que precisa se entregar, Alex?

Eu me afastei, me sentando de pernas dobradas. A distância ajudou um pouco.

— Seth disse que há uma boa chance de Telly conseguir provar que foi você ou que faça algo contra todos de quem suspeita.

Ele se virou para mim.

— Não importa se fizer, Alex. Se entregar a Telly significa seu fim. Você não entende?

— Não me entregar a Telly poderia representar seu fim, o fim de todos que ele acha que podem ter me ajudado.

— Não importa.

— Parece Seth falando, como se não importasse a vida de ninguém além da minha. É um absurdo. — Fiquei de joelhos, respirando fundo. — E se Telly fizer algo com você? Ou com Laadan ou Leon ou Marcus? Quer que eu fique bem com isso? Viva com isso?

Os olhos de Aiden ficaram mais intensos.

— Sim, espero que viva com isso.

— Isso é doido. — Saí da cama, sentindo a chama da raiva. — Você é doido.

Ele me observou com calma.

— É a realidade.

— Você não pode dizer que minha vida é mais importante que a sua. Não é certo.

— Mas sua vida é, sim, mais importante que a minha.

— Percebe o que está dizendo? — Parei na frente dele, com as mãos tremendo. — Como pode tomar essa decisão por outras pessoas? Por Laadan e Marcus?

— Olha... — Aiden disse, erguendo as mãos no ar. — Pode gritar comigo. Pode me bater. Não muda nada.

Fui em sua direção, para dar um empurrão nele, mas não bater de verdade.

— Você não pode...

Aiden me pegou pelos punhos e me puxou para seu colo, passando meus punhos para uma das mãos. Ele suspirou.

— Não quis dizer para me bater *de verdade*.

Atordoada demais para reagir, fiquei olhando para a cara dele. Nossas cabeças estavam a poucos centímetros de distância. Minhas pernas se enroscaram nas suas, e ele ergueu a mão, tirando o cabelo do meu rosto. Perdi o ar enquanto meu coração acelerava. Nossos olhares se encontraram e seus olhos se derreteram como mercúrio.

Ele segurou minha nuca. Ouvi sua respiração brusca. Ele soltou meus punhos e apertou meu quadril. Num piscar de olhos, eu estava deitada de barriga para cima, e Aiden pairava sobre mim. Usando o braço para se apoiar, ele abaixou a cabeça e roçou os lábios sobre meu rosto inchado.

— Por que sempre acabamos assim? — ele perguntou com a voz rouca enquanto seu olhar descia do meu rosto para meu corpo.

— Não fiz isso. — Devagar, levantei as mãos e as apoiei no seu peito. Seu coração estava acelerado.

— Não. Foi culpa minha. — A parte de baixo do seu corpo se acomodou. Nossas pernas se encostaram. Seus olhos vasculharam os meus. — Fica cada vez mais duro.

Minhas sobrancelhas se ergueram e segurei o riso.

— O que é isso?

Aiden sorriu e seus olhos se iluminaram.

— Vamos parar antes que seja tarde demais.

Num segundo, tudo — o abismo que havia surgido entre nós no dia em que dei a ele aquela palheta ridícula, o que eu tinha visto nas Catskills, a confusão em que estávamos e até mesmo Seth —, tudo desapareceu. As palavras saíram num fôlego só.

— Não para.

15

Os olhos de Aiden pareciam brilhar de dentro para fora enquanto ele olhava para mim. Como na biblioteca, eu sabia que ele queria me beijar. Sua determinação estava enfraquecendo, e a mão na minha bochecha tremia.

Desci a mão por sua barriga rígida, parando logo acima do cós da calça. Mais do que qualquer coisa, eu queria me perder nele, esquecer de tudo. Queria que ele se perdesse em *mim*.

Ele puxou o ar, os lábios entreabertos.

— Talvez fosse uma boa ideia se Leon ou alguém mais ficasse te vigiando durante a noite.

— Talvez.

Seus lábios se curvaram num sorriso maroto enquanto sua mão saía do meu rosto, descia pelo meu pescoço e entrava na gola do meu suéter. Me sobressaltei um pouco quando ela deslizou por meu ombro.

— Dizem que só se vê as coisas com clareza quando se olha para trás.

Eu não dava a mínima para como se viam as coisas. Só me importava com sua mão na minha pele, descendo o suéter pelo meu braço.

— Quando... quando chega a próxima babá?

— Só de manhã.

As borboletas foram à loucura em meu estômago. Faltavam horas para a manhã chegar. Muitas coisas poderiam acontecer nessas horas.

— Ah...

Aiden não respondeu. Em vez disso, seus dedos deslizaram pelas marcas em meu braço e ele fechou os olhos. Um calafrio percorreu seu corpo todo, me fazendo tremer. Ele abaixou a cabeça e as ondas escuras do seu cabelo caíram para a frente, mas não rápido o bastante para esconder a sede em seu olhar.

Fiquei tensa, meu peito se apertando. Sua respiração era quente e tentadora em meus lábios, e sua boca deslizou muito suavemente sobre a minha. Esse simples ato roubou meu ar, meu coração. Mas, mesmo enquanto ele se afastava, eu me dei conta de que ele não podia roubar algo que já era seu.

Aiden se virou de lado, me puxando junto. Ele passou o braço embaixo de mim, me embalando em seu peito com tanta força que conseguia sentir seu coração. Algo sob sua camisa apertava minha bochecha. Me dei conta de que era seu colar.

— Aiden?

Ele levou o queixo ao topo da minha cabeça e inspirou fundo.

— Dorme, Alex.

Meus olhos se abriram. Tentei levantar a cabeça, mas não consegui me mover nem um centímetro.

— Não acho que consigo dormir agora.

— É melhor tentar.

Tentei me desvencilhar, mas ele moveu a perna, prendendo uma das minhas entre as dele. Meus dedos se curvaram em sua camisa térmica.

— *Aiden*.

— Alex.

Frustrada, empurrei seu peito. A risada dele vibrou dentro de mim e, embora eu quisesse dar um tapa nele, comecei a sorrir.

— Por quê? Por que me beijou? Quer dizer, você acabou de me beijar, certo?

— Sim. Não. Meio que sim. — Aiden suspirou. — Queria.

Meu sorriso começou a ficar bobo. Era como se algo em mim não tivesse nenhuma noção do mundo exterior ou das consequências, algo que era completamente controlado pelo meu coração.

— Tá. Por que parou, então?

— A gente pode falar sobre qualquer outra coisa? Por favor?

— Por quê?

Sua mão subiu pelas minhas costas, entrando no meu cabelo e provocando arrepios na minha pele.

— Porque pedi com jeitinho?

Ficar tão perto dele não estava ajudando. Toda vez que eu inspirava, vinha seu cheiro de loção pós-barba misturado com o de mar. Se me mexesse, só ficávamos mais perto. Não havia a menor chance de eu dormir tão cedo.

— Isso é tão errado...

— Essa é a coisa mais verdadeira que você disse hoje.

Revirei os olhos.

— E a culpa é toda sua.

— Não tenho como discordar. — Aiden virou de costas, e fiquei presa ao seu lado. Tentei me levantar, mas ele entrelaçou os braços. Minha cabeça foi parar sobre seu ombro, com meu braço preso em sua barriga. — Me diz uma coisa... — ele disse depois que parei de me debater.

— Não acho que você queira que eu te diga uma coisa agora.

— Verdade. — Ele riu. — Onde você quer ser alocada quando se formar?

— Quê? — Franzi a testa.

Aiden repetiu a pergunta.

— Sim, eu ouvi, mas é uma pergunta tão aleatória...

— E daí? Responde.

Desistindo de me soltar e pular em cima dele, decidi tirar o melhor proveito daquela situação estranha e me aconcheguei. Era provável que eu me arrependesse depois quando ele recuperasse o juízo e me afastasse. Os braços de Aiden me apertaram em resposta.

— Não sei.

— Não pensou sobre isso?

— Não muito. Quando retornei ao Covenant, não achei que me deixariam voltar e, depois, descobri sobre toda a história de Apôlion. — Hesitei porque não sabia ao certo por que não havia pensado muito sobre o assunto. — Acho que só parei de achar que seria uma opção.

Aiden soltou as mãos e começou a traçar círculos distraído sobre o meu braço. Era ridiculamente calmante.

— Ainda é uma opção, Alex. Despertar não significa que sua vida acabou. Para onde você iria?

Arrependida de não termos pensado em apagar a luz antes da nossa conchinha inesperada, fechei os olhos.

— Não sei. Acho que eu escolheria algum lugar onde nunca fui, como Nova Orleans.

— Você nunca foi lá? — Sua voz era surpresa.

— Não. Você já?

— Fui algumas vezes.

— Durante o Mardi Gras?

Aiden pegou minha mão que estava na sua barriga, entrelaçando os dedos nos meus. Meu coração palpitou.

— Uma ou duas vezes — ele respondeu.

Sorri, imaginando Aiden carregando colares.

— É, algum lugar assim.

— Ou Irlanda?

— Você lembra das coisas mais estranhas que digo.

Seus dedos envolveram os meus.

— Lembro tudo que você diz.

Um calor se espalhou por mim, e aproveitei. Ele havia falado o mesmo naquele dia do zoológico, mas, de alguma forma, eu tinha esquecido no meio da confusão de tudo o que aconteceu depois.

— Dá um pouco de vergonha. Digo muitas besteiras.

Aiden riu.

— Você diz coisas bem estranhas mesmo.

Eu não tinha como discordar. Ficamos deitados num silêncio confortável por um tempo. Ouvi os sons constantes da sua respiração.

— Aiden?

Ele inclinou a cabeça na minha direção.

— Oi?

Por fim, dei voz a algo que vinha me incomodando havia um tempo.

— E se... e se eu não quiser mais ser uma sentinela?

Aiden não respondeu imediatamente.

— O que você quer dizer?

— Não que eu não veja propósito em ser uma sentinela, e ainda sinto essa necessidade, mas às vezes acho que ser uma sentinela é concordar com o *status quo*. — Respirei fundo. Dizer aquilo em voz alta era quase heresia. — É como se ser uma sentinela significasse concordar com a forma como os meios-sangues são tratados e... não concordo.

— Eu também não — ele disse suavemente.

— Me sinto... péssima só de pensar nisso, mas não sei. — Fechei os olhos, um pouco envergonhada. — Depois de ver aqueles servos mortos nas Catskills, não posso continuar sendo parte disso.

Houve uma pausa.

— Entendo o que está dizendo.

— Tem um mas, não?

— Não. Não tem. — Aiden apertou minha mão. — Sei que se tornar um Apôlion não é algo que você queira, mas você vai estar em posição para mudar as coisas, Alex. Existem puros que vão te escutar. E existem alguns que querem mudar isso. Se é algo que realmente quer, você deve fazer tudo ao seu alcance.

— Eu não estaria fugindo das minhas responsabilidades como sentinela? — Minha voz era fraca. — Porque o mundo precisa de sentinelas e guardas, e os daímônes... matam sem distinção. Não posso simplesmente...

— Você pode fazer o que quiser. — Passava sinceridade em seu tom, e eu queria acreditar nele, mas não era bem assim. Mesmo como o Apôlion, eu ainda era uma meio-sangue e não poderia fazer o que quisesse. — E não seria fugir das suas responsabilidades — ele disse. — Mudar as vidas de centenas de meios-sangues vai ter um impacto muito maior do que caçar daímônes.

— Você acha?

— Tenho certeza.

Com um pouco da pressão aliviada, bocejei.

— E se alguém nos vir?

— Não se preocupa. — Ele arrumou meu cabelo atrás do ombro. — Marcus sabe que estou aqui.

Eu duvidava de que Marcus soubesse que Aiden estava na minha cama. Talvez fosse tudo um sonho, pensei. Mas meus lábios ainda formigavam pelo nosso beijo rápido. Quis perguntar por que ele estava ali, assim. Não fazia sentido, mas não queria destruir o aconchego entre nós com perguntas baseadas em lógica. Às vezes, a lógica era superestimada.

* * *

Fui abrindo os olhos devagar e pisquei. Os raios suaves do sol da manhã atravessavam as persianas. Pequenos pontos de poeira flutuavam na corrente de luz. Um braço pesado repousava sobre minha barriga, e uma perna estava jogada sobre a minha, como se quisesse garantir que eu não fosse escapar enquanto dormia.

Não que um deus pudesse me tirar daquela cama ou dos seus braços.

Eu me deleitei com a sensação dele ao meu lado, como sua respiração soprava o cabelo nas minhas têmporas. A noite de ontem não tinha sido um sonho estranho. Ou, se tivesse, não sei se queria acordar. Talvez ele não estivesse com medo de que eu fugisse enquanto dormia. Talvez sentisse falta da minha proximidade como eu sentia da sua.

Meu coração batia mais forte embora eu mal tivesse me mexido. Deitada ali, olhando para as partículas minúsculas de poeira, eu me perguntei quantas vezes tinha sonhado em pegar no sono e acordar nos braços de Aiden. Cem ou mais? Com certeza mais. Minha garganta se apertou. Não parecia justo ser provocada dessa forma, ter um gostinho de como poderia ser um futuro com Aiden, algo que eu nunca poderia ter.

Uma dor encheu meu peito. Estar nos seus braços dessa forma doía, mas não havia um pingo de arrependimento. No silêncio do amanhecer, admiti que não havia como superar Aiden. Independentemente do que acontecesse dali em diante, meu coração continuaria sendo dele. Ele poderia se casar com uma puro e eu poderia sair desta ilha para sempre e não importaria. Contra todas as probabilidades e todo o bom senso, Aiden tinha entrado sob minha pele, envolvido meu coração e se enraizado em meus ossos. Ele era parte de mim e...

Todo o meu ser, meu coração e minha alma sempre pertenceriam a ele.

E foi idiotice pensar que não, sequer considerar uma possibilidade diferente. Pensei em Seth, e aquela dor no meu peito se espalhou, se voltou para dentro e queimou como a marca de um daímôn. O que eu tinha com Seth não era justo com ele. Se realmente gostasse de mim, ele esperaria que, de alguma forma, meu coração e meus sentimentos fossem seus.

Com cuidado para não acordar Aiden, toquei sua mão no meu quadril. Eu me lembraria dessa manhã por toda a eternidade, por menor ou maior que fosse essa eternidade.

— Alex? — A voz rouca de sono de Aiden.

— Oi. — Meu sorriso era tímido.

Aiden se mexeu ao meu lado, se apoiando no braço. Ele não falou enquanto virava a mão e segurava a minha. Seu olhar prateado percorreu meu rosto e ele sorriu para mim, mas o sorriso não se refletiu nos seus olhos.

— Vai ficar tudo bem — ele disse. — Prometo.

Tomara que sim. Telly já teria ido embora àquela altura, sem mim. Aposto que ele estava enfurecido. Não havia como saber o que ele faria agora. E, se algo acontecesse com qualquer um deles, seria minha culpa. Me virei de lado, mas a posição ficou um pouco desconfortável, já que Aiden ainda segurava minha mão.

— Você odeia isso de não fazer nada quando se acha responsável pelo que aconteceu.

Suspirei.

— *Sou* responsável por isso.

— Alex, você fez aquilo para salvar sua vida. Não é culpa sua — ele disse. — Você entende isso, certo?

— Você sabe se Telly foi embora? — perguntei em vez de responder.

— Não sei, mas imagino que sim. Antes que eu chegasse aqui ontem à noite, Linard disse que ele não havia saído da ilha principal desde que chegou ao Covenant.

— Vocês ficaram de olho nele também?

— A gente precisava garantir que ele não ia aprontar nada. Os guardas de Lucian que ficaram foram úteis. Telly está sendo tão vigiado que sei até que ele jantou lagosta ao vapor ontem.

Franzi a testa. Na noite anterior, eu havia comido um sanduíche de frios.

— Vocês deveriam abrir o próprio negócio de espionagem.

Aiden riu.

— Talvez em outra vida, se eu ganhasse equipamentos legais para isso.

Abri um sorriso.

— Equipamentos como os do 007.

— Ele tem uma moto BMW R1200C em *O amanhã nunca morre* — ele disse, nostálgico. — Cara, aquela moto era demais...

— Nunca vi... o filme.

— Como assim? Que triste! Vamos resolver isso.

Virei de lado. O sorriso de Aiden agora se refletia em seus olhos, deixando-os num tom suave de cinza mesclado.

— Não tenho a menor vontade de assistir a um filme do James Bond.

Seus olhos se estreitaram.

— Como assim?

— Não mesmo. Esses filmes me parecem chatos. E os do Clint Eastwood também. Que preguiça!

— Acho que não podemos mais ser amigos.

Ri e seu sorriso aumentou. As covinhas apareceram e, nossa, fazia tanto tempo que eu não as via. Parecia uma eternidade.

— Você não sorri muito.

Aiden arqueou a sobrancelha.

— Você não ri muito.

Não havia muitos motivos para rir nos últimos tempos, mas não era nisso que eu queria focar. Aiden sairia em breve, e tudo seria apenas uma fantasia. Uma que eu ainda não estava pronta para abandonar. Ficamos assim por um tempo, conversando de mãos dadas. Quando chegou a hora de encarar a realidade, Aiden saiu da cama e entrou no banheiro. Fiquei deitada com um sorriso bobo.

Aquela manhã tinha sido cheia de contrastes: tristeza e felicidade, desespero e esperança. Era para todas essas emoções conflitantes me deixarem cansada, mas eu me sentia disposta a ponto de... correr ou algo assim.

E nunca me senti disposta a ponto de correr.

Uma batida à porta me tirou dos meus pensamentos.

— Deve ser Leon — Aiden disse detrás da porta do banheiro. O resto do que ele disse foi abafado pelo som da água na pia.

Resmungando, saí da cama e coloquei o suéter. O relógio na sala marcava apenas sete e meia. Revirei os olhos. Segundo dia das férias e eu já estava fora da cama antes das oito da manhã. Havia algo profundamente errado com isso.

— Já vou! — gritei quando ele bateu de novo. Abri a porta. — Bom dia, flor do dia.

Era Linard que estava no corredor, com as mãos entrelaçadas atrás das costas. Seus olhos passaram por cima da minha cabeça, vasculhando o ambiente.

— Cadê Aiden?

— No banheiro. — Dei um passo para o lado, deixando que ele entrasse. — Telly foi embora?

— Sim. Saiu assim que o sol nasceu. — Linard se virou para mim, sorrindo. — Ele esperou, conforme tinha oferecido, mas você não foi.

— Aposto que ele estava puto.

— Não. Acho que estava mais... desapontado do que qualquer coisa.

— Que peninha... Que triste... — Estava torcendo para Aiden andar logo porque eu precisava muito escovar os dentes.

— Sim — Linard disse. — É uma pena mesmo. As coisas poderiam ter acabado de um jeito muito mais fácil.

— Sim... — Franzi a testa. — Espera. O qu...

Linard foi rápido, como todos os guardas eram treinados para ser. Houve um breve segundo em que reconheci que havia estado nessa posição antes, exceto que naquela vez havia adrenalina correndo pelas minhas veias. Uma dor incandescente explodiu logo abaixo das minhas costelas, perto da runa de poder, e todos os pensamentos desapareceram. Era o tipo de dor brusca e repentina, que tirava seu ar antes mesmo que tivesse se dado conta do que havia sofrido.

Cambaleando para trás, olhei para baixo enquanto tentava puxar ar para os pulmões e entender a dor desesperadora que disparava pelo meu corpo. Uma adaga preta estava cravada até o cabo, enfiada no meu corpo. No fundo da mente, eu sabia que essa não era uma adaga qualquer. Era banhada em algo, muito provavelmente sangue de titãs.

Quis perguntar por que, mas, quando minha boca se abriu, o sangue borbulhou e escorreu.

— Sinto muito. — Linard puxou a lâmina. Caí para a frente, sem conseguir emitir um som. — Ele te deu uma chance de viver pelo menos — ele sussurrou.

— Ei, pensei que seria Leon... — Aiden parou a poucos passos de nós, e se jogou em cima de Linard. Um som inumano, quase animalesco, escapou de Aiden enquanto envolvia o braço ao redor do pescoço de Linard.

Minhas costas bateram ao lado do balcão e minhas pernas cederam. Escorreguei enquanto apertava a barriga, tentando estancar o fluxo. Sangue quente e viscoso jorrava entre meus dedos. Houve um grito seguido por um estalo nauseante que indicou o fim de Linard.

Aiden gritou do alto dos pulmões enquanto se abaixava ao meu lado, tirando minhas mãos trêmulas da frente e apertando as suas na ferida. O rosto angustiado de Aiden pairou sobre o meu, os olhos arregalados de horror.

— Alex! Alex, fala comigo. Fala comigo, caramba!

Pisquei e seu rosto voltou a tomar forma, mas estava difuso. Tentei dizer seu nome, mas uma tosse rouca e úmida sacudia meu corpo.

— Não! Não. Não. — Ele olhou na direção da porta por cima do ombro. Guardas haviam se reunido, atraídos pela comoção. — Busquem ajuda! Agora! Vai!

Minhas mãos se contraíram ao lado do corpo, e um torpor se instalou no fundo dos meus ossos. Nada chegava exatamente a doer, exceto meu peito, mas era uma dor diferente. A expressão dele ao virar para mim, os olhos fixos na minha barriga... Ele pressionou com mais força. Seu olhar era frenético, chocado, aterrorizado.

Queria dizer que ainda o amava, que sempre havia amado, e pedir para cuidar para que Seth não enlouquecesse. Minha boca se moveu, mas não saiu nenhuma palavra.

— Está tudo bem. Vai ficar tudo bem. — Aiden forçou um sorriso, os olhos cintilando. Ele estava chorando? Aiden nunca chorava. — Aguenta firme. Vamos conseguir ajudar. Aguenta firme para mim. Por favor, *ágape mou*. Aguenta firme para mim. Juro que...

Houve um estalo, seguido por um clarão, brilhante e ofuscante. Depois não havia nada além da escuridão, e eu estava caindo, girando, e tudo estava acabado.

16

O chão debaixo do meu rosto era úmido e frio, e o ar estava impregnado de um cheiro fresco e almiscarado que me lembrava o fundo de uma caverna coberta de musgo. Aliás, não era para eu estar com frio? Além de úmido, o lugar era escuro, a única luz vinda de tochas altas fincadas no chão, mas eu me sentia bem. Me sentei, tirei o cabelo do rosto e me levantei com as pernas trêmulas.

— Ah... ah, nem a pau...

Eu estava na margem de um rio e, do outro lado, havia centenas, se não milhares de pessoas, *peladas*, tremendo enquanto se amontoavam. O rio cor de ônix que nos separava ondulava e a massa de gente avançou, estendendo as mãos e gemendo.

Estremeci, querendo cobrir os ouvidos.

As pessoas do meu lado da margem vagavam, algumas vestindo trajes de sentinela e outras em roupas casuais. Suas condições variavam. As que esperavam perto da margem do rio pareciam as mais felizes. As outras pareciam confusas, com os rostos pálidos e as roupas manchadas de sangue e vísceras.

Homens vestindo túnicas de couro andavam em cavalos pretos, agrupando os de aparência mais deplorável. Imaginei que fossem algum tipo de guardas e, pela maneira como estavam me observando, fiquei com a sensação de que não era para eu estar ali, onde quer que fosse.

Espera. Virei para o rio, tentando ignorar as pobres... *almas... do outro...* ah, inferno. Aquele era o rio Estige, onde Caronte transportava as almas para o Submundo.

Eu estava morta.

Não. Não. Não. Não poderia estar morta. Não tinha nem escovado os dentes, pelo amor dos deuses. Não era possível. E, se eu estivesse morta, o que Seth faria? Ficaria louco quando descobrisse, se é que já não tinha percebido. Nosso vínculo diminuía com a distância, mas será que conseguia sentir minha perda? Talvez eu não estivesse morta.

Tirando o suéter, olhei para baixo e soltei um palavrão,

Toda a frente da minha regata estava encharcada de sangue... meu sangue. Então me lembrei de tudo: a noite anterior e a manhã com Aiden que pareciam tão perfeitas. Aiden... Ai, deuses... Ele havia implorado para eu aguentar firme e eu tinha partido.

A raiva tomou conta de mim.

— Não posso estar morta.

Uma pequena risada feminina surgiu detrás de mim.

— Querida, se está aqui, você está morta. Como o resto de nós.

Eu me virei, pronta para bater na cara de alguém.

Uma menina que eu nunca tinha visto antes deu um gritinho alto.

— Sabia! Você está morta.

Eu me recusava a acreditar que estava morta. Devia ser um pesadelo bizarro induzido pela dor. E, sério, por que aquela garota estava tão feliz por eu estar morta?

— Não estou.

Ela devia ter uns vinte e poucos anos, usando uma calça jeans cara e sandálias de tiras. Segurava algo na mão. Pensei que fosse uma puro-sangue, mas seu olhar franco e simpático me fez pensar que eu estava enganada.

— Como você morreu? — ela perguntou.

Apertei o suéter ao redor do corpo.

— Não morri.

Seu sorriso não vacilou.

— Eu estava fazendo compras com meus guardas à noite. Estes sapatos, por exemplo. — Ela esticou o pé, inclinando-o para eu ver melhor. — Não são divinos?

— Hum, sim. São lindos.

Ela suspirou.

— Eu sei. Morri por causa deles. Literalmente. Decidi que queria usá-los, embora estivesse ficando tarde e meus guardas estivessem ficando nervosos. Mas, sério, por que haveria um bando de daímônes na Melrose Avenue? — Ela revirou os olhos. — Eles me sugaram completamente e aqui estou eu, esperando pelo paraíso. Enfim, você parece um pouco confusa.

— Estou bem... — sussurrei, olhando ao redor. Não poderia ser verdade. Eu não podia estar presa no Submundo com a Buffy. — Por que você não parece com eles?

Ela seguiu meu olhar e estremeceu.

— Eles ainda não receberam isto. — Uma moeda dourada reluzia na palma da sua mão. — Não podem atravessar antes de terem a passagem. Depois que for colocada em seus corpos, vão parecer novinhos em folha. E vão poder pegar o próximo barco.

— E se não receberem uma moeda?

— Vão esperar até receber.

Ela estava se referindo às pessoas do outro lado do rio. Tremendo, me voltei para elas e dei conta de que... eu não tinha uma moeda.

— O que acontece quando não se tem uma moeda?

— Não faz mal. E alguns acabaram de chegar. — Ela passou o braço ao redor dos meus ombros. — Demora uns dias na maioria dos casos. As pessoas gostam de fazer funerais e tal, o que é um saco para nós, porque precisamos esperar aqui pelo que parece uma eternidade. — Ela parou e riu. — Nem me apresentei. Sou a Kari.

— Alex.

Ela franziu a testa.

Revirei os olhos. Até os mortos precisavam de uma explicação.

— É apelido de Alexandria.

— Não. Sei seu nome.

Antes que eu pudesse questionar como ela sabia meu nome, Kari me afastou de um grupo de guardas mal-encarados que estavam examinando minhas roupas manchadas.

— Fica um pouco entediante aqui embaixo.

— Por que você está sendo tão simpática comigo? Você é uma puro-sangue.

Kari riu.

— Somos todos iguais aqui embaixo, querida.

Minha mãe havia falado a mesma coisa. Engraçado. Ela estava com razão. Deuses, não quis acreditar.

— Além disso, quando eu estava viva... não era uma *hater* — ela continuou, com um sorriso suave. — Talvez porque eu fosse um oráculo.

O choque forçou minha boca a se abrir.

— Espera... você é um oráculo.

— É de família.

Cheguei mais perto, examinando o tom escuro da sua pele e aqueles olhos escuros que, de repente, pareciam tão familiares.

— Você não é parente da vovó Piperi, é?

Kari deu uma risada rouca.

— Piperi é meu sobrenome.

— Caramba...

— Pois é, estranho, não? — Ela encolheu os ombros, baixando o braço. — Eu tinha todo um propósito na vida, mas meu amor por sapatos meio que colocou um fim em tudo. Isso, sim, são "sapatos mortais", não?

— Sim — eu disse, completamente perdida. — Então, você é o oráculo que entrou em... sei lá, quando a vovó Piperi faleceu?

Ela ficou em silêncio por alguns momentos e suspirou.

— Sim, era... infelizmente. Nunca fui boa em sorte e destino, sabe? E as visões... bom, são quase sempre um saco. — Kari olhou para mim, seus olhos cor de obsidiana se estreitando. — Era para você estar aqui.

— Era? — gaguejei. Ah, não...

— Sim — ela confirmou. — Era. Isto... já vi isto. Como se soubesse que encontraria você, mas não fazia ideia de que seria *aqui*. Sabe, os oráculos não são informados do seu próprio fim, o que é uma droga. — Ela riu de novo. — Deuses, sei o que vai acontecer.

Isso, sim, chamou minha atenção.

— Sabe?

Seu sorriso ficou misterioso.

Meus dedos apertaram o suéter.

— E vai me contar?

Kari ficou em silêncio. Não importava se ela não estava falando coisa com coisa? Ela era um oráculo, e eu estava morta. Não havia nada que eu pudesse fazer a respeito, certo? Balançando a cabeça, observei o resto do entorno. Não conseguia ver para onde o rio conduzia; seguia para onde não havia nada além de um buraco negro profundo. À nossa direita, havia uma pequena abertura, e uma estranha luz azulada emanava de seja lá o que houvesse do outro lado.

— Aonde vai dar aquilo? — perguntei, apontando para a luz.

Kari suspirou.

— De volta lá para cima, mas não é a mesma coisa. Você viraria uma sombra se fosse por ali, isso se conseguisse passar pelos guardas.

— Os caras a cavalo?

— Sim. Para cima ou para baixo, Hades não gosta de perder nenhuma alma. Você deveria ter visto quando tentaram fugir. — Ela sentiu um leve arrepio. — Um horror.

Uma comoção perto do rio nos fez virar. Kari bateu palmas.

— Santos deuses, finalmente! — Ela saiu correndo em direção à multidão crescente de pessoas perto do rio.

— O quê? — Corri atrás dela. Os guardas a cavalo estavam forçando as pessoas a se organizarem em filas nas duas margens do rio. — O que está acontecendo?

Ela olhou para mim por sobre os ombros, sorrindo.

— É Caronte. Ele chegou. Agora é hora do Paraíso, meu bem!

— Mas como você sabe aonde está indo? — Eu me esforcei para acompanhá-la, mas, quando cheguei às margens do grupo, paralisei. *Ai, merda.*

— Você simplesmente sabe — Kari disse, passando por aqueles que imaginei que não tivessem moeda para a passagem. — Foi um prazer te conhecer, Alexandria. E tenho noventa e nove por cento de certeza que vamos nos encontrar de novo. — Ela desapareceu na multidão.

Ocupada demais com a cena que se desdobrava diante de mim, não prestei atenção no que ela disse. O barco era maior do que mostravam as pinturas. Era *enorme*, do tamanho de um iate, e muito mais bonito do que a imagem da canoa velha com a qual eu estava familiarizada, pintado de branco luminoso e com acabamentos em dourado. No leme, ficava Caronte. Ele, sim, tinha a aparência que eu imaginava.

Caronte estava envolto num manto negro que cobria todo o seu corpo franzino. Numa das mãos esqueléticas, segurava uma lanterna. Sua cabeça encapuzada se virou em minha direção e, embora não desse para ver seus olhos, soube que ele me viu.

Em poucos segundos, o barco estava abarrotado e começou a deslizar pelo rio, desaparecendo pelo túnel escuro. Não fazia ideia de quanto tempo fiquei parada, mas enfim me virei e atravessei a multidão. Onde quer que olhasse, havia rostos. Jovens e velhos. Expressões entediadas ou atônitas. Havia gente morta vagando por toda parte, e eu estava sozinha, completamente sozinha. Tentei me encolher ao máximo, mas esbarrei num ombro aqui, num braço ali.

— Com licença — uma senhora disse. Uma camisola rosa cafona fazia seu corpo frágil parece ainda menor. — Sabe o que aconteceu? Fui dormir e... acordei aqui.

— Ah... — Comecei a me afastar. — Desculpa. Estou tão perdida quanto a senhora.

Ela pareceu perplexa.

— Você também foi dormir?

— Não. — Suspirei, virando as costas. — Fui esfaqueada até a morte.

Quis retirar as palavras assim que saíram da minha boca, porque tornavam tudo real.

Parei perto da multidão e fiquei olhando para os meus pés descalços. Queria me estapear. Estava mesmo morta.

Ao levantar a cabeça, meus olhos encontraram a estranha luz azul. Se o que Kari tinha dito era verdade, aquela era a saída dessa... sala de espera. E depois? Eu seria uma sombra por toda a eternidade? Mas e se não estivesse mesmo morta?

— Você está morta — murmurei comigo mesma. Mas comecei a caminhar em direção à luz azul. Quanto mais me aproximava, mais atraída me sentia. Ela parecia oferecer tudo: luz, calor, *vida*.

— Não vá para a luz! — uma voz gritou, seguida por uma risada, uma querida risada travessa. — Eles mentem sobre a luz, sabe? Nunca vá para a luz.

Congelei e, se meu coração ainda estivesse batendo, o que eu não sabia se era o caso, teria parado naquele instante. Como se me movesse em meio a cimento, me virei devagar, sem conseguir acreditar... sem querer acreditar no que via porque, se não fosse real...

Ele estava a poucos metros de distância, usando uma camisa e uma calça de linho branco. Seu cabelo loiro na altura dos ombros estava arrumado atrás das orelhas, e ele estava sorrindo, um sorriso sincero. E aqueles olhos, da cor do céu de verão, eram brilhantes e cheios de vida. Ao contrário da última vez em que eu o tinha visto.

— Alex? — Caleb disse. — Você está com cara de quem viu um fantasma.

Todos os meus músculos entraram em ação ao mesmo tempo. Corri em sua direção e pulei.

Rindo, Caleb me pegou pela cintura e me girou. Era como se um dique se abrisse. Em menos de um segundo, eu me transformei numa grande bebê chorona. Meu corpo todo tremia; eu não conseguia evitar. Era Caleb, *meu* Caleb, *meu* melhor amigo. *Caleb.*

— Alex, sério. — Ele me colocou no chão, mas continuou me abraçando. — Não chora. Sabe como fico quando você chora.

— Desculpa... — Nada desse mundo separaria meu abraço apertado em volta dele. — Ai, meus deuses, não acredito... você está aqui.

Ele ajeitou meu cabelo para trás.

— Sentiu minha falta, hein?

Levantei a cabeça.

— Não é o mesmo sem você. Nada é o mesmo sem você. — Levantei as mãos, colocando-as em seu rosto e, depois, em seus cabelos. Ele era de carne e osso. Real. Não havia sombras sob seus olhos e seu olhar não tinha aquela expressão cansada que tinha depois de Gatlinburg. As marcas haviam sumido. — Ai, deuses, você está mesmo aqui!

— Sou eu, Alex.

Apertando o rosto em seu peito, comecei a chorar de novo. Nunca, num milhão de anos, pensei que o veria de novo. Havia tanta coisa que eu queria dizer.

— Não entendo — murmurei em seu peito. — Como pode estar aqui? Não ficou esperando esse tempo todo, ficou?

— Não. Perséfone me devia uma. A gente estava jogando Mario Kart Wii, e deixei que ela ganhasse. Cobrei meu favor.

Recuei, secando as lágrimas do rosto com o dorso da mão.

— Vocês têm Wii aqui embaixo?

— Ué? — Ele sorriu e, ai, deuses, pensei que nunca mais veria aquele sorriso de novo. — A gente fica entediado. Ainda mais Perséfone quando passa aqueles meses aqui. Hades não costuma jogar, graças aos deuses. Ele rouba muito.

— Peraí! Você joga Mario Kart com Hades e Perséfone?

— Sou meio que uma celebridade aqui embaixo, graças a você. Quando cheguei, fui levado direto a Hades... Ele queria saber tudo sobre você. Acho que acabei caindo nas graças dele. — Caleb deu de ombros e me puxou de volta para mais um daqueles seus abraços de urso. — Deuses, Alex, queria te ver de novo. Só não achei que seria assim.

— Eu que o diga — respondi, seca. — Como... como é?

143

— Não é nada ruim, Alex. Nada ruim mesmo — ele disse baixo. — Tem coisas que sinto falta, mas é como estar vivo, só que não.

Então me dei conta.

— Caleb, minha... minha mãe está aqui?

— Sim, está. E ela é muito legal. — Ele fez uma pausa, sugando os lábios. — Ainda mais considerando que não tentou me matar desta vez, sabe.

Senti náuseas, o que era estranho considerando que teoricamente estava morta.

— Você conversou com ela?

— Sim. Foi muito estranho vê-la pela primeira vez, mas o que era quando estava com a gente não é quem ela é agora. Ela é a sua mãe, Alex. A mãe que você lembra.

— Você fala como se a tivesse perdoado.

— Perdoei. — Ele secou as lágrimas novas que se acumulavam no meu rosto. — Sabe, eu não teria perdoado em vida, não de verdade. Mas, depois que você finalmente aceita a história toda de morrer, as coisas ficam mais claras. E ela foi obrigada a se tornar uma daímôn. Não julgam você por isso aqui.

— Não? — Ai, deuses, eu estava começando a chorar de novo.

Alguns guardas estavam se aglomerando ao nosso redor. Eu me foquei em Caleb, torcendo para que não nos separassem.

— Preciso ver minha mãe! Você pode...?

— Não, Alex. Você não pode ver. Ela nem sabe que você está aqui, e acho que é melhor assim.

A decepção tomou conta de mim.

— Mas...

— Alex, como você acha que sua mãe se sentiria se soubesse que você está aqui? Existe apenas um motivo para se estar aqui. Ela ficaria aflita.

Droga, ele tinha razão! Mas eu estava ali, o que significava que estava morta. Eu não a veria em breve de um jeito ou de outro? Essa lógica não fazia sentido para mim.

— Estava com saudade — falou de novo, e isso me trouxe de volta a ele.

Apertei a frente da sua camisa, e as palavras que eu queria dizer começaram a sair.

— Caleb, sinto muito, por tudo. O que aconteceu em Gatlinburg e... e eu não prestei atenção no que você estava passando depois disso. Estava focada demais em mim mesma.

— Alex...

— Não. Desculpa. Depois do que aconteceu com você. Não foi justo. Nada disso foi. E sinto muito.

Caleb encostou a testa na minha, e eu jurava que seus olhos estavam marejados.

— Não foi culpa sua, Alex. Está bem? Nunca pense isso.

— É só que sinto muito sua falta. Não sabia o que fazer depois que você... partiu. Odiei você por morrer. — Eu me engasguei. — E queria muito você de volta.

— Eu sei.

— Mas não te odeio. Te amo.

— Eu sei — ele disse de novo. — Mas você precisa saber que nada daquilo foi culpa sua, Alex. Era para acontecer. Entendo isso agora.

Ri com dificuldade.

— Deuses, você parece sábio. O que rolou, Caleb?

— Acho que a morte me deixou mais sensato. — Seu olhar vasculhou meu rosto. — Você não mudou nada. É só que parece fazer muito... muito tempo que não te vejo.

— Você parece melhor. — Tracei os dedos por seu rosto, apertando os lábios.

Caleb me parecia maravilhoso. Não havia nem sinal de tudo que ele havia sofrido. Ele parecia em paz, realizado de uma forma que não estava quando estava vivo.

— É só que sinto muito sua falta.

Caleb me apertou mais e riu.

— Eu sei, mas a gente precisa parar com esse vínculo meloso de amizade, Alex. Primeiro, somos torturados por daímônes juntos e, agora, somos apunhalados. Essa história de "fazer tudo juntos" está indo longe demais.

Lágrimas escorriam pelo meu rosto, mas ri de novo. Ele parecia muito caloroso e real. Vivo.

— Deuses, estou mesmo morta.

— Sim, meio que está.

Funguei.

— Como assim, meio que estou?

Caleb recuou e baixou o queixo. Um sorriso malandro se abriu nos seus lábios.

— Bom, tem um deus loiro enorme causando a maior confusão com Hades agora. Parece que você ainda está no limbo ou coisa assim. Sua alma ainda está em disputa.

Minhas entranhas se reviraram, e estreitei os olhos.

— Como assim?

— Pois é — ele disse. — Você não vai continuar morta por muito tempo.

Sequei os olhos.

— Estou aqui há horas. Estou muito morta.

— Horas aqui são apenas segundos lá. Quando cheguei aqui, estava com medo que fosse tarde demais, que Hades já tivesse te liberado.

— Não vou... continuar morta?

— Não. — Caleb sorriu. — Mas eu tinha que ver você. Tem uma coisa que preciso te contar.

— Certo. — Uma pontada de dor na minha barriga me assustou. Dei um pulo. — Caleb?

— Está tudo bem. — Seus braços compridos me seguraram com firmeza. — Não temos muito tempo, Alex. Preciso que me escute. Às vezes, ouvimos coisas aqui embaixo... sobre o que acontece lá em cima. É sobre Seth.

Um ardor despertou dentro de mim.

— O quê... o que tem Seth?

— Ele não sabe, Alex. Ele acha que está no controle, mas não está. Não... não acredite em tudo que ouvir. Ainda há esperança.

Tentei rir, mas o ardor estava se transformando num verdadeiro incêndio.

— Você ainda é... fanático por Seth.

Caleb fez uma careta.

— Estou falando sério, Alex.

— Certo... — murmurei, apertando a barriga. — Caleb, tem alguma coisa... errada.

— Não tem nada errado, Alex. Só lembra o que eu disse. Às vezes, as pessoas têm dificuldade para lembrar tudo depois desse tipo de coisas. Alex, pode me fazer um favor?

— Sim.

— Fala para a Olivia que eu teria escolhido Los Angeles. — Caleb encostou os lábios na minha testa. — Ela vai entender, tá?

Fiz que sim, embora não entendesse o motivo, apertando sua camisa desesperadamente.

— Vou... vou falar. Prometo.

— Eu te amo, Alex — Caleb disse. — Você é a irmã que nunca quis, sabe?

Minha risada foi interrompida pelo incêndio que me arrasava por dentro.

— Também te amo.

— Nunca mude quem você é, Alex. É sua paixão, sua confiança inconsequente, que vai te salvar, que vai salvar vocês dois. — Ele apertou com mais firmeza. — Prometa que não vai esquecer isso.

Enquanto a dor crescia e minha visão se turvava, eu me agarrei a Caleb.

— Prometo. Prometo. *Prometo. Prom...*

Fui puxada para longe dele ou, pelo menos, foi como me senti. Eu estava girando e girando, desfazendo-me e me recompondo. Tudo era dor. Ela dominava meus sentidos, alimentando o pavor. Meus pulmões ardiam.

— Respire, Alexandria. *Respire.*

Puxei ar, abrindo minhas pálpebras. Dois olhos completamente brancos, sem pupilas nem íris, me encaravam. Os olhos de um deus.

— Ai, *deuses* — sussurrei antes de perder a consciência.

17

Pessoas se movimentavam ao meu redor. Eu não conseguia vê-las, mas conseguia ouvir o som de seus passos no piso frio, suas vozes baixas. Alguém estava perto da cama. Sua respiração era calma e constante, embalando-me. Senti o cheiro de folhas queimadas e sal marinho.

Uma porta se abriu, e a pessoa ao lado da cama se mexeu.

Apaguei depois disso, voltando à névoa agradável. Quando finalmente abri os olhos, pareciam ter sido costurados, e precisei de algumas tentativas para fazer minha visão voltar. Paredes brancas me rodeavam, simples e sem graça. Reconheci a enfermaria. Não havia janelas, então eu não fazia ideia se era dia ou noite. Tinha memórias vagas de Linard e da dor, depois um clarão e uma sensação de cair. Depois disso, era tudo nebuloso. Eu me lembrava de um cheiro bolorento e havia mais, mas parecia existir apenas na margem dos meus pensamentos.

Eu sentia a boca completamente seca, os membros pesados. Uma dor surda pulsava no meu peito. Respirei fundo e fiz uma careta.

— Alex? — Houve um movimento do outro lado da cama, e Aiden surgiu. Tinha olheiras escuras. Seu cabelo estava uma bagunça, caindo para todos os lados. Ele se sentou na cama, com cuidado para não me mover.

— Deuses, Alex... nunca pensei que...

Franzi a testa e estendi a mão para pegar a sua, mas o movimento repuxou minha barriga. A pele sensível se esticou, provocando uma dor aguda. Perdi o fôlego.

— Alex, não se mexe muito. — Aiden colocou a mão na minha. — Fizeram os curativos, mas você precisa pegar leve.

Fiquei olhando para Aiden e, quando falei, senti a garganta em carne viva.

— Linard me esfaqueou, não foi? Com aquele sangue de titã maldito?

Os olhos de Aiden assumiram um cinza-escuro tempestuoso. Fez que sim.

— Desgraçado... — resmunguei.

Seu lábio se contorceu com o que eu disse.

— Alex, desculpa... Não era para ter acontecido. Eu estava lá para garantir a sua segurança e...

— Para. Não foi culpa sua. E é óbvio que estou bem em geral. Só não achava que Linard... Romvi, sim. Mas Linard? — Comecei a me mexer, mas

Aiden foi mais rápido, empurrando meus ombros para baixo com delicadeza. — Que foi? Consigo me sentar.

— Alex, você precisa ficar deitada. — Exasperado, acenou. — Toma, bebe isso. — Ele estendeu um copo na frente do meu rosto.

Peguei o canudo, olhando feio para ele por sobre a borda do copo. A água com sabor de hortelã tinha um gosto incrível, aliviando a irritação na minha garganta.

Aiden me encarou em resposta, me observando como se achasse que nunca mais fosse me ver. A imagem dele curvado sobre mim, arrasado e suplicante, passou pela minha mente. Uma série de emoções transparecia no seu rosto: humor, cansaço, mas, acima de tudo, alívio.

Tirou o copo da minha mão.

— Vai com calma.

Joguei as cobertas para baixo, surpresa ao ver que estava usando uma camisa limpa e a calça de moletom cinza que o Covenant costumava distribuir. Ignorando a pontada de dor, levantei a barra da camisa.

— Ai, caramba!

— Não é tão ruim...

Minhas mãos tremeram.

— Jura? Porque acho que deixaria seu James Bond orgulhoso. — A linha vermelha e inflamada tinha uns bons três centímetros de largura. A pele ao redor da ferida estava rosa e contraída. — Linard tentou me eviscerar.

Aiden pegou minhas mãos e as tirou da camisa. Ele a desceu e, com cuidado, arrumou as cobertas ao meu redor. Nunca deixava de me surpreender na forma como Aiden era cuidadoso e meigo comigo, mesmo sabendo que eu era extremamente resistente. Fazia eu me sentir feminina, acolhida e valorizada. Protegida. Cuidada.

Para alguém como eu, nascida e treinada para lutar, a delicadeza dele me desarmava.

Um músculo se contraiu no seu maxilar.

— Tentou mesmo.

Fiquei olhando para Aiden, um pouco maravilhada.

— Sou como um gato. Juro que tenho sete vidas.

— Alex... — Ele ergueu os olhos, encontrando os meus. — Você usou todas essas vidas e mais um pouco.

— Bom... — O cheiro embolorado voltou à minha memória.

Aiden acariciou minha bochecha, e um calor se espalhou por mim. Seu polegar deslizou sobre minha mandíbula.

— Alex, você... você morreu. Morreu nos meus braços.

Abri a boca, mas a fechei. A luz forte e a sensação de cair não tinha sido um sonho estranho e tinha algo mais... Eu sabia.

Sua mão tremeu no meu rosto.

— Você se esvaiu em sangue muito rápido. Não houve tempo.
— Eu... não entendo. Se morri, como estou aqui?
Aiden olhou para a porta fechada e soltou o ar devagar.
— Bom, é aí que as coisas ficam meio estranhas, Alex.
Engoli em seco.
— Estranhas como?
Um breve sorriso surgiu.
— Houve um clarão.
— Eu lembro.
— Se lembra alguma coisa depois disso?
— Cair... Me lembro de cair e... — Franzi o rosto. — Não lembro.
— Tudo bem. Talvez seja bom descansar um pouco. Podemos conversar sobre isso depois.
— Não. Quero saber agora. — Mirei seus olhos. — Por favor, parece que vai ser interessante.
Aiden riu, baixando a mão.
— Sinceramente, não teria acreditado se não tivesse visto.
Comecei a me virar de lado, mas me lembrei da história toda de não me mexer. Seria difícil ficar quieta.
— A curiosidade está me matando.
Ele chegou mais perto, com o quadril roçando na minha coxa.
— Depois daquele clarão, Leon se agachou perto de nós. No começo, pensei que ele tinha acabado de chegar ao quarto, mas... havia algo estranho. Ele estendeu a mão, e pensei que fosse verificar seu pulso, mas colocou a mão no peito.
Minhas sobrancelhas se ergueram.
— Você deixou Leon me apalpar?
Aiden pareceu querer rir de novo, mas fez que não.
— Não, Alex. Ele disse que sua alma ainda estava no corpo.
— Hum.
— Pois é — ele respondeu. — Depois, disse que eu precisava trazer você à enfermaria e assegurar que os médicos começassem a cirurgia para estancar o sangramento, que não era tarde demais. Não entendi, porque você... você estava morta, mas então vi os olhos dele.
— Olhos totalmente brancos — sussurrei, recordando um breve vislumbre deles.
— Leon é um deus.
Olhei para Aiden, sem conseguir pensar em nenhuma resposta. Meu cérebro praticamente se desligou com essa informação.
— Pois é. — Ele se inclinou sobre mim, ajeitando meu cabelo para trás com a mão grande. — Estava todo mundo com a mesma cara quando trouxe você aqui. Marcus tinha chegado a essa altura... e os médicos estavam

tentando me fazer sair. Alguns estavam fechando a ferida. Outros estavam apenas parados. Estava um caos. Você deve ter ficado... morta por alguns minutos, o tempo que levei para te trazer do seu dormitório para a enfermaria, e Leon simplesmente entrou na enfermaria. Ficou todo mundo paralisado. Ele chegou perto de você, colocou a mão em você de novo e falou para você respirar.

Respire, Alexandria. Respire.

— E você respirou — Aiden disse, com a voz rouca, segurando meu rosto. — Abriu os olhos e sussurrou algo antes de ficar inconsciente.

Eu ainda estava presa na parte toda de deus.

— Leon é um... deus?

Ele fez que sim.

— Santa bunda de daímôn — eu disse devagar.

Aiden riu, riu de verdade. Era um som grave e intenso, cheio de alívio.

— Você... não faz ideia... — Desviando o olhar, ele passou a mão no cabelo. — Deixa pra lá.

— O quê?

Com o maxilar tenso, ele balançou a cabeça.

Ergui a mão e, quando toquei a sua, ele entrelaçou os dedos nos meus e olhou para mim.

— Estou bem — sussurrei.

Aiden me encarou pelo que pareceu uma eternidade.

— Achei que você estivesse morta... Você *estava*, Alex. Você tinha *morrido*, e eu estava... fiquei segurando você e não havia nada que eu pudesse fazer. Nunca senti uma dor parecida. — Ele prendeu a respiração. — Desde que perdi meus pais, Alex. Não quero sentir aquilo de novo. Não com você.

Meus olhos se encheram de lágrimas. Não sabia o que dizer. Minha mente ainda estava atordoada por tudo, uma verdadeira sobrecarga cerebral. E ele estava segurando minha mão, o que estava longe de ser o acontecimento mais chocante do dia, mas me afetava da mesma forma. Eu tinha morrido. E um deus, que ao que parece era sentinela ali havia me trazido de volta e tudo. Mas era a maneira como Aiden estava me olhando, como se achasse que eu nunca mais voltaria a falar nem me veria sorrir ou ouviria minha voz. Ele parecia um homem que havia chegado à beira do desespero e havia voltado no último segundo, mas ainda estava sentindo todas aquelas emoções terríveis, ainda sem acreditar direito que não havia perdido algo, que *eu* ainda estava lá.

Cheguei a uma conclusão muito importante, muito forte, nesse momento.

Aiden poderia dizer que não sentia o mesmo. Poderia resistir dia e noite ao que havia entre nós. Poderia falar apenas mentiras dali em diante. Não importava.

Eu sempre, *sempre* saberia a verdade.

Mesmo que o espaço nos separasse ou uma dezena de regras fosse imposta para nos manter afastados e nunca pudéssemos ficar juntos, eu sempre saberia.

E, deuses, eu o amava, o amava muito. Isso nunca mudaria. Havia muitas coisas das quais eu não tinha certeza, ainda mais agora, mas disso eu sabia. Antes que conseguisse impedir, uma lágrima escapou, escorrendo pelo meu rosto. Fechei os olhos.

Ele respirou mais forte, de maneira muito mais brusca, muito mais destroçada. A cama se afundou quando ele se moveu, e sua mão deslizou no meu cabelo, onde seus dedos se curvaram ao redor dos fios. Seus lábios eram quentes e suaves em meu rosto e secavam a lágrima.

Fiquei parada, com medo de que qualquer movimento o afastasse. Aiden era como uma criatura selvagem prestes a se desfazer.

Quando ele falou, sua respiração flutuou sobre meus lábios, me deixando toda arrepiada.

— Não posso sentir aquilo de novo. Simplesmente não posso.

Ele estava muito perto, ainda segurando minha mão com força. Sua outra mão saía do meu cabelo e traçava uma linha invisível sobre meu rosto.

— Está bem? — perguntou. — Porque não posso perder... — Ele se interrompeu, olhando na direção da porta. O som de passos se aproximou. Seus lábios se apertaram, tensos, enquanto ele me encarava. Aiden baixou a mão e se endireitou. — Vamos conversar mais depois.

Fiquei que nem besta, o coração palpitando descontroladamente, e disse a coisa mais eloquente que consegui.

— Tá.

A porta se abriu, e Marcus entrou. Sua camisa estava meio para dentro, com a calça, normalmente passada, amarrotada.

Como Aiden, ele estava desarrumado, mas aliviado. Parou ao lado da minha cama, dando um suspiro alto.

Limpei a garganta.

— Você está amarrotado.

— Você está viva.

Aiden se empertigou.

— Isso ela está. Eu só a estava colocando a par de tudo.

— Bom. Isso é bom. — Marcus me encarou. — Como está se sentindo, Alexandria?

— Acho que bem, depois de morrer e tudo. — Eu me ajeitei, constrangida com a atenção. — Então, sobre esse lance do deus Leon? Não conheço nenhum deus chamado Leon. Ele é tipo o patinho feio dos deuses que ninguém assume?

Aiden recuou para o canto do quarto, uma distância muito mais apropriada para um puro-sangue. Imediatamente senti falta da sua proximidade, mas ele manteve os olhos em mim. Era como se temesse que eu desaparecesse.

— É porque Leon não é o verdadeiro nome dele — disse.

— Não?

Marcus se sentou no lugar de Aiden. Estendeu a mão, mas parou e a deixou no colo.

— Quer água?

— Hum, claro. — Um pouco desconcertada, eu o vi encher meu copo e estendê-lo para eu beber.

O alienígena no meu tio havia obviamente assumido o controle total. Logo mais, rasgaria sua barriga e sairia sapateando pelo meu leito.

Aiden se apoiou na parede.

— Leon é Apolo.

Eu me engasguei com a água. Ofegante, apertei a barriga com uma das mãos e balancei a outra na frente do rosto.

— Alexandria, está bem? — Marcus colocou o copo na mesa e olhou por sobre o ombro para Aiden, que já estava ao lado da cama. — Vai chamar um dos médicos.

— Não! — Com os olhos lacrimejando, tomei fôlego. — Estou bem. A água só entrou pelo buraco errado.

— Tem certeza? — Aiden perguntou, parecendo dividido entre querer arrastar um médico para dentro do quarto e acreditar na minha palavra.

— Sim. Só fiquei surpresa — respondi. — Tipo, uau! Têm certeza? Apolo?

Marcos me observou com atenção.

— Sim. Com certeza, é Apolo.

— Santo... — Não havia palavras suficientes no mundo para fazer jus a isso. — Ele explicou alguma coisa?

— Não. — Marcus arrumou o cobertor ao redor de mim. — Depois que te trouxe de volta, disse que precisava sair e que voltaria.

— Meio que desapareceu da sala. — Aiden esfregou os olhos. — Não o vimos desde a ocasião.

— E isso foi ontem — Marcus acrescentou.

— Então, passei o dia todo dormindo. — Meu olhar alternou entre os dois. — Algum de vocês dormiu nesse meio-tempo?

Aiden desviou os olhos, mas foi Marcus quem respondeu.

— Tem muita coisa acontecendo, Alex.

— Mas vocês...

— Não se preocupe conosco — Marcus interrompeu. — Vamos ficar bem.

Não era tão fácil assim não me preocupar com eles. Os dois estavam com uma cara péssima.

— Linard... está morto?

— Sim — Marcus disse. — Estava trabalhando com essa tal de... ordem.

Olhei para Aiden, lembrando agora daquele estalo nauseante que ouvi. Se eu estava esperando remorso em seu olhar firme, não encontrei. Na verdade, a expressão dizia que ele faria de novo.

— E Telly?

— Nunca pousou em Nova York. Agora, não fazemos ideia de onde ele está. O instrutor Romvi também desapareceu. — Marcus voltou a colocar as mãos no colo. — Fiz algumas ligações e tenho alguns sentinelas de confiança procurando Telly.

— De confiança como Linard? — Assim que as palavras saíram da minha boca, me arrependi. Minha cara começou a arder. — Des... desculpa. Não foi certo. Você não sabia.

Os olhos verdes de Marcus reluziram.

— Tem razão. Eu não sabia. Havia muitas coisas de que eu não tinha conhecimento. Como o verdadeiro motivo de você ter saído de Nova York e o fato de que já está recebendo os sinais do Apôlion.

Ai, não! Não me atrevi a olhar para Aiden.

— Foi só algumas noites atrás que tomei consciência de que a ordem de Tânatos poderia estar envolvida — Marcus continuou, com os ombros tensos. — Se eu soubesse a verdade, isso poderia ter sido evitado.

Eu me contorci o tanto quanto conseguia.

— Eu sei, mas, se tivéssemos envolvido você no que aconteceu em Nova York, você estaria em risco.

— Não importa. Preciso saber quando acontecem coisas desse tipo. Sou seu tio, Alexandria, e quando você matou um puro-sangue...

— Foi em legítima defesa — Aiden disse.

— E você coagiu dois puros-sangues para protegê-la. — Marcus lançou um olhar fulminante para Aiden por sobre o ombro. — Entendo, mas isso não muda o fato de que eu precisava saber. Tudo isso criou uma tempestade perfeita para algo assim acontecer.

— Você não está... bravo com Aiden? Não vai entregá-lo?

— Às vezes, questiono as capacidades de pensamento crítico dele, mas entendo por que fez isso. — Marcus suspirou. — A lei exige que eu o entregue, Alexandria. Exige até que entregue você e, ao não fazer isso, eu enfrentaria acusações de traição. Assim como Aiden vai enfrentar acusações de traição se alguém descobrir o que ele fez.

Traição significava morte para eles. Engoli em seco.

— Desculpa. Desculpa por ter arrastado vocês para isso.

A expressão de Aiden se suavizou.

— Alex, não peça desculpas. Não é culpa sua.

— Não é. Você não pode evitar... o que é. E isso é tudo por causa do que você é. — Os lábios de Marcus entreabriram um sorriso. — Não concordo com muitas decisões que tomou nem com o fato de que vocês dois esconderam coisas muito importantes de mim, mas não posso culpar Aiden por fazer o que eu teria feito na mesma situação. Sou seu tio, Alexandria, e vou ser duro com você, mas não quer dizer que não me importo.

Perplexa, fiquei olhando para a cara dele. Será que eu poderia ter interpretado completamente errado tudo sobre esse homem? Porque teria seriamente apostado a vida que ele não me suportava. Mas será que tinha sido apenas sua versão dura de... amor? Contendo as lágrimas, senti uma vontade repentina de dar um abraço nele.

A expressão de Marcus dizia que ele, provavelmente, não ficaria à vontade com isso.

Certo. Com certeza, ainda não estávamos prontos para abraços, mas isso... era bom. Limpei a garganta.

— Então... uau! Leon é Apolo.

Aiden sorriu.

Retribuindo o sorriso, senti um pânico repentino, e levei um segundo para entender por quê.

— Ai, meus deuses. — Comecei a me sentar, mas Marcus me impediu. — Preciso ligar para Seth. Ele vai enlouquecer se desconfiar de algo. Vocês não fazem ideia.

O sorriso de Aiden se fechou.

— Se soubesse, teria sentido pelo seu vínculo e já teria enlouquecido. Ele não sabe.

Ele estava certo, mas eu precisava falar com ele mesmo assim.

— Achamos melhor que ele não saiba, pelo menos não até estar aqui com você. Não podemos nos dar ao luxo dele perder a cabeça agora. E ele ligou para você ontem à noite. Aiden disse que você estava dormindo — informou Marcus.

Aiden revirou os olhos.

— Depois de reclamar que *eu* atendi o celular que *ele* te deu, ele desligou. Se sentiu alguma coisa, não sabe por quê.

Era a cara de Seth. Aliviada, voltei a me acomodar.

— Mas podem pegar meu celular? Se ele não receber notícias minhas, vai desconfiar de algo e explodir alguém.

— Podemos providenciar isso.

— Vou buscar — Aiden disse, suspirando.

— Ótimo. E, enquanto busca, por que não aproveita para tomar um banho e descansar um pouco? Você não dorme desde ontem de manhã — Marcus disse. — Os guardas de Lucian estão à porta. Ninguém vai passar por eles.

O único motivo de confiar nos guardas dele era o fato de que havia apenas uma pessoa que queria, mais do que Seth, que eu despertasse, e essa pessoa era Lucian.

— Lucian sabe o que aconteceu?

Marcus se levantou.

— Sim, mas concordou que seria prudente manter Seth no escuro por enquanto.

— E você confia em Lucian?

— Confio que ele entende que não podemos nos dar ao luxo de atos de retaliação de Seth. Fora isso, não muito, mas Lucian precisava saber sobre Telly. Mandou parte do pessoal dele procurar pelo ministro-chefe. — Marcus fez uma pausa, passando a mão no lado do rosto. — Não se preocupe com essas questões agora. Descanse. Volto mais tarde.

Ainda havia muitas questões, como quem eram os sentinelas em que Marcus confiava. E como algo assim poderia ser mantido em segredo de Seth? Mas eu estava cansada e conseguia ver que eles também.

Aiden ficou depois que Marcus saiu. Veio ao meu leito, com seu olhar passando por mim.

— Você não saiu deste quarto, saiu? — perguntei.

Em vez de responder, se curvou e encostou os lábios na minha testa.

— Volto logo — prometeu. — Tenta descansar um pouco e não sai da cama antes de chegar alguém.

— Mas não estou cansada, na verdade.

Aiden riu baixinho, se afastando.

— Alex, você pode até estar se sentindo bem, mas perdeu muito sangue e acabou de passar por uma cirurgia.

E eu tinha morrido, mas pensei que não havia por que apontar isso. Não queria que Aiden ficasse ainda mais preocupado que já estava, ainda mais com a cara de exaustão dele.

— Certo.

Ele saiu de perto da cama e parou à porta. Voltando o olhar para mim, sorriu.

— Não vou demorar.

Eu me ajeitei com cuidado de lado.

— Não vou a lugar nenhum.

— Eu sei. Também não.

18

Dormi mais do que esperava. Quando acordei, o quarto estava vazio, e meu celular tinha sido deixado na mesa de cabeceira. Torci para que Aiden estivesse descansando um pouco, e Marcus também. Ao me sentar, fiz uma careta quando o movimento esticou a pele ao redor dos pontos.

Curiosa, dei outra olhada na cicatriz áspera. Meios-sangues eram famosos por sua recuperação rápida, e as lâminas do Covenant eram feitas para cortar com precisão, mas algum dano interno devia ter causado. Será que Apolo me restaurou de alguma forma? Porque eu duvidava que os médicos conseguissem reverter aquele tipo de lesão. Fora a letargia, eu me sentia... bem.

Mas, enquanto olhava pelo quarto, algo cutucou os recantos das minhas memórias. Eu estava esquecendo algo... algo de extrema importância. Estava na ponta da língua, como quando eu estava sob coação. Mas era diferente dessa vez. Como acordar e não conseguir lembrar um sonho.

Suspirando, estendi a mão e peguei o celular. Havia apenas uma chamada perdida de *Coelhinho*. Selecionei e liguei de volta.

Seth atendeu no segundo toque.

— Então, você está viva?

Meu coração se revirou, pesado.

— Sim, por que não estaria?

— Bom, faz dois dias que não falo com você. — Ele fez uma pausa. — Anda fazendo o quê?

— Dormindo, não fiz muita coisa.

— Dormiu por dois dias seguidos?

Cutuquei a cicatriz e fiz uma careta.

— Sim, mais ou menos isso.

— Interessante... — Houve um som abafado, como se algo tivesse coberto o telefone. — Você estava dormindo, mas Aiden ficou com seu celular?

Merda.

— Ele está como minha babá. Não sei por que atendeu quando você ligou. — Houve outro som abafado, e Seth resmungou. — Está fazendo o quê?

— Vestindo a calça, e é difícil quando se está segurando um celular.

— Hum, quer que eu ligue depois? Quando não estiver pelado?

Seth riu.

— Não estou pelado agora. Enfim, talvez a gente esteja com alguma imunidade baixa de Apôlion. Passei uns dois dias exausto, mas agora estou bem.

Então, ele tinha, sim, sentido algo. Mordi os lábios.

— Posso te perguntar uma coisa?

— Manda.

— Você disse que, quando eu despertar, vou saber o que os Apôlions anteriores sabiam, certo?

Houve uma pausa.

— Sim, disse.

Uma inquietação retorceu minhas entranhas.

— Então por que você não sabia sobre a ordem de Tânatos e que mataram Solaris e o Primeiro? Não era para ter visto o que eles viram?

— Por que a pergunta? — Seth questionou.

Respirei fundo.

— Porque não faz sentido, Seth. Era para você saber. E por que não sabia que um meio e um puro geravam um Apôlion? Nenhum dos Apôlions do passado desvendou isso?

— Por que está perguntando sobre isso... — Uma risadinha característica e muito feminina interrompeu suas palavras. Quando Seth voltou a falar, parecia distante e lembrava muito as palavras "se comporta".

Me sentei, inspirando fundo quando senti uma dor na barriga.

— Com quem você está, Seth?

— Por quê? Está com ciúme?

— Seth.

— Espera um segundo — ele respondeu, e ouvi o som de uma porta se fechando. — Caramba, está frio aqui fora!

— Melhor tomar cuidado. Não quer que nada congele e caia.

Ele riu.

— Ah, que maldade! Acho que você está com ciúme.

Será que eu estava com ciúme por ele obviamente estar com uma garota e ter ficado pelado? Deveria estar? Mas não estava com ciúme; estava mais irritada. Irritada porque tinha sido esfaqueada e morta enquanto Seth estava se divertindo. E que direito eu tinha de ficar brava? Era eu que estava apaixonada por outra pessoa. Não tinha muita moral para falar. Mas não tinha ficado pelada com aquele cara, não nos últimos meses. Desde que decidi tentar algo com Seth.

Deuses, eu estava tão confusa e não fazia ideia do que estava acontecendo nem por que estava acontecendo naquele momento!

— Não estou fazendo nada de errado — Seth disse depois de um longo silêncio.

— Não disse que estava. Peraí... Você está com a peituda, né?

— Quer mesmo saber, Alex?

Não quando ele colocava dessa forma. Mordi os lábios, sem saber o que dizer. De repente, ouvi a voz de Caleb na minha cabeça. *Ainda há esperança.* Estranho.

— Nunca dissemos que estávamos num relacionamento e, além disso, tanto faz. Você está aí. Eu estou aqui. E, daqui a uma semana mais ou menos, vou voltar. E isso nem vai importar mais.

— É sério que "tanto faz"?

Seth suspirou.

— Sei que ele estava do seu lado desde o minuto em que saí, com aquele jeitão melancólico irritante dele, tentando encontrar uma forma de ficar com você. E estava atendendo seu celular enquanto você dormia? Sim, é "tanto faz".

Meu queixo caiu.

— Está longe de ser isso o que está acontecendo aqui.

— Olha, não importa. Preciso ir. Falo com você depois. — Ele desligou na minha cara.

Fiquei olhando para o celular por vários minutos, chocada e um pouco perturbada. Ele tinha mesmo acabado de me dar permissão de fazer "tanto faz" com Aiden porque ele estava fazendo "tanto faz" com a peituda? Meus deuses, será que eu tinha morrido e voltado para um universo alternativo?

A porta se abriu, e Aiden entrou. Deixando o celular de lado, fiquei feliz em ver que ele parecia revigorado. O cabelo úmido se ondulava ao redor do rosto e as olheiras haviam diminuído.

— Ei, está acordada. — Ele se sentou ao meu lado, e a cama nos deixou mais perto um do outro. — Como está se sentindo?

Eu me retraí.

— Nojenta.

Aiden franziu a testa.

— Nojenta?

— Não escovo os dentes nem lavo o rosto há dias. Não chega perto de mim.

Ele riu.

— Alex, fala sério.

— É sério, estou nojenta. — Tampei a boca.

Ignorando meus protestos, ele se aproximou e ajeitou meu cabelo oleoso para trás.

— Você está linda como sempre, Alex.

Fiquei olhando para a cara dele. Ele não devia sair muito. Aiden arqueou a sobrancelha.

— Ligou para Seth?

Sem querer abaixar a mão, fiz que sim.

Seus olhos brilharam.

— Ele pareceu desconfiado?

— Não — eu disse detrás da mão. — Na verdade, ele estava com a peituda.

Ele pareceu confuso.

— Peituda?

— É uma menina de Nova York — expliquei.

— Ah... — Aiden se recostou. — Como assim, ele estava com uma garota?

— O que você acha? — Abaixei a mão.

— Ah, Alex, sinto muito!

Fiz uma careta.

— Por que sente muito? É "tanto faz". Eu e Seth não estamos num relacionamento. — Mas ele vinha se comportando desde que voltamos ao Covenant. Tirando isso da cabeça, foquei em algo mais importante. — Preciso sair da cama.

Algo passou pelo rosto de Aiden e ele balançou a cabeça.

— Alex, não pode.

— *Preciso*.

Ele encarou meu olhar e pareceu entender.

— Certo, vem, vou te ajudar.

A ideia dele perto de mim quando eu me sentia tão nojenta não me agradava, mas não havia como discutir com ele. Aiden me ajudou a sair da cama e insistiu em me guiar até o pequeno banheiro. Quase achei que entraria comigo.

Fechando a porta, fiz o que precisava fazer e olhei com desejo para o boxe. Aiden surtaria se eu ligasse o chuveiro. Olhei para a porta, me perguntando se ele teria coragem de arrombar. Aiden era santinho demais.

Decidi testar essa teoria.

Assim que liguei a água, ele gritou:

— Alex, o que está fazendo?

— Nada. — Tirei as roupas, desejando ter algo limpo para vestir.

— *Alex...* — Seu tom estava cheio de frustração e perplexidade.

Sorri.

— Vou tomar um banho rápido. Estou nojenta. Preciso me lavar.

— Você não deveria fazer isso. — A maçaneta tilintou. Não estava trancada. — Alex!

— Estou pelada — avisei.

Silêncio e depois:

— Você está falando isso para me dissuadir?

Um rubor ardente cobriu meu corpo enquanto eu olhava para a porta. Ouvi um suspiro.

— Seja rápida, Alex, porque vou entrar, *sim*, se não tiver terminado em menos de cinco minutos.

Tomei o banho mais rápido da minha vida.

Secando e me vestindo rapidamente, me deliciei com a sensação de estar limpa de novo, mas me lavar havia tirado toda a pouca energia que me restava. Fiquei sentada na frente da pia porque o vaso parecia longe demais e comecei a escovar os dentes. Estava com a boca bafenta, mas, ao olhar para a pia e perceber que teria que me levantar de novo, me arrependi um pouco de ter saído da cama.

Sei que ele estava do seu lado desde o minuto em que saí, com aquele jeitão melancólico irritante dele, tentando encontrar uma forma de ficar com você.

Fechando os olhos, apertei a escova de plástico e estendi as pernas.

Tanto faz. Você está aí. Eu estou aqui. E, daqui a uma semana mais ou menos, vou voltar. E nem vai importar mais.

A pasta de dente espumosa escorreu pelo meu queixo. Não importaria porque Seth estaria perto? Ou não importaria porque, daqui a cinco semanas, eu iria despertar? Seria isso que Seth queria dizer, enquanto a peituda fazia sei lá o quê com ele?

— Alex? — Aiden bateu na porta do banheiro. — Tudo bem aí dentro?

Inclinei a cabeça para a porta fechada. Mais pasta pingou da minha boca.

— Estou cansada.

A porta se abriu. O olhar de Aiden desceu e suas sobrancelhas se ergueram. Um sorriso lento se abriu no seu rosto, suavizando a firmeza que havia em seus olhos desde que acordei. Aiden riu.

Algo palpitou no meu peito.

— Não é muito legal rir de uma morta.

— Falei que você deveria ter ficado na cama. — A luz não se apagou dos seus olhos enquanto ele se ajoelhava. Ele estendeu a mão, limpando a pasta de dente do meu queixo com o polegar. — Mas você nunca escuta. Peraí!

Não pretendia ir a lugar nenhum, então observei enquanto ele olhava para a pia e se levantava. Aiden voltou ao quarto, retornando alguns segundos depois com dois copinhos plásticos e algumas toalhas de papel.

Arrancando a escova das minhas mãos, ele a jogou na pia depois de encher o copo.

— Pronto.

Com a cara ardendo, peguei o copo e bochechei a água.

Aiden me entregou o copo vazio.

— Enxagua e repete.

Fiz cara feia para ele, mas, por dentro, fiz uma dancinha de felicidade quando Aiden riu de novo. Quando eu não estava mais com pasta de dente escorrendo pela boca e minhas mãos estavam livres, Aiden se inclinou e, com cuidado, colocou o braço ao meu redor.

— Consigo levantar sozinha — reclamei.

— Claro que consegue. — O cabelo de Aiden fez cócegas no meu rosto. — É por isso que estava sentada no chão do banheiro. — Vamos voltar para a cama.

A porta do quarto principal se abriu.

— O que está acontecendo? — A voz de Marcus ecoou pelo quarto. — Alexandria está bem?

Meu rosto ficou completamente vermelho.

— Está sim. — Aiden me levantou com facilidade. A pele delicada repuxou um pouco, mas mantive a expressão neutra. Não queria que ele tivesse um ataque cardíaco. — Só se cansou — ele continuou, com um sorriso. — Consegue voltar para a cama?

— Consigo — respondi. — Não é culpa minha. Leon... Apolo, sei lá, não me curou direito. Poderes divinos, meu...

— Curei você, sim, mas você estava morta. Dá um desconto, vai — Apolo falou.

Levei um susto, batendo a mão no peito. Apolo estava sentado na tampa do vaso, com uma perna cruzada sobre a outra.

Ao meu lado, Aiden fez uma reverência.

— Mestre...

— Ai, meus deuses! — eu disse. — Sério. Está tentando me matar de novo com um ataque cardíaco?

Apolo apontou a cabeça para Aiden.

— Já falei. Não precisa ficar me chamando de "mestre" e fazendo reverências. — Faíscas de eletricidade cercavam seus olhos totalmente brancos. — Por que está fora da cama? Nem levando uma facada você para quieta? — Ele sorriu para Aiden, que se levantou. — Ela é difícil mesmo de cuidar, não?

Aiden parecia um pouco pálido.

— Pois é...

— Eu... me sentia nojenta.

Apolo desapareceu do banheiro e ressurgiu atrás de Aiden. Marcus deu um passo para trás, os olhos arregalados. Ele também fez uma reverência e, por um momento, achei de verdade que Marcus se ajoelharia.

— Bons deuses... — Aiden murmurou, me conduzindo para fora do banheiro.

Fiquei olhando para o deus enorme no canto do quarto enquanto voltava a me deitar na cama.

— Alguém sabia sobre isso?

Apolo se aproximou da cama. Era estranho olhar para ele e ver alguns traços de Leon. O rosto era praticamente o mesmo, só que mais refinado, mais aquilino. O cabelo, que parecia ouro derretido, substituía o corte curto que Leon usava, caindo logo abaixo dos ombros largos. E ele parecia mais alto, se é que isso era possível. Sua beleza chegava a doer, sem as imperfeições, mas os olhos... davam arrepios. Não havia pupilas nem íris, apenas esferas brancas que pareciam carregadas de eletricidade.

O Deus do Sol.

Eu estava olhando para o maldito Deus do Sol... e, ao mesmo tempo, era como estar olhando para Leon. Já era estranho que um deus estivesse na Terra, mas era ainda mais surreal como Apolo estava à vontade.

O deus arqueou a sobrancelha, virando a cabeça para Marcus.

— Sei que é um pouco... chocante, mas o que eu estava fazendo exigia que eu disfarçasse quem era.

Marcus piscou, como se estivesse saindo de um transe.

— Existem outros como você aqui?

Apolo sorriu.

— Estamos sempre perto.

— Por quê? — Aiden perguntou, passando os dedos pelo cabelo. Ele também parecia um pouco fora de si.

— É complicado — Apolo disse.

— Então, Leon era uma pessoa de verdade? Você, tipo, tomou conta do corpo dele ou algo assim? — Dobrei as pernas embaixo da coberta. – Ou sempre foi Leon?

Os cantos dos lábios de Apolo se curvaram.

— Somos uma pessoa só.

Devagar, estendi a mão e toquei seu braço. Parecia pele de verdade, quente e firme. Decepcionada, toquei de novo. Esperava algo surpreendente, celestial, ao tocar nele. No entanto, tudo o que consegui foram olhares estranhos de todos no quarto, inclusive de Apolo.

— Por favor, para de tocar em mim — Apolo disse.

Cutuquei seu braço de novo.

— Desculpa. É só que você é real. Pensei que vocês não andassem por aqui.

— Alex... — Aiden se sentou na beira da cama. — É melhor parar de tocar nele.

— Tá. — Coloquei a mão no colo.

Mas ainda queria tocar nele, o que era estranho. Queria me esfregar nele como um gato ou coisa assim... e isso era ainda mais estranho, e um pouco desconfortável.

— Normalmente, não andamos — Apolo disse, franzindo a testa para mim. — Quando ficamos na Terra, nossos poderes são limitados. Tudo neste lugar nos esgota. Costumamos ficar longe e, se visitamos, é por um período curto.

— Tempo suficiente para transar com mulheres mortais?

— Alexandria... — Marcus repreendeu.

Apolo se voltou para mim.

— Não. Não geramos nenhum semideus há séculos.

Eu me arrepiei quando meu olhar encontrou o dele.

— Seus olhos dão muito medo.

Ele piscou e, num nanossegundo, seus olhos eram de um cobalto brilhante intenso.

— Melhor?

Não muito. Não quando ele estava me encarando daquela forma.

— Sim.

Marcus limpou a garganta.

— Não sei mesmo o que dizer.

Apolo fez que era bobagem.

— Trabalhamos juntos há meses. Nada mudou.

— Não sabíamos que você era Apolo. — Aiden cruzou os braços. — Isso muda tudo.

— Por quê? — Apolo sorriu. — Só acho que você não está mais disposto a lutar comigo.

A pele ao redor dos olhos de Aiden ficou franzida quando ele sorriu.

— Pois é, pode ter certeza. É tudo muito... quer dizer, como não sabíamos?

— Simples. Eu não queria que nenhum de vocês soubesse. Tornava mais fácil... passar despercebido.

— Desculpa — interrompi. Apolo arqueou a sobrancelha, esperando. Minha cara ardeu. — É só que é muito constrangedor.

— Por quê? — Apolo murmurou.

— Te ofendi de tudo quanto é jeito, na sua cara. Várias vezes. Como quando acusei você de perseguir meninos e meninas e que eles se transformavam em árvores para fugir...

— Como eu disse, algumas dessas histórias não são verdadeiras.

— Então, Dafne não se transformou numa árvore para escapar de você?

— Ai, meus deuses... — Aiden murmurou, passando a mão no queixo.

Um músculo saltou no maxilar de Apolo.

— Não foi totalmente minha culpa. Eros me acertou com uma maldita flecha do amor. Acredite, quando você é atingido por uma daquelas coisas, não dá para controlar o que faz.

— Mas você cortou parte do casco. — Senti outro calafrio. — E usou como coroa. Parece um assassino em série colecionando os itens pessoais das vítimas... ou dedos.

— Eu estava apaixonado — ele respondeu. Como se estar apaixonado explicasse o fato de que a mulher virou árvore para fugir dele.

— Tá. Mas e Jacinto? O coitado não fazia ideia...

— Alexandria. — Marcus parecia quase furioso.
— Desculpa. Só não entendo por que ele não me castigou nem nada.
— Ainda dá tempo — Apolo disse, sorrindo quando arregalei os olhos. Marcus olhou de relance para mim.
— Você está aqui por causa dela.
— Sim — Apolo respondeu. — Alexandria é muito importante.
Isso era estranho para mim.
— Pensei que os deuses não gostassem dos Apôlions.
— Zeus criou o primeiro Apôlion há milhares de anos, Alexandria, como uma maneira de garantir que nenhum puro-sangue se tornasse poderoso demais a ponto de ameaçar a raça mortal ou nos ameaçar — ele explicou. — Foram criados como um sistema de equilíbrio de poder pelo próprio controle. Não gostamos nem desgostamos dos Apôlions, apenas os vemos como algo que será necessário um dia. E esse dia chegou.

19

— Por que agora? — perguntei quando ninguém mais falou.

Acho que os puros estavam deslumbrados. Apolo era um astro para eles, mas, apesar da sua beleza sobrenatural, ainda era apenas Leon para mim.

— A ameaça nunca foi maior — Apolo respondeu. Vendo minha confusão, ele suspirou. — Talvez seja melhor explicar algumas coisas.

— Talvez — murmurei.

Apolo se aproximou da mesa de cabeceira e pegou o jarro d'água. Depois de cheirá-lo, ele o colocou de volta.

— Meu pai sempre foi... paranoico. Apesar de todo aquele poder, tudo o que Zeus sempre temeu era que seus filhos fizessem o que ele fez com os pais. Que o depuséssemos, conquistássemos o Olimpo, o matássemos durante o sono... sabe, o drama familiar de sempre.

Lancei um olhar para Aiden, mas ele estava fascinado por Apolo.

— Enfim, Zeus concluiu que deveria manter os inimigos perto. Por isso, convocou todos os semideuses para o Olimpo e destruiu os que não atenderam a seu chamado, mas se esqueceu dos filhos. — Apolo sorriu. — Apesar de todo aquele poder, às vezes me pergunto se Zeus bateu a cabeça quando era criança. Ele se esqueceu dos hêmatois, os filhos dos semideuses.

Ri, mas Marcus olhou para o teto como se achasse que Zeus lançaria um raio contra Apolo.

— Os hêmatois — Apolo voltou o olhar incisivo para Marcus e Aiden — são versões enfraquecidas dos semideuses, mas são muito poderosos à sua maneira. São milhares a mais do que os deuses. Se um dia houvesse uma tentativa coesa de nos depor, poderia até dar certo. E os mortais não teriam a menor chance contra os hêmatois.

— Pensei que vocês fossem, sei lá, oniscientes. Não saberiam se estivessem prestes a ser depostos?

Apolo riu.

— As lendas, Alexandria, são difíceis de separar da realidade. Existem coisas que sabemos, mas o futuro nunca é definitivo. E, quando se trata de qualquer ser vivo na face do planeta, não podemos ver nem interferir. Temos, porém... ferramentas que usamos para acompanhar as coisas.

— É por isso que o oráculo morava aqui — Aiden disse.

Senti mais uma coceira no fundo da mente. Algo sobre um oráculo reviroou minhas memórias difusas. Continuou inacessível.

— Sim. O oráculo atende a mim e apenas a mim.

— Porque você é o Deus da Profecia... entre cem outras coisas — acrescentei, voltando à conversa.

— Sim — Ele voltou ao olhar para mim, inclinando a cabeça para o lado. — Quando Zeus se deu conta de que havia esquecido os hêmatois, ele soube que precisava criar algo que fosse poderoso o suficiente para controlá-los, mas que não pudesse se multiplicar como os hêmatois.

Marcus se sentou na única cadeira vaga no quarto.

— E assim foi criado o Apôlion?

Apolo se sentou ao lado de Aiden, deixando a cama bem apertada.

— Um Apôlion só pode nascer quando a mãe é hêmatoi, e o pai, um meio-sangue. É o éter de uma mulher pura combinado com o de um meio-sangue que cria o Apôlion. Lembra como um minotauro nasce. Apôlions não passam de monstros no contexto geral.

Franzi a testa para as costas dele.

— Nossa... Valeu.

— A mistura das duas raças foi proibida para garantir que não houvesse muitos, e os hêmatois receberam ordens de matar qualquer filho de um puro com um meio.

Minha boca se abriu.

— Isso é terrível.

— Pode até ser, mas não poderíamos ter uma dezena de Apôlions correndo por aí. — Ele olhou para mim por sobre o ombro. — Já bastam dois. Consegue imaginar se houvesse uma dezena? Não. Não consegue. Além disso, saía um a cada geração como planejado. No entanto, cometemos erros de vez em quando.

Estava realmente começando a desgostar de Apolo.

— Então, sou um monstro e um erro?

Ele deu uma piscadinha.

— O tipo perfeito de erro.

Me afastei um pouco dele.

O sorriso se refletiu nos seus olhos vibrantes.

— Desde que o Apôlion se comporte, ele é deixado em paz para cumprir seu dever. Mas, quando há um segundo na história, isso aumenta o poder do Primeiro. É algo que não consideramos. Zeus acha que é algum tipo de piada cósmica.

Marcus se inclinou para a frente.

— Mas por que permitem que a segunda viva se um significa uma ameaça tão grande?

Estremeci.

Apolo se levantou de novo, inquieto.

— Veja bem, não podemos tocar no Apôlion. Os sinais são... proteções contra nós. Apenas a ordem de Tânatos consegue realizar um ataque bem-sucedido contra o Apôlion e, claro, um Apôlion pode matar outro.

Minha cabeça estava começando a doer.

— E Seth saberia disso, certo?

— Seth saberia de tudo isso.

Suspirei alto.

— Posso mesmo matar aquele cara.

Apolo arqueou a sobrancelha.

— A humanidade e os hêmatois têm algo maior a temer do que a... questão dos daímônes. A propósito, o problema todo dos daímônes é culpa somente de Dionísio. Ele foi o primeiro a descobrir que o éter é viciante e tinha que mostrar para alguém. Quando Dionísio ficou muito chapado com aquilo, foi lá e mostrou para um rei da Inglaterra. Sabe quantos problemas isso causou?

Era oficial. Os deuses não passavam de crianças grandes.

— Bom saber, mas podemos voltar à parte do "algo maior a temer"?

— O oráculo fez uma profecia quando você nasceu, um traria a morte a todos nós e o outro traria nossa salvação.

— Ai, deuses... — murmurei. — Vovó Piperi ataca novamente.

Apolo ignorou isso.

— Mas ela não sabia dizer qual. E fiquei curioso. Quando Solaris apareceu, não havia uma profecia parecida. O que torna essa vez tão diferente? Por isso, acompanhei vocês ao longo dos anos. Nenhum de vocês tinha nada de especial.

— Você está mesmo fazendo maravilhas pela minha autoestima.

Ele deu de ombros.

— É a mais pura verdade, Alexandria.

— Você não contou para o resto dos deuses sobre Seth e Alexandria? — Marcus perguntou.

— Não. Deveria ter contado, e minha decisão não foi muito popular. — Ele cruzou os braços. — Três anos atrás, porém, o oráculo previu sua morte se você continuasse no Covenant, o que fez com que sua mãe saísse para te proteger, embora a profecia tenha, sim, se cumprido.

Foi quando a ficha caiu.

— Porque voltei ao Covenant...

— E morreu — Aiden completou, cerrando os punhos. — Deuses.

— O oráculo nunca erra — Apolo disse. — Fiquei monitorando você até a noite antes do ataque de daímônes em Miami. Achei que tivesse me sentido uma vez. Você estava voltando da praia e parou perto da porta.

Arregalei os olhos.

— Eu me lembro de sentir algo estranho, mas... não sabia.

— Se ao menos eu tivesse ficado... — Ele balançou a cabeça. — Quando soube que o Covenant estava procurando ativamente por você, eu me disfarcei como Leon para ver o que estava acontecendo. Não fazia ideia que Lucian sabia da sua verdadeira identidade.

— Nunca contei para ele — Marcus disse. — Sabia apenas porque minha irmã me confidenciou antes de partir. Lucian já estava sabendo àquela altura.

— Interessante — Apolo murmurou. — Acho que não sou o único deus por aqui.

— Você não saberia se houvesse outros deuses por perto? — Aiden perguntou.

— Não se não quiserem que eu saiba — ele respondeu. — E podemos estar entrando e saindo em momentos diferentes. No entanto, não sei o que um deus teria a ganhar se certificando que os dois Apôlions fossem mantidos juntos.

— Algum deles quer vingança? — perguntei.

Apolo riu.

— Quando não queremos nos vingar uns dos outros? Vivemos nos irritando para fugir do tédio. Não seria difícil imaginar que alguém levasse isso tudo a sério demais.

— Mas qual é o temor, Apolo? — Marcus perguntou. — Por que a ordem tentaria eliminar Alexandria se ela não fez nada?

— Não é Alexandria que eles estão tentando estabilizar.

— É Seth — sussurrei.

Aiden ficou tenso. Seus olhos ficaram cinza como uma nuvem carregada.

— É sempre sobre Seth.

— Mas ele não fez nada — argumentei.

— Ainda — Apolo respondeu.

— Você, sei lá, previu que ele faria alguma coisa?

— Não.

— Então é tudo baseado nas loucuras da vovó Piperi? — Arrumei o cabelo para trás. — E só?

Os olhos de Marcus se estreitaram.

— Parece mesmo extremo.

Apolo revirou os olhos.

— Vocês não podem me dizer que Seth não está pronto para um desastre. Ele já tem o ego de um deus e, confiem em mim, sei como é. O tipo de poder que um Assassino de Deuses pode dominar é astronômico e instável. Ele já está sentindo os efeitos.

— O que você quer dizer? — Aiden perguntou.

— Alex? — Apolo disse baixinho.

Balancei a cabeça. Houve momentos em que questionei a sanidade e até as intenções de Seth. E houve Jackson. Eu não podia provar que tinha sido ele, mas... fiz que não.

— Não. Ele nunca faria algo tão idiota.

— É fofo... — Num segundo, Apolo surgiu na minha frente na altura dos olhos — ...Que você o defenda, embora não confie plenamente nele. Talvez em algum momento tenha confiado, mas não confia mais.

Abri a boca, mas a fechei. Baixando os olhos para as mãos, mordi os lábios. De novo, algo se atiçou na minha memória. Engoli em seco.

— Preciso ir agora — Apolo disse baixinho.

Ergui os olhos, encontrando seu olhar. Apolo me dava arrepios e me fazia questionar minha própria importância, mas até que eu gostava dele.

— Vai voltar?

— Sim, mas não posso mais ser Leon. Meu disfarce... já era, e preciso justificar por que não informei a Zeus o que estava fazendo. Acho que vou ficar de castigo. — Ele riu da própria piada. Só fiquei olhando para a cara dele. — Sou Apolo, Alexandria. Zeus que se dane.

Marcus voltou a parecer prestes a entrar embaixo da cama.

— Vou dar notícias quando puder. — Ele olhou para Marcus. — Também vou tentar localizar Telly. E veja se consegue transferir Solos Manolis de Nashville para cá. Ele é um meio-sangue em quem você pode confiar.

— Ouvi falar dele — Aiden falou. — Ele é bem... impetuoso.

Apolo sorriu e, sem mais uma palavra, desapareceu do quarto.

— Bom, ele sabe mesmo fazer uma saída triunfal. — Aiden se levantou, balançando a cabeça.

Marcus e Aiden fizeram planos para entrar em contato com Solos, mas mal prestei atenção. Deitada de lado, pensei no que Apolo havia falado sobre Seth. Algo em mim se recusava terminantemente a acreditar que Seth podia ser perigoso, mas, para ser sincera comigo mesma, eu não tinha tanta certeza assim. Houve momentos em que ele havia provado que eu não fazia a menor ideia do que se passava em sua cabeça ou do que esperar dele. Não conseguia nem entender por que confiava tanto em Lucian, a falsidade em pessoa.

Só me dei conta que Marcus havia saído quando Aiden se sentou e colocou a mão no meu rosto. Me perguntei se ele percebia o quanto vinha me tocando nos últimos tempos. Era quase inconsciente da parte dele. Talvez fizesse isso para se lembrar que eu estava viva...

De repente, a névoa se dissipou ao redor das minhas memórias. Eu me sentei tão rápido que perdi o fôlego.

— Alex? Está bem? — Aiden arregalou os olhos. — Alex?

Levei alguns segundos para dizer:

— Lembro... lembro o que aconteceu quando morri.

Pela cara, ele não esperava que eu dissesse isso. Sua mão deslizou sobre minha nuca.

— O que você quer dizer?

Um choro fechou minha garganta.

— Eu estava no Submundo, Aiden. Havia várias pessoas lá esperando para passar e guardas a cavalo. Vi até Caronte e seu barco... e o barco era muito, muito maior e mais bonito do que eu imaginava. Tinha uma menina chamada Kari que tinha sido morta por daímônes enquanto comprava sapatos e...

— E o quê? — ele perguntou, secando uma lágrima com delicadeza.

— Ela disse que era um oráculo. Que sabia que nos encontraríamos, mas não daquela forma. E vi Caleb. Consegui falar com ele, Aiden. Deuses, ele parecia tão... tão feliz. E ele joga Wii com Perséfone. — Ri e sequei o rosto. — Sei que parece loucura, mas o vi. E ele disse que minha mãe estava lá e era feliz. Disse que um deus loiro e grande estava discutindo com Hades pela minha alma. Ele devia estar falando de Apolo. Foi real, Aiden. Juro.

— Acredito em você, Alex. — Ele me aconchegou em seu peito. — Me conta o que aconteceu. Tudo.

Encostei o rosto em seu ombro, fechando os olhos. Disse tudo o que Caleb havia me dito, incluindo o que havia dito sobre Seth. Quando pedi para Aiden descobrir o número de Olivia para eu passar a mensagem, ele fez que não, com a expressão entristecida.

— Sei que você quer contar para ela e vai contar, mas, agora, não queremos que muitas pessoas saibam o que aconteceu — ele disse. — Não sabemos em quem podemos confiar.

Em outras palavras, não era com Olivia que precisávamos nos preocupar, mas não podíamos correr o risco de que a história se repetisse. Eu odiava a ideia de não contar para ela naquele momento, porque era importante, mas como eu poderia contar sem revelar o que aconteceu? Não tinha como.

— Sinto muito, Alex. — Sua mão deslizou suavemente pelas minhas costas. — Mas isso vai ter que esperar.

Concordei.

Me sentia um pouco pior depois que me dei conta de que havia estado com Caleb, porque sua perda era recente de novo. Mas, enquanto Aiden me abraçava, as lágrimas que vieram depois que me acalmei eram de alegria apesar de tudo. A dor da perda de Caleb ainda estava lá, mas era aliviada por saber que ele estava mesmo em paz, assim como minha mãe. E, naquele momento, era tudo que importava.

20

Meu coração estava acelerado, o sangue corria rápido demais para alguém que havia morrido. Tentei, sem sucesso, não encarar Aiden enquanto um guarda carregava minhas malas para a casa dos pais dele. Era madrugada, e eu deveria estar com frio, mas sentia um calor ridículo. Ainda mais depois que Deacon nos encontrou no saguão com um sorrisinho cínico.

— Esse deve ser o lugar mais seguro para esconder você até encontrarmos Telly e conseguirmos definir se alguém mais está vinculado à ordem. — Marcus colocou o braço ao redor dos meus ombros. — Quando eu voltar de Nashville, você vai ficar comigo ou com Lucian, depois que ele retornar de Nova York.

— Ela deve ser mantida o mais longe possível da casa de Lucian — Apolo disse, aparecendo do nada.

Alguns dos guardas recuaram, com os olhos arregalados e os rostos pálidos. Apolo sorriu para eles.

— Em qualquer lugar que Seth esteja, sugiro que Alexandria não fique.

Todos os puros e meios fizeram uma reverência. Também fiz, esquecendo os pontos que estavam cicatrizando, e fiz uma careta.

— Precisamos colocar um sino nele — Aiden murmurou.

Apertei os lábios para não rir.

— Na verdade, ela vai ficar mais segura aqui — Apolo falou devagar.

Deacon pareceu engasgado.

Marcus se recuperou mais rápido do que da última vez.

— Descobriu alguma coisa?

— Não. — O olhar de Apolo se voltou para Deacon com curiosidade antes de pousar em Marcus. — Gostaria de falar com você em particular.

— Claro — Marcus se virou para mim. — Vou voltar daqui a alguns dias. Por favor, siga as orientações de Aiden e... tente não arranjar confusão.

— Eu sei. Não posso sair da casa sem a autorização de Apolo — repeti as palavras exatas de Marcus.

Ninguém além de Apolo, Aiden ou Marcus poderia me tirar daquela casa. Nem mesmo os guardas de Lucian. Se alguém mais tentasse, eu tinha recebido a permissão de descer a porrada.

Marcus acenou para Aiden e se virou para sair. Ao passar, Apolo nos deu uma saudação de dois dedos que parecia bizarra vindo dele. Nos últimos dois dias, eu tinha me acostumado com suas aparições aleatórias. Ele se divertia imensamente em assustar todo mundo sempre que aparecia.

— Pronta? — Aiden perguntou.

Deacon ergueu a sobrancelha.

— Cala a boca — eu disse quando passei por Deacon.

— Não falei nada. — Ele se virou e me seguiu. — Vamos nos divertir muito. Vai ser como uma festa do pijama.

Uma festa do pijama na casa de Aiden. Ai, deuses, as imagens que me vieram à cabeça me deixaram vermelha!

Aiden fechou a porta quando os outros saíram e lançou um olhar fulminante para o irmão.

Deacon se balançou sobre os calcanhares, sorrindo.

— Só para você saber, me entedio muito fácil e você vai ser obrigada a ser minha fonte de entretenimento. Vai ser minha boba da corte particular.

Mostrei o dedo para ele.

— Bom, essa não foi engraçada.

Aiden passou por mim.

— Desculpa. Acho que você vai desejar ter ficado na enfermaria.

— Ah, aposto que não. — Deacon retribuiu meu olhar furioso com um sorriso maroto. — Enfim, quando você vivia entre os mortais costumava comemorar o Valentine's Day?

— Não muito. Por quê?

Aiden bufou e desapareceu num dos cômodos.

— Vem comigo — Deacon disse. — Você vai adorar isso. Tenho certeza.

Eu o segui pelo corredor mal iluminado que tinha poucas decorações. Passamos por várias portas fechadas e uma escada em espiral. Deacon entrou por um arco e parou, esticando a mão para a parede. A luz enchia o ambiente. Era um solário típico, com janelas do chão ao teto, móveis de vime e plantas coloridas.

Deacon parou perto de um vasinho de planta sobre uma mesa de centro de cerâmica. Parecia um minipinheiro sem alguns galhos. Metade das agulhas estava espalhada dentro e ao redor do vaso. Uma bola de Natal vermelha estava pendurada no ramo mais alto, fazendo a árvore se inclinar para a direita.

— O que acha? — Deacon perguntou.

— Hum... bom, é uma árvore de Natal muito diferente, mas não sei o que tem a ver com o Valentine's Day.

— É deprimente — Aiden disse, entrando no cômodo. — Dá até vergonha de olhar. Que tipo de árvore é essa, Deacon?

Ele sorriu.

— Se chama Árvore de Natal do Charlie Brown.

Aiden revirou os olhos.

— Deacon desenterra esse negócio todo ano. O pinheiro nem é de verdade. E ele deixa aí do Dia de Ação de Graças ao Dia de São Valentim. O que, graças aos deuses, é depois de amanhã. Quer dizer que ele vai guardar isso.

Passei os dedos sobre as agulhas de plástico.

— Eu via o desenho.

Deacon borrifou algo de uma lata de aerossol.

— É minha árvore de FM.

— Árvore de FM? — questionei.

— Árvore de feriados mortais — Deacon explicou e sorriu. — Abrange os três principais feriados. Durante o Dia de Ação de Graças, fica com uma bola marrom, no Natal a bola é verde e para o Valentine's Day fica com uma bola vermelha.

— E no Réveillon?

Ele abaixou a cabeça.

— É mesmo um feriado?

— Os mortais acham que sim. — Cruzei os braços.

— Mas estão errados... o Ano-novo é durante o solstício de verão — Deacon disse. — A matemática deles é toda errada, como a maioria dos costumes. Por exemplo, você sabia que o Dia de São Valentim não era realmente sobre o amor até Geoffrey Chaucer fazer toda aquela história de amor cortês na alta idade média?

— Vocês são estranhos. — Sorri para os irmãos.

— Somos mesmo — Aiden respondeu. — Vem, vou te levar para o seu quarto.

— Ei, Alex — Deacon chamou. — Vamos fazer cookies amanhã, já que é véspera de feriado.

Fazer cookies na véspera do Valentine's Day? Nem sabia que existia isso de véspera de São Valentim. Ri seguindo Aiden para fora da sala.

— Vocês são mesmo opostos.

— Sou o mais legal! — Deacon gritou da sala da árvore de feriados mortais.

Aiden subiu a escada.

— Às vezes, acho que um de nós foi trocado no nascimento. Nem fisicamente a gente se parece.

— Não é verdade. — Toquei a guirlanda que decorava o corrimão de mármore. — Vocês têm os mesmos olhos.

Ele sorriu por sobre o ombro.

— Quase nunca fico aqui. Deacon fica de vez em quando e, às vezes, membros do conselho. A casa costuma ficar vazia.

Lembrei o que Deacon havia falado sobre a casa. Querendo dizer algo, mas sem saber o quê, eu o segui em silêncio. Nos últimos dois dias, Aiden havia ficado o tempo todo ao meu lado. Havia começado mesmo antes da punhalada, quando nos deitamos na cama e ficamos falando bobagens.

— Deacon fica num dos quartos no térreo. Vou ficar aqui. — Ele apontou para o primeiro quarto, chamando minha atenção.

A vontade de ver seu quarto era irresistível. Dei uma espiada. Como o da cabana, havia apenas o essencial. As roupas estavam bem dobradinhas numa cadeira ao lado da cama grande. Não havia fotos nem objetos pessoais.

— Era seu quarto quando você era menor?

— Não. — Aiden se apoiou na parede, observando-me com os olhos semicerrados. — Meu quarto era onde Deacon fica agora. É equipado com tudo que ele precisa. Esse era um dos quartos de hóspedes. — Ele se afastou da parede. — O seu fica no fim do corredor. É um quarto melhor.

Me forcei a sair de perto do seu quarto. Passamos por várias portas fechadas, um dos cômodos tinha portas duplas decoradas com marchetaria de titânio. Imaginei que fosse o quarto dos pais dele.

Aiden abriu a porta no fim do corredor atapetado e acendeu a luz. Ao passar por ele, meu queixo caiu. O quarto era enorme e lindo. Um tapete macio cobria os pisos, cortinas pesadas tampavam a janela aparente e minhas bolsas com objetos pessoais haviam sido empilhadas ordenadamente ao lado de uma cômoda. Uma TV de tela plana estava pendurada na parede, e a cama era grande o bastante para caber quatro pessoas. Vi um banheiro com uma banheira enorme, e meu coração ficou todo acelerado.

Ao ver minha expressão apaixonada, Aiden riu.

— Imaginei que gostaria do quarto.

Olhei dentro do banheiro, suspirando.

— Quero me casar com essa banheira. — Eu me virei, sorrindo para Aiden. — Vai ser como um daqueles hotéis supercaros, exceto que é tudo de graça.

— Não sei do que você está falando — ele respondeu, dando de ombros.

— Pode não ser para você e sua fortuna infinita. — Fui até a janela e abri as cortinas. Vista para o mar. Bacana. A lua se refletia nas águas calmas e cor de ônix.

— O dinheiro não é exatamente meu. É dos meus pais.

O que o tornava dele e de Deacon, mas não insisti.

— A casa é muito linda.

— Alguns dias é mais linda que em outros.

Senti minha cara arder. Encostei a testa na janela fria.

— De quem foi a ideia de eu ficar aqui?

— Foi um esforço conjunto. Depois... do que aconteceu, você não podia continuar no dormitório.

— Não posso ficar aqui para sempre — eu disse baixinho. — Quando as aulas voltarem, preciso estar na outra ilha.

— Vamos dar um jeito quando chegar a hora — ele disse. — Não se preocupe com isso agora. Já passou da meia-noite. Você deve estar cansada.

Soltando as cortinas, eu o encarei. Ele estava perto da porta, com os punhos cerrados.

— Não estou cansada. Fiquei uma eternidade presa naquele leito, num quarto de hospital.

Ele inclinou a cabeça para o lado.

— Como está se sentindo?

— Bem. — Toquei a barriga. — Não estou destruída, sabe?

Aiden ficou em silêncio por alguns momentos e, então, sorriu um pouco.

— Quer beber alguma coisa?

— Está tentando me embebedar, Aiden? Estou chocada.

Ele arqueou a sobrancelha.

— Estava pensando em algo parecido com chocolate quente para você.

Sorri.

— E para você?

Virando, ele foi saindo do quarto.

— Algo que tenho idade suficiente para beber.

Revirei os olhos, mas o segui para fora do quarto. Aiden realmente fez um chocolate quente com minimarshmallows para mim e não bebeu nada além de uma garrafa d'água. Depois, fez um breve tour comigo pela casa. Era parecida com a de Lucian: de um luxo grandioso, com mais quartos do que alguém precisaria numa vida inteira, e patrimônios que provavelmente valiam mais do que minha vida. O quarto de Deacon era perto da cozinha, tinha uma porta com acabamento em titânio e ficava logo embaixo da escada.

Saboreando a bebida, ri quando Aiden tentou endireitar o enfeite na árvore FM de Deacon. Fui andando pela sala, procurando por algum objeto pessoal. Não havia uma única foto da família St. Delphi. Nada que provasse que realmente existiram.

Aiden estava na frente de uma porta fechada, um lugar que ele não havia me mostrado no minitour.

— Como está o chocolate?

Sorri.

— Perfeito.

Ele colocou a água na mesa de cabeceira e cruzou os braços.

— Estava pensando sobre o que Apolo disse.

— Sobre qual parte da loucura você andou pensando? — Eu o observei pela borda da caneca, adorando como sorria em resposta às besteiras que saíam da minha boca. Concluí que devia ser amor verdadeiro.

— Que você não deveria ficar na casa de Lucian quando ele voltasse.

Abaixei a caneca.

— Por quê?

— Apolo tem razão sobre Seth. Você corre perigo por causa dele. Quanto mais longe ficar dele, mais segura você vai estar.

— Aiden...

— Sei que você gosta dele, mas desconfiava que Seth não está sendo honesto com você. — Aiden avançou e se sentou numa cadeira. Ele baixou os olhos, e seus cílios longos tocaram o rosto. — Você não deveria ficar perto dele, não se ele pode ir e vir da casa do Lucian.

Aiden tinha razão. Eu admitia isso, mas sinceramente duvidava que aquele fosse todo o motivo.

— E você acha isso só por causa do que Apolo disse?

— Não. É mais do que isso.

— Você não gosta de Seth? — perguntei, fingindo inocência e colocando a caneca na mesa.

Ele mostrou os dentes.

— Fora isso, Alex, ele não foi sincero sobre muitas coisas. Ele mentiu sobre não saber como se criava um Apôlion, sobre a ordem, e é grande a chance de ter... ter te dado aqueles sinais de propósito.

— Certo, além de todos esses motivos?

Ele me encarou.

— Bom, não gosto do fato de que você estava se contentando com ele.

Revirei os olhos.

— Odeio quando você fala isso.

— É verdade — ele disse, simplesmente.

Uma irritação começou a arder sob minha pele.

— Não é verdade. Não estou me contentando com Seth.

— Me deixa te fazer uma pergunta, então. — Aiden se inclinou para a frente. — Se pudesse ter... quem você quisesse, ficaria com Seth?

Olhei para a cara dele, um pouco chocada por ele ter sequer mencionado o assunto. Sem falar que não era uma pergunta muito justa. O que eu poderia dizer em resposta?

— Exato. — Ele se recostou, sorrindo com ares de superioridade.

Uma emoção intensa me atravessou.

— Por que não consegue admitir?

— Admitir o quê?

— Que tem ciúme de Seth. — Era um daqueles momentos em que eu precisava calar a boca, mas não consegui. Estava brava e emocionada ao mesmo tempo. — Você tem ciúme do fato de que posso estar com Seth se quiser.

Aiden deu um sorriso torto.

— Viu? Você mesma disse isso. Estaria com Seth *se* quisesse. É óbvio que não quer, então por que está com ele? Está se contentando.

— Argh! — Meus punhos se cerraram, e quis bater o pé. — Você é, de longe, a pessoa mais frustrante que conheço. Tá. Não importa. Você não tem ciúme de Seth nem do fato de que ele passou os últimos dois meses dormindo na minha cama, porque é claro que você não queria ser essa pessoa.

Algo perigoso cintilou nos seus olhos prateados.

Com a cara ardendo, eu quis bater em mim mesma. Por que tinha dito aquilo? Para tirar Aiden do sério ou para me comprometer? Porque havia conseguido um pouco dos dois.

— Alex... — ele disse, a voz baixa e de uma suavidade enganosa.

— Esquece. — Comecei a passar por ele, mas sua mão se ergueu, rápida como uma cobra. Num segundo, eu estava andando e, no outro, estava sentando no seu colo. Com os olhos arregalados e o coração batendo forte, eu o encarei.

— Certo — ele disse, agarrando meus braços. — Tem razão. Estou com ciúme daquele moleque. Feliz?

Em vez de curtir o gostinho que era fazer com que admitisse que eu tinha razão, coloquei as mãos nos seus ombros e me deleitei com algo totalmente diferente.

— Vivo... esquecendo como você consegue ser rápido quando quer.

Um sorrisinho estranho se abriu nos seus lábios.

— Você não viu nada, Alex.

Meu coração foi a mil. Eu estava cansada de discutir, cansada de conversar em geral. Havia outras coisas na minha mente. E sabia que ele estava pensando o mesmo. Suas mãos desceram pelos meus braços até os quadris. Ele me puxou para a frente, e meu ponto mais sensível entre as pernas tocou em sua ereção.

Nossas bocas não se tocavam, mas o resto dos nossos corpos, sim. Nenhum de nós se moveu. Havia algo primitivo no olhar de Aiden, totalmente possessivo. Senti um arrepio, do tipo bom de arrepio. Só conseguia pensar em como era bom ter seu corpo encostado ao meu, como era certo.

Segurei seu rosto e deslizei os dedos pelo cabelo dele, maravilhada com o fato de que a intensidade do que eu estava sentindo era mais forte que qualquer vínculo com Seth. Sensações deliciosas percorreram meu corpo quando as mãos dele apertaram minha cintura e, quando ele se esfregou em mim, o tremor em suas mãos e a força com que seu corpo se contorcia me desarmaram por completo.

— Preciso te contar uma coisa — ele sussurrou, seus olhos vasculhando os meus. — Que eu deveria ter te contado...

— Agora não. — Palavras estragariam tudo. Trariam lógica e realidade para a situação. Inclinei a boca para a dele.

Uma luz se acendeu no corredor perto da sala.

Pulei para longe de Aiden, como se ele estivesse pegando fogo. A alguns passos de distância, tentei controlar a respiração enquanto meus olhos encontravam os dele. Ele se levantou da cadeira, com o peito subindo e descendo rapidamente. Por um momento, achei que ele tacaria o foda-se e me puxaria de volta, porém o som de passos cada vez mais próximos o trouxe de volta à realidade. Fechando os olhos, ele inclinou a cabeça para trás e soltou um suspiro forte.

Sem dizer uma palavra, dei meia-volta e saí da sala. No corredor, passei por Deacon, que estava com uma cara sonolenta e confusa.

— Estou com sede — ele disse, esfregando os olhos.

Murmurando algo que lembrava um boa-noite, fugi para o andar de cima. Assim que entrei no quarto, caí na cama e fiquei olhando para o teto arqueado.

Nossa relação não era para existir. Quantas vezes havíamos sido interrompidos? Por mais forte que fosse nossa conexão, nossa atração. Algo sempre atrapalhava.

Completamente vestida, virei de lado e me encolhi. Queria dar um chute em todo mundo que achava que ficar com Aiden era uma boa ideia. Nós... eu já tinha problemas demais, sem me jogar nos braços dele.

Não que eu tivesse me jogado dessa vez... ou da última. *Ai, caramba...*

Passei a mão sob a camisa e toquei a cicatriz na barriga. Serviu como um lembrete doloroso de que o amor, ou falta dele, estava longe de ser o maior dos meus problemas.

21

A primeira coisa que fiz ao acordar foi tomar um bom banho luxuoso na banheira. Fiquei nela até minha pele começar a se enrugar e, mesmo assim, foi difícil sair.

Era o paraíso em forma de banheiro.

Depois, desci e encontrei Deacon esparramado no sofá no salão de jogos. Empurrando suas pernas para o lado, eu me sentei. Ele estava assistindo a reprises de *Supernatural*.

— Boa pedida — comentei. — Estão aí dois irmãos que eu gostaria de conhecer na vida real.

— Verdade. — Deacon tirou os cachos desgrenhados da frente dos olhos. — É o que assisto quando não estou na aula ou fingindo estar na aula.

Sorri.

— Aiden ia acabar contigo se soubesse que você mata aula.

Ergueu as pernas e as colocou no meu colo.

— Eu sei. Ando matando menos.

Ele também vinha bebendo menos. Olhei de esgueira para ele. Talvez Luke fosse uma boa influência

— Vai fazer alguma coisa especial de Valentine's Day? — perguntei.

Seus lábios se apertaram.

— Por que você perguntaria isso, Alex? A gente não comemora o Valentine's Day.

— Mas você, sim. Senão, não teria aquela... árvore.

— Você vai? — ele perguntou, com um brilho nos olhos. — Juro que vi Aiden na joalheria...

— Cala a boca! — Bati a almofada na barriga dele. — Para de falar essas coisas. Não está rolando nada.

Deacon sorriu, e assistimos ao resto dos episódios que ele havia gravado. Foi só à tarde que criei coragem para perguntar onde Aiden estava.

— Estava lá fora com os guardas da última vez que vi.

— Ah!

Estava um tanto contente que Aiden estivesse fazendo a vigilância lá fora. Minhas bochechas ardiam só de pensar em nós dois na cadeira na noite passada.

— Vocês ficaram acordados até tarde — Deacon comentou.

Mantive a expressão neutra.

— Ele estava me mostrando a casa.

— Era só isso que ele estava mostrando?

Chocada, ri e me virei para ele.

— Sim! Deacon, nossa.

— Quê? — Ele se sentou e tirou as pernas do meu colo. — Foi só uma pergunta inocente.

— Sei. — Observei enquanto ele se levantava. — Aonde você vai?

— Aos dormitórios. Luke ainda está lá. Você é mais do que bem-vinda para vir, mas duvido que Aiden deixe você sair de casa.

Puros e meios podiam se dar bem, ainda mais quando estudavam juntos, e muitos eram colegas, embora menos desde o ataque de daímônes no começo do ano letivo. Zarak não tinha dado nenhuma das suas festas enormes nos últimos tempos. Mas um meio frequentar a casa de um puro geraria suspeitas.

— Vão fazer o quê? — perguntei.

Deacon deu uma piscadinha ao sair da sala.

— Ah, tenho certeza de que o mesmo que você e meu irmão estavam fazendo ontem à noite. Sabe, ele vai me mostrar o dormitório...

Horas depois, Deacon retornou, e Aiden finalmente voltou a entrar. Evitando olhar para mim, ele foi direto para o andar de cima. Deacon deu de ombros e me persuadiu a preparar cookies com ele.

Quando finalmente desceu, Aiden ficou na cozinha enquanto eu e Deacon preparávamos os cookies. Fiquei encarando Aiden, que estava de calça jeans e camiseta de manga comprida, por tanto tempo que Deacon me deu uma cotovelada na costela. Quando relaxou, Aiden fez piadas com o irmão. De vez em quando, nossos olhares se cruzavam, e uma eletricidade percorria minha pele.

Depois de comer nosso peso em massa de cookies crua, acabamos na sala, afundados em sofás maiores que a cama da maioria das pessoas. Deacon controlou a TV por quatro horas seguidas antes de ir para a cama, e Aiden saiu para falar com os guardas... Por quê, eu não fazia ideia. Vaguei pela casa. O que será que Aiden queria falar antes que eu o impedisse? Será que estava pronto para conversar, como tinha dado a entender quando eu ainda estava na enfermaria? Inquieta, fui parar na sala da árvore de FM.

Cutuquei a bola, sorrindo quando ela balançou para trás e para a frente. Deacon era tão estranho... Quem tinha uma árvore de feriados mortais? Esquisitão.

Estava tarde, e eu deveria estar na cama, mas a ideia de dormir era desagradável. Cheia de ansiedade, fui vagando pela sala até parar em frente à porta fechada. Curiosa e sem nada melhor para fazer, tentei a maçaneta e descobri que estava destrancada. Olhei por sobre o ombro e empurrei a porta, entrando de fininho na sala à meia-luz. Logo entendi por que Aiden havia mantido aquela sala fora do tour.

Tudo que era pessoal estava amontoado ali. Retratos de Aiden decoravam as paredes, contando a história da sua infância. Havia fotos de Deacon como uma criança precoce, com a cabeça cheia de cachos loiros e bochechas fofas que sugeriam feições delicadas.

Parei na frente de uma de Aiden e senti um aperto no peito. Devia ter seis ou sete anos. Cachos escuros caíam sobre seu rosto em vez das ondas mais soltas que tinha agora. Ele era uma graça, com seus olhos cinza e lábios pequenos. Havia uma foto dele com Deacon. Aiden devia ter uns dez anos e estava com o braço magricela pendurado sobre os ombros do irmão mais novo. A câmera havia capturado os dois rindo.

Dando a volta por um sofá superestofado, peguei devagar o porta-retrato de titânio que estava na cornija da lareira. Perdi o fôlego.

Era o pai dele... o pai e a mãe.

Estavam atrás de Deacon e Aiden, com as mãos nos ombros dos meninos. Atrás deles, o céu era de um azul brilhante. Era fácil ver qual garoto puxara a qual dos pais. A mãe tinha cabelos loiros brilhosos que caíam pelos ombros em cachos estreitos. Ela era linda, como todos os puros, com traços delicados e olhos azuis risonhos. Era impressionante, porém, o quanto Aiden se parecia com o pai. Com o cabelo quase preto e os olhos prateados penetrantes, era uma cópia exata.

Não parecia justo que seus pais fossem levados tão jovens, privados de verem os filhos crescerem. Nem que Aiden e Deacon tivessem perdido tanto.

Passei o polegar sobre a borda do porta-retrato. Por que Aiden havia isolado todas aquelas memórias? Será que entrava ali? Olhando pela sala, avistei um violão apoiado atrás de uma pilha de livros e quadrinhos. Esse era o seu refúgio, pensei. Um lugar onde ele achava que podia se lembrar dos pais e, talvez, simplesmente escapar.

Voltei a atenção para a foto e tentei imaginar minha mãe e meu pai. Se puros e meios tivessem permissão de ficar juntos, será que teríamos momentos como esses? Fechando os olhos, tentei nos imaginar juntos. Minha mãe não era difícil de lembrar. Eu conseguia vê-la antes de ser transformada, mas meu pai tinha a marca da escravidão na testa e, por mais que eu tentasse, ela não sumia.

— Não era para você estar aqui.

Assustada, dei meia-volta, abraçando o porta-retrato. Aiden estava no vão da porta, com os braços baixos. Ele avançou pela sala e parou na minha frente. Sombras escondiam sua expressão.

— Está fazendo o quê? — ele questionou.

— Só estava curiosa. A porta não estava trancada. — Engoli em seco com nervosismo. — Entrei faz pouco tempo.

Seu olhar desceu e seus ombros se enrijeceram. Ele tirou o retrato das minhas mãos e o colocou de volta na cornija. Sem dizer uma palavra, abaixou e colocou as mãos sobre a lenha. O fogo se acendeu e cresceu imediatamente. Ele pegou um atiçador.

Envergonhada e magoada por sua frieza repentina, dei um passo para trás.

— Desculpa... — sussurrei.

Ele atiçou o fogo, com a coluna rígida.

— Vou sair. — Eu me virei e, de repente, ele surgiu na minha frente. Meu coração bateu forte.

Ele apertou meu braço.

— Não saia.

Examinei seus olhos com atenção, mas não consegui encontrar nada neles.

— Está bem.

Aiden respirou fundo e soltou meu braço.

— Quer beber alguma coisa?

Abraçando os cotovelos, fiz que sim. Esse era seu santuário, um memorial silencioso à família que havia perdido, e eu havia invadido seu espaço. Duvidava até de que Deacon se atrevesse a pisar ali. Só eu mesmo para entrar sem ser convidada.

Atrás do bar, Aiden tirou duas taças de vinho e as colocou no balcão. Enchendo as taças, ele olhou para mim.

— Pode ser vinho?

— Sim. — Minha garganta estava seca e apertada. — Desculpa mesmo, Aiden. Não deveria ter entrado aqui.

— Para de pedir desculpas. — Ele deu a volta pelo balcão e me entregou uma taça.

Aceitei, torcendo para ele não notar como meus dedos tremiam. O vinho era doce e suave, mas não caiu bem no meu estômago.

— Desculpa por ter sido grosseiro — ele disse, chegando perto do fogo. — Só fiquei surpreso em ver você aqui.

— É... ah, um quarto bonito. — Eu me senti idiota por falar isso.

Seus lábios formaram um sorriso.

— Aiden...

Ele me encarou por tanto tempo que pensei que não falaria nada e, quando falou, não foi o que eu esperava.

— Depois do que aconteceu com você em Gatlinburg, lembrei como tinha sido para mim... depois do que aconteceu com os meus pais. Eu tinha pesadelos. Conseguia ouvir... ouvir os gritos deles sem parar por anos. Nunca te contei isso. Talvez devesse ter contado. Poderia ter te ajudado.

Eu me sentei na ponta do sofá, apertando a haste frágil.

Aiden se virou para o fogo, tomando um gole de vinho.

— Lembra o dia na academia quando você me contou sobre seus pesadelos? Aquilo ficou na minha cabeça... o seu medo de Eric e que ele voltasse — ele continuou. — Fiquei pensando: e se um dos daímônes tivesse escapado do ataque contra os meus pais? Como eu teria seguido em frente?

Eric era o único daímôn que havia escapado de Gatlinburg. Eu tinha parado de pensar nele, mas ouvir seu nome embrulhou meu estômago. Metade das marcas no meu corpo foram feitas por ele.

— Pensei que tirar você de lá, levar você para o zoológico, a ajudaria a se distrair, mas eu tinha... tinha que fazer mais. Entrei em contato com alguns dos sentinelas daqui. Sabia que Eric não teria ido longe, não depois de saber o que você era e ter provado seu éter — ele disse. — Com base na sua descrição e na de Caleb, não foi difícil encontrá-lo. Ele estava perto de Raleigh.

— Como assim? — Meu estômago se embrulhou ainda mais. — Raleigh fica a uns cem quilômetros daqui.

— Sim — ele disse. — Assim que se confirmou que era ele, eu fui. Leon... Apolo foi comigo.

A princípio, não consegui entender quando ele poderia ter feito isso, mas então me lembrei daquelas semanas depois que eu havia declarado meu amor por ele e Aiden havia encerrado nossas sessões de treinamento. Teve tempo de fazer isso sem que eu ficasse sabendo.

— O que aconteceu?

— Nós o encontramos. — Ele sorriu sem humor antes de se voltar para o fogo. — Não o matei de cara. Não sei o que isso diz sobre mim. No fim, acho que realmente se arrependeu de ter descoberto sua existência.

Fiquei sem palavras. Parte de mim estava admirada por ele ter ido a tais extremos por mim. A outra parte estava meio horrorizada. Por trás da imagem calma e controlada que Aiden usava como segunda pele, havia algo sombrio, um lado dele que eu mal havia vislumbrado. Fiquei olhando para seu perfil, percebendo de repente que não tinha sido justa com ele. Eu o havia colocado num pedestal incrivelmente alto, onde era absolutamente impecável na minha mente.

Aiden não era impecável.

Tomei um gole de vinho.

— Por que não me contou?

— Não estávamos nos falando na época, e como eu poderia ter te contado? — Ele deu uma risada ríspida. — Não foi uma caçada de daímônes normal. Não foi uma morte precisa e humana como aprendemos.

Em poucas palavras, o Covenant nos ensinava a não brincar com nossas presas, por assim dizer. Que, embora o daímôn esteja além de qualquer salvação, ele já tinha sido um puro-sangue ou um meio-sangue. Mesmo assim, por mais perturbador que devesse ser descobrir que Aiden havia, muito provavelmente, torturado Eric, eu não estava revoltada com isso.

Deuses sabiam o que isso dizia sobre *mim*.

— Obrigada — eu disse finalmente.

Sua cabeça se voltou para mim bruscamente.

— Não me agradeça por algo assim. Não fiz isso só...

— Não fez isso só por mim. Fez pelo que aconteceu com a sua família. — E eu sabia que estava certa. Mais do que algo que ele havia feito por mim, era sua forma de se vingar. Não era certo, mas eu entendia. E, em seu lugar, era provável que tivesse feito o mesmo e mais um pouco.

Aiden ficou quieto. As chamas projetavam uma luz quente sobre seu perfil. Ele olhava para o fundo da taça.

— Estávamos visitando amigos do meu pai em Nashville. Eu não os conhecia muito bem, mas eles tinham uma filha que tinha mais ou menos a minha idade. Pensei que era só uma viagem de férias antes da volta às aulas, mas, assim que chegamos lá, minha mãe praticamente me empurrou na direção dela. Ela era pequenininha, com o cabelo loiro-claro e os olhos verdes. — Ele respirou fundo, com os dedos apertando a haste frágil da taça. — Ela se chamava Helen. Pensando agora, sei por que meus pais armavam para eu passar muito tempo com ela, mas, por algum motivo, eu simplesmente não entendia.

Engoli em seco.

— Ela era seu par?

Um sorriso triste apareceu.

— Não queria ficar nem perto dela. Passei a maior parte do tempo seguindo os guardas meios-sangues enquanto treinavam. Minha mãe ficou tão chateada comigo, mas me lembro do meu pai rindo. Dizendo para ela dar tempo ao tempo e deixar a natureza seguir seu rumo. Que eu ainda era apenas um menino e que homens lutando me interessariam mais do que garotas bonitas.

Um nó se formou em meu peito. Eu me recostei, tendo esquecido a taça de vinho.

— Era noite quando eles vieram. — Seus cílios grossos tocaram as bochechas quando ele abaixou os olhos. — Ouvi a luta lá fora. Me levantei e olhei pela janela. Não consegui ver nada, mas simplesmente sabia. Ouvi um estrondo no andar debaixo e acordei Deacon. Ele não entendeu o que estava acontecendo ou por que eu estava pedindo para ele se esconder no armário e se cobrir com as roupas. Foi tudo muito rápido depois disso.

Ele deu um gole considerável de vinho e colocou a taça na cornija.

— Eram apenas dois daímônes, mas eles tinham controle sobre o fogo. Eliminaram três guardas, queimando-os vivos.

Queria que parasse porque sabia o que viria, mas ele precisava desabafar. Eu duvidava que já tivesse colocado aquela noite em palavras, e eu precisava ouvir.

— Meu pai estava voltando o elemento contra eles, ou tentando pelo menos. Os guardas estavam caindo a torto e a direito. Helen foi acordada pelo barulho, e tentei fazer com que não descesse as escadas, mas ela viu um dos daímônes atacar seu pai, arrancando a cabeça dele bem na frente dela. Ela gritou; nunca vou esquecer aquele som. — Uma expressão distante tomou conta do seu rosto enquanto ele continuava, como se estivesse revivendo a cena. — Meu pai conseguiu fazer com que minha mãe começasse a subir a escada, mas depois não consegui mais vê-lo. Ouvi o grito dele e fiquei lá... — Ele balançou a cabeça. — ...sem fazer nada. Apavorado.

— Aiden, você era apenas um menino.

Ele acenou, distraído.

— Minha mãe gritou para que eu levasse Deacon e Helen para fora da casa. Não queria sair sem ela, então comecei a descer a escada. O daímôn saiu do nada, pegando-a pelo pescoço. Ela estava olhando para mim quando ele quebrou o pescoço dela. Os olhos dela simplesmente... perderam o brilho. E Helen... Helen estava gritando e gritando. Ela não parava. Sabia que ele a mataria também. Comecei a subir a escada correndo e peguei a mão dela. Ela estava em pânico e resistindo. Isso fez a gente ir mais devagar. O daímôn nos alcançou e foi atrás da Helen primeiro. Ela pegou fogo. Assim, de repente.

Perdi o fôlego. Lágrimas ardiam em meus olhos. Era... mais horrível do que eu imaginava e me lembrou daquele menino que o daímôn havia queimado em Atlanta.

Aiden se virou para o fogo.

— O daímôn veio atrás de mim depois. Não sei por que me poupou do fogo e me jogou no chão, mas eu sabia que ele sugaria meu éter. Então, surgiu um guarda que tinha sido queimado no andar de baixo. Não sei como, apesar de toda a dor, ele conseguiu subir a escada e matar o daímôn.

Ele se virou para mim e não havia nenhuma dor em sua expressão. Talvez tristeza e remorso, mas também certa admiração.

— Era um meio-sangue. Um dos que fiquei seguindo de um lado para o outro. Devia ter mais ou menos a idade que tenho agora, e sabe, mesmo com toda aquela dor horrível, ainda cumpriu seu dever. Salvou a minha vida e a de Deacon. Descobri alguns dias depois que não resistiu às queimaduras. Nunca tive a chance de agradecer a ele.

Sua tolerância a meios-sangues fez sentido. As ações de um guarda haviam mudado séculos de convicções num garotinho, transformando preconceito em admiração. Não era para menos que Aiden nunca viu a diferença entre meios e puros.

Aiden se aproximou e se sentou. Olhou nos meus olhos.

— É por isso que escolhi me tornar sentinela. Não tanto pelo que aconteceu com os meus pais, mas por causa daquele meio-sangue que morreu para salvar a minha vida e a do meu irmão.

Eu não sabia o que dizer ou se havia algo que poderia ser dito. Então, coloquei a mão em seu braço e contive as lágrimas.

Ele colocou a mão sobre a minha, desviando os olhos. Um músculo se contraiu no seu maxilar.

— Deuses, acho que nunca falei com ninguém sobre aquela noite.

— Nem mesmo Deacon?

Aiden fez que não.

— Fico... honrada por compartilhar isso comigo. Sei que é muita coisa. — Apertei seu braço. — Queria que você nunca tivesse passado por nada daquilo. Não foi justo com nenhum de vocês.

Alguns momentos se passaram até ele responder.

— Fizeram justiça pelo que aqueles daímônes fizeram comigo. Sei que é diferente do que você sofreu, mas queria fazer justiça por você. Devia ter te contado antes.

— Estava acontecendo muita coisa naquela época — eu disse. — Não estávamos nos falando e, depois, veio a morte de Caleb. — Meu coração não se apertava tanto quanto antes com o nome dele. — Entendo o que aconteceu com Eric.

Ele sorriu um pouco.

— Foi uma reação automática.

— Pois é. — Procurei algo para nos distrair de tudo. Nós dois precisávamos. Meu olhar encontrou o violão apoiado na parede. — Toca alguma coisa para mim.

Ele se levantou e pegou o violão com reverência. Voltando ao sofá, sentou no chão na minha frente. Ele abaixou a cabeça e fios de cabelo caíram para a frente enquanto mexia nas tarraxas ao longo da cabeça. Seus dedos longos tiraram uma palheta de dentro das cordas esticadas.

Ele ergueu os olhos, com os lábios erguidos num meio-sorriso.

— Sacanagem... — ele murmurou. — Você sabia que eu não recusaria.

Me deitei de lado. Minha barriga quase nunca doía, mas eu tinha me acostumado a ser cuidadosa.

— Você sabe.

Aiden riu, dedilhando as cordas com delicadeza. Depois de mais alguns momentos ajustando a afinação, começou a tocar. A música era suave e envolvente, subindo em notas altas por algumas cordas antes de seus dedos deslizarem pelas acordes. Minhas suspeitas estavam confirmadas. Aiden sabia tocar. Não houve um único erro ou deslize.

Fiquei encantada.

Apoiando a cabeça nas almofadas, eu me aconcheguei e fechei os olhos, deixando-me envolver pela melodia que tomava conta do ambiente. O que quer que ele estivesse dedilhando no violão era relaxante, como uma canção de ninar perfeita. Um sorriso se formou nos meus lábios. Eu conseguia perfeitamente imaginá-lo sentado na frente de um bar lotado, tocando músicas que encantavam todos no salão.

Quando acabou a música, abri os olhos. Ele estava me contemplando com um olhar tão suave e profundo que eu não queria desviar os olhos nunca mais.

— Foi lindo.

Aiden encolheu os ombros e, com delicadeza, deixou o violão de lado. Levantou a mão, pegando a taça de vinho quase intacta dos meus dedos com cuidado. Ele me encarava, dando um gole antes de deixá-la de lado. Minutos deviam ter se passado enquanto nos olhávamos, sem que nenhum de nós falasse uma palavra.

Não soube o que deu em mim, mas estendi a mão e a coloquei em seu peito, ao lado do coração. Sob a minha mão direita, havia algo duro em forma de lágrima por baixo da camisa. Eu havia sentido o colar antes e nunca tinha dado muita atenção a ele, porém agora havia algo nele que era... familiar.

Inspirei fundo quando me dei conta.

Aiden me encarou, com os olhos incrivelmente brilhantes. Um calafrio desceu pela minha espinha, se espalhando pela minha pele com uma velocidade vertiginosa. Ergui a mão, deslizando os dedos sob a corrente fina.

— Alex... — Aiden ordenou ou, melhor, implorou. Sua voz era embargada, rouca. — Alex, por favor...

Hesitei por um instante, mas eu precisava ver. Simplesmente precisava. Com cuidado, puxei a corrente para cima. Prendi a respiração erguendo-a até estar completamente fora da camisa.

Pendurada na corrente prateada, estava a palheta preta de violão que eu tinha dado a ele de aniversário. O dia em que lhe dei foi o mesmo dia em que ele havia me dito que não me amava. Mas isso... *isso* devia significar alguma coisa, e meu coração estava inflando, prestes a explodir.

Atônita, passei o polegar sobre a pedra preciosa polida. Havia um buraquinho no alto, por onde passava a corrente.

Aiden colocou a mão sobre a minha, fechando meus dedos ao redor da palheta.

— Alex...

Quando os meus olhos encontraram os dele, havia um nível brutal de vulnerabilidade em seu olhar, uma sensação de desamparo que eu também sentia. Quis chorar.

— Eu *sei*. — E sabia. Sabia mesmo que ele nunca falasse aquelas palavras, mesmo que ele se recusasse, eu ainda saberia.

Seus lábios se entreabriram.

— Acho que não daria para te enganar por muito tempo.

Fechei os olhos, mas uma lágrima escapou, deslizando pelo meu rosto.

— Não chora. — Ele secou a lágrima com o dedo. Sua testa encostava na minha. — Por favor. Odeio quando você chora por mim.

— Desculpa. Não quero ficar chorosa. — Sequei as bochechas, sentindo-me tonta. — É só que... nunca soube.

Aiden apertou os lados do meu rosto, dando um leve beijo na minha testa.

— Queria uma parte de você sempre comigo. Independentemente de qualquer coisa.

Fiquei arrepiada.

— Mas não... não tenho nada seu.

— Sim, tem sim. — Aiden tocou os lábios na minha bochecha molhada. Um leve sorriso transparecia em sua voz. — Você tem um pedaço do meu coração... Ele todo, na verdade. Para sempre. Mesmo que seu coração pertença a outra pessoa.

Meu coração se apertou, mas me contive.

— Do que você está falando?

Ele baixou as mãos, inclinando o corpo para trás.

— Sei que você gosta dele.

Eu gostava, sim, de Seth. Mas ele não tinha meu coração. Quando Aiden estava lá, na minha frente, a conexão entre nós era algo mais do que profecia. Meu verdadeiro destino... a realidade, não uma ilusão. Profecias são apenas sonhos; Aiden era minha realidade.

— Não é a mesma coisa — sussurrei. — Nunca foi. Você tem meu coração... e não quero dar meu coração a ninguém além de você.

Os olhos de Aiden eram prata líquida de novo. Vi isso antes dele baixá-los. Momentos se passaram até seus olhos se erguerem, encontrando os meus. Ele parecia estar travando algum tipo de batalha interna. Quando voltou a falar, eu não sabia se havia ganhado ou perdido.

— A gente deveria ir para a cama.

Um choque me percorreu, corando minha pele. Mas *espera*... Ele estava sugerindo que fôssemos para a cama juntos ou separados? Eu não fazia ideia, tinha medo demais de ter esperança e, estranhamente, estava assustada com a ideia. Era como se me oferecessem algo que eu havia esperado tanto tempo e, de repente, não fizesse ideia do que fazer.

Ou como fazer.

Seus lábios se curvaram, e Aiden se levantou. Pegando minhas mãos molengas nas suas, ele me levantou. Minhas pernas estavam fracas.

— Vai para a cama — ele disse.
— Você... também vem?
— Sim — Aiden respondeu. — Já subo.
Eu não conseguia respirar.
— Vai — ele insistiu.
E fui.

22

Eu tinha certeza de que sofreria um ataque cardíaco. Doenças mortais quase nunca nos assolavam, mas, depois do meu resfriado, achava que nada era impossível.

Eu ainda não conseguia respirar direito.

Escovei os dentes e desemaranhei o cabelo. Fiquei olhando para a cama absurdamente grande no meio do quarto. Não conseguia decidir o que vestir. Ou será que não deveria vestir nada? Ai, deuses, o que eu estava pensando? Ele não tinha dito que subiria para transar. E se não fosse isso e me visse deitada na cama nua seria extremamente constrangedor. Talvez só quisesse passar mais tempo comigo. Deixando a questão de Seth de lado, ainda havia a questão gritante de que não podíamos ficar juntos.

Mas ele estava com a palheta. Esteve com *a* palheta sobre o coração todo esse tempo.

Vesti uma regata e um short de pijama e, depois, comecei a ir para a cama. Mas olhei para os braços. À luz da lua que entrava pela janela, ainda dava para ver a pele manchada e irregular. Não queria que Aiden visse aquilo. Me troquei rápido, colocando uma camiseta fina de manga comprida. Continuei de short. Em seguida, me joguei na cama, puxei as cobertas até o queixo e esperei.

Houve uma batida suave na porta alguns minutos depois.

— Pode entrar. — Fiz uma careta ao ouvir minha voz rouca.

Aiden entrou e trancou a porta. Ele também havia se trocado, usava uma calça de pijama escura e uma regata cinza que exibia os braços musculosos. Engoli em seco com nervosismo e tentei acalmar o coração antes que surtasse.

Ele se virou para mim e ficou rígido. O quarto estava escuro demais para eu ver sua expressão, e eu queria, quem sabe assim poderia tentar entender o que ele estava pensando. Sem dizer nada, foi primeiro até as janelas e fechou as cortinas. O quarto ficou completamente escuro, e meus dedos apertaram o edredom macio. Ouvi seus passos pelo cômodo antes de uma luz suave aparecer. Aiden trouxe uma vela até a cama, colocando-a em cima de uma mesinha. Olhou para mim, com a expressão suavizada pela luz da vela. Sorriu.

Comecei a relaxar, o edredom se soltando dos dedos.

Com cuidado, ele puxou as cobertas do seu lado e subiu, sem tirar os olhos de mim em nenhum momento.

— Alex?

— Oi?

Ele ainda estava sorrindo.

— Relaxa. Só quero ficar aqui com você... Pode ser?

— Pode... — sussurrei.

— Que bom, porque não quero ficar em nenhum outro lugar.

Ah, o calor que inundou meu peito poderia ter me feito flutuar até as estrelas... Eu o observei se espreguiçar ao meu lado. Meu olhar se voltou para a porta fechada, embora eu soubesse que Deacon estava longe. Não que ele já não desconfiasse de algo. Ou que se importasse. Mordi os lábios, arriscando um olhar rápido para Aiden. Seu queixo estava erguido e seus olhos ardiam num tom intenso e luminoso de prata. Eu não conseguia desviar o olhar.

Aiden fez uma respiração curta, estendendo o braço mais perto de mim.

— Vem?

Com o coração acelerado, me aproximei até minha perna roçar a sua. Seu braço subiu, envolvendo minha cintura. Ele me guiou para baixo até eu estar aconchegada nele, com a bochecha em seu peito.

Conseguia sentir seu coração tão acelerado quanto o meu. Ficamos deitados por um tempo e, naqueles minutos, era como estar no paraíso. O simples prazer de estar ao seu lado me parecia tão certo que não tinha como ser errado.

Aiden estendeu o braço, acariciando minha bochecha com a mão. Seu polegar deslizou sobre meu queixo.

— Desculpa por aquele dia na academia. Pela forma como falei com você, como te magoei. Pensei que estava fazendo a coisa certa.

— Entendo, Aiden. Está tudo bem.

— Não está tudo bem. Eu te magoei. Sei disso. Quero que saiba por que fiz aquilo — ele disse. — Depois que me disse o que sentia, no zoológico... aquilo... destruiu meu autocontrole. — *Não foi o que pareceu*, pensei enquanto ele continuava. — Sabia que não podia mais ficar perto de você porque sabia que, se tocasse em você, não pararia mais.

Eu me ergui, olhando para ele e abri a boca para dizer algo que provavelmente teria estragado o momento, mas não cheguei a ter essa chance. A mão de Aiden encontrou minha nuca e me puxou para baixo. Seus lábios encontraram os meus e, como todas as vezes antes, houve uma faísca que percorreu nossos corpos. Ele suspirou em meus lábios, me beijando com cada vez mais intensidade.

Recuou apenas o suficiente para seus lábios roçarem em mim enquanto falava:

— Não posso continuar fingindo que não quero isso, que não quero você. Não posso. Não depois do que aconteceu com você. Achei que... achei que tinha te perdido, Alex, para sempre. E teria perdido tudo. Você *é* tudo para mim.

Muitas emoções vieram à tona de repente: êxtase, esperança e amor. Tanto amor que tudo ao nosso redor desapareceu naquele instante.

— É... isso que você vem tentando me dizer.

— É o que sempre quis dizer, Alex. — Ele se sentou, puxando-me consigo. — Sempre quis isto com você.

Levei as mãos ao seu rosto, encarando seu olhar acalorado.

— Sempre te amei.

Aiden soltou um som sufocado, e seus lábios voltaram aos meus. Sua mão se afundou no meu cabelo, me segurando.

— Não era minha intenção... vir aqui.

— Eu sei. — Meus lábios roçaram os dele enquanto falava. — Eu sei.

À medida que me beijava de novo, ele foi se deitando. Meu coração batia forte contra minhas costelas. Seus dedos deixaram meu rosto e desceram. Ele se levantou o suficiente para que eu tirasse sua camisa e a jogasse para o lado. Minhas mãos se estenderam por cada músculo firme, e espalhei beijos até seu peito, que subia e descia sob meus lábios, e ele sussurrou meu nome, suplicante. Me pegou pelos braços e me puxou de volta aos seus lábios.

Eu me desvencilhei dos seus braços e levantei os meus sem dizer nada. Ele obedeceu ao comando silencioso e jogou minha camisa de lado. De repente, eu estava deitada de barriga para cima, olhando para ele. Suas mãos deslizaram sobre minha pele nua. Seus lábios desciam pelo meu pescoço e sobre a curva do meu ombro. Cada cicatriz foi beijada com ternura e, quando chegou à deixada pela lâmina de Linard, ele estremeceu.

Meus dedos acariciaram seu cabelo, enquanto o segurava junto a mim. Seus beijos estavam me deixando louca, fazendo coisas estranhas e maravilhosas comigo. Sussurrei seu nome várias vezes, como uma espécie de oração. Comecei a me mover sob ele, guiada por algum instinto primitivo que me dizia o que fazer. O restante das nossas roupas foi parar numa pilha no chão. Quando nossos corpos se tocavam, uma sensação descontrolada tomou conta de mim.

Nossos beijos foram ficando mais intensos, com sua língua deslizando sobre a minha, e me deixei levar. Era tudo maravilhoso, deliciosamente prazeroso. Aiden distribuiu beijos por toda a minha pele corada. Eu estava perdida nas sensações inebriantes, completamente despreparada para isso. Poderia não ser o que pretendíamos, mas... estava acontecendo.

Aiden ergueu a cabeça.

— Tem certeza?

— Sim... — sussurrei. — Mais do que nunca.

Sua mão tremeu sobre meu rosto corado.

— Você tomou a...?

Ele estava perguntando se eu tinha tomado minha injeção anticoncepcional exigida pelo conselho para todas as mulheres meios-sangues. Fiz que sim.

Os olhos prateados cintilaram. Sua mão tremeu de novo no meu rosto e, quando se ergueu, seus olhos me percorreram. Minha coragem recém-descoberta praticamente desapareceu sob seu olhar abrasador. Percebendo meu nervosismo de alguma forma, seu beijo foi suave e doce. Ele foi paciente e perfeito, dissipando minha timidez até eu me envolver completamente nele.

Sua voz tinha um tom à beira do pânico, movido pela certeza de que não havia como voltar atrás; não havia como parar dessa vez. Com um beijo tão intenso que me deixou trêmula, sua mão deslizou com um cuidado sublime. Seus beijos seguiram o mesmo ritmo e, quando ele parou, seus olhos imploraram por permissão. Essa simples troca, esse pequeno gesto, me trouxe lágrimas aos olhos.

Eu não podia, não queria, negar nada a ele.

Aiden estava por toda parte: em cada toque, cada gemido baixo. Quando pensei que não aguentava mais, que desabaria com certeza, ele estava lá para provar que eu conseguia. Quando seus lábios voltaram a descer sobre os meus, foi com uma intensidade ardente.

— Eu te amo... — ele sussurrou. — Desde a noite em Atlanta. Sempre vou te amar.

Ofeguei em sua pele.

— Eu te amo.

Ele perdeu todo o autocontrole que ainda tinha. Eu me entreguei à pura simplicidade de estar em seus braços e saber que ele sentia a mesma loucura intensa que eu. Apoiado no braço enquanto seus beijos adquiriam a mesma urgência que eu sentia, ele ergueu os lábios para sussurrar algo numa língua bela que eu não entendia. Eu estava quase no limite, avançando rumo a um clímax glorioso.

Estávamos cercados por nosso amor um pelo outro. Virou algo tangível, eletrizando o ar ao nosso redor até eu ter certeza de que nós dois nos incendiaríamos sob seu poder. Num momento irracional da mais pura beleza, não éramos uma meio-sangue e um puro-sangue; éramos apenas duas pessoas perdida e loucamente apaixonadas.

Éramos um.

Acordei um tempo depois, aconchegada nos braços de Aiden. A vela ainda tremeluzia ao lado da cama. O lençol estava enrolado nas nossas pernas, e o edredom, jogado no chão. Percebi que o estava usando um pouco como travesseiro. Ergui a cabeça e o contemplei. Jamais me cansaria de olhar para ele.

Seu peito subia calmamente sob minhas mãos. Ele parecia muito jovem e relaxado dormindo. Fios de cabelo ondulados e escuros caíam sobre sua testa, e seus lábios estavam entreabertos. Eu me abaixei e dei um leve beijo nos seus lábios.

Seus braços me apertaram imediatamente, revelando que ele não estava dormindo tão profundamente quanto eu havia imaginado. Sorri, pega no flagra.

— Oi.

Os olhos de Aiden se abriram.

— Faz tempo que está me admirando?

— Não muito.

— Conhecendo você, está me admirando desde que caí no sono — ele falou devagar.

— Não é verdade. — Ri.

— Nada disso, vem aqui. — Ele me puxou para baixo. Meu nariz roçou o dele. — Está longe demais para o meu gosto.

Cheguei mais perto. Minha perna envolveu a dele.

— Perto o bastante?

— Vamos ver. — Suas mãos deslizaram pelas minhas costas e pousaram sobre a curva da minha cintura com a mais leve pressão. — Ah, melhor assim.

Corei.

— Sim... melhor.

Aiden abriu um sorriso voraz e um brilho malicioso encheu seus olhos prateados. Eu deveria ter imaginado naquele momento que ele estava tramando algo, mas esse lado de Aiden, esse lado descontraído e sensual, era novo para mim. Sua mão desceu mais, provocando um gemido surpreso de prazer. Ele se sentou num único movimento fluido, e me vi de repente em seu colo.

Não tive nenhum momento para pensar demais. Aiden me beijou, dissipando todos os pensamentos ou respostas. O lençol deslizou e me dissolvi sobre ele. Foi só muito tempo depois, quando o sol já estava prestes a nascer e a vela tinha se apagado havia tempo, que Aiden me despertou com delicadeza.

— Alex. — Ele encostou os lábios na minha testa.

Abri os olhos, sorrindo.

— Ainda está aqui.

Ele acariciou minha bochecha.

— Onde mais eu estaria? — Ele me beijou, e meus dedos se curvaram. — Achou que eu simplesmente iria embora?

Eu me maravilhei com o fato de que poderia passar a mão em seu braço sem que ele se retraísse.

— Não. Na verdade, não sei.

Ele franziu a testa, traçando o contorno do meu rosto.

— Não sabe o quê?

Eu me aconcheguei ainda mais nele.

— O que acontece agora?

A compreensão transpareceu no seu olhar.

— Não sei, Alex. Precisamos tomar cuidado. Não vai ser fácil, mas... vamos dar um jeito.

Meu coração palpitou.

Um relacionamento seria quase impossível aonde quer que fôssemos, mas eu não conseguia impedir a esperança que crescia dentro de mim nem as lágrimas que se acumulavam nos meus olhos. Seria errado torcer por um milagre? Porque era disso que precisaríamos para fazer aquilo dar certo.

— Ah, Alex! — Ele me envolveu nos braços, segurando-me junto a si. Afundei o rosto entre o pescoço e o ombro dele, respirando fundo. — O que aconteceu entre nós... foi a melhor coisa que já fiz, não foi só um lance.

— Eu sei... — murmurei.

— E não vou desistir de você só porque uma lei idiota diz que não podemos ficar juntos.

Palavras perigosas, mas fiquei toda derretida de amores por elas. Joguei os braços ao redor dele, tentando afastar preocupações e medos antigos. Aiden estava correndo um risco enorme em ficar comigo, e eu também, mas não poderia negar nossos sentimentos por causa do que havia acontecido com Hector e Kelia. Esse medo não era justo nem com Aiden nem comigo.

Aiden virou de barriga para cima, encaixando-me ao lado do corpo.

— E não vou perder você para Seth.

O ar se prendeu nos meus pulmões. De tão desorientada que estava com Aiden, esqueci completamente o inesquecível: o fato de que despertaria em duas semanas e todas as ramificações disso. O medo tinha gosto de sangue no fundo da minha garganta. E se isso mudasse o que eu sentia por Aiden?

Merda! E se o vínculo voltasse esses sentimentos para Seth?

E como é que eu havia me esquecido de Seth? "Longe dos olhos, longe do coração" não justificava tudo isso. A questão era que eu gostava, sim, de Seth... muito. Até o amava um pouco, embora eu quisesse bater nele na maior parte do tempo. Mas meu amor por Seth não era nada parecido com o que eu sentia por Aiden. Não me consumia, não me fazia querer agir de maneira questionável, ser imprudente e, ao mesmo tempo, mais segura e cautelosa. Meu coração e meu corpo não respondiam da mesma forma.

A mão de Aiden desceu pelo meu braço.

— Sei o que está pensando, *ágape mou, zoi mou*.

Inspirei com dificuldade.

— O que isso significa?

— Significa "meu amor, minha vida".

Fechei os olhos para conter a corrente de lágrimas, lembrando a primeira vez em que ele havia me chamado de "*ágape mou*". Meus deuses, Aiden não havia mentido. Ele me amava desde o comecinho. Saber isso me deu uma determinação firme. Me ergui e olhei para ele.

Ele sorriu, e meu coração palpitou. Estendeu o braço, ajeitando meu cabelo atrás da orelha. Não tirou a mão.

— O que está pensando agora?

— Podemos fazer isso. — Eu me abaixei e o beijei. — Vamos fazer dar certo, caramba.

Seu braço direito envolveu minha cintura.

— Eu sei.

— Deuses, sei que parece muito ingênuo, então por favor não ria de mim. — Sorri. — Mas eu estava... apavorada desse despertar, de me perder. Mas... mas não estou mais. Não vou mais me perder porque... bom, o que sinto por você jamais me permitiria esquecer quem sou.

— Eu jamais permitiria que você esquecesse quem é.

Meu sorriso aumentou.

— Deuses, somos malucos. Você sabe disso, não?

Aiden riu.

— Mas acho que somos muito bons em sermos malucos.

Continuamos nos braços um do outro por muito mais tempo do que deveríamos. Eu estava relutante em deixar que ele saísse e ele estava relutante em sair. Virando de lado, eu o observei se vestir. Ele sorriu ao flagrar. Levantei as sobrancelhas.

— Que foi? A vista é bonita.

— Safadinha — ele disse, sentando ao meu lado. Sua mão traçou meu quadril. Havia algo destemido em seu olhar. — Vamos fazer dar certo.

Eu me aconcheguei mais nele, desejando que ele não tivesse que sair.

— Eu sei. Acredito nisso.

Aiden me beijou mais uma vez e sussurrou.

— *Ágape mou*.

23

Tudo e nada mudou depois de transarmos. Não havia nada diferente na minha aparência. Bom, havia o sorriso bobo estampado na minha cara que eu não conseguia disfarçar. Fora isso, eu parecia igual. Mas me sentia diferente. Sentia latejarem lugares onde eu não sabia que se podia sentir dor. Meu coração também vibrava um pouco toda vez que eu lembrava seu nome, o que era tão clichê, e eu adorava.

Deixar meu coração, e não os meus hormônios, decidir o momento certo tornou o que eu e Aiden fizemos especial. E, quando passávamos um pelo outro ao longo do dia, os olhares que trocávamos de repente tinham mais significado. Tudo tinha mais significado, porque estávamos arriscando tudo, e nenhum de nós se arrependia daquilo.

Passei a maior parte da tarde jogando scrabble com Deacon. Acho que ele se arrependeu de me chamar para jogar, porque eu era uma *daquelas* jogadoras de scrabble, do tipo que jogava palavras de três letras sempre que podia.

Algo em mim achava que os deuses aniquilariam um de nós por finalmente quebrarmos todas as regras. Portanto, quando Apolo apareceu na nossa quarta rodada, quase tive um ataque cardíaco.

— Deuses! — Apertei o peito. — Dá para parar de fazer isso?

Apolo me lançou um olhar estranho.

— Cadê Aiden?

Levantando, Deacon limpou a garganta e fez uma reverência.

— Hum, acho que ele está lá fora... Vou chamar.

Com um olhar irritado, observei Deacon ir embora. Sozinha com Apolo, não sabia o que fazer. Deveria me levantar e fazer uma reverência também? Era falta de educação ficar sentada na presença de um deus? Mas então Apolo se sentou ao meu lado, de pernas cruzadas, e começou a mexer nas letras do tabuleiro.

Acho que não.

— Sei o que aconteceu — Apolo disse depois de alguns segundos.

— Do que você está falando?

Ele apontou para o tabuleiro.

Olhei para o jogo e quase desmaiei. Ele tinha formado SEXO e AIDEN com aqueles quadradinhos malditos. Horrorizada, dei um pulo e comecei a embaralhar as letras do tabuleiro.

— N... não sei do que você está falando!

Apolo jogou a cabeça para trás e riu, com uma gargalhada bem alta.

Acho que eu o odiava, deus ou não.

— Sempre soube. — Ele se recostou no sofá, cruzando os braços. — Seus olhos azuis brilhavam de uma maneira estranha, iluminados por dentro. — Só estou surpreso que vocês tenham aguentado tanto.

Meu queixo caiu.

— Espera. Naquela noite em que Kain voltou? Você... sabia que eu estava na cabana de Aiden?

Ele fez que sim.

— Mas... como sabe agora? — Senti um frio na barriga. — Ai, meus deuses, você fica espiando como um deus tarado ou coisa assim? Você nos viu?

Apolo estreitou os olhos, inclinando a cabeça para mim.

— Não. Tenho *sim* mais o que fazer.

— Como o quê?

Suas pupilas começaram a ficar brancas.

— Ah, sei lá. Talvez localizar Telly, ficar de olho em Seth e, se tiver sorte, trazer você de volta dos mortos. Ah, sem falar em fazer algumas aparições no Olimpo para não deixar todos os meus irmãos curiosos sobre o que ando fazendo.

— Ah. Desculpa. — Eu me sentei, envergonhada. — Você está mesmo ocupado.

— Enfim, consigo sentir o cheiro de Aiden em você.

Minha cara ardeu.

— Quê? Como assim você consegue sentir o *cheiro* dele? Cara, eu tomei banho.

Apolo chegou perto, com seu olhar encontrando o meu.

— Cada pessoa tem um cheiro particular. Se misturar muito o seu com o dessa pessoa, é preciso muito para tirar esse cheiro de você. Na próxima vez, você pode experimentar um sabonete desinfetante em vez daqueles perfumados.

Cobri o rosto em chamas.

— Isso é tão errado...

— Mas me diverte muito.

— Você... não vai fazer nada a respeito? — sussurrei, erguendo a cabeça.

Ele revirou os olhos.

— Acho que esse é o menor dos nossos problemas agora. Além disso, Aiden é um cara legal. Sempre vai colocar você em primeiro lugar, acima de tudo. Mas tenho quase certeza que ele vai ficar superprotetor em algum momento. — Apolo encolheu os ombros enquanto eu o encarava, boquiaberta. — Você só vai ter que dar um puxão de orelha nele.

Apolo estava me dando conselhos de relacionamento? Aquele era oficialmente o momento mais constrangedor da minha vida, e isso era dizer muito. Felizmente, Aiden e Deacon voltaram, e fui poupada de morrer de vergonha.

Deacon colocou as mãos nos bolsos.

— Vou só me ocupar com... alguma coisa. Melhor. — Dando meia-volta, ele fechou a porta ao sair.

Havia algo muito estranho na reação de Deacon a Apolo. Pelo bem dele, eu torcia muito para que Deacon não tivesse feito nada com Apolo. Ele poderia acabar virando uma flor ou um toco de árvore.

Aiden avançou dentro da sala e fez uma reverência.

— Alguma notícia? — ele perguntou ao se endireitar.

— Ele sabe sobre a gente — eu disse.

Um segundo depois, Aiden me levantou e me jogou para trás. Nas duas mãos, estavam adagas do Covenant.

Apolo arqueou a sobrancelha dourada.

— E o que eu disse sobre a coisa toda de ser um pouco superprotetor? Bom, ele avisou. Com a cara ardendo, segurei o braço de Aiden.

— Ele não parece ligar, pelo visto.

Os músculos de Aiden ficaram tensos sob minha mão.

— E por que eu deveria acreditar nisso? Ele é um deus.

Engoli em seco.

— Bom, provavelmente, porque ele poderia já ter me matado se tivesse algum problema com isso.

— Verdade. — Apolo estendeu as pernas, cruzando os tornozelos. — Aiden, não era para você estar tão chocado assim por eu saber. Não se lembra da nossa caçada especial em Raleigh? Por que outro motivo, além de amor, um homem caçaria alguém daquela forma? E, confia em mim, eu sei as loucuras que as pessoas fazem por amor.

Os cantos das bochechas de Aiden coraram, enquanto ele relaxava um pouco.

— Desculpa por... apontar armas para você, mas...

— Entendo. — Ele fez que não era nada. — Sentem ou se agachem aí. Fiquem à vontade. Precisamos conversar, e não tenho muito tempo.

Respirando fundo, eu me sentei onde estava antes. Aiden ocupou o braço do sofá atrás de mim, permanecendo perto.

— O que está acontecendo? — perguntei.

— Estava com Marcus agora há pouco — Apolo respondeu. — Ele disse que Solos topou.

— Topou o quê? — Olhei para Aiden. Ele desviou o olhar. Ao mesmo tempo curiosa e brava, porque sabia que isso significava que ele estava escondendo algo de mim, acotovelei sua perna. — Topou o quê, Aiden?

— Você não contou para ela, contou? — Apolo se afastou ainda mais. — Não bate em mim.

— Como assim? Não saio por aí batendo nas pessoas. — Os dois me olharam com conhecimento de causa. Cruzei os braços para não bater neles. — Tá. Tanto faz. O que está acontecendo?

Apolo suspirou.

— Solos é um sentinela meio-sangue.

— Nossa... Essa parte eu entendi. — Aiden empurrou minhas costas com o joelho. Lancei um olhar fulminante para ele. — O que ele tem a ver com isso tudo?

— Bom, é o que estou tentando dizer. — Apolo se levantou num movimento fluido. — O pai de Solos é ministro em Nashville. Ele é, na verdade, o único filho do ministro; foi criado com todo o amor e muito conhecimento da política do conselho.

— Certo — eu disse devagar. Puros cuidando de seus filhos meios-sangues não era algo inédito. Raro, sim, mas eu era um exemplo disso.

— Nem todos no conselho gostam de Telly, Alex. Alguns gostariam até de que ele fosse removido do cargo — Aiden explicou.

— E, se bem me lembro, ele foi vencido em relação à sua servidão. — Apolo se aproximou da janela. — O que ele está envolvido vai desagradar bastante aqueles membros do conselho, incluindo o pai de Solos, que, por sinal, tem o coração mole em relação ao tratamento dos meios-sangues. Tê-los ao nosso lado pode ajudar.

— Como assim, o pai dele tem o coração mole?

Apolo se virou para mim.

— Ele é um daqueles que não acham que os meios-sangues devem ser obrigados à servidão se não se encaixarem no papel de sentinela ou guarda.

— Bom, a culpa dessa regra é toda de vocês. — A raiva despertou dentro de mim. — Vocês são responsáveis pela maneira como somos tratados.

Apolo franziu a testa.

— Não temos nada a ver com isso.

— Como assim? — A voz de Aiden foi tomada por surpresa.

— Não somos responsáveis pela subjugação de meios-sangues — Apolo disse. — Foi tudo obra dos puros-sangues. Eles decretaram a separação das duas linhagens em castas séculos e séculos atrás. Tudo o que pedimos foi que puros e meios não se misturassem.

Essas palavras me fizeram perder o chão. Tudo que tinham me ensinado não era verdade. Desde que eu era pequena, ouvi que os deuses nos viam como inferiores, e nossa sociedade se baseava nessa convicção.

— Por que... por que vocês não fizeram nada?

— Não era problema nosso — Apolo respondeu com tranquilidade.

A raiva me atravessou como uma bala incandescente, e me levantei de um salto.

— Não era problema seu? Os puros-sangues são seus filhos! Assim como nós. Vocês poderiam ter feito alguma coisa há anos.

Aiden segurou meu braço.

— Alex...

— O que você esperava de nós, Alexandria? — Apolo disse. — As vidas de meios-sangues era literalmente um degrau, um mísero degrau, acima da dos mortais. Não podemos interferir em questões tão triviais.

A escravidão de milhares e milhares de meios era uma questão trivial?

Soltando-me de Aiden, parti para cima de Apolo. Em retrospecto, não foi uma boa ideia, mas eu estava com tanta raiva, tão chocada que os deuses haviam ficado de braços cruzados desde o começo e *permitiram* que os puros nos tratassem como animais que podiam arrebanhar. Uma pequena parte racional do meu cérebro sabia que não deveria levar isso para o lado pessoal, porque era assim que os deuses eram. Se não os envolvesse diretamente, eles não se importavam. Simples assim. Mas a parte irritada superou a racional.

— Alex! — Aiden gritou, tentando me alcançar.

Eu era muito mais rápida quando queria. Ele não conseguiu me impedir. Cheguei a meio metro de Apolo antes dele erguer a mão. Dei de cara com uma barreira invisível. A força fez meu cabelo voar para trás.

Apolo sorriu.

— Gosto do seu temperamento genioso.

Chutei o escudo. Uma dor disparou pelo meu pé. Cambaleei para trás.

— Ai! Caramba, doeu!

Aiden me segurou com firmeza.

— Alex, você precisa se acalmar.

— Estou calma!

— Alex — Aiden me repreendeu, obviamente segurando o riso.

Apolo abaixou a mão, parecendo arrependido.

— Eu... entendo sua raiva, Alexandria. Os meios-sangues não foram tratados de forma justa.

Respirei fundo algumas vezes para me acalmar.

— A propósito, da próxima vez que atacar um deus, e não for eu, você vai ser destruída — Apolo disse. — Se não por esse deus, pelas Fúrias. Sorte a sua que eu e elas não nos damos bem. Elas adorariam ver minhas entranhas penduradas nas vigas...

— Tá. Entendi. — Coloquei o pé dolorido no chão. — Mas não acho que você realmente entenda. É esse o problema dos deuses. Vocês criaram tudo isso e simplesmente largaram. Sem assumir responsabilidade pelo que aconteceu. Vocês elevam o egocentrismo a um patamar épico. E todos os seus problemas, os daímônes e até a porcaria dos Apôlions são culpa dos deuses. Você mesmo disse! Se quer saber, vocês são inúteis noventa e nove por cento do tempo.

Aiden colocou a mão nas minhas costas. Pensei que ele me mandaria calar a boca, porque eu estava gritando com um deus, mas não foi isso que fez.

— Alex tem razão, Apolo. Eu nem sabia... a verdade. Até nós somos ensinados que os deuses decretaram a separação das duas raças.

— Não sei o que dizer — Apolo disse.

Ajeitei o cabelo.

— Por favor, não diz que sente muito, porque sei que não seria verdade.

Apolo acenou.

— Certo. Agora que desabafamos, vamos voltar ao motivo da visita. — Aiden me puxou para o sofá, me forçando a sentar. — E, sério, Alex, nada de bater.

Revirei os olhos.

— Ou o quê? Vai me deixar de castigo?

O sorriso de Aiden era atrevido, como se estivesse preparado para o desafio e pudesse até gostar.

— Solos e o pai vão ser trunfos valiosos para garantir que Telly seja afastado da posição de ministro-chefe e que uma investigação exaustiva seja feita para determinar quantos membros da ordem podem existir. E, antes que me pergunte por que, como um deus, não posso simplesmente ver. Devo lembrar que não somos oniscientes.

— Por que vocês estavam com medo de como eu reagiria a isso? — perguntei, confusa. — Parece uma coisa boa.

— Tem mais. — Aiden respirou fundo. — O pai de Solos tem muitas propriedades pelos estados, lugares onde podemos esconder você até todos os membros da ordem serem encontrados.

— Não apenas isso — Apolo acrescentou. — Podemos manter você em segurança até sabermos lidar com Seth e seu despertar.

Franzi a testa, certa que não havia ouvido direito.

— Como é que é?

— O pior que pode acontecer agora é Seth tomar seu poder e se tornar o Assassino de Deuses. — Apolo cruzou os braços. — Portanto, precisamos garantir que você esteja longe quando despertar e que o vínculo esteja rompido pela distância para você não ter como se conectar a ele.

— Por quê? Por que ele não é confiável? O que ele fez?

— Ele mentiu para você sobre muitas coisas — Aiden apontou.

Balancei a cabeça.

— Além de mentir sobre as questões de Apôlion, o que ele fez?

— A questão não é o que ele fez, Alexandria, mas o que vai fazer. O oráculo viu.

— Você está falando sobre toda a baboseira de "um para salvar e um para destruir"? Por quê? Por que seria assim comigo e com Seth se não somos o primeiro par de Apôlions? — Joguei o cabelo para trás, frustrada e tomada pela necessidade de... proteger o nome de Seth.

Não que ele tivesse um nome bom, mas, poxa!

De repente, Apolo estava ajoelhado na altura dos meus olhos. Aiden ficou ao meu lado.

— Não perdi tempo tentando manter você em segurança e briguei com Hades pela sua alma para você jogar tudo isso fora com base numa confiança ridícula e ingênua.

Cerrei os punhos.

— Por que você se importa, Apolo?

— É complicado — foi tudo o que ele disse.

— Se tudo o que você pode dizer é que "é complicado", pode esquecer. E as aulas?

— Marcus nos garantiu que você se formaria a tempo — Aiden disse.

— Você sabia disso?

— Sim — ele respondeu. — Alex, é a coisa certa a fazer.

— Fugir é a coisa certa a fazer? Desde quando você acredita nisso? Porque me lembro de você me dizendo que fugir não resolvia nada.

Aiden apertou os lábios.

— Aquilo foi antes de você ser assassinada, Alex. Antes de eu... — Ele se interrompeu, balançando a cabeça. — Aquilo foi antes.

Eu sabia o que ele queria dizer, e isso me machucava. Sofria por ele ter que se preocupar comigo, mas isso não tirava minha raiva completamente.

— Você deveria ter me dito que era isso que vocês estavam planejando. É o mesmo que Seth e Lucian planejarem me levar para algum país distante. Preciso ser incluída nesses planos.

— Alexandria...

— Não. — Interrompi Apolo e me levantei antes que Aiden pudesse me impedir. — Não vou me esconder porque existe uma *chance* de Seth poder fazer algo.

— Esqueça Seth, então. — Aiden se levantou, cruzando os braços. — Você precisa ser protegida da ordem.

— Não podemos nos esquecer de Seth. — Comecei a andar de um lado para o outro, querendo arrancar os cabelos. — Se eu simplesmente desaparecer, o que vocês acham que Seth vai fazer? Ainda mais se não contarmos para ele, que sei que é exatamente o que vocês estão pensando.

Apolo se levantou e inclinou a cabeça para trás.

— Seria muito mais fácil se você tivesse uma personalidade agradável.

— Foi mal, amigão. — Parei, encontrando os olhos firmes de Aiden. — Mas não posso aceitar isso. E, se acham mesmo que a ordem vai tentar alguma coisa, precisamos da ajuda de Seth.

Aiden se virou, com os ombros largos tensos, esbravejando entredentes. Normalmente, eu teria me irritado pela demonstração de testosterona, mas, sim, achei meio sexy.

O Deus do Sol suspirou.

— Por enquanto, você vence, mas, se eu sequer cogitar que as coisas podem acabar mal...

— Acabar mal como? — perguntei.

— Além do óbvio? — Apolo franziu a testa. — Se Seth fizer o que temem, os deuses lançariam sua fúria sobre todos os puros e meios para marcar o descontentamento. E, como eu estava dizendo, se chegar a esse ponto, você não terá escolha.

— Por que, então, você não deixa que a ordem me mate? Isso resolveria todos os seus problemas, não? — Não que eu quisesse morrer, mas faria sentido. Até eu conseguia enxergar aquilo. — Seth não se tornaria o Assassino de Deuses assim.

— Como eu disse, é complicado. — Apolo simplesmente desapareceu.

— Odeio quando ele faz isso. — Olhei para Aiden. Ele retribuiu meu olhar, com as sobrancelhas franzidas e o maxilar tenso. Suspirei. — Não me olhar com essa cara como se eu tivesse acabado de chutar um filhote de pégaso na sarjeta.

Aiden suspirou devagar.

— Alex, não concordo com isso. Você deve saber que estamos apenas pensando no que é melhor para você.

Sexy ou não, lá se foi o frágil controle sobre a minha paciência.

— Não preciso que pensem no que é melhor para mim, Aiden. Não sou uma criança!

Seus olhos se estreitam.

— Sei mais do que ninguém que você não é uma criança, Alex. E, com certeza, não te tratei como uma ontem à noite.

Minha cara ardeu com um misto de vergonha e algo muito, muito diferente.

— Então, não tome as decisões por mim.

— Estamos tentando ajudar você. Não consegue ver isso? — Seus olhos se escureceram num cinza tumultuoso. — Não vou perder você de novo.

— Você não me perdeu, Aiden. Juro. — Parte da raiva se esvaiu. Por trás da sua fúria, havia medo. Eu entendia isso. Era o que provocava a maioria dos meus chiliques. — Não me perdeu e não vai me perder.

— Essa não é uma promessa que você possa fazer. Não quando há tantas coisas que podem dar errado.

Eu não sabia o que responder.

Aiden atravessou a sala, envolvendo-me num abraço apertado. Nenhuma palavra foi dita por vários momentos, apenas o subir e descer do seu peito.

— Sei que você está brava — ele começou — e que odeia a ideia de tentarem controlar você ou obrigarem você a fazer algo.

— Não estou brava.

Ele recuou, arqueando a sobrancelha.

— Certo. Estou brava, mas entendo por que você acha que eu deveria me esconder.

Ele me guiou de volta ao sofá.

— Mas não vai topar.

— Não.

Aiden me puxou para o seu colo, colocando os braços ao redor de mim. Meu coração deu uma pirueta, demorei alguns segundos para me acostumar com aquele Aiden tão afetuoso, que não se afastava nem mantinha distância.

— Você é a pessoa mais frustrante que conheço — ele disse.

Apoiei a cabeça no seu ombro, sorrindo.

— Nenhum de vocês está dando uma chance a Seth. Ele não fez nada, e não tenho nenhum motivo para ter medo dele.

— Ele mentiu para você, Alex.

— Quem não mentiu para mim? — apontei. — Olha, sei que não é uma ótima justificativa, e você tem razão: ele mentiu, sim, para mim. Sei disso, mas não fez nada que justifique que eu fuja e me esconda. Temos que dar uma chance a ele.

— E se corrermos esse risco e você estiver errada, Alex? E aí?

Eu torcia para que não fosse o caso.

— Aí vamos ter que lidar com isso.

Seus ombros se tensionaram sob minha bochecha.

— Não concordo com isso. Já falhei com você uma vez e...

— Não diz isso. — Me contorcendo em seu abraço, encontrei seu olhar e acariciei seu rosto. — Você não fazia ideia que Linard estava trabalhando para a ordem. Não é culpa sua.

Ele encostou a testa na minha.

— Era para eu ter conseguido te proteger.

— Não preciso que me proteja, Aiden. Preciso que faça o que está fazendo agora.

— Te abraçar? — Seus lábios se contraíram. — Deixa comigo.

Eu o beijei, e meu peito se apertou. Nem num milhão de anos eu me acostumaria a poder beijá-lo.

— Sim, isso, mas só preciso... do seu amor e da sua confiança. Sei que você pode lutar por mim, mas não precisa. Esses problemas... são meus, não seus, Aiden.

Ele me apertou com tanta força que achei difícil respirar.

— Por eu te amar, nós enfrentamos os problemas juntos. Quando lutamos, lutamos juntos. Vou estar ao seu lado, aconteça o que acontecer, goste você ou não. Isso é amor, Alex. Você nunca mais vai ter que enfrentar nada sozinha. E entendo o que está dizendo. Não concordo, mas vou te apoiar no que for possível.

Fiquei sem palavras. Não havia nada que eu pudesse responder a algo assim. Eu não era tão boa com palavras, não aquele tipo de palavras. Então, me enrolei nele como um polvo superbonzinho. Quando ele se recostou, me acomodei, sem me importar que ele ainda estivesse com a armadura de sentinela, com as adagas e tudo. Vários minutos se passaram até um de nós falar.

— Seth não é má pessoa — eu disse. — Pode ter momentos de grande grosseria, mas não faria algo como derrubar o conselho.

Aiden deslizou os dedos pela minha bochecha.

— Não ponho as mãos no fogo por Seth.

Achei melhor não responder. Desde o telefonema após o ataque de Linard, eu não tinha falado com Seth. E agora que havia me acalmado um pouco, comecei a pensar racionalmente sobre o que Apolo tinha dito.

— Todos... os deuses, os puros e a ordem têm medo de Seth porque ele vai se tornar o Assassino de Deuses, certo?

— Certo... — ele murmurou. Sua mão subiu ao meu ombro, ajeitando meu cabelo para trás.

— E se ele não se tornar o Assassino de Deuses?

Sua mão parou.

— Quer dizer, se conseguirmos impedir a transferência de poder? É isso que estamos tentando fazer mantendo você longe do Seth.

— Duvido seriamente que esse seja seu único objetivo em me manter longe de Seth.

— Você me pegou — ele disse, e consegui ouvir o sorriso na sua voz.

Erguendo a cabeça, cheguei à conclusão de que já havia passado da hora de esclarecer as coisas. Primeiro Aiden... e depois Seth, porque a última coisa que eu queria era que alguém se magoasse por causa disso.

— Gosto de Seth... gosto mesmo. Ele é importante para mim, mas não é a mesma coisa. Você sabe que não precisa se preocupar, certo? O que eu e Seth tínhamos... Bom, nem sei o que tínhamos. Não era um relacionamento na verdade. Ele pediu para tentar e ver o que acontecia. E o que aconteceu foi isso.

Aiden pegou uma mecha do meu cabelo entre os dedos.

— Eu sei. Confio em você, Alex. Mas isso não quer dizer que confio nele. Não havia como ganhar aquele embate com ele.

— Enfim, posso conversar com Seth e contar o que está acontecendo com a ordem e o medo que as pessoas têm.

— E você acha que ele vai entender?

— Acho. Seth não vai me obrigar a nada usando a... conexão contra nós. — Eu me estiquei no peito de Aiden e beijei seu queixo. — Seth me disse uma vez que, se a nossa relação ficasse pesada demais, ele pararia. Existe uma saída, então.

— Hum, ele disse mesmo isso? — Seus olhos arderam prateados. — Talvez ele não seja tão ruim.

— Não é.

— Não gosto disso, mas, como eu disse, vou apoiar você no que for possível.

— Obrigada. — Beijei seu rosto de novo.

Um suspiro o atravessou.

— Alex?

— O quê?

Ele recuou, observando-me detrás dos cílios grossos.

— Vocês comeram toda a massa de cookie ontem à noite ou chegaram a assar algum?

Ri da mudança de assunto.

— Assamos alguns. Acho que ainda deve ter sobrado um ou outro.

— Ótimo. — Ele colocou as mãos no quadril e me puxou para a frente, apertando nossos corpos um no outro. — O que é o Valentine's Day sem cookies?

— Acho que os mortais se importam mais com chocolate nesta época do ano. — Coloquei as mãos sobre os seus ombros, e toda aquela história de deuses furiosos, membros da ordem, Seth e tudo o mais ficou em segundo plano. — Mas cookies servem.

Uma de suas mãos subiu pela curva das minhas costas, deslizando sob o cabelo emaranhado e fazendo um leve arrepio perpassar minha pele.

— Quer dizer que não tem nenhuma árvore de Natal ridícula envolvida?

— Não tem isso de árvore de feriados mortais. — Meu fôlego se perdeu quando ele guiou minha boca na direção da sua, parando pouco antes de nossos lábios se tocarem. — Mas... mas tenho certeza de que os mortais agradeceriam a intenção daquele tipo de árvore.

— Tem? — Ele encostou a boca num canto dos meus lábios, depois no outro. Com os olhos se fechando, meus dedos apertaram sua camisa. Quando ele me beijou devagar, derramando todas as suas paixões implícitas nesse único ato, seu corpo forte ficou tenso sob o meu.

Não conseguia lembrar do que estávamos falando. Havia apenas a torrente de sentimentos que me invadia. Era Aiden, o homem que eu amava havia tanto tempo, nos meus braços, sob mim, sobre mim, me tocando.

— Feliz Valentine's Day... — ele murmurou.

Aiden me deu um abraço apertado e, nos momentos seguintes, mostrou mais do que disse que estávamos nessa juntos.

24

Eu tinha fantasiado várias vezes como seria estar num relacionamento com Aiden. Houve dias, não muito tempo antes, que teria expulsado esse sonho da cabeça porque parecia impossível. Mas, por uma semana, vivi plenamente essa fantasia.

Aproveitamos todos os momentos a sós que tínhamos, ocupando-nos com beijos intensos e risadinhas. E planos; até planos fizemos.

Ou, pelo menos, tentamos fazer.

Minhas costas se arquearam e uma risada escapou.

— Ah, então você *sente* cócegas? — Aiden murmurou sobre a pele corada do meu pescoço. — Que interessante!

Parecia que, quando estávamos juntos, não conseguíamos tirar as mãos um do outro. Aiden tinha que estar tocando alguma parte de mim. Fosse apenas um leve contato de pele, com sua mão segurando a minha ou nossas pernas enroscadas preguiçosamente, estávamos *sempre* nos tocando.

Talvez fosse porque havíamos resistido por tanto tempo ou talvez estivéssemos os dois inebriados por simplesmente nos deitarmos juntos, e nos viciamos nisso. Nossas pernas encostadas, e nossas cabeças pousadas no braço do sofá no quarto com os retratos de família. Era seguro lá, pois ninguém se atrevia a entrar. O santuário que antes era de Aiden havia passado a ser nosso.

Hoje, não era diferente.

Mas nem tudo era diversão. Com o passar dos dias e sabendo que Seth estava para voltar, uma ansiedade foi crescendo dentro de mim. Havia também uma culpa pontiaguda que se cravava lá no fundo. Às vezes, quando pensava nele, eu me lembrava daqueles momentos de vulnerabilidade que ele havia demonstrado depois do nosso mergulho noturno nas Catskills e no dia seguinte ao que me deram a poção. Seth era muitas coisas, quase um completo enigma às vezes, mas, no fundo, era alguém que... se preocupava, e ele gostava de mim. Talvez mais do que eu dele. Talvez não, mas não queria magoá-lo.

Eu me contorci no sofá ao lado de Aiden, tentando dissipar a nuvem escura que havia se instalado sobre mim. Conversar com Seth não seria fácil. Por outro lado, eu não fazia ideia como ele reagiria. Ele esteve com a peituda... então talvez não fosse tão difícil assim.

— Então, me fala — Aiden continuou, me trazendo de volta ao presente, a ele. — Onde era aquele ponto mesmo? — Era aqui. — Ele passou os dedos pela minha barriga.

— Não. — Meus olhos se fecharam e meu coração disparou, com pequenos calafrios.

— Aqui? — Seus dedos deslizaram pelas minhas costas.

Em silêncio, fiz que não.

— Onde era aquele ponto então?

Seus dedos ágeis saltaram pela minha barriga e passaram pelo lado do meu corpo. Fechei bem a boca, mas meu corpo tremeu tentando controlar minha reação natural.

— Ah! É aqui! — Ele aumentou um pouco a pressão.

Eu me contorci, mas ele não teve dó nem piedade. Riu quando me dobrei ao meio, e eu teria caído no chão se não fosse por seu movimento rápido.

— Para — pedi, ofegante, entre um e outro acesso de riso. — Não aguento.

— Está bem, talvez eu devesse ser mais bonzinho. — Aiden me puxou de volta para o seu lado e se inclinou sobre mim. Pegou uma mecha de cabelo e a girou entre dois dedos. — Enfim, voltando à pergunta. Que lugar, além de Nova Orleans?

Passei a mão no seu braço, adorando como os músculos pareciam se contrair sob a pele que eu tocava.

— Que tal Nevada? Não tem nenhum Covenant perto. O mais perto é a universidade.

Ele se abaixou, roçando os lábios sobre a minha bochecha.

— Está sugerindo Las Vegas?

Fiz uma cara inocente.

— Bom, haveria muitos daímônes, já que vocês, puros, gostam de curtir lá, mesmo não tendo nenhum estabelecimento hêmatoi de nenhum tipo.

— Primeiro Nova Orleans e depois Las Vegas? — Ele traçou os lábios de um lado para o outro. Seus dedos inclinavam minha cabeça para trás. — Estou começando a ver uma lógica aqui.

— Sei não. — Prendi a respiração enquanto ele se abaixava. — Talvez você não aguente Las Vegas.

Aiden sorriu.

— Adoro um desafio.

Ri, mas todo o humor desapareceu quando seus lábios voltaram a tocar os meus. Eram delicados a princípio, suaves e curiosos. Meus dedos se cravaram em seu cabelo, puxando-o para perto, e os beijos se intensificaram. Eu me ajeitei e coloquei os braços ao redor dele, querendo conseguir apertar o botão de parar o tempo. Eu poderia ficar ali para sempre, sentindo seu corpo moldado ao meu, dissolvendo um no outro... até que paralisei.

A sensação que deslizou pela minha espinha era inconfundível. As três runas que tinham ficado dormentes desde que Seth foi embora despertaram com força total, ardendo e formigando. A corda despertou, reagindo à sua outra metade.

Os lábios deles desceram pelo meu pescoço, passando pelos ombros.

— Que foi?

Não havia um botão de parar o tempo. Droga!

— Seth está aqui, tipo, na porta.

Aiden ergueu a cabeça.

— Sério?

Fiz que sim, tensa.

Ele murmurou um palavrão e se levantou de um salto. Comecei a me levantar, mas ele estendeu a mão.

— Me deixa conferir antes, Alex.

— Aiden...

Descendo, ele apertou meus ombros e me beijou até eu quase esquecer como a corda estava se desenrolando no fundo do meu ventre.

— Só me deixa conferir, tá? — ele sussurrou.

Fiz que sim e o observei avançar na direção da porta. Com um rápido sorriso tranquilizador, ele saiu do quarto. Devia ser melhor mesmo não sair para cumprimentar Seth. Eu precisava de alguns momentos para me recompor depois daquele último beijo.

Uma energia nervosa me atravessou, e a corda vibrou com prazer. Agitada, eu me levantei em menos de um minuto e atravessei o quarto. Seth estava perto. Eu conseguia sentir. Parei na frente da porta entreaberta e prendi a respiração.

Eles estavam no corredor, sozinhos. E, claro, já estavam discutindo. Revirei os olhos.

— Acha que não sei? — Ouvi Seth dizer com arrogância. — Que não soube esse tempo todo em que estive longe.

— Soube o quê? — Aiden parecia surpreendentemente calmo.

Seth riu baixo.

— Ela pode estar aqui com você, agora, mas isso é apenas um momento no quadro geral. E todos os momentos passam, Aiden. O seu também vai passar.

Eu queria abrir a porta e mandar Seth calar a boca.

— Que clichê mais baixo-astral! — respondeu Aiden. — Mas talvez seja o seu momento que já acabou.

Caiu um silêncio, e eu conseguia imaginar os dois. Aiden estaria olhando com frieza para Seth, que, por sua vez, estaria sorrindo com arrogância e, secretamente, adorando todo o confronto. Às vezes, eu queria bater nos dois.

— Não importa — disse Seth. — É isso que você não entende. Ela pode amar você e, mesmo assim, isso não importa. Somos feitos um para o outro. Está escrito. Aproveita seus momentos, Aiden, porque, no fim, não vai significar nadinha.

Já chega. Abri a porta e entrei no corredor. Eles nem se viraram, mas sabia que me ouviram sair do quarto. Atrás deles, eu conseguia ver as sombras dos guardas através das janelinhas quadradas em cada lado da porta.

— É isso mesmo que você acha? — Aiden inclinou a cabeça para o lado. — Se sim, você é um idiota.

Seth sorriu.

— Não sou eu o idiota aqui, puro-sangue. Ela não pertence a você.

— Ela não pertence a ninguém — Aiden esbravejou, com as mãos se contraindo perto do quadril, onde suas adagas costumavam ficar.

— Será mesmo? — Seth disse, tão baixinho que não sabia se havia ouvido certo.

Eu me enfiei entre os dois idiotas antes que algum deles causasse algum estrago.

— Você não me possui, Seth.

Seth finalmente se voltou para mim, com os olhos de uma cor de âmbar frio.

— Precisamos conversar.

Precisávamos mesmo. Olhei para o puro-sangue furioso ao meu lado. Isso não acabaria bem.

— Em particular — Seth acrescentou.

— O que você precisa dizer que não pode falar na minha frente? — Aiden perguntou.

— Aiden... — resmunguei. — Você prometeu, lembra? — Não precisei falar mais. Aiden sabia. — Preciso conversar com ele.

— Não vai acontecer nada com ela. Não enquanto ela estiver comigo.

Eu me virei.

— Só me deixa buscar meu moletom. Tentem não matar um ao outro.

— Não prometo nada. — Seth sorriu com deboche.

Pegando meu moletom no dorso do sofá, eu o vesti rápido e voltei a sair às pressas para o corredor. Deuses sabiam que eles não podiam ficar nem um segundo a sós. Lancei um olhar incisivo para Aiden, seguindo Seth até a porta. Ele parecia extremamente descontente, mas acenou com a cabeça.

Temperaturas brutais tiraram meu fôlego quando saí. Não me lembrava da última vez que havia estado tão frio na Carolina do Norte. Seth estava usando apenas uma camisa preta fina e uma calça cargo. Mais nada. Me perguntei se eu ganharia algum tipo de proteção contra o clima assim que despertasse.

Os guardas abriram caminho imediatamente, revelando o sol forte de inverno que se refletia nas águas calmas. Fiquei surpresa a princípio, mas então me lembrei de quem eram aqueles guardas: de Lucian.

Aiden parecia apreensivo. Seus punhos se abriram e se cerraram ao lado do corpo.

Seth fingiu um olhar de compaixão.

— Não parece muito feliz com isso, Aiden.

Dei um chute na canela de Seth.

— Ai — ele sussurrou com raiva, me fulminando com o olhar. — Chutar não é legal.

— Provocar as pessoas também não — retruquei.

Aiden suspirou.

— Vocês têm vinte minutos. Depois, vou atrás de vocês.

Descendo os degraus de costas, Seth fez uma reverência para Aiden e deu meia-volta. O vento soprou e desgrenhou seu cabelo. Às vezes, eu esquecia como Seth era... bonito. Ele poderia deixar Apolo com inveja. Os dois tinham um tipo de beleza fria que não parecia real, porque era impecável tanto de longe quanto de perto.

Acompanhei seus passos, colocando as mãos no bolso central do moletom.

— Não sabia que voltaria tão rápido.

Seth arqueou a sobrancelha dourada.

— Sério? Não me surpreende.

Minha cara ardeu. Ele não tinha como saber o que havia acontecido entre mim e Aiden. O vínculo não funcionava a tantos quilômetros. Respirando fundo, criei coragem.

— Seth, preciso...

— Já sei, Alex.

— O quê? — Parei, tirando o cabelo da frente do rosto. — Sabe o quê?

Ele se virou para mim e se inclinou, trazendo seu rosto a poucos centímetros do meu. A corda dentro de mim foi à loucura, mas era controlável... desde que ele não me tocasse. Ai, deuses, não seria nada fácil.

— Eu sei de tudo.

"Tudo" poderia significar muitas coisas. Curvei os ombros, estreitando os olhos sob seu olhar hostil.

— O que exatamente você sabe?

Seus lábios se curvaram num leve sorriso.

— Bom, vejamos. Sei sobre *aquilo* — ele apontou para a casa dos St. Delphi — lá atrás. Sabia que aquilo aconteceria.

Senti calor e frio ao mesmo tempo.

— Seth, sinto muito. Não queira te magoar.

Ele me encarou por um momento e, depois, riu.

— Me magoar? Alex, sempre soube o que você sentia por ele.

Certo, eu devia estar drogada quando pensei ter visto alguma vulnerabilidade em Seth antes. Como fui besta! Ele não tinha sentimento nem nada parecido. Mas, mesmo para a versão arrogante e irritante de Seth, ele estava lidando surpreendentemente bem com isso, bem até demais. Minhas desconfianças cresceram.

— Por que está tão de boa com isso?

— Era para eu estar chateado? É isso que você quer? — Ele inclinou a cabeça para o lado, arqueando as sobrancelhas. — Quer que eu fique com ciúme? É isso que falta?

— Não! — Senti meu rosto corar de novo. — Só não esperava que fosse ficar bem... de boa com isso.

— Bom... Eu não diria que estou de boa com isso. É a vida.

Fiquei olhando para a cara dele e um pensamento passou pela minha cabeça.

— Você não vai denunciar ele, vai?

Seth balançou a cabeça devagar.

— O que eu ganharia com isso? Você ficaria em servidão e tomando o elixir.

E não despertaria, o que sempre parecia ser o mais importante, e eu era madura o suficiente para admitir que isso me magoava. Fiquei me perguntando o que mais incomodaria Seth: minha vida estar praticamente acabada ou meu despertar não acontecer. Desviei o olhar, mordendo os lábios.

— Seth, descobri algumas coisas enquanto você estava longe.

— Eu também — ele respondeu calmamente.

Isso era enigmático.

— Você devia saber sobre a ordem e como se criava um Apôlion.

Sua expressão não mudou.

— Por que eu saberia?

Minha frustração cresceu.

— Você disse uma vez que, quando despertou, soube tudo dos Apôlions anteriores. Algum deles devia saber sobre a ordem e como eles nasceram. Por que não me contou?

Seth suspirou.

— Alex, não contei por que não vi motivo pra isso.

— Como você podia não ver motivo depois de tudo que aconteceu comigo em Nova York? Se tivesse me contado sobre a ordem, eu poderia ter me preparado melhor.

Ele desviou o olhar, apertando os lábios.

— E quando estávamos lá, perguntei se você sabia o que significava aquele símbolo — eu disse. Raiva e muita decepção me inundaram. Nem tentei esconder minhas emoções. — Você disse que não sabia. Quando perguntei se sabia sobre a mistura de um meio e um puro, você disse que achava que seu pai devia ser meio. Você sabia a verdade. O que não entendo é por que não me contou.

— Me mandaram não contar.
— Como assim?

Seth começou a andar, e corri para alcançá-lo.

— Quem mandou você não contar?

Ele contemplou a praia.

— Importa?
— Sim! — praticamente gritei. — Importa sim. Como podemos ter alguma coisa se não confio em você?

Suas sobrancelhas se ergueram.

— O que *exatamente* temos, Alex? Me lembro de dizer que você tinha uma escolha. Não pedi rótulos nem expectativas.

Eu também lembrava. A noite na piscina parecia séculos atrás. Algo em mim sentia falta daquele Seth descontraído.

— E você fez a sua escolha — Seth continuou, baixinho. — Fez sua escolha até quando disse que me escolhia.

Eu também me lembrava daquela expressão breve e satisfeita quando eu havia falado que o escolhi. Balançando a cabeça, procurei algo para dizer.

— Seth, eu...
— Não quero falar sobre isso. — Ele parou onde a areia dava lugar à calçada, estendeu a mão e roçou os dedos pela minha bochecha. Eu me sobressaltei, assustada pelo contato e pelo choque elétrico que veio na sequência. Seth abaixou a mão, voltando o olhar para os fundos das lojinhas ao longo da rua principal. — Mais alguma coisa que queira conversar?

Ele não havia respondido pergunta nenhuma, mas eu ainda tinha mais uma.

— Viu, meu pai, Seth?
— Não. — Ele olhou nos meus olhos.
— Ao menos procurou?
— Sim. Alex, não consegui encontrá-lo. Não quer dizer que ele não esteja lá. — Ele ajeitou os fios mais curtos que haviam se soltado ao vento. — Enfim, trouxe um presente.

Pensei que não tinha ouvido direito, mas ele repetiu, e meu coração se apertou.

— Seth, não precisava ter comprado nada.
— Você vai mudar de ideia quando vir. — Um sorriso travesso se abriu nos seus olhos. — Confia em mim, é um presente especial.

Ótimo. Eu devia me sentir melhor com isso? Se ele me desse o Diamante Esperança, eu vomitaria. Eu e ele nunca estivemos num relacionamento, mas a culpa retorceu minhas entranhas mesmo assim. Quando eu olhava para ele, via Aiden. E, quando tocava em mim, eu sentia Aiden. O pior era que Seth sabia.

— Alex, só vem.

— Tá. — Respirei fundo e apertei os lábios. O vento que vinha do mar era surpreendentemente gelado, e me encolhi dentro do moletom. — Por que é que está tão frio? Nunca foi tão frio aqui.

— Os deuses estão putos — Seth disse e riu. Franzi a testa.

Ele deu de ombros.

— Eles estão colocando todo o foco nesse pedacinho do mundo. É por nossa causa, sabe? Os deuses sabem que a mudança está a caminho.

— Às vezes, você me dá medo de verdade.

Ele riu.

Fechei a cara. Andamos em silêncio depois disso. Fiquei pensando que ele viraria na direção da ilha controlada pelo Covenant e, quando não fomos, pensei que seguiríamos para a casa de Lucian, mas ele me conduziu diretamente pela cidade, na direção do tribunal, que era usado por membros do conselho.

— Meu presente está no tribunal?

— Sim.

Sinceramente, eu nunca sabia o que esperar de Seth. Mesmo com o vínculo, eu não fazia ideia do que se passava na cabeça dele na maior parte do tempo.

O número normal de guardas do conselho estava logo na entrada do tribunal, escondidos dos turistas mortais; depois deles, três dos guardas de Lucian bloqueavam uma porta. Eles deram passagem, abrindo a porta para nós.

Hesitei, sabendo aonde a porta e a escada levavam.

— Por que está me levando para as celas, Seth?

— Porque vou prender você e ficar doidão.

Revirei os olhos.

Me pegando pelo braço, ele me puxou para a frente. Fomos descendo. Meus olhos se acostumaram à escuridão da escada. Tábuas velhas rangiam sob nossos pés. As celas não ficavam no subsolo. Ficavam, na verdade, no térreo. A entrada principal se abria para o primeiro andar, mas mesmo assim tinha a impressão de que estávamos descendo para um lugar úmido e escuro.

Uma luz fraca iluminava o corredor. Por sobre o ombro de Seth, eu conseguia distinguir várias celas ao longo do corredor estreito. Senti um arrepio, imaginando-me presa numa delas. Deuses, quantas vezes não havia chegado perto desse destino?

À nossa frente, dois guardas estavam bloqueando uma cela.

Seth foi até eles e estalou os dedos.

— Saiam.

Fiquei boquiaberta vendo os dois guardas saírem.

— Você tem poderes especiais de estalar os dedos como Apólion?

Ele virou a cabeça para mim.

— Tenho muitos poderes especiais de dedos como Apólion.

Eu o empurrei.

— Cadê meu presente, seu pervertido?

Seth se afastou, sorrindo. Parou na frente da porta gradeada e abriu os braços.

— Vem ver.

Certo. Eu estava curiosa. Dando um passo à frente, parei na frente da porta e espiei entre as grades. Meu queixo caiu e meu estômago se embrulhou.

Encolhido no meio da cela, com as mãos amarradas aos tornozelos, o ministro-chefe Telly nos encarava com um olhar vazio. Seu rosto estava espancado, quase irreconhecível, e sua roupa rasgada e suja pendia do corpo.

— Ai, meus deuses, Seth!

25

Boquiaberta, me afastei bruscamente da porta da cela. Tudo sobre o que Apolo havia me alertado veio à tona de repente. Todos tinham medo de acontecer algo assim, todos menos eu e, ainda assim era difícil acreditar que isso estava realmente acontecendo.

— O que você fez? — perguntei.

— Ué? Eu te trouxe um presente: Telly.

Eu me virei para ele, chocada por ter que explicar tudo que havia de errado naquilo.

— A maioria dos caras dá rosas ou cachorrinhos. Não pessoas, Seth. Não o ministro-chefe do conselho.

— Sei o que ele fez, Alex. — Ele passou a mão sobre a cicatriz que Linard havia deixado. — Sei que ele deu a ordem.

Através do material pesado, eu conseguia sentir a mão de Seth.

— Seth, eu...

— Senti uma coisa quando aconteceu... como se nosso vínculo tivesse desaparecido completamente — ele disse baixo e rápido. — Não conseguia sentir suas emoções, mas sabia que você estava lá e... de repente não estava por alguns minutos. Minha primeira reação foi simplesmente trazer a cabeça dele para você, mas fiz a segunda melhor alternativa.

Eu me sentia fisicamente mal ao encarar Seth. E, quando olhei para Telly na cela, vi o rosto espancado de Jackson. Eu deveria ter imaginado. Bons deuses, deveria ter imaginado que ele saberia... e faria algo assim.

— Não foi muito difícil de encontrar — ele continuou com naturalidade. — E sei que havia pessoas procurando por ele. Leon... — Seth riu — ...ou devo dizer Apolo? Pois é, saquei antes dele dessa vez. Aqueles dois dias em que você não me ligou? Foi tudo que precisei para encontrá-lo.

O ar escapou dos meus pulmões. Gelei por dentro.

Ele franziu a testa.

— Ele ordenou sua morte, Alex. Imaginei que ficaria feliz em saber que estamos com ele e que ele não vai ser mais um problema.

Eu me voltei para a cela.

— Deuses, como as Fúrias não reagiram?

— Não sou besta, Alex. — Ele se aproximou para ficar ao meu lado, ombro a ombro. — Lucian ordenou e mandou seus guardas executarem. Eu só estava... acompanhando. Inteligente, não?

— Inteligente? — Abafei uma exclamação, saindo de perto da cela, de Seth. — Foi ideia de Lucian, então?

— Importa? — Ele cruzou os braços. — Telly mandou matar você... ele *matou* você. Por isso, ele merece ser castigado.

— Não justifica! Olha para ele! — Apontei para a cela, sentindo-me enjoada. — O que há de errado com ele?

— Ele está sob uma coação muito forte para não falar. — Seth tocou o queixo, pensativo. — Talvez nem pensando ele esteja. Na verdade, acho que os miolos dele deram uma fritada.

— Deuses, Seth! Ninguém nunca te disse que uma injustiça não justifica outra?

Seth riu com desdém.

— Para mim, justifica.

— Não tem graça, Seth! — Tentei me acalmar. — Quem vai matá-lo? O conselho de puros-sangues?

— Não. O novo conselho.

— Novo conselho? Que porcaria é essa?

Frustração surgiu em seus olhos âmbar.

— Você só precisa entender que vai sim acontecer. Esse homem serve aos deuses que querem a sua... a nossa morte. Ele precisa ser eliminado.

Passei as mãos na cabeça, querendo arrancar os cabelos.

— Seth, foi ou não ideia de Lucian?

— Por que importa? E se tiver sido? Ele só quer a nossa segurança. Quer mudança e...

— E o trono de Telly, Seth! Como consegue não enxergar isso? — Minhas entranhas gelaram ao olhar para Seth.

Lucian queria poder, eliminar Telly era uma maneira de conseguir, mas isso não significava que ele conseguiria assumir o controle completo do conselho... ou significava? Balancei a cabeça.

— Duvido que os deuses aceitariam isso. Eles não querem o que Telly quer.

— Os deuses são o inimigo aqui, Alex! Eles não falam com o conselho, mas com a ordem eles falam.

— Apolo salvou minha vida, Seth! Não Lucian!

— Só porque ele tem planos para você — ele disse, dando um passo à frente. — Você não sabe o que sei.

Meus punhos se cerraram.

— Então me diz!

— Você não entenderia. — Ele se virou para a figura inerte na cela. — Ainda não. Não te julgo por isso. Você tem puro demais dentro de você, agora mais do que nunca.

Eu me retraí.

— Isso não foi... justo.

Seus olhos se fecharam e ele passou a mão na testa.

— Tem razão. Não foi.

Vendo o momento de clareza, aproveitei.

— Você não pode manter ele aqui, Seth. Tem razão. Ele precisa ser punido pelo que fez, mas precisa de um julgamento. Mantê-lo assim, sob uma coação numa cela, é errado.

Deuses, era estranho *eu* ser a voz da razão.

Seth se virou para mim. Abriu a boca, mas desistiu.

— Já estou envolvido demais nisso.

Um pavor deslizou pela minha espinha. Comecei a me aproximar dele, mas parei. Cruzei os braços.

— O que você quer dizer?

Me afastei quando ele estendeu a mão para mim. Confuso, ele abaixou a mão.

— Como pode querer que ele viva?

— Porque não cabe a nós decidir quem vive ou morre.

Ele franziu as sobrancelhas.

— E se coubesse?

Balancei a cabeça.

— Aí não iria querer ter nada a ver com isso. E sei que você também não.

Seth suspirou.

— Alex, você está treinando para ser sentinela. Vai tomar decisões de vida ou morte o tempo todo.

— É diferente.

— É? — Ele inclinou a cabeça para mim, com um sorriso presunçoso apagando qualquer hesitação.

— Sim! Como sentinela, vou matar daímônes. Não é o mesmo que brincar de júri e executor.

— Como você não consegue enxergar que estou fazendo o que precisa ser feito, mesmo que seja fraca demais para você mesma fazer?

Quem era essa pessoa ao meu lado? Era como argumentar com um lunático... Agora eu sabia como as pessoas se sentiam quando tentam discutir comigo. Era uma ironia muito, muito cruel.

— Seth, cadê as chaves da cela?

Ele estreitou os olhos.

— Não vou soltá-lo.

— Seth. — Dei um passo hesitante na direção dele. — Você não pode fazer isso. Nem você nem Lucian.

— Posso fazer o que quiser!

Passei por ele, levando a mão à maçaneta na porta e, de repente, eu estava sendo jogada contra a parede oposta com Seth em cima de mim. Um medo brotou no meu peito enquanto a corda vibrava freneticamente.

— Seth — sussurrei.

— Ele vai ficar lá dentro. — Seus olhos reluziram num tom marrom--claro perigoso. — Existem planos para ele, Alex.

Engoli em seco o gosto súbito de bile.

— Que planos?

Seu olhar desceu para os meus lábios, e todo um medo novo fincou raízes.

— Você vai saber em breve. Não precisa se preocupar, Alex. Vou cuidar de tudo.

Colocando as mãos no seu peito, eu o empurrei alguns passos. Choque e raiva faiscavam em seu semblante.

— Você está enlouquecendo, Seth. Não siga por esse caminho.

Virando, ele voltou até a cela e apontou para Telly.

— Então, prefere ver esse monstro livre? Livre para escravizar meios--sangues, para ordenar a morte deles? Livre para continuar tentando te assassinar? Devemos esperar por um julgamento, um julgamento manipulado para proteger os puros-sangues? Mal dariam um puxão de orelha nele. Porra, talvez até mandassem você pedir desculpas por atrapalhar os planos dele de te matar!

A raiva me invadiu. Dei um passo à frente, ficando cara a cara com Seth.

— Você não liga para o que acontece com os puros-sangues! Isso não tem nada a ver com o que está planejando! E você sabe disso. O que está fazendo... o que está aceitando fazer é errado. E não vou...

— Vai embora — ele me interrompeu, com a voz baixa e furiosa.

Não me deixei abalar.

— Não vou deixar você fazer isso, Seth. Não sei o que o Lucian disse para te convencer...

— Falei para ir *embora*. — Seth me empurrou, *com força*. Mal me segurei. — Quem sabe na próxima não trago rosas ou cachorrinhos.

Isso me irritou, assim como o sorriso que ele abriu. Precisei de todo o meu autocontrole para me virar e sair andando. Subi a escada correndo. Como mil vezes na minha vida, não queria obedecer às ordens que me deram. Mas, pela primeira vez, devia ser a coisa certa. Aiden e Marcus precisavam saber o que Seth e Lucian estavam tramando. Talvez pudessem impedir isso, antes que fosse tarde demais, antes que Seth participasse da morte do ministro-chefe e selasse nossos destinos.

Ainda havia esperança para Seth. Claro, o que ele estava fazendo era loucura, mas não era nenhuma loucura *extrema*. Tecnicamente, Seth *ainda* não tinha feito nada. Como Caleb falou, ainda havia esperança. Seja qual fosse o controle que Lucian tinha sobre ele ou como estivesse manipulando suas ações, isso precisava ser quebrado antes que a história se repetisse.

Abri as portas do tribunal e fiquei cara a cara com a origem de todos os meus problemas.

Lucian estava cercado por vários guardas do conselho, todo vestindo com aquele manto branco ridículo. O sorriso que se abriu em seu rosto não se refletia nos seus olhos.

— Imaginei que encontraria você aqui, Alexandria.

Antes que eu soubesse o que estava acontecendo, seus guardas me cercaram. Curiosamente, eram todos puros-sangues. Esperto, pensei.

— O que está acontecendo, Lucian?

— Quando vai me chamar de "pai"? — Ele chegou ao último degrau, parando bem na minha frente. O vento soprou seu manto, dando a impressão de que ele estava flutuando.

— Hum, que tal nunca?

Seu sorriso agradável continuou.

— Um dia isso vai mudar. Vamos ser uma grande família feliz, nós três.

Aquilo era perturbador.

— Está falando de Seth? Ele é tão parte de você quanto eu.

Lucian estalou a língua.

— Você vai voltar para a minha casa, Alexandria. Não tem por que continuar na residência dos St. Delphi.

Minha boca se abriu para discutir, mas a fechei. Não havia como ter certeza se Lucian sabia sobre meus sentimentos por Aiden ou se Seth havia contado algo. Resistir só levantaria suspeitas. Não havia nada que eu pudesse fazer para impedir aquilo. Lucian era meu responsável. Engolindo a raiva e a repulsa, dei um passo à frente.

— Só preciso buscar minhas coisas.

Lucian deu um passo para o lado, fazendo sinal para que eu o seguisse.

— Não vai ser necessário. Seth irá buscar seus pertences.

Inferno! Fiquei tensa quando Seth saiu pela porta. Ele mal olhou para mim ao passar.

Lucian deu um tapinha no ombro de Seth.

— Nos vemos em casa.

Seth acenou e desceu a escadaria. Na calçada, ergueu os olhos e me deu um sorriso sarcástico antes de sair na direção de um dos hummers estacionados no meio-fio.

— Agora, minha querida, você vem comigo — Lucian disse.

Furiosa, mas sem poder fazer nada a respeito, segui Lucian para outro hummer. Deuses o livrem de andar até sua casa. Quando ele entrou no banco de trás comigo, mal consegui me controlar para não sair do carro.

Lucian sorriu.

— Por que fica tão tensa quando está perto de mim?

— Algo em você me incomoda.

Ele arqueou a sobrancelha.

— E o que seria?

— Bom, você é uma cobra, escorregadio.

Ele se recostou no banco enquanto o hummer se movimentava.

— Engraçadinha...

Abri um sorriso tenso.

— Vamos direto ao ponto, Lucian. Sei sobre Telly. Por que você faria algo que até eu acho imprudente e idiota?

— Chegou a hora de mudar. Nosso mundo precisa de uma liderança melhor.

Minha risada escapou antes que eu conseguisse impedir.

— Por acaso você fumou alguma coisa?

— Por tempo demais, fomos obrigados a viver de acordo com as leis antigas, existindo ao lado de mortais como se não fôssemos melhores que eles. — Suas palavras eram cheias de asco. — Eles deveriam assumir o lugar dos meios-sangues, servindo todos os nossos desejos e necessidade. E, quando isso acontecer, nós, os novos deuses, governaremos a terra.

— Meus deuses, você é louco.

Não havia mais nada que eu pudesse dizer. E pior: vovó Piperi estava certa, mas, como sempre, eu não havia entendido. A história estava se repetindo, mas da pior maneira possível. E o mal havia se escondido nas sombras, agindo como um mestre manipulador, mexendo os pauzinhos. Vovó Piperi estava se referindo a Seth e Lucian. Eu me senti mal. Se tivesse me tocado disso antes, poderia ter impedido que chegasse tão longe.

— Não espero que você entenda, mas Seth entende. É tudo de que preciso.

— Como você conseguiu fazer com que Seth aceitasse isso?

Ele examinou as unhas.

— O rapaz nunca teve um pai. A mãe puro-sangue não queria nada com ele. Imagino que se arrependeu das relações com um meio, mas não conseguiu se livrar dele quando ainda estava na barriga.

Estremeci.

— Dá para supor que ela não foi uma mãe muito carinhosa — Lucian continuou. — Mesmo assim, aquele menino conseguiu impressionar o conselho e ser admitido no Covenant. Teve uma infância difícil, sempre solitária. Acho que tudo que sempre quis foi ser amado. — Ele olhou para mim. — Pode fazer isso? Dar a ele a única coisa que ele sempre quis?

De repente, tive certeza que Seth não havia contado a Lucian sobre Aiden. Mas por quê? Tirar Aiden da equação apenas beneficiaria Seth. Será que Seth poderia não ter feito aquilo porque sabia que me magoaria? Se fosse o caso, ele ainda estava *pensando*. Não era um caso perdido, afinal.

— Espero que sim. Seth é um bom menino.

Arregalei os olhos.

— Você parece... sincero.

Lucian suspirou.

— Nunca tive um filho, Alexandria.

O choque me atravessou. Lucian realmente gostava de Seth. E Seth o via como um pai. Mas não mudava o que Lucian estava fazendo.

— Você está usando ele.

O hummer parou atrás da casa de Lucian.

— Estou oferecendo o mundo para ele. O mesmo que estou oferecendo para você.

— O que você está oferecendo é morte certa para todos que se envolverem nisso.

— Não necessariamente, minha querida. Temos apoiadores nos lugares mais... improváveis, um muito poderoso.

A porta do carro se abriu antes que eu pudesse responder. Um guarda esperou que eu saísse, observando-me com atenção como se achasse que eu sairia correndo, o que era o que eu havia considerado fazer, mas sabia que nunca conseguiria fugir. Fui conduzida rapidamente para dentro da casa e deixada no hall suntuoso com meu padrasto.

— É uma pena que você tenha que dificultar tanto isso, Alexandria.

— Desculpa ser a estraga-prazeres, mas não vou compactuar com essa loucura. Ninguém mais vai, aliás.

— É mesmo? Duvida das minhas palavras fervorosas? — Seu olhar pousou nos seus guardas meios-sangues. — Quero uma vida melhor para os meios-sangues.

— Mentira... — sussurrei, e meu olhar se voltou para os guardas.

A condenação visível nas suas expressões ao olharem para mim dizia que acreditavam, sim, em Lucian. E a verdadeira questão era: quantos meios estavam apoiando Lucian? Os números poderiam ser astronômicos.

Lucian riu. Era um som frio e irritante.

— Você não tem nenhum controle sobre isso.

— Veremos. — Levei a mão à maçaneta, mas paralisei quando ela se trancou na minha mão. Eu odiava o elemento de ar com todo o meu coração. Devagar, me virei para ele. — Você não pode me manter aqui. Me deixa sair.

Lucian riu de novo.

— Lamento, mas você não vai poder receber nenhuma visita até o seu despertar. E também não adianta torcer para Apolo. Ele não vai conseguir entrar na minha casa.

— Você não tem como impedir um deus.

Lucian parecia satisfeito dando um passo para o lado. Meu olhar pousou atrás dele, na mesma parede em que Seth havia jogado um guarda. Havia um sinal lá, um símbolo desenhado toscamente de um homem com um corpo de cobra.

— Apolo não pode entrar em nenhuma casa que carregue o sinal da Píton de Delfos. Foi criado há muito tempo como punição por quebrar as regras do Olimpo. Engraçado, mas só fui saber disso recentemente.

Engoli em seco. O desenho parecia ter sido feito com sangue.

— Como... como descobriu isso?

— Tenho muitos amigos... de grande poder e importância. — Lucian contemplou o desenho, um sorrisinho no rosto angular. — Tenho muitos amigos que surpreenderiam você, minha querida.

Senti as paredes se fechando, arrancando o ar dos meus pulmões. Eu estava presa ali até meu despertar. Fiquei sem fôlego. Eu deveria ter escutado Aiden e nunca ter saído da casa dele.

— Você não pode fazer isso.

— Por que não? — Ele se aproximou de mim. — Sou seu responsável. Posso fazer o que bem entender.

Perdi a paciência.

— Sério? Conseguiu fazer isso antes?

— Antes eu não tinha Seth, tampouco estávamos tão perto do despertar. — Ele pegou meu queixo, apertando com os dedos magros. — Pode resistir o quanto quiser, mas, em poucos dias, você vai despertar. Primeiro, vai se conectar com Seth, e o que ele desejar, você desejará. E, depois, seu poder será transferido para ele. Você não tem como impedir.

Empalideci.

— Sou forte demais para isso.

— Acha mesmo? Pense nisso, minha querida. Pense no que isso significa e se adianta resistir ao que está prestes a acontecer.

Uma inquietação me invadiu, mas mantive a expressão neutra.

— Se não me soltar, vou quebrar seu braço.

— Verdade, não? — Seu hálito era quente no meu rosto. A bile subiu pela minha garganta. — Há apenas uma coisa em que eu e Telly sempre concordamos.

— O quê?

— Você precisa ser subjugada. — Ele me soltou, com o mesmo sorriso cínico estampado no rosto. — Mas ele fez tudo do jeito errado. Não vou cometer o mesmo erro que cometi com a sua mãe. Dei liberdade demais a ela. A partir de agora, você é minha. Assim como Seth é. E é melhor se lembrar disso.

Eu me retraí.

— Você é um desgraçado.

— Pode até ser verdade, mas, daqui a alguns dias, vou controlar os dois Apôlions. Vamos ser imbatíveis.

26

O jantar foi esquisito por vários motivos. Havia apenas nós três, reunidos na ponta da longa mesa retangular, comendo à luz de velas como se tivéssemos sido enviados para os tempos medievais. Seth alternou entre puxar o saco de Lucian, seu papai de faz de conta, e me fuzilar com os olhos. Recusei qualquer tentativa de Lucian de puxar conversa comigo. E nem consegui me forçar a comer o bife apetitoso, o que era mesmo uma pena.

Aquele seria meu último jantar.

Disso eu sabia. O que eu estava planejando ao observar os dois, com certeza, levaria à minha morte, mas era morrer assim ou fazer parte de algo abominável como destruir aqueles que não concordavam com Lucian e escravizar a humanidade. Porque era isso o que eles planejavam ou, pelo menos, o que Lucian planejava. Lucian precisava dos Apôlions ou, ao menos, do Assassino de Deuses para atingir seu objetivo. Fazia sentido. Os Apôlions tinham sido criados originalmente para manter os puros sob controle, mas, se controlasse os Apôlions, ele não teria nada a temer. Assim que eu despertasse, Seth poderia derrotar qualquer deus que fosse atrás de Lucian, tornando-o praticamente invencível. Era um plano brilhante. No qual eu sabia que meu padrasto devia estar trabalhando desde o momento em que soube que havia dois Apôlions numa única geração.

Eles dariam aos membros do conselho uma opção. Ficar do lado deles ou morrer. Com Seth em plenos poderes, ele poderia derrotar qualquer deus que viesse atrás dele. Não que Lucian acreditasse que algum deus viria. Depois que Seth se tornasse o Assassino de Deuses, nenhum deus seria idiota de chegar a menos de um quilômetro dele. A única ameaça seriam os membros da ordem, mas eles teriam muita dificuldade para derrotar Seth. Lucian já tinha sentinelas procurando os membros restantes. Eu tremia só de pensar no que sabia que fariam com eles.

No entanto, por mais que falassem, eu sentia que havia algo que eles não estavam compartilhando. Havia mais por trás daquilo, assim como sentia que havia mais por trás de Apolo estar tão determinado em me manter em segurança.

— Como a ordem matou o Primeiro e Solaris? — perguntei, falando pela primeira vez.

Lucian ergueu as sobrancelhas para Seth girando a taça de cristal.

— Eles os pegaram desprevenidos. — Seth olhou para o prato. — Foram apunhalados ao mesmo tempo no coração. — Ele limpou a garganta. — Por que a pergunta?

Encolhi os ombros. Era mais curiosidade, já que não era fácil matar dois Apôlions. Como não respondi, eles voltaram a conversar. Voltei a planejar.

Eu faria algo que pensei que nunca mais faria. Mataria um puro-sangue: Lucian. Meus dedos se curvaram ao redor da faca de carne. Era a única forma de impedir aquilo. Eliminar Lucian e, assim, Seth ficaria livre da sua estranha influência paterna. E eu estaria morta, mas talvez... talvez Aiden e Marcus pudessem provar a insanidade de Lucian. Valia a pena. Eu não podia deixar que isso acontecesse, e aconteceria se me mantivessem ali, e depois não haveria como impedi-los.

Essa devia ser a coisa mais maluca, espontânea e imprudente que eu já havia planejado, mas que outra opção eu tinha? Lucian já controlava Seth e poderia me controlar através dele se Seth quisesse. Esse era o medo de todos e o meu maior medo.

Eu tinha que fazer alguma coisa.

— Posso me retirar? — perguntei.

— Você não comeu nada? — Seth franziu a testa. — Está se sentindo mal?

Nossa, será que eu poderia ter perdido o apetite porque estava cercada por lunáticos?

— Só estou cansada.

— Tudo bem — Lucian disse.

Tentando não pensar no que estava fazendo, coloquei o guardanapo sobre a faca de carne e a puxei pelo cabo para dentro da manga. Eu me levantei com os joelhos vacilantes. Matar em batalha ou quando precisava me proteger era completamente diferente daquilo. Algo em mim gritava que era errado, tão errado quanto o que eles queriam fazer com Telly, mas uma vida para proteger inúmeras outras? Parecia valer a pena.

Certo. Duas vidas, porque eu sinceramente duvidava que sairia ilesa. Havia guardas à porta da sala de jantar. Se não me matassem, o conselho que Lucian pretendia trair me mataria. Irônico.

Contornei a mesa devagar, acalmando a respiração e bloqueando as emoções. Eu tinha força suficiente para cravar essa faca nas costas dele, cortando sua medula espinal. Seria mais fácil do que tentar a garganta ou o olho, mas, deuses, eu estava com nojo só de pensar.

Vai logo. Cheguei ao lado de Lucian e inspirei fundo, deixando a faca deslizar para fora da manga. Então, fui jogada no chão pelo que pareceu um trem de carga.

Caí no piso de azulejos com um estalo alto. Seth imobilizou minhas pernas enquanto torcia meu punho até eu gritar e ser obrigada a derrubar a faca. Enquanto tentava me soltar, guardas entraram correndo na sala, mas Lucian estendeu a mão, detendo-os.

— Qual é o seu problema? — Seth perguntou, furioso, me sacudindo de leve quando não respondi rápido o bastante.

Meu coração bateu forte no peito.

— Não sou eu o inimigo aqui!

— Sério... Você não é o inimigo? — Seu olhar se voltou para a faca. — Preciso explicar isso para você?

— Cuide dela. — Lucian se levantou e largou o guardanapo, com a voz perturbadoramente calma. — Antes que eu faça algo que me arrependa.

Seth soltou um suspiro pesado.

— Desculpa, Lucian. Vou resolver isso.

Tamanho o choque, não consegui falar. É sério que ele estava pedindo desculpas para Lucian? Fui parar numa realidade paralela e não tinha como fugir.

— Ela precisa aceitar isso — Lucian disse. — Não vou viver com medo na minha própria casa. Ou ela se conforma ou vai ficar trancada.

Os olhos de Seth encontraram os meus.

— Não será necessário.

Eu o encarei com raiva.

— Ótimo. — Lucian parecia mais com nojo do que com medo. Parecia mais que eu tinha cuspido nele em vez de tentado matá-lo. — Vou me retirar por hoje. Guardas!

Em alvoroço, seguiram Lucian para fora da sala. Alguns eram puros. Será que ele havia prometido algo que valesse a pena enfrentar o conselho e arriscar a morte? Aos meios, eu sabia o que ele tinha oferecido.

Seth continuava me imobilizando no chão.

— Essa deve ter sido a coisa mais idiota que você já tentou fazer.

— Pena que não deu certo.

Incrédulo, ele me levantou. Assim que me soltou, corri para a porta. Ele me apanhou antes que eu conseguisse sair da sala, envolvendo os braços ao meu redor.

— Para com isso!

Joguei a cabeça para trás, quase acertando a dele.

— Me solta!

— Não dificulta, Alex.

Eu me debati em seus braços firmes.

— Ele está usando você, Seth. Não consegue enxergar isso?

Seu peito pressionava as minhas costas.

— É tão difícil assim para você aceitar que Lucian gosta de mim... e de você?

— Ele não gosta de nós! Ele só quer nos usar. — Estendi as pernas para usar a parede, mas Seth previu e me virou. — Caramba! Você é inteligente demais para isso!

Seth suspirou e começou a me puxar na direção do corredor.

— Você é um pouco tonta às vezes. Não vai te faltar nada, Alex. Nada! Juntos, vamos conseguir mudar o mundo. Não é isso que você quer? — Tínhamos chegado ao pé da escada, e tentei chutar a estátua de um deus que eu não reconhecia. — Deuses! Para com isso, Alex. Para alguém tão baixinha, você é pesada pra caramba. Não quero ter que te carregar escada acima.

— Nossa! Valeu! Agora você está me chamando de gorda.

— Quê? — Os braços dele se afrouxaram.

Bati o cotovelo na sua barriga com tanta força que o impacto sacudiu meu corpo todo. Seth se curvou, mas não soltou. Xingando loucamente, ele me virou. Apertou o braço na minha cintura e me jogou sobre o ombro. Antes que eu pudesse dar um chute nele onde mais doeria, ele pegou e prendeu minhas pernas.

— Me coloca no chão! — Bati os punhos nas suas costas.

Seth resmungou ao subir a escada.

— Sério, não acredito que preciso fazer isso.

Continuei meu ataque em vão nas suas costas.

— Seth!

— Talvez você mereça uma surra, Alex. — Rindo, ele se virou no patamar enquanto eu socava seus rins. — Ai! Essa doeu!

Estávamos fazendo barulho suficiente para acordar todos os guardas da casa, mas nenhum interveio. Reconheci o corredor de ponta-cabeça, e a porta que Seth abriu. Era meu antigo quarto na casa de Lucian.

Seth atravessou o tapete branco macio que definitivamente não estava no meu quarto enquanto fiquei naquela casa. Naquela época, eu tinha pisos frios no inverno. Ele me jogou sem cerimônia na cama e colocou as mãos na cintura.

— Comporte-se.

Eu me levantei de um salto. Seth me apanhou pela cintura e me empurrou de volta sem muito esforço. Uma raiva incrível me encheu de energia, passando pelo meu corpo como uma onda revolta. E deixei a fúria crescer e se espalhar como uma maré crescente.

— Você está sendo ridícula, Alex. E precisa se acalmar. Está me fazendo desejar tomar um Valium.

Meus punhos se cerraram.

— Ele está usando você, Seth. Quer nos controlar para poder derrubar o conselho. Ele quer ser maior do que os deuses. Você sabe que nunca vão permitir isso! É por isso que os Apôlions foram criados.

Seth arqueou a sobrancelha.

— Sim, Alex, sei por que os Apôlions foram criados. Para garantir que nenhum puro-sangue atingisse o poder dos deuses e blá-blá-blá. Deixa eu te fazer uma pergunta. Acha que os deuses se importariam se você morresse lutando contra um daímôn?

— Óbvio que sim. Tanto que me trouxeram de volta.

Ele revirou os olhos.

— E se você não fosse o Apôlion, Alex? E se fosse apenas uma meio normal? Eles se importariam se você morresse?

— Não, mas...

— Acha isso certo? Ser forçada a ser uma escrava ou uma guerreira?

— Não! Não é certo, mas não foram os deuses que decretaram isso. Foram os puros, Seth.

— Eu sei, mas você não acha que os deuses poderiam ter mudado isso se quisessem? — Ele se aproximou, abaixando a voz. — A mudança precisa acontecer, Alex.

— E você acha mesmo que é Lucian quem vai promover essa mudança? — Queria que Seth entendesse. — Que, assim que ele tiver o controle completo do conselho, vai libertar os servos? Aliviar os meios de seus deveres?

— Sim! — Seth se ajoelhou na minha frente. — Lucian vai fazer isso.

— Quem vai lutar contra os daímônes?

— Alguns vão se voluntariar, como os puros agora. Lucian vai fazer isso. Tudo que precisamos fazer é apoiá-lo.

— Não — respondi. — Lucian nunca se importou com os meios. Ele só se importa consigo mesmo. Quer o poder supremo para escravizar os mortais em vez dos meios. Ele mesmo disse.

Com um resmungo indignado, ele se levantou.

— Lucian não tem a menor intenção de fazer uma coisa dessas.

— Ele me disse no carro! — Peguei suas mãos, ignorando como a corda pulsava. — Por favor, Seth. Você tem que acreditar em mim. Lucian não vai cumprir nada do que prometeu a você.

Ele me encarou por um momento.

— Por que você se importaria se o plano final dele fosse escravizar mortais? Não entendo. Você não suportava viver entre eles. Por que gostaria de proteger os deuses se a ordem te *matou*, literalmente, para os proteger? E você se importa que alguns puros morram no processo? Olha como te trataram. Não entendo.

Às vezes, eu também não me entendia. Os puros tratavam os meios como lixo. E os deuses, bom, eram tão culpados quanto os puros. Haviam permitido que acontecesse. Mas aquilo era ainda mais errado.

— Pessoas inocentes vão morrer, Seth. E o que você acha que os deuses vão fazer? Podem não conseguir tocar em mim nem em você, mas podem ser vingativos e extremamente sádicos. Vão começar a massacrar meios e puros aos montes. Apolo mesmo disse.

Ele apertou minhas mãos.

— Vítimas de guerra... acontece.

Soltei minhas mãos. Meu estômago se revirou.

— Como você pode ser tão insensível?

— Não é insensibilidade, Alex. O nome disso é força.

— Não — sussurrei. — Não tem nada a ver com força.

Seth se afastou de mim, passando as mãos no cabelo, soltando mechas do elástico de couro. Ele sempre tinha sido assim? Sempre houve um grau de frieza nele, mas nunca a esse ponto.

— Vai ficar tudo bem — ele disse finalmente. — Prometo. Vou cuidar de você.

— Não vai ficar tudo bem. Você precisa me deixar ir embora. Precisamos ficar longe um do outro.

— Não posso, Alex. Talvez com o tempo você esqueça Aiden e...

— Não tem a ver com Aiden!

Virando para mim, seus lábios se curvaram num sorriso cínico e ressentido.

— Sempre tem a ver com Aiden. Você não liga para os mortais. Se pudesse ficar com ele e nos deixar fazer o que quiséssemos, você não ligaria.

— Ligaria, sim. Vocês vão matar pessoas inocentes, Seth. É sério que consegue viver com isso? Porque eu não consigo.

— Que puro é completamente inocente? — ele perguntou em vez de responder à minha pergunta.

— Existem puros que não querem que os meios sejam escravizados. E, sim, os deuses são um bando de cuzões, mas é assim que são.

— Já tivemos essa conversa, Alex. Não vamos concordar. Não por enquanto, pelo menos. Mas faltam poucos dias para o seu aniversário. Você vai entender depois.

Fiquei boquiaberta.

— Seth, por favor, me escuta.

Uma fachada fria dominou seu rosto, confinando-o.

— Você não entende mesmo, Alex. Não posso... não vou soltar você.

— Sim, pode! É muito simples. É só me deixar sair desta casa.

Seth surgiu na minha frente em menos de um segundo. Apanhou minhas mãos, apertando as deles nas minhas.

— Você não sabe como me sinto agora, mas vai saber. Quanto mais sinais recebe, mais akasha flui dentro de mim. Nada... nada se compara com isso. É puro poder, Alex. E você nem despertou ainda! Consegue imaginar como vai ser então? — Seus olhos assumiram aquele brilho louco e fervoroso demais que eu já tinha visto e ignorado antes. — Não posso abrir mão disso.

— Deuses, você consegue se ouvir? Parece um daímôn louco por éter.

Ele sorriu.

— Não é nada parecido. É melhor.

Foi então que concluí que, com a influência de Lucian e a tentação de akasha, Seth havia se transformado em algo perigoso. Apolo estava certo. Cacete! Vovó Piperi estava certa.

E eu estava muito, muito errada. Estava numa posição perigosa e delicada. Tudo era possível, e meu coração bateu duas vezes mais rápido. Eu queria me estapear por não ter deixado Apolo me esconder, mas, quando ele tinha feito essa sugestão, eu só conseguia pensar que era o que Lucian queria. Estava indignada comigo mesma por ter cogitado jogar a toalha. Fugir era algo que eu nunca havia feito.

Mas agora era a única coisa inteligente a fazer.

— Quero que saia do meu quarto. — Forcei meus joelhos a pararem de tremer e me levantei. — Agora.

— Não quero sair — ele respondeu com firmeza.

Meu coração subiu pela garganta.

— Seth, não quero você aqui.

Ele inclinou a cabeça para o lado, com o olhar mais intenso.

— Até pouco tempo, você não tinha problema nenhum comigo no seu quarto... ou na sua cama.

— Você não tem o menor direito de estar aqui. Não é meu namorado.

As sobrancelhas de Seth se ergueram.

— Você fala como se fosse possível nos reduzir a simples rótulos. Não somos namorados. Nisso, você está certa.

Saí de perto da cama, com os olhos buscando uma saída desesperadamente. Havia apenas um banheiro, um guarda-roupa e uma janela. E minha antiga casa de bonecas... Que merda aquilo ainda estava fazendo ali? Pousada em cima da casa estava uma boneca estranha de porcelana que eu odiara quando era criança e ainda odiava.

Chegando por trás de mim, ele sussurrou no meu ouvido.

— *Somos* a mesma pessoa. Queremos e precisamos das mesmas coisas. Você pode amar quem quiser e se convencer do que quiser. Não precisamos nos amar; não precisamos nem *gostar* um do outro. Não importa, Alex. Estamos presos um ao outro, e a conexão entre nós é muito mais forte do que qualquer coisa que você sinta no seu coração.

Dando meia-volta, me afastei dele.

— Não. Chega. Vou cobrar aquela promessa que você me fez. Não quero fazer isso. Você precisa ir. Não me importo para onde. Só vai...

— Não vou embora.

O pavor se transformou em algo muito pior e muito mais poderoso. O medo serpenteou dentro de mim, cravando as presas lá no fundo e se espalhando pelas minhas veias como veneno.

— Você me prometeu, Seth. Jurou que pararia se ficasse pesado demais. Não pode voltar atrás!

Seus olhos encontraram os meus.

— É tarde para isso. Desculpa, mas essa promessa caducou. As coisas mudaram.

— Então, quem vai embora sou eu. — Respirei fundo, mas isso não fez nada para acalmar meu coração acelerado. — Vocês não podem me manter presa aqui! Não importa se Lucian é meu responsável.

Ele inclinou a cabeça para o lado, com o olhar ficando quase curioso.

— Acha que existe algum lugar no mundo em que eu não te encontraria se quisesse?

— Deuses, Seth, você tem noção de como isso é perseguição, como é assustador?

— Só estou apontando a verdade — ele respondeu, tranquilamente. — Quando fizer dezoito anos, daqui a cinco dias, não vai ter controle nenhum sobre isso.

Meus punhos se cerraram. Deuses, eu odiava quando ele estava certo. Ainda mais quando estava assustadoramente certo, e, naquele momento, Seth estava *muito* assustador. Eu não podia... me recusava a demonstrar medo. Então, recorri à raiva.

— Você não tem controle sobre mim, Seth!

Ele arqueou a sobrancelha. Um sorriso lento e maldoso se abriu no seu rosto. Reconhecendo aquele olhar, recuei, mas ele era incrivelmente rápido. Seu braço disparou, me agarrando pela cintura.

O instinto tomou conta. Meu cérebro desligou e entrei em modo de luta. Amolecendo as pernas, virei peso morto nos seus braços. Seth soltou um palavrão e, enquanto se abaixava para me pegar, dei um salto, acertando o joelho na sua barriga. Uma lufada de ar escapou dos seus pulmões, enquanto ele cambaleava para trás.

Virando rapidamente, estendi meu braço, acertando-o no peito. Não foi um golpe fraco. Coloquei toda a força nele, e Seth caiu de joelhos.

Disparei em direção à porta, pronta para sair lutando pela casa e rua afora, se necessário.

Não cheguei nem perto.

Meus dedos envolveram a maçaneta no mesmo segundo em que senti uma corrente de poder no quarto que arrepiou meu corpo todo. De repente, eu estava com os pés fora do chão, arremessada para trás. Meu cabelo esvoaçou ao redor do rosto, obscurecendo a minha visão.

Os braços de Seth cercaram a minha cintura, e ele me puxou para o seu peito.

— Sabe, gosto mais de você quando está furiosa. Quer saber por quê?

Eu me debati em seus braços, mas ele segurou firme, e era como tentar mover um caminhão.

–– Não. Não estou nem aí, Seth. Me solta.

Ele deu uma risadinha grave, e o som reverberou através de mim.

— Porque, quando você está brava, fica sempre a um passo de fazer algo irracional. E é isso que gosto em você.

Seth soltou de repente, e me virei. Foi, então, que vi em seus olhos, na forma como seus lábios se entreabriram. O pânico gelou o sangue em minhas veias.

— Não...

A mão de Seth se esticou rapidamente, envolvendo meu pescoço. Os sinais do Apôlion se espalharam pela sua pele com uma velocidade vertiginosa. Os que existiam em mim, aquela parte criada para completá-lo, responderam com uma adrenalina inebriante. As marcas desceram pelo braço dele, alcançando os dedos. Um segundo depois, uma luz âmbar estalou no ar, seguida por um brilho mais fraco de azul. A mão dele se moveu em círculos, pressionando, queimando a pele da minha nuca, criando a quarta runa.

Houve um segundo, logo antes do meu cérebro ser sobrecarregado de sensações, um instante em que me arrependi de um dia ter deixado que Seth se aproximasse de mim, de ter deixado que o vínculo entre nós se transformasse em algo inquebrável. Nesse tempo todo, ele havia planejado tudo aquilo.

E, então, eu não estava pensando mais.

27

Os olhos de Seth reluziram, a pressão dentro de mim atravessava o corpo, saindo de mim para ele. A luz cintilou de repente em quatro pontos: minha barriga, as duas mãos e, então, minha nuca. A dor se espalhou pela minha pele como uma picada de vespa e logo se acalmou. Minha cabeça ficou pesada, com as pernas bambas, com o vaivém agradável.

Seu braço livre me apanhou bem quando minhas pernas cederam. Devo ter desmaiado; por quanto tempo, não sei. Eu estava deitada de barriga para cima quando o quarto voltou a ganhar nitidez. Uma névoa densa se abateu sobre mim, me fazendo afundar na cama.

— Aí está você — Seth disse. A mão que ele passava pelo meu cabelo tremia um pouco.

Havia um estranho gosto quase metálico no fundo da minha garganta.

— O quê... o que aconteceu?

Seth passou a mão pelo meu cabelo.

— Você não despertou, mas... — Ele pegou minha mão e apertou a palma.

A reação foi imediata. Minhas costas arquearam. Parecia que algo havia alcançado meu âmago, fisgado e *puxado*. Não era doloroso, mas agradável também não era.

— Seth...

Quando ele soltou, os fios invisíveis se cortaram. Desabei, mole, fraca, e Seth... estava de cócoras, com a mão na frente do rosto. Uma expressão infantil e deslumbrada tomava seu rosto com a luz azul vibrante envolvendo sua mão e brilhando mais forte do que nunca.

— Akasha... Isso é bom, Alex. É mais... Consigo sentir sob a pele.

Atordoada, observei a esfera de luz perder o brilho, e o entusiasmo se apagou nos olhos de Seth. Soube de alguma forma, enquanto ele se abaixava e encostava os lábios no meu rosto, que, mesmo por alguns instantes, Seth havia canalizado o tipo de poder necessário para matar um deus.

Um raio caiu do lado de fora, mas ainda era menos brilhante que o lampejo do nosso poder. Eu sabia que precisava sair dali, mas, quando tentei me sentar, senti como se estivesse colada à cama.

Ele sorriu e se acomodou ao meu lado, passando o dorso da mão no meu rosto, virando minha cabeça para sua direção. Seu polegar traçou meu lábio inferior.

— Viu?

Quis desviar os olhos, mas não consegui e me senti profundamente enjoada. O trovão abafava as batidas do meu coração.

— Foi lindo, não? Tanto poder... Lucian vai ficar decepcionado que não despertou depois do quarto sinal, mas alguma coisa aconteceu.

O que aquilo queria dizer? Eu não entendia, e meus pensamentos estavam confusos demais. A corda saltou ao que sua mão deslizou sob minha cabeça, tocando a runa no meu pescoço.

— Essa é a runa da invencibilidade — ele explicou. — Quando despertar, ela vai ser ativada. Daí os deuses não vão poder tocar em você.

Mirei seus olhos e forcei minha língua pesada a funcionar.

— Não... quero que encoste em mim.

Seth sorriu, e os sinais retornaram, deslizando sobre sua pele dourada. Soube o momento em que nossos sinais se tocaram. Ele abaixou a cabeça até um sopro separar nossos lábios. Meus sentidos foram à loucura. Uma eletricidade percorreu minha pele e foi descendo.

— Você é tão linda assim... — ele murmurou e encostou a testa na minha.

O que havia em mim, o que havia entre nós, era horrível. Como eu não tinha notado antes? Os sinais estavam lá desde o começo. A noite em que eu havia descoberto o que era, e Seth havia ficado para trás, com Lucian. A sede de poder de Seth e como minha reação a ele parecia descontrolada, desde quando ficamos ao lado um do outro no pátio meses atrás e depois de novo, várias outras vezes. Pensei naquela breve expressão de satisfação que eu tinha visto quando estava à beira da piscina e escolhi ver o que acontecia com ele, quando eu o havia escolhido. Todo o tempo que ele havia passado com Lucian...

Eu tinha sido tão cega!

Seth levou os lábios ao meu pulso, que batia descontroladamente, e me arrepiei, revoltada, nervosa, aterrorizada e indefesa.

— Não — implorei, antes da conexão doentia entre nós se apertar com tanta força que eu não sabia onde ele começava e eu terminava.

— Não quer? Você não pode negar que uma parte de você precisa de mim.

— Essa parte não é real. — Meu corpo estava formigando, latejando e ansiando por ele, mas meu coração e minha alma estavam murchando, esmorecendo. Lágrimas encheram meus olhos. — Por favor, não me obriga a fazer isso, Seth. — Minha voz embargou. — *Por favor*.

Seth paralisou. A confusão turvou seus olhos, com o brilho intenso de fogo âmbar se enchendo de dor.

— Eu... nunca forçaria você, Alex. Jamais faria isso. — Sua voz era curiosamente frágil, vulnerável e insegura.

Comecei a chorar. Não sabia se era o alívio do medo ou de que, no fundo, o Seth que eu conhecia ainda estava lá em algum lugar. Por enquanto.

Seth se sentou, passando a mão pelo cabelo.

— Alex, não... não chora.

Minhas mãos pesavam como blocos de cimento enquanto eu as levantava e secava os olhos. Eu sabia que não deveria chorar na frente de daímônes, não demonstrar fraqueza, e com Seth... não era diferente.

Ele estendeu a mão, mas parou. Alguns segundos se passaram até ele falar:

— Vai ficar mais fácil. Prometo.

— Só vai embora — eu disse, rouca.

— Não posso. — Ele se afundou ao meu lado, mantendo uma distância prudente entre nós. — Assim que eu sair do quarto, você vai fazer alguma besteira.

Verdade seja dita: eu estava cansada demais para me levantar, quanto mais organizar uma fuga ousada. Consegui virar para o lado, para longe dele. Não foi fácil dormir naquela noite. O único consolo que eu tinha era que, quando fechava os olhos, imaginava Aiden. E, embora a imagem não fizesse jus a ele, seu amor fazia exatamente o que eu pedia. Não me proteger, mas me dar forças para encontrar uma saída dessa confusão.

Seth mal saiu de perto de mim nos dois dias seguintes, mandando trazer comida para o quarto. Demorei esses dois dias para recuperar alguma força real. A última runa havia tirado mais de mim que as outras, e eu sabia que, como Seth tinha dito, algo estava diferente.

Ele só havia tirado akasha de mim outra vez quando trouxe Lucian para ver.

Seth estava certo. Lucian se decepcionara por eu não ter despertado, mas tinha ficado satisfeito pelo novo poder que Seth adquirira, mesmo tendo sido temporário.

E, deuses, Seth sorria como uma criança mostrando para o pai o projeto premiado na feira de ciências. Pensei que sentiria nojo de Seth, mas, durante as longas tardes em que passou conversando comigo enquanto eu tentava convencê-lo a me soltar, comecei a sentir pena dele.

Ele tinha dois lados, e o lado que morava no meu coração estava perdendo para aquele que ansiava por poder como um daímôn tinha sede de éter. Eu queria alguma maneira de fazer com que ele voltasse ao normal, que se salvasse.

Também queria estrangulá-lo, mas isso não era nenhuma novidade. No cair da segunda noite, uma comoção no andar debaixo me despertou. Reconhecendo a voz grave e estrondosa de Marcus, me levantei com as pernas bambas e fui até a porta.

Seth chegou ao meu lado num instante, colocando a mão na porta.

— Você não pode.

Estreitei os olhos, tentando dissipar a vertigem.

— É meu tio. Quero ver ele.

— Desde quando? — Seth sorriu, e inspirei fundo, porque me lembrou o outro Seth, o que não me faria refém. — Você odeia seu tio.

— Não... não o odeio.

Nesse momento, me dei conta de que tinha sido uma grande babaca com o meu tio. Claro, ele não era a pessoa mais calorosa do mundo, mas não me trancaria num quarto com um possível sociopata. Jurei que seria diferente... se um dia voltasse a vê-lo.

— Seth, quero...

— Por que você recusaria deixar que Marcus visse a sobrinha? Tem alguma coisa errada?

Minha respiração ficou presa na garganta enquanto eu apertava a mão na porta, embaixo da de Seth. A voz de Aiden era calorosa. Eu estava *muito* perto de dar um chute nas bolas de Seth só para ele sair, e ele deve ter imaginado, porque seus olhos me alertaram para nem pensar nisso.

— Ela está descansando, mas está bem. Não precisa se preocupar — ouvi Lucian dizer, e sua voz se afastou.

Inspirando com dificuldade, fechei os olhos. Aiden estava muito perto e, ainda assim, eu não conseguia alcançá-lo. Sabia que ele devia estar preocupado, imaginando o pior. Se ao menos eu pudesse vê-lo, avisar que estava bem, aliviaria parte da minha dor no coração...

— Você o ama mesmo? — Seth perguntou baixinho.

— Sim. — Abri os olhos. Ele estava de cabeça baixa. Seus cílios longos tocavam o rosto. — Amo.

Ele ergueu os olhos devagar.

— Sinto muito.

Aproveitei o momento.

— E gosto de você, Seth. De verdade. Ver o que você está fazendo, o que está se tornando, está acabando comigo. Você é melhor do que isso, mais forte do que Lucian.

— Sou, sim, mais forte do que Lucian. — Ele se recostou na porta, observando-me com os olhos semicerrados. — Em pouco tempo, serei mais forte até que um deus.

E ficou por isso mesmo. Seth não saiu da frente da porta, e, depois de um tempo, fui até a janela, na esperança de conseguir avistar meu tio e Aiden. O telhado de terracota sobre a biblioteca bloqueava a visão.

Não voltamos a falar.

O tempo estava se esgotando e eu precisava fazer alguma coisa.

Seth estava ansioso na manhã seguinte, sem conseguir parar quieto por mais do que alguns minutos. Seu vaivém constante e seus movimentos agitados não combinavam com sua elegância etérea habitual. Ele estava deixando meus nervos à flor da pele e, toda vez que olhava na minha direção, eu sentia um nó de medo e apreensão subir pela minha garganta. Mas ele não se aproximou de mim em nenhum momento nem voltou a tocar em mim. Seth ficava apenas se virando e olhando pela janela em silêncio, esperando.

Na manhã seguinte à visita de Marcus, precisei ver a runa na minha nuca de novo. Com a energia de volta ao normal, achei um espelho de mão e estiquei o pescoço, virando até conseguir ver o reflexo no espelho do banheiro. Era um azul-claro, no formato de um S que se fechava na ponta. A runa da invencibilidade. Estiquei a mão e a toquei. A pele dos meus dedos formigou com o contato.

Coloquei o espelho na bancada e me virei. Meus olhos estavam arregalados demais, quase apavorados. Havia olheiras se formando sob eles, deixando as íris castanhas sem brilho. Não que meus olhos castanhos fossem lá muito extraordinários antes, mas *nossa!*

O ar assustado nos meus olhos não havia passado, nem depois do banho. Um peso se instalou nas minhas costas, apertou meu peito. Seth vinha tentando me despertar desde o começo, como eu havia temido. Ele tinha mentido. Joguei o cabelo molhado para trás. Por sorte, ele não havia conseguido, mas não dava para negar que algo estava diferente. Eu conseguia sentir logo abaixo da pele.

Houve uma batida na porta do banheiro.

— Alex? — Seth chamou e bateu de novo. — Está fazendo o que aí dentro?

Reunindo minhas forças, foquei nas paredes rosa-néon e reforcei os escudos mentais, bloqueando-o por completo.

Deu para ouvir seu suspiro.

— Você só está me bloqueando para me irritar, Alex.

Voltei um sorriso fraco para o meu reflexo e abri a porta. Passando por ele, joguei as roupas sujas no canto.

— Não vai falar comigo, então? — ele perguntou.

Eu me sentei na cadeira e peguei um pente.

Seth se ajoelhou à minha frente.

— Sabe, você não pode ficar em silêncio para sempre.

Desembaraçando os nós, decidi tentar.

— Sabe quanto tempo vamos ficar juntos. Isso vai perder a graça rapidinho. — Como não respondi, ele pegou meu punho. — Alex, você está sendo...

— Não encosta em mim. — Soltei meu braço, pronta para transformar o pente numa arma mortal se necessário.

Ele sorriu ao se levantar.

— Você está falando.

Larguei o pente e me levantei de um salto.

— Você mentiu para mim inúmeras vezes, Seth. Você me *usou*.

— Como usei você, Alex?

— Você se aproximou de mim só para tentar me despertar! Usou essa conexão idiota contra mim. — Inspirei fundo. A traição pesava como pedras no meu estômago. — Planejou isso desde o começo, Seth? Era isso que você tinha em mente quando estávamos nas Catskills? Quando me pediu para fazer uma escolha?

Ele se virou para mim, com os olhos de um ocre intenso e furioso.

— Não foi só por isso, Alex. Não que importe agora. Você fez sua escolha. Escolheu Aiden, mesmo não adiantando nada.

Não pensei. Cheia de raiva e tristeza, parti para cima dele.

Seth apanhou meu punho antes que acertasse seu rosto.

— Não estamos treinando, Alex. Não estamos brincando. Se tentar me bater de novo, não vai gostar das consequências. — Ele me soltou.

Cambaleei para trás, um pouco tentada a testar o aviso com um chute na sua cara. Uma batida à porta do quarto interrompeu nosso confronto. Um dos guardas estava do outro lado, falando baixo demais para eu entender.

Seth acenou e se virou para mim.

— Vamos sair em cinco minutos.

Meu coração vacilou.

— Sair? Para onde?

— Você vai ver. — Ele hesitou, seu olhar me percorrendo. — Você tem cinco minutos para colocar uma roupa decente.

— Como é que é? — Eu estava de calça jeans e uma blusa de gola alta. — Qual é o problema da minha roupa?

— Você vai ser um Apôlion... Minha parceira, por assim dizer. Vai usar algo mais bonito... chique.

Eu não sabia qual parte do que ele disse me fazia querer bater mais nele.

— Primeiro, você não vai me dizer como me vestir. Segundo, não sou sua "parceria". Terceiro, não tem nada de errado com minha roupa. E, por fim, você é repugnante.

— Agora, você tem quatro minutos. — Seth deu meia-volta, saiu do quarto e trancou a porta.

Todo um minuto se passou enquanto eu encarava a porta fechada. Então, entrei em ação. Corri até a janela do quarto e a abri. Quando eu era mais nova, usava aquela janela para sair pelo telhado sobre a biblioteca e observar as estrelas. Eu sabia que conseguiria dar aquele pulo. Era, inclusive, mais baixo do que o que eu dei em Miami.

Sem perder tempo, me esgueirei pela borda. Estava com os músculos dos braços ardendo ao descer devagar. Deuses, eu precisava fortalecer meus braços. Meus pés balançavam a uns quinze centímetros do telhado. Eu me senti como uma espiã ninja por um momento. Comecei a sorrir, mas o formigamento familiar que se espalhou pela minha pele logo apagou qualquer vestígio de alegria.

Soltei.

Duas mãos envolveram meus braços e me puxaram para cima, de volta pela janela. Esperneando e atacando, me debati como um animal selvagem até Seth me colocar de volta no chão.

Eu me virei.

— Eu ainda tinha três minutos.

Um sorriso relutante apareceu no seu rosto.

— Sim, e mais ou menos um minuto depois que saí do seu quarto me dei conta de que você, provavelmente, tentaria escapar. Se jogar da janela é uma opção melhor do que vestir uma roupa bonita?

— Eu não estava me *jogando* da janela. Estava escapando.

— Estava no processo de quebrar o pescoço.

Meus punhos se cerraram.

— Eu teria dado aquele pulo, cara.

Seth revirou os olhos.

— Não importa. Não temos tempo. A gente precisa ir agora.

— Não vou a lugar nenhum com você.

A frustração emanava dele.

— Alex, não estou pedindo.

Cruzei os braços.

— Não ligo.

Com um resmungo gutural, ele avançou e pegou meu braço.

— Você sempre, *sempre* tem que dificultar tudo. — Ele começou a me arrastar na direção da porta. — Não sei por que esperava algo menos de você. Sei que é doentio, mas fico um tanto empolgado com a ideia de você resistindo. É divertido. Melhor do que você sentada em silêncio.

Cravei os dedos, mas ele não me soltaria.

— Me larga.

— É, não vai rolar.

Já estávamos no fim do corredor, no alto da escada. Embaixo, dava para ver um pequeno exército de guardas esperando.

— Que merda é essa? — Finquei os pés no chão e me segurei ao corrimão. — O que está rolando?

Exasperado, Seth me pegou pela cintura. Usando força bruta, ele me puxou do corrimão.

— Agora, você está só querendo fazer graça. — Ele começou a descer os degraus, carregando-me com facilidade, embora meus tênis batessem em cada degrau.

Foram poucos os rostos dos guardas de Lucian que demonstraram algum sinal de desconforto, e Seth me arrastava diante deles. A luz fria e forte do sol nos recebeu do lado de fora, e Seth só me soltou depois de me empurrar para dentro do banco de trás de um hummer. Ele entrou logo atrás de mim e pegou meus punhos.

— Desculpa. A chance de tentar se jogar de um carro em movimento é grande.

Voltei o olhar furioso para ele, com nossos rostos a centímetros de distância.

— Te odeio.

Seth abaixou a cabeça até seu rosto encostar no meu.

— Você vive dizendo isso, mas nós dois sabemos que não é verdade. Você não consegue me odiar.

— É mesmo? — Dei uma cotovelada na sua barriga. Não fez muito efeito. O hummer começou a se mover. — O que estou sentindo agora não tem nada de carinhoso.

Ele riu, soprando o cabelo ao redor da minha testa.

— Você não consegue me odiar. Não nasceu para isso. E, em breve, vamos ser a mesma pessoa. Você foi criada para ser minha pelos mesmos deuses que vamos derrotar, começando hoje.

28

As palavras de Seth me deixariam pasma. Medos que nunca estavam muito distantes voltaram à superfície. Eu não tinha nenhum controle sobre aquele... destino. Nenhuma identidade própria. Meu coração batia forte e dolorosamente. Eu não podia ter sido feita para ele. Ele não era a minha existência.

Eu era a minha própria existência.

Fiquei dizendo isso para mim mesma enquanto Seth me guiava do hummer à entrada dos fundos do tribunal na parte principal da ilha Divindade. Eu tinha um mau pressentimento sobre aquilo, sabendo que Telly estava numa cela do prédio e que algo horrível estava para acontecer. Eu conseguia sentir, e não havia nada que pudesse fazer.

Segurando minha mão com firmeza, ele me guiou pelos corredores estreitos até a sala de espera, perto da área de sessões coberta por uma abóbada de vidro. Pela porta aberta, eu conseguia ver que o lugar estava lotado. Todos os puros que ficaram na ilha durante as férias pareciam estar lá, assim como muitos dos guardas e sentinelas meios-sangues. Ainda mais estranha, porém, era a presença dos meios que haviam ficado na escola. Luke estava perto dos fundos com Lea; os dois pareciam tão curiosos quanto todos os outros, até um pouco constrangidos, como se estivessem se sentindo deslocados. O que estavam fazendo ali? Meios-sangues não tinham permissão de assistir ao conselho a menos que tivessem sido convocados.

— O que está acontecendo?

Seth manteve as mãos nas minhas, como se soubesse que eu sairia correndo se tivesse a chance.

— Lucian convocou uma reunião emergencial do conselho. Viu? — Ele apontou para a frente da sala quadrada. — Está todo mundo aqui.

O conselho ocupava a plataforma com acabamentos de titânio. Reconhecendo facilmente a cabeleira acobreada de Dawn Samos no mar de mantos brancos, senti meu estômago se revirar.

Meus olhos percorreram as expressões curiosas deles e me virei para o público. Meu tio estava no fundo. Ele estava em pé, com os braços cruzados diante do peito. Seus olhos esmeralda eram duros e frios. Ao lado dele, estava um homem que eu nunca tinha visto antes, um meio-sangue alto, com uma constituição de sentinela. Músculos torneados e definidos se flexionavam sob o uniforme preto. Seu cabelo castanho era mais para longo, preso num rabo de cavalo. Sua pele era uma mistura de etnias, bem bronzeada. Ele seria bonito se não fosse pela cicatriz agressiva que descia da sobrancelha direita até o maxilar.

As portas do fundo se abriram de repente, e outros entraram na sala. Aiden estava entre eles. Meu coração disparou no peito quando parou ao lado do meu tio. Ele se inclinou para a frente, com a boca se movendo rapidamente. Marcus manteve o olhar fixo para a frente, mas o estranho acenou com a cabeça. Aiden se endireitou e se virou, olhando na direção em que eu estava.

Seth recuou antes que Aiden pudesse nos ver. Fechei a cara para ele, que me respondeu com um sorriso.

— Somos convidados especiais — ele disse.

— Aí está você, meu garoto.

Lucian atravessou a sala de espera. Seu olhar se fixou em mim e se endureceu.

— Alexandria tem sido amigável?

— O que acha? — retruquei antes que Seth pudesse responder. Lucian me agraciou com um dos seus sorrisos falsos.

— Você não é tão sensata nem tão forte quanto pensa, Alexandria, mas em breve vai ser.

Me lancei na direção dele, mas Seth me puxou para trás e passou o braço ao redor da minha cintura. Isso deixou meus braços completamente livres e, nossa, como tentei puxar o cabelo de Lucian... a cara... o que quer que conseguisse pegar.

— Sorte a sua que ninguém consegue enxergar o que acabou de tentar fazer... — Lucian sussurrou com raiva. Ele parou perto da porta aberta, cuja entrada era bloqueada pelos seus guardas. — Senão eu seria obrigado a tomar uma atitude. Cuide para que ela se comporte, Seth. E que entenda as consequências de agir sem pensar.

Seth me segurou, com as costas em seu peito, esperando até Lucian e seus guardas chegarem à plataforma.

— Alex, não faça nada que possa se arrepender.

Eu me debati contra ele, sem chegar a lugar nenhum.

— Não sou eu quem está prestes a fazer algo que vai se arrepender.

Seu peito se levantou bruscamente.

— Alex, por favor. Se tentar fugir enquanto estivermos lá ou fizer alguma loucura, vou ser obrigado a deter você.

Meus movimentos cessaram. Um receio me invadiu, e senti que nunca mais voltaria a me sentir aquecida.

— Você faria isso... comigo?

Pareceu uma eternidade até ele responder.

— Não gostaria, mas faria. — Ele fez uma pausa e outra respiração trêmula. — Por favor, não me obrigue a fazer isso.

Um nó se formou na minha garganta.

— Não estou te obrigando a nada.

— Mas obrigou... — ele sussurrou no meu ouvido. Calafrios desceram pela minha espinha. — Desde a primeira vez que te vi. Você só não sabia, então como eu poderia te culpar?

Lucian estava no centro das atenções, começando a sessão do conselho. Todos os olhos estavam voltados para ele. Ninguém sabia do drama que se desenrolava atrás das paredes.

— Não entendo. — Fechei os olhos para segurar as lágrimas. — Seth, por favor...

— É isso. — Seth ajeitou a posição, colocando a mão sobre a minha barriga, onde eu sentia a corda, perto da cicatriz torta. — Você não faz ideia como é. Sentir o seu poder e o meu juntos, saber que só tende a aumentar. É o éter, sim, mas também é akasha. Canta para mim como uma sereia.

Meu fôlego se prendeu, e engoli em seco enquanto a corda reagia a ele. Seth apoiou o queixo no topo da minha cabeça.

—- Consigo sentir agora... sei usar. Juntos, vamos fazer isso juntos.

Abri os olhos.

— Deuses, você parece... louco, Seth.

Seus dedos apertaram meu suéter.

— A loucura de um homem é a sanidade de outro.

— Quê? Nem sentido isso faz.

Ele riu baixinho.

— Vamos. Está começando.

De repente, Seth mudou. Me puxou para a porta, onde continuamos escondidos, mas conseguíamos ouvir o que estava acontecendo. Sua mão relaxou ao redor da minha, mas eu sabia que não adiantava tentar fugir. Eu tinha certeza de que ele me deteria... dolorosamente, se necessário.

Os membros do conselho estavam conversando entre si e, então, ficaram em silêncio.

Lucian avançou para a frente da plataforma, entrelaçando as mãos na frente do corpo. Uma ministra idosa e imponente foi a primeira a falar, com sua voz rouca, mas firme:

— Houve mais indícios de ataques de daímônes?

— Ou é o elixir? — outro perguntou, com as mãos apertando os braços do trono com acabamentos de titânio.

Houve um burburinho de perguntas imediato entre o público e os ministros. Alguns dos rostos pareciam em pânico. Ataques de daímônes haviam se tornado um assunto muito sensível, e a ideia de o elixir não funcionar devia horrorizar aqueles que dependiam dos meios para fazer tudo por eles.

Fiquei tensa, e o pior raciocínio de todos tomou conta de mim.

— O que está pensando? — A voz de Seth era baixa, reconfortante e em total desacordo com o que ele era capaz de fazer.

Marcus havia desconfiado que os daímônes que atacaram o conselho receberam ajuda, e Seth sugerira que Telly havia adulterado o elixir para causar uma distração, mas, ao olhar para Lucian, fiquei me perguntando o quanto Seth realmente sabia.

Lucian, o puro-sangue perfeito com seus mantos brancos impecáveis, contemplou a multidão quase caótica com um sorriso tenso e ensaiado no rosto. Será que ele estava por trás de tudo? Para criar caos? Porque eu me lembrava de uma das aulas de mitos e lendas sobre como todas as sociedades que estavam à beira de uma turbulência eram mais fáceis de controlar, moldar e manipular... e derrubar.

— Alex?

Inspirando fundo, balancei a cabeça.

— Não chamei esta sessão para tratar desses assuntos — Lucian começou. — Hoje, é um dia de descobertas, meus caros conselheiros. Nosso mundo está à beira de uma grande mudança. Uma mudança necessária, mas temida por alguns. Hoje, aqueles que temem a mudança, aqueles que trabalharam nas sombras para impedi-la, serão desmascarados e condenados.

Prendi o fôlego. *Telly...* Mas eu não o via em lugar algum.

— Do que está falando, Lucian? — perguntou um ministro. Sua voz era clara, mas tensa. — Que temor e mudança são tão grandes para sermos convocados, para longe de nossas famílias e nossas férias?

Quase revirei os olhos com a última parte.

Lucian continuou olhando para a frente. Foi então que me dei conta que, pelo menos, metade dos doze ministros estava sorrindo. Eles sabiam; apoiavam Lucian. Não era um bom sinal.

Mas os outros não faziam ideia.

— Fomos ensinados a temer a possibilidade de dois Apôlions — Lucian disse. — Ensinados a vê-los como uma ameaça contra a nossa existência e a dos deuses, mas estou aqui para dizer a vocês que, em vez de medo, deveríamos nos alegrar. Sim! Alegrar porque, em poucos dias, teremos o Assassino de Deuses para nos proteger.

— Proteger contra o quê? — murmurei. — Ministros malucos?

— Shhh! — Seth me encarou.

Meu maxilar doeu de tanto que cerrei os dentes.

— Antes, porém, devemos lidar com algo que é ao mesmo tempo desagradável e... — Ele apertou a mão no peito. — ...E sensível para mim. Guardas!

A porta do outro lado se abriu e, numa reviravolta irônica do destino, os guardas conduziram o ministro-chefe Telly para o centro da plataforma.

Era impossível não lembrar de quando Kelia Lothos, a meio que havia amado o puro-sangue Hector, tinha sido trazida diante dele, vestida com trapos e algemada.

O carma era foda

Mas isso não tornava o que estava acontecendo certo. Eu estava louca para correr até lá e avisar a todos o que estava prestes a acontecer, o que eu conseguia sentir crescendo sob a pele.

Houve uma reação de surpresa em massa da plateia e de metade do conselho quando Telly foi forçado a se ajoelhar. Ele levantou a cabeça, mas seus olhos vidrados não se focaram em nada em particular.

— Esse homem conspirou contra a decisão do próprio conselho e contra a minha enteada. — Lucian endureceu a voz, retraindo os lábios. — E tenho provas.

— Que provas você tem? — Dawn falou, com os olhos alternando entre Lucian e o ministro-chefe silencioso.

Seth respirava no meu cangote. Tentei me afastar, mas ele me puxou de volta. Meu temperamento, meus nervos... estava tudo tenso demais.

— Durante a sessão do conselho de novembro, minha enteada foi alvo de ataques injustos. Ela havia sido chamada para prestar depoimento com base nos eventos trágicos em Gatlinburg. No entanto, o ministro-chefe Telly demonstrou ter motivações nefastas.

Ninguém no conselho pareceu muito preocupado. Eu não sabia bem se deveria me sentir indignada ou triste por isso.

Lucian se voltou para Telly. Um sorriso sincero, de satisfação, apareceu no rosto do meu padrasto.

— Minha enteada foi vítima de vários ataques. Alguns de vocês... — ele olhou para o conselho sobre o ombro — ...podem achar que isso não lhes diz respeito. Mas ela não é apenas uma meio-sangue; é o próximo Apôlion.

— Que ataques? — perguntou um ministro mais velho. A bengala que segurava na mão esquerda era tão envelhecida quanto seu rosto.

— Ela foi colocada sob uma coação ilícita e abandonada para morrer no frio. Quando isso não surtiu efeito, ele tentou persuadir o conselho dos doze para que fosse colocada sob o elixir e escravizada — Lucian anunciou. — Quando o conselho não encontrou motivo para isso, uma puro-sangue foi coagida a dar uma poção para ela.

— Ai, deuses... — murmurei, sentindo a cara arder.

— Alexandria não sabia — Lucian continuou, apelando para as mulheres do conselho. — Acredita-se que armaram para ela ser encontrada numa... posição comprometedora com um puro-sangue.

— Filho da puta... — sussurrei.

O desgraçado estava apelando para o argumento familiar.

— Que falta de educação... — Seth murmurou.

Eu o ignorei. Dawn ficou pálida ao observar Lucian.

— Isso é muito revoltante.

— E não parou por aí. — Lucian se voltou para a plateia. — Quando nada disso deu certo, o ministro-chefe Telly ordenou que um guarda puro-sangue a matasse depois do ataque de daímônes. Se não fosse por Aiden St. Delphi, que coagiu dois puros-sangues, o ministro-chefe teria conseguido.

Meu coração disparou, e fiquei boquiaberta. Entendi perfeitamente o que Lucian havia acabado de fazer. Deixara escapar o segredo, fazendo parecer que considerava Aiden algum tipo de herói, sabendo o que isso significaria para ele.

Um ministro olhou para Aiden com a mais pura revolta.

— Esse é o ato de traição contra o nosso povo e deve ser tratado imediatamente. Guardas!

Não. Não. Não.

Várias pessoas se voltaram para onde Aiden estava. Os guardas avançaram, como se ele fosse a maior ameaça naquele instante. Rodearam Aiden em segundos, com as adagas em punho e prontas para serem usadas.

Aiden manteve uma calma incrível. Não havia nem um pingo de emoção em seu rosto ou em seus olhos enquanto os guardas o cercavam.

Nem pensar que eu deixaria que isso acontecesse. Comecei a avançar, mas Seth me deteve.

— Não, Alex.

— Como você pôde? Vão executar Aiden por isso. — O pânico tinha um gosto metálico na minha garganta. — Ele virou *toda* a sociedade contra Aiden com essas palavras, Seth.

Seth não disse nada.

— Esperem. — A voz de Lucian ecoou, parando todos. — O puro-sangue não é o problema no momento. As tentativas do ministro-chefe nas Catskills fracassaram inúmeras vezes, mas ele não cessou suas ações. Ele veio atrás dela, deixando o Covenant de Nova York num estado do mais puro caos para continuar a ameaçá-la com a servidão.

— O que aconteceu com o guarda que teria tentado matá-la? — perguntou a ministra que havia falado primeiro.

— Foi neutralizado — Lucian respondeu, continuando antes que aquilo pudesse ser mais esmiuçado. — O ministro-chefe Telly agiu contra a vontade do conselho e ainda tentou forçá-la à servidão. Foi até atacada aqui, esfaqueada por um guarda meio-sangue, ordenado a fazer isso por ele.

—E a prova? — o ministro idoso perguntou. — Cadê a prova?

Lucian se voltou para Telly.

— A prova são as próprias palavras dele. Não são, ministro-chefe?

Telly levantou a cabeça.

— É verdade. Fui contra o voto majoritário e ordenei o assassinato de Alexandria Andros.

Houve alguns gritos de espanto, porém mais por Telly ter admitido aquilo com tanta facilidade. Eles não sabiam o que eu sabia: que os miolos de Telly deviam estar fritos por uma coação poderosa.

Começou uma discussão entre os ministros por vários minutos. Alguns queriam o impeachment imediato de Telly. Eram os que estavam sorrindo antes. Outros, que eu duvidava que desconfiassem dos planos de Lucian, não viam o que Telly havia feito contra mim como um crime. Eram pouquíssimas as leis que protegiam os meios.

— Não haverá impeachment. — A voz de Lucian silenciou a discussão. — O ministro-chefe Telly será responsabilizado hoje.

— Quê? — vários ministros questionaram ao mesmo tempo.

— Tomei conhecimento de que o ministro-chefe está envolvido na ordem de Tânatos e alguns dos outros membros estão a caminho para libertá-lo. — Houve outra pausa. Lucian sabia como chocar e impressionar. — Não há tempo para mais nada. A segurança de Alexandria é de extrema importância.

Então entendi o nervosismo de Seth, de todos os guardas, de manhã. Lucian não poderia deixar que a ordem estragasse seus planos. Ele atacaria primeiro. E a minha segurança? Minha segurança não era a questão. Lucian estava com receio que eu me comportasse mal antes de subir à plataforma porque Seth não tinha controle absoluto sobre mim... *ainda*.

— Não era para acontecer agora, era? — sussurrei.

Seth não disse nada.

— Vocês queriam esperar até eu despertar, mas estão fazendo isso por causa da ordem.

Não seria uma tragédia para Lucian se a ordem chegasse antes de eu despertar e acabasse matando um de nós? Todos os seus planos teriam sido em vão.

Lucian apontou para onde estávamos escondidos.

— Está na hora da mudança. Essa mudança começa agora.

— É a nossa deixa — Seth disse, com a mão apertando a minha. — E, bons deuses, por favor, se comporte.

Não tive muito tempo para responder. Seth começou a andar, e não tive escolha a não ser segui-lo para a sala de sessões.

Um silêncio tão denso que me sufocou caiu quando aparecemos. Todos os olhares estavam sobre nós enquanto subíamos os degraus de mármore. Paramos diante de Lucian e Telly.

Todos começaram a falar ao mesmo tempo.

O conselho foi ficando incomodado, se mexendo nos assentos. Um murmúrio atravessou a multidão, crescendo com o passar dos segundos. Alguns estavam em pé, com seus olhos demonstrando choque e terror. "Não há motivo para temer dois Apôlions" uma ova! Eles sabiam; alguns na plateia reconheciam o perigo.

Meu coração estava tentando sair do peito e, embora eu tentasse me conter, procurei por Aiden. Ele tinha ficado imóvel. Não sabia nem se ele ainda estava respirando. Nossos olhares se encontraram e, num instante, seus olhos cor de aço se encheram de alívio e depois fúria quando desceram para onde Seth apertava minha mão com firmeza. Ele se moveu, dando um passo à frente. Marcus ergueu o braço, impedindo-o. Eu não sabia se Aiden obedeceria, mas o obedeceu.

Soltei o ar que não sabia que estava segurando.

— O que está acontecendo? — gritou um ministro. Eu havia parado de tentar acompanhar.

Lucian apenas sorriu. Eu odiava aquele sorriso.

— Está na hora de recuperar o que é nosso por direito, um mundo em que governamos e não precisamos dar satisfação a um grupo de deuses que não se importam se prosperamos ou morremos. Um mundo onde os meios-sangues não são escravizados, mas andam ao nosso lado... — Várias exclamações indignadas o interromperam, quem diria. — ...Mas onde os mortais se ajoelham aos nossos pés, como deveriam. Somos deuses também.

E foi então que metade da plateia se levantou. Palavras como "blasfêmia", "traição" e "insanidade" foram disparadas. Alguns dos meios-sangues observavam Lucian com curiosidade; suas palavras tinham um certo apelo a eles. Mas seriam bestas se acreditassem nele.

Os guardas de Lucian e alguns que eu reconhecia do Covenant se dirigiram às portas dos fundos, bloqueando qualquer tentativa de fuga. Quase dei risada. Pensávamos que a ordem havia se infiltrado no Covenant, mas Lucian havia mesmo se superado. Era *ele* quem tinha se infiltrado no Covenant e no conselho.

— Está na hora de uma nova era. — A voz de Lucian ressoou pelo grande tribunal. — Até os meios-sangues que ficarem ao nosso lado vão prosperar. Os que não ficarem vão cair.

Alguns membros do conselho se levantaram e deram passos para trás. Os cinco que apoiavam Lucian, assim como, pelo menos, duas dezenas de guardas... e sentinelas.

De relance, vi Aiden e o estranho se aproximando da plataforma, mas perdi os dois de vista. Focando no que estava acontecendo na minha frente, senti raiva e inquietação tomarem conta de mim.

— Seth... — Lucian disse baixo. — Esse homem tentou acabar com a vida de Alexandria várias vezes. Ele merece viver?

O ministro idoso se levantou, apoiando o peso na bengala.

— Ele não tem direito de opinar! Apôlion ou não, ele não decide a vida ou a morte. Se o ministro-chefe Telly foi contra a vontade do conselho dos doze, ele deve ser julgado por este mesmo conselho!

Ele foi ignorado.

Ergui os olhos para Seth.

— Não... — sussurrei. — Não. Não responda a essa pergunta.

E fui ignorada.

Seth ergueu o queixo, com os sinais do Apôlion se espalhando pelo seu rosto, se entrelaçando e descendo pelo seu pescoço, sob a gola da camisa.

— Ele não merece viver.

Os olhos de Lucian se encheram de orgulho.

— Fique à vontade para cuidar dele, então.

Meu peito foi rasgado pelo pânico. Eu me afastei de Seth, jogando todo o meu peso para tentar me soltar. Ele apenas apertou com mais firmeza. Eu sabia o que pretendia fazer.

— Não! — exclamei, ainda tentando me soltar e desfazer o contato. — Telly é um babaca, mas não decidimos quem morre, Seth. Não é isso que somos, não é isso o que o Apôlion é.

— Bobinha... — Lucian murmurou alto o bastante para apenas nós ouvirmos. — Não é decisão de um Apôlion, mas, sim, de um Assassino de Deuses.

— Não dê ouvidos a ele — implorei e puxei quando seu sinal ardeu contra o meu. — Você não é assim. Você é melhor do que isso. *Por favor...*

Seth olhou de relance para mim. De maneira breve, mas aconteceu. Hesitação e confusão passaram pelo seu rosto. Seth não acreditava totalmente que estava fazendo a coisa certa. A esperança me dominou.

Apertei seu braço.

— Seth, você não quer fazer isso. Sei que não. E sei que esse não é você. É akasha; eu entendo. E é Lucian. Ele está te usando.

— Seth — Lucian insistiu. — Você sabe o que precisa fazer. Não me decepcione; não *nos* decepcione.

— Por favor... — implorei, encontrando seu olhar, embora quisesse pular sobre o corpo curvado e derrotado de Telly e quebrar o pescoço de Lucian. — Não faz isso com a gente... comigo, com você mesmo. Não se torne um assassino.

Os lábios de Seth se curvaram para cima e ele virou as costas para mim, de frente para o ministro-chefe Telly.

— Ele não pode continuar vivo. Esse é meu presente para você.

Perdi o ar, horrorizada. E foi então que me dei conta. Essa era a diferença entre Aiden e Seth. Por mais que Aiden quisesse retaliar ou por mais que desejasse algo, ele jamais me colocaria em risco. E, porra, Seth colocaria.

Colocou.

Ele apertou minha mão. Meu corpo se contraiu quando ele sugou akasha de dentro de mim. Eu me curvei, entrevendo apenas um lampejo da luz âmbar que envolveu Telly. A última vez que vi Seth usar akasha, ele estava azul, mas isso foi antes dos quatro sinais, antes de conseguir extrair de mim o poder do quinto.

Gritos encheram o ar: não de Telly, mas do conselho e da plateia. Telly não teve nem chance de fazer barulho.

Quando foi atingido por akasha, lançado por mim e Seth, ele simplesmente deixou de existir, obliterado.

O vidro da abóbada se estilhaçou. Cacos caíram, cortando o ar e aqueles que não foram rápidos o bastante para se esquivar. Três figuras aladas entraram por ali, urrando de raiva.

As Fúrias haviam chegado.

29

As Fúrias estavam com seu aspecto monstruoso. A pele delas era cinza e opaca. Serpentes ondulavam em suas cabeças. Os dedos se alongavam em pontas afiadas. Aquelas garras eram capazes de rasgar tecidos e ossos com facilidade.

Elas vieram diretamente na nossa direção.

Apenas um segundo ou dois haviam se passado desde o momento em que Seth tinha atacado e eliminado Telly. Uma Fúria se separou das irmãs, passando sobre a plateia, emitindo gritos agudos.

Seth levantou o braço. Akasha disparou da sua mão, cortando o ar numa velocidade incrível. Ele acertou a primeira Fúria no peito antes de a luz âmbar se apagar. Uma expressão de choque surgiu no rosto monstruoso dela, e seu queixo caiu. A Fúria tombou, girando como um pássaro abatido, enquanto suas asas cortavam o ar. Ela caiu sem vida, a pele cinza e a carne inerte envolta por um amontoado de chiffon branco, a poucos passos de nós.

As duas Fúrias restantes pairaram perto da janela quebrada. Suas faces mortais tomaram o lugar das monstruosas, e o horror deformava seus rostos belos.

— Não é possível! — uma gritou, puxando o cabelo loiro da outra até fios escaparem em suas garras. — Não pode ser!

— Mas é. — A outra agarrou o braço da irmã. — Ele matou uma de nós.

Com as pernas bambas, eu me endireitei e perdi um pouco do equilíbrio, vacilante. As ações de Seth haviam me enfraquecido, me deixando incapaz de enfrentar uma marmota, quanto mais uma das Fúrias, caso atacassem. Ao perceber que Seth havia me soltado, cambaleei para a lateral da plataforma. Eu ia morrer. Tinha certeza disso. Meus gritos se juntariam aos da plateia, mas as Fúrias não atacaram...

— Vocês declararam guerra contra os deuses — uma sibilou. Suas asas cortaram o ar em silêncio. — Não se enganem, eles irão declarar guerra contra vocês.

A outra abriu os braços musculosos.

— Você coloca todos em risco ao se entupir de um poder que nunca foi seu. Que caminho... que caminho *você* escolheu!

E elas se foram.

O caos reinou supremo sob e sobre a plataforma. Telly despareceu. Não havia nem uma pilha de cinzas. A bile subiu pela minha garganta e virei as costas para o lugar onde ele esteve ajoelhado.

Perto dos fundos, ouvi sons de luta. Guardas e sentinelas corriam atrás daqueles que bloqueavam as portas. Um guarda perto de nós foi derrubado. Uma das suas adagas caiu no chão. Me lancei na direção dela, envolvendo os dedos entorpecidos ao redor do cabo. Eu precisava deter isso, deter Lucian. Ele estava controlando Seth.

Dei meia-volta, encontrando Lucian falando com o conselho, despejando mais maluquices que fariam com que todos fôssemos mortos.

Seth surgiu diante de mim antes que eu conseguisse dar um passo na direção dele. Nossos olhos se encontraram antes que ele tirasse a adaga da minha mão. Ele a jogou para o lado e partiu para cima de mim. Uma frieza havia dominado seus traços. Não reconheci seus olhos. Ardiam violentamente, quase luminosos. Aquele deslumbre estava lá de novo. Mas não era deslumbre... eu havia me enganado sobre aquele olhar.

Era uma ânsia, uma sede por mais. A mesma que eu tinha visto diversas vezes nos olhos de daímônes.

Desarmada e fraca, eu sabia quando era hora de recuar. Minhas costas acertaram a parede. Desesperadamente, busquei algo e encontrei um candelabro de titânio. Eu o apanhei e o joguei na direção dele usando os dois braços.

Rápido como um raio, ele apanhou o candelabro e o jogou para o lado também.

— Sempre atirando coisas... — ele disse, a voz grossa e diferente. O tom musical não existia mais. — Tão, mas tão malcriada!

Inspirei com dificuldade.

— Esse... esse não é você.

— Este sou eu. — Ele estendeu a mão para mim. — E estes somos nós.

A voz de Dawn o distraiu.

— Isso é traição! — ela disse. O pavor tomava conta de seus olhos cor de ametista. Ela tremia, abraçando os próprios cotovelos. Outros ministros estavam atrás dela, com os rostos pálidos. — Isso é traição contra os deuses, Lucian. O que nos pede não pode ser concedido.

— Não acha que a mudança é necessária? — Lucian perguntou.

— Sim! — Ela descruzou os braços e os ergueu na frente dela, como se estivesse se protegendo. — A mudança é necessária. Os meios-sangues precisam de mais liberdade e escolha. Não existe dúvida disso. Tenho uma meia-irmã. Eu a amo muito e quero uma vida melhor para ela, mas esse... esse não é o caminho.

Lucian inclinou a cabeça para o lado, passando as mãos no manto branco.

— E os deuses, minha cara?

Ela estava com a respiração entrecortada, endireitando a coluna.

— São nossos únicos mestres.

Todos os meus pesadelos estavam se transformando em realidade, assim como os da ordem. A história estava, *sim*, se repetindo. Seth deu um passo para o lado, encarando os membros do conselho que se recusavam a ceder à vontade de Lucian.

Lucian sorriu.

— Não! — Minha voz saiu entrecortada, enquanto eu deslizava ao longo da parede, para longe de Seth. — Seth, não!

Mas Seth estava no piloto automático. Ele pegou minha mão de novo. Sinal contra sinal. A pressão tomou conta de mim e a corda estalou de novo, lançando akasha através do vínculo. Não havia como ele me ouvir depois que o poder tomava conta, nenhuma compaixão.

Seth era apenas a máquina mortífera de Lucian.

A luz âmbar brilhante se lançou uma segunda vez da sua mão.

Gritos soaram em um pandemônio. Consegui ouvir os de Lea acima de todos. Eu sabia que não poderia ser verdade, porque todos estavam gritando. Eu estava gritando.

Seth me soltou, e caí de joelhos, engasgada e sufocando com o cheiro de tecido queimado e... carne... carne queimada. Onde antes estavam os sete, restavam apenas três encolhidos, olhando horrorizados para Seth.

Um choramingava, apertando o braço enegrecido.

A irmã de Lea, Dawn, se foi.

Ele havia conseguido, atacado o conselho. Meu rosto estava molhado. Quando eu havia começado a chorar? Importava? Eu não sabia.

A irmã de Lea se foi.

Tampei a boca, ordenando a mim mesma que me controlasse. Algo precisava ser feito. Aquilo era ruim, horrendo, mas pioraria quando eu despertasse. No caos, eu poderia escapar. Não poderia me entregar agora. Lutando para me levantar, prendi a respiração e fui me aproximando da escada. Seth estava de costas para mim. Cheguei aos degraus e braços cercaram a minha cintura, me segurando. Um calor envolveu imediatamente meu corpo, meu coração, me dizendo quem estava me segurando. Um alívio doce me inundou.

— Peguei você! — Aiden me colocou em pé. Seus olhos vasculharam os meus atentamente. — Consegue correr?

Ouvi sua voz como se estivesse do outro lado de um túnel, e acho que acenei com a cabeça. Em segundos, estávamos cercados.

— Merda! — Ele soltou minha mão, bloqueando meu corpo com o seu. Uma tensão atravessou seu corpo.

Queria ter pensado em encontrar a adaga que perdi porque, pelo menos assim, teria algo para afastar os guardas de Lucian. Embora eu não fosse capaz de fazer muito com ela. Estava usando toda a minha energia para me manter de pé, para enfrentar a exaustão quase esmagadora que veio quando Seth acessou meu poder.

Aiden avançou num salto. Gritando, sua bota acertou o queixo do guarda mais próximo, e ele passou por sob o braço estendido de outro. Ao subir, seu punho acertou o segundo com um soco violento. Sem perder tempo, atingiu o último com um chute no peito, jogando o guarda a alguns metros.

Outro, porém, chegou por trás de nós.

O guarda me agarrou por trás e começou a me puxar de volta na direção da plataforma, na direção de Seth e Lucian. Com os braços imobilizados ao lado do corpo, não consegui fazer nada além de pisar no seu pé. Ele resmungou e afrouxou a mão, mas nada mais que isso.

Aiden se virou, vendo a minha situação. Nossos olhos se encontraram por um breve segundo, e ele baixou os olhos. Deixei minhas pernas cederem. Aiden se moveu tão rápido que o ar se agitou ao meu redor. Um segundo depois, o guarda caiu no chão, inconsciente.

— Boa... — murmurei enquanto Aiden me levantava.

Seu sorriso era tenso. Ele voltou a pegar minha mão, e corremos pelo corredor central. Meu tio e o estranho estavam acabando rapidamente com os guardas perto da porta. No chão, Luke estava abraçando Lea, embalando-a de um lado para o outro, enquanto ficava de olho na batalha. Ao nos ver, ele se levantou trazendo Lea. Ela estava fora de si. Acho que nem sabia o que estava acontecendo ao seu redor, nem mesmo quando o estranho com a cicatriz atirou uma adaga e derrubou o guarda ao lado dela.

— Quem... quem é você? — perguntei.

Ele fez uma reverência e sorriu.

— Quase todo mundo me chama de Solos.

— Solos de Nashville?

Ele fez que sim, deu meia-volta e desferiu um soco brutal num sentinela que havia corrido em nossa direção. O soco jogou o cara no chão. Foi bem impressionante.

— Vamos sair daqui? — Luke perguntou. Ele segurava Lea perto dele, com movimentos quase frenéticos. — Precisamos sair da...

O ar estalou e crepitou. Surgiu um clarão na sequência, iluminando todo o salão. Quando se apagou, Apolo surgiu no meio do corredor.

— Vão — ele disse. — Saiam da ilha agora. Vou deter ele, dar tempo suficiente para vocês.

— Alex! — gritou Seth.

Calafrios desceram pela minha espinha.

— O que quer que faça, não parem. Não fiquem para ajudar — Apolo ordenou antes de se virar. — Vão!

— Vem! — Aiden me pegou de novo. — Estamos com o carro esperando na rua, perto da praia.

— Pode fugir, Alex! — A voz de Seth atravessou o tumulto. — Corre o quanto quiser! Vou te encontrar!

Aiden me puxou na direção das portas. Olhei para trás, vendo Seth no centro da plataforma, ofegante. O corpo da Fúria jazia a seus pés como um troféu macabro.

— Detenham ela! — Lucian ordenou, movendo-se atrás de Seth. — Não deixem que saia daqui.

Os guardas na frente da plataforma se viraram e paralisaram. Depois, se dispersaram como baratas.

Apolo subiu para a plataforma.

— É, foi o que imaginei.

— Vou encontrar você! Somos conectados. Somos um! — Seth ainda estava gritando. Seu olhar se voltou para o deus. Sorriu com desprezo. — Quer lutar comigo agora, na sua forma verdadeira?

— Luto com você em qualquer forma, seu pirralho desgraçado.

Seth riu.

— Você não pode me matar.

— Mas posso te encher de porrada.

Foi tudo que ouvi. Saímos do tribunal, sob a luz do sol. Puros e meios saíam atrás de nós. Continuamos correndo. Lutei para acompanhar Aiden, respirando com dificuldade. Mal conseguia sentir as pernas e tropecei mais de uma vez, mas Aiden me segurava sempre, me motivando a seguir em frente. Marcus apareceu ao meu lado e, sem dizer uma palavra, me pegou nos braços.

Uma indignação me dominou. Eu odiava a ideia de ser carregada, porém estava sendo mais um estorvo a pé. Só então me dei conta de que minhas runas ainda estavam ardendo, a pele latejando. Meu estômago começou a se revirar violentamente.

— Vou vomitar — disse, ofegante.

Marcus parou na hora, colocando-me em pé. Caí de joelhos, e vomitei as tripas na calçada na frente de um café. Foi rápido e intenso, acabando logo depois que começou, deixando minhas entranhas doloridas.

— Alex! — Aiden voltou.

— Ela está bem. — Marcus me ajudou a me levantar. — Está tudo certo. Aiden, vá na frente. Confirme que seu irmão está lá e leve todos para um lugar seguro.

Aiden hesitou.

— Não vou deix...

— Estou bem. Vai.

Obviamente relutante, Aiden levou mais alguns segundos antes de se virar e sair andando.

— Está bem? — Marcus perguntou. — Alexandria?

Fiz que sim devagar. Minhas mãos tremiam.

— Desculpa. De verdade.

Os olhos de Marcus se abrandaram, talvez pela primeira vez desde que o conheci. Ele deu um passo à frente, me envolvendo nos seus braços. Foi um abraço rápido, mas firme, e tudo que deveria ter sido. E, estranhamente, descobri que era algo que eu estava sentindo falta.

— Bons deuses, garota... — ele murmurou, me soltando. — Acha que consegue correr? Não é muito longe. Precisamos voltar à casa dos St. Delphi.

As lágrimas deram um nó na minha garganta, enquanto eu fazia que sim. Não era longe, mas o coitado morreria me carregando por toda aquela distância. Na esperança que meu estômago não decidisse sair de dentro de mim de novo, comecei a correr o mais rápido possível.

A corrida quase acabou me matando. Quando enfim chegamos à areia e estávamos correndo contra o vento, meus músculos ardiam em desespero. Continuei em frente, quase chorando quando vi dois hummers pretos... e Aiden.

Ele nos encontrou no meio do caminho, enfiando uma garrafa d'água nas minhas mãos quando diminuí o passo.

— Bebe devagar.

Tomei um gole da água. Aiden apertava meus ombros. Eu queria dizer para ele que estava bem, que não era comigo que ele deveria se preocupar, mas estávamos em movimento de novo.

Deacon estava andando de um lado para o outro atrás do hummer.

— Alguém vai me dizer o que é que está acontecendo? — Ele nos seguiu enquanto passávamos pelo primeiro carro. — Lea está fora de si. Luke se recusa a falar. O que é que aconteceu?

— Colocou as malas nos carros? — Aiden perguntou, pegando a garrafa da minha mão antes que eu esquecesse sobre a regra de beber devagar. — Todas, como eu disse?

— Sim. — Deacon passou as mãos nos cachos, com os olhos arregalados e intensos. — O que aconteceu?

Solos correu até nós.

— Vamos levar umas oito horas para chegar. É melhor esperar pelo menos metade desse tempo antes de parar para abastecer.

— Concordo — Aiden disse. Ele pegou meu braço mole com delicadeza, apoiando a maior parte do meu peso. Eu não tinha percebido o quanto estava recostada no carro. Seu olhar preocupado ficava voltando para mim.

— Me falem o que aconteceu! — Deacon gritou.

— Seth... Seth atacou o conselho. — Fiz uma careta ao dizer as palavras.

Deacon ficou olhando, incrédulo.

— Ai, meus deuses.

Me soltei de Aiden e olhei dentro do hummer. Empilhadas na traseira, estavam as malas. Eles tinham tudo planejado. Me afastando da traseira do carro, procurei por Seth. Por quanto tempo Apolo conseguiria segurá-lo?

Eles estavam finalizando os planos, e eu ainda estava olhando fixamente para as malas. Obviamente, eles esperavam me pegar no conselho de alguma forma, sem saber o tipo de caos que eclodiria. O que teriam arriscado para me tirar de lá? As próprias vidas, provavelmente.

O vento ficou mais forte.

Aiden voltou até mim, cheio de determinação e propósito.

— Precisamos ir agora.

Solos chamou Marcus.

— Está pronto?

— Vamos dar o fora daqui — Marcus respondeu, lançando um olhar demorado para mim. — Está bem?

— Sim — respondi, rouca, limpando a garganta.

— Que loucura! — Deacon abriu a porta de trás e começou a entrar. — Está tudo indo por...

— Não! — Aiden empurrou Deacon na direção do hummer dirigido por Solos. — Somos nós que eles vão atacar. Vá com Marcus. Luke, fica com ele.

Com a expressão focada, Luke fez que sim e puxou Lea, que ainda chorava, para perto dele. Eu queria ir até ela. Ela havia perdido tudo... e toda vez tinha algo a ver comigo. Primeiro, minha mãe havia matado seus pais e, agora, Seth havia matado sua irmã. Uma culpa afiada me atravessou.

Deacon hesitou.

— Não. Quero...

Aiden puxou o irmão mais novo num abraço apertado. Palavras foram sussurradas entre eles, mas não dava para ouvir nada com o vento forte. Tirando o cabelo da frente do rosto, me voltei para a parte da ilha controlada pelo Covenant.

Algo estava acontecendo. Eu conseguia sentir. Uma eletricidade enchia o ar, arrepiando os pelinhos dos meus braços.

Vacilante, Deacon soltou o irmão e se virou. Lágrimas enchiam seus olhos. Ele temia pela vida de Aiden e estava certo em temer. Quando Seth viesse atrás de nós, o que ele certamente faria, não daria atenção nenhuma ao outro grupo. Seth viria atrás de mim e Aiden e, por mais forte que fosse, era improvável que Aiden saísse vivo desse confronto.

Meu coração se apertou. Eu não podia fazer isso com eles.

— Aiden, você não pode ir comigo. Não pode fazer isso.

— Não começa... — Aiden esbravejou, enquanto pegava meu braço. — Entra no...

Um relâmpago cortou o céu, descendo à nossa frente, acertando a costa do Covenant. Apesar da distância do ponto de impacto, o clarão me ofuscou.

Solos parou, a caminho do banco do motorista.

— Mas quê...?

O vento parou. Era sobrenatural... assim como o silêncio que caiu sobre a ilha Divindade. Um bando de gaivotas levantou voo, gritando e grasnando em pânico. Centenas e centenas passaram voando, saindo da ilha.

— O que está acontecendo? — Lea sussurrou. — É ele? Ele está vindo?

— Não — eu disse, sentindo no meu âmago. — Não é Seth.

— Precisamos ir *agora*. — Aiden começou a me puxar na direção do lado de passageiro do carro.

Em alvoroço, todos entraram em seus respectivos carros. Atrás de nós, as pessoas estavam se aglomerando nos deques de suas casas. Guardas se espalhavam pela praia. Todos olhavam para a faixa de mar que separava as duas ilhas.

Eu estava com um péssimo pressentimento sobre isso.

Aiden fechou a porta e engatou a marcha do hummer. Pegou minha mão.

— Vai ficar tudo bem.

Famosas últimas palavras.

Um estrondo avassalador soou ao nosso redor, sacudindo o carro. Uma faixa de água subiu no ar do outro lado da ilha, era mais alta do que o edifício mais elevado do Covenant, mais larga do que dois dos dormitórios. O paredão de água parou, me lembrando de como Seth havia brincado com a água na piscina.

Isso não acabaria bem.

Outra corrente de água disparou no céu e mais outra... e outra até que mais de uma dezena de paredões de água pontuasse a paisagem. O poder reverberava pelo ar, deslizando sobre a minha pele, envolvendo a corda dentro de mim.

E, no centro de cada uma das torrentes, eu conseguia distinguir a figura de um homem.

— Eita, porra... — sussurrei.

Aiden pisou no acelerador e o hummer avançou.

— Poseidon.

Me virei no banco, observando o mar pela janela traseira, atrás dos edifícios formidáveis do Covenant. Os paredões começavam a se afunilar. A sombra de um tridente gigante se projetou sobre o Covenant e suas pontas afiadas tocaram a ilha principal, pressagiando desgraça e morte para todos que ficassem. Poseidon, o Deus do Mar, o grande agitador da terra, estava muito furioso.

— Aiden...

— Vira, Alex.

Minhas mãos agarraram o encosto do banco. Os funis formaram ciclones gigantes, tornados sobre a água.

— Vão destruir tudo! Temos que fazer algo!

— Não tem nada que possamos fazer. — Aiden pegou meu braço, e cruzamos a ponte para a ilha Bald Head. — Alex, por favor.

Eu não conseguia desviar o olhar. Pelo jeito como os ciclones se moviam, parecia que Poseidon pouparia a ilha mortal, mas, assim que o primeiro funil atingiu o Covenant, meu peito se apertou.

— Não podem fazer isso! Aquelas pessoas são inocentes!

Aiden não respondeu.

A água atravessou as estruturas. Mármore e madeira cortaram o ar. Os gritos daqueles na ilha principal se cravaram no fundo da minha alma, onde o som ficaria para sempre.

Atravessamos as ruas da Bald Head, desviando por pouco dos pedestres pasmos que observavam o rompante anormal da natureza. E, quando chegamos à ponte que levava ao continente, vi os grandes paredões de água retrocederem. Não sobrou nenhuma construção em Divindade. Não havia nada. Tudo desapareceu. O Covenant, os edifícios, as estátuas, os puros e meios... Tudo havia sido levado pelo mar.

30

Horas se passaram num silêncio atordoador. Eu sentia náusea, frio. Quantos estavam na ilha? Centenas de servos e instrutores ficavam no Covenant durante as férias, e havia pessoas em suas casas. Com as mãos tremendo, arrumei o cabelo para trás. Aiden mexia no rádio até sintonizar numa estação.

— Meteorologistas estão dizendo que o terremoto a algumas centenas de quilômetros da costa da Carolina do Norte produziu um paredão de água de, pelo menos, dez metros de altura. Os residentes nas ilhas vizinhas, porém, permaneceram ilesos. Alguns relataram ver uma série de dezenas de ciclones, mas esses relatos não foram comprovados pela Administração Nacional Oceânica e Atmosférica dos Estados Unidos. Foi declarado estado de emergência...

Aiden desligou o rádio. Passou os dedos pelo meu braço, pela minha mão. Ele vinha fazendo isso desde que entramos no carro, como se estivesse se lembrando que eu estava sentada ao lado dele, que ainda estava viva depois de tantas vidas que se perderam.

Encostei a testa na janela e fechei os olhos. Será que Poseidon tinha perseguido Seth e Lucian ou Apolo teria conseguido evitar a destruição total de alguma forma? Eu sabia apenas que Seth ainda estava vivo porque a conexão ainda estava lá.

— Como está se sentindo? — Aiden perguntou baixinho.

Tirei a cabeça da janela e olhei para ele. Tudo nele era rígido e tenso, desde a maneira como ele segurava o volante à linha do seu maxilar.

— Como você pode pensar nos meus sentimentos agora?

— Vi como você reagiu quando... ele puxou poder de você. — Ele voltou os olhos prateados de relance para mim. — Machucou... você quando estava com ele?

Estava exausta. Minha cabeça doía e eu tinha quase certeza de que meus pés estavam dormentes, mas eu estava viva.

— Não. Ele não me machucou. E estou bem. Não é comigo que você deveria se preocupar. Todas aquelas pessoas... — Balancei a cabeça, engolindo o nó repentino na garganta. — O que Lucian fez contando para eles que você usou coação... Desculpa.

— Alex, não tem por que pedir desculpa. Não foi culpa sua.

— Mas como você vai poder voltar? Ser sentinela...

— Ainda sou sentinela. E, com tudo o que aconteceu, tenho certeza que o que fiz é a última coisa em que vão estar pensando. — Ele olhou para mim. — Eu sabia dos riscos quando fiz. Não me arrependo. Entende?

Aiden não se arrependia naquele momento, mas e depois, se chegasse um depois que ele fosse julgado por traição? Mesmo se não fosse, ele seria destituído de seus deveres como sentinela e banido.

— Alex?

— Sim. Entendo. — Acenei mais uma vez para garantir. — Aonde estamos indo?

Os nós de seus dedos ficaram brancos.

— Estamos indo para Athens, em Ohio. O pai de Solos tem uma casa na beira da Floresta Nacional Wayne. Deve ser longe o bastante de... dele se Apolo tiver conseguido nos dar tempo suficiente.

— Não sinto ele. — Paramos de nos referir a Seth pelo nome em voz alta, como se isso o fizesse reaparecer ou algo assim.

— Acha que consegue bloqueá-lo, mantê-lo distante?

Olhei para o retrovisor; o outro hummer seguia de perto. Como será que estavam? Lea?

— A distância... ele não deve conseguir se conectar pelo vínculo, se é essa a sua preocupação. Quer dizer, ele não conseguia sentir nada quando estava em Nova York, então...

— Não é essa a minha preocupação — Aiden respondeu baixo. — É uma viagem de oito horas. — Ele tirou o cabelo da frente dos olhos, os estreitando sob a luz do poente. — Vamos parar ao longo do caminho, muito provavelmente em Charleston, para abastecer e comer alguma coisa. Acha que consegue aguentar até lá?

— Sim. Aiden... todas aquelas pessoas. — Minha voz embargou. Minha garganta se apertou. — Elas não tiveram a menor chance.

Aiden apertou minha mão.

— Não é culpa sua, Alex.

— Não? — Lágrimas ardiam meus olhos. — Se eu tivesse dado ouvidos a você e Apolo quando sugeriram que eu saísse antes dele voltar, nada disso teria acontecido.

— Não dá para saber.

— Dá sim. — Tentei soltar minha mão, mas Aiden a segurou. Esperava que ele conseguisse dirigir bem com uma única mão. — Só não quis acreditar que... faria algo tão terrível.

Ele apertou minha mão.

— Você tinha esperança, Alex. Ninguém pode ser culpado por ter esperança.

— Você me disse uma vez que eu precisava saber quando abrir mão da esperança. Minha esperança já tinha passado de todos os limites àquela altura. — Tentei sorrir, mas não consegui. — Não vou cometer o mesmo erro de novo. Juro.

Levando minha mão aos lábios, ele deu um beijo doce nela.

— *Ágape mou*, não se apegue demais a essa culpa. Um caminho diferente poderia ter sido escolhido, mas, no fim, você fez o que achava certo. Deu uma chance a ele.

— Eu sei. — Me foquei na estrada à frente, tentando segurar as lágrimas. — Acabou, não? Todo o Covenant... até a ilha Divindade?

Ele respirou de maneira trêmula.

— Poderia ter sido pior. É o que estou dizendo a mim mesmo. Se as aulas tivessem voltado... só mais alguns dias...

O número de mortos teria sido astronômico.

— O que vamos fazer? Não posso me esconder para sempre.

O que estava implícito pairou entre nós. Em outras palavras, a menos que Seth voltasse a si, o que parecia muito improvável, ele me encontraria mais cedo ou mais tarde.

— Não sei — Aiden disse, passando para outra faixa. — Mas estamos nessa juntos, Alex, até o fim.

Um certo calor voltou ao meu coração. Sua mão estava na minha e, embora tudo ao redor estivesse tão incrivelmente confuso, estávamos *sim* nessa juntos. Até o fim.

Era madrugada quando chegamos a Charleston, na Virgínia Ocidental, e estava nevando um pouco. Os veículos pararam perto das bombas de gasolina na frente de uma daquelas lojas de conveniência do tamanho de um walmart. Precisávamos de combustível e comida, e talvez um daqueles energéticos também.

— Peraí... — Aiden levou a mão ao banco de trás e pegou uma daquelas foices. — Por via das dúvidas...

Como era retrátil, coube no meu bolso com apenas metade para fora.

— Obrigada.

Seus olhos encontraram os meus, enquanto ele me dava algumas notas de dez.

— Não demora demais, tá? Parece que Solos vai entrar com você.

Olhei para trás. Ele já estava esperando perto do lado do passageiro. Marcus estava mexendo na bomba de gasolina como se nunca tivesse usado uma.

— O que você quer?

— Me surpreende. — Ele sorriu. — Só toma cuidado.

Prometendo tomar, saí do hummer e quase caí de cara na calçada quando meu pé escorregou num trecho de gelo.

— Deuses!

— Alex? — Aiden chamou.

— Estou bem. — Ergui a cabeça e fechei os olhos, deixando os floquinhos de neve caírem sobre o meu rosto. Fazia muito, muito tempo que eu não via neve.

— O que está fazendo? — Solos perguntou, estragando o momento.

Abri os olhos e voltei para o seu peito.

— Gosto de neve.

— Bom, você vai ver muita neve quando chegarmos.

Começamos a atravessar o estacionamento, tomando cuidado com os trechos de gelo que estavam determinados a me derrubar.

— Deve ter quase meio metro de neve em Athens.

Por um momento, fantasiei sobre guerras de bolas de neve e passeios de trenó. Besteira minha, mas me ajudou a não surtar.

— Você não é como eu esperava — Solos disse quando chegamos à calçada coberta de neve.

Coloquei as mãos nos bolsos.

— O que você esperava?

— Não sei. — Ele sorriu, suavizando a cicatriz. — Alguém mais alta.

Um sorrisinho contraiu meus lábios.

— Não se deixe enganar pela minha altura.

— Eu sei. Ouvi histórias sobre suas muitas façanhas, principalmente sobre como você lutou durante o ataque ao Covenant de Nova York. Alguns dizem que é o que você é que faz você lutar tão bem.

Dei de ombros.

— Mas acho que tem mais a ver com seu treinamento que qualquer outra coisa. — Solos olhou para trás e seu olhar astuto pousou em mim. — Você e St. Delphi parecem muito próximos.

Mantive a expressão neutra e dei de ombros mais uma vez.

— Ele é bem legal para um puro-sangue.

— É mesmo?

— Ei! Esperem! — Deacon chegou a um trecho de gelo espesso e deslizou para perto de nós como um patinador profissional, com os olhos arregalados. — Lea quer comer alguma coisa. Luke vai ficar com ela.

Salva por Deacon.

— Como ela está?

Solos empurrou a porta, segurando-a para nós.

— Dormiu a maior parte da viagem — Deacon respondeu. — Desde que acordou, não falou muito. Luke a convenceu a comer alguma coisa, então vamos dividir um cheetos.

Sentia muito por Lea e entendia sua dor. Deacon também. Minha presença talvez não fosse o melhor, mas Deacon... faria bem para ela.

Espanei parte da neve quando entramos na loja de conveniência quentinha e fortemente iluminada. À exceção do caixa magricela de cabelo ensebado que estava lendo o que parecia ser uma revista pornô, o lugar estava vazio. Com o estômago roncando, segui para as geladeiras. Aiden iria querer água, claro, mas eu estava precisando de uma dose de cafeína.

Solos ficou com Deacon porque, se algum daímôn caipira aleatório aparecesse, era Deacon quem precisaria de ajuda. Pegando uma garrafa d'água e uma pepsi, passei os olhos pela loja. O caixa bocejou e coçou o queixo, sem levantar os olhos em momento algum. A neve estava começando a cair em flocos maiores. Suspirando, ignorei a vontade de ficar olhando a neve e me dirigi ao corredor de salgadinhos. A parte da loja de sanduíches feitos na hora não estava aberta, então nossas opções eram muito limitadas.

Um aroma úmido, forte e almiscarado encheu o ar. Funguei, achando o cheiro estranhamente familiar. Passei por Deacon com os braços cheios.

— É melhor se apressar. Solos está ficando nervoso por causa do mortal.

Olhei para a entrada da loja.

— Como assim? Só tem um cara aqui.

— Pois é.

Balançando a cabeça, peguei um pacote de tiras de carne-seca e um saco de salgadinhos temperados. Olhei para minhas guloseimas e decidi que precisava de algo doce. Depois de uma passada rápida na área de doces, voltei para a entrada.

— Finalmente... — Solos murmurou. Um pacote de amendoins e um energético nas mãos.

Eu o ignorei enquanto Deacon pagava a conta. O caixa ergueu os olhos quando entreguei meu banquete de calorias, mas não disse nada. As pessoas eram supersimpáticas por aqui.

— Dá US$10,59 — o homem resmungou.

Pelos deuses. O que eu comprei? Revirei o bolso em busca do dinheiro que Aiden havia me dado. De repente, o cheiro almiscarado voltou, mas muito mais forte. E me lembrei daquele cheiro. Era o mesmo aroma musgoso do Submundo. As luzes fluorescentes do teto piscaram uma vez, depois duas.

— Ai, caramba... — sussurrei, e meu coração se apertou.

Solos ficou tenso ao meu lado.

— O que foi?

— Não se preocupem — o caixa disse, erguendo os olhos para as luzes. — Acontece sempre que neva. Os motoristas ficam batendo em postes por causa daquele gelo preto lá fora. Vocês não devem ser dessas bandas.

O ar se adensou ao nosso redor, enchendo-se da mesma eletricidade que havia envolvido a ilha momentos antes da chegada de Poseidon. O mortal não conseguia sentir.

Algo estalou, e faíscas subiram. A luz vermelha da câmera de segurança perto da porta parou de piscar quando escapou fumaça dela.

— Que porcaria é essa? — O caixa se debruçou sobre o balcão. — Nunca vi essa doideira antes.

Eu também não.

Solos pegou o braço de Deacon.

— Hora de ir.

Com os olhos arregalados, Deacon fez que sim.

— Como quiser, cara. — Deixando minhas compras no balcão, corremos para a porta.

Dane-se a comida. Com certeza havia algo acontecendo, algo... divino.

— Ei! Estão indo para onde? Vocês não...

Um rosnado grave cortou suas palavras. Paramos a uns três metros da porta. Meu coração subiu pela garganta. O cheiro de cachorro molhado ficou mais forte, e meu corpo se arrepiou. Me virei devagar, com o olhar percorrendo a loja. Levei a mão ao redor do cabo da foice.

Ao lado do expositor de twinkies e cupcakes, o ar cintilou. Contornos característicos de pegadas grandes de bota surgiram, enegrecendo o piso de vinil e enchendo o ar de fios de fumaça e enxofre. A estrela branca da loja, pintada no piso, borbulhou e esfumou.

Duas pernas vestidas de couro, um quadril estreito e um peito largo apareceram do nada. Quando meu olhar chegou ao seu rosto, acho que parei de respirar. "Beleza sombria" não fazia jus a ele. "Aura arrebatadora" estava muito longe de capturar a essência desse deus de cabelos negros. O cheiro de enxofre e fumaça revelava sua identidade.

Hades era gato até para um deus, e eu tinha certeza que ele estava lá para me matar.

Uma espingarda disparou, ensurdecendo meus ouvidos e me sobressaltando.

— Não quero essa merda aqui dentro. — O caixa apontou a arma de novo. — Na próxima, não vou...

Hades ergueu a mão, e os olhos do caixa se reviraram para dentro. Ele caiu no chão sem mais uma palavra. Hades sorriu, exibindo um conjunto perfeito de dentes ultrabrancos. O Submundo devia ter um belo de um plano odontológico.

— Então, podemos fazer isso do jeito fácil ou do jeito difícil. — Hades disse, charmoso. Estranhamente, ele tinha um sotaque britânico. — Tudo que quero é a garota.

Solos empurrou Deacon de volta contra o balcão, protegendo-o, e, com toda a calma do mundo, colocou os amendoins e o energético sobre o balcão.
— Isso vai ser um problema.
Hades deu de ombros.
— Vai ser do jeito difícil então.

31

O jeito difícil não pareceu nada divertido quando Solos tentou tirar Deacon da loja de conveniência e descobriu que as portas não estavam abrindo. Do outro lado, Aiden e Marcus tentavam abri-las desesperadamente, chegando a jogar um banco no vidro reforçado, mas não adiantou.

A situação que já era ruim ficou ainda pior em poucos segundos. Hades não estava sozinho, pois não havíamos esquecido o rosnado animalesco de antes. Atrás dele, o ar cintilou antes de aparecerem dois cachorros enormes de três cabeças.

Um era preto e o outro, marrom, mas os dois eram feios demais. Pelos emaranhados cobriam tudo, menos os focinhos longos e pelados. Cada cabeça tinha uma boca capaz de engolir um bebê inteiro e suas garras pareciam perversas e afiadas. Seis pares de olhos reluziam em vermelho-rubi. Na ponta de cada cauda de rato, havia o que parecia um mangual, semelhante a um chicote de armas, áspero e cheio de espinhos.

Eles cercaram Hades, rosnando e mordendo o ar. Estávamos muito ferrados.

— Conheçam Morte — Hades apontou para o cachorro preto. — E Desespero. Cérbero tem muito orgulho dos seus meninos.

— Lindos nomes — eu disse, rouca, abrindo as duas pontas da foice.

— Quer brincar, docinho? — Hades inclinou a cabeça para o lado.

— Não muito. — Não sabia bem em qual deles deveria ficar de olho.

— Não é nada pessoal — Hades disse. — Mas não podemos permitir que o Primeiro se torne o que todos temem. Ele já fez a sua escolha e, agora, precisamos fazer a nossa.

Tentar me matar era, sim, pessoal. Vi o queixo de Hades subir alguns centímetros e pulei para o lado no exato momento que Desespero se lançou na minha direção. Correndo pelo corredor de doces, torci para Solos conseguir proteger Deacon. Peguei uma prateleira e a joguei no chão. Desespero pulou por cima dos vários doces, com as garras rasgando as embalagens e os chocolates. Fazendo uma curva rápida à direita, olhei por cima do ombro.

Desespero perdeu o equilíbrio e escorregou de frente a uma geladeira, quebrando o vidro. Garrafas de refrigerante voaram pelo ar, espumando ao impacto. Aproveitando a situação, virei e desci a lâmina da foice contra a cabeça mais próxima.

A lâmina cortou os músculos e tecidos com facilidade e, um ganido depois, Desespero virou um cão de duas cabeças... até começar a crescer outra cabeça maldita. Completamente restaurado, Desespero mostrou os dentes e arranhou o chão.

Fui recuando.

— Bom menino. Bom menino.

Desespero se agachou, com todas as suas bocas mordendo o ar.

— Mau menino! — Saí correndo, jogando no chão engradados de cerveja e tudo em que conseguisse pôr as mãos. Por sobre as prateleiras, conseguia ver Deacon encolhido nas portas da frente, com as expressões horrorizadas de Aiden e Marcus do outro lado. Solos estava enfrentando Morte, cortando cabeças a torto e a direito.

E Hades, bom, e ele só estava ali parado em toda a sua glória de deus terrível.

— Ataque o coração! — Solos gritou em meio ao caos. — O coração no peito, Alex!

— Como se eu não soubesse onde é o coração! — Só não queria chegar tão perto daquele bicho.

Ganhei velocidade quando sai da área com mesas e cadeiras, tendo uma ideia não muito boa, porém melhor do que correr pela loja sendo seguida por um pit bull mutante.

Saltei sobre o lance de escada e caí em cima da mesa. Girando, peguei a cadeira de metal e a segurei com os pés para cima. Desespero saltou, passando por cima da confusão de cadeiras, e caiu em cima de mim. Ele gritou e se debateu quando os pés de metal se cravaram no fundo da sua barriga. O impacto arrebentou a mesa, e nós dois caímos, com suas garras errando meu rosto por pouco. Todas as três cabeças tentaram morder meu nariz. Seu hálito quente e pútrido atiçava minha ânsia de vômito.

Inclinando o quadril, virei Desespero e me levantei num salto. Desespero caiu de barriga para cima, com as patas se agitando no ar. Controlando a vontade de vomitar, pulei em cima do assento da cadeira. Meu peso fez os pés de metal descerem, perfurando a placa protetora de ossos.

Um segundo depois, o cachorro não era nada além de uma pilha de pó azul cintilante. Levantando a cabeça, me virei.

— Um já foi...

Hades soltou um urro de fúria que sacudiu as prateleiras e fez produtos superfaturados de todos os tamanhos e formatos caírem no chão.

E desapareceu.

— Bom, essa foi fácil. — Virei a mesa, observando Solos desviar de uma das cabeças de Morte. — Viram? Hades simplesmente amarelou... *Eita, porra!*

Prateleiras voaram pelo ar, cadeiras e mesas deslizaram pelo chão, lançadas por uma força invisível. O chão tremeu sob meus pés, enquanto eu voltava a me levantar. Foi então que me lembrei que Hades conseguia ficar invisível. Um pavor me invadiu como uma onda escura e pegajosa de calor.

— Não é justo — eu disse, e passei a foice pelo que torcia que não fosse um espaço vazio.

A mão invisível apanhou meu braço e torceu. Surpresa e gritando de dor, deixei a foice cair. Hades ressurgiu.

— Desculpa, docinho, vale tudo na guerra.

Uma luz ofuscante encheu a loja, seguida por um estalo. Algo passou zumbindo ao lado do meu rosto. Vi um relance de prata antes de Hades soltar meu braço e apanhar uma flecha em pleno ar.

— Ártemis, que falta de educação! — Hades quebrou a flecha ao meio e a jogou para o lado. — Imagina se pega no olho!

A leve risada feminina em resposta lembrava o som de sinos de vento. Alguns passos atrás de nós, com as pernas afastadas e um arco prateado numa das mãos, estava Ártemis. Em vez do chiffon branco pelo qual muitas deusas eram conhecidas, ela usava coturnos e calças camufladas rosa-choque. Uma camiseta branca completava seu visual poderoso.

Ela estendeu a mão para trás, puxando outra flecha da aljava.

— Para trás, Hades!

Os lábios de Hades se apertaram.

Ela colocou a flecha no arco.

— Você não vai segurar a próxima, Hades. E não vai levar ela.

Devagar, me afastei do confronto de deuses em andamento, sem ideia do motivo pelo qual Ártemis viria me ajudar. Pelo canto do olho, vi Morte finalmente tombar. Peguei minha foice do chão.

Hades deu um passo para a frente, com o piso derretendo e soltando fumaça sob suas botas.

— Por que está intervindo, Ártemis? Você sabe o que vai acontecer. Todos nós vamos correr risco.

— Ela é descendente do meu irmão gêmeo e pertence a nós. — Ártemis puxou a flecha para trás, jogando o cabelo loiro sobre o ombro. — O que significa que é sangue do meu sangue. Portanto, vou dizer mais uma vez caso Perséfone tenha embaralhado essa sua cabecinha: *desista*.

Minha boca se abriu. Descendente de Apolo? *Ah, não... ah, nem a pau.*

— Não estou nem aí se ela é a herdeira do trono, Ártemis! Precisamos impedir que o Primeiro ganhe poder completo!

Os dedos de Ártemis se contraíram.

— Ela não deve ser ferida, Hades. Ponto.

Uma expressão incrédula se instalou no rosto sombriamente belo dele.

— Eu não a feriria... não muito. Poderia levá-la ao Submundo. Nem doeria. Ártemis, não podemos permitir que essa ameaça continue. Seja razoável.

— E não posso permitir que você a machuque. Isso não está sujeito a debate.

— Então, você prefere correr o risco de mais destruição? Viu o que Poseidon fez hoje? Ou estava ocupada demais caçando e brincando com seus consortes?

Ártemis sorriu de canto.

— Você não quer me irritar agora, Hades. Não quando estou com uma flecha apontada para o meio dos seus olhos.

Ele balançou a cabeça.

— Você sabe o que Zeus vai fazer se o Primeiro se tornar o Assassino de Deuses. Você coloca tudo em risco, as vidas de nossos descendentes e dos mortais, em troca de quê? Laços familiares distantes?

— Vamos colocar tudo em risco em troca de tudo — ela respondeu serenamente. — Sabe o que é curioso sobre profecias, tio?

— Que vivem mudando? — Hades zombou. — Ou que não passam de um monte de asneira?

Em qualquer outra situação, eu teria batido palmas, mas, considerando que Hades queria me matar, era melhor não comemorar que tínhamos a mesma opinião sobre o oráculo.

Ártemis arqueou o braço.

— Que seja.

Uma fúria transbordava de Hades em ondas avassaladoras. Engolindo o medo, dei um passo para trás. Estava esperando um confronto épico entre os dois.

— Nunca deveria ter permitido que a alma dela fosse libertada — Hades esbravejou. — Apolo me prometeu que nunca chegaria a este ponto.

— Ainda há esperança — Ártemis disse.

Essas palavras despertaram algo dentro de mim. *Ainda há esperança.* Será mesmo? Eu tinha visto a cara de Seth, como estava completamente perdido quando extraiu akasha de mim e mirou no conselho. Poseidon havia destruído o Covenant, e muito mais aconteceria. Mais inocentes morreriam. Pessoas que eu amava, com certeza, morreriam... tudo para me proteger.

Olhei para as portas, vendo o rosto pálido de Aiden ao lado do de Marcus. Eu havia sido criada, como um peão, para dar a Seth poder completo. Não havia nada que pudesse mudar aquilo. Nenhum de nós poderia passar a vida se escondendo. Não daria certo. Eu despertaria em pouco mais de um dia. Seth me encontraria. E estaria tudo acabado.

Um torpor me invadiu ao me voltar para os dois deuses e abaixar a foice.

— Esperem... — Minha voz saiu como um sussurro, mas todos pararam para escutar.

— Não! — Deacon gritou, tentando passar por Solos. — Sei o que ela vai tentar fazer! Alex, não!

Lágrimas encheram meus olhos ao ver sua expressão horrorizada.

— Não posso... não posso permitir que o que aconteceu lá atrás aconteça de novo.

Deacon se debateu contra Solos, com os olhos ardendo num tom intenso de prata, como o irmão, tão parecido com ele.

— Não me importa. Isso vai matar... — Ele engoliu em seco, balançando a cabeça. — Você não pode fazer isso.

Mataria Aiden.

Hades bateu palmas.

— Viu? Até ela entende.

Meu coração se partiu.

Ártemis arregalou os olhos.

— Alexandria, por favor, entendo que sua parte mortal quer que você se torne uma mártir, mas você precisa calar a boca.

— Pessoas vão continuar morrendo. E Seth vai me encontrar. — Apertei o botão no cabo, e as lâminas se retraíram. — Eu vi. Ele está... — Não consegui terminar. Dizer que Seth estava perdido era definitivo demais e, de certa forma, partiria meu coração.

Hades voltou seus olhos para mim. Estalavam de eletricidade. Por um momento, senti falta de Apolo. Ao menos, ele suavizava aqueles olhos perto de mim, os fazendo parecer normais. Hades não faria isso.

— Você está fazendo a coisa certa — ele falou suavemente. — E prometo: não vai sentir nada. — Ele estendeu a mão para mim. — Vai ser tranquilo, docinho.

O buraco em meu peito se abriu ainda mais, e contive as lágrimas. Não era justo, mas era a coisa certa. Machucaria Aiden, assim como Marcus e meus amigos, mas também os protegeria. Eu esperava que um dia entendessem. Com o sangue pulsando nos meus ouvidos, escutei Solos gritar por mim. Devagar, levantei a mão.

— Isso mesmo... — Hades sussurrou. — Pegue minha mão.

Nossos dedos estavam a poucos centímetros de distância. Eu conseguia sentir o misto estranho de calor e frio cortante. Forcei minha mente a se esvaziar. Não podia me permitir pensar no que estava fazendo porque acabaria desistindo.

— Hades! — Ártemis chamou.

Ele se virou um pouco.

— Fica...

Ártemis lançou a flecha, que acertou onde ela pretendia, bem entre os olhos de Hades. Então, ele simplesmente desapareceu, como vovó Piperi havia desaparecido no jardim no dia em que tinha feito sua última profecia. O cheiro avassalador de paredes molhadas e cavernas desapareceu, e a flecha caiu com estrépito no piso.

Tapei a boca para não gritar.

— Ele... Você matou ele?

— Não. — Ártemis revirou os olhos. — Só o deixei inconsciente por um tempo. — Ela abaixou o arco e girou o pulso.

As portas se abriram. Marcus e Aiden correram para dentro, parando bruscamente ao avistarem Ártemis. Nenhum dos puros parecia saber o que fazer.

Ártemis guardou a flecha de volta na aljava e deu um sorrisinho sexy para Aiden.

— Eles vão ficando cada vez mais gostosos... — ela murmurou.

Atordoada demais para sentir ciúme, eu a encarei.

— Por quê? Ele estava certo. Sou um risco. Até *eu* entendo isso.

Ártemis apontou os olhos completamente brancos para mim.

— Meu irmão não arriscou a ira de Zeus a protegendo para você jogar sua vida fora.

Tentei ignorar o ciclone de fúria que se formava atrás de mim. Lidar com Aiden não era algo que eu estava lá muito a fim de fazer.

— Não entendo. Ninguém pode me esconder para sempre. Seth vai me encontrar, e aí? Ele vai se tornar o Assassino de Deuses e outro deus vai surtar e destruir uma cidade inteira.

Ártemis se aproximou de mim, com seus movimentos elegantes em completo desacordo com seu traje de princesa guerreira.

— Ou você vai virar o jogo contra o Primeiro e todos aqueles que acham que podem derrotar os deuses.

— Como assim? — Marcus falou, ficando vermelho quando Ártemis se voltou para ele. Ele fez uma grande reverência e se endireitou. — Como Alexandria pode virar o jogo? Se Seth sequer encostar nela depois que despertar, vai se tornar o Assassino de Deuses.

— Não necessariamente — ela respondeu com tranquilidade.

Pisquei rapidamente.

— Pode explicar?

Ártemis sorriu. Parecia impossível, mas ela ficou ainda mais bela... e assustadora.

— É verdade que meu irmão tem carinho por você, mas você é um trunfo valioso para nós. Alguns querem você morta, é verdade. Hades vai voltar... em algum momento, assim como as Fúrias restantes. Mas você vai despertar em breve e é forte, mais do que imagina.

Era provável que todas as minhas respostas sarcásticas normais me renderiam uma flecha na cabeça, então não soube o que dizer.

Ela parou na minha frente. Quando estendeu a mão e pegou meu queixo com os dedos suaves e frios, quis me retrair. Ela inclinou minha cabeça para trás.

— Você tem um ardor imprudente. Que a guia. Alguns veriam isso como uma fraqueza.

— Não é? — sussurrei, sem conseguir desviar os olhos.

— Não. — Ela me observou como se pudesse ver através de mim, como se pudesse enxergar minha alma. — Você tem os olhos de uma guerreira. — Sua mão desceu e ela deu um passo para trás. — As profecias sempre mudam, Alexandria. Nada neste mundo está gravado em pedra. E o poder nunca flui num sentido só. A chave é encontrar uma forma de reverter isso.

Depois simplesmente desapareceu.

Toquei o queixo. A pele formigava. Devagar, me virei para Aiden.

— Você precisava ter visto aqueles cachorros.

Aiden pegou meus dois braços, seus olhos como prata líquida. Dava para ver que ele queria me chacoalhar. Ele tinha visto pelo vidro o que eu havia tentado fazer, e Ártemis tinha praticamente me entregado. Sob seu olhar, foi como se eu me esquecesse de todos os outros na loja, que meu tio estava lá, seu irmão e Solos. Ele estava furioso.

— Nunca nem *pense* em fazer uma besteira dessa de novo.

Desviei o olhar.

— Desculpa...

— Entendo que ache que era a coisa certa — ele disse entre dentes. — Mas não era, Alex. Se sacrificar não é a coisa certa a fazer. Está me ouvindo?

Marcus colocou a mão no ombro dele.

— Aiden, aqui não é lugar. Precisamos ir.

Prendi a respiração, com meus olhos alternando entre os dois.

— É só que não sei como vamos vencer isso.

— Ninguém vence se você se matar — Marcus disse baixo. — Precisamos ir.

Inspirando fundo, Aiden baixou as mãos. Seu olhar deixou claro que haveria mais depois, muito provavelmente assim que voltássemos ao carro. Solos esperava perto da porta, encarando Aiden e dando um gole em seu energético.

— Você está bem? — Aiden perguntou a Deacon.

Ele fez que sim devagar.

— Sim, estou ótimo. Nada como assistir a um combate mortal entre deuses quando estou comprando cheetos.

Meus lábios se contraíram. Coitado de Deacon. Ele segurava aquele pacote com todas as forças.

Os roncos suaves do caixa eram o único som. Lembrando o verdadeiro objetivo de termos indo àquele lugar, voltei correndo para o balcão.

— O que está fazendo? — Aiden perguntou.

Deixei um dinheiro no caixa e peguei minha sacola.

— Estou com fome.

Aiden ficou olhando por um momento antes de um sorriso lento se abrir no seu rosto. Talvez eu não levasse uma bronca tão grande. Ao sair, ele pegou um pacote de cupcakes do chão e encontrou meu olhar.

— Eu também — ele disse.

— Pelo menos, paguei pelas minhas coisas.

32

Levei, sim, uma bronca daquelas. E merecida. Aiden havia passado por maus bocados por minha causa nos últimos tempos. Ele entendia meus motivos, mas não concordava comigo. Mesmo assim, eu sabia que me raciocínio ainda fazia sentido. Não queria morrer, mas também não queria ver mais ninguém se machucando se me entregar pudesse colocar um fim em tudo.

No meio da segunda parte da viagem, com os pneus devorando os quilômetros, Aiden segurou minha mão e não a soltou. Ele ainda não havia me perdoado, mas também não queria mais me sacudir de raiva. Já era um avanço. Quando chegamos a Athens, eu ainda não sabia se Ártemis ter atirado uma flecha em Hades tinha sido uma boa ideia ou não.

Pinheiros altos e montes de neve nos receberam quando chegamos ao chalé no limite da floresta nacional. Sem Marcus e o elemento do ar, não teríamos como subir pela estrada remota. Mesmo assim, ele levou mais de uma para desimpedir a estrada.

Era um chalé magnífico, feito de troncos e com uma varanda em todo seu entorno.. Se eu não estivesse tão exausta, teria admirado muito mais sua beleza.

— Sabe que Athens é um dos lugares mais assombrados de Ohio? — Solos disse, abrindo a porta.

— Ela não acredita em fantasmas. — Aiden carregava nossas malas sobre o ombro, com as bochechas coradas pelo frio.

Eu mal conseguia sentir. Tudo que queria era uma cama para dormir o resto do dia.

— Sério? — Solos sorriu. — Vamos ter que levá-la ao antigo Hospício Athens e ver se muda de ideia.

— Parece divertido... — murmurei, observando Luke e Deacon trazerem Lea para dentro. — Como vamos estar seguros aqui? O que impede algum deus de nos bombardear?

Solos franziu a testa.

— Estamos seguros aqui.

— Como?

— Olha ali. — Aiden ajeitou as malas e apontou para cima da porta da frente. Entalhada na madeira, estava a mesma runa em formato de S que havia no meu pescoço. — Apolo disse que nenhum deus que deseja o mal de pessoas nesta casa consegue passar.

— A runa da invencibilidade. — Massageei a nuca distraidamente ao passar pelo vão da porta. — Não sabia que dava para simplesmente encher a casa de runas. É bem útil.

Dentro, era igualmente lindo. Janelas largas deixavam entrar o último resquício do pôr do sol, e os pisos de madeira haviam sido polidos a ponto de brilhar. Me lembrou um pouco da cabana em Gatlinburg. Senti um arrepio.

— Você está bem? — Aiden sussurrou, chegando por trás de mim.

Engoli em seco.

— Sim, só muito cansada.

Solos nos mostrou os quartos. Lea foi colocada no térreo, assim como Marcus e Luke. Deacon pegou o mezanino sobre o salão de jogos e o resto de nós ficou com os quartos do andar de cima. Todos se agruparam em pequenos círculos ou, como Marcus, ficaram olhando pela janela, parecendo perdidos em pensamentos profundos.

Aiden carregou minhas malas para dentro de um quarto aconchegante de estilo rústico e as colocou ao lado da cama. Virando-se, nossos olhares se encontraram. Desde o dia em que eu havia saído com Seth, não ficávamos a sós. A viagem de carro não contava. Estávamos fugindo para nos salvar depois de testemunharmos uma tragédia. Beijos e toques eram a última coisa em nossas mentes.

Mas voltaram com tudo naquele momento.

Ele atravessou a distância, envolvendo meu rosto nas suas mãos. Eram dedos elegantes, mas calejados por anos de treinamento. Eu amava suas mãos. Ele inclinou a cabeça para mim, com seus lábios pairando a uma distância curta.

— Mais tarde — ele prometeu, encostando os lábios nos meus.

O beijo foi suave, doce e rápido demais. Meus lábios ficaram formigando por um tempo depois que ele saiu do quarto. Mais tarde? Como poderia haver um "mais tarde" numa casa cheia de pessoas? Depois que entendi como usar os três chuveiros sem me afogar, tomei um banho quente e deixei a água relaxar meus músculos doloridos. Depois, vesti um moletom e olhei com desejo para a cama, saindo do quarto. Havia algo que eu precisava fazer antes de descansar.

Lea estava sentada na cama, de pernas cruzadas, olhando fixamente para o celular. Quando bati à porta aberta, ergueu os olhos.

— Oi — ela disse.

Ela me observou por longos segundos e limpou a garganta.

— Mandei mensagem para Olivia em Vail. Avisei que a gente estava bem.

— Ela sabe o que vai fazer? — Me sentei ao seu lado na cama, passando as mãos nas mechas molhadas do cabelo. Pensei no recado de Caleb para ela. Torci para que pudesse entregá-lo em breve.

— Não. A mãe dela... — Sua voz embargou, e ela engoliu em seco. — A mãe dela está surtando. Acho que estão indo para Nova York.

Pensando no meu pai, senti meu peito se apertar. Será que eu o veria de novo? Depois, me senti mal por sequer pensar nisso. Lea havia perdido a família toda.

— Elas vão estar em segurança lá?

O cabelo comprido acobreado que invejei por tantos anos cobriu seu rosto enquanto ela abaixava a cabeça.

— Ela acha que sim. Vai me avisar quando sua mãe souber mais.

Acenei, deixando as mãos caírem no colo.

— Lea, sinto muito pelo que aconteceu.

Ela respirou fundo, e isso pareceu tremer seu corpo todo.

— Já passamos por isso antes.

— Eu sei.

Lea ergueu a cabeça. Seus olhos cor de ametista cintilavam com as lágrimas.

— Sei que não é culpa sua. Nem o que sua mãe fez nem o quê... o que Seth fez. Todas as mortes que vi ou das quais estive perto tiveram a ver com você. Não são culpa sua, mas, mesmo assim, aconteceram.

Desviei o olhar, sentindo o peso dos últimos dez meses se instalar sobre mim. Dez meses de morte, começando pela minha mãe em Miami, e eu sabia que não havia acabado. Com os deuses envolvidos, com meu aniversário no dia seguinte e com Seth à nossa procura, não havia acabado. Mesmo assim, o que eu sentia não era nada comparado ao que Lea estava passando.

— E não consigo... não consigo olhar para você sem ver todos aqueles rostos — Lea sussurrou. — Desculpa. Não culpo você, mas... não consigo olhar para você agora.

Respondi com um aceno tenso e me levantei.

— Sinto muito — eu disse de novo. Era a única coisa que eu conseguia dizer.

— Eu sei.

Sair do quarto dela não diminuiu a culpa. Deitar na cama não fez nada do que aconteceu desaparecer. E minha culpa não era como a que eu tinha sentido depois da morte de Caleb. Era como ter uma criança que havia feito algo terrível e agora todos estavam olhando para mim, querendo saber onde tudo deu errado. Culpa por associação.

Virei para o lado, de frente para a janela. A neve continuava a cair do lado de fora. A natureza estava em seu auge quando era ao mesmo tempo bela e implacável.

Ver a neve esvaziou minha mente de tudo que estava acontecendo, deixando para trás uma camada fina de estática até a exaustão vencer e me levar.

Um beijo suave me despertou um tempo depois, me fazendo abrir os olhos. Aiden sorriu para mim, traçando com o polegar o contorno do meu maxilar.

— O que está fazendo? — perguntei, sonolenta. — E se alguém encontrar você aqui dentro?

— Solos levou Deacon e Luke para a loja, já que a neve parou um pouco. Lea está descansando e Marcus está cuidando das coisas. — Ele se deitou ao meu lado, encontrando minha mão e entrelaçando os dedos nos meus. — E acho que o segredo já foi para o saco.

Inclinei a cabeça para trás, com meus olhos encontrando os dele fixamente.

— O que quer dizer?

— Estamos numa casa cheia de meios, com exceção de Marcus e meu irmão. Deacon, com certeza, não liga e Marcus...

— Meu tio é bem rígido com as regras — sussurrei.

Aiden roçou os lábios na ponta do meu nariz.

— Marcus sabe, Alex. Ele não é cego.

— Ele está tranquilo com isso?

— *Tranquilo*, eu não diria. — Aiden sorriu. — Até levei um soco quando descobriu.

Eu o encarei.

— Sério?

Ele riu baixinho.

— Sim, ele me deu um soco na cara quando voltou de Nashville... Dois, na verdade.

— Ai, meus... — Apertei os lábios para não rir. Não era engraçado, mas era.

— O primeiro foi porque você estava com Seth e Lucian. O segundo foi depois que descobriu sobre nós.

— Como descobriu? Tomamos cuidado. — E tomamos mesmo.

— Acho que desconfiava de algo havia um tempo — ele ponderou. — Mas foi quando você estava fora que ele descobriu. Acho que fui bem transparente durante aqueles dias.

Queria aliviar as rugas de preocupação que haviam aparecido na sua testa. No caminho para o chalé, tínhamos conversado sobre meu tempo na casa de Lucian e eu o havia tranquilizado várias vezes, garantindo que não me machucaram lá, mas isso ainda o incomodava. Assim como quando morri, era algo que continuaria pesando para Aiden.

— O que ele disse? — perguntei por fim.

— Acho que você não quer saber. Foi uma das únicas vezes que ouvi Marcus falar palavrão.

Sorri, levando a bochecha de volta ao travesseiro. Deuses sabiam que eu estava mais do que acostumada com a raiva de Marcus.

— Você não parece lá muito preocupado por ele saber.

— Não estou. Agora, temos problemas mais... urgentes para nos focar.

E não é que era verdade?

— Algo em mim queria que amanhã nunca chegasse.

Ele beijou o topo da minha cabeça.

— Vai ficar tudo bem, Alex.

— Eu sei. — Fechei os olhos e me aconcheguei. — Só não sei o que esperar, sabe? Vou ficar automaticamente imbatível amanhã ou algo assim? Ou vou acabar explodindo as pessoas com akasha sem querer? — Ou me conectaria com Seth? Aquilo, eu não queria nem dizer em voz alta.

— Aconteça o que acontecer, você ainda vai ser a Alex... ainda vai ser *ágape mou*, minha vida. Só... nunca mais me assuste como hoje, tá? Ainda estamos juntos nessa.

— Até o fim?

— Até o fim... — ele sussurrou.

Lágrimas malditas correram pelos meus olhos. Essas palavras eram perfeitas, exatamente o que eu precisava ouvir.

— Vamos fazer planos de novo. Gostei disso. — Minhas sobrancelhas se ergueram quando ele riu de novo. — Que foi?

— É só que você é a última pessoa que planeja as coisas.

Sorri porque ele tinha razão.

— Mas desse tipo de planos eu gosto.

— Certo. — Ele passou o polegar ao longo da minha palma. — Estava pensando sobre o futuro... nosso futuro.

Adorei ouvir isso: "Nosso futuro". Quando Aiden falava, parecia possível.

— O que você pensou?

— Está mais para uma decisão. — Ele soltou a mão e ajeitou meu cabelo para trás. — Digamos que baixe a poeira sobre essa história de coação, beleza?

Improvável, mas acenei.

— Não quero continuar no nosso mundo.

Peguei sua mão, levando-a ao meu coração que batia forte enquanto me virava em seus braços.

— Quê? Como assim?

Cílios grossos semicerravam seus olhos.

— Se continuarmos neste mundo, o mundo dos hêmatois, não vamos poder ficar juntos. Haverá aqueles que não ligam, mas... é muito arriscado, mesmo se conseguíssemos ser alocados na mesma área.

O ar escapou dos meus pulmões, quando olhei para ele.

— Mas, se sair, você não vai poder mais ser sentinela, e você precisa disso.

Ele levantou os olhos, encontrando os meus.

— Preciso, sim. Ser sentinela é importante para mim, mas não é meu mundo, minha vida nem meu coração. Você, sim. E quero você na minha vida, na minha vida mesmo. É o único jeito.

Quis chorar de repente. De novo. Não conseguia nem formular uma palavra coerente, e sabia que ele conseguia sentir meu coração batendo forte na palma da sua mão, mas eu não me incomodava.

Aiden se aproximou, roçando os lábios sobre os meus.

— Eu te amo, Alex. Abriria mão de tudo por você, e sei que você também pensa nisso, mas a decisão é sua.

Será que eu conseguia abrir mão dessa... necessidade quase inerente de virar sentinela? Será que poderia deixar para trás o desejo moldado por anos de dever entranhado dentro de mim, e a necessidade de compensar, de alguma forma, o que aconteceu com a minha mãe? Sair desse mundo exigiria me reintegrar ao mundo mortal, algo em que eu tinha sido péssima por três anos. Medos antigos surgiram naquele momento, e passavam diante dos meus olhos os anos em que nunca me encaixei, em que sempre me senti uma aberração. Os mortais, em sua maioria, ficavam naturalmente incomodados perto de nós e, ao mesmo tempo, atraídos por nós. Era difícil estar perto deles, sempre fingindo.

Mas eu vinha, sim, pensando num futuro em que não incluísse o Covenant nem ser sentinela. Só nunca pensei que poderia ser possível, mas quando mirei no fundo dos olhos de Aiden e encontrei apenas amor, amor por mim, soube que eu conseguiria. *Nós* conseguiríamos. Aiden valia a pena. Nosso amor valia a pena. Viver como uma mortal quase havia me sufocado antes, mas daquela maneira me proporcionaria o tipo de liberdade que eu tanto desejava. E, juntos, tudo parecia possível.

Erguendo a cabeça, encarei seu olhar prateado. Eu sempre sabia dizer o que Aiden estava sentindo de acordo com a cor dos seus olhos e, agora, ele estava se expondo completamente e, mesmo assim, estava me dando a escolha.

— Sim. Eu poderia fazer isso... — sussurrei. — Eu faria isso.

Um calafrio estremeceu o corpo de Aiden.

— Estava quase com medo de você dizer não.

Emocionada, acariciei seu rosto. Rocei a barba de um dia com a mão.

— Nunca poderia dizer não para você, Aiden. Nem se quisesse. Mas... e Deacon e Marcus? Como podemos fazer isso?

— Acho que eles poderiam saber. Poderíamos confiar neles.

Havia muitas questões nesse plano. Como poderíamos escapar do Covenant e da sociedade que, provavelmente, estariam muito pouco dispostos a deixar que saíssemos? Precisávamos de um plano, um bom plano para termos a chance de fazer isso dar certo, mas, agora, a ideia em si me encheu de calor e muita esperança. E a esperança era algo frágil, mas me dava forças.

Aiden baixou a cabeça, levando a boca à minha. Soltou um som gutural, enquanto o beijo se intensificava. O toque hesitante deu lugar a algo infinitamente maior. Quando ele virou o corpo, envolvendo o meu como um cobertor quentinho, meu coração disparou. Eu estava sentindo muito e ainda assim não parecia o bastante. Nunca era o bastante. Havia um desejo, devastador e intenso, que nunca desapareceria. Perdi a noção das mãos de Aiden e de quantas vezes nos beijamos, com nossos corpos se movimentando, e, naqueles momentos, finalmente encontramos uma maneira de fazer o tempo parar.

33

Nada... demais aconteceu no meu aniversário.

Durante a manhã inteira, todos ficaram me olhando como se achassem que nasceria uma segunda cabeça em mim ou que eu começaria a flutuar na direção do teto. E eu não me sentia nada diferente da noite anterior. Não apareceu nenhum sinal novo do Apôlion. Os existentes não formigaram. Tentei levitar uma cadeira da cozinha; não rolou, só fiquei me sentindo besta depois. À tarde, toda a história de despertar parecia pesar o clima.

— Oi... — Aiden colocou a cabeça para dentro do meu quarto. — Está ocupada, aniversariante?

Tirei os olhos da revista que Luke havia trazido da loja.

— Não. Só estou meio que me escondendo.

Aiden fechou a porta em silêncio e sorriu.

— Se escondendo?

Dando de ombros, fechei a revista e a joguei no chão.

— Estou me sentindo um fracasso de Apôlion.

— Por quê? — Ele se sentou ao meu lado, com os olhos de um cinza suave.

— Fica todo mundo me olhando, esperando alguma coisa acontecer. Hoje cedo, Marcus ficou me encarando tanto que ficou vesgo. E, enquanto estava fazendo almoço, Solos perguntou se eu conseguia esquentar a sopa com o elemento do fogo.

Aiden parecia estar tentando não rir.

Dei um tapinha no seu braço.

— Não tem graça.

— Eu sei. — Ele respirou fundo, mas seus olhos brilhavam de ironia.

— Tá. É um pouco engraçado.

Estreitei os olhos para ele.

— Posso te vencer, sabe.

Ele chegou mais perto, com os lábios se curvando num sorriso feroz.

— Você não pode vencer o que já é seu.

Saber isso me trazia uma sensação inebriante, mas dei um soco no seu ombro mesmo assim.

— Para de tentar me seduzir.

— Tenho uma coisa para te mostrar. — Ele pegou uma caixinha no bolso. — Depois, você precisa descer e parar de se esconder.

Meus olhos se fixaram na caixa. Era branca, mas havia um laço vermelho ao redor. Minha cabeça se envolveu por pensamentos em joalherias.

— O que é isso?

Aiden a colocou na minha mão.

— É seu aniversário, Alex. Acha que é o quê?

Ergui os olhos, encontrando os dele.

— Não precisava comprar nada.

— Eu sei. Eu queria.

Abri a tampa, puxando o tecido macio do laço de cetim com o mindinho. Ao abrir a caixa, fiquei imediatamente emocionada.

— Nossa, uau! Que... que lindo.

Sobre mais cetim, tinha uma rosa intrincada de cristal vermelho-escuro, esculpido como se as pétalas estivessem subindo na direção do sol. Pendia de uma corrente de prata delicada que complementava sua beleza. Eu a tirei da caixa. A pedra preciosa reluzia e se aqueceu assim que tocou a minha pele.

— Aiden, é... Onde você encontrou algo assim?

— Eu fiz. — Suas bochechas coraram. — Gostou?

— Você *fez* isso? — Arregalei os olhos e respirei com um pouco mais de dificuldade. Era incrível que ele pudesse criar algo tão impressionante. — Amei! Quando você fez algo assim?

— Faz um tempo — ele disse, as bochechas corando mais. — Depois que você me deu a palheta, na verdade. Não sabia que um dia... poderia te dar. Quer dizer, só comecei a fazer um dia e, quando foi tomando forma, pensei em você. Pensei em deixar no seu dormitório, mas daí aconteceu tudo... — Ele perdeu a voz, parecendo arrependido. — Melhor eu parar de falar agora.

Fiquei olhando para a cara dele, boquiaberta.

— Tem certeza que gostou?

Ficando de joelhos, joguei os braços ao redor do seu pescoço. Apertei a rosa na mão e beijei seu rosto.

— Amei, Aiden. É perfeito. Lindo.

Ele riu baixo, se soltando.

— Me deixa te ajudar a colocar.

Me virei, obediente, e levantei o cabelo. Aiden prendeu a corrente atrás do meu pescoço, deixando a rosa de cristal pousar sobre meu peito. O peso dela era maravilhoso. Ergui a mão, passando os dedos pelas bordas delicadas. Me virei e me joguei em cima dele.

Rindo, Aiden me segurou antes que nós dois saíssemos rolando da cama.

— Acho que gostou mesmo.

Eu o joguei na cama e o beijei.

— Eu te amo. Eu te amo.

Aiden levantou a mão, ajeitando meu cabelo para trás. Seu olhar flamejante via dentro da minha alma.

— Sei o que está pensando.

— Mentes brilhantes pensam da mesma forma.

— Mais tarde... — ele rosnou.

Comecei a reclamar, mas ele me levantou.

— Bu!

Ele abriu um sorriso travesso.

— Você precisa descer.

— Preciso?

— Sim. Não discuta comigo.

— Certo. Só porque você é maravilhoso e esse colar é lindo. — Fiz uma pausa, cutucando-o com o quadril. — E porque é um gostoso.

Aiden me guiou para fora do quarto depois dessa. Antes de chegar à escada, coloquei o colar para dentro da camisa. As pessoas podiam saber ou desconfiar de algo, mas nem por isso eu precisava anunciar aos quatro ventos, embora quisesse enfiar o colar na cara de todos e fazer com que ficassem babando por ele.

Entrei na cozinha atrás de Aiden. Diminuí o passo quando vi *todos* reunidos ao redor da mesa.

— O que está acontecen...?

Deacon e Luke deram um passo para o lado.

— Feliz aniversário! — gritaram em coro.

Meu olhar desceu para a mesa. Lá estava um bolo de aniversário decorado com dezoito velas acesas e... *o Homem-Aranha*? Sim, era o Homem-Aranha. Com o uniforme vermelho e azul e tudo.

— Era isso ou o My Little Pony — Luke disse, sorrindo. — Achamos que gostaria mais do Homem-Aranha.

— Até porque ele faz aquelas paradas malucas escalando em prédios e tal — Deacon acrescentou. — Quem sabe, um dia, quando decidir despertar, você faça essas paradas também.

— Acendi as velas! — Solos disse, encolhendo os ombros. — Sozinho!

— Dei o dinheiro para eles. — Marcus cruzou os braços. — Portanto, fui parte essencial disso tudo.

— E compramos refrigerante de uva. — Luke apontou para as garrafas de refrigerante. — É seu favorito.

— Isso... isso é... uau! — Meus olhos encontraram Lea, sentada atrás de Solos. Seu cabelo estava preso, com os olhos ainda inchados. Ela retribuiu meu olhar e sorriu apenas um pouco. — Isso é demais. Vocês são incríveis. De verdade.

Deacon sorriu.

— Você precisa soprar as velinhas e fazer um pedido.

O que pedir? Sorri. Isso era fácil. Enquanto me aproximava da mesa, apaguei as velas e pedi que todos nós saíssemos daquela vivos, incluindo Seth.

— Quero a teia de aranha! — Deacon gritou, pegando uma faca gigante, enquanto eu dava um pulo para trás.

— Opa! — Dei um passo, trombando em Aiden.

— O aniversário é dela. — Luke pegou a faca dele. — Ela pode decidir que pedaço quer primeiro.

Dei risada.

— Tudo bem. Ele pode ficar com a teia de aranha. Quero a cabeça.

Começamos a cortar o bolo e servir refrigerante de uva. Eu estava impressionada por todos. Não esperava muito no meu aniversário além de olhares estranhos, mas isso era incrível. Era fácil esquecer tudo e o que o dia de hoje simbolizava. Aqui, cercada por amigos, as coisas eram meio que... normais.

Normais para um bando de meios e puros celebrando um aniversário. Certo. Não era nada normal, mas era bem meu tipo de anormal.

Reunidos ao redor da mesa, rimos, comemos bolo e tomamos refrigerante de uva. Lea se animou um pouco, passando o dedo na cobertura. Os meninos continuaram me zoando por não ter despertado ainda, o que Aiden tentou fazer parar. Era fofo vê-lo tentando não ser defensivo ou protetor demais comigo. Não que eu precisasse disso, mas achava que era natural para ele. Ele era igual com Deacon... Quando Deacon não estava segurando uma faca de quinze centímetros.

Perto do fim da comemoração do aniversário, houve um estalo característico no salão de jogos. Todos nos viramos. Torci para que a runa funcionasse na casa porque, com certeza, havia um deus lá.

Apolo entrou na cozinha. A primeira coisa que notei foi que seus olhos estavam azuis, e não brancos assustadores.

— Como está minha aniversariante?

Por algum motivo, corei até as raízes do cabelo.

— Bem, vovô.

Ele sorriu de canto, sentando ao meu lado e tirando facilmente a faca dos dedos de Deacon.

— Não pareço velho o bastante para aparentar o que sou para você.

Era verdade. Ele parecia ter vinte e poucos anos, o que tornava tudo ainda mais assustador.

— Então, quando você ia contar que me gerou?

— Não gerei você. Gerei um semideus séculos atrás, que acabou gerando sua mãe.

— Dá para pararem de dizer "gerar"? — Luke perguntou.

Apolo deu de ombros, cortando uma ponta do bolo. Ele devolveu a faca para Deacon, que estava estranhamente contido.

— Não achei necessário contar para você. Não pretendo carregar os bebês de Alex no colo.

Eu me engasguei com o refrigerante e, por pouco, não cuspi tudo. Alguém riu e parecia ser Luke.

— É, não vai rolar.

— Minha irmã deveria ter guardado isso para ela. — Ele deu uma garfada do bolo, fez uma careta e empurrou o prato. — Nosso laço familiar não é importante aqui.

Franzi a testa.

— Querem saber? — Solos colocou as mãos nos ombros de Deacon e Luke. — Aposto que consigo ganhar de vocês dois no hóquei de mesa e fazer vocês pedirem arrego.

Luke bufou.

— Acho que não, hein.

Solos arrastou os meninos para fora do cômodo, mas Lea se recostou na cadeira e cruzou os braços. Seus olhos desafiavam todos a dizerem para ela sair. Essa, sim, era a Lea que eu conhecia.

— Lembra quando falou com Marcus depois que vovó Piperi faleceu? — Apolo pegou a garrafa de refrigerante.

— Sim. — Passei um copo para ele, me perguntando aonde ele queria chegar? — Meio difícil esquecer aquele dia.

— Hunf! — Ele fungou o conteúdo da garrafa, encolheu os ombros e serviu um pouco. — Bom, você também sabe que existe outro oráculo.

Olhei para Marcus. Ele arqueou a sobrancelha, se recostando na bancada.

— O que esse oráculo tem a ver?

Pensei em Kari.

— Mas ela também faleceu, não? — Depois de alguns olhares estranhos, expliquei. — Eu a conheci no Submundo. Ela disse que sabia o que aconteceria.

Apolo acenou.

— Ela teve algumas visões antes de... partir. Provavelmente, tinha a ver com a sua visita prematura ao Submundo. Sabe, o problema dos oráculos é que as visões são... só deles. O que veem não é visto pelos outros, e só consigo ver o que o oráculo me conta.

Ele levantou o copo de plástico, deu um gole hesitante e imediatamente fez uma careta. Acho que refrigerante de uva não era a sua praia.

— É parte de como tudo funciona, do por que precisamos de um oráculo, em vez de eu simplesmente saber o futuro — ele continuou, erguendo os olhos para mim. — Ela te falou alguma coisa enquanto estava lá?

— Não — respondi. — Só disse que sabia que me encontraria de novo... e que sabia como terminava. E saber como termina não me diz muito o que fazer.

Apolo fez uma careta.

— Acho que o oráculo morto saberia. E Hades é que não vai me deixar descer e falar com ela agora, depois da história com a minha irmã. As profecias vivem mudando. Nada está gravado em pedra.

— Ártemis disse isso. — Aiden se sentou ao lado de Lea. — A profecia mudou?

— Não exatamente.

Minha paciência estava se esgotando.

— O que está rolando, Apolo? Ártemis disse que ainda havia esperança e mencionou algo sobre a profecia. Você pode só, sei lá, ir direto ao ponto?

— O novo oráculo não teve nenhuma visão, então a última está associada ao oráculo morto. Portanto, só podemos trabalhar com base no que sabemos. — Seus lábios se curvaram num meio-sorriso. — Alguns de nós acreditam que você vai conseguir deter Seth. A profecia...

— Sei o que diz a profecia: um para salvar e um para destruir. Isso eu entendo, mas o que não entendo é por que correriam o risco de Seth dar uma de Godzilla para cima de vocês. Me eliminar soluciona o problema. — Ignorei o olhar perigoso ao me levantar. — Tem coisa aí. Você sabe de algo mais.

— E você sabe que a profecia diz que só pode haver um de vocês. Não dá para contornar isso. — Apolo se recostou, apoiando os braços no dorso da cadeira. — Acha mesmo que foi tudo ideia de Lucian? Que ele sabia sobre você sem ninguém contar para ele? Que ele angariou tanto apoiou com base apenas no próprio charme?

Comecei a andar de um lado para o outro.

— Eu não daria tanto crédito assim a Lucian.

— Que bom! Porque ele teve, sim, ajuda, tenho certeza — Apolo disse. — O que significa que impedir que Seth se torne o Assassino de Deuses não resolve o problema geral. O deus por trás disso só vai encontrar outra forma de levar o Olimpo à beira da guerra total e, se isso acontecer, vai se espalhar para a esfera mortal. O que você viu Poseidon fazer? Não é nada comparado ao que pode acontecer.

— Que fantástico! — Eu acabaria deixando um sulco no piso da cozinha pelo tanto que estava andando de um lado para o outro. — Tem ideia de quem é esse deus?

— São muitos os que gostam de causar discórdia e caos só para se divertir.

— Hermes — Marcus disse. — Todos os olhos se voltaram para ele. Ele ergueu as sobrancelhas com expectativa. — Hermes é conhecido por criar confusão e travessura... caos. — Ninguém disse nada. Marcus balançou a cabeça. — Nenhum de vocês prestou atenção na aula de lendas gregas?

— Convencer Lucian a se voltar contra o conselho e os deuses não é uma simples travessura — Aiden disse. — E por que Hermes ia querer fazer isso? Ele não está se colocando em risco de desafiar Seth?

— Não se Hermes controlar Lucian. — Parei. Um mau pressentimento correu por minha espinha. — Lucian controla Seth... completamente. Ele estaria seguro.

— Hermes sempre foi a piada e o saco de pancadas particular de Zeus. — Apolo se levantou e deu a volta pela mesa. À janela saliente, ficou pensativo. — E, nos últimos tempos, Hemes anda... sumido. Eu não tinha percebido porque vivia aqui. Sabe, ficamos indo e vindo, nunca ficando longe do Olimpo por muito tempo.

Marcus ficou tenso.

— Acha possível que Hermes esteja entre nós?

Ele olhou para nós por sobre o ombro. Fios de cabelo loiro caíram para a frente, encobrindo parte do rosto.

— Como eu disse, se o outro deus tiver tomado o cuidado para não nos cruzamos, é possível. Tenham em mente que pode não ser Hermes. Pode ser qualquer um de nós. Quem quer que seja vai precisar ser detido.

Fiquei olhando para ele, sem saber como Apolo esperava que algum de nós detivesse um deus. Apenas Seth seria capaz de fazer aquilo e ele não estava jogando pelo nosso time.

— Como ela pode detê-lo? — Lea perguntou, com a voz rouca. — Como ela pode deter Seth? Não é esse o objetivo disso tudo?

Apolo abriu um leve sorriso para ela.

— É o objetivo. Alexandria teria que matá-lo assim que ela despertasse.

34

Eu não devia ter ouvido direito. Nem pensar.

— Como assim?

Apolo se voltou para a janela.

— Você teria que matar ele, Alexandria. Como Apôlion, você vai ser capaz.

A ideia de matar Seth me horrorizava e me revoltava. Jamais seria capaz disso. Passei a mão no rosto, sentindo náusea.

— Não posso fazer isso.

— Não? — Lea encarou, com os olhos cintilando sob a luz. — Ele matou a minha irmã, Alex! Matou aqueles membros do conselho.

— Eu sei, mas... não é culpa dele. Lucian distorceu a mente de Seth. — E ele tinha hesitado antes de matar o conselho. Eu vi. Por um momento, o Seth que eu conhecia não queria fazer aquilo, mas, depois... ele pareceu se empolgar. — Não foi culpa dele.

E parecia que eu estava tentando me convencer.

Lea apertou os lábios.

— Nem por isso o que ele fez foi aceitável.

— Eu sei, mas... — Mas eu não poderia matar Seth. Me afundei na cadeira, olhando para os restos do Homem-Aranha. — Deve haver outro jeito.

— Sei que parte de você gosta dele — Apolo disse baixo. — Você foi... feita para sentir isso. Parte dele é você e vice-versa, mas esse é o único jeito.

Olhei para ele por um longo segundo até Apolo desviar o olhar. Uma sombra perpassou seu rosto. Um gosto estranho, quase ruim, subiu no fundo da minha boca.

— Tem algum outro jeito, Apolo?

— Importa? — Lea bateu as mãos na mesa, sobressaltando-me. — Ele precisa morrer, Alex.

Me encolhi.

— Lea... — Marcus disse com delicadeza.

— Não! Não vou calar a boca! — Ela se levantou de um salto, ganhando vida. — Sei que não parece justo, Alex. Mas Seth matou aquelas pessoas, a *minha irmã*. E aquilo não foi justo.

Minha garganta se fechou. Lea estava certa. Não havia como discutir, mas ela não tinha visto o que vi... e não conhecia Seth. Por outro lado, talvez nem eu conhecesse.

— E é uma merda — Lea continuou. Seus punhos se cerraram e tremeram. — Até achava Seth gato, mas isso foi antes de ele *incinerar* minha irmã. Você gosta dele. Legal. É parte dele. Incrível. Mas ele matou pessoas, Alex.

— Entendo isso, Lea. — Olhei ao redor, encontrando Aiden. — Fica todo mundo dizendo que há esperança. Talvez a gente possa salvá-lo. E Ártemis mencionou algo sobre o poder ter duas vias. Talvez haja algo nisso.

Uma dor cintilou em seus olhos prateados, e me lembrei das palavras dele e da minha própria conclusão. *Às vezes, é preciso saber quando abrir mão da esperança.*

Ela respirou fundo, tentando claramente controlar a raiva e a tristeza.

— Você amava sua mãe, certo? Você a amava mesmo depois que ela virou uma daímôn.

— Lea... — Aiden interrompeu, brusco.

— Mas você sabia que ela precisava... precisava ser detida — ela continuou antes que Aiden pudesse calar a boca dela. — Você a amava, mas fez a coisa certa. Por que isso é diferente?

Eu me afastei da mesa. Suas palavras eram como um soco no estômago porque eram verdade. Por que seria diferente? Eu havia feito a coisa certa com a minha mãe, então por que era tão difícil para mim entender a razão de precisar fazer aquilo?

— Acho que já deu por hoje — Marcus interveio.

Lea continuou me encarando por mais alguns segundos antes de sair da cozinha, batendo o pé. Parte de mim queria ir atrás dela e tentar me explicar, mas eu tinha bom senso suficiente para saber que essa não era uma boa ideia.

— Ela está num momento difícil agora — Marcus disse. — Está sofrendo. Talvez depois entenda que isso também é difícil para você.

— Não tanto quanto é para ela. — Ajeitei o cabelo para trás. — Só não consigo... A ideia de matar Seth me dá vontade de vomitar. Deve ter outro jeito.

Apolo se aproximou de mim.

— Tudo isso... pode esperar. Hoje é seu aniversário, seu despertar.

— É, bom, não sei se está rolando. — Fiquei olhando para as runas nas palmas das minhas mãos. Brilhavam suavemente. Nada havia mudado nelas. — Eu me sinto igual. Nada aconteceu.

— Quando você nasceu? — Apolo perguntou.

— Hum, quatro de março.

Ele arqueou a sobrancelha.

— A que horas, Alexandria? Qual o horário do seu nascimento?

Apertei os lábios.

— Não sei.

Uma expressão cética perpassou o rosto de Apolo.

— Você não sabe a hora em que nasceu?

— Não. As pessoas sabem isso?

— Nasci às seis e quinze da manhã — Aiden disse, tentando esconder o sorriso. — Deacon nasceu à meia-noite e cinquenta e cinco. Nossos pais nos contaram.

Meus olhos se estreitaram.

— Bom, ninguém me contou... ou esqueci.

— Marcus? — Apolo perguntou.

— Não lembro — ele respondeu.

— Bom, obviamente você não atingiu seu horário de nascimento ainda. — Apolo se afastou da janela. — Acho que já chega de papo sério por hoje. Afinal, é seu aniversário. Um momento de celebração, não de planos de batalha.

Estremeci.

— Você vai ficar bem. — Apolo colocou a mão no meu ombro e apertou. Devia ser o gesto mais próximo de consolo que eu receberia dele, e eu não via mal nenhum nisso. — Você não sente o vínculo de onde estamos, então ele não consegue se conectar com você. Você vai ficar bem.

Fiquei olhando o relógio. Quando eu havia nascido? Eu não fazia ideia. Eram quase oito e meia da noite, e não havia acontecido absolutamente nada. Será que eu estava fazendo algo errado?

— Para! — Aiden pegou minha mão, tirando-a da minha boca. — Desde quando você rói a unha?

Dei de ombros. Estávamos sentados no sofá do pequeno solário. Do lado de fora da janela, parecia um paraíso de inverno. A noite já havia caído e o lugar se refletia na neve intocada que cobria o deque e as árvores.

— Você me acha fraca? — perguntei.

— Quê? — Ele me puxou para que ficasse no seu colo. — Meus deuses, você é uma das pessoas mais fortes que conheço!

Olhei de relance para a porta fechada, mas então pensei *ah, que se dane!* Me permitindo relaxar, recostei meu rosto no dele e tirei a rosa de dentro da camisa.

— Não me sinto muito forte.

Aiden colocou os braços em volta de mim.

— Por causa do que estava todo mundo falando hoje?

Tracei com os dedos os contornos da rosa.

— Lea tem razão, sabe? Enfrentei minha mãe, mas não consigo... fazer isso com Seth.

— Apolo estava certo. — Apoiou o queixo sobre a minha cabeça. — Ele é parte de você. Em certo sentido, é diferente do que aconteceu com sua mãe.

— É diferente. Minha mãe era uma daímôn e não havia como voltar atrás disso. — Suspirei, fechando os olhos. Vi o rosto de Seth, implorando para ele, com a indecisão nos seus olhos. — Ele ainda está lá, Aiden. Deve ter outro jeito. E acho que Apolo sabe, mas não está nos dizendo.

— Vamos conversar com Apolo, então. Ele mencionou o oráculo, e talvez algo tenha mudado. — Ele se mexeu um pouco, e senti seus lábios na minha testa. — Mas, se não tiver outro jeito...

— Vou precisar encarar isso. Eu sei. Só quero ter certeza antes de decidirmos que ele precisa ser... morto.

Aiden colocou uma das mãos sobre a minha.

— Talvez precisemos ver esse novo oráculo. Quem sabe? Ela pode ser capaz de nos falar algo, com ou sem visões.

— Isso se conseguirmos fazer Apolo nos dizer.

— Vamos conseguir.

Sorri para Aiden.

— Você é demais.

Ele sorriu.

— Por que está dizendo isso?

— Você é tranquilamente o mais sup... *ai!* — Silvei enquanto tirava minha mão da sua. — Alguma coisa me picou.

Ele se endireitou um pouco.

— Alex, você está sangrando.

Pontinhos de sangue cobriam o dorso da minha mão esquerda, mas não era isso que eu estava olhando. Havia um glifo azul se desenhando, formando algo que parecia uma nota musical.

Meu coração disparou. Me sentei rapidamente, vasculhando a sala. Um relógio em forma de coruja mostrava que eram 8h47 da noite.

— Está acontecendo.

Aiden disse algo, mas outra rajada de dor quente e flamejante ardeu logo abaixo do sinal, e uma gota de sangue pingou sobre minha pele. Me desvencilhei de Aiden, com as pernas tremendo enquanto me levantava.

— Ai, meus deuses...

— Alex... — Ele se levantou, os olhos arregalados. — O que posso fazer?

— Não sei. Não... — Ofeguei enquanto uma dor disparava pelo meu braço. Diante dos meus olhos, mais sangue surgiu. Apenas gotículas minúsculas, como se eu estivesse sob uma agulha de tatuagem... — Ai, deuses, os sinais... os sinais são como tatuagens. — Não havia sido assim com os outros sinais, os que Seth havia trazido à tona antes.

— Deuses. — Aiden levou a mão a mim, mas me afastei. Ele engoliu em seco. Meus olhos encontraram os dele. — Alex, vai ficar tudo bem.

Meu coração estava acelerado, batendo muito rápido. Um terror puro invadiu meu estômago. Os sinais estariam por *toda parte* quando tivessem terminado e estavam vindo muito, muito rápido. A dor se espalhou pelo meu pescoço, umedecendo minha pele. Quando toquei o rosto, gritei e caí no chão. De joelhos, me curvei, com as mãos se contraindo no ar ao redor das minhas bochechas.

— Ai... ai, caramba, vou explodir. — Tentei tomar ar.

Aiden surgiu imediatamente ao meu lado, aproximando as mãos, mas sem encostar.

— Só... respira fundo, Alex. Respira comigo.

Minha risada saiu estrangulada.

— Não... não estou parindo, Aiden. É... — Pontadas cortantes de dor desceram pelas minhas costas e gritei de novo. Coloquei as mãos no chão, tentando inspirar fundo. — Tá... tá, vou respirar.

— Ótimo. Você está indo muito bem. — Aiden chegou mais perto. — Você sabe disso, *ágape mou*. Você está indo muito bem.

Quando minhas costas se curvavam, não foi assim que me senti. Preferia enfrentar uma centena de daímônes com sede de éter mais uma legião de instrutores a isso. Lágrimas escorreram dos meus olhos. Os sinais continuavam a descer. Minhas pernas cederam e, com a ajuda de Aiden, me deitei de bruços.

A porta se abriu, e ouvi Marcus.

— O que está... ai, meus deuses, ela está bem?

Meu rosto doía muito naquela posição, mas a pele das minhas costas parecia em carne viva.

— Merda...

— Ela está despertando — Aiden disse, com a voz tensa.

— Mas o sangue... — Ouvi Marcus chegar mais perto. — Por que ela está sangrando?

Eu me virei de lado.

— Estou sendo tatuada por um gigante filho da pu... — Outro grito estrangulado interrompeu minhas palavras, com um tipo diferente de dor se instalando, se movimentando sob a minha pele. Era como se um raio percorresse minhas veias, queimando todas as terminações nervosas.

— Que... Uau! — Deacon disse, e abri os olhos. Havia toda uma plateia à porta.

— Tira todo mundo daqui! — gritei, me dobrando no chão. — Deuses, que dor!

— Eita... — ouvi Deacon murmurar. — É como ver alguém dar à luz ou sei lá.

— Ai, meus deuses, vou matar aquele cara! — Eu conseguia sentir as gotas de sangue escorrendo pela minha calça jeans. — Vou socar aquele...

— Sai todo mundo! — Aiden gritou com raiva. — Não é um show, porra!

— E acho que ele é o pai — Luke disse.

Aiden rosnou.

— Sai. Agora.

Alguns segundos depois, a porta se fechou. Pensei que estávamos a sós até ouvir Marcus falar.

— Ela é minha sobrinha. Vou ficar. — Eu o ouvi se aproximar. — É... é para ser assim?

— Não sei. — A voz de Aiden parecia tensa, quase em pânico. — Alex?

— Tá... — murmurei. — Só... só não fala. Ninguém... — Subiu pela frente do meu corpo, queimando a minha pele. Eu me ergui bruscamente, com as mãos tremendo.

Puta merda! Não conseguia respirar. Tudo doía. Queria matar Seth. Ele nunca me disse que o despertar seria *assim*, como se a pele estivesse sendo arrancada dos meus ossos.

Me curvei enquanto outra onda de dor reverberava pelo meu corpo. Eu não me lembrava de cair no chão nem de Aiden me puxar para o seu colo, mas, quando abri os olhos, lá estava ele, sobre mim. A pele em algum lugar, onde eu não sabia mais, ardia. Outra marca estava sendo tatuada. Não consegui segurar o grito, mas, quando escapou dos meus lábios, era pouco mais do que um gemido.

— Está tudo bem. Estou aqui. — Aiden tirou o cabelo da minha testa úmida. — Está quase acabando.

— Está? — Prendi o fôlego enquanto erguia os olhos para ele, apertando suas mãos até sentir seus ossos. — Como você sabe, porra? Já despertou antes? Tem alguma coisa que... — Meu grito rouco e fraco interrompeu minha falação. — Ai, deuses, me... desculpa. Não queria ser grossa. É só que...

— Eu sei. Está doendo. — O olhar de Aiden me perpassou. — Não deve faltar muito

Fechei bem os olhos, me encolhendo no colo de Aiden. Seus gestos reconfortantes ajudaram a aliviar parte da dor. Fiquei tensa quando uma luz ofuscante se acendeu atrás dos meus olhos. Um zumbido encheu meus ouvidos e, de repente, eu conseguia ver a corda azul perfeitamente, a corda azul em minha mente.

Era como se tivessem virado uma chave.

De repente, informações me invadiram. Milhares de anos de memórias de Apôlions despejadas dentro de mim exatamente como Seth havia admitido que aconteceria. Como um download digital, eu não conseguia acompanhar tudo. A maior parte não fazia sentido nenhum. As palavras eram em outra língua, aquela que Aiden falava tão lindamente. O conhecimento de como o Apôlion foi criado passou para mim, assim como a natureza dos elementos e do quinto e último. Imagens entraram e saíram: batalhas vencidas e perdidas havia muito tempo. Vi... Senti akasha atravessando as veias de alguém pela primeira vez, incendiando e destruindo. Salvando... salvando todas aquelas vidas. E os deuses: eu os vi pelos olhos dos Apôlions do passado. Havia uma relação, tensa e cheia de desconfiança mútua, mas havia... e então a vi. Sabia que era Solaris, sentia em meu âmago.

Eu a vi se voltar contra um menino bonito, erguendo as mãos enquanto sussurrava palavras... palavras poderosas. Emanava akasha dela, e soube num instante que ela se voltou contra o Primeiro. Não para matá-lo, porque existia um amor infinito nos olhos dela, mas para subjugá-lo, para contê-lo. Tentei colher as informações, mas foram passando pelos anos até o Primeiro... *o Primeiro*.

A corda estava se esticando, atravessando o espaço e a distância, buscando, sempre buscando. Não conseguia parar, não sabia como. Um fulgor âmbar cobria tudo. Num turbilhão de luzes, um rosto nebuloso entrou em foco. O arco natural de suas sobrancelhas douradas, a curva irônica dos seus lábios e o ângulo de seu rosto eram todos terrivelmente familiares. Não sabia dizer onde estava. Não era para ele estar ali. Estávamos longe demais.

Mas, na ponta da corda, vi Seth e chorei.

Soube, num instante, que a distância entre nós não havia significado nada para o nosso vínculo. Pode ter diminuído nossa capacidade de sentir um ao outro, mas não podia impedir aquilo. Não com os quatro sinais, quando ele havia acessado meu poder. E também soube que Seth havia *sim* planejado... caso eu fugisse.

Uma pulsação de luz atravessou minha corda e senti o vínculo, senti *Seth*, atravessar meus escudos, me preenchendo, se tornando parte de mim. Levou apenas um segundo... *um segundo* e eu estava cercada por ele. *Era* ele. Não havia eu ali, não havia espaço. Era tudo sobre ele, sempre havia sido.

Eu não conseguia mais respirar. Ele estava lá, sob a minha pele, com seu coração batendo junto ao meu. Seus pensamentos estavam se misturando aos meus até que tudo que eu conseguia ouvir era ele.

Ele abriu os olhos. Uma luz que nunca esteve lá antes ardia.

Também sorriu. A luz crepitou e cintilou, e o mundo se desfez.

Eu estava tremendo... *não*. Estava sendo chacoalhada. A dor foi passando aos poucos, deixando para trás um ardor intenso que cobria cada centímetro do meu corpo. Isso também passou conforme meu corpo era sacudido de um lado para o outro. Havia vozes ao fundo, abafando as palavras reconfortantes sendo sussurradas.

Inspirei fundo, respirando pelo que parecia a primeira vez. Havia muito ar ao meu redor. O cheiro forte de pinheiro permeava tudo. Senti um gosto de especiarias e sal do mar na ponta da língua.

— *Ágape mou*, abre os olhos e fala comigo.

Meus olhos se abriram. Tudo... tudo parecia diferente: mais nítido e ampliado. Luzes ofuscavam, e cores cintilavam em âmbar. Me foquei no homem que me embalava. Olhos da cor de prata derretida me fitavam. Se arregalaram, com as pupilas se dilatando. O choque atravessou seus traços marcantes.

— Não. — Essa única palavra parecia ter sido arrancada das profundezas da alma de Aiden.

Um estalo encheu o ambiente. Passos se aproximaram. Contornos ganharam foco, um mais brilhante que o outro.

Apolo espiou sobre o ombro de Aiden e soltou um palavrão.

— Solta ela, Aiden.

Em vez disso, seus braços me apertaram, segurando-me junto ao peito. *Até o fim*, pensei... estupidamente valente e leal *até o fim*...

— Solta ela agora. — Uma porta se fechou em algum lugar atrás do deus resplandecente. — Ela está conectada ao Primeiro.

O Primeiro, o propósito de toda a minha existência. Meu. Minha outra metade. Estava lá, esperando. Já dentro de mim, vendo o que eu estava vendo sussurrando para mim, prometendo que viria. *Seth*. Meu.

E todos eles morreriam. Sorri.

ELIXIR

UMA NOVELA DE COVENANT

1

Alex apertou as grades de titânio forjadas por Hefesto e Apolo, seus olhos cor de âmbar ardendo de ódio. Mas aqueles olhos... não eram de Alex.

Os olhos de Alex eram calorosos e castanhos como um bom uísque. Eu havia memorizado aqueles olhos desde a primeira vez que os vi naquele galpão em Atlanta. Essa era uma criatura completamente diferente.

Quando a deslocamos para o abrigo em Apple River, Illinois, quase a perdemos. Nenhum de nós, nem mesmo eu, estava preparado para toda a extensão do poder que ela tinha manifestado. Se Apolo não tivesse convencido Hefesto — o único deus capaz de construir algo que pudesse resistir a um Apôlion —, a criar uma cela para manter Alex, não teríamos conseguido controlá-la.

— Se não me deixar sair daqui, vou arrancar as costelas do seu irmão e usá-las como uma coroa.

Não demonstrei nenhuma emoção. Talvez eu tivesse me acostumado com as intimidações nos últimos dias. Matar Deacon era uma das ameaças favoritas de Alex. Ela logo se cansaria. Não tinha sido assim no começo. No começo ela estava... quase normal, exceto pelos olhos cor de âmbar. Falava e soava como Alex.

Fazia piadas como Alex. Discutia como Alex. E pensava como Alex.

Ela agarrou as grades de titânio. Cada grade tinha sido revestida por uma rede de malha inquebrável que Hefesto havia usado em Afrodite uma vez. Nem mesmo o Apôlion conseguiria passar por elas.

No teto da cela, vários sinais foram esculpidos no cimento, neutralizando a maioria de suas habilidades recém-descobertas — não as detendo completamente, mas o bastante para ela não ser um perigo a si mesma nem aos outros.

Por enquanto.

Meu sangue ferveu com a memória do que havia acontecido depois que ela despertara. Ela havia se conectado com o Primeiro, Seth, e não havia dúvida na mente de ninguém que havia revelado sua localização. Eu entendia completamente que ela precisava ser transferida e rápido, mas não concordei com a forma como Apolo havia feito isso.

Ele a atingira com um raio divino. E eu tinha dado um soco nele.

Ainda estava surpreso por continuar vivo.

— Sabe qual vai ser a sensação de assistir enquanto faço isso? — ela provocou. — Exatamente como assistiu a seus pais serem trucidados por daímônes, mas vai ser muito, muito mais prazeroso.

Cruzei os braços.

Respirando devagar, ela abaixou a cabeça e conteve as lágrimas.

— Por favor. Aiden, *por favor* me deixa sair daqui.

Fechei os olhos. Um músculo se contraiu no meu maxilar. Aquela... Aquela tática era a mais difícil.

— Por que está me tratando assim? Não estou me sentindo bem. Estou com dor. Por que deixou que me machucassem assim?

Meus olhos se abriram. Todos os músculos do meu corpo ficaram rígidos. Lágrimas escorriam pelo seu rosto e, por um momento, apenas um momento, esqueci que não era realmente Alex quem estava lá dentro, implorando e suplicando.

— Pensei que me amasse?

Me movimentei tão rápido que a assustei. Minhas mãos atravessaram as barras, pegando as laterais do seu rosto. Minha testa se encostou nas barras geladas e meus lábios tocaram os dela. O beijo foi rápido e intenso. Raivoso. Desesperado. Ela ficou imóvel, sem saber como reagir. Algumas vezes, nas últimas quarenta e oito horas, essa tinha sido a única maneira de fazer com que ela calasse a boca.

Me afastei e a soltei.

— É porque te amo que não vou te soltar.

Ela emanava frustração, a qual ameaçava rasgar a pele dos *meus* ossos. O olhar marejado desapareceu num instante. Alex gritou e se lançou para o fundo da cela. A uns três metros das grades, ela se recostou na parede, as costas curvadas.

— Você não pode me manter aqui dentro para sempre.

— Posso tentar.

— Ele está vindo atrás de mim.

— Nunca vai te encontrar — eu disse, me sentando na cadeira de metal diante da cela.

Eu tinha me certificado de que ela tivesse tudo que precisava lá dentro: um banheirinho ao lado do cômodo único, uma cama, que já havia destruído até restar apenas o colchão, e roupas.

Alex riu, empurrando a parede.

— Você não conseguiria enfrentar alguém como ele.

Meu olhar se voltou para o prato intocado de comida perto da porta gradeada.

— Come, Alex. Você precisa comer.

— Você nunca vai ser *ele*.

Passei a mão pela barba que começava a crescer no meu queixo. Ela se aproximou devagar do prato de comida, e uma esperança se acendeu dentro de mim. Desde que ela havia despertado, quatro dias antes, não comia. Pegando o prato de comida, se afastou.

— Desta vez você vai comer? — perguntei cansado.

Alex sorriu e lançou o prato na direção em que eu estava. O plástico bateu contra o titânio antes de cair no chão com estrépito. Pedaços de comida — talvez purê de batata e algum tipo de carne — passaram pelas grades, espirrando no meu peito e no meu rosto. Tínhamos parado de dar pratos de cerâmica para ela depois que tentara transformar os cacos em armas.

Buscando minha paciência que já estava no fim, tirei os pedaços de comida de mim.

— Fez você se sentir melhor, Alex?

Ela fez biquinho.

— Não muito. — Começou a andar de um lado para o outro, com seus movimentos fluidos e fascinantes apesar de ter atirado seu jantar em mim *de novo*. — Não aguento mais isso. Me solta ou juro que vou te destruir.

Fiz que não.

— Alex, você ainda deve estar aí dentro. Conheço você. Meu coração não estaria mais batendo se não estivesse.

Afundando-se no colchão, ela esbravejou.

— Deuses, que gracinha! Meu coração está todo acelerado.

— Aí está ele. — Me levantei e peguei as grades, espelhando as ações anteriores dela. — Estava me perguntando quanto tempo levaria para trazer você à tona. Meu amor por ela te incomoda, Seth?

Ela se virou para o lado, com a testa franzida e o rosto pálido.

— Seth não está aqui, seu puro-sangue idiota.

— Dói quando ele está conectado com você, não?

— Ele não está aqui! — ela gritou, com a voz embargando.

Eu sabia que ela estava mentindo.

— Ele está aí. — Eu me apoiei nas grades. — Consigo ver nos seus olhos.

Alex se curvou, abraçando os joelhos junto ao peito. Um calafrio percorreu seu corpo. Eu sabia o que ela estava fazendo: retraindo dentro de si, buscando Seth, fazendo contato com ele.

— Alex — eu disse.

Seus punhos se cerraram enquanto ela levantava a cabeça.

— Vá embora.

Meus olhos encontraram os dela.

— Jamais.

— Te odeio — ela disparou, com um tom carregado de raiva. — Te odeio!

— Não é verdade. Alex me ama.

Ela revirou os olhos.

— Eu *sou* Alex, seu idiota. E não te amo. Preciso...

— Você precisa de Seth. — Uma chama se acendeu em mim.

Eu apertava as grades até os meus dedos doerem. No fundo, eu sabia que não era apenas Seth que a estava fazendo se comportar assim. Sim, algumas das coisas que ela disse eram típicas dele, mas o que a estava movendo era a *necessidade*. A necessidade de estar perto do Primeiro era tangível, potente e real.

Eu conseguia sentir o gosto. Lembrava o que o oráculo havia falado para ela, durante o verão, sobre a necessidade. Não tinha entendido muito bem na época, mas eu entendia agora. A necessidade a estava destruindo, me destruindo.

— Necessidade não é amor, Alex.

Antes que Alex pudesse responder, a porta se abriu.

— Ah! — Ela descruzou as pernas e entrelaçou as mãos. — Mais visitas para mim? Que sorte a minha! Estou cansada de ver a cara *dele*.

Marcus, o tio puro-sangue de Alex, me olhou de relance.

— Estou vendo que ela está de bom humor.

Resmunguei.

Ela se levantou, balançando estranhamente para a direita. O colchão, a única coisa que restara no quarto, flutuava a um metro do chão. Havíamos retirado todo o resto. O uso dos elementos era fácil para ela agora. Ela parecia apenas desejar que acontecesse e acontecia. E, deuses, como ela adorava aquilo!

Eu e Marcus ficamos a encarando, morbidamente fascinados com a cena. Estava mais forte do que ontem, o que significava que a magia protetora estava se desgastando. Hefesto precisaria fazer outra visita, e logo.

— Que lugar é este? — Ela projetou as palavras, carregando-as de poder.

Dei um passo para trás com suas palavras reverberando pelo meu corpo, ganhando vida dentro de mim. Me forçando a desviar o olhar de Alex, me virei para Marcus. Os olhos dele estavam vidrados e vazios. Ele estava a segundos de revelar nossa localização. Coloquei a mão no ombro de Marcus.

Ele piscou e soltou um palavrão.

— É impressão minha ou ela está ficando melhor nisso?

Alex deu uma risadinha estranha que me lembrava daquele menino de *Cemitério maldito*. Aquele que saía por aí matando as pessoas com um bisturi...

— Acho que sim. Era para ela ter ficado mais fraca, considerando que não comeu nada. — Observei Alex voltando ao colchão. Ela parou, olhando para nós por sobre o ombro. Seus olhos se estreitaram, e não consegui descobrir o que ela estava tramando no momento. — Enfim, precisamos garantir que *ninguém* desça aqui.

Marcus acenou. A casa era outra propriedade do pai de Solos, mas aquela tinha mais circulação de sentinelas, pois alguns paravam lá enquanto viajavam a caminho de novas missões. Precisávamos manter a porta do porão trancada quando havia estranhos na casa, o que era comum. O lugar andava movimentado por causa dos últimos acontecimentos. Muitos estavam sendo transferidos do oeste para o que restava da ilha Divindade ou para o Covenant de Nova York.

— Marcus? — Alex nos encarou.

— Sim, Alexandria?

Ela sorriu brevemente, deslizando o olhar para mim.

— Te incomoda que eu e Aiden estivéssemos... como posso dizer isso? Que ele me viu pelada? Várias vezes.

Ai. Meus. Deuses. Lá vamos nós de novo. Balançando a cabeça, esfreguei os olhos.

— Alex...

Marcus se enrijeceu.

— Tive tempo para aceitar isso. Mas não posso dizer que estou surpreso. — Ele olhou para mim de relance, com a cara fechada. — Se existe uma regra, você vai quebrá-la, Alex. Mas não imaginei que Aiden fosse tão...

— Irresponsável? — ela completou, e revirei os olhos. — E muito cretino para se aproveitar de mim, sua pobre sobrinha, que já passou por tanta coisa. Ele se aproveitou de mim. Usou coação. Ele me *forçou*.

Deixei a mão cair ao lado do corpo. O horror me percorreu, me deixando atordoado. Ela não fez... sim, fez.

— Ele é, sim, um cretino, mas duvido que ele tenha se aproveitado de você ou usado uma coação — Marcus respondeu com frieza.

— Obrigado — murmurei.

Alex deu de ombros, se aproximando de nós.

— Ele quebrou as regras. Você não deveria estar mais incomodado?

— Sinceramente, de tudo que está acontecendo, essa é a menor das minhas preocupações. — Marcus sorriu, e os olhos dela arderam num tom acalorado de âmbar. — E, na verdade, se formos contabilizar quantas regras foram quebradas, acho que você sai na frente.

— Mas *ele* usou coação num puro.

— E *você* matou um. Dá na mesma, Alexandria. — Embora aquela não fosse a primeira vez que tínhamos essa conversa com Alex, nunca deixava de impressionar como Marcus mantinha a calma.

— Então você deveria nos punir. — Ela se apoiou nas grades, mas as mãos dela continuaram ao lado do corpo. — Regras são regras, tio. Leve a gente para o conselho.

— Não vamos deixar você sair — interrompi. — Desiste, Alex.

Ela apertou os lábios e soltou um silvo ameaçador.

— Que tal você entrar aqui?

Abri um sorriso para ela.

— Você gostaria disso, não?

Suas mãos se contraíram ao lado do corpo e ela se afastou das grades, mantendo os olhos fixos em mim.

— Eu *adoraria*.

A porta se abriu, lançando luz sobre a escada de concreto. Marcus se virou, mas mantive o olhar em Alex. Seu olhar era provocador, desafiante. Ela queria lutar e, mesmo com os poderes elementais enfraquecidos, seria uma oponente e tanto. Mais habilidosa do que na última vez em que a convenci a lutar comigo. Pensando nisso, lembrei como aquela luta havia terminado.

Alex tinha me beijado.

Meu peito se apertou, embora eu soubesse que não acabaria da mesma forma dessa vez. Se colocasse as mãos em mim, ela tentaria me matar. Eu precisava ficar me lembrando disso. Conectada a Seth, ela não era a garota que eu admirava quando a via pelo Covenant nem aquela por quem havia me apaixonado.

— Marcus? Aiden? — Solos chamou do alto da escada. — Estão aí embaixo?

— Não desce aqui — eu o lembrei, de olho em Alex, que ficou subitamente alerta. Os meios eram mais suscetíveis a coações, e ela detinha um poder devastador.

— Não pretendia — ele respondeu. — Estão chamando vocês aqui em cima. Apolo voltou.

Marcus me lançou um olhar incisivo antes de olhar para Alex e subir a escada. Com sorte, a chegada de Apolo significava que ele havia encontrado uma forma de quebrar a conexão que ligava Alex e Seth.

Alex se jogou nas grades, segurando-as.

— Não se atreva a me deixar.

Ouvi os passos de Marcus pararem no alto da escada.

— Pensei que tinha se cansado de olhar para a minha cara, Alex.

Fechando os olhos, ela encostou a testa nas grades.

— Odeio aqui. Não aguento. O silêncio... odeio o silêncio.

E eu odiava o tom pungente de dor sincera na sua voz.

A pele ao redor dos seus olhos se franziu. Suas sobrancelhas se uniam.

— Beleza. Vai. Não estou nem aí. Te odeio mesmo.

Chegando perto das grades, passei a mão por dentro. Meus dedos afastaram o cabelo emaranhado. Alex ficou tão imóvel que não soube ao certo se ela estava respirando, enquanto encontrava a corrente e a puxava com delicadeza para que a rosa de cristal ficasse aninhada na minha mão.

Ela respirou fundo, mas não se desvencilhou.

— Se me odiasse, você teria destruído isso.

— Me dá um tempo e vou destruir.

Ri e soltei a rosa. Ela abriu os olhos, me observando com desconfiança.

— Não. Não vai. Sei que, enquanto estiver usando isso, parte de você ainda está aí. Ainda há esperança.

Alex pegou o colar, segurando-o no punho e recuando. Em vez de tirá-lo do pescoço, ela voltou ao colchão. Sentando-se, ela se apoiou na parede e abraçou os joelhos junto ao peito.

A esperança cresceu como uma muda frágil, e a guardei com cuidado. Me afastei das grades.

— Vou trazer alguma coisa para você comer e beber mais tarde.

Não houve resposta, e eu sabia que não receberia nenhuma. Dando meia-volta, corri para o andar de cima. Marcus e Solos esperavam no corredor estreito.

— Ela ainda não comeu? — Solos perguntou, passando a mão pela cicatriz agressiva que cortava seu rosto do olho até o queixo.

Passando por eles, fiz que não. Apôlion ou não, ela não teria como aguentar muito mais sem consequências de longo prazo.

Solos me alcançou.

— Sempre podemos segurá-la e forçar aquela peste a comer.

— Se chegar a meio metro dela, ela vai pendurar você nas vigas do porão. — Marcus lançou um olhar sinistro para o sentinela meio-sangue. — Nem pense nisso.

— Sem mencionar que tenho certeza que ela simplesmente vomitaria a comida de volta. — Passei os dedos no cabelo, seguindo na direção do escritório. Havia um movimento sobrenatural no ar, uma fissura de poder.

Um poder divino.

— Já vou logo avisando, gente: Apolo *não* está de bom humor — Solos anunciou, e meu peito se apertou. — Acho que ele não conseguiu encontrar um jeito de quebrar o vínculo. Odeio dizer isso...

Me voltei tão rápido para o meio-sangue que ele deu um passo hesitante para trás.

— Então não diga.

— Aiden... — Marcus avisou.

Solos ergueu as mãos.

— Olha, só estou dizendo que temos que considerar a possibilidade de que não dá para quebrar o vínculo.

— Não existe mais nada a considerar. — Respirei fundo e busquei a paciência que havia cultivado crescendo com meu irmão, mas não consegui encontrá-la. — Vamos encontrar uma forma.

— E se não encontrarmos? — Solos disparou em resposta, balançando a cabeça. — Deixamos Alex sair da cela para ela e Seth darem uma de

Bonnie e Clyde mundo afora? Ou deixamos que ela apodreça no porão e morra de fome?

— Solos, estou avisando que seria inteligente parar — Marcus disse.

— Não me entenda mal. Gosto de Alex. Acho que ela é uma menina bem bacana — Solos continuou. — Mas não é mais humano tirar logo a vida dela do que...

Meu punho acertou o queixo dele antes que eu soubesse o que estava fazendo. Sua cabeça voou para trás, enquanto ele cambaleava para o lado. Me lancei à frente, pegando-o pela camisa, e o joguei contra a parede, fazendo alguns quadros tremerem.

— Aiden! — Marcus gritou.

— Não vamos machucar Alex! — berrei, erguendo o sentinela nas pontas das botas. — Não vamos tocar num fio de cabelo dela. Está me entendendo?

Os olhos de Solos se esbugalharam.

— Sei que você a ama...

— Você não sabe de porra nenhuma. Definitivamente, não sabe do que sou capaz de fazer para manter aquela menina em segurança. — Eu o larguei e ele escorregou pela parede. — E, se isso significar matar um meio-sangue para garantir que nada aconteça a ela, não vou hesitar.

— Por mais divertido que seja ver você dar uma de nervosinho para cima de Solos, precisamos conversar — veio a voz estrondosa de Apolo de dentro do escritório.

Solos se endireitou, segurando o queixo.

— Aiden, não quis dizer...

— Me poupe. — Dei meia-volta e passei por Marcus, entrando no escritório. Bastou ver a cara de Apolo para os meus olhos se estreitarem.

— Nem precisa dizer.

— Ah, vai me bater de novo? Até que gostei daquela primeira vez.

Nem pensar que eu cairia na dele. Atravessei o espaço e abri a cortina pesada. A noite havia caído sobre os ulmeiros e os carvalhos altos. Seus galhos ainda estavam desfolhados, como esqueletos... Uma paisagem que eu antes teria achado bela agora parecia desolada e sem esperança.

— Descobriu alguma coisa? — Marcus perguntou.

— Sim, mas temos problemas maiores do que Alex agora.

Me voltando para os dois, me apoiei na vidraça fria.

— Como assim?

— Parte de mim tem medo de perguntar — Marcus disse. Solos riu antes de se retrair. Passando para o sofá, Marcus se sentou. — Porque não sei o que pode ser pior que Alex se voltando contra todos nós.

Apolo arqueou a sobrancelha.

— Ah, isso ganha.

— Você só está enrolando para fazer drama? — Minha paciência estava se esgotando mesmo.

Os brancos sinistros dos seus olhos crepitaram, e o cheiro de ozônio queimado encheu o ambiente. Marcus balançou a cabeça, mal ergui as sobrancelhas, inabalável, porque, sinceramente, nada mais me abalava.

Os lábios de Apolo se contraíram num sorrisinho.

— Uma guerra está se formando.

2

Certo, eu imaginava que era difícil superar aquilo. Uma risada seca e cortante me escapou ao passo que eu me afastava da janela.

— Uma guerra?

Agora que tinha a atenção de todos, Apolo pareceu crescer em altura.

— Uma guerra entre os deuses e os seguidores do Primeiro.

Marcus soltou um palavrão. Ele vinha fazendo muito isso ultimamente.

— Os deuses vão enfrentar Seth?

— Eles pretendem enfrentar Seth e quem estiver ao lado dele. — Seus lábios se curvaram com aversão. — Isso incluiria Lucian.

— Lucian não deve ter reunido tantos adeptos. — Solos se aproximou do sofá. — Juntar-se a ele seria insanidade.

— Mas Lucian está com o Apólion. Isso, por si só, já tem apelo. — Marcus se recostou, parecendo estar tão cansado quanto eu.

— Tem razão — Apolo respondeu. — Recebemos informações de que muitos estão se aliando a ele.

— Vocês têm espiões? — perguntei, curioso.

Apolo sorriu, e foi tão assustador quanto a risadinha infantil de Alex. Ele estalou os dedos, e houve uma explosão de poder descomunal que se espalhou pela sala como um choque. Uma luz azul brilhou ao lado de Apolo, e uma figura humana começou a tomar forma.

Um homem, de mais de dois metros de altura, com o cabelo loiro espetado, apareceu. Ele era muito parecido com Apolo e tinha os mesmos olhos completamente brancos. Usando bermuda cargo, chinelos e camisa de Jimmy Buffett, ele parecia alguém que largou a faculdade.

E era um deus.

Talvez um dia eu me acostumasse a deuses aparecendo e desaparecendo como se não houvesse amanhã, mas, depois de passar a vida inteira sem nunca ter visto nenhum, era quase avassalador estar no mesmo ambiente que algumas das criaturas mais poderosas que já existiram.

Aparentemente, alguns dos mais furiosos também.

Marcus se levantou de um salto e fez uma reverência, assim como eu e Solos. Não que o deus notasse. Ele se virou para Apolo com a cara fechada.

— Você acha que pode simplesmente estalar os dedos e exigir que eu apareça? Como se eu não tivesse nada melhor para fazer?

Apolo sorriu.

— Não foi isso que aconteceu?

— Não sou um dos seus servos, irmão. Na próxima vez, vou quebrar esse dedo e enfiar no seu...

— Temos companhia. — Apolo apontou para nós, e eu tinha certeza de que estávamos todos com a mesma expressão de choque e reverência. — E ninguém quer ouvir o que você gosta de fazer no seu tempo livre, Dionísio.

O Deus do Vinho e das Festas sem Fim riu do irmão e se deixou cair numa cadeira. Ele estendeu as pernas e coçou a barba no queixo.

— O mínimo que você poderia fazer é garantir que eu tenha uns refrescos aqui.

Marcus se aprumou imediatamente.

— Podemos trazer algo. Tem vinho...

— Não precisa. — Os olhos de Apolo se estreitaram. — E o mínimo que você poderia fazer é manter uma conversa por cinco minutos sem se embebedar.

— Vai se ferrar! — Dionísio virou a cabeça na nossa direção e riu. Me perguntei um tanto se ele estava bêbado naquele momento. — Dois puros- -sangues e um meio, mas há algo muito, muito mais nesta casa. — Seus olhos cintilaram enquanto ele farejava o ar. — Ah, sim, um Apôlion está aqui.

Fiquei tenso pelo som óbvio de interesse na voz de Dionísio.

Apolo me lançou um olhar que avisava que nenhum outro deus seria tão tolerante a socos como ele havia sido.

— Você sabe que ela está aqui e sabe que não é por isso que você está aqui.

— É por isso que você deixou Ananque toda nervosa hoje cedo? — Dionísio sorriu com ironia.

Ao ouvir o nome de Ananque, mil emoções violentas despertaram dentro de mim. Comecei a me movimentar, mas logo parei. A tensão acumulada travou meus músculos. Apolo não se atreveria. Até Solos havia empalidecido. Todos sabiam quem e o quê Ananque tinha sob seu controle, e esse não era um bom sinal para Alex. A raiva me deixou sem palavras e, antes que eu me recuperasse, Marcus falou.

— Por que está envolvendo Ananque?

Apolo fez que não era nada.

— Agora, não é o momento para tratarmos disso. Dionísio conseguiu informações que deixaram o Olimpo todo se preparando para a guerra.

Dionísio bocejou.

— Por mais que política e sangue me entediem, sou muito útil quando se trata de coletar informações de quem está por dentro.

— Vinho e bebida — Solos murmurou.

— Soltam a língua — Dionísio completou, sorrindo. — Há uma espécie de acampamento ao redor do movimento de Lucian e do Primeiro. Quase do tamanho de um exército. Eles avançaram para perto do Covenant do Tennessee. Meus irmãos e irmãs estão de olho nele.

Puta que pariu! Se Seth e Lucian fossem atrás do conselho lá, os deuses retaliariam de novo, e mais vidas seriam perdidas.

— Há mais de cem sentinelas puros-sangues e guardas com eles — acrescentou distraidamente.

— Meus deuses... — Solos murmurou, massageando a têmpora.

— Seja lá o que aqueles dois estejam vendendo, aquelas pessoas estão comprando como viciados em crack. — Dionísio examinou as unhas, parecendo entediado. — Sem querer ofender, mas os meios são idiotas se acham mesmo que ficar contra nós é prudente.

Não precisei olhar para Solos para saber que esse comentário não o agradou.

— Lucian deve estar oferecendo o que ninguém nunca ofereceu.

— Que é? — Dionísio perguntou.

— Liberdade. — Me sentei no braço do sofá. — A liberdade de fazer o que querem e não ter nenhuma dívida com os puros.

— Mas esse é livre, não? — Dionísio apontou para Solos.

— Livre? — Solos se endireitou. — Posso ser franco?

— Claro — o deus respondeu.

— Me tornar um sentinela era o menor de dois males. Minhas escolhas eram me tornar um servo, sendo privado de tudo que sou, ou esta vida, que muito provavelmente vai me garantir uma morte precoce. Como isso é liberdade?

Dionísio franziu as sobrancelhas.

— Não acha seu dever honroso o suficiente?

— A questão não é o dever. — Me meti na conversa, olhando de rabo de olho para Apolo. — Os meios que são guardas e sentinelas acreditam em seus deveres e dariam suas vidas por eles, mas não lhes damos nenhuma escolha, não a mesma escolha que eu tive. E, se Lucian os estiver tentando com a ideia de escolher seus próprios destinos, não é compreensível?

— Entendo esse desejo, Aiden, e talvez seja, sim, necessária uma mudança, mas não podemos permitir que Lucian os conduza à guerra contra nós — Apolo disse. — E sei o que você está pensando, que os que o estão seguindo são inocentes por sua ingenuidade, mas isso não muda o resultado se eles se voltarem contra nós.

— O que exatamente estão planejando fazer — Dionísio falou, para o desagrado de todos. — Uma noite atrás, garanti para que vários meios-sangues que estavam com Lucian ficassem bem abastecidos no quesito uísque e mandei algumas das minhas... meninas. Descobri que estão planejando um ataque contra o Covenant de Nova York, mas estão esperando por Seth e sua namoradinha.

Meus dentes se quebrariam de tão forte que eu os estava cerrando. Marcus se inclinou para a frente, apertando as mãos.

— O que não entendo é como nenhum de vocês pode eliminar Lucian.

— Não conseguimos chegar perto dele. Ele vive acompanhado pelo Primeiro. — Dionísio encolheu os ombros. — E não temos como ferir o Apôlion, mas ele pode nos ferir.

— Alguns hematomas — eu disse. — Sem seu poder total, ele não pode matar vocês.

As sobrancelhas de Dionísio se ergueram.

— Ele matou a Fúria de Tânatos.

— Drenando o poder de Alex — argumentei. — Sem ela por perto, ele não tem como explorar isso...

— Não vamos correr esse risco. — Apolo se recostou na cadeira. — Ele pode nos incapacitar. Se um de nós estiver enfraquecido, estamos todos.

— A família que...

— Enfim... — Apolo interrompeu Dionísio. — Pelo que ele descobriu, estão planejando um ataque total contra todos os Covenants. Não podemos permitir isso.

— Então, o que o Olimpo planeja? — Marcus perguntou, com os ombros se curvando como se sentisse o peso do conflito nas costas.

— Aí é que está a treta. — Era estranho ouvir a palavra "treta" sair da boca de Dionísio. Planejamos ir para a guerra, mas existe divergência entre os líderes valorosos.

— Que tipo de divergência? — Massageei a têmpora com a mão, sentindo uma dor funda que, sem dúvida, era provocada por falta de comida.

— Seis líderes querem aniquilar o problema — Dionísio disse como se não fosse nada, como se estivesse contando onde comprou sua camisa de gosto duvidoso.

— Perseguir Lucian e seus apoiadores? — Solos perguntou. — Eliminar o máximo possível?

— Sim — Apolo respondeu. — O restante de nós acredita que ainda há esperança de evitar uma guerra em grande escala porque, se formos à guerra, o que aconteceu com os Titãs não será nada em comparação com isso. O número de mortos vai incluir mortais, talvez aos milhões. Não dá para evitar.

Ainda há esperança. Essas poucas palavras me trouxeram à mente imagens de Alex encostada em meu peito, falando sobre Seth, havia poucas semanas. Ela nutria esperança por ele, até o momento em que ele se conectou a ela.

— Sem mencionar o risco de exposição — acrescentou Marcus. — Deuses, isso é...

Não havia palavras.

Foi aí que me ocorreu. Nenhum de nós, nem mesmo os dois deuses, havia antecipado isso um ano antes. As profecias não haviam previsto que o mundo ficaria na iminência de uma guerra como nunca antes, uma guerra que destruiria o mundo.

— Acreditamos que a guerra pode ser evitada — Apolo continuou. — Mas os outros estão céticos, ainda mais depois dos últimos acontecimentos.

— Alex... — sussurrei, já acostumado com a pontada no peito.

Dionísio se levantou.

— Muitos estavam dispostos a ficar fora disso, mesmo depois do que o Primeiro fez com o conselho da Carolina do Norte. Apenas Poseidon e Hades responderam de forma rápida, mas agora que ela está conectada, não têm esperança. E estão buscando...

Uma apreensão despertou e se espalhou como erva daninha.

— Buscando *o quê?*

Com um suspiro, Apolo disse:

— Uma forma de matar os Apôlions.

3

Me esforcei para manter a expressão e meu temperamento neutros, mas a raiva estava me consumindo, dilacerando meu autocontrole. Precisei de todas as minhas forças para não sair, descer as escadas e ficar vigiando Alex.

Solos olhou para mim e limpou a garganta.

— Eu tinha a impressão que apenas um Apôlion podia matar o outro.

Meus punhos se cerraram enquanto Apolo se voltava para mim.

— Você sabe.

Marcus e Solos me encararam, e eu queria socar a parede.

— A ordem de Tânatos matou Solaris e o Primeiro. De alguma forma, eles sabem como fazer isso, o que significa que os deuses também saberiam, não?

Dionísio riu.

— Tânatos presenteou a ordem com a capacidade, um código ou sei lá, mas nem Tânatos se lembra o que era. Não era para haver dois Apôlions, nunca teria a possibilidade de um Assassino de Deuses. Pensando que não seria necessário de novo, ele não anotou. Idiota.

Devo ficar mal por me sentir aliviado?

— A ordem sabe, mas, com a morte de Telly, eles se dispersaram. Sem mencionar que alguns dos sentinelas sob Lucian não estão mais caçando daímônes. — Começaram a caçar membros da ordem.

— Bons deuses. — Marcus foi até a janela. Ao parar, passou as mãos no cabelo. — Não sei o que é pior.

Havia uma clara impressão de que não parava por aí. Depois de mais algumas farpas dirigidas a Apolo, Dionísio desapareceu, e parte da pressão se esvaiu da sala.

— Ele está do nosso lado? — perguntei.

Apolo riu secamente.

— Sim, mas não porque pensa como nós. Só porque é preguiçoso demais para entrar numa batalha.

Bom, já era alguma coisa. Suspirei.

— Tem mais, não é? E tem a ver com Alex?

— Sim. — Ele voltou a olhar na direção da porta, estreitando os olhos. Voltando-se para mim, acenou. A mensagem era clara: o mesmo olhar que havíamos trocado uma dezena de vezes ao longo dos anos, quando ele era conhecido como Leon. Tínhamos espiões. Cerrando os punhos, fui até a porta. Solos continuava a tirar informações de Apolo sobre os sentinelas que caçavam a ordem.

Dois vultos esguios se aproximavam pela parede do corredor, e eu tinha certeza de que eles se achavam tão furtivos como James Bond. Estavam mais para dois dos Três Patetas. Desde quando estavam do outro lado da porta e será que eu estrangularia os dois? Talvez. Saí.

Deacon pulou para trás, derrubando um igualmente despreparado Luke. Era de se imaginar que, depois de todo o treinamento de Luke, ele teria se recuperado muito mais rápido, mas as coisas eram diferentes agora. O Covenant não havia treinado seus estudantes para enfrentarem o que estava por vir.

Uma expressão envergonhada perpassou o rosto do meu irmão. Ele se endireitou e passou a mão nos cachos loiros bagunçados. Em vez de me irritar por estar bisbilhotando, senti apenas alívio por ele estar lá comigo, quando tudo parecia estar desabando ao nosso redor.

— Ei, e aí, irmão... — ele disse.

Arqueei a sobrancelha.

— Deacon, o que você está fazendo?

Luke endireitou os ombros e entrou na frente de Deacon.

— Foi ideia minha, Aiden.

— Não foi. — Deacon revirou os olhos. — Senti a presença de outro deus e falei para Luke...

— Mas fui eu que sugeri tentar descobrir o que estava acontecendo. — Luke inspirou fundo. — Vocês têm nos mantido por fora de tudo, e essas coisas nos envolvem também.

— Talvez porque seja mais seguro assim para vocês — observei.

Luke balançou a cabeça.

— Sinceramente, considerando como está tudo ferrado agora? Com a Alex do mal trancada no porão e *uma guerra* se formando, manter a gente seguro não é a maior prioridade. Deveríamos saber o que está acontecendo. Podemos ajudar.

Todo meu respeito pelo esforço do jovem meio-sangue se expressou num sorriso.

— Como vocês dois poderiam ajudar?

— Ainda não chegamos a essa parte — Deacon respondeu, se apoiando na parede. — Mas tenho certeza que alguma coisa deve ter. E acho que Lea vai nos bater se for obrigada a passar mais tempo conosco.

Franzi a testa.

— Cadê Lea?

A meio-sangue já havia sofrido demais, e todos precisavam ficar de olho nela. Primeiro, ela havia perdido o pai e a madrasta num ataque de daímônes orquestrado pela mãe de Alex e, depois, Seth havia matado a irmã dela durante o ataque ao conselho. Eu sabia que as relações dela com essas mortes afetavam Alex.

— Dormindo — meu irmão respondeu, esticando o pescoço, tentando ver atrás de mim. — Que deus estava aqui?

Não havia por que guardar segredo.

— Dionísio.

— Mano? Sério? — Deacon apreciava frustrado. — Ele é meu deus favorito de todos os tempos.

— Por que isso não me surpreende? — Luke murmurou.

Também não me surpreendia. Embora Deacon tivesse diminuído bem a bebida, poderia ser facilmente considerado um gêmeo espiritual de Dionísio.

Eu tinha uma decisão a tomar: mandar os dois embora ou tratá-los como os adultos que eles quase eram. Luke teoricamente estava a meses de se formar. Em breve, estaria caçando daímônes pelo mundo. Mas hesitava um pouco em envolver Deacon ainda mais do que já estava envolvido.

Mas eu não podia superproteger Deacon pelo resto da vida. Talvez eu já tivesse feito isso demais, o que poderia explicar parte do comportamento dele no passado e por que não se sentia à vontade para se abrir comigo sobre sua relação com Luke.

Acenei com a cabeça.

— Venham

Pela cara que fizeram, parecia que eu tinha acabado de declarar meu amor a Seth, mas correram à frente como se tivessem medo que eu pudesse mudar de ideia. Seguindo-os para a sala, revirei os olhos quando Apolo arqueou a sobrancelha.

— Certo — Apolo disse, olhando ao redor. — Agora que estão todos aqui, temos mais uma questão a discutir.

Luke sorriu ao ficar ao lado de Solos, e meu irmão se sentou na cadeira mais distante de Apolo. Eu não conseguia entender sua aversão a Apolo, e pelos deuses, se estivesse rolando alguma coisa entre *esses dois*, eu daria uns socos em alguém.

— Alex — Marcus disse, se encostando na escrivaninha. Sua mão girou um globo distraidamente.

Apolo fez uma careta, e eu soube que a coisa não era boa.

— A única esperança que temos de evitar uma guerra em grande escala é se Alex voltar a si e aceitar matar Seth.

Antigamente, Alex nunca teria aceitado isso, mas agora? Se conseguíssemos falar com ela de alguma forma e romper o vínculo, atacaria Seth? E eu queria que ela atacasse? Ela poderia se machucar... até morrer. Como sentinela, eu precisava aceitar esses riscos, mas, como homem, não conseguia quando se tratava de Alex.

— Encontramos uma forma de romper o vínculo. Temporariamente — Apolo continuou. Ele piscou, e apareceram íris azuis brilhantes. Precisei desviar o olhar, porque me lembravam de como Alex odiava os olhos dos deuses e como Apolo os suavizava para ela. — Isso vai nos dar tempo para encontrar uma solução permanente.

Tudo voltou ao que Apolo havia acabado de dizer. Uma pausa temporária na conexão era melhor do que nada. Não consegui conter a emoção, que quase me fez cair de bunda.

— Que solução temporária?

— Você não vai gostar. Nenhum de nós vai gostar, mas é a única opção que temos até agora.

Minhas mãos se contraíram.

— Fala logo de uma vez. Qual é a solução?

Apolo franziu as sobrancelhas. Eu tinha quase certeza que, se não fosse pela amizade que cultivamos durante as caçadas, ele já teria me arrebentado àquela altura.

— Falei com Ananque...

— Não — Marcus disse antes que eu pudesse abrir a boca. Ele se afastou da mesa. — Só existe um motivo pelo qual você falaria com Ananque, e a resposta é não.

O deus cruzou os braços e, pela maneira como seu rosto todo se endureceu, deu para ver que ele não estava acostumado a ouvir um não como resposta.

— Sei que a ideia é desagradável.

Uma raiva ardente torceu minhas entranhas.

— "Desagradável" não é a palavra que eu diria — respondi entre dentes.

— Certo, não estou entendendo. — Deacon tirou os cachos loiros da frente dos olhos e franziu a testa. — A certeza é de que vou reprovar em mitos e lendas. Quem é Ananque?

O carinho na voz de Luke contradisse seu sorriso de desdém.

— Além do fato de que ela é a mãe das moiras e do destino, ela rege a coação e todas as formas de escravidão e submissão... submissão no sentido de aprisionamento.

— Nossa capacidade de coação é uma dádiva de Ananque — Marcus explicou, com os olhos estreitados. — Ela é uma deusa menos conhecida, praticamente esquecida.

— Exceto que foi ela quem inventou o elixir que deixam os meios em servidão dóceis. — Solos contraiu o maxilar.

Deacon olhou para Apolo, franzindo o nariz.

— Então, por que você está entrando em contato com uma deusa que...
— Seu queixo caiu. — Eita, porra! Você quer dar o elixir para Alex.

Cruzei os braços para não bater em nada.

— Não. Apolo, de jeito nenhum.

— Não sei nem por que estamos discutindo isso. — Solos deu a volta pelo sofá, tendo o bom senso de evitar a área ao meu redor. Eu estava a poucos segundos de entrar em erupção. Ele parou ao lado de Marcus. — O elixir não vai funcionar no Apôlion, certo?

— Não o tipo que damos aos meios-sangues, Alex iria receber algo diferente. — Apolo fez uma pausa. — Ela receberia algo mais forte. Ananque me garantiu que quebraria o vínculo e que os efeitos seriam apenas temporários. Não é o mesmo que se faz com os outros.

— Não? Porque me parece o mesmo. — A ideia de dar o elixir para Alex revirava meu estômago e me deixava furioso. — Não posso fazer uma coisa dessas.

Apolo abriu a boca, mas pareceu estar decidindo o que dizer.

— Precisamos quebrar o vínculo, Aiden. Mais cedo ou mais tarde, Alex vai descobrir onde está. E aí? Seth vai vir atrás dela e transferir o poder dela para ele, e tudo vai estar acabado. Não haverá segundas chances.

— Deve ter outro jeito! — Meu controle se perdeu. Naquele instante, cheguei *muito perto* de descobrir se eu era capaz de enfrentar um deus. A única coisa que me impedia era saber que Apolo estava tentando nos ajudar, ajudar Alex. Eu não duvidava que o deus se importava com ela. — Só não procuramos direito, não conferimos todos os recursos possíveis.

— Onde mais podemos procurar, Aiden? — Apolo me encarou com os olhos arregalados. — Revirei o Olimpo em busca de algo para quebrar o vínculo. A única opção é o elixir e...

— Não. — Me mantive firme.

Apolo olhou ao redor em busca de ajuda. Solos deu um passo para trás, erguendo as duas mãos.

— Não olha para mim; prefiro que não quebrem a minha cara, muito obrigado.

Sorri com ironia.

Claramente lutando para manter a paciência, Apolo andou de um lado para o outro do escritório.

— É apenas uma solução temporária, Aiden.

— Essa solução é inaceitável! — gritei tão alto que Deacon se sobressaltou. Por diversas vezes, ele tinha sido o alvo da minha raiva, mas a surpresa que atravessou seu rosto agora mostrou que ele nunca havia me visto daquele jeito antes. O que eu sentia por Alex, se aqueles no ambiente ainda tivessem alguma dúvida, estava extremamente visível. — Você está pedindo que aceitemos privar Alex de *tudo* que ela é! Transformá-la num zumbi irracional que não tem controle... — Perdi as palavras, respirando com dificuldade. Era o maior medo de Alex. O que tirava seu sono à noite, assombrando seus passos como um fantasma vingativo. — Ela não teria controle.

— Ela não tem controle agora — insistiu uma voz feminina suave.

Me virei. Lea estava no vão, tão alta e magra quanto a irmã mais velha era. Seu cabelo estava preso num rabo de cavalo. Olheiras escuras marcavam seu rosto e suas bochechas estavam encovadas.

— Você não entende — eu disse.

Ela entrou no ambiente, olhando para Apolo e depois para os demais.

— Não a vi, mas ouvi. *Todos* ouvimos. E os deuses sabem que eu e ela nunca fomos amigas, mas Alex... nunca teria dito as coisas que a ouvi gritar. Aquela não é ela.

Apertando os lábios, me virei, balançando a cabeça. Lea tinha razão. Quem estava no porão não era realmente Alex, não era a garota que eu amava com todo o meu ser. E não estava no controle de si mesma.

Mas o elixir... era diferente.

Lea se sentou ao lado de Deacon, entrelaçando as mãos no colo.

— A ideia de usar o elixir soa errada em todos os níveis, mas que escolha temos? Não podemos deixá-la lá embaixo.

— Ela não está comendo... — murmurou Marcus. Ele massageou a testa, o rosto tenso. — Não sei nem se ela está dormindo ou se... se está se comunicando com Seth, e é isso que a faz seguir em frente.

Olhei para ele.

— Marcus, você sabe como ela estava com medo de tomar o elixir.

Sem conseguir me encarar, ele desviou os olhos.

— Eu sei, Aiden. Como sei. Mas algo precisa mudar. Por mais que eu odeie a ideia de fazer isso com ela, vamos ganhar tempo.

Recusando-me a acreditar que essa era nossa última opção, busquei freneticamente outra forma e me agarrei a esperanças vãs e frágeis.

— E as moiras? Você não pode falar com elas e ver qual é o resultado? Se ela mesma quebrar a conexão? Ou se há alguma forma de fazermos isso?

— Não — Apolo respondeu. — As moiras não vão muito com a minha cara e, mesmo se fossem, não contariam nem para mim nem para você. Você sabe como elas trabalham, Aiden. Você...

— Você sabe o que isso vai fazer com ela! — gritei, ardendo de fúria.

— Sei o que isso vai fazer com você — falou baixo. — E sei que a ideia de fazer isso está te destruindo...

— Para... só para — esbravejei, dando passos para trás. — Não vou deixar que façam isso com ela. Juro por...

A ameaça parou no ar como uma fumaça densa que ameaçou sufocar os presentes. Marcus parecia apenas triste, quase derrotado por tudo. Solos estava pálido, provavelmente porque achava que Apolo estava a segundos de me jogar contra a parede. Lea e Luke estavam com os olhos no chão, com o rosto tenso. Será que os dois meios-sangues mais jovens sentiam o peso da culpa por terem concordado que Alex precisava do elixir, sabendo o que isso faria, o que significaria?

Eram jovens demais para isso, para essa merda. Alex também.

Eu também. Porra.

A única pessoa no ambiente que olhava para mim agora era meu irmão. Um leve sorriso triste apareceu no seu rosto.

— Alex denotaria a gente por cogitar algo assim, mas acho que ela entenderia, Aiden. Acho que entenderia o porquê.

Marcus deu um passo à frente, colocando a mão no meu ombro. Resisti ao impulso de me desvencilhar. E de bater nele, bater em *alguma coisa*. Mas ele também estava sofrendo.

— Havia outra coisa que Alex temia. — Sua voz era tão baixa que eu duvidava que alguém além de Apolo conseguia ouvi-lo. — E você sabe o que era.

Eu sabia. Deuses, como sabia.

Alex temia se perder para o Primeiro, para Seth. E eu havia prometido a ela, jurado que nunca deixaria isso acontecer. E aconteceu. Eu havia falhado com ela. Esse peso me corroía, mas concordar com o elixir não seria melhor. Seria apenas mais uma maneira de falhar com ela.

Me afastei de Marcus, passei os dedos no cabelo. Ninguém disse nada por alguns momentos. O silêncio era tão ruim quanto a minha ameaça. Por fim, todos começaram a falar, propondo mais ideias. "Eliminar Seth" estava no topo da lista, mas não era possível. "Afastar mais Alex" poderia enfraquecer a conexão, dar espaço para ela respirar e nos dar tempo para buscar mais runas, feitiços e orações.

As melhores intenções apenas destacaram a falta de esperança da situação.

Apolo finalmente se aproximou de mim.

— Precisamos conversar em particular.

Eu só queria que ele fosse embora, mas concordei, e saímos na direção da cozinha vazia. Meus passos eram rápidos e vigorosos.

— Você não vai conseguir me convencer que colocar Alex numa versão reforçada do elixir é a coisa certa a fazer.

Ele fechou a porta acenando antes de falar.

— Sei que você se importa com ela.

Dei uma encarada.

— Eu a amo. Você não entende.

— Não. Entendo, sim. Você esqueceu que eu estava com você quando caçou Eric. Vi o que ninguém mais viu: como se afetou pelo que havia acontecido com Alex. E sei o que fez com aquele daímôn.

— Não estou contestando isso.

O que eu tinha feito com Eric não era algo que eu me orgulhava muito. "Tortura" parecia uma palavra muito leve para o que eu havia feito. Engoli em seco.

— Aonde quer chegar, Apolo?

Ele inclinou a cabeça para o lado.

— O tipo de amor que você tem por Alex é admirável, mas já vi esse amor antes. Derrubou civilizações inteiras. Preciso lembrar você de Troia?

— Esta é uma aula de história?

Seus olhos faiscaram.

— Certo. Vamos ignorar o elefante branco na sala, Aiden.

— Ótimo.

— Não fui totalmente sincero com as informações — ele disse após alguns momentos.

Ri com amargura.

— Por que isso não me surpreende? Você é uma fonte de honestidade.

Apolo me ignorou.

— Desde que Zeus criou o Apôlion há milhares de anos, o Primeiro sempre foi da minha linhagem.

— Como assim? — Eu não estava entendendo. — Ártemis falou que *Alex* era da sua linhagem.

— Ela é. — Ele foi até a prateleira de vinhos e estourou uma rolha. — Mas, ao longo da história, o Apôlion sempre foi um descendente meu. Até hoje, não sei de quem Solaris descendeu e não sei de quem Seth se originou. Desta vez, só desta vez, é diferente. — Ele fez uma pausa para servir uma taça. — Seth é o Primeiro, mas não é dos meus. De algum modo, outro deus é responsável por ele. E apostaria minha coroa de louros que esse mesmo deus foi responsável por Solaris.

Ele me ofereceu uma taça e recusei.

— Está dizendo que Alex era para ser a Primeira e Seth foi o acidente?

— Não sei — Apolo respondeu. — E nenhum dos deuses está assumindo responsabilidade por ele.

— Bom, óbvio — eu disse, seco.

Um sorrisinho agraciou seus lábios enquanto ele voltava a colocar o vinho na prateleira e dava um gole.

— Isso nem é o pior, Aiden. Quem quer que seja responsável por Seth não o está assumindo por um motivo, o mesmo motivo pelo qual Lucian conhece feitiços para me manter fora da casa dele.

324

— Você acha que um deus está trabalhando com Lucian... o mesmo deus da linhagem de Seth?

— Muito provavelmente — ele disse, virando a taça de vinho. — Mas existe outra razão por que esse deus não se manifestaria. Porque ele ou ela saberia que existe outra maneira de matar o Apôlion.

Uma camada de gelo me envolveu.

— O que está dizendo, Apolo?

— O deus vinculado à linhagem deles é capaz de matá-los. Posso matar Alex.

4

Perdi o chão, e as paredes de tinta branca deram lugar a painéis marrom-escuros. Levei alguns momentos para perceber que estava andando, para longe de Apolo, para longe da bomba que ele havia acabado de soltar.

Claro que ele veio atrás.

— Aiden, está indo aonde?

Eu estava indo para o porão. Precisava ficar entre Alex e... e quem quer que viesse atrás dela.

Apolo apareceu na minha frente, bloqueando minha rota. Dei um passo para o lado, mas ele veio atrás.

— Aiden, me escuta.

— Já ouvi demais.

— Não é uma ameaça, meu amigo. Mas, se ela estiver prestes a se conectar com o Primeiro, vou neutralizá-la. Preciso... — Ele pegou meu punho, puxando-me para trás. — O mundo todo depende de não irmos à guerra.

Dei um passo na direção dele, sem pensar, e ele me empurrou para trás de novo. E de novo. Uma dor me devorou. Física? Emocional? Eu não sabia.

— Você a mataria?

— Não gostaria. — O azul dos olhos dele cintilou. — E é por isso que estou fazendo de tudo para evitar. Dar o elixir para ela nos ganharia tempo. E precisamos de tempo. *Eu* preciso de tempo porque tenho seis parentes dispostos a devastar o mundo mortal. Não posso ficar aqui, esperando que Alex consiga escapar ou que Seth descubra uma maneira de se conectar a ela.

— Ninguém está pedindo para você ficar aqui, Apolo. Tenho tudo sob controle.

Ele me lançou um olhar de dúvida.

— Você não está entendendo. Os deuses sabem que não podem matá-la, mas isso não os impedirá de tentar. E, mesmo que não consigam matá-la, *vão* machucá-la.

Recostando-me na parede, apertei as mãos nas têmporas. Tudo que queria era descer, pegar Alex e levá-la para o mais longe possível daquilo.

— Você está pedindo demais.

Apolo suspirou.

— Você precisa respirar e repensar, Aiden. Veja isso da perspectiva de um sentinela, como foi treinado.

Ergui a cabeça, voltando um olhar carregado para ele.

— Está me pedindo para ser objetivo agora?

Ele deu uma risadinha.

— Sim, sei que não sou o deus mais objetivo, mas você tem uma missão a cumprir, Aiden. Uma missão de proteger a humanidade e proteger os hêmatois. É seu dever. E você sabe qual é a coisa certa a fazer.

— Quer dizer que preciso escolher entre meu dever como sentinela e meu dever como homem? Com Alex?

— Sim e não. Você precisa escolher os dois. — Apolo se apoiou na outra parede, ainda se avultando diante de mim. E olha que eu tinha quase dois metros de altura. — Marcus está certo. Apôlion ou não, ela não vai durar muito mais assim. Sem comer? Sem dormir? Ela chegou a beber água?

Fechei os olhos.

— Duas vezes. Bebeu água duas vezes quando achou que eu não estava olhando.

Ele murmurou um palavrão.

— Ela precisa descansar. Precisa de um tempo disso tudo. E precisamos de um tempo para encontrar uma maneira de acabar com isso.

— Senão o quê...? Vai matar Alex?

Apolo não respondeu.

— Deuses! — Ouvi os passos de sentinelas nos pisos do andar de cima por alguns momentos. — Quem sabe sobre o que você pode fazer?

— Só minha irmã Ártemis e talvez Zeus... Se é que ele está prestando atenção, o que ainda não dá para saber — ele disse. — Consegui fazer os seis concordarem que, se dermos o elixir para Alex, eles vão recuar. Não é só ela a questão, Aiden. São milhões de pessoas.

Acenei, desencostando da parede, tentando me recompor. Dever e amor nunca eram uma boa combinação, mas sempre haveria um meio-termo.

— Preciso de tempo.

— Aiden, não temos tempo.

— Não estou pedindo dias. Estou pedindo a noite de hoje. — Comecei a seguir na direção da porta do porão e parei. — Preciso tentar mais uma vez.

— Entendo. — Ele sorriu. — Vou te dar a noite de hoje. Vamos voltar amanhã de manhã.

Acenando de novo, abri a porta. Apolo não estava mais lá quando olhei por sobre o ombro, e eu estava sozinho. Sozinho com uma decisão com a qual sabia que nunca poderia lidar se a tomasse.

* * *

Alex estava deitada no colchão, virada de lado, com as costas para a porta. Ela não começou a exigir que eu saísse nem me xingar como havia feito nos últimos três dias. Mal percebeu que eu estava lá.

Talvez estivesse dormindo, mas meu coração acelerou enquanto eu colocava a mão no bolso, tirando uma das três chaves da porta.

— Alex?

Nada. Nenhum movimento sequer.

Com sorte, ela estava dormindo, mas minhas mãos tremeram quando virei a chave e entrei, fechando e trancando a porta rapidamente. Chamei seu nome de novo, guardando a chave no bolso. Não houve resposta e, a essa altura, Alex já teria voado em cima de mim como um daímôn atrás de éter.

Tinha alguma coisa errada.

Corri para o lado dela e me ajoelhei na beira do colchão. O cabelo desgrenhado escondia seu rosto. Com o coração disparado, coloquei a mão sobre seu ombro inerte.

— Alex, você está...

Virando-se de barriga para cima, ela acertou os pés descalços no meu estômago. O ar escapou dos meus pulmões com um grunhido. Caí para trás, apoiando-me enquanto ela se levantava de um salto.

Merda! Eu deveria saber que ela era como uma daímôn se fazendo de morta.

Com um som quase selvagem, ela caiu em cima de mim, de joelhos. Virei de lado, e eu poderia ter dado uma rasteira nela, mas machucá-la não era algo que eu faria. Parando no chão ao meu lado, ela passou a perna sobre a minha, prendendo-a entre as coxas.

Minhas sobrancelhas se ergueram.

— O que está fazendo?

— Cala a boca! — ela chiou, pegando minha mão mais perto da sua.

— Sério, se tudo que você queria era ficar abraçadinha de mãos dadas, era só pedir.

Ela estava com a cara vermelha de raiva quando subiu em cima de mim, sentando em volta das minhas pernas. Em silêncio e com a cara fechada, ela levou a mão ao meu bolso.

Peguei seu punho.

— Nossa, Alex, normalmente eu adoraria você com a mão boba, mas é melhor parar.

Ela fez uma careta, tentando desvencilhar o braço.

— Não sabia que você era tão pervertido...

Com um sorriso tenso, soltei meu outro braço e peguei a mão dela quando ela tentou socar meu pescoço.

— Você sabe exatamente o que sou.

— Não me lembre. — Usando o peso e a pouca força que ainda tinha, ela se desvencilhou. Levantando-se, ela cerrou os punhos. — Me deixe sair daqui, Aiden.

Eu me levantei.

— Não vai rolar.

Alex partiu para cima, me empurrando um passo para trás.

— Me dá a chave. Preciso ir. Preciso ir até ele.

Ouvi-la dizer isso me deixou arrepiado.

— O que você precisa fazer é me *ouvir*.

Ela arfou um pouco e seus olhos se voltaram para as portas trancadas. Ela moveu o pé esquerdo um pouco para trás e, exatamente como eu havia ensinado, apoiou o peso naquela perna e girou.

O chute foi executado com perfeição: o joelho dobrado num ângulo de noventa graus para dar mais força à extensão, mas eu já o antecipava. Com o antebraço, bloqueei o chute, usando o impulso para jogá-la no chão duro, ofegando enquanto a dor intensa abalava meus ossos.

Alex era incrivelmente rápida quando queria, ainda mais como Apôlion. Com um giro, deu um golpe com o cotovelo e, depois, com a palma da mão. Ela se agachou, atacando minhas pernas, todas manobras que praticamos centenas de vezes. Lutar um contra o outro era como lutar contra nós mesmo, na verdade.

Antecipando um chute borboleta, desviei para trás dela. Ela girou, balançando o braço. O ar passou por meu maxilar. Me esquivei, colocando a mão ao redor da sua cintura. Eu a puxei para o meu peito, inclinando a cabeça para trás para evitar a dela.

— Me solta! — ela gritou, se debatendo loucamente. Sua voz ficou aguda, como se eu a estivesse machucando, mas eu sabia que não estava. — Me solta!

— Alex, você precisa me ouvir. — Argumentar com ela devia estar no mesmo nível de insanidade, mas eu tinha que dar a ela uma chance de sair dessa. — Se não romper essa conexão com Seth, você não vai gostar do que vai acontecer.

— Quem não vai gostar é você! — Ela jogou o peso para trás, levantando as pernas junto ao peito, mas a segurei com facilidade. — Porque vou machucar você de verdade quando sair daqui. Minha primeira visita vai ser ao seu irmão!

— Para! Me escuta. — Inclinei a cabeça para a direita, desviando da sua de novo. — Os deuses vão à guerra por causa do que Seth está fazendo.

— Ótimo! Eles que venham. — Ela riu, colocando os pés no chão. — Vamos destruir um por um. Começando pelo idiota do Apolo.

Suspirei, perdendo a paciência. Eu não era tão inabalável quanto Seth dizia.

— Você não pode continuar desse je...

Ela deu uma cotovelada no meu estômago e se soltou. Avancei, pegando-a pela cintura, e a virei para o colchão, quando deveria ter simplesmente deixado que caísse de cabeça. Afinal, ela não me retribuiria a mesma gentileza.

Alex se ergueu, tentando encaixar as pernas ao redor da minha cintura para me derrubar. Pressionei, usando o peso do corpo para imobilizar suas pernas. Suas mãos voaram para o meu rosto, com os dedos transformados em garras. Pegando seus punhos, eu os segurei sobre sua cabeça.

— Olha para mim — eu disse, abaixando-me de modo que apenas alguns centímetros separassem nossos rostos. — Olha para mim e escuta.

Ela começou a virar a cabeça, mas apertei a testa na sua, prendendo-a. Seus olhos se fecharam e não havia nada que eu pudesse fazer em relação a isso.

Respirando fundo, desejei que ela me entendesse. Só dessa vez...

— Essa não é você, Alex. Você nunca agiria assim. Essa *não* é você.

— Sim, é! — A dor embargou sua voz. Alex se arqueou de novo, quase me derrubando. — Você só está bravinho porque não quero mais você. Está sendo ciumento e obsessivo.

Ignorei as palavras dela.

— Você está deixando Seth controlar você. Lembra como estava com medo do que era? Como tinha pavor de se perder para ele? Cadê aquele medo?

Ela ficou parada, exceto pelo subir e descer descompassado do seu peito.

Meus olhos traçaram os contornos do seu rosto.

— Jurei que não deixaria isso acontecer e sei que falhei com você, mas não vou desistir tão cedo, Alex. Não vou desistir de você.

Seus lábios formaram uma linha tensa e um calafrio a percorreu.

— Você sempre foi tão forte... especial. Só *você* controlava a sua vida. Ninguém tomava decisões por você. Mas isso de não questionar nem resistir ao que está acontecendo é coisa de gente *fraca*.

Os olhos de Alex se abriram.

— Não sou fraca.

— Então prova! — Porra, queria chacoalhar aquela menina... — Bloqueia Seth, só por alguns minutos. Sei que você consegue. Sei que passou meses treinando técnicas de bloqueio. *Bloqueia*, Alex, e fala comigo. Prova que não é fraca.

Os olhos âmbar se agitaram, luminosos e potentes. Eram belos, como se um deus tivesse colocado duas pedras de topázio no rosto dela, mas eu os odiava. Odiava o que significavam e o que representavam. Odiava que, apesar de tudo que Alex havia feito, de tudo que *nós* havíamos feito, ela havia se conectado a Seth mesmo assim e se perdido em questão de segundos.

— Sei que você consegue — eu disse. — Sei que tem essa força dentro de si, porque é o que mais amo em você. Sua força é admirável... bela. É quem você é. E o que se tornou não é você.

— Ama? — ela repetiu a palavra como se fosse estranha em sua língua.

Meu peito se apertou, e as palavras saíram da minha boca antes que eu pudesse impedir. E, caralho, como implorei, o que nunca tinha feito antes.

— Por favor, volta para mim, Alex. *Por favor*. Eu te amo demais para te perder. E te amo demais para permitir o que está prestes a acontecer, mas você não está me dando outra alternativa.

Suas pálpebras se fecharam, e um segundo se passou antes de se reabriram. Respirei fundo, atônito demais para sentir ou pensar nada além de que os olhos dela estavam castanhos, um tom castanho caloroso.

Seus olhos estavam castanhos.

— Alex...

Com o rosto pálido e os lábios tremendo, franziu as sobrancelhas.

— Desculpa. Aiden, eu te a... — Um grito escapou dela, e ela se arqueou até sair do colchão, com os olhos arregalados.

Meu coração parou.

— Alex?

— Não posso... Está por toda parte. Dói. Aiden, por favor... faz parar. Por favor... — Ela se recostou, choramingando e se contorcendo, agitando a cabeça para lá e para cá.

Com o coração na garganta, comecei a soltá-la, mas os olhos dela se reabriram e quis explodir de raiva. Olhos dourados me encaravam. Quase consegui... quase.

Alex enlouqueceu embaixo de mim.

O misto contraditório de emoções dentro de mim dificultava esperar passar. A esperança se incendiou e se reduziu a uma decepção pontiaguda que acabou dando lugar à raiva. Alex estava lá dentro e estava sofrendo. Depois de cinco segundos tendo um vislumbre dela, foi arrastada de volta a Seth. Eu não sabia se deveria ficar contente ou com o coração pesado.

Apesar da falta de comida e sono, ainda levou um tempo absurdamente longo para ela se cansar. Ela se debateu, gritou, chutou e tentou até me morder.

Por fim, se cansou e ficou ofegante.

— Está feliz? Em me machucar assim? Faz você se sentir o grandão malvadão?

— Não estou te machucando. — Abri os olhos, exausto.

— Você está me matando! — Ela tentou se levantar, mas caiu para trás. Essa garota acabaria se machucando.

— Meus deuses, Alex, dá para parar de tentar brigar comigo por um segundo? — Ela abriu a boca, mas coloquei a outra mão sobre seus lábios.

— Sem dar uma de engraçadinha. Você não faz ideia da merda de noite que estou tendo.

Seus olhos se estreitaram.

— É sério. Sem respostas engraçadinhas.

Ela ficou completamente imóvel, e tirei a mão. A ponta da sua língua saiu, umedecendo os lábios. Dava para ver que ela tinha algo extremamente irritante a dizer, mas estava se contendo.

— Preciso que tente de novo, Alex. Bloqueia Seth. Corte a corda, e vou ajudar você desta vez. Juro. Vou ajudar você a passar por isso.

Alex olhou para mim por tanto tempo que fiquei com medo que ela tivesse perdido a capacidade de falar.

— Você não entende. Não quero. Preciso dele, Aiden. Não de você. Uma meio e um puro não podem se amar. Só me deixa ir.

Alguém deve ter aberto um buraco no meu peito. Era uma dor muito real, tanto quanto a dor que eu havia testemunhado momentos antes.

Aiden, por favor, faz parar.

Me foquei no que ela havia dito. Alex estava com dor quando resistiu a ele, e vai saber se não havia períodos em que resistia a ele e simplesmente não víamos. Tudo que eu sabia era que, quando foi ela mesma, ela *de verdade*, havia me pedido, implorado, para fazer parar. E havia apenas uma forma de fazer isso parar.

Soube naquele momento, por mais que me dilacerasse, que não havia outra escolha.

Me abaixando, dei um beijo na sua testa úmida e fechei os olhos. Um segundo, apenas um segundo, se passou, e aproveitei o calor e o momento de proximidade sem que ela resistisse a mim. Ela jogou a cabeça para o lado e disse algo tão horrível que mal consegui entender. Saindo de cima dela, eu me levantei e me afastei, saindo da cela.

Alex continuou no colchão, sem nem tentar correr até a porta enquanto eu a trancava. Fiquei parado, olhando para ela, sabendo que o que estava prestes a fazer não tinha nada a ver com o meu dever à humanidade nem ao meu próprio povo. Não tinha nada a ver com Apolo e seus alertas.

Aiden, por favor, faz parar.

Havia apenas uma forma de fazer aquilo parar.

5

Na manhã seguinte, eu, Apolo e Marcus estávamos reunidos no pequeno solário que transbordava de plantas e flores. O cheiro doce e forte me lembrava Alex. Pô, tudo me lembrava Alex...

Sobre uma coisa ela estava com razão no dia anterior à noite. Eu era obcecado.

Apolo foi direto ao ponto.

— Concordam?

Olhei para Marcus, sabendo que ele devia ter tomado sua decisão em algum momento da noite anterior. Eu também tinha. Cansado e exausto, passei a mão no rosto áspero. Nossa, eu precisava me barbear!

— Aiden — Marcus disse.

Com um suspiro pesado, estreitei os olhos. Eles não sabiam que Alex havia saído do transe por alguns segundos na noite passada. O pequeno vislumbre dela era algo que eu guardava com carinho no peito, mas, sob o brilho intenso da luz do sol, eu não tinha certeza se havia mesmo acontecido ou se tinha sido uma ilusão.

Limpei a garganta subitamente seca. As palavras eram difíceis de formar na minha língua.

— Pode dar o elixir para ela.

E foi isso, simples assim.

O que soou como uma série de rolhas de champanhe estourando quebrou o silêncio. O ar foi sugado para fora do ambiente, enquanto eu me virava na direção do som crepitante. Uma poeira azul brilhosa se formou nos raios de sol. Cada partícula resplandecia como uma safira. Elas logo foram se juntando, como se atraídas para se tornar um todo. Em poucos segundos, uma mulher estava diante de nós.

Envolta em mantos de seda azul que marcavam suas curvas, a deusa ergueu a cabeça. Cachos longos e fartos caíam até a cintura. Ela se aproximou de Apolo com um leve movimento de quadril.

Marcus inspirou fundo, obviamente afetado pela beleza da deusa, mas eu não senti nada além de um torpor frio quando nos curvamos.

Havia algo muito errado comigo.

Ou talvez eu estivesse apenas focado demais no que ela segurava em suas mãos delicadas: um jarro de porcelana de aparência antiga gravado com um símbolo detestável. Um círculo com um traço no meio: a marca da servidão.

— Ananque — Apolo disse, se curvando diante da deusa mais velha.

Minhas sobrancelhas se ergueram. Que rápido! Era assustador ver como os deuses podiam estar a par quando queriam. Não fui com a cara dela, mas forcei minha expressão a se manter neutra.

Ela entregou o jarro para Apolo e se virou para mim, com um canto do seu lábio se curvando para cima antes de se voltar para Apolo.

— Você vai precisar usar uma... dose disso. Vai precisar finalizar com a coação.

Com os punhos cerrados, comecei a me virar, mas parei. Eu tinha ouvido a coação várias e várias vezes. Já estava fluindo pelos meus pensamentos. Meu estômago se revirou.

A deusa se afastou de Apolo, voltando ao centro do espaço.

— Vai demorar alguns minutos para fazer efeito. Vai neutralizar todos os poderes de Apôlion dela, rompendo o vínculo. Ela ficará... diferente.

Sem gostar dessa ideia, perguntei:

— Diferente como?

Seu lábio se curvou para cima de novo.

— Ela vai ficar mais fácil de lidar, mais submissa. Vai saber quem é no sentido mais básico, mas não mais.

— Como assim? — Olhei para Apolo. — Não concordei com isso.

Apolo me lançou um olhar que dizia *cala essa boca*, entre outras coisas. Respirando fundo, cruzei as mãos atrás das costas.

— Perdão.

A deusa ergueu a sobrancelha e acenou.

— Acrescentei éfedra, que afeta a memória. As memórias dela a ligam ao Primeiro. Sem elas, ele simplesmente não existe. Não é perfeito, mas foi o melhor que conseguimos fazer, dada a situação.

Um arrepio subiu pela minha espinha. Se Seth não existia para ela, também não existia ninguém de quem ela gostava ou em quem confiava. Eu não existia.

— Ela vai se cansar facilmente — Ananque continuou. — E vai ser mais fácil de lidar enquanto procuramos uma solução mais permanente.

A solução permanente, Apolo, estava na sala, mas felizmente a maioria dos deuses não sabia que ele era capaz de destruí-la.

— Vai durar muito? — Apolo perguntou.

Ananque balançou a cabeça.

— Não dá para saber. Talvez alguns dias se você tiver sorte, mas você saberá quando o efeito estiver passando. Ela vai ficar inquieta. Pode começar a se lembrar de coisas. Quando isso acontecer, vai precisar de uma dose nova.

— Vai fazer mal a ela de alguma forma? — A voz de Marcus era cheia de preocupação.

— Não. — Ela começou a desaparecer, mas sua voz ainda carregava a mesma indiferença fria. — Mas eu não daria mais do que seis doses para ela. Os efeitos podem passar a ser permanentes a partir desse ponto.

E ela se foi, deixando todos boquiabertos.

Marcus soltou um suspiro alto.

— Muito gentil da parte dela dar essa informação como se não fosse nada.

— Pode se tornar permanente? — Ergui a sobrancelha, desafiando Apolo a desviar os olhos. — Você sabia disso?

Seus olhos se estreitaram.

— Sei tanto quanto você. Pelo menos, sabemos que não devemos exceder seis doses. Se cada uma durar, no mínimo, quatro dias, teríamos quase um mês.

— Se cada uma durar quatro dias — salientei.

Apolo olhou para o jarro.

— Bom, estamos prestes a descobrir.

Desci a escada, com o máximo de distanciamento possível. Saber do que estava prestes a participar obscurecia minha alma. Pode parecer dramático e, antes, eu não achava ser possível, mas agora entendia.

— É melhor assim — Apolo disse.

Lançando um olhar fulminante para Apolo, passei por ele e parei na frente da cela. Alex estava sentada no colchão, com as costas na parede e os joelhos abraçados junto ao peito. Seu olhar se fixou atrás de mim, onde eu sabia que Apolo esperava nas sombras. Por algum motivo, Alex reagia como uma hidra ensandecida sempre que Apolo se aproximava dela.

— Finalmente voltaram a si e decidiram me soltar? — Um sorriso de escárnio retorcia seus lábios antes lindos. Agora, estavam rachados pela falta de água. A garrafa permanecia intocada ao lado da parede.

Destranquei a porta.

— Você sabe a resposta.

Alex se levantou, cambaleando, enquanto saía do colchão. Seu rosto estava tão pálido quanto as paredes à sua volta.

— Eu deveria ter imaginado que nenhum de vocês seria inteligente a esse ponto.

Entramos na cela, trancando-a atrás de nós. Observei Alex com cautela. Ela ficava mais fraca a cada dia, mas era uma guerreira até o âmago. Marcus deu um passo para trás, deixando que eu lidasse com ela como planejado.

Fazia sentido que fosse eu a fazer aquilo.

Seu olhar âmbar sinistro passou de mim para o que Marcus segurava nas mãos. O líquido dentro do vidro era azul-escuro e espesso. O reconhecimento brilhou nos seus olhos, e ela deu um passo para trás. Cheguei mais perto, prendendo a respiração.

Como era de se esperar, ela ficou ensandecida.

Avançando, coloquei os braços ao redor dela, segurando-os ao lado do corpo. Usando meu peso, eu a levei com todo o cuidado possível para o chão, mas ela se debateu e resistiu. Por trás, passei as pernas ao redor da sua cintura e a imobilizei.

Alex não tinha como escapar.

— Não! Não! — ela gritou de novo e de novo. Cada palavra era um soco no meu coração. — Não! Não!

Encostando o rosto no dela, forcei a cabeça de Alex para trás.

— Desculpa, Alex, desculpa.

— Vocês não podem fazer isso comigo! — Ela tentou mover a cabeça para baixo, mas não conseguiu. Sua voz estava impregnada de ódio e poder, com um tom que não era dela. — Vocês vão se arrepender disso. Essa vai ser a última coisa que vocês vão fazer. Juro.

— Vai logo — apressei, querendo que isso acabasse. Por cima do ombro de Marcus, meus olhos encontraram os de Apolo. Ele estava à porta da cela agora. Até o deus parecia repugnado pelo que estávamos fazendo.

Com uma expressão atormentada, Marcus se agachou na nossa frente e pegou o queixo de Alex. Sua mão tremia ao levar o copo de elixir, e ele endireitou os ombros.

— Desculpa, Alexandria. Vai acabar em poucos segundos.

Como se uma chave fosse virada, o tom trêmulo que ela assumiu era um que eu reconhecia e temia.

— Por favor, não façam isso — ela implorou. Em segundos, meu rosto estava coberto com as lágrimas dela. — Por favor, Marcus, por favor, não faz isso comigo.

Marcus hesitou.

— Alex?

O corpo dela estremeceu junto ao meu.

— Vou me comportar. Juro. Vou fazer o que pedirem, mas, por favor, não me deem o elixir.

Respirei com dificuldade.

— De que cor estão os olhos dela?

— Dourados — ele resmungou.

Passando seus punhos finos para uma das mãos, empurrei a mão de Marcus e segurei o queixo dela.

— Não é ela, não de verdade. Pode dar. Pelo amor dos deuses, dá logo de uma vez!

Alex chorou, e parte de mim se tornou fria, para sempre. Forcei a boca de Alex a se abrir, machucando seu queixo, enquanto ela voltava a se debater. Uma energia me atravessou, me dando choques de tantos em tantos segundos. Marcus entornou o copo nos lábios dela, e o aroma doce e nauseante do elixir encheu a cela.

Mesmo depois que o copo todo se esvaziou, Alex ainda se debatia. Gritando, balançando o quadril, jogando a cabeça para a frente e para trás até eu sentir a respiração dela ficar mais profunda, mais lenta.

Marcus se moveu para trás, colocando o copo de lado. Ele limpou as mãos na calça como se pudesse apagar de alguma forma o que havia acabado de fazer com a sobrinha, mas aquilo havia deixado uma marca na minha alma.

Eu jamais seria capaz de apagar aquilo, por mais que tentasse.

Observei Marcus e Apolo. Os músculos dela relaxavam e ela se soltava sobre mim. Sua cabeça caiu para trás sobre meu ombro e para o lado. Alex respirava longa e profundamente no que parecia um suspiro.

Olhando para ela, vi os sinais de novo. Desenhos elaborados atravessavam sua pele, cobrindo as bochechas e o pescoço. Gravados em azul, eles brilharam até o lugar todo estar banhado de safira e, então, se apagaram. Alex ficou imóvel.

— Você precisa finalizar — Apolo disse.

Qualquer dia desses eu bateria em Apolo de novo. Era provável que eu não sobrevivesse, mas aconteceria. Virando Alex nos braços, eu a aninhei em meu peito e segurei seu rosto.

— Alexandria, olhe para mim.

Seus cílios tremularam sobre as bochechas pálidas e, por fim, se abriram. Perdi o ar de repente. Seus olhos estavam estilhaçados: castanho-claros cortados por fios dourados. A conexão tinha se rompido, mas não era Alex quem me encarava com a expressão vazia. Não era Seth também.

Era uma estranha, uma jovem garota assustada que não me reconhecia, uma tela em branco perfeita para a coação.

Reprimi a raiva que me subia pela garganta e mantive os olhos fixos nos dela.

— *Το όνομά σας είναι Alexandria.*

Seu nome é Alexandria.

Ela piscou devagar.

Uma dor atravessou meu peito.

— *Το όνομά μου είναι Aiden...* — Engasguei com a ardência no fundo da minha garganta. Lágrimas se acumulavam nos meus olhos, turvando o rosto de Alex. *Não consigo fazer isso. Preciso fazer isso.* As palavras saíram de um rompante só. — *Το όνομά μου είναι Aiden και είμαι ο Δάσκαλός σας.*

Meu nome é Aiden, e sou seu mestre.

— Θα υπακούσει μου κάθε επιθυμία, την επιθυμία, και την εντολή σε θάνατο. Você vai obedecer a todos os meus desejos, vontades e comandos até a morte. Ou até o efeito do elixir passar.

Ela absorveu as palavras, relaxou um pouco mais e as assimilou. E observei seus olhos estilhaçados ficarem ainda mais opacos. Soltei suas mãos, que caíram sobre o colo.

— Como você se chama? — perguntei, com a voz rouca.

— Alexandria — ela repetiu com uma voz suave que eu nunca tinha ouvido sair da boca de Alex na vida real.

— E quem sou eu?

— Aiden. — Ela sorriu, e me arrepiei. — Você é meu mestre.

6

A primeira coisa foi fazer com que ela comesse, mas não foi tão simples assim. Levei Alex para o andar de cima e me sentei com ela à mesa. O tempo todo ela manteve os olhos fixos nas mãos, que estavam dobradas sobre o colo.

Alex não falava a menos que se dirigissem a ela e, mesmo assim, não levantava os olhos. Coloquei um prato de frios e uma tigela de frutas, com uma lata de refrigerante de uva, o seu favorito, na frente dela.

Ela não se mexeu.

Olhei de relance para Marcus, que continuava ao lado da porta, cuidando para que ninguém entrasse. Apolo havia desaparecido assim que a tiramos da cela. Desgraçado!

— Você deve estar com fome, Alex. Faz dias que não come nada.

— Meu nome é Alexandria — veio o sussurro baixinho.

Pisquei algumas vezes e empurrei o prato na direção dela.

— Não está com fome, Alexandria?

— Estou?

Foi então que me dei conta. Como a maioria dos meios escravizados, ela teria que receber *ordens*, ordens para fazer tudo. Me recostando, passei os dedos no cabelo.

— Por favor, coma, Alexandria.

Seus cílios se ergueram. Aqueles olhos estranhos encontraram os meus por um breve segundo e, depois, o prato de comida. Ela comeu devagar no começo, mas, assim que ficou mais à vontade ou confiante no que estava fazendo, terminou o prato e a maior parte da tigela. Duas latas de refrigerante depois, ela enrolou uma mecha de cabelo sem brilho.

Marcus balançou a cabeça e se virou, nos deixando. Será que se arrependia de todas as vezes em que havia desejado que Alex fosse mais maleável? O engraçado é que antigamente, mesmo quando eu falava para ela não fazer algo, no fundo adorava que ela quase nunca me desse ouvidos.

Me levantei, surpreso, quando ela se levantou automaticamente.

— Vou levar você para o seu quarto e você pode tomar banho se quiser. — Mordi a bochecha enquanto ela baixava os olhos. Vamos tentar de novo. — Você vai se lavar e descansar.

— Está bem. — Ela ergueu a cabeça, seus olhos perpassando meu rosto. — Eu...

— O quê? — Dei um passo à frente.

Alex se moveu para trás da cadeira como se fosse um escudo, balançando a cabeça. Dei alguns momentos para ela falar de novo, mas Alex havia emudecido. Quis estender a mão e tocar nela, consolá-la, mas tinha a impressão de que isso a transtornaria.

Eu a guiei para o quarto em que eu estava ficando. Um quarto menor ficava interligado ao meu por meio de um banheiro compartilhado. Colocá-la naquele quarto me permitiria ficar de olho nela.

Ao menos era o que eu dizia a mim mesmo enquanto mostrava o chuveiro e colocava duas toalhas e um roupão sobre a pia do banheiro. Não tinha nada a ver com o fato de que só queria ficar perto dela.

Pois é: eu não estava enganando ninguém.

No começo, pensei que teria que a despir e, meus deuses, seria impossível fazer isso e, bom, não pensar e sentir as coisas que pensaria e sentiria. Mas ela pegou a barra do suéter e começou a levantá-lo. Precisei me forçar a sair do banheiro. Apesar do meu sobrenome, de *santo* eu não tinha nada.

Fechando a porta, me recostei nela e fechei os olhos. A água foi ligada, e me afastei, atravessando o quarto e me sentando na beira da cama. O cansaço se infiltrava nos meus ossos. Talvez eu conseguisse dormir agora, pelo menos mais do que algumas horas.

Um alívio muito pequeno, minúsculo, percorreu meu peito. Alex estava se mexendo, não estava tentando matar ninguém e não estava mais conectada a Seth. Era motivo para comemorar, não? Não. O que estava andando por ali não era realmente Alex. Ela não conseguiria ser tão submissa nem se tentasse.

Quinze minutos se passaram e a porta se abriu devagar. Uma Alex muito mais limpa espiou para fora, segurando a lapela do roupão, com os olhos baixos. Ela entrou no quarto, passando o peso de um pé para o outro.

— Acabei.

Eu me levantei, olhando para ela, me transportando de volta ao dia em que a havia levado de volta ao Covenant e visto o que existia por trás da sujeira e da imundície. A mesma onda enlouquecedora de sentimentos me atingiu em cheio.

Alex era linda, perfeita, aos meus olhos.

Seus cílios se ergueram. Nossos olhares se cruzaram, e um rubor suave subiu por suas bochechas. Meu olhar desceu para seus lábios entreabertos e um tipo muito diferente de desejo despertou. Antes que eu soubesse o que estava fazendo, cruzei o quarto, com as mãos estendidas na direção dela.

Alex recuou rapidamente, com seus dedos ficando brancos. A confusão atravessou seu rosto. Ela mordia o lábio inferior. Uma ansiedade emanou dela. Seus olhos permaneciam fixos em mim.

Parei bruscamente, abaixando as mãos. O que eu estava pensando? Ela estava... com medo de mim, com medo do seu mestre. Soltei um palavrão.

Alex se sobressaltou, com os olhos arregalados.

Eu nunca havia me odiado tanto. Contendo minhas emoções, dei espaço para ela.

— Fique aqui. Vou encontrar algumas roupas para você.

— Sim, mes...

— Não me chame assim. — Meu tom saiu mais duro do que eu pretendia e tentei suavizar. — Me chame de Aiden. Pode ser?

Alex fez que sim.

Me afastando dela, segui para a porta e olhei para trás. Franzi as sobrancelhas. Alex ainda estava parada no mesmo lugar, segurando a gola do roupão com as mãos trêmulas e mantendo os olhos fixos no chão, como se fosse algum tipo de farol. O que é que ela estava fazendo?

Então me dei conta. Eu tinha dito para ela *ficar*. E ela estava ficando.

— Alex...

— Meu nome é Alexandria.

— Certo. — Suspirei, aproximando-me dela com cuidado. Quando eu tinha certeza que ela sabia que eu estava ao lado dela, peguei seu cotovelo. — Não precisa ficar parada aqui. Pode fazer o que quiser, Alex... Alexandria. Dormir. Ou assistir à TV. — Apontei para a tela plana no canto, a guiando para a cama. — Pode fazer o que tiver vontade. Está bem?

Sentando-se, Alex acenou e me observou.

— Você volta, certo?

— Claro — garanti a ela. Ela olhou ao redor pelo quarto, ficando mais e mais agitada. — Não vou demorar quase nada. Prometo.

Alex acenou de novo.

— Está bem, mes... — disse, vacilante. — Está bem, Aiden.

Não precisei de muito tempo para encontrar roupas para ela. Todas suas coisas ainda estavam no quarto ao lado do meu. Marcus já havia passado por ali e, depois, desapareceu escada abaixo e, naquele instante, Deacon estava perto da porta.

Recolhendo as roupas de Alex, olhei para o meu irmão.

— E aí?

Ele se apoiou no vão da porta e cruzou os braços.

— Como foi?

— Resistiu, como era de se esperar, mas deu certo. — Me sentei no braço de uma poltrona, bocejando. — Ela... não voltou a ser como era.

— Não voltou a ser Alex do mal...?

Balancei a cabeça.

— Ela... só não voltou. É temporário.

Deacon apertou os lábios.

— É tão ruim assim, hein?

— Não disse que era ruim.

Ele ergueu a sobrancelha.

— Conheço você, Aiden. Sua decepção consigo mesmo, não com Alex, está estampada no seu rosto. Está praticamente transbordando da sua cara encardida.

Minhas sobrancelhas se ergueram.

— Estou encardido?

— Está meio nojento. Pode aproveitar para fazer a barba também, a menos que esteja querendo passar um visual desleixado sem chance de pegar ninguém.

Ri e me levantei.

— Vou ficar com isso em mente.

Um sorriso sincero, que era raro no meu irmão, entreabriu seus lábios, embora passasse rapidamente.

— Ela vai ficar bem, certo? Quer dizer, alguém vai conseguir encontrar um jeito de quebrar a conexão e ela logo vai voltar a ser a Alex sarcástica, mas não a homicida de sempre? Precisam conseguir.

Meu bom humor desapareceu. Meu autocontrole se rompeu, com a muralha enfraquecida ao meu redor se estilhaçando.

— Deuses, tomara que sim, Deacon. Não posso...

— Viver sem ela?

Virando as costas, não respondi porque não precisava.

— Sempre esteve tão na cara assim?

— Sinceramente? — Deacon riu. — Eu sabia que você tinha uma queda por ela desde que a trouxe de Atlanta e me deu um sermão. Para mim, era óbvio, mas só porque te conheço. É engraçado, porque ela é uma meio, mas, estranhamente, em certo sentido, é perfeita para você, não acha?

Abri um sorriso fraco.

— Sim, acho.

Houve uma pausa e ele perguntou?

— Se todos nós sairmos dessa vivos e os deuses não derem uma de Godzilla em cima do mundo e ela voltar para o time Aiden, como vão ser felizes para sempre?

— Iríamos embora. Era esse o plano. Daria certo. Apolo nos deve uma.

— Porra, sério? — Ele parecia incrédulo, não chateado. — Você desistiria de ser sentinela? Fugiriam e tentariam viver como mortais?

Fazendo que sim, olhei para ele. Uma tristeza se formou no meu peito.

— Sim, era o piano. Eu ia te contar. A gente ia encontrar um jeito de você e...

— Cara, sei que você daria um jeito de me dizer onde te encontrar — ele disse, piscando várias vezes. — Nossa, Aiden...

— Quê?

— É só quê... uau, estou feliz por você. Acho isso ótimo. É amor... o tipo de amor verdadeiro pelo qual se fazem sacrifícios. O tipo em que você taca o foda-se para todos os outros. É invejável.

Arqueei a sobrancelha.

— Acho que nenhuma parte da minha vida é invejável agora, considerando que Alex acha que sou o *mestre* dela.

— Ei, sabe, poderia ser...

— Nem começa.

— Tá. Tá. Mas vai melhorar. — Seu olhar familiar se ergueu, encontrando o meu. — Você está mandando bem, Aiden. Melhor do que a maioria nessa... situação.

— Obrigado. — Sorri, ajeitando o monte de roupas. — Você também.

— Eu sei. — Deacon sorriu. — Sou incrível.

— E modesto. — Parei na frente dele, baixando o queixo. — Sério, como está sendo para você?

— Sei lá — ele respondeu, dando de ombros. — Já passei por coisa pior, então não se preocupa comigo. Você já tem muita coisa na cabeça.

Não me preocupar com Deacon era contra a minha natureza. Eu havia passado a última década da minha vida me preocupando com ele... talvez um pouco demais. Mais superprotegendo do que apoiando.

Deacon ergueu a cabeça, parecendo, de repente, ter muito mais do que dezessete anos.

— Vai descansar um pouco... só toma um banho antes. — Um sorriso rápido apareceu. — Deixa a guarda com a gente agora.

Acenei, entregando as rédeas, por assim dizer. Parando na porta do banheiro, me virei para ele.

— Deacon?

Ele tirou um cacho da frente dos olhos.

— Oi?

— Sei sobre você e Luke, e não me importo desde que você esteja feliz. Só seja correto com ele, se é que me entende.

Seu queixo caiu e, pela primeira vez, fui eu que surpreendi meu irmão, e não o contrário.

* * *

Nem entrei no meu quarto, optando por colocar as roupas de Alex numa prateleira e me lavar primeiro. Depois de uma longa olhada atenta no espelho, admiti que estava mesmo... *encardido*. Pegando uma lâmina de barbear, tomei um banho e me barbeei rapidamente. Uma calça de pijama limpa estava guardada na prateleira, mas nenhuma camisa. Torcendo para Alex não surtar ao ver meu peito nu, abri a porta do banheiro.

E congelei.

Alex estava deitada de lado em cima da colcha, com as mãos unidas sob o queixo como se estivesse fazendo uma prece. Seus lábios estavam entreabertos e rosados. Suas pernas curvilíneas saíam debaixo do roupão, chamando minha atenção. Eu adorava as pernas de Alex.

Ela estava dormindo profundamente.

Colocando as roupas dela em cima de uma poltrona, fui para o seu lado e chamei seu nome. Ela murmurou algo, e senti uma palpitação, uma verdadeira *palpitação*, no peito. Com todo o cuidado do mundo, coloquei outro cobertor sobre as pernas dela. A exaustão ou o elixir pesavam sobre ela. Puxei a coberta, ajeitando-a ao redor dela.

Me afastando da cama, saí do quarto e atravessei o cômodo silencioso. Embaixo, nos fundos do porão, havia uma salinha que não era nada além de quatro paredes de cimento. Alguém havia pendurado um saco de pancadas no teto.

Uma frustração acumulada e uma raiva incontrolável vieram à tona e, um segundo depois, meus dedos sem luva acertaram o couro gasto e resistente. Dei uma pirada e, embora cada soco disparasse uma pontada aguda nas minhas mãos, eu agradecia a dor.

Horas se passaram enquanto eu golpeava e chutava. O suor escorria de mim, que ardia meus olhos e a pele rasgada dos meus dedos. A dor física não fazia nada para atenuar o tormento que crescia dentro de mim.

Num piscar de olhos, fui levado de volta ao verão passado, quando vi Alex fazer exatamente o mesmo depois de descobrir a verdade sobre a mãe. Ela era uma criatura bela e feroz quando girava ao redor do boneco de treino. Um ciclone de emoções intensas tinha se espalhado pela sala de treinamento, misturando-se aos meus próprios sentimentos confusos. Ao sentir minha presença, nossos olhares se cruzaram e, por mais que parecesse maluquice, eu havia sentido o que ela sentia.

Tomando fôlego, parei e olhei por sobre o ombro na direção da porta. Por que eu achava que ela estaria lá, eu jamais saberia. Claro, o vão estava vazio.

Alex estava vazia.

Voltei a subir, peguei uma toalha no banheiro escuro e me limpei. De volta ao quarto, olhei para o sofá enorme encostado na parede e peguei uma colcha fina da ponta da cama. Todas as células do meu corpo pediam para que eu ficasse perto dela, mas parecia errado. Se ela acordasse comigo ao seu lado, eu tinha medo que ficaria transtornada e confusa. Era a última coisa que eu queria. Me deitando de lado, estendi a colcha e a observei dormir até ser vencido pela exaustão.

7

Alex dormiu por quase vinte e quatro horas, acordando minutos antes de eu ceder à minha preocupação crescente. No fim da noite, descemos e, juntos, praticamente esvaziamos a geladeira. Ela ainda estava nervosa e só fazia algo se eu mandasse, mas, quando chegou a manhã seguinte, ela havia relaxado a ponto de que era como estar perto de uma Alex muito calma e sedada.

Passamos da cozinha para o solário e lá ficamos. Ela não falava comigo a menos que eu fizesse uma pergunta. Depois de investigar todas as flores e plantas do ambiente, ela se sentou num dos assentos à janela e ficou lá, contemplando a floresta densa que cercava o abrigo.

Me sentei ao seu lado, na outra ponta do banco, surpreendentemente contente por simplesmente estar lá com ela. Queria saber em que ela estava pensando e, toda vez que eu perguntava, a resposta era a mesma.

— Nada — ela dizia, sem tirar os olhos das paredes de vidro.

Era como um corte no meu peito, mas não tão ruim como quando havia passos no corredor ou vozes se aproximando e Alex se retraía. Tirava os olhos da floresta naqueles instantes, olhando para a porta fechada. O pânico enchia seus olhos castanhos e âmbar. Solos entrou no solário à certa altura, perguntando se precisávamos de algo da cidade vizinha.

A única pessoa perto de quem ela não surtava era o tio. Seria algum tipo de vínculo familiar remanescente? Mas, mesmo assim, ela o tratava da mesma maneira como me tratava. Marcus tinha a mesma sorte que eu em puxar conversa com ela. Depois disso, decidi que seria melhor mantê-la afastada do resto da casa.

Por fim, depois de horas juntos, os olhos dela se focaram em mim. Fingi não notar, mas percebi seu olhar descendo.

Alex se moveu de repente, mais devagar do que se moveria normalmente, e pegou minha mão.

— Suas mãos...

Surpreso pelo toque, não consegui responder. Como um idiota, fiquei parado, com seus polegares acariciando os ossos da minha mão, parando pouco antes dos nós dos dedos machucados.

— Você está machucado — ela disse. — Por que está machucado?

Com toda a delicadeza possível, desvencilhei minhas mãos.

— Não estou machucado. Não precisa se preocupar.

Seus cílios se ergueram enquanto os olhos vasculhavam meu rosto. Ela acenou e se recostou, olhando para as próprias mãos com a testa franzida.

Ela logo se cansou, ficando letárgica antes das nove. Consegui fazer com que comesse antes de levá-la para o andar de cima. Ela capotou assim que sua cabeça encostou no travesseiro, e me retirei para o sofá. Repetimos a mesma ação no dia seguinte, e era como se houvesse um relógio gigante sobre nossas cabeças, contando os minutos até eu precisar dar outra dose para ela.

Passamos a manhã no solário, mas a persuadi a sair de lá, principalmente porque eu perderia a cabeça se tivesse que olhar para outra planta de novo. O escritório estava sempre ocupado pelo meu irmão, Lea e Luke, mas havia outra sala de estar no andar de cima, cheia de livros. Levei-a para lá depois de pegar um pacote de batatas fritas e um refrigerante de uva para ela lanchar.

Eu a observei se mover pela sala, procurando sinais de que estava ficando nervosa. Ela parou na frente de uma escrivaninha, pegou uma caneta e a colocou de volta. Os dedos dela passearam sobre o topo de um bloco de notas antes de se dirigir até uma estante de livros. Ficou ali, com a testa franzida, colocando um dedo na lombada de cada livro.

— Quer ler alguma coisa? — perguntei.

Ela se sobressaltou com o som da minha voz, abaixou a cabeça, obediente.

Comecei a me aproximar dela, mas parei. Qualquer movimento inesperado parecia fazer com que ela se esquivasse.

— Está tudo bem, Alex. Pode ler se quiser.

— Meu nome não é Alex — ela sussurrou. — É Alexandria.

Uma queimação profunda surgiu no meu peito, embaixo do coração.

— Mas você gosta de ser chamada de Alex.

Balançando a cabeça, se afastou dos livros e se aproximou devagar da TV, com os olhos baixos. Ela parou na frente da tela escura. Peguei uma estatueta de Atena e a coloquei de volta. Queria ir até ela, abraçá-la, mas não sabia como ela reagiria. Tudo entre nós era tenso e desconfortável.

— Quer assistir a alguma coisa?

Sua cabeça se ergueu, mas ela não olhou para mim. Ao lado do corpo, suas mãos se abriram e se fecharam.

— Posso?

Posso? Deuses, quando Alex ficasse melhor, ela surtaria.

— Pode fazer o que quiser.

Um pequeno sorriso hesitante surgiu nos seus lábios e seus cílios se ergueram, revelando aqueles olhos estilhaçados. Soltei o ar devagar, mas não consegui aliviar a pressão que apertava meu peito. O olhar dela se desviou do meu.

— Você vai...?

A porta se abriu e Apolo entrou.

— Aí estão vocês.

Alex paralisou na frente da TV, como um animal selvagem que tinha acabado de ser encurralado. Ela correu pela sala, escondendo-se atrás de mim. Se encolheu, apertando as costas da minha camisa.

Apolo parou, erguendo as sobrancelhas louras.

— Ela acabou de se *esconder* atrás de você?

Voltei um olhar fulminante para o deus.

— Ela não é a mesma. Você sabe disso.

Ele piscou os olhos completamente brancos.

— Eu sei. É só inesperado. Ela parece uma ninfa ou coisa assim.

Ouvir a palavra "ninfa" sair da boca de *Apolo* me fez perder o controle.

— O que você quer?

Apolo inclinou a cabeça para o lado e falou baixo.

— Tão impaciente, Aiden...

Os dedos dela se cravaram nas minhas costas. Dei um passo para o lado, cobrindo-a completamente. Se Apolo estivesse com olhos normais, tenho certeza de que teriam se revirado a essa altura. Ignorando-o, sorri para ela.

— Está tudo bem. Apolo não vai machucar você.

Pelo menos, era o que eu esperava.

Alex me espiou por entre os cílios. Pela primeira vez desde que ela havia despertado, vi confiança na sua expressão. Um calor invadiu a caverna fria onde estava meu coração. Eu nunca tinha visto um meio-sangue escravizado olhar para o mestre daquela forma. Devia significar algo.

Apolo limpou a garganta.

— E estou vendo que certas coisas nunca mudam.

Franzi a testa.

— O que você quer dizer?

— Ah, sabe, os olhares esbugalhados de amor. Mesmo quando alguém, *aham*, como eu, um deus, está bem na frente de vocês.

Revirei os olhos, preparado para ignorar aquele comentário, mas Alex puxou minha camisa.

— O que ele quer dizer? — ela sussurrou.

Como responder? O fato de Alex não lembrar de muita coisa era essencial para mantê-la longe de Seth, mas eu não sabia quantas informações compartilhar com ela. E ela estava chegando a fazer uma pergunta, o que era um grande avanço.

— Depois explico.

Apolo riu.

— Adoraria ouvir essa conversa. — Meus olhos se estreitaram, e ele sorriu. Às vezes, acho que o único objetivo dele era me irritar. — Aconteceu um novo fato importante que acho que você deveria saber.

Eu duvidava que seria uma boa notícia. Comecei a responder, mas Alex puxou minha camisa mais uma vez e sussurrou:

— Minha cabeça está doendo...

— Vou pegar um remédio para isso daqui a pouco. Tudo bem? — Baixando os olhos, ela fez que sim.

Quis que isso andasse logo. Dando um passo para o lado, fiquei na frente de Alex.

— Tem a ver com o outro?

Entendendo que eu me referia a Seth, ele fez que sim.

— Ele não está feliz por não conseguir fazer contato. Os espiões de Dionísio disseram que tanto ele quanto o ministro estão ficando agitados.

— Aposto que sim. — Ninguém sabia exatamente como Seth reagiria depois que o vínculo fosse rompido. Senti Alex espiar detrás de mim. Ela estava observando Apolo com os olhos arregalados. Ele sorriu para ela, que sorriu de volta de maneira hesitante. — Ele chegou a fazer alguma coisa? — perguntei.

— Hummm, conta eliminar dois sentinelas que se recusaram a se aliar à causa deles? Nesse caso, sim.

— Deuses... — murmurei, ajeitando a posição de novo quando Alex se movimentou atrás de mim.

Apolo esticou o pescoço para o lado, acompanhando os movimentos nervosos de Alex.

— Eles ainda não atacaram o Covenant do Tennessee, mas uns cinquenta dos sentinelas se separaram e estão se dirigindo ao de Nova York. Ele ainda está com o ministro.

— E, se eles chegarem a Nova York, o que vai acontecer?

O semblante dele ficou carregado.

— Libertei algumas coisas do Olimpo, caso aqueles sentinelas estejam tramando algo.

Um pavor cresceu.

— Que coisas?

— Algumas das criações mais interessantes de Hefesto, os khalkotauroi.

Me engasguei. Eu devia ter ouvido errado. Os khalkotauroi eram autômatos, touros de bronze que cuspiam fogo, mas não eram como se descreviam no mito de Jasão e o velo de ouro. Primeiro, não eram apenas dois. Eram centenas, e andavam em duas patas. Como todas as criaturas que pertenciam aos deuses, haviam sido arrebanhados e mandados para o Olimpo quando os deuses se retiraram do mundo mortal.

— E o que acontece se um mortal os vir?

Apolo arqueou a sobrancelha.

— Os khalkotauroi vão saber se esconder, mas se Nova York ou qualquer outro Covenant ficar sob cerco, essa questão vai ser irrelevante. O mundo mortal vai estar mais consciente de que alguns mitos são verdadeiros.

Não havia mesmo como responder a isso, e minha mente já estava ocupada com preocupações demais para dedicar tempo a essa novidade. Apolo saiu, mas não antes de tentar conversar com Alex, que, nervosa, não queria nada com ele, o que ele achou engraçadíssimo. Me espantava que o mundo todo estivesse à beira da guerra e Apolo estivesse rindo.

Claro, essa não devia ser a primeira vez dele numa situação como aquela. Quando Apolo saiu, ela me encarou com a expressão atormentada.

— Minha cabeça... está doendo.

— Vou pegar um remédio.

Saí para encontrar alguma aspirina, e ela me seguiu, sem nunca ficar muito longe de mim. Quando tomou os dois comprimidos sem questionar, me dei conta de como, nas mãos erradas, se podia abusar dessa confiança, como acontecia com tantos meios. Um medo brutal e tenebroso surgiu com essa percepção.

A aspirina pareceu não funcionar. Alex se retraiu ainda mais, com os olhos fechados durante a maior parte do filme que coloquei para passar. Uma voz sinistra se instalou no fundo da minha cabeça, permanecendo constante mesmo depois que ela adormeceu e a carreguei para a cama, com o peso dela parecendo inexistente. A dor de cabeça dela era um sinal.

O efeito do elixir estava passando. O dia seguinte seria o quarto dia.

A ideia de dar mais uma dose para ela foi me corroendo. Horas se passaram enquanto eu ficava deitado no sofá, olhando para o teto, vendo os raios finos de luar atravessarem a escuridão. A colcha se enroscou nas minhas pernas quando me virei de lado. Eu seria capaz de fazer aquilo de novo? Entregar algo a ela que destruía seu ser e vê-la aceitar com aquela confiança inata nos olhos?

Fechei bem os olhos, cruzando os braços sob a cabeça. Não havia outra opção. Apolo precisava encontrar um jeito, porque ela não conseguiria fazer isso sozinha. O sono enfim me venceu, mas não durou muito tempo.

Acordei pouco depois. A escuridão envolvia o quarto e o sofá parecia infinitamente menor do que antes. O cheiro de... pêssegos me cercava. Algo quente e macio estava encostado ao lado do meu corpo, aconchegando-se. Mãos apertavam a camiseta velha que eu havia encontrado no dia anterior.

Abri os olhos.

Vi o topo da cabeça de Alex enquanto ela encostava o rosto no meu peito e soltava um leve suspiro. Todos os músculos do meu corpo se travaram. Será que eu estava sonhando? Acho que parei de respirar. O que ela estava fazendo ali comigo no sofá?

— Alex? — Minha voz era áspera. — O que está fazendo?

Ela levantou a cabeça o bastante para eu conseguir ver os fios de âmbar espreitando por trás dos cílios. Os olhos estilhaçados eram estranhíssimos de ver à noite.

— Minha cabeça está doendo.

Comecei a me sentar, mas Alex se ajeitou, colocando a perna em cima da minha como se me pedisse em silêncio para eu não sair.

— Hum... — Nunca estive tão inseguro em toda a minha vida nem tão incapaz de entender alguém. — Quer que eu busque mais aspirina?

— Não. — Ela voltou a apoiar a cabeça no meu peito, aconchegando-se. — Está melhor agora. Vazia.

Engoli. Em seco.

— Vazia?

— Uhum — murmurou, tremendo. — Fica mais silenciosa quando estou perto de você.

Meu coração palpitou.

— Mais silenciosa? Você está ouvindo coisas? Uma pessoa?

— Não sei. É como se... — Ela bocejou, abrindo a mão em meu peito. — É como se alguém estivesse falando comigo de muito, muito longe. — Quer dizer que sou...?

Seth... A raiva subiu dentro de mim e me esforcei para não deixar transparecer.

— O quê?

— Maluca? Quer dizer que sou maluca?

— De jeito nenhum, *ágape*. — Abaixei um braço e estendi a mão, puxando a manta para que cobrisse a maior parte do corpo dela. — Consegue entender o que a voz diz?

— Não — ela respondeu. — Não quero saber. Não preciso. Preciso?

— Não. — Meu coração doía por ela.

— Que bom! — Alex falou, e me perguntei se ela estava sorrindo. — Posso ficar aqui com você?

— Sempre. — Bons deuses, não queria que ela ficasse em nenhum outro lugar.

Houve um silêncio entre nós, e sua respiração ficou calma e profunda. Então, as dores de cabeça eram um sinal de que Seth estava tentando entrar em contato com ela, o que explicava os breves rompantes de dor que eu via antes do elixir e confirmava minhas suspeitas desde o início. A conexão machucava de alguma forma. E, por mais que o vínculo estivesse atenuado, definitivamente significava que Alex precisava de outra dose no dia seguinte.

Uma nova onda de fúria me percorreu, mas mantive o corpo relaxado, sem querer afugentá-la. Eu acreditava de verdade que Seth havia passado a gostar de Alex, talvez até amá-la à sua maneira — seja lá o que isso significasse.

Ainda mais depois que Caleb morreu. Ele cuidou de Alex, a protegeu quando não cuidei. Em Nova York, tomou conta dela e teria assassinado sem pensar duas vezes para garantir que ninguém descobrisse que Alex havia matado um puro em legítima defesa. Será que tudo não havia passado de uma farsa? Um teatro para garantir que Alex sobrevivesse e despertasse, concedendo a ele o poder de Assassino de Deuses?

Claro, eu nunca havia confiado plenamente naquele moleque, naqueles momentos em que via algo que nunca consegui explicar nos seus olhos frios, olhos que Alex teve por um período. Algo nele acionava meu sistema de alerta e me irritava como nenhuma outra coisa. Poderia ser apenas seu interesse por Alex, mas mesmo assim...

Nunca pensei que ele a machucaria.

Se eu colocasse as mãos naquele desgraçado, eu o mataria ou morreria tentando.

Mas, naquele instante, Alex estava deitada ao meu lado, e eu é que não perderia tempo pensando em Seth. Com muito cuidado, abaixei o braço esquerdo e o coloquei ao redor da sua cintura magra demais. Houve outro suspiro baixo dela. Ela parecia incrivelmente pequena ao meu lado. Como eu não havia notado isso no passado? Talvez porque tudo que sempre via era sua força.

Eu poderia ter sugerido que ela voltasse para a cama ou que nós dois passássemos para lá, mas não tinha coragem nem vontade de deixar que Alex saísse de lá. Não quando ela estava tão perto de mim assim, evocando memórias doces e nostálgicas. Revivi os dias passados na casa dos meus pais e o breve período em Ohio.

Alex murmurou algo e inclinou a cabeça para trás, roçando a ponta do nariz ao longo do meu queixo e do meu maxilar. Uma onda de calor se espalhou por mim e, antes que eu pensasse no que estava fazendo, virei a cabeça. Meus lábios tocaram sua testa.

— Boa noite, Aiden...

Meu coração acelerou e um sorriso sincero surgiu nos meus lábios.

— Boa noite, *ágape.*

8

Na manhã seguinte, Alex recebeu o elixir e a coação sem reclamar. Quatro dias depois, recebeu de novo. Toda vez, eu era mais afetado pelo processo que ela. Alex não entendia exatamente o que eu estava dando para ela, só que depois eu falava com ela em grego e ela costumava ficar cansada.

Mas, a cada dia, um pouco do seu antigo eu ressurgia quando estávamos a sós. Sua língua afiada característica ainda estava ausente, para a minha decepção. Quem imaginaria que eu sentiria falta das suas respostas sarcásticas? Ela sorria mais e, embora quase nunca saísse do meu lado, não entrou em pânico quando Lea e Luke apareceram um dia. Eles agiram bem com Alex, embora tivessem ficado um pouco chocados com como ela estava diferente. Não ficaram muito tempo.

Acho que os assustou ver como o elixir era real, o que poderia fazer com eles. Como transformava Alex em pouco mais que uma casca. Flagrei Lea a encarando uma vez, e ficou claro o que ela estava pensando. *Poderia ser eu.* Ela estava se vendo nos olhos opacos e estilhaçados de Alex.

No terceiro dia, as dores de cabeça começaram e, toda vez que ela olhava para mim e mencionava a dor, eu queria quebrar as costelas de Seth uma a uma.

Uma espécie de rotina se criou entre nós enquanto esperávamos Apolo aparecer, na esperança de boas notícias. Passávamos o dia e a noite juntos e, à noite, ela acabava indo para o sofá. Sem dúvida, era minha parte favorita do dia. A cama ainda estava fora de cogitação. Havia uma intimidade nisso que eu desejava e tinha uma grande dificuldade de recusar, mas, com ela assim, seria ultrapassar os limites.

Alex pegou o tabuleiro de xadrez e o colocou na mesa de centro enquanto eu a observava. Deuses, eu adorava simplesmente olhar para ela. Podia parecer estranho, mas meus olhos simplesmente a buscavam. Havia uma elegância em seus movimentos que ela mantinha, mesmo depois de três doses.

— Jogar? — Ela se afundou no chão do outro lado da mesa de centro.

Eu a vinha ensinando a jogar xadrez. Quando fiz que sim e comecei a me sentar no chão, ela pegou um dos peões e o colocou na fileira mais perto dela.

Ensiná-la a jogar não estava indo muito bem.

Quando ela desviou os olhos, estendi a mão, substituindo o peão por um cavalo. Com as mãos entrelaçadas embaixo do queixo, ela ouviu enquanto eu repassava as regras de novo. Quando terminei, ela fez a primeira jogada, movendo um peão uma casa à frente.

Tentei me imaginar jogando xadrez com Alex num momento diferente, como um mês antes. Imaginá-la sentada por tanto tempo e com a paciência para um jogo como xadrez era impossível. Conhecendo-a, ela teria atirado uma peça àquela altura. Dei risada.

A cabeça de Alex se ergueu e ela sorriu.

— O quê?

— Nada — respondi.

Ainda sorrindo, ela veio se sentar do meu lado. Depois, estendeu a mão sobre o tabuleiro, movendo outro peão para a casa em que seria capturado pelo meu. Ri de novo.

— Você não pode se sentar ao meu lado e jogar xadrez, *ágape*.

Seus ombros se ergueram.

— Gosto de ficar do seu lado.

E eu também gostava. Movi um peão à frente, sem pegar o dela.

— Gosto quando você ri também. — Ela levou um dedo aos lábios, com as sobrancelhas se franzindo, e examinou o tabuleiro. — Acho que simplesmente gosto de você.

Minha boca se abriu, mas não saiu nenhum som.

— Às vezes sinto... sinto que deveria estar fazendo mais... do que isso. Com a minha vida. — Ela pegou uma torre. Colocou a peça de volta e ergueu os olhos, vasculhando meu rosto. — Com você também.

Eu sabia que precisava dizer algo, mas havia muita coisa que eu queria dizer.

Ela se aproximou e apoiou a cabeça no meu ombro. Um segundo se passou.

— Tenho umas memórias. São como sonhos. Algumas são muito boas e outras são escuras e avermelhadas. — Ela esfregou a bochecha no meu ombro. — Sei que não é só... isto.

— Não é — sussurrei, observando seus cílios tocarem o rosto, seus lábios se entreabrirem.

— Gosto disto. Gosto quando você me abraça à noite. Parece certo... real. — Ela fez uma pausa, erguendo os cílios. — Obrigada.

— De nada. — Ouvi e senti o peso na minha voz.

Alex levantou a cabeça, com os lábios contraídos.

— Tenho a impressão de que você não diz isso com frequência.

Perdi o ar. Um nó de emoção se formou no meu peito.

— Não digo.

— Você gosta? — Ela olhou para o tabuleiro, com seus dedos pairando agora sobre as peças erradas.

— Claro que gosto, *ágape*. — Coloquei um braço em volta dos seus ombros e me aproximei, encostando os lábios na sua têmpora, e depois na sua testa. Sua face se ergueu com um sorriso, assim como meu peito, e aquele nó se apertou mais e mais. Afundei o rosto na sua nuvem de cabelos ondulados e inspirei.

Apolo havia falado que sabia do que esse tipo de amor era capaz. E finalmente entendi por que Páris tinha arriscado seu país e seu sangue por Helena. Egoísta, sim, mas eu entendia. Eu botaria fogo no mundo se isso significasse que Alex ficaria segura.

— Toc, toc! — Era a voz de Deacon. Alex se enrijeceu.

Me afastando dela, levantei os olhos. Ele estava à porta, com um leve sorriso no rosto. Tirando o braço, me levantei, surpreso ao descobrir que estava com as pernas bambas.

Os olhos de Alex se alternaram entre mim e meu irmão, e ela deve ter visto algo nos meus olhos porque relaxou e voltou ao tabuleiro de xadrez.

— E aí? — perguntei.

Ele entrou na sala.

— "E aí?" digo eu.

Meus lábios se contraíram.

— Jogando xadrez com Alex.

— Estimulante... — Deacon observou Alex mover suas peças de xadrez pelo tabuleiro sem nenhuma ordem em particular. — Luke está em contato com Olivia. Ela está com a mãe, e as duas encontraram Laadan. Querem vir aqui.

— Se estão com Laadan, confio nelas. Mas pede permissão para Marcus.

— Gosto de Marcus. — Alex se levantou e se aproximou de mim.

Deacon arqueou a sobrancelha.

— Nossa, isso é estranho...

— Deacon... — alertei.

Alex sorriu para mim, segurando um bispo na mão.

— Xeque-mate?

Ele riu.

— Meus deuses, ela é como uma versão beta de inteligência artificial.

A raiva me atravessou tão depressa que vi tudo vermelho, e Alex franziu a testa.

— Isso é bom? — ela perguntou.

Dando um passo na direção do meu irmão, estourei.

— Some daqui antes que eu te estrangule até o último suspiro!

Com os olhos arregalados, Deacon ergueu as mãos.

— Eita, estava brincando! Tipo, fala sério. Ela está bem aleatória agora.

A raiva tomou conta de mim. Era meu irmão. Eu adorava ele, mas, nossa, nunca pensava antes de abrir a boca. Com a voz baixa, eu disse:

— Você faz ideia de como isso é desrespeitoso com Alex?

Ele piscou, as bochechas corando.

— Não estava pensando...

— Você jura?

— Não falei por mal, Aiden. Desculpa. — Seu olhar se voltou para trás de mim e ele franziu a testa. — De verdade.

Respirando fundo, deixei que a raiva fervente se esvaísse pela minha pele frágil.

— Eu sei. É só que... — Não havia por que completar. Deacon sabia. — Não queria... gritar com você. Só avisa Marcus sobre Laadan e Olivia. Beleza?

Deacon parecia querer falar mais, mas teve o bom senso de dar tchau e sair da sala.

Suspirando, eu me virei.

— Alex...

Ela não estava mais lá. Droga. Eu deveria ter imaginado. Gritar e ameaçar estrangular o pobre Deacon na frente dela não tinha sido lá muito inteligente. Eu vivia esquecendo que aquela não era a Alex.

Era uma menina assustada.

Meus olhos vasculharam a sala, parando na porta do armário de roupas de cama. Estava entreaberta, revelando um pequeno feixe de escuridão. Ela não iria...

Pensar em Alex, minha bela, forte e resiliente Alex, se escondendo no armário acabava comigo. Por um segundo, eu não conseguia me mover nem respirar. Eu tinha feito isso com ela, dado a ela o elixir, transformado Alex em alguém que fugia quando vozes se levantavam. E eu queria culpar Seth por sua influência, pelo vínculo que ele havia forjado com ela que nos havia levado a essa escolha, mas era eu quem a havia forçado a tomar o elixir.

Não havia como me perdoar.

Reprimindo o turbilhão de tristeza e raiva, segui para o armário e abri as portas duplas devagar. Era um armário profundo, com várias prateleiras no alto estocadas com as mantas. Algumas capas protetoras de roupas ficavam penduradas num trilho. Desci os olhos. Cinco dedinhos de um pé espiaram detrás de uma capa protetora de roupa.

Fechei os olhos e murmurei um palavrão antes de puxar os sacos de roupa para o lado com delicadeza. O pé de Alex se retraiu, e consegui ouvi-la se movendo para o fundo do armário. Me ajoelhando, a encontrei encostada na parede, com os joelhos abraçados junto ao peito e os olhos arregalados.

— Ah, Alex!

Ela me observou com desconfiança.

— Meu nome é Alexandria.

E, num piscar de olhos, todos aqueles dias ajudando-a a sair da defensiva induzida pelo elixir se perderam.

— Certo. — Eu me sentei de pernas cruzadas e passei os dedos no cabelo, sem saber como agir. Deacon costumava ter pesadelos quando era criança. Não chegava a se esconder no armário, mas *gritava* como uma Fúria. Eu lia para ele. Por alguma razão, eu duvidava que isso pudesse funcionar ali. — Você está bem?

Um momento se passou.

— Não gosto de gritos.

— Eu sei. Sinto muito. — E sentia mesmo. — Mas eu jamais machucaria Deacon. Ele é meu irmão.

Uma confusão passou por seu rosto.

— Você disse que o estrangularia.

E bem que eu queria estrangulá-lo agora.

— Foi da boca para fora. Às vezes, falamos coisas da boca para fora quando estamos bravos.

Ela pareceu considerar isso.

— Quando você gritou, vi uma coisa.

— O quê? — Eu me aproximei, com cuidado para não a assustar. — O que você viu?

Abrindo as mãos, ela olhou para as palmas. O bispo ainda estava na sua mão, deixando fortes marcas vermelhas de tanto que ela o apertava.

— Sangue... Tinha sangue nas minhas mãos, mas não estava lá. Não de verdade.

Eu não fazia ideia do que Alex queria dizer com aquilo, mas tinha passado para o lado dela enquanto estava falando, e ela não havia notado. Me sentei ao seu lado, esticando as pernas no espaço apertado. Meu ombro se encostou no dela, e seus olhos subiram para o meu rosto, curiosos e indecisos, mas não assustados.

— Ainda tem sangue nas suas mãos agora?

Alex fez que não.

— Ouvi uma coisa também. Era uma voz — ela continuou baixo. — Era importante.

Meu peito se apertou. Eu não gostava do rumo que isso estava tomando, da consequência que traria. Se ela estava começando a se lembrar de coisas, significava que precisaria de outra dose, outra coação. E mal fazia dois dias que eu havia dado a última. Suspirei.

— O quê?

Seus dedos apertaram as pontas do bispo.

— Você vai matar aqueles que ama. — Ela levantou os olhos. Lágrimas cintilavam nos seus olhos. — Matei?

— Alex... — Não havia palavras para isso. Seu lábio inferior começou a tremer, e meu coração se apertou. Minha decisão estava tomada. — Não. Você nunca matou ninguém.

Ela piscou e sua voz não passava de um sussurro.

— Não?

— Não, *ágape mou*, não.

Secando embaixo dos olhos com as mangas, ela suspirou. Uma dor transbordava sob a superfície, assim como confusão.

— Sonho que matei, de novo e de novo.

Sorri para ela embora sentisse meu peito se apertando.

— São apenas sonhos. Nada demais.

Alguns momentos se passaram, e ela se encostou em mim, contorcendo-se até encaixar o corpo embaixo do meu braço. Ela se aconchegou, com a cabeça pousando no meu peito e meus braços sobre os dela.

— Você é muito gentil, apesar de falar coisas maldosas da boca para fora.

Balancei a cabeça, mas coloquei os braços ao redor dela.

— Já te contei da primeira vez que a vi?

Ela estremeceu.

— Não.

Fechando os olhos, senti que ela se aconchegava ainda mais. Minha mão apertou o tecido grosso do seu suéter. Apoiei o queixo na cabeça dela.

— Eu tinha dezesseis e você devia ter uns catorze.

— Não me lembro de quando tinha catorze.

— Tudo bem. Eu lembro por nós dois. — Contei até dez antes de continuar, tentando não deixar minha voz embargar. — Era perto do fim do dia e eu estava entrando nas salas de treinamento com um amigo. Ainda era época de aula, e eu estava passando pela porta, que estava aberta, e ouvi risos. Algo que não se costuma ouvir durante o treinamento. Precisei parar e ver o que estava acontecendo.

Foi a primeira vez que eu a vi. Era impossível não prestar atenção nela. Ela era a menor pessoa no ambiente, mais baixa e magra que todos os oponentes, mas não era por isso que se destacava. Havia um sorriso travesso no seu rosto, uma energia contagiante enquanto saltava pelo tatame, rodeando um menino loiro alto. O instrutor estava irritado, sem dúvida, com Alex e com a atenção que estava atraindo de um puro e toda uma turma que estava fascinada por ela. Mas, depois que a tinha visto, não consegui tirar os olhos. Era como ser atingido por um raio.

— Você estava treinando com Cal, um amigo, repassando movimentos de imobilização. Ele sempre tentava ficar por cima, mas você sempre o derrubava, rindo o tempo todo. Os dois estavam rindo. Foi por isso que eu olhei.

— Você já me conhecia naquela época? — perguntou, sonolenta.
— Não. — Eu a abracei ainda mais apertado, como se pudesse de alguma forma puxá-la para dentro de mim e mantê-la segura. — Mas soube, naquele momento, que você era incrível.

9

Apolo apareceu pouco após a quarta dose de Alex sem nenhuma novidade. Os sentinelas não haviam chegado a Nova York. Eles pararam na Pensilvânia e se dispersaram. Os khalkotauroi seguiram. Seth e Lucian ainda estavam perto de Nashville. Ao que parecia, seu exército havia quase dobrado de tamanho.

Ter tantos sentinelas dispostos a se aliarem a eles não me surpreendia. Eles ofereciam algo que nenhum de nós nunca havia proporcionado e estavam dispostos a morrer pela liberdade.

E havia uma boa chance de morrerem, segundo Apolo.

— Hades, Poseidon e Deméter. — Apolo listou os nomes com os dedos, os olhos brilhando com um azul vibrante. — E Ares, que está superempolgado, Hermes e Hera declararam guerra.

— Hera? — Cocei o queixo. — Pelo menos, temos Zeus.

Apolo revirou os olhos.

— Não significava muita coisa. Ele só deve ter ficado do nosso lado para irritar Hera, mas temos Atenas e Ártemis. Já é alguma coisa.

— Então, estão dispostas a esperar para ver? Nos dar tempo?

— Sim — ele respondeu. — Não querem ver outra guerra. Não depois do que aconteceu com os titãs. Muitos mortais morreram naquela época e, com a população agora, as perdas seriam muito maiores.

E nossa única esperança era que Alex conseguisse romper de alguma forma a conexão com Seth e derrotá-lo. Olhei para a menina adormecida deitada de lado no sofá. As perspectivas não eram nada animadoras.

— E ninguém encontrou nada para romper a conexão?

Apolo suspirou.

— Não há nada que nenhum de nós consiga encontrar, Aiden. Nem nos antigos mitos ou nos pergaminhos. E, se algum dos outros seis sabe, não está dizendo. — Ele olhou para Alex e um carinho transpareceu na sua voz. Assim como uma grande tristeza que fez um pavor crescer dentro de mim. — Revisei todas as profecias. Não mudaram. Um para destruir. Um para salvar. Apenas um pode viver durante cada geração.

Ele se recostou, balançando a cabeça.

— Não posso permitir que meus irmãos declarem guerra.

Coloquei a mão no seu ombro.

— Está desistindo dela?

— Estou me preparando para o pior. — Apolo se levantou. — E não me bata, Aiden, mas acho que você também precisa se preparar.

Minha pele ardeu e falei com a voz tensa.

— Quando você me pediu para dar o elixir a ela, eu disse que estava me pedindo demais, mas dei. Me pedir para desistir é inaceitável.

— Não é desistir. — Ele se agachou, olhando nos meus olhos. — Eu me asseguraria que fosse bem-cuidada, até deixaria que ela visitasse você. Poderíamos fazer algo como Perséfone.

Minha respiração profunda saiu como um rosnado.

— Está me pedindo para deixar que você a mate.

— Eu tomaria cuidado para não haver dor — ele disse, voltando a se levantar. Virou também as costas, o que era corajoso considerando que eu estava perto de cravar uma adaga nelas. — Não é fácil para mim. Gosto dela. Ela é praticamente uma filha minha. E a acompanho por anos, muito mais do que você. — Ele se virou para mim, com as mãos no quadril. — Não seria uma perda apenas para você, apenas um entre eles pode viver e não há nada que eu possa fazer em relação a Seth. Tampouco sei a quem ele está vinculado.

Meu punho se cerrou ao que me movimentei para ficar entre Alex e Apolo.

— Sai!

— Aiden...

— É sério. Sai!

Seus olhos ficaram completamente brancos. Sem pupilas. Sem íris.

— Só permito que fale assim comigo porque entendo seu amor e sua dor, porque também os sinto. Jacinto não foi transformado em flor por causa dos meus irmãos. Fui eu que fiz aquilo. Era a única maneira que eu poderia salvá-lo deles. Por isso, sei o que o amor faz e a dor causada por esse tipo de sacrifício. Mas não se engane: não me arrependo do que tive que fazer. E vou, sim, fazer de novo.

Continuei entre eles, com as pernas afastadas, tão pronto para a batalha que conseguia sentir seu gosto.

— E não se engane, Apolo, não vou fazer o mesmo sacrifício.

Não suportava mais ficar dentro do chalé. Meus nervos estavam à flor da pele, com meu corpo pronto para lutar. Uma sede de sangue havia invadido meu corpo.

Eu precisava de ar fresco.

Alex também. Quando acordou, estava completamente agitada, sem conseguir ficar parada por mais de cinco minutos.

Pela primeira vez desde que ela despertou, eu a deixei sair. Ver a alegria iluminar seus olhos e a brisa fresca soprando o cabelo do seu rosto aliviou a escuridão que crescia dentro de mim. A energia nos seus passos, enquanto passava por galhos caídos e arbustos, me lembrou da antiga Alex.

Ainda mais quando ela parou, espiando um pequeno riacho mais à frente. Ela se virou de repente e me abraçou.

Surpreso pela afeição repentina, paralisei antes de colocar os braços ao redor da sua cintura e recuar.

— Por que fez isso?

— Não sei — ela respondeu. — Porque eu quis.

Peguei sua mão quando ela se soltou.

— Gostei.

Ela sorriu.

— Talvez eu faça de novo. — Olhando por sobre o ombro, ela vibrava de entusiasmo. Ela me puxou para a frente.

Soltei sua mão e parei. Ela olhou de novo por sobre o ombro, com as sobrancelhas franzidas.

— Pode ir — incentivei.

— Tem certeza?

Fiz que sim e me recostei num carvalho antigo. Seu olhar, percorreu meu rosto e pareceu encontrar o que procurava. Ela se virou, seguindo devagar na direção do leito do riacho. Seus passos eram rápidos, mas não desajeitados. A energia inquieta que ela vinha sentindo o dia todo logo cresceria. Uma dor debilitante a atacaria de novo assim que sua tolerância ao elixir aumentasse e Seth começasse a corroê-la.

E, se eu não desse uma dose maior com uma coação de reforço, o vínculo entre eles voltaria a se formar.

Fechando os olhos, inclinei a cabeça para trás. Devia haver outra forma. Não podíamos continuar fazendo isso com ela. Mais cedo ou mais tarde, os efeitos do elixir passariam. Ela ficaria assim para sempre: para sempre presa entre a Alex tenaz e obstinada e essa Alexandria ingênua e enfraquecida. Fazer aquilo com ela não era certo. Era uma injustiça que cobria minha boca e minha garganta como bile. Era um ácido agitando meu estômago, corroendo um buraco na minha alma.

E Apolo... estava desistindo, por mais que não quisesse admitir. Estava desistindo e se preparando para matar Alex.

Cerrando os dentes, abri os olhos. Alex estava sentada sobre um tronco caído perto do riacho lento. Ela segurava algo na mão... flores? Seu rosto estava voltado para baixo e o canto dos seus lábios estavam franzidos. Uma tristeza invadia suas feições.

Me afastei da árvore, mas parei quando ela pegou uma pétala e a colocou sobre o tronco. Depois outra e mais outra, até umas dez pétalas formarem um círculo ao seu lado. Ela colocou mais duas, completando o círculo, e depois mais duas dentro do círculo.

Meu peito se apertou e, de repente, uma fissura de energia deslizou sobre a minha pele. Me virei, pensando que encontraria Apolo ou, pior ainda, um deus hostil. Prendi a respiração.

Um fulgor etéreo cercou a figura feminina e foi desaparecendo devagar, revelando uma mulher esbelta mais alta que eu. Lírios enfeitavam o cabelo castanho preso no alto da cabeça num emaranhado intrincado de tranças. Um vestido branco translúcido cobria seu corpo e deixava muito pouco para a imaginação. Senti que deveria desviar os olhos, mas não conseguia. Sua beleza quase chegava a doer... de maneira surreal.

Um leve sorriso apareceu.

— Olá, Aiden. — Sua voz era uma sinfonia, e comecei a me curvar, mas ela me deteve com a mão erguida. — Não é necessário. Ao contrário dos meus irmãos e irmãs, não gosto de formalidades.

Demorei alguns momentos para recuperar a voz.

— Você é uma das... uma das moiras.

— Sou a Cloto.

O medo formou um nó frio e duro no meu peito. Cloto era a responsável por tecer o fio da vida humana, mas também decidia quando os deuses poderiam ser salvos ou executados. Olhei para Alex por sobre o ombro. Seus poderes também se estendiam a criaturas semelhantes a deuses? Me movi para bloquear Alex de sua visão.

A risada de Cloto era suave e melodiosa.

— Não estou aqui para fazer mal a ela e, mesmo se estivesse, não posso cortar seu fio. Nem mesmo Átropos.

Aliviado por essa informação, encarei a deusa.

— Por que está aqui?

— Tenho observado vocês dois. — Ela deu um passo para o lado. A luz do sol atravessou os galhos, passando pelo ombro nu e pelo vestido dela. O tecido cintilou. — Te machuca vê-la assim, eu sei. Você a ama muito.

Não vi razão nem sentido em mentir para uma Deusa do Destino.

— Mais do que qualquer coisa e, sem ela... — Limpando a garganta, desviei os olhos. Eu não conseguia terminar a frase, muito menos o pensamento.

— Seguir em frente seria como existir sem uma parte sua? — Ela acenou quando voltei a olhar para ela. — Seus fios estão interligados. Não por obra minha, entende?

Não entendia porcaria nenhuma. O que eu entendia era a frustração de Alex quando falava com o oráculo. Abri e fechei a boca. A compreensão deslizou sobre a minha pele como um óleo denso.

— Ela estava destinada a ficar com Seth, não?

Cloto olhou para mim, com seu sorriso diminuindo.

— Estava, mas o destino tem muitos planos para ela.

— O que vai acontecer com ela? — perguntei antes que pudesse me conter. De alguma forma, sabia que fazer uma pergunta como aquela para uma moira era sinônimo de falta de tato social.

— Não quer perguntar sobre você?

Claro, a curiosidade estava lá, mas meu destino não importava. Fiz que não.

Suas sobrancelhas se ergueram.

— A maioria não deixaria passar uma chance de descobrir o próprio destino, mas não posso dizer o que aguarda sua Alexandria. Certas coisas são desconhecidas até para nós.

A frustração se instalou em mim, envolvendo meus ossos como uma atadura apertada demais. Me voltei para Alex. Ela estava nos observando, com os olhos arregalados e as mãos paradas sobre as pétalas.

— Está tudo bem — falei para ela.

Alex ficou um minuto inteiro sem se mexer e, depois, juntou todas as pétalas arrancadas, jogando-as uma a uma no riacho.

Cloto também observava Alex.

— Os fios deles, o do Primeiro e o dela, estão muito entrelaçados.

Meus punhos se cerraram.

— E não existe como desfazer isso?

Ela inclinou a cabeça.

— Não. Assim como o de vocês não pode ser desfeito. Destino é destino, sabe, mas há uma coisa que não levamos em consideração quando tecemos os fios da vida nem mesmo quando os cortamos.

Não esperava muito uma resposta, mas perguntei:

— O quê?

— O amor. Não levamos o amor em consideração.

Olhei para ela.

— Sério?

Deu uma risada que se espalhou com a brisa.

— O amor é uma criatura muito selvagem e imprudente. Não pode ser planejado nem tecido. Não pode ser controlado. O amor pode coexistir com o destino ou pode desfazê-lo. O amor é a única coisa mais poderosa que o destino.

As palavras demoraram muito para ser assimiladas enquanto eu encarava a deusa. Era essa a razão da sua visita surpresa?

Seus olhos brancos ardiam e vibravam de eletricidade.

— Quer saber como romper a conexão?

Prendi o ar.

— Sim.

Cloto franziu a testa, em compaixão. Dando um passo à frente, colocou a mão pequena sobre meu peito, acima do coração.

— Não existe nenhum deus ou pessoa capaz de romper a conexão entre eles, mas ainda há esperança. — Baixou a mão e deu um passo para trás, acenando. — Existe o coração, Aiden. Existe amor. O que significa que ainda há esperança.

Cloto saiu de foco e desapareceu. Sentindo como se meus nervos estivessem expostos, dei a volta pelos ramos caídos e pelas árvores derrubadas. Chegando ao lado de Alex, percebi que estava prendendo a respiração.

Algo estava crescendo dentro de mim, as peças se encaixando.

Alex se virou para mim, com os olhos estilhaçados encontrando os meus. O misto de castanho e dourado era tão lindo quanto era devastador. Olhei dentro deles, vendo a confiança que sempre esteve lá, com a devoção e o amor escondidos no fundo dela. Nenhum vínculo, nenhuma conexão, seria capaz de extinguir isso completamente. Era por isso que ela não havia destruído o colar que eu tinha feito para ela.

Ainda havia esperança.

Cloto havia falado que o amor era mais forte que o destino. Seria essa a resposta que estávamos procurando? O amor... nosso amor um pelo outro?

Eu me lembrei do que Alex havia me dito. *"Não vou mais me perder porque... bom, o que sinto por você jamais me permitiria esquecer quem sou."*

De alguma forma, eu havia me esquecido disso. Acreditava que ela havia esquecido quem era, mas na realidade nenhum de nós, muito menos eu, tivera esperança depois do seu despertar, não o tipo de esperança imortal que ajudava as pessoas a passarem por momentos difíceis. Claro, esse não era o tipo de momento difícil que a maioria dos casais enfrentava.

E o que eu havia respondido para ela? *"Eu jamais permitiria que você esquecesse quem é."*

Abaixando os cílios, ela abriu a mão e deixou cair o resto das pétalas, que desceram flutuando como pedacinhos de papel rasgado.

— É bonito aqui... e silencioso. Podemos ficar mais um pouco?

Não sabia bem o que estava fazendo quando coloquei as mãos no seu rosto, inclinando sua cabeça para trás.

— Alex...

Em vez de corrigir seu nome, ela deixou passar. Seus olhos vasculharam os meus.

— Aiden?

Meus lábios se curvaram num sorriso para ela, sempre para ela.

— Você acredita em amor?

— Sim — ela disse sem hesitar. — E você?

— Sim. — Minhas mãos desceram para os seus ombros, e ela estremeceu. — Acredito em amor.

Cílios grossos tocaram seu rosto de novo e um sorriso curvou seus lábios.

— Acho que estou apaixonada.

Essas poucas palavras pararam meu coração como encarar uma horda de daímônes não pararia.

Ela mordeu o lábio e um leve rubor corou suas bochechas.

— Sinto aqui dentro — falou, colocando a mão no peito e, depois, na barriga. — E aqui. É como se não tivesse ar ou espaço suficiente dentro de mim. Como se pudesse... explodir ou me afogar, e não seria algo ruim. Não sei por que me sinto assim, mas sempre senti... e sempre vou sentir. — Ela ergueu o queixo e seu rosto todo estava rosado. — É você. Eu... eu te amo.

Com o coração acelerado, eu a envolvi num abraço apertado, erguendo-a do chão. Seu riso foi abafado, mas leve. Afundei o rosto no seu cabelo.

— Eu te amo, Alex, sempre vou te amar.

10

A determinação ardia dentro de mim como uma chama inabalável. Eu tinha um plano, uma esperança, e nada impediria o que eu estava prestes a fazer. Depois de deixar Alex, que estava exausta, no quarto, vesti rapidamente o uniforme de sentinela. Uma sensação de retidão me preencheu enquanto eu colocava as adagas e amarrava as botas que Alex chamava de minhas "botas de pancadaria". Sorri.

Eu não usava o uniforme desde que saímos da ilha Divindade.

Ao me levantar, olhei no espelho. Recém-barbeado e com o cabelo penteado para trás, eu parecia e me sentia outra pessoa. O peso nas minhas costas havia saído assim que minha decisão tinha sido tomada.

Saí do banheiro, passei para ver como Alex estava e dei um beijo em sua testa antes de descer. Demorei alguns minutos para reunir os sentinelas que haviam parado no caminho para o leste. Eu os mandei embora.

Solos gritou atrás de mim.

— O que está fazendo, Aiden?

— Não têm nada que estar aqui.

Ele me encarou enquanto eu fechava a porta e dava um passo para trás.

— Seriam úteis se Seth chegasse aqui, sabe.

— Não, não seriam. Ninguém o deteria se ele chegasse aqui. — Eu me ajoelhei, sacando uma adaga do Covenant. — Só Alex seria capaz de detê-lo.

— E Alex está no estado mental para detê-lo?

— Ainda não.

Marcus surgiu no corredor atrás de nós.

— O que está acontecendo?

— Vai buscar Lea, Luke e meu irmão. Precisamos conversar. — Cortei a palma da mão, urrando com a dor repentina. O sangue brotou rapidamente. Coloquei a mão no chão e comecei a traçar o símbolo que tinha visto na casa de Lucian.

Marcus prendeu o fôlego.

— Aiden, o que é...?

— Vai buscar os três. — Completei o símbolo da cobra. Um instante depois, um clarão branco resplandecente encheu o corredor. As paredes ficaram luminosas, fechando a casa, impedindo Apolo de entrar. Me levantei, enrolando um pano ao redor da mão. — Vou explicar.

— Deuses, espero mesmo que sim!

Solos continuou encarando.

— Aiden deu uma de Rambo agora.

Todos se reuniram no escritório. Uma energia nervosa pairava sobre Lea e Luke. Apenas meu irmão parecia relaxado. Talvez já tivesse visto essa versão de mim antes e soubesse que nada poderia me fazer mudar de ideia depois que eu estava decidido.

Nada exceto Alex, e isso era por causa de Alex; era *por* Alex.

Fiquei diante deles.

— A única pessoa capaz de romper a conexão é a própria Alex. Ninguém, nenhum deus nem nenhuma magia, pode fazer isso. *Ela* precisa fazer. E acho que ela consegue, se tiver a chance.

— Já não demos essa chance? — Solos perguntou.

— Não o suficiente — eu disse, preparado para arremessá-lo pela janela se ele não concordasse. — Mas acredito nela e tenho esperança. E é de esperança que precisamos. Vou parar de dar o elixir a ela.

Marcus me encarou e acenou.

— O que Apolo tem a dizer sobre isso?

E aí é que está.

— Ele está desistindo e está se preparando para matá-la. Apenas um deles consegue viver, e é só ela que pode fazer algo a respeito.

Não questionaram o que aquilo queria dizer, mas acho que tinham uma boa ideia.

Os olhos de Lea se estreitaram.

— Ele não faria isso.

— Faria sim. E entendo por quê. — Meu maxilar doeu só de dizer essas palavras. — Ele precisa proteger a humanidade. É o que ele faz. Mas não vou desistir dela. E, se algum de vocês tiver desistido, sugiro que saia agora.

Ninguém se moveu, mas esperei, dando a todos oportunidades mais do que suficientes de escolha.

— Não tenho dúvida que Apolo vai ficar puto quando sacar o que fiz e o que planejo fazer. Se ficarem aqui...

As palavras não ditas pairaram no ar. Eles sabiam. Além de tudo o mais, enfrentariam a ira de Apolo.

Luke olhou de relance para Deacon e sorriu.

— Apolo meio que me dá medo mesmo.

— Não brinca... — Deacon respondeu, sacudindo os ombros dele. — E, ei, se você acredita em Alex, também acredito. Você a conhece melhor do que qualquer um de nós.

— Verdade. — Marcus sorriu, recostando-se no sofá. — Estou dentro.

Solos suspirou.

— Isso é loucura, mas por que não? Vim aqui para proteger Alex. Não para entregá-la para ser abatida como um cachorro.

Virei para Lea e, pela primeira vez em muito tempo, ela sorriu.

— Quero ver Alex dar uma surra em Seth. Alguém precisa fazer isso. Não seria justo se ela morresse para ele viver.

Dei um suspiro de alívio.

— Vocês sabem que isso pode correr muito, muito mal.

Ninguém se moveu por um tempo, até que Marcus avançou, colocando a mão no meu ombro.

— Estamos do seu lado, Aiden. E do de Alex.

E isso era tudo que eu precisava ouvir.

— Ela consegue fazer isso. Sei que consegue.

Eu os deixei nesse momento, voltando para o quarto. Atravessei o cômodo até a cama e me sentei. Alex despertou, consciente o bastante para não resistir quando a peguei nos braços, segurando-a junto ao peito. Eu havia me preparado, mas não no sentido que Apolo quis dizer.

Alex não tomaria mais nenhuma dose e, quando o efeito do elixir passasse, eu faria o que achava ser a pior coisa possível. Eu a colocaria de volta na cela e esperaria.

Eu lutaria.

Contra Alex. Seth. Toda a infinidade de deuses se fosse preciso. Ninguém tiraria Alex de mim. Ninguém desistiria dela nem a machucaria, nem mesmo a própria Alex.

Apolo havia transformado Jacinto numa flor para o proteger. Eu devolveria a Alex seu controle para que ela pudesse se proteger em vez de tomarem a decisão por ela. Era essa a diferença entre nós e os deuses.

Encostei os lábios no rosto dela e os mantive ali, segurando-a com força. Era guerra que os deuses queriam?

Era guerra que estavam prestes a ter.

CENAS BÔNUS

34

PONTO DE VISTA DE AIDEN

Não vou mentir para mim mesmo. Ouvir Apolo dizer que Seth precisava ser morto me fez querer dar um abraço nele. De longe, a coisa mais sensata que o deus já havia falado, mas...

— Como assim? — Alex questionou, com a voz horrorizada.

Apolo se voltou para a janela.

— Você teria que matá-lo, Alexandria. Como Apôlion, você vai ser capaz.

Alex empalideceu. Eu sabia que a ideia de matar Seth a horrorizava. Por mais que odiasse admitir, ou mesmo reconhecer esse fato, havia um vínculo entre os dois que até eu tinha medo de nunca conseguir superar.

— Não posso fazer isso — ela disse.

— Não? — Lea ganhou vida. — Ele matou a minha irmã, Alex! Matou aqueles membros do conselho.

— Eu sei, mas... não é culpa dele. Lucian distorceu a mente de Seth. — Ela fez uma pausa, respirando fundo. — Não foi culpa dele.

Lea apertou os lábios.

— Nem por isso o que ele fez foi aceitável.

— Eu sei, mas... — Alex voltou o olhar para o bolo. — Deve haver outro jeito.

— Sei que parte de você gosta dele — Apolo disse baixo. — Você foi... feita para sentir isso. Parte dele é você e vice-versa, mas esse é o único jeito.

Feita para sentir isso? Se eu pudesse, arrancaria essa parte... *de dentro de* Seth.

Alex engoliu em seco.

— Tem algum outro jeito, Apolo?

— Importa? — Lea bateu as mãos na mesa. — Ele precisa morrer, Alex.

Alex se encolheu.

— Lea — Marcus disse com delicadeza.

— Não! Não vou calar a boca! — Ela se levantou num salto, ganhando vida. — Sei que não parece justo, Alex. Mas Seth matou aquelas pessoas, a *minha irmã*. E aquilo não foi justo... E é uma merda. Até achava Seth gato, mas isso foi antes de ele *incinerar* minha irmã. Você gosta dele. Legal. É parte dele. Incrível. Mas ele matou pessoas, Alex.

— Entendo isso, Lea. — Alex olhou ao redor, com seu olhar pousando em mim e, quando voltou a falar, tive a impressão que ela estava dirigindo aquelas palavras a mim. — Fica todo mundo dizendo que há esperança. Talvez a gente possa salvá-lo. E Ártemis mencionou algo sobre o poder ter duas vias. Talvez haja algo nisso.

Uma dor se acendeu no meu peito, e eu não queria nada além de dar apoio a ela, mas sobre isso eu não podia. Era perigoso demais.

— Você amava sua mãe, certo? Você a amava mesmo depois que ela virou uma daímôn.

— Lea... — interrompi bruscamente, estreitando os olhos. Mencionar a mãe de Alex era ir longe demais.

— Mas você sabia que ela precisava... precisava ser detida — ela continuou antes que eu pudesse calar a boca dela. — Você a amava, mas fez a coisa certa. Por que isso é diferente?

Alex se encolheu como se tivesse levado um tapa. Sua boca se abriu, mas ela não falou nada. A dor no meu peito cresceu. Colocar Alex de novo numa situação em que teria que machucar... matar alguém que amava não era justo. Ninguém deveria ter que enfrentar o que Alex havia enfrentado e o que teria que enfrentar.

— Acho que já deu por hoje — Marcus interveio.

Lea continuou encarando-a por mais alguns segundos antes de sair batendo o pé da cozinha. Fiquei grato quando Alex não a seguiu. Aquela conversa não teria como acabar bem.

— Ela está num momento difícil agora — Marcus disse. — Está sofrendo. Talvez depois entenda que isso também é difícil para você.

— Não tanto quanto é para ela. — Alex ajeitou o cabelo para trás. — Só não consigo... A ideia de matar Seth me dá vontade de vomitar. Deve ter outro jeito.

Apolo se aproximou dela, e fiquei tenso.

— Tudo isso... pode esperar. Hoje é seu aniversário, seu despertar.

— É, bom, não sei se está rolando. — Ela ficou olhando para as mãos, franzindo a testa. — Me sinto igual. Nada aconteceu.

— Quando você nasceu? — Apolo perguntou.

— Hum, quatro de março.

Sorri.

Ele arqueou a sobrancelha.

— A que horas, Alexandria? Qual o horário do seu nascimento?

Ela apertou os lábios.

— Não sei.

Uma expressão cética perpassou o rosto de Apolo.

— Você não sabe a hora em que nasceu?

— Não. As pessoas sabem isso?

— Nasci às seis e quinze da manhã — falei, sem conseguir esconder o sorriso. — Deacon nasceu à meia-noite e cinquenta e cinco. Nossos pais nos contaram.

Os olhos dela se estreitaram.

— Bom, ninguém me contou... ou esqueci.

— Marcus? — Apolo perguntou.

— Não lembro — ele respondeu.

— Bom, obviamente você não atingiu seu horário de nascimento ainda. — Apolo se afastou da janela. — Acho que já chega de papo sério por hoje. Afinal, é seu aniversário. Um momento de celebração, não de planos de batalha.

Alex estremeceu e, naquele momento, eu quis que todos na cozinha parassem de falar. Quis envolvê-la em meus braços.

— Você vai ficar bem. — Apolo colocou a mão no ombro dela e, nossa, não gostei nem um pouco disso, o que era estranho. — Você não sente o vínculo de onde estamos, então ele não consegue se conectar com você. Você vai ficar bem.

Alex ficou olhando o relógio, e eu sabia que ela estava ficando mais e mais preocupada a cada segundo que passava. Ficamos sentados no sofá. Sem TV. Sem música. Apenas nós. Muitos ficariam surpresos com o fato de que Alex conseguia, sim, ficar sentada sem falar ou se mexer. Às vezes, até eu me surpreendia.

— Para! — Peguei sua mão, tirando-a da sua boca. — Desde quando você rói a unha?

Ela deu de ombros e soltou um leve suspiro.

— Você me acha fraca? — perguntou.

— Quê? — É sério que tinha acabado de me fazer aquela pergunta?

Eu a puxei para o meu colo, com as pernas dela esticadas sobre as almofadas. Não devia ser a ideia mais inteligente, considerando que qualquer um poderia entrar e nos ver, mas eu estava morrendo de vontade de abraçá-la desde que Apolo fez o anúncio.

— Meus deuses, você é uma das pessoas mais fortes que conheço.

Ela ficou tensa ao olhar de relance para a porta fechada, mas então, como sempre disposta a ser imprudente, encostou o rosto no meu peito. Meu coração palpitou quando Alex tirou a rosa, mexendo nela.

— Não me sinto muito forte.

Colocando os braços ao redor dela, eu a segurei junto ao peito.

— Por causa do que estava todo mundo falando hoje?

Seu olhar estava fixado sobre a rosa.

— Lea tem razão, sabe? Enfrentei minha mãe, mas não consigo... fazer isso com Seth.

Ouvir aquilo não era fácil. Por mais que eu detestasse a existência de Seth, não gostaria que Alex precisasse enfrentar isso. Apoiei o queixo sobre a sua cabeça e disse as palavras que tinham um gosto ácido na minha língua.

— Apolo estava certo. Ele é parte de você. Em certo sentido, é diferente do que aconteceu com sua mãe.

— É diferente. Minha mãe era uma daímôn e não havia como voltar atrás disso. — Ela fechou os olhos. — Ele ainda está lá, Aiden. Deve ter outro jeito. E acho que Apolo sabe, mas não está nos dizendo.

— Vamos conversar com Apolo, então. Ele mencionou o oráculo, e talvez algo tenha mudado. — Abaixei a cabeça, encostando os lábios na sua testa suave. — Mas, se não tiver outro jeito...

— Vou precisar encarar isso. Eu sei. Só quero ter certeza antes de decidirmos que ele precisa ser... morto.

Cobri suas mãos com a minha.

— Talvez precisemos ver esse novo oráculo. Quem sabe? Ela pode ser capaz de nos falar algo, com ou sem visões.

— Isso se conseguirmos fazer Apolo nos dizer.

— Vamos conseguir.

Ela sorriu para mim, e meu corpo e meu coração reagiram à curva dos seus lábios. Deuses, eu nunca me cansaria do seu sorriso. Havia um certo nível de entrega por trás dos seus sorrisos, um presente de amor que ela entregava livremente e sem medo.

— Você é demais — ela sussurrou.

Sorri.

— Por que está dizendo isso?

— Você é tranquilamente o mais sup... *ai!* — Ela deu um gritinho enquanto tirava a mão da minha. — Alguma coisa me picou.

Me endireitei, pegando seu punho com delicadeza. Gotículas de sangue cobriam sua mão esquerda

— Alex, você está sangrando.

Alex encarou a mão por um momento e se sentou rapidamente, com seu olhar se voltando para o relógio.

— Está acontecendo.

Seu rosto ficou tenso enquanto mais sangue aparecia na sua mão e ela se soltava, levantando-se.

— Ai, meus deuses...

Me levantei, o coração acelerado.

— Alex, o que posso fazer?

— Não sei. Não... — Ela ofegou enquanto sangue aparecia no seu braço. — Ai, deuses, os sinais... os sinais são como tatuagens.

Não. Sem chance. O corpo dela ficaria coberto. Sangue subiu pela minha garganta.

— *Deuses* — eu disse, levando a mão a ela, mas ela se afastou. Engoli em seco. Meu olhar encontrava o olhar assustado dela. — Alex, vai ficar tudo bem.

Ela continuou andando para trás e parou de repente. Seu rosto ficou vermelho. Gotículas de sangue apareceram. Um grito saiu dos seus lábios enquanto ela caía de joelhos, curvando-se, com as mãos envolvendo o espaço vazio em volta do rosto.

— Ai... ai, caramba, vou explodir. — Ela tentou tomar ar.

Com o coração batendo violentamente no peito, um terror puro atravessou minhas entranhas ao me ajoelhar ao lado de Alex, querendo consolá-la, mas sabendo que não podia tocar nela. Não havia nada que eu pudesse fazer, absolutamente nada.

— Só... respira fundo, Alex. Respira comigo.

Sua risada saiu estrangulada.

— Não... não estou parindo, Aiden. É... — Seu corpo se contraiu e ela gritou de novo, colocando as mãos no chão. — Tá... tá, vou respirar.

Deuses, isso... isso estava acabando comigo mais do que qualquer coisa. Cheguei mais perto, odiando a sensação de impotência.

— Ótimo. Você está indo muito bem. — Cheguei mais perto. — Você sabe disso, *ágape mou*. Você está indo muito bem.

Lágrimas escorreram dos seus olhos enquanto suas costas se curvavam e suas pernas cediam. Com cuidado, eu a ajudei a se deitar de bruços. Meu olhar a percorreu, contendo uma exclamação horrorizada. Manchas de sangue encharcavam a parte de trás da calça jeans.

A porta se abriu, e Marcus entrou com tudo.

— O que está... ai, meus deuses, ela está bem?

— Merda... — Alex choramingou.

— Ela está despertando. — Não reconheci minha própria voz. Minhas mãos pairavam sem poder fazer nada sobre seu corpo rígido.

— Mas o sangue... — Marcus chegou mais perto. — Por que ela está sangrando?

Alex se virou de lado.

— Estou sendo tatuada por um gigante filho da pu... — Outro grito estrangulado interrompeu suas palavras

— Que... Uau! — Deacon disse à porta.

— Tira todo mundo daqui! — ela gritou, dobrando-se no chão. — Deuses, que dor!

— Eita... — Deacon murmurou. — É como ver alguém dar à luz ou sei lá.

— Ai, meus deuses, vou matar aquele cara! — Os ombros de Alex tremiam a cada respiração. — Vou socar aquele...

— Sai todo mundo! — gritei, na direção da porta. — Não é um show, porra!

— E acho que ele é o pai — Luke disse.

Avancei, pronto para botar todos para fora.

— Sai. Agora.

Eles devem ter visto suas próprias mortes no meu olhar porque, alguns segundos depois, a porta se fechou. Marcus ficou, encarando meu olhar.

— Ela é minha sobrinha. Vou ficar. — Ele se aproximou, e um som quase selvagem saiu das profundezas da garganta de Alex. Ele parou, com os olhos se estreitando para mim. — É... é para ser assim?

— Não sei. — Me voltei para ela, sentindo como se não conseguisse respirar — Alex?

— Tá... — ela murmurou. — Só... só não fala. Ninguém... — Ela se ergueu bruscamente, com as mãos tremendo.

Me agachei ao lado dela bem quando seu corpo se enrijeceu como se aço tivesse sido entornado por sua espinha. Seus olhos, aqueles lindos olhos castanhos, estavam arregalados e desfocados. Minha boca secou enquanto uma camada pálida cobria sua pele. O grito perdeu a força. Seu corpo se dobrava como um saco de papel. Eu a segurei antes que ela caísse no chão, puxando-a para o meu colo.

Alex abriu os olhos e choramingou, e eu teria feito qualquer coisa para fazer aquilo parar, para tirar a dor dela. Qualquer coisa

— Está tudo bem. Estou aqui. — Tirei o cabelo da sua testa úmida. — Está quase acabando.

— Está? — ela perguntou sem fôlego, apertando minha mão até eu ter certeza de que ela esmagaria meus ossos. — Como você sabe, porra? Já despertou antes? Tem alguma coisa que... — Um grito rouco e fraco interrompeu sua falação. — Ai, deuses, me... desculpa. Não queria ser grossa. É só que...

— Eu sei. Está doendo. — Meu olhar a perpassou e forcei um sorriso. — Não deve faltar muito.

Ela fechou bem os olhos enquanto se encolhia no meu colo. Tirar seu cabelo do rosto não parecia machucá-la. Pelo contrário, parecia acalmá-la, então continuei fazendo isso, porque era a única coisa que eu conseguia fazer.

Abaixando a cabeça, sussurrei para ela, chamando-a de amor, dizendo que a amava. Ela havia parado de se contorcer, mas eu tinha a impressão que ela não conseguia me ouvir, mas continuei. Todo o tempo, eu conseguia sentir o olhar de Marcus em mim. Havia uma boa chance dele me dar outro soco, mas valeria a pena...

De repente, seu corpo sacudiu nos meus braços, o qual ficou reto como uma tábua. Soltei um palavrão alto quando ela jogou a cabeça para trás. Veias saltaram no seu pescoço e...

— Ai, meus deuses! — eu disse.

Uma luz azul vibrante escureceu as veias, espalhando-se rapidamente por seu rosto e seus braços. A luz se apagou e, então, aconteceu, e deu para *ver*. Glifos apareceram sobre sua pele, azuis e luminosos. Tantos que não parecia haver pedaço de pele não marcado. Eles começaram a girar devagar e foram acelerando, formando desenhos vertiginosos.

Eu estava absolutamente estupefato pelo que estava vendo pela primeira e, provavelmente, última vez: os sinais do Apôlion. Eu estava assombrado. Atônito. Os sinais continuaram a deslizar suavemente sobre sua pele.

— Está vendo isso? — Marcus perguntou, com a voz rouca. — Meus deuses...

Não consegui fazer nada além de acenar. Nada, absolutamente nada, na minha vida poderia me preparar para ver isso.

— O Apôlion... — sussurrei com reverência, passando as mãos no cabelo. Alex era o Apôlion, e era linda e era *minha*.

Os sinais azuis cintilantes pulsaram intensamente. A luz atravessava toda a sala antes de se apagar, voltando a se infiltrar na pele dela.

E acabou.

Graças aos deuses, acabou. Finalmente.

Afundei meus ombros ao abraçá-la, esticando as pernas para que seu corpo se apoiasse em mim. Lágrimas ameaçaram escapar dos meus olhos. Deuses, eu estava a segundos de chorar como um bebê, mas acabou.

Mas, depois que os sinais sumiram, Alex não se mexeu. Segundos se transformaram em minutos, e o pânico me deu um soco no estômago. Voltei o olhar dela para Marcus. Ele estava tão pálido quanto eu me sentia.

— Alex?

Nada.

O pânico logo se transformou num medo que cravou as garras em mim.

— Alex, amor?

Nada ainda.

— Deuses! — praguejei, dirigindo o olhar em pânico para seu tio. — Não sei o que fazer. Ela não está se mexendo.

Marcus disse algo, mas não ouvi. Curvando-me sobre seu corpo inerte, eu a puxei para o meu peito, encostando a testa na sua. Só então senti seu peito se mover devagar.

— Vamos, amor, fala comigo. *Ágape mou*, volta — implorei. E estava totalmente disposto a ajoelhar e implorar. — *Ágape mou*, abre os olhos e fala comigo.

Enfim! Um movimento! Suas pálpebras bateram uma, duas vezes, e se abriram.

O ar se prendeu nos meus pulmões. O sangue gelou nas minhas veias.

Todo o meu mundo se despedaçou quando seus olhos se abriram.

Não eram castanhos.

Olhos dourados me encaravam, idênticos aos de Seth. Olhos que não eram calorosos, mas duros e desprovidos de compaixão.

— Não... — A palavra escapou de mim, do fundo da minha alma.

Um estalo encheu o ambiente, e senti a presença de um deus, de Apolo. Ele estava atrás de nós, com o ar crepitando de tensão.

O deus soltou um palavrão.

— Solta ela, Aiden.

Jamais. Meus braços a apertaram. Eu não poderia...não conseguiria soltá-la. Nunca.

— Solta ela agora. — A porta se fechou em algum lugar atrás do deus resplandecente. — Ela está conectada ao Primeiro.

Meus braços a envolveram enquanto as palavras se reduziam a cinzas na minha língua. Balancei um pouco a cabeça, com minha visão se turvando. Isso não podia estar acontecendo. Não conosco. Não com ela.

Alex sorriu, de um jeito que Seth sorriria, e, naquele momento, meu coração se partiu.

Aquela não era Alex.

ESPECIAL DE NATAL DE AIDEN E ALEX

Puros e meios não comemoram o Natal como mortais. Temos o nosso próprio feriado superespecial em fevereiro, a Antestéria. Quase todos festejavam como Dionísio nas férias de primavera em Cancún. Era uma... loucura. Mas não tinha árvore nem comida natalina, nem biscoitos nem galhinhos de visco. Nenhuma música cafona, mas divertida.

Como eu havia passado tantos anos no mundo mortal, eu tinha aprendido a amar o Natal e toda a alegria das festas. Tanto que, por duas semanas, era meu único assunto quando estava perto de Aiden ou Seth. E, quando chegou a véspera de Natal e ninguém no Covenant deu a mínima, eu estava entrando na Coitadolândia, população: Alex.

Ai, ai!

Entrei no meu dormitório, deixando a mochila no chão. Havia uma tonelada de dever de mitos e lendas para fazer, mas fui até o computador na escrivaninha e liguei a máquina. Abri o YouTube e comecei a assistir trechos de *Férias frustradas de Natal*. Depois de algumas horas de diversão com a família Griswold, alguém bateu à porta.

Ajeitei o cabelo e fui atender.

Aiden estava lá, com as mãos entrelaçadas atrás das costas; seus traços marcantes, inexpressivos. Aqueles olhos cinza-chumbo. Frios. Vidrados.

— Ocupada? — ele perguntou, com uma voz grave e aveludada, fazendo cosquinha na minha barriga.

Olhei para o quarto e arqueei a sobrancelha.

— Não exatamente.

— Ótimo. Vem.

Normalmente, eu teria respondido "nem a pau" para uma ordem de "vem" sem explicação, mas era Aiden e, bom, ele tinha um pouco mais de liberdade que a maioria. E eu também estava curiosa sobre por que Aiden estava me procurando. Curiosa. Esperançosa. Com um calor no peito...

Fechando a porta, eu o segui pelo corredor silencioso. Foi só depois que me dei conta. O vento frio e úmido soprava do mar, e me aconcheguei no suéter. No mundo mortal, estaria tudo coberto de luzes deslumbrantes e pessoas cantando.

Aqui, tínhamos guardas e sentinelas patrulhando as dunas. Nenhum deles estava surpreso ao nos ver. Depois de tudo, estavam acostumados a me ver com Aiden ou outra babá.

— O que está pegando?

Aiden olhou para mim.

— Você vai ver.

Abaixei as sobrancelhas.

— Ver o quê?

— Só mais alguns minutos, Alex.

A paciência era uma virtude com a qual eu tinha dificuldade. Minha boca estava cheia de perguntas que eu mal conseguia conter enquanto dávamos a volta pelo pátio e seguíamos na direção do centro de treinamento. Meus ombros se afundaram.

— Vamos treinar? — Nossa! Que não comemorassem as festas, eu até entendia, mas era véspera de Natal, pelo amor dos deuses!

Ele não disse nada, mas havia um brilho nos seus olhos cinza. Misterioso com um toque de travessura. Enquanto Aiden abria as portas, minha curiosidade não tinha limites. O que é que estava aprontando? E será que envolveria algo divertido?

Se sim, o Papai Noel existia mesmo.

Agora, eu estava ficando vermelha que nem uma bobona.

Em vez de virar à esquerda na direção das salas maiores em que ficavam todos os aparelhos de treinamento, ele seguiu pelo corredor mal iluminado pelas luzes embutidas.

— Aiden, o que está rolando?

Ele tirou uma mecha de cabelo escuro e ondulado da frente dos olhos e suspirou.

— A gente precisa mesmo melhorar sua paciência.

— Engraçadinho...

Seus lábios entreabriram um sorriso.

— Já ouviu falar que a paciência é uma virtude?

Revirei os olhos.

— Vamos. — Ele colocou a mão pesada nas minhas costas, entre meus ombros, e perdi o ar.

Fui completamente silenciada pelo seu toque. Talvez tenha sido de propósito. Muitos entenderiam e, provavelmente, queriam exercer o mesmo poder sobre mim.

Aiden parou na frente de uma porta que não tinha janelas, e minha imaginação passou de indicada para todos os públicos a proibida para menores de dezoito anos. Depois, tirou um chaveiro do bolso e destrancou a porta.

Dando um passo para o lado, apontou para a sala escura. Fui entrando, olhando por sobre o ombro.

— Hum, não vai me trancar numa sala escura ou coisa assim? Vai?

Aiden riu ao entrar, fechando a porta e mergulhando a sala na mais absoluta escuridão. Meus olhos se arregalaram, e fiquei completamente imóvel. Eu sabia que aquela sala tinha uma das câmaras de privação sensorial.

Um arzinho quente soprou sobre o meu rosto, agitando o ar ao redor da minha testa. Fiquei toda arrepiada e fechei os olhos. Ouvi um interruptor sendo aceso.

— Abre os olhos, Alex. — A voz de Aiden estava irresistivelmente perto da minha orelha.

Abri os olhos e meu queixo caiu.

Era como se... o Natal tivesse vomitado naquela sala.

E amei.

— Ah... — Fiquei sem palavras.

Luzes de Natal estavam penduradas nas paredes, cobrindo a câmara sensorial à direita. Uma árvore de Natal de um metro e oitenta estava no centro da sala, envolvida de ouropel prateado que combinava com os olhos de Aiden. Bolas brilhantes cobriam a árvore.

Fui até ela devagar, em estupor.

Havia guirlandas por toda a parte, vermelhas e verdes. Havia meias vermelhas enormes penduradas num armário. Em cima, havia uma luminária decorada.

— Está vendo o botão vermelho? — Aiden disse detrás de mim. — Aperta.

Apertei com o dedo trêmulo. "Rudolph, the Red-Nosed Reindeer" começou a tocar. Comecei a rir, mas o som ficou preso na minha garganta.

— Toca um monte de músicas. — Os cílios de Aiden escondiam seus olhos. — Não sabia se você tinha uma favorita.

— É perfeito. — Me virei. Uma dezena de doces em forma de bengala estava empilhada embaixo da árvore, junto ao que parecia leite e biscoitos. Perdi o ar. — Aiden...

Havia até uma árvore do Charlie Brown no canto. Os galhos eram finos e desfolhados, pendendo sob o peso das bolas de vidro vermelhas e verdes. Consegui rir apesar do nó na garganta. Eu não fazia ideia de como ele tinha conseguido levar aquilo tudo para lá sem fazerem um milhão de perguntas. Era incrível... Ele era incrível.

— Ai, meus deuses, Aiden... — Fui até a arvorezinha, contendo as lágrimas. Deuses, eu estava prestes a desabar igual a umameninha assistindo a *Diário de uma paixão* ou algo do tipo.

— Seth e Deacon também ajudaram — Aiden disse, com as mãos nos bolsos.

Meu olhar se voltou para uma foto de um elfo sexy de biquíni envolto por pele branca. Sorri.

— Aposto que sim.

Aiden se agachou e, ao se levantar, estendeu um prato de biscoitos e um copo de leite. Sorri ao pegá-los.

— Foi... você que fez?

Aiden jogou a cabeça para trás e riu.

— Não. Deacon que fez. Ele separou os confeitos vermelhos e verdes só para você.

Pisquei de novo, mordendo o doce delicioso. Lágrimas de felicidade arderam em meus olhos.

— Muito obrigada, Aiden. De verdade, você... não faz ideia.

Ele encolheu os ombros.

— Não precisa agradecer.

Parecia que eu nunca deveria agradecer a ele, mas o que ele havia feito por mim, o que os outros haviam ajudado a fazer, deixou meu coração transbordando. A qualquer momento, eu flutuaria até o teto. Terminei os biscoitos e o leite, tentando manter a compostura.

— Enfim... — ele disse. — Pode passar quanto tempo quiser aqui dentro... Está chorando? — Aiden veio ao meu lado. Sua mão se curvou sobre a minha.

— Não... imagina. — Forcei uma risada e deixei o prato e o copo de lado. — Só não acredito que fizeram isso. — Contemplei a sala de novo e ergui os olhos, encontrando os dele. — Adoro o Natal. Adoro isto...

Seu sorriso ficou carinhoso.

— Eu sei. É por isso que fizemos. Você merece um pouco de alegria natalina.

Eu não sabia se merecia aquilo tudo.

— Foi ideia sua, não?

O olhar de Aiden perpassou meu rosto. Nenhuma resposta. Claro que foi ele. Era Aiden, o tipo de cara que ouvia meus falatórios sem sentido sobre um feriado que ele nunca comemorou e entendeu o quanto aquilo significava para mim. E, depois, nem assumia o crédito por isso. Me derreti um pouco.

— Obrigada... — sussurrei.

Ele ergueu os olhos.

— Hum, olha lá.

Meu olhar seguiu o dele e meu coração palpitou. Uma planta verde folhosa estava pendurada no teto. Duas frutinhas vermelhas cintilavam sob os piscas-piscas.

Agora, sim, meu coração parou.

— Acho que existe algum tipo de costume associado a essa planta — Aiden disse, voltando o olhar para os meus olhos arregalados. — Como ela se chama?

— Visco.

Seus lábios se abriram num sorriso lento e avassalador.

— Hum...

Eu não tinha nada a dizer. Nadinha.

Aiden abaixou a cabeça. Os cílios grossos abaixando, cobrindo os olhos, mas vi seu brilho prateado antes deles se esconderem. Meus olhos se fecharam. Meu coração acelerou. Fiquei com as pernas bambas. Senti sua respiração quente sobre meus lábios e o beijo leve como o ar.

Ele pegou minha mão, a levou à boca e deu um beijo na palma.

— Feliz Natal, Alex.

Suspirei, mais feliz do que nunca.

— Feliz Natal, Aiden.

Agradecimentos

Direta e reta: agradeço a Kate Kaynak, Patricia Riley, Rich Storrs e Rebecca Mancini. Um agradecimento especial a Kevan Lyon por ser uma agente incrível. Agradeço a Malissa Coy e a Wendy Higgins por serem autoras e editoras fantásticas. Cada vez que escrevo isto, fica mais difícil garantir que estou incluindo todos. Então, um grande agradecimento a todos que apoiaram a série, quiseram fazer parte da jornada de Alex e me mantiveram sã durante todo o processo.

ESTA OBRA FOI COMPOSTA EM ADRIANE TEXT POR BR75 E IMPRESSA
EM OFSETE PELA GRÁFICA BARTIRA SOBRE PAPEL CHAMBRIL AVENA
PARA A EDITORA SCHWARCZ EM MARÇO DE 2025.

A marca FSC® é a garantia de que a madeira utilizada na fabricação do papel deste livro provém de florestas que foram gerenciadas de maneira ambientalmente correta, socialmente justa e economicamente viável, além de outras fontes de origem controlada.